广东培正学院学术著作出版资金资助出版

《安娜·卡列宁娜》研究

杨正先 —— 著

中国社会科学出版社

图书在版编目（CIP）数据

《安娜·卡列宁娜》研究／杨正先著. —北京：中国社会科学出版社，2017.9

ISBN 978-7-5203-0377-4

Ⅰ.①安… Ⅱ.①杨… Ⅲ.①长篇小说—小说研究—俄罗斯—近代 Ⅳ.①I512.074

中国版本图书馆 CIP 数据核字（2017）第 109761 号

出 版 人	赵剑英
责任编辑	安　芳
责任校对	张爱华
责任印制	李寡寡

出　　版	中国社会科学出版社
社　　址	北京鼓楼西大街甲 158 号
邮　　编	100720
网　　址	http://www.csspw.cn
发 行 部	010-84083685
门 市 部	010-84029450
经　　销	新华书店及其他书店

印　　刷	北京君升印刷有限公司
装　　订	廊坊市广阳区广增装订厂
版　　次	2017 年 9 月第 1 版
印　　次	2017 年 9 月第 1 次印刷

开　　本	710×1000　1/16
印　　张	32
插　　页	2
字　　数	512 千字
定　　价	99.00 元

凡购买中国社会科学出版社图书，如有质量问题请与本社营销中心联系调换
电话：010-84083683
版权所有　侵权必究

序

　　列夫·托尔斯泰的《安娜·卡列宁娜》是世界文学王冠上的一颗璀璨的明珠，其对读者和作家的影响是毋庸置疑的。2007年年初，来自英国、美国和澳大利亚的125位著名作家应大会主席团的邀请写出对自己影响最大的10部作品。结果在获提名的544部作品中，《安娜·卡列宁娜》高居榜首，位列第一。作品对我国现当代文学产生了巨大影响。自1917年陈家麟和陈大镫把《婀娜小史》（即《安娜·卡列宁娜》）介绍到我国以来，一代代读者、作家都不同程度地从中获益，对他们的生活和创作产生了不小的影响。据不完全统计，仅1956—2013年，《安娜·卡列宁娜》就出现了15个不同风格和特色的译本。但长期以来，我国对《安娜·卡列宁娜》的研究显得零散而不足，单篇的论文不少，但系统研究的专著缺乏。正先老师的这部专著可以说及时填补了这一空白。

　　正先老师的专著对《安娜·卡列宁娜》从宏观到微观作了较为全面的研究，内容涵盖了不少前人尚未涉足的领域，如许多容易被读者和评论家忽略的人物等。专著突出了对小说的基本要素——人物形象的分析，其篇幅约占整部著作的三分之一，这就抓住了本质性的东西。专著一个显著的特点是以作品本身为基础，没有脱离文本所提供的事实而天马行空地去发挥，因而言之有理，言之有据，令人信服。专著对《安娜·卡列宁娜》研究中一些有争议的问题，诸如卷首题词、作品的结构、对主人公形象的看法等，都能表明自己的看法，且能充分论证，其中不乏真知灼见，对我国广大读者，《安娜·卡列宁娜》的研究者和爱好者有一定的参考价值和借鉴意义。

　　专著语言朴实，深入浅出，论述精当但又非纯议论，而是联系实例阐发，可读性强，表现了作者极强的文字功底和学术造诣。

我郑重向读者推荐正先老师的这部专著，也让我和所有从事讲授托尔斯泰的同仁们及《安娜·卡列宁娜》的爱好者们祝贺正先老师专著的问世。

智 量

2016 年 8 月 28 日于华东师大 1 村

目　　录

第一章　《安娜·卡列宁娜》的创作及情节 …………………（1）
　《安娜·卡列宁娜》的创作过程 …………………………（1）
　《安娜·卡列宁娜》的情节 ………………………………（26）

第二章　《安娜·卡列宁娜》的思想意蕴 …………………（56）
　《安娜·卡列宁娜》：俄国社会生活的百科全书 ………（56）
　《安娜·卡列宁娜》的卷首题词 …………………………（66）
　《安娜·卡列宁娜》的几个家庭 …………………………（76）
　《安娜·卡列宁娜》的妇女观 ……………………………（93）
　《安娜·卡列宁娜》的悲剧意识 …………………………（102）
　《安娜·卡列宁娜》的死亡意识 …………………………（112）

第三章　《安娜·卡列宁娜》的形象体系 …………………（122）
　安娜的形象 …………………………………………………（122）
　列文的形象 …………………………………………………（142）
　卡列宁的形象 ………………………………………………（156）
　弗龙斯基的形象 ……………………………………………（172）
　奥布隆斯基的形象 …………………………………………（186）
　多莉的形象 …………………………………………………（197）
　基蒂的形象 …………………………………………………（207）
　谢尔盖的形象 ………………………………………………（219）
　尼古拉的形象 ………………………………………………（226）
　斯维亚日斯基的形象 ………………………………………（232）

利季娅伯爵夫人的形象 …………………………………… (236)
贝特西公爵夫人的形象 …………………………………… (241)
谢廖沙的形象 ……………………………………………… (246)
瓦莲卡的形象 ……………………………………………… (257)
谢尔巴茨基公爵的形象 …………………………………… (268)
施塔尔夫人的形象 ………………………………………… (276)
农民的形象 ………………………………………………… (280)

第四章 《安娜·卡列宁娜》的场面描写 ……………… (289)
舞会的场面 ………………………………………………… (289)
赛马的场面 ………………………………………………… (294)
安娜病危的场面 …………………………………………… (304)
列文和农民一道劳动的场面 ……………………………… (315)
安娜和弗龙斯基度蜜月的场面 …………………………… (322)
安娜探子的场面 …………………………………………… (331)
安娜与列文会见的场面 …………………………………… (338)
安娜自杀的场面 …………………………………………… (345)

第五章 《安娜·卡列宁娜》异彩纷呈的艺术 ………… (358)
《安娜·卡列宁娜》的眼神描写 ………………………… (358)
《安娜·卡列宁娜》的心理描写 ………………………… (371)
《安娜·卡列宁娜》的意识流 …………………………… (382)
《安娜·卡列宁娜》的梦 ………………………………… (389)
《安娜·卡列宁娜》的自然景物描写 …………………… (399)
《安娜·卡列宁娜》的结构 ……………………………… (411)

第六章 《安娜·卡列宁娜》比较研究 ………………… (420)
安娜与潘金莲比较 ………………………………………… (420)
安娜和埃玛比较 …………………………………………… (428)
安娜与阿克西妮亚比较 …………………………………… (446)
奥布隆斯基和福斯塔夫比较 ……………………………… (454)

第七章 《安娜·卡列宁娜》评论综述 ………………………（470）

主要参考书目 ………………………………………………（503）

后记 …………………………………………………………（505）

第一章

《安娜·卡列宁娜》的创作及情节

《安娜·卡列宁娜》的创作过程

托尔斯泰最初的构思,是写一部"失了足"的上流社会已婚妇女的长篇小说。托尔斯泰夫人索菲亚在1870年2月24日的生活札记里写道:"昨天晚上他(托尔斯泰)对我说,他脑子里出现一个出身上流社会、但是堕落的已婚妇女形象。他说,他的任务是要把这个妇女描写得可怜而无过错;还说,这个形象一出现在他眼前,以前出现的所有人物和男人典型统统各得其所,集结在这个女人的周围。"①

1873年3月20日托尔斯泰的妻子索菲亚在给姐姐塔·安·库兹明斯卡娅的信中写道:"昨晚列沃奇卡突然出其不意地动手写起一部有关现代生活的小说来。小说的题材是——一个不忠实的妻子以及由此而发生的全部悲剧。"②

托尔斯泰曾讲过:"那回也和现在一样,是在午饭后,我躺在一张沙发上,抽着烟。当时是在沉思,还是和瞌睡作斗争,现在记不清了。忽然间在我眼前闪现出一双贵妇人的裸露着的臂肘,我不由自主地凝视着这个幻象。又出现了肩膀、颈项,最后是一个完整的穿着浴衣的美好的形象,好像在用她那忧郁的目光恳求式地凝望着我。幻象消失了,但我已经不能再摆脱这个印象,它白天黑夜追逐着我,我应该想办法把它体

---

① 亚·托尔斯泰娅:《父亲》,启篁、贾民、锷权译,湖南人民出版社1984年版,第344—345页。

② 贝奇科夫:《托尔斯泰评传》,吴均燮译,人民文学出版社1959年版,第259页。

现出来。《安娜·卡列尼娜》就是这么开始的。"①

小说的创作受普希金的影响,尤其是受其未完成的一个文艺片段《客人们聚集在别墅》的影响。1873年3月25日,在繁忙的工作之余,托尔斯泰给俄国著名批评家尼·尼·斯特拉霍夫写信,信里写道:"有一天,在工作之余,像往常一样(仿佛是第七次),我拿起普希金的这卷作品,通读了一遍,不忍释手,于是又读了一遍。不仅这样,它似乎消释了我的全部疑惑。以前不只是普希金的作品,而且,无论哪一部作品,从来都不曾使我这样喜悦:《射击》、《埃及之夜》、《上尉的女儿》!!! 还有《客人们聚集在别墅》的片段。我不由自主地,不知不觉地,自己也不知怎么回事便构思起人物和事件来,接着继续思考,当然,以后又发生变化,忽然,一部小说就这样迅速而绝妙地产生了。这部小说今天我才起草完,它十分生动、感人和完美,我对它非常满意。如果上帝赐福给我,再过两个礼拜,我就会写完它。"② 在5月11日给斯特拉霍夫的信中托尔斯泰再次谈到自己写《安娜·卡列宁娜》的念头,"其起因得益于天才的普希金,我是偶然拿起他的著作并且以一种新的狂喜心情整个读了一遍"。③《客人们聚集在别墅》这个片段对托尔斯泰的启示是什么呢,从目前所掌握的资料来看,主要是开头。文学作品的开头多种多样,但最好的还是开门见山。对此,托尔斯泰说:"要写作就应该这样写,普希金总是直截了当地接触问题。换了另外一个人,一定会开始先描写客人,描写房间,而他却是一下子就进入了情节。"④《客人们聚集在别墅》开头一句就是"客人来到了乡居"。"托尔斯泰看后对当时在场的人们说,这几个字一下子把人物投入了事件的中心,是小说的开头的一个好典范。有人就笑着说,他应该用这样的开头来写一部小说;托尔斯泰立刻把《安娜·卡列尼娜》写起了头,那第二句,亦即叙事的第一句写的是,'奥布浪斯基家里一切都乱了'。"⑤ 这句开门见山的开头,一下子就把读

---

① 转引自康·洛穆诺夫《托尔斯泰传》,李桅译,天津人民出版社1981年版,第193页。
② 《列夫·托尔斯泰文集》第十六卷,人民文学出版社2000年版,第139页。
③ 同上。
④ 布尔加科夫:《列·尼·托尔斯泰伯爵及俄国和国外对他作品的评论》,圣彼得堡1898年版,第86页。
⑤ 莫德:《托尔斯泰传》(上),宋蜀碧、徐迟译,十月文艺出版社2001年版,第400页。

者引向家庭，突出了小说"家庭的思想"。1877年3月3日，托尔斯泰对妻子索菲亚说过这样的话："要使作品写好，就必需爱它里面的那个主要的、基本的思想，就像我在《安娜·卡列尼娜》中爱家庭的思想……"①奥布隆斯基家里"乱"指的是什么，我们不知道，作家也没有写出来，这就形成情节的纽结，这个纽结随情节的发展而被解开。

  托尔斯泰为什么突然对"家庭思想"感兴趣？这是值得注意的。我们知道，《战争与和平》的成就给作家精神上带来了极大愉悦的同时，他也为创作《战争与和平》花费了不少的精力，他也需要休息。有一段日子他确实没有再提笔写东西。这一点，他1870年6月13日给费特的信中写道："感谢上帝，我今年夏天象匹马一样愚蠢。我工作，伐木，挖地，割草，而对那令人讨厌的文—文学和文—文学家，谢天谢地，我没有考虑。"② 他的妻子索菲亚在给费特妻子的信中证实："列沃奇卡整天用铁锹清理庭园，铲掉荨麻和牛蒡，布置花坛。"③ 托尔斯泰1870年11月给斯特拉霍夫的信中写道："我处于一种痛苦的怀疑状态中，怀疑自己再没有可能或者再没有力量去进行大胆的构思，我对自己缺乏信心，同时，内心里又在进行着紧张的工作。也许，这种状态预示着一个幸福的、充满自信的创造期，这种时期不仅以前我曾经经历过，但也许，我永远再写不出东西来。"④ 托尔斯泰几乎几个月没写东西。其间，他似乎对戏剧文学感兴趣，对喜剧和悲剧的性质进行过思考，并读了大量名家的作品。1870年2月4日在给费特的信中他写道："我读了莎士比亚、歌德、普希金、果戈理、莫里哀的大量作品，这就有许多事情要向您说。"⑤ 他的夫人索菲亚也在日记中写道："托尔斯泰读了大量戏剧作品，莫里哀、莎士比亚、普希金的《波里斯·戈东诺夫》……他总想同费特谈谈费特很夸奖的歌德。"⑥ 托尔斯泰自己也有写剧本的打算，但没有动笔。也许是他

---

① 贝奇科夫：《托尔斯泰评传》，吴均燮译，人民文学出版社1959年版，第307页。
② 《托尔斯泰文学书简》，章其译，湖南人民出版社1984年版，第432页。
③ 古谢夫：《列夫·尼古拉耶维奇·托尔斯泰1870—1881年传记材料》，苏联科学院出版社1963年版，第18页。
④ 康·洛穆诺夫：《托尔斯泰传》，李桅译，天津人民出版社1981年版，第189页。
⑤ 《托尔斯泰文学书简》，章其译，湖南人民出版社1984年版，第426页。
⑥ 古谢夫：《列夫·尼古拉耶维奇·托尔斯泰1870—1881年传记材料》，苏联科学院出版社1963年版，第18页。

认为创作新作品的时机尚未成熟。值得注意的是，他还是沉浸在历史题材中，想以历史题材创作戏剧。他曾考虑过要根据描写洛夫恰林的壮士歌为基础写一部悲剧。

不久，托尔斯泰的兴趣又转到了俄罗斯中世纪的壮士歌和童话上，他准备创作一部俄罗斯勇士的长篇小说。他已在自己的笔记里列出了十个勇士的名字。对此，索菲亚在1870年2月14日在日记中写道："童话和壮士歌把他引入一种狂喜状态。他特别喜欢伊里亚·穆罗麦茨。他准备在自己的小说中把他写成一个有教养的、非常聪明的人，农民出身，在大学里念过书。我不善于重复他给我描述过的那种典型，但我知道，它是非常好的。"① 遗憾的是没有进展，它明显地被另外的构思代替了。

在《战争与和平》这部反映俄国英雄时代的历史题材的巨作完成后，托尔斯泰对俄国的历史仍然抱着极大的兴趣。作为现实主义作家，他是怀着理解现实的目的去研究历史的，他想在历史中寻找与当代类似的东西，进一步探索历史发展的规律。《战争与和平》的成功激励着作家在对历史小说资料的搜集。如1870年4月的笔记里就出现了关于写彼得一世时代的长篇小说的构思。托尔斯泰花费了很多时间和精力研究彼得大帝时代的史料。他在1872年12月17日给斯特拉霍夫的信中写道："身边放了一大堆关于彼得一世和他那个时代的书；一边读，一边标出有用的地方，想写，但又不能。对艺术家来说，这个时代真够呛。无论你朝哪里看——到处都是问题，都是谜，而谜底只有凭幻想才可能猜出。俄国生活的全部症结就在这里。"② 托尔斯泰为用何种形式来写来这部新构思的历史作品进行了深思熟虑：民间故事他不满意，戏剧他也放弃了，最后他还是选择了他所熟悉的小说。"1870年2月作家完成了长篇小说开头部分的初稿，接着，他又同时搜集和研究有关彼得和他的时代的材料。托尔斯泰为小说的开头部分写了32种异文。"③ 作家的妻子索菲亚在1873年1月31日的日记里写道："人物在他面前一个接一个地出现。写了约

---

① 《索菲亚·安德烈耶夫娜·托尔斯泰娅日记（1860—1891）》，萨里什尼科夫出版社1928年版，第30页。

② 赫拉普钦科：《艺术家托尔斯泰》，刘逢祺、张捷译，上海译文出版社1987年版，第174—175页。

③ 康·洛穆诺夫：《托尔斯泰传》，李桅译，天津人民出版社1981年版，第191页。

莫十个开头,但他总是不满意。昨天说:'整部机器准备好了,现在要使他开动起来。'"① 有关彼得一世的小说经过了十月怀胎,但遗憾的就是没有分娩。这是什么原因呢?根据多数回忆录提供的材料和研究者的探索,其主要原因有三个方面:

首先是作家感到自己对"历史生活的知识还不能运用自如,还没有完全掌握对描写人物性格来说不可缺少的生活细节",还不能够充分地深入到彼得时代的人物的心理活动中去。托尔斯泰曾说:"我不能再写那个彼得的时代,因为它离我们实在太远了,我发现,我很难深入到当时那些人们的灵魂中去,他们不象我们。"②

其次是作家对彼得及其那个时代的怀疑。1873年1月24日托尔斯泰给戈洛霍瓦斯托夫的信中写道:"……我已达到这样一个阶段,当你读了大量有关那个时代的材料,而且这些材料是伪造的,是从欧洲庸俗的、英雄造时势的观点出发的,那么你会对这种伪造感到愤恨,并且当你希望冲破这个谎言的魔术圈时,你会失去所需的平静和专注。"③ 作家的妻弟 C.A. 别尔斯在《回忆托尔斯泰》中写道:托尔斯泰"对彼得一世的个性的看法与一般人的看法正相反,并且整个时代变得令他讨厌。他断言,彼得一世的个性和活动不仅没有任何伟大之处,而且相反,他的一切品质既恶劣又卑鄙,他的生活糜烂,甚至是罪恶的;而在对国家有益的活动方面,彼得一世从不注意,一切只为个人打算。……彼得一世特别胆小,狡猾,残忍。他一生酗酒,沉溺于淫荡生活。他进行的一切所谓的改革,完全……是追求他个人的利益。……最使列夫·尼古拉耶维奇愤怒的是阿列克塞王子之死,他受尽折磨,最后被他的父王亲手杀死"。④

最后也是最主要的原因是作为现实主义作家对现实社会问题的关注。不管托尔斯泰对历史何等的感兴趣,还是挡不住色彩斑斓的当代社会生活对他的诱惑。而社会中体现人们自然关系的重要单位是家庭。托尔斯

---

① 赫拉普钦科:《艺术家托尔斯泰》,刘逢祺、张捷译,上海译文出版社1987年版,第175页。
② 康·洛穆诺夫:《托尔斯泰传》,李桅译,天津人民出版社1981年版,第191页。
③ 赫拉普钦科:《艺术家托尔斯泰》,刘逢祺、张捷译,上海译文出版社1987年版,第176页。
④ 《同时代人回忆托尔斯泰》上册,上海译文出版社1984年版,第268页。

泰想通过对家庭关系的剖析来反映现代人的生活。托尔斯泰对家庭问题始终有着强烈的兴趣。此外，赫拉普钦科认为，托尔斯泰对家庭问题有他个人的"癖好"。他"把'自然的'关系同人为的生活相对照时，把家庭看作是社会之中最早体现出人们的自然关系的一个非常重要的单位。作家认为保留这种自然的关系，同时使这种关系摆脱一切非固有的和外来的东西这一点具有重大的意义"。①

《安娜·卡列宁娜》创作的时代，是俄国社会发生急剧变动的年代。旧的农奴制经济崩溃，新的资本主义经济急速发展，农民生活日趋贫困，部分贵族日趋没落，新兴资产阶级崭露头角，社会矛盾日趋尖锐。加之沙皇政府在不断发动侵略战争的同时，对内残酷掠夺、压迫劳动人民，导致工人罢工、农民暴动不断，阶级关系急剧变化。这一切使得贵族社会赖以生存的精神支柱，如家庭、婚姻、伦理道德观念等都发生了动摇。急剧动荡的社会使得关注现实的托尔斯泰深感不安。

《安娜·卡列宁娜》创作时代的社会生活，与《战争与和平》中所描写的社会生活有着很大的区别。主要表现为《战争与和平》描写的是全民抗击拿破仑的战争，这是民族问题。而19世纪70年代，民族矛盾为阶级矛盾所取代而成为社会的主要矛盾。对此，"一小本残缺不全的《安娜·卡列尼娜》也读了百来遍"②的列宁在《列夫·托尔斯泰和他的时代》中就借《安娜·卡列宁娜》中的男主人公列文之口论述了这个时期俄国的时代特征："现在我们这里，一切都颠倒过来，而且刚刚开始形成"——很难想象还有比这更恰当地说明1861—1905年这个时期特征的了。那"颠倒过来"的东西，是每个俄国人都非常了解的，至少也是很熟悉的。这就是农奴制度以及与之相适应的整个"旧秩序"。那"刚刚开始形成"的东西，却是最广大的人民群众完全不熟悉的、陌生的、不了解的。托尔斯泰模模糊糊地看到的这个"刚刚开始形成的"资产阶级制度是一个像英国那样的吓人的怪物。……可以说，托尔斯泰是根本不想弄明白的。他像民粹派一样，闭起眼睛，根本不愿意看到，甚至拒绝去

---

① 赫拉普钦科：《艺术家托尔斯泰》，刘逢祺、张捷译，上海译文出版社1987年版，第178页。

② 《列宁全集》第37卷，人民出版社1963年版，第486页。

想在俄国"开始形成"的东西正是资产阶级制度。① 家庭是社会中最小的组织单位，社会的任何变化都必然对这个单位产生影响；同时，家庭关系的变化、危机等也必然反映这个时代社会生活的某些特点。别林斯基说过："谁要想对人民有所了解，他就应该首先在他们的家庭日常生活中去研究他们。"在《安娜·卡列宁娜》的写作过程中，托尔斯泰就是试图通过他所喜爱的"家庭思想"来探索这个阶段俄国社会生活的特点。

托尔斯泰说自己被普希金小说片段所吸引，"一下子"（50天）就把它全部写完，从而"初步"结束这部长篇。这仅仅是他个人的感觉而已。事实上作者对小说的创作付出了艰苦的劳动。托尔斯泰于1873年3月动笔，但很快就中断了写作，主要是因干旱，他的田庄萨马拉成了"一片枯黄的焦土"。他不能对萨马拉农民的灾难熟视无睹。整个夏天他几乎都是在那里度过的。从萨马拉回来后，他又开始小说的创作。8月24日他给斯特拉霍夫写信说："您的来信说您目前正期待我写出一些风格比较严谨的东西……说来惭愧，却不得不承认目前正在修改以前信上已经告诉过您的那部小说，而且是用最轻率、最不严谨的风格。这部小说我原来是想写着玩的，可是现在却骑虎难下，不得不把它写完，我怕它会写得很坏。"② 尽管如此，托尔斯泰还是希望尽快完成这部小说。起初进度确实快，1874年年初作家就出版单行本一事与出版商卡特科夫达成协议，并预计5个月完稿。3月初，他把开头的7个印张交给了卡特科夫（全书共40个印张）。但当一部分已经排好版时，他却决定延期出版。这与他忙于撰写《论国民教育》的论文有关，但更主要的是他对小说并不满意。因此，小说只印了5个印张（第一部的30章）就暂停了，小说的出版工作于7月底也就中止了。7月27日，托尔斯泰给斯特拉霍夫的信中写道："还在接到您的信以前，我就已经遵从了你的劝告……动手写那部小说；可是已经印好和排好的那一部分使我感到那样的不满，以至我最后决定毁弃已经印好的那几个印张，而把列文和渥伦斯基的开头部分全部重写过。"③

---

① 《列宁全集》第20卷，中共中央马克思恩格斯列宁斯大林著作编译局1989年版，第100—101页。

② 《托尔斯泰作品全集》62卷，第41页；转引自贝奇科夫《托尔斯泰评传》，吴均燮译，人民文学出版社1959年版，第299页。

③ 同上书，第301页。

从1875年1月开始，小说在《俄国通报》上连载，一直到1877年4月。这是托尔斯泰紧张艰辛劳动的时期。小说仅开头就有11种不同的形式，书名也变更过多次。这期间，托尔斯泰与出版商卡特科夫还发生了一件不愉快的事。卡特科夫曾要求托尔斯泰修改安娜和渥伦斯基接近的那一章。托尔斯泰予以坚决地拒绝："最后那一章我丝毫不能动它。鲜明的现实主义——像您所说的，乃是我唯一的工具，因为我既不能利用激情，也不能利用说理。同时这一章还是全书的基础之一。如果它是错误的，那末全部都是错误的了。"① （重点号为原文所注——引者）

作品最初的提纲上没有任何标题，故事发生在某公爵夫人的沙龙里。人们由谈论戏剧、名歌手转到米·米·斯塔夫洛维奇夫妇身上："人们谈论着不幸，不管怎样，谁也不会把它看成是轻松而聪明的话题。"② 斯塔夫洛维奇的妻子达吉雅娜和青年军官巴拉绍夫之间已经有了暧昧关系，除丈夫外，大家都明白。人们谴责达吉雅娜，取笑其丈夫。斯塔夫洛维奇夫妇来到，重又谈起音乐、爱情和社交生活。巴拉绍夫来得比大家都晚。他挨着达吉雅娜坐下，"达吉雅娜和巴拉绍夫两人就这样一直坐到大家四散而去。"③ 斯塔夫洛维奇越来越少地去别墅看妻子，而是"愈加紧张地沉浸在公务之中"。人们纷纷议论他的不幸。巴拉绍夫准备参加赛马。他哥哥到来，对他表示不满，指责他损害了斯塔夫洛维奇老爷的声誉，还向他特别表明，上司不赞成他的行为。赛马开始前，巴拉绍夫乘车去别墅看达吉雅娜，前一天，他预先通知不来看她，但是"得悉丈夫不在，他便来了"。她告诉他自己已经怀孕。他断然要她离开丈夫出走，她激动不安，"他叹了一口气，便向四轮马车走去"。巴拉绍夫赛马失败，达吉雅娜失态，流露出对巴拉绍夫特别关注的感情。对此，她对也去看赛马的丈夫作解释。第二天，正在别墅的斯塔夫洛维奇的姐姐基蒂写信告诉他，达吉雅娜对他不忠诚。以上构成了前六章的主要内容。后四章作者写了个简短的提纲：第七章：关于怀孕；第八章：斯塔夫洛维奇在

---

① 《托尔斯泰作品全集》62卷，第41页；转引自贝奇科夫《托尔斯泰评传》，第303页。

② 日丹诺夫：《安娜·卡列尼娜的创作过程》，雷成德译，内蒙古人民出版社1980年版，第2页。

③ 同上书，第2—3页。

莫斯科，德米特里奇强邀午宴，他的妻子，关于丈夫不忠实的谈话；第九章：在火车上和虚无主义者的谈话；第十章：分娩，饶恕；第十一章：达吉雅娜分娩后她与丈夫、巴拉绍夫的生活（基本上和定稿中安娜恢复健康以后的状况相同），形成了一种不正常的关系。斯塔夫洛维奇的痛苦；他答应了离婚，并办理手续，最后留下斯塔夫洛维奇孤零零一个人，但他"仍然按老习惯生活与工作，可是，他的生活意义却已经被毁掉了"。第十二章：斯塔夫洛维奇的孤独；新婚的巴拉绍夫夫妇的不幸生活。"一点要和从前的妻子亲密如昔的感情折磨着斯塔夫洛维奇，他连一刻一秒也不能忘记她。"① 巴拉绍夫辞去了公职；社交界接待巴拉绍夫，而不承认他离过婚的妻子。只是"思想放纵，行为失检点的人们和他们往来"。② 巴拉绍夫经常在俱乐部里度过，达吉雅娜饱受嫉妒的煎熬。"她聪明而又机灵，为了使自己摆脱孤独，她想方设法寻求各种不同出路"，"扔下两个孩子，连孩子们也孤零零地长大……当她说她不应离婚，也可以这样生活下去的时候，难道她说的不对吗？是的，一千个对"。③ 她一心追求享乐，"她坐着，回忆着自己的一生。忽然她清楚地看到，她毁了两个善良的人，两个好人。她想到了几条出路：卖笑女人——虚无主义者——母亲（不行），保持平静——不行。只有一条路——活着和享乐。巴拉绍夫的朋友。为什么不委身于人，不逃跑，毁掉一生呢。得什么病，吃什么药"④ 斯塔夫洛维奇是一个上了年纪的、灵魂高尚的人，他在宽恕达吉雅娜的同时，还为她指出一条救赎之路。有一次，斯塔夫洛维奇去看达吉雅娜，感召她体验自我牺牲的幸福，对她说："……要为别人生活下去，忘掉自己，为谁——你自己知道，为孩子们，为他，那么你也会幸福。"⑤ 就像来时一样，他突然走了。巴拉绍夫听说斯塔夫洛维奇曾经来过，便大动肝火。托尔斯泰在手稿里写巴拉绍夫和达吉雅娜最后一

---

① 日丹诺夫：《安娜·卡列尼娜的创作过程》，雷成德译，内蒙古人民出版社1980年版，第5页。

② 同上。

③ 同上。

④ 赫拉普钦科：《艺术家托尔斯泰》，刘逢祺、张捷译，上海译文出版社1987年版，第178页。

⑤ 同上。

次谈话仅仅拟出个轮廓——只有几句对话而已。巴拉绍夫由于"谎话,虚伪",难以忍受的处境而恼怒起来。她最后一句话是:"好,等一等吧,你不会长期受折磨的。""她走了。过了一天,在涅瓦河里找到了她的尸体。"(后来修改为:"在铁轨边找到了她的尸体。")

以上是第一提纲的大致内容。在这个提纲中,出现了定稿中的四个主要人物:安娜(达吉雅娜)、卡列宁(斯塔夫洛维奇)、弗龙斯基(巴拉绍夫)、奥布隆斯基(德米特里奇)和次要人物利季娅伯爵夫人(吉提)。在这个提纲里,达吉雅娜被描写成一个迷恋于卑鄙的、肉欲的、极端自私和虚伪的破坏家庭幸福的罪魁祸首。托尔斯泰在一份草稿里写道:"她——一个令人厌恶的女人。"[①] 不难看出,这个提纲没有写男女主人公爱情的发端,主题单一,没有突破私生活性质,所写的就是"一个不忠实的妻子以及由此而发生的全部悲剧"。

提纲最后交代达吉雅娜的惨剧发生后,巴拉绍夫到塔什干去了。这是对1873年赫文斯基长征的响应。这使小说的事件和时代相合拍。

第二个提纲有了一个标题——《懦弱的好汉》。与第一个提纲一样,也是以沙龙的画面开始的。但斯塔夫洛维奇变成了定稿上的名字——亚力克赛·亚力山特洛维奇·卡列宁;达吉雅娜变成了阿娜斯塔西娅,简称娜娜;巴拉绍夫时而被叫作嘎肯,时而被称为乌达塞夫;沙龙女主人有了一个伏拉斯卡娅公爵夫人的姓;德米特里奇改名为司忒潘·阿卡谛耶维奇,但没有姓;托尔斯泰的姐姐起初叫吉提,后来又叫玛丽。情节与第一稿的差不多,只是增加了娜娜动身时和嘎肯在马车旁告别的插叙和晚会后卡列宁和妻子的谈话。第二稿中,事件的进程更符合逻辑,而开头还是和第一稿一样,平平常常,没有什么特色。

在这个提纲里,娜娜和嘎肯的言行证实了社交界的推测。"人们全都觉察出,发生了一件令人厌恶的、不礼貌的、不成体统的、丢脸的事情。"[②] 这一切全都被丈夫看在眼里,而且全都明白。这里还加了娜娜和

[①] 赫拉普钦科:《艺术家托尔斯泰》,刘逢祺、张捷译,上海译文出版社1987年版,第178页。

[②] 日丹诺夫:《安娜·卡列尼娜的创作过程》,雷成德译,内蒙古人民出版社1980年版,第7页。

嘎肯两人互相倾吐爱情的场面："假定您什么也没有说，我也无需您说什么，一点也不需要。您只要知道，我的生命是属于您的，我唯一可能的幸福，便是您的爱情"，嘎肯说。"好，我不说我爱您"，——她用缓慢深沉的喉音重复着，就在这时候，她突然摘下花边，——因为无须这样说。"我爱你，明天四点钟，再见，阿拉克赛·克里勒奇"。"她伸出手来告别，然后以迅速有力的步子在看门人面前走过，坐进马车里去了。"① 卡列宁决定与妻子谈谈。丈夫劝导她说："我们的生命连在一起，这不是由人，而是由上帝联系的……在我们的关系中有一种秘密，无论是你或我，我们全都感觉到它……我什么事都不会去做，也不能做，所以我也不想惩罚。上帝会报应的。"② 以后的内容和定稿相似，娜娜没有承认什么。接下来写的是："整整这一夜，亚力克赛·亚力山特洛维奇都没有合眼，但是，到了第二天，当他立即在自己妻子身上发现某种奇异的东西时，他自己断定，他生活里的一件最大的不幸已经发生了，不管这件不幸的事情多么明显地摆在他的面前，他到底要怎么办，却不知道，但是，他知道不幸确实发生了。"③ 在这个提纲里，孩子占一个重要地位。娜娜激动地对嘎肯谈论孩子："在我们这种处境里，我们不是以自己的生命，而是以比自己生命更重要的孩子们的生命为儿戏，在这种处境下，难道还有什么是沉重和可恶的吗？"④

这个提纲把整部小说分为四部：

第一部

第一章 冬末客人们聚会，人们等候着卡列宁夫妇，并议论他们。她来到，和嘎肯坐在一起，举止不成体统。

第二章 和丈夫谈话，她责难丈夫从前的冷淡，"晚了"。

第三章 在组合里。嘎肯准备前赴约会，他的母亲和哥哥劝阻他，他去会她。她家的晚会，丈夫。

---

① 日丹诺夫：《安娜·卡列尼娜的创作过程》，雷成德译，内蒙古人民出版社1980年版，第7页。
② 同上书，第37页。
③ 同上书，第7页。
④ 同上书，第41页。

第四章　丈夫，和哥哥谈话。司忒潘·阿卡谛耶维奇劝慰以及关于德国派与关于妻子。

第五章　赛马——坠马。

第六章　她跑去看他，说她已怀孕，和丈夫谈话。

第二部

第一章　坐着一对情人，他恳求她和丈夫断绝关系。她避而不答，说她快要死了。

第二章　丈夫在莫斯科，司忒潘·阿卡谛耶维奇强邀他到自己家里作客，他去俱乐部。和他妻子谈话。司忒潘·阿卡谛耶维奇的家庭。亚力克赛·亚力山特洛维奇说他毫无出路，只能背十字架受难。

第三章　阅读所有的长篇小说，研究问题。毫无任何可能，前往脱洛茨，会见虚无主义者，他的慰藉。祈祷。电报。

第四章　分娩，两人痛哭。平安无事。

第五章　基督感情鼓舞着自己，放下窗帘，大家悔过，受苦。他们低声谈论，说这是不可能的。

第六章　司忒潘·阿卡谛耶维奇按照嘎肯和娜娜的请求安排〔离婚〕，而亚历克赛·亚历山特洛维奇同意让另一边脸颊挨打。

第三部

第一章　社交界哈哈大笑。人们应当同情。他乘车出访；但是在家里却嚎啕大哭。

第二章　社交界的反对，除了一些不正派的人，谁也不来拜访，她异彩独放。他和她争吵。

第三章　他嘎然煞车。看望儿子，探望母亲，他像只蝴蝶一样，浑身颤抖。

第四章　她家里的虚无主义者。他外出，她嫉妒。

第五章　他在俱乐部里消遣。

第六章　形成这样局面：他在上流社会，她在家中，她的绝望。

第四部

第一章 作为一个不幸的人亚历克赛·亚历山特洛维奇到处闲游而消声匿迹。他的兄弟们，司忒潘·阿卡谛耶维奇。看望她并且觉得她十分不幸，愿意帮助她。她反感。好说是非的女管家。

第二章 他十分快活，乘车来到。好说闲话的人引起她的嫉妒。在家中他感到不幸。不该去参战。

第三章 M 公爵在孩子身上丢丑（两个字不清楚）。又一个梦。

第四章 亚历克赛·亚历山特洛维奇到来，和嘎肯可怕的争吵。

第五章 她离家出走，投水自尽。

第六章 两个丈夫，兄弟。

结　局 亚历克赛·亚历山特洛维奇教育孩子们。嘎肯在塔什干。[①]

第二个提纲内容和第一个区别不大，增添了定稿中的一个次要人物贝特西公爵夫人（伏拉斯卡娅公爵夫人）这个人物是彼得堡"天下最堕落的女人"那个集团的领袖人物，借助她描绘了上流社会那些虚伪的年轻贵妇的荒淫生活。

第三个提纲里，作品标题未定。情节开始于莫斯科："老公爵夫人玛利亚·达维多芙娜嘎肯娜和儿子一道回到自己的莫斯科家里，她就在自己房子里束装打扮，换上衣服，然后叫儿子去喝咖啡。"[②] 公爵夫人来到莫斯科是为了给"儿子和吉提·薛杰巴茨卡娅主持订婚仪式"。嘎肯的密友科斯佳在其莫斯科家中。夫人不喜欢他，他问嘎肯夫人不喜欢他的原因，嘎肯告诉他："因为你不和所有的人一样。她觉得需要给你的脑子里装进一个特殊的箱子，而她的头脑里早就被这些填满了。"[③] 他们都迷恋薛杰巴茨卡娅，后科斯佳选择退出。这里，引人注意的是朋友之间的特殊友谊。但这样写不利于以后的情节。于是又出现了第四个提纲。

---

① 日丹诺夫：《安娜·卡列尼娜的创作过程》，雷成德译，内蒙古人民出版社 1980 年版，第 8—9 页。

② 同上书，第 11 页。

③ 同上书，第 12 页。

第三个提纲又增添了定稿中的主要人物列文（科斯佳）和基蒂，但列文（科斯佳）是弗龙斯基（嘎肯）的朋友。还有一个次要人物弗龙斯基伯爵夫人（玛利亚·达维多芙娜嘎肯娜）。比前两个提纲增加了基蒂和科斯佳、弗龙斯基之间的三角关系的情节。科斯佳的出现为小说提出当时许多新的重大的社会问题做了准备。

第四个提纲把小说的标题改成了定稿中的《安娜·卡列宁娜》。前两个提纲中的娜娜变成了定稿中的安娜。司忒潘·阿卡谛耶维奇有了个姓——阿拉宾。情节从阿拉宾夫妇的家庭开始："司忒潘·阿卡谛耶维奇·阿拉宾，虽然他的不忠实被揭穿以后，昨天和妻子发生争吵……"接下来便是："唉！"当他醒来回想起过去发生的一切时，他突然叫了一声，"没有什么了不得，一切都会过去"。前往办公室的时候，"他忽然想出了一个美好的念头，"把自己的妹妹安娜叫来，她是"一切聪明、美好、优雅、漂亮、善良的化身"，"安娜会安排好一切"。于是，他给安娜写了封信。随后的场景是在莫斯科车站，阿拉宾遇到自己喜爱的近卫军中尉嘎肯。安娜把嘎肯的注意力吸引到自己身上。在嘎肯眼里，"她多么奇异而幽雅，在敏捷的动作里，特别是在如此奇异而轻柔地包藏着十分丰满身躯的轻盈的步态里，有某种特别新颖而非常可爱的东西"。他和母亲一道走出车厢时，又一次回头看了她一眼。嘎肯的母亲说："美极了！她丈夫安排她和我坐在一起，我非常高兴，她这样可爱，善良，非常、非常可爱。"① 安娜来向她告别时，她也没有中断对安娜的赞美。

为了后面的情节（和第三个提纲一样）是从公爵夫人嘎肯娜到达莫斯科自己的家里之后开始的。"最早加上《安娜·卡列尼娜》书名的长篇小说新的完整的草案由两个部分组成：阿拉宾家中的争吵，在莫斯科车站上阿拉宾的妹妹安娜和嘎肯的母亲相遇，在莫斯科家中母亲和儿子交谈他和吉提即将举行的婚礼，嘎肯和他的友人涅拉道夫两人都在热恋吉提。"② 第四个提纲为安娜的出场找到了"开端"。但未来的列文的情节

---

① 日丹诺夫：《安娜·卡列尼娜的创作过程》，雷成德译，内蒙古人民出版社 1980 年版，第 13—14 页。

② 同上书，第 14 页。

第一章 《安娜·卡列宁娜》的创作及情节　15

线索还没有。于是出现了第五个草案。① 值得注意的是，第四个提纲不仅确立了小说的标题，而且和普希金《客人们聚集在别墅》这个片段一样，开门见山、直奔主题。保留了第三个提纲中嘎肯和他的朋友涅拉道夫（第三个提纲中是科斯佳）都热恋吉提的情节，并新增了定稿中的主要人物多莉。

　　第五个提纲的标题和第四个一样：《安娜·卡列宁娜》，但加了个题词："同一件婚事，一些人视为儿戏，而另一些人，却看作是世界上最重要的事情。"在写作过程中出现了整部作品的题词："我的报应"，而每一部的题词重又写在其他几个稿样里。② 第五个提纲里列文（涅拉道夫，这里变成了奥尔德采夫），同时还由弗龙斯基（嘎肯）的朋友变成了奥布隆斯基（阿拉宾）的朋友。和前一个提纲一样，阿拉宾揭开了情节，但完全是另一种写法："莫斯科举办了一个牲畜展览会，动物园挤满了人。一个满脸红光，有一张鲜红的厚嘴唇，戴一顶在卷曲稀疏的金色头发上微微倾斜的帽子，海狸皮的长白毛和漂亮的连鬓胡子混杂在一起的人，这就是在全莫斯科上流社会大名鼎鼎的法官司忒潘·阿卡谛耶维奇·阿拉宾，他带着他的时髦的太太来了……"③ 这里写阿拉宾是为了写奥尔德采夫。阿拉宾在展览会上和自己的朋友奥尔德采夫偶遇。他对奥尔德采夫说："我对妻子和吉提说，你在这里，晚上一定要来，你一定要来，吉提也要来。"他们交谈了婚事。"一定去（奥尔德采夫打定了主意）。可是他刚一想到面临的事，血就涌上面孔，他用习惯的动作，擦着自己的额角和眉毛。"接着写奥尔德采夫"回到彼得罗夫卡新建旅馆的房间里……一股新奇的感情从这个年青人的心头涌起……关于吉提以及和她即将会面的念头一分钟也不曾离开过他"④。他怀着兴奋的心情，向薛杰巴茨卡娅家走去。当他按门铃的时候，感到自己"由于幸福的激动而喘不上气来"⑤。这个提纲里，未来的列文——奥尔德采夫"被描写成一个独特的、

---

　① 日丹诺夫：《安娜·卡列尼娜的创作过程》，雷成德译，内蒙古人民出版社1980年版，第15页。
　② 同上。
　③ 同上书，第16页。
　④ 同上书，第17页。
　⑤ 同上。

有些牢骚情绪,探索新道路的地主",同时,又是一个"难以找到的、比他更十足的、最地道的俄罗斯人"。他"严厉指责自己的朋友,只知贪图享乐的官吏"。① 这个新的主人公的出现,从根本上改变了创作的方向:对当时重大社会问题的探索。他与本阶层的人不同,他敌视一切固定下来的普通事物。他身上的"高傲,毫无任何根据的自信和他致力的农民教育、牲畜饲养、农民问题联系在一起的某种粗野的农村生活"都使他们大为不快。②

后情节转入谢尔巴茨基家中,老公爵夫人谢尔巴茨卡娅对基蒂追求者的思考写得很简略,只写她的大女儿多莉和丈夫分离,带着孩子来到娘家,随后又勉强同意饶恕丈夫,回到丈夫家中。

公爵家的"客厅分成两个阵营"……奥尔德采夫从吉提与嘎肯的神态中明白了等待他的是失败的厄运:"这天晚上,他刚一投身薛杰巴茨基家,从最初听到的一些话里,他就明白了,他的位子已经被人占去了。他强使自己表情自然,举止轻松,但是,他的深邃的蔚蓝色的眼里却流露出惘然若失的表情,连吉提也可怜起他来……'当然,嘎肯是没有一点罪过的',奥尔德采夫想着,因此,他对嘎肯仍然彬彬有礼。他只是觉得有些难为情,他自己察觉到了这一点,便愈加难为情了。"③ 他怀着"痛苦与羞愧的感情,乘坐出租马车回到家里,一躺下便哭泣起来"。他随即回到乡村,"平静下来",继续过着从前的生活。④

当客人离开时,多莉和阿拉宾谈了一次话。"她第一次接受了母亲和妹妹的劝慰,决定听完丈夫的话。"多莉以讥讽的态度等待男子们通常的誓言,可是却发生了意外的事情。"他带着一张胆怯的、孩子般的、在斑白的颊须中间围绕着发红的鼻子流露出来的亲切面孔"走到她的身边,她刚一开口说话,"他的面孔就抽搐起来,他吻她的手,失声痛哭。她也想哭,可是,自己克制住了,而且遮掩起来。第二天,依照事先的许诺,她搬回家,为了维护面子,她将和他生活在一起,不过他们之间的一切

---

① 日丹诺夫:《安娜·卡列尼娜的创作过程》,雷成德译,内蒙古人民出版社1980年版,第39页。
② 同上书,第102页。
③ 同上书,第18页。
④ 同上。

已经完结了"。①

阿拉宾感到心满意足，但他还期望得到妹妹安娜的帮助，使家庭关系和好如初。他给安娜写了信，安娜答应前来。生活像往常一样，司忒潘·阿卡谛耶维奇轻松快活地出席法庭会议（不是定稿的"衙门"里），多莉"专注在孩子们身上"，嘎肯照常去拜访谢尔巴茨卡娅家，大家都明白，他就是要向基蒂求婚的人。安娜三天后到来。司忒潘因为客人准备房子的事而和妻子吵了几句。这场争吵这样结束了，当阿拉宾和前往去迎接母亲的嘎肯一道坐马车去车站接妹妹的时候，多莉给小姑子收拾了房子。

车站相遇的场面和原先差不多，但描写得更加细腻。安娜和未来的弗龙斯基偶然产生感情的心理主题得以扩大和加深。这个提纲第一次出现了火车轧死人的情节——"一个身穿狗皮领子外套和淡紫色裤子的年轻人"被火车轧死。②

以后的情节，除一些新的插叙外，大体上与定稿的各章一致：安娜来到阿拉宾家，她和多莉交谈，司忒潘和妻子和解，基蒂到来，她和安娜谈论省长将军即将举办的舞会，基蒂的两个求婚者——奥尔德采夫和嘎肯，基蒂和安娜对嘎肯的赞美，和丈夫和解了的多莉来到她们这儿。"这个晚间，道丽第一次和司忒潘·阿卡谛耶维奇谈了话，还给他斟了茶，他与安娜和孩子们嬉笑玩乐。看得出来，他仍然担心不要过于快活，以免让人觉得，他像小孩一样，刚得到宽恕，就忘记了自己的过错。"③

在稿纸的底边和页边，托尔斯泰标注写作的要点：舞会，安娜匆忙动身回家。"从他的眼神里，忽然流露出卷毛狗般的温顺的表情，他不能发火，舞会开始时，一股快活、大胆的感情袭上嘎肯心头（不是乌达塞夫），终于两个人的眼睛碰在一起了，他们两个都已察觉出有件什么事情已经发生了。'我要离开，老实说，我的行为太愚蠢了，我要离开，一切

---

① 日丹诺夫：《安娜·卡列尼娜的创作过程》，雷成德译，内蒙古人民出版社1980年版，第19页。

② 同上。

③ 同上。

就会了结'，嘎肯是个英俊、挺拔的美男子。"①

　　这个舞会是在省长将军家举行的（定稿中是在谢尔巴茨基公爵家举行的），对舞会的描写，一开始就出现了"要点"里的同样写法："可是，当她在他的眼神里，看到的不是勇气，不是傲慢，而是像卷毛狗般的温顺的时候，她满脸的怒气突然柔和下来。""令人奇异的是，他们的眼光相碰的时候，那么习惯上流社交生活，善于估计可能发生各种情况的安娜，一旦发觉他们的眼光相碰，便躲到一边去了。""我想，你要和吉提跳"，她说着，在他们的眼神里又一次飞逝过某种说明他们之间已经发生的、还不明确的，但是非常有力的东西。②

　　舞会的第二天，安娜突然提出回家，在她给多莉的解释里，几乎一字不差地说着同一份提纲札记中所记的那些话。手稿以在火车上的场面结束。"安娜脱下皮大衣，浑身发热，神经绷得很紧；需要空气，喘喘气，喘喘气。她穿上皮大衣，在第一个小站，她走出车厢门口。安奴什卡紧忙跑过去。'别担心，我只要吸点新鲜空气。'真可怕，太可怕了，自己也不知道自己会干些什么。忽然出现一个男子的身影，她让到一边去，而他却向她走来。'您不需要我为您效劳吗？'他深深地行了一个礼。'怎么，是您！'她的脸色一下子变白了——'你为什么也坐车走？''为了同您在一起'，她反驳道：'为什么，谁允许您对我说这话？''我没有权利，但是我的生命并不属于我，而是属于您的，永远属于您。'她用手遮住了脸，走进车厢。整整一夜她都没有入睡。车厢的颠簸、摇晃的灯光、哨声、敲打声以及车厢外的风暴都一齐折磨着她。"

　　"在安娜动身回彼得堡四个礼拜以后，薛杰巴茨基家举行了最后一次决定性的会诊，决定吉提就医的问题。她病了，在春天来临的时候，人们发现她的病情更加沉重。家庭医生早就要她出国治疗，但是她却不想去。于是，请来了一位名医。"小说引进名医，也同意谢尔巴茨基家去国外。情节就以基蒂同意出国而结束。

　　在手稿的最末一页，有一些断断续续的句子，关于奥尔德采夫农村

---

① 日丹诺夫：《安娜·卡列尼娜的创作过程》，雷成德译，内蒙古人民出版社1980年版，第20页。

② 同上。

生活的提纲:"春天。鸟儿在飞翔。村妇们还没有晒黑。正在播燕麦。人们来不及关照。奥尔德采夫亲自清扫,他担负起调解法官的工作,这是合理的,虽然……"句子没有完结。一些同一稿样的手稿,其中描写了卡列宁的出巡。因此,情节由薛杰巴茨基家决定去温泉治疗迅速转移到卡列宁出巡。情节出现了巨大的裂口。与定稿比较,缺少差不多整整第二、三部和第四部开头几章的内容。[①]

第五个提纲中所缺的内容在第二个提纲里已有。这说明托尔斯泰不想重写已经写就的东西。第二个提纲情节中断于卡列宁出巡的第一个句子上("在分娩的几个礼拜前,亚历克赛·亚历山特洛维奇因公出外巡视去了")。在同一稿样里,托尔斯泰几乎以同样的句子重新开始了第五个提纲的情节:"亚历克赛·亚历山特洛维奇接受了机关的委托,安排好去外省巡视的事宜,便动身了。估计他回彼得堡的时候,已经是安娜·阿卡谛耶夫纳分娩之后了。他认为对他说来她已经不被称为自己的妻子,而是叫安娜·阿卡谛耶夫纳。他似乎听到了她和嘎肯最近一次谈话,他自己认为,在她分娩前,无需他做任何事情。尽管他表面平静、安详而温和,可是,他自己坚定地认为,他再也不能在这个环境里继续呆下去,而必须断绝这种关系。"[②] 开始,卡列宁给安娜写过几封劝导的信,只是在他确认,他的话被安娜当作耳边风时,他决定诉诸法律。这和定稿中安娜无视卡列宁的决定,公开在家会见情人他才决定离婚是有差别的。

在莫斯科大街上,卡列宁和阿拉宾夫妇相遇,他们盛情邀请他去做客。在回答多莉对安娜的询问时,他说出自己的不幸。"在拥挤的人群中,在车轮的咔嚓声中,在马车夫要马车夫让路的叫喊声中,亚历克赛·亚历山特洛维奇急于走开,第一次泄露出自己的秘密:'达丽亚·亚历山特洛夫纳,您别对我提妻子了,我是非常不幸的。再见。'"[③] 这之前,他为离婚拜访了一位律师。在定稿中也有卡列宁拜访彼得堡名律师的事。"不管(离婚诉讼)的繁琐手续多么可怕,亚历克赛·亚历山特洛

[①] 日丹诺夫:《安娜·卡列尼娜的创作过程》,雷成德译,内蒙古人民出版社1980年版,第20—21页。

[②] 同上书,第22页。

[③] 同上书,第18页。

维奇知道，那些手续都是应该办理的。他还有一线希望，期望他的忏悔牧师，莫斯科教区的最尊敬的神父拿出主意。这位忏悔牧师向他讲述的一切，使他无法平静……一向沉着而坚定的亚历克赛·亚历山特洛维奇却处于踌躇不决，一筹莫展的困难处境之中。"①

接着情节转到卡列宁在阿拉宾家和多莉的谈话。话题先是孩子们，随后就谈到安娜。一提起妻子，"他表情失色，嘴唇不由自主地颤栗起来"。面对着为孩子们拖累而忧伤的多莉，卡列宁讲完了他忧伤的故事后说："只有最后一条出路——离婚。"达丽亚惊叫："什么都行，只是不要离婚……丈夫应当拯救妻子。"卡列宁说："任何事情都应有个限度，要我饶恕这个毁灭我过去一切，我的信念以及我整个一生的女人，我绝对办不到。"②

客人留下吃饭。新的一章这样开场："客人们在主人回来之前就已经到齐了。司忒潘·阿卡谛耶维奇迟到了半个小时，但……他在一分钟内就使所有的客人活跃起来……客人中有一位叫拉夫斯基的人（也叫罗夫斯基）。这是一个感情外露的……乡巴佬，他喜欢城市里的体操，一种似乎是补充城市生活的'人工保健法'。……这个人当然为孩子和家庭辩护。"③

拉夫斯基和基蒂决裂以后第一次相会。"他听到从客厅传来他所喜爱的浪漫序曲的乐声，他知道，这是她演奏的，而且，他还知道，演奏这只乐曲就意味着她在召唤他。他走到钢琴跟前时，她站起来，微微一笑。'您为什么要站起来呢？''我并不想奏出悦耳的乐声，我只是想招呼您来，谢谢您来了。您何苦要争吵呢？'""是的，这是实话，但是，当内心不痛快的时候，头脑便发热；如果称心如意，我就会顺从大家，从来不会争吵。""'请您再别这样争论！'她担心自己说多了话，便装出一副女皇般的冰冷表情，向门口走去，但是他拦住她的去路，他感到幸福。她又坐在钢琴前，听他说话，一直到尤拉耶夫从书房转过来，马上争论起

---

① 日丹诺夫：《安娜·卡列尼娜的创作过程》，雷成德译，内蒙古人民出版社1980年版，第23页。

② 同上。

③ 日丹诺夫：《安娜·卡列尼娜的创作过程》，雷成德译，内蒙古人民出版社1980年版，第23—24页。

新音乐作品时为止。"以上就是未来列文和基蒂在牌桌旁谈话的场面的第一张草图的内容。① 这里，奥尔德采夫又变成了拉夫斯基或罗夫斯基。

卡列宁从大家的谈话中得出一个信念："在法律、宗教、公众见解都没有给他丝毫帮助以后，他之所以受苦，是因为他没有采取最原始简便的手段"——决斗。他回到客厅，果断地决定挑战。② 门房给他送来了一份电报，上面写着："我生命垂危；我请求你，恳祈你速归。有你的饶恕，死也瞑目。"卡列宁决定饶恕她，便动身返回彼得堡。安娜病危的场面，她的发昏的呓语。当安娜出现复原的征兆时，卡列宁对乌达塞夫说明自己的打算："我的责任十分清楚地昭示我，我应当维护家庭、孩子的体面。我必须留在这儿，以便为她尽力，让我成为上流社会的羞辱、笑柄吧，我绝不会抱怨。"安娜复原后，按安娜的请求，乌达塞夫离开一个月，过了一个月，他又回来，痛苦的会见。卡列宁明白，安娜仍像先前那样地爱着乌达塞夫。乌达塞夫整天整天地在安娜房中度过。"亚历克赛·亚历山特洛维奇又去办公。他照常到她房子里来，只是吩咐安排好孩子、她和情人的生活。"这里，嘎肯又变成了乌达塞夫。随后的手稿十分详尽描写卡列宁受煎熬的生活。"他使他本人陷入了难于忍受、使他们两个和上流社会陷入不成体统、无法容忍的处境中。"司炙潘终于向他提出离婚的建议。经过痛苦的折磨，他以基督饶恕的名义，同意离婚。一月以后，他们便分离了。"乌达塞夫和安娜一同去远离莫斯科二百俄里的她的田庄，打算在这里举行婚礼。亚历克赛·亚历山特洛维奇怀着他忍受的全部耻辱的回忆，和儿子一起住在彼得堡，继续过着自己平凡的公务社交生活。"③

情节转到娶了基蒂的奥尔德采夫的领地里。在女主人公的近亲聚到一块儿的时候，加进基蒂关于奥尔德采夫求婚过程的叙述：基蒂和奥尔德采夫在莫斯科郊区的田庄相会。他们约好早晨骑马闲游："……我刚穿骑服，忽然，在那里一切全部都决定了。这时太阳还没有升起，而我的

---

① 日丹诺夫：《安娜·卡列尼娜的创作过程》，雷成德译，内蒙古人民出版社 1980 年版，第 24 页。
② 同上。
③ 同上书，第 25 页。

命运也和太阳一起升起了。"基蒂向亲人讲了奥尔德采夫求婚时说的话："我记得,他说,'我要,我已经决定了,我爱你……请你做我的妻子吧'。"①她的眼睛闪着幸福的泪花笑了。在奥尔德采夫和基蒂决定了自己命运的时候,一辆四轮马车迎面驰来。车里坐着"一个身穿黑条纹呢服,头戴灰帽子的人"。他正是乌达塞夫。他去请牧师,为了他和安娜的婚礼。②对奥尔德采夫婚后一段时间不大和谐的家庭生活的描写,写进了定稿中列文夫妇一开始的那段生活。"这部分情节是以奥尔德采夫和奥布隆斯基(当时还没有瓦生加·弗士洛夫斯基)打猎与道丽拜访邻近的乌达塞夫田庄的穿插而结束。这个穿插与定稿相当接近。"③

接下来的情节在彼得堡展开。卡列宁离婚后,其姐住到他家,负责起教育侄子的任务。安娜和乌达塞夫来到彼得堡。萨夏(定稿中的谢廖沙)的生日,萨夏和父亲会见。尽管前后矛盾。他们谈话的细节,已经出现了谢廖沙和安娜会见的那个场面的萌芽。例如,儿子对父亲说:"爸爸,我不想睡,今天是我的生日,我真高兴,我马上就起床。"说着他又要入睡。"我梦见了妈妈,她送给我一个大、大的……"④ "这件事要瞒住他",亚历克赛·亚历山特洛维奇想着。"但是,说到她送来礼物的事,会引出许多无法回答的问题……亚历克赛·亚历山特洛维奇觉察到这一点,他也看出,儿子同样也觉察到这一点,于是,便赶快离开了儿子。"⑤有一天,卡列宁在玩具店里偶然和安娜及她的第二个丈夫相遇。"从他知道乌达塞夫与自己的妻子都在这里的时候起,就像飞蛾扑向火光一样,被她吸引着。……他想,应当去看她。"当他们在玩具店相遇的时候,"他觉察到自己的妻子,想去看她和他的心情,比以前更加急切。他顺着她所散射的光线感觉到了她,这些光线就像火光吸引飞蛾一样,也能从远处照射到他的身上。恐惶、难堪和无法忍受的痛苦一齐涌上他的心头。"安娜认出了他,"大家脸上都有激动、疑惑的表情,行礼呢还是

---

① 日丹诺夫:《安娜·卡列尼娜的创作过程》,雷成德译,内蒙古人民出版社1980年版,第25页。
② 同上书,第26页。
③ 同上。
④ 同上。
⑤ 同上书,第27页。

不行礼,想抬起手来又想挪开,双方都忍受着困窘的折磨,两人几乎是擦身而过"。后来,安娜送来了一封信。请求允许会见儿子——他拒绝了。①

"乌达塞夫夫妇在彼得堡住了一个多月。上流社会的大门对安娜完全关闭了:接待他而不接待她。巴脱主演的《唐璜》在剧院初演时发生了一场丑事。从这以后,他们便去了莫斯科。在这儿,安娜从内心深处也没有感觉到和乌达塞夫在一起自己会幸福。她决定去看乌达塞夫的母亲,向她诉说他们的生活困难,请求原谅并请她调解他们和上流社会的关系。乌达塞夫的母亲以讥讽的态度接待了安娜,不相信安娜真实的绝望情绪。"安娜说:"我过去的生活是纯洁无瑕的。我认识了您的儿子(声音颤动着)并且爱上了他。我爱他,甚至准备为他献出自己的生命。"母亲讥刺道:"或者牢牢抓住他。"安娜继续说:"但是我不能使他幸福,给我带来了不幸。他和您断绝关系也使我痛苦。"母亲回答说:"我认为,您应该感到高兴才对,您是他的心肝儿。"②安娜说:"嘲弄我吧,但是,请您饶恕他,救救他吧!您能办到的。"她双膝跪在地上说:"亲爱的妈妈,能不能不吵呢?"在这种气氛中,她们没有谈多久。回到家里,从前那种绝望的感情吞噬了安娜,产生了死的念头,自杀。③

司忒潘的形象一步一步地,而且始终沿着一个方向发展。起初,某个大官员一般轮廓(早晨,挑选文件,动身去办公室的时候戴上十字勋章),随后,他的社会地位被具体化了(时而是代表,时而是"衙门"或法院的官员)。手稿还隐约地暗示出经济拮据。他读自由主义派的报纸。赋予他作为一个官僚的性格特征——就向奥布朗斯基所占据的那种位子。把贪求薪俸和贵族的破产联系起来,讽刺因素随着每个稿样得到加强。④在第一部最后一个稿样里,提出了出售森林的事,通过商人里亚比宁的形象来解决。和里亚比宁相会必然会引起小说伏线的发展。这个场面反映了巨大的历史过程:贵族的败落,资本主义的成长。

---

① 日丹诺夫:《安娜·卡列尼娜的创作过程》,雷成德译,内蒙古人民出版社1980年版,第27页。
② 同上。
③ 同上书,第28页。
④ 同上书,第41—42页。

手稿的结尾专门写了另一条线索:"奥尔德采夫夫妇住在莫斯科,吉提着手调解安娜和上流社会的关系,这种想法和努力使她高兴,她正在等候乌达塞夫,这时候,奥尔德采夫跑来说,在铁轨旁发现了安娜的尸体,恐惧、孩子、生活的需求和安慰。"①

第二个提纲里拟好的计划,在第五个提纲里完全出现了。不同的是,未来列文的情节被插进好几个地方。但是,这条情节线索还没有完成。当时,作为长篇小说名称的主人公的情节线索,也就是引起这部作品第一个情节线索已经完全实现了——一直到结局,有斯塔夫洛维奇和巴拉绍夫的姓出现的第一个提纲同样以安娜的毁灭作结尾,其总体结构,几经修改变化,在第五个提纲里基本上完成了。

第六个提纲托尔斯泰从第一部开始,抛去了作为第五个提纲开头的插叙(动物园的牲畜展览会),重新回到第四个提纲里所写的司忒潘·阿卡谛耶维奇·阿拉宾(这个姓始终保留着)和妻子吵架后第二大睡醒时的场面。从中间情节——未来的奥布隆斯基家发端,一下子就会使两条中心线索(安娜—卡列宁—弗龙斯基及列文—基蒂)交织起来。因此,托尔斯泰转回阿拉宾家,重新写了第一个场面,并不止一次地加工润色。②利季娅·伊凡诺夫作为彼得堡上流社会三个重要的团体之一的中心人物,在这里取代了苍白无血的卡列宁的姐姐基蒂,这种变化十分重要,它使情节越出了一个家庭的范围而扩大到社会集团的广阔领域中去。

无论是构成第二个提纲轮廓的第一个提纲的手稿,还是第二个提纲与整个第五个提纲都在长篇小说各部里被利用了,因为各部是在不同时期加工修改的,所以,托尔斯泰就要多次利用这些材料。仅第一部手稿总共有十来个稿样,如果把作者亲自修改过而没有保存下来的校样可以看作第十一个稿样,那么最后供单独出版、发表在期刊上的文稿可以看作第十二个稿样。作家对其他各部的创作也大体上重复着第一部的创作方法。

以上就是《安娜·卡列宁娜》创作的过程。

---

① 日丹诺夫:《安娜·卡列尼娜的创作过程》,雷成德译,内蒙古人民出版社1980年版,第28页。

② 同上书,第29页。

托尔斯泰强调艺术的真实，为了达到真实这一目的，他在塑造人物时，都有生活中的人作为原型。主人公安娜就是在多种原型的基础上创作出来的。其主要的原型有三：

安娜的外表取自普希金的女儿玛丽亚·阿克桑德洛夫娜。托尔斯泰有一次和妻子的姐姐库茨明斯卡娅在图拉参加舞会，玛丽亚的美貌使托尔斯泰倾倒。他当时还不知道她的名字。当库茨明斯卡娅告诉他时，他拖长声音说，"哦，哦，现在我知道了。你瞧她脑后那阿拉伯式的鬈发，真是仪态大方"。库茨明斯卡娅说："她被托尔斯泰用作安娜·卡列宁娜的原型，不是在性格方面，也不是在生活方面，而是在外貌方面。"① 而贝奇科夫认为："作家选择了诗人的女儿……作为自己女主人公的模型，把她外表上许多生动的特征刻画在安娜的身上，这也不能说是一件偶然的事。"② 他认为托尔斯泰的选择与普希金对他的影响分不开。托尔斯泰对普希金是非常崇拜的，他曾对妻子索菲亚说："我向普希金学习许多东西，他是我的父亲，我们应当向他学习。"③ 他还说过普希金的《别尔金小说集》是个宝藏，"作家应该不断地研究这个宝藏"④。

安娜婚后的不幸生活取自托尔斯泰朋友的姐姐季西科娃。她婚后非常不幸，她命运中的某些关键时刻被作家"嫁接入"安娜的命运之中。

安娜的自杀取自安娜·司捷潘诺夫娜。她居住在托尔斯泰的庄园雅斯纳雅·波良纳附近的雅先基村，她因嫉妒比比科夫与家庭女教师的关系，一时醋性大发，卧轨自杀。托尔斯泰赶到了出事地点，为自己目睹的悲惨景象激动不已。他了解事情的全过程。

而列文一般都认为是作家自传式的人物。对此，托尔斯泰的大儿子谢尔盖曾列举一系列成为艺术家的"模特儿"的人，并强调："这并不意味着，他（托尔斯泰）是在为他们画肖像，他所取的只是所谓的骨架；至于小说中这个或那个人物的血和肉则不是取自一个人，而是取自和他相类似的另一些人。因此，可以断言，托尔斯泰笔下的所有人物——不

---

① 康·洛穆诺夫：《托尔斯泰传》，李桅译，天津人民出版社1981年版，第194页。
② 贝奇科夫：《托尔斯泰评传》，吴均燮译，人民文学出版社1959年版，第298页。
③ 同上书，第296页。
④ 同上。

是肖像，而是典型。"① 在小说的第二主人公列文身上，托尔斯泰赋予了许多自传性的特点，尤其是作家对19世纪70年代俄国生活的看法及他这段时间的探索和危机。但谢尔盖坚决地证明：列文不是托尔斯泰的自画像，列文不是作家、艺术家，仅此一点就可以证明他与托尔斯泰之间的区别。

加进列文的线索，扩大了作品的描写范围，列文提出了农奴制改革前俄罗斯社会的许多最重大、最尖锐的问题，并对这些问题进行了探索，苦苦寻找解决这些问题的答案。这样，小说中作家所喜欢的"家庭的思想"是和《战争与和平》中他所喜欢的"人民的思想"密不可分地结合在一起，家庭问题和社会问题也自然而然地结合在一起。家庭是社会的细胞，家庭问题是社会问题的一种反映。

托尔斯泰本人曾强调自己创作构思的规模宏大，带有百科全书性质。1877年，陀斯妥耶夫斯基写道，在这部长篇小说里，"所有我们俄国现有的一切政治的和社会的问题都集中在一个焦点上了"。并称《安娜·卡列宁那》是"当代欧洲文学中没有一部可以与之媲美的作品"。②

托马斯·曼认为《安娜·卡列宁娜》是"各国文学中最伟大的社会小说"。③ 所有这些，都可以看出小说容量是巨大的。

《安娜·卡列宁娜》的情节

伸冤在我，我必报应

第一部

幸福的家庭都是相似的，不幸的家庭各有各的不幸。

奥布隆斯基家里，一切都乱了。多莉知道丈夫同法籍家庭女教师有暧昧关系，三天来一直关在自己的屋子里，奥布隆斯基也离家不归。奥布隆斯基一向过着放荡的生活，衔级低微，年纪又轻，却靠了妹夫卡列

---

① 康·洛穆诺夫：《托尔斯泰传》，李桅译，天津人民出版社1981年版，第195—196页。
② 《俄国作家批评家论列夫·托尔斯泰》，中国社会科学出版社1982年版，第5页。
③ 《欧美作家论列夫·托尔斯泰》，中国社会科学出版社1983年版，第406页。

宁的引荐在莫斯科政府里占着一个体面而又薪水丰厚的官职。

奥布隆斯基的朋友和同学列文来找他，他知道列文来的目的是向他的姨妹基蒂求婚。

在别人看来，像列文这样出身望族又很富裕的32岁的男子，向基蒂求婚是没有问题的。但他把基蒂看成一个超凡入圣的人，怕自己配不上她。下午4点，列文来到溜冰场，见到了基蒂，基蒂邀他一道溜冰。看到基蒂要走，列文在动物园门口追上她们母女，公爵夫人对他十分冷淡。

奥布隆斯基把列文约到一家英国饭店，列文把求婚的事告诉了老同学。奥布隆斯基说："我猜得到"，并鼓励列文大胆行动，又告诉列文，他有一个情敌——弗龙斯基。他要列文明早就正式去求婚。

基蒂已18岁，去年冬天进入社交界，对于列文和弗龙斯基两个追求者，公爵站在列文一边，而公爵夫人中意弗龙斯基，基蒂似乎也和母亲站在一边。

晚上7点半，列文来到基蒂家，趁她独自一人时向她求婚。但由于她心中有弗龙斯基，便迅速地回答："那不可能……原谅我。"

弗龙斯基从来没有过过真正的家庭生活。他的母亲年轻时是出色的交际花，有过不少轰动社交界的风流韵事。在基蒂身上，他"第一次体会到和社交界一个可爱、纯洁而倾心于他的少女接近的美妙滋味"。他不喜欢家庭生活，认为"家庭，特别是丈夫……好像是一种什么无缘的、可厌的、尤其是可笑的东西"。

第二天早上11点，他到火车站去接母亲，遇到了去接妹妹的奥布隆斯基。得知列文向基蒂求婚及失败的事，他兴奋和欢喜，"感到自己是一个胜利者"。以至完全忘记了他的母亲，直到乘务员提醒。他心里不尊敬也不爱母亲，只是他自己不承认罢了。他走到车厢门口时站住了，在给一位夫人让路。凭着社交界中人的眼力，弗龙斯基瞥了一眼这位夫人的风姿，就辨别出她是属于上流社会的。

> 他道了声歉，就走进车厢去，但是感到他非得再看她一眼不可；这并不是因为她非常美丽，也不是因为她的整个姿态上所显露出来的优美文雅的风度，而是因为在她走过他身边时她那迷人的脸上的表情带着几分特别的柔情蜜意。当他回过头来看的时候，她也掉过

头来了。她那双在浓密的睫毛下面显得阴暗了的、闪耀着的灰色眼睛亲切而注意地盯着他的脸，好像在辨认他一样，随后又立刻转向走过的人群，好像是在寻找什么人似的。在那短促的一瞥中，弗龙斯基已经注意到有一股压抑着的生气流露在她的脸上，在她那亮晶晶的眼睛和把她的朱唇弯曲了的隐隐约约的微笑之间掠过。仿佛有一种过剩的生命力洋溢在她整个的身心，违反她的意志，时而在她的眼睛的闪光里，时而在她的微笑中显现出来。她故意地竭力隐藏住她眼睛里的光辉，但它却违反她的意志在隐约可辨的微笑里闪烁着。

在车厢里，经母亲介绍他认识了安娜。他帮安娜找到了前来接她的哥哥奥布隆斯基。他们分别的时候，得知一个护路工被火车轧死和他妻子的情况。安娜激动地低声说："不能替她想点办法吗？"弗龙斯基看了她一眼，立即走出车厢，把200卢布交给副站长，要他转给死者的寡妇。在回家的马车里，安娜问哥哥家庭的情况，奥布隆斯基如实以告。

当安娜走进多莉的房间时，多莉拥抱了小姑。安娜说："……我不愿意在你面前替他说情，也不想安慰你，那是不可能的。但是，亲爱的，我只是从心里替你难过！"同时，眼睛里涌出了泪水。安娜要嫂嫂再把一切告诉她。多莉从安娜脸上看到了"纯真的同情和友爱"。多莉说："……假如是你的话，你能够饶恕吗？"安娜回答："我不知道，我不能判断……是的，我能够……我会饶恕的。我不能再跟从前一样了，不；但是我会饶恕的，而且好像从来不曾发生过这事一样地饶恕的……"她拥抱了安娜。奥布隆斯基回家吃午饭，家庭气氛好多了。基蒂来了，她看到安娜，"还没有定下神来，就感到自己不但受到安娜的影响，而且爱慕她，就像一般年轻姑娘往往爱慕年长的已婚妇人一样。安娜不像社交界的贵妇人，也不像有了八岁孩子的母亲。……她看上去很像一个二十来岁的女郎"。基蒂"感觉到安娜十分单纯而毫无隐瞒，但她心中却存在着另一个复杂的、富有诗意的更崇高的境界，那境界是"基蒂"望尘莫及的"。基蒂邀请安娜去参加她家的舞会。

这是基蒂最幸福的日子。为了参加舞会，她精心打扮了自己。当她被带往安娜那里去时，她满脸通红。

安娜并不是穿的淡紫色衣服，如基蒂希望的，而是穿着黑色的、敞胸的天鹅绒衣裳，她那看去好像老象牙雕成的胸部和肩膀，和那长着细嫩小手的圆圆的臂膀全露在外面。衣裳上镶满了威尼斯的花边。在她头上，在她那乌黑的头发——全是她自己的，没有搀一点儿假——中间，有一个小小的紫罗兰花环……她的发式并不惹人注目。惹人注目的，只是常常披散在颈上和鬓边的她那小小的执拗的发鬈，那增添了她的妩媚。在她那美好的、结实的脖颈上围着一串珍珠。

基蒂在跳最后一场舞时，无意中发现自己正对面的弗龙斯基和安娜互为倾倒而陶醉的表情，心中充满了恐怖。整个舞会，整个世界，在她心中消失了。她的心碎了。某种超自然的力量把基蒂的眼光引到安娜的脸上。

她那穿着朴素的黑衣裳的姿态是迷人的，她那戴着手镯的圆圆的手臂是迷人的，她那挂着一串珍珠的结实的脖颈是迷人的，她的松乱的鬈发是迷人的，她的小脚小手的优雅轻快的动作是迷人的，她那生气勃勃的、美丽的脸蛋是迷人的，但是在她的迷人之中有些可怕和残酷的东西。

当安娜把她请来的时候，她恐惧地盯着她，自言自语："是的，她身上是有些异样的、恶魔般的、迷人的地方。"安娜没有留下来吃晚餐就回家了，她告诉弗龙斯基，决定第二天回彼得堡。

列文去看哥哥尼古拉，第二天一早离开莫斯科，傍晚就回到家。

舞会的第二天一早，安娜就回彼得堡。她向多莉解释今天她一定要走的原因："你知道基蒂为什么不来吃饭？她嫉妒我。我破坏了……这次舞会对于她不是快乐反而是痛苦，完全是因为我的缘故……"多莉说："……我并不怎么希望……结成这门婚事。假如他……一天之内就对你钟情，那么这门婚事还是断了的好。"多莉最后对安娜说："记住……我……把你当作我最亲爱的朋友！"

安娜坐在火车里，回想起舞会和弗龙斯基，感到羞耻，又感到温暖，也感到害怕，感到迷迷糊糊又感到很清醒。火车中途靠站，她看到追踪而来的弗龙斯基，心上就洋溢着一种喜悦的骄矜心情。她问弗龙斯基，"……您为什么去呢？"弗龙斯基回答："……您在哪儿，我就到哪儿去，我没有别的办法。"安娜要他忘记他说的话，弗龙斯基说："我永远不会忘记，也永远不能忘记。"火车到彼得堡，看到前来迎接自己的丈夫，"一种不愉快的感觉使她心情沉重起来"。弗龙斯基看到卡列宁挽着安娜的手臂时，"感到一种不快之感，就好像一个渴得要死的人走到泉水边，却发现一条狗、一只羊或者一头猪在饮水，把水搅浑了的心情一样"。安娜把弗龙斯基介绍给丈夫。卡列宁说："你和母亲同车而去，和儿子同车而归。"安娜回到家，看到欣喜欲狂地跑来搂住自己脖子的儿子，似乎儿子"也像丈夫一样，在安娜心中唤起了一种近似失望的感觉"。安娜平时很喜欢的利季娅伯爵夫人来访，但今天她好像第一次发现了伯爵夫人的一切缺点。

第二部

基蒂舞会后就病了，多莉来看她，她说了些刺伤多莉的话，马上又后悔，姐妹俩相互理解。基蒂固执地到姐姐家，帮助护理患了猩红热的孩子。基蒂没有恢复健康，根据医生的建议出国了。

安娜在彼得堡上流社会的三个团体都有熟人。一个是她丈夫的政府官员的集团，她避开它。另一个是她丈夫借以发迹的集团，中心人物是利季娅伯爵夫人。"这是一个由年老色衰、慈善虔诚的妇人和聪明博学、抱负不凡的男子所组成的集团。"他们自誉作"彼得堡社会的良心"。安娜在彼得堡生活的初期就和这个集团有了友谊。现在在她看来，这个集团的人都是虚伪的。"第三个集团是地道的社交界……这集团的人自以为鄙视娼妓，虽然她们的趣味不仅相似，而且实际上是一样的。"安娜的表嫂，也是弗龙斯基的堂姐贝特西公爵夫人是这个集团的中心人物。从莫斯科回来后，"她避开她正义的朋友而涉足于"这个集团，她在那些地方能遇见弗龙斯基，而弗龙斯基则凡是可以遇见安娜的地方他都去。弗龙斯基十分明白，在社交界眼里，"一个男子追求一位已婚的妇人，而且，不顾一切，冒着生命的危险要把她勾引到手，这个男子的角色就颇有几分优美和伟大的气概,而决不会是可笑的"。有一次,在贝特西家里,安娜告诉弗龙斯基:基蒂病得很重,要弗龙斯基到莫斯科去,求基蒂宽恕。但弗龙斯基看出这话并非由衷之言。安娜说:"假如您真的爱我,像您所说的,那么就这样做,让我安宁吧。"弗龙斯基喜笑颜开了。他说:"难道您不知道您就是我的整个生命吗……我不能把您和我自己分开想……"安娜没有说话,却"让她充满爱的眼睛盯住他"。弗龙斯基从安娜的眼睛里看到了希望,他想:"……终于到来了!她爱我!她自己承认了!"安娜说:"让我们做朋友吧。"弗龙斯基说:"我们永远不会做朋友……我们或者是世界上最幸福的,或者是最不幸的——这完全在您。"正在这时,卡列宁来了。"这可有点不成体统了!"安娜和弗龙斯基的关系引起了社交界的议论,卡列宁发现了,当晚回到家里,他盘问安娜,安娜矢口否认。

弗龙斯基"终于如愿以偿"得到了安娜。安娜羞愧、恐惧,无法镇静,她抽抽噎噎地说:"天呀!饶恕我吧!"她把弗龙斯基的手紧按在自己的胸口说:"一切都完了,除了你我什么都没有了。请记住这个吧。"弗龙斯基说:"我不会不记得那像我的生命一样宝贵的东西。"

三个月过去了,列文还是不能平静。他到莫斯科看哥哥尼古拉,说服他到外国治疗。除读书外,冬天他还写了一部论述农业的著作。他埋头于农事中。奥布隆斯基来访,列文详细地问了基蒂的病情和她家的计划,"他听到的消息使他很快意"。奥布隆斯基和列文谈到卖森林的事,列文说:"你简直等于把你的树林白白送掉了。""你没有去数森林里的树,但是里亚比宁却数过了。里亚比宁的儿女会有生活费和教育费,而你的也许会没有!"商人里亚比宁来到列文家。列文对里亚比宁说:"实际上您没有花什么代价白得了这片树林,他来我这里太迟了,要不然,我一定替他标出价钱来。"

"嫉妒安娜,而且早已听厌了人家称她贞节的大多数年轻妇人……都幸灾乐祸起来……她们已准备好一把把泥土,只等时机一到,就向她掷来。"弗龙斯基的母亲听到儿子和安娜的"恋爱关系,起初很高兴,因为在她看来,没有什么比上流社会的风流韵事,更能为一个翩翩少年生色的了",更何况是卡列宁夫人。但是最近听说儿子为此拒绝了一个对于他的前途关系重大的位置,并引起了许多大人物的不满时,她派大儿子去叫他来看她。有了子女还娴着一个舞女的哥哥也不赞成弟弟的行为。弗龙斯基对母亲和哥哥的干涉产生了愤恨。他认为,"假使这是普通的、庸俗的、社交场里的风流韵事,他们就不会干涉了。……这不是儿戏,这个女人对于我比生命还要宝贵"。他想到安娜,"是的,她以前是不幸的,但却很自负和平静;而现在她却不能平静和保持尊严了……这种虚伪的处境必须了结……抛弃一切,她和我,带着我们的爱情隐藏到什么地方去吧"。他去见安娜,安娜把自己怀孕的事告诉他,他脸色变白了。他要安娜把一切告诉丈夫,"离开他就是"。安娜愤怒地说:"做你的情妇,把一切都毁掉……"安娜"想到她的儿子,以及他将来会对这位抛弃了他父亲的母亲将抱着什么态度的时候,为了自己做出的事她感到万分恐怖"。

　　7月,彼得堡举行赛马,沙皇都去观看。那天,卡列宁先到别墅看安娜和儿子,然后去看赛马。弗龙斯基参加了军官障碍赛。比赛一开始,安娜的眼光就盯着弗龙斯基。弗龙斯基翻身坠马,"安娜大声惊叫","脸上起了一种实在有失体面的变化"。直到丈夫说"我第三次把胳膊伸给你",她还没有平静下来。在马车里,安娜从容地说:"……我爱他,我是他的情妇,我忍受不了你,我害怕你,我憎恶你……随便你怎样处置我吧。"卡列宁声音发抖地说:"很好!但是我要求你严格地遵守外表的体面……直到我采取适当的措施来保全我的名誉,而且把那办法通知你为止。"卡列宁把安娜送到别墅就回彼得堡了。

　　谢尔巴茨基一家前往德国的小温泉,列文的哥哥尼古拉及情人玛利亚后来也到这个温泉,基蒂觉得这两个人讨厌极了。在温泉,她和天使般的少女瓦莲卡成了好友。分别的时候,基蒂要求瓦莲卡到俄国的时候去看望他们。瓦莲卡说:"你结婚的时候我来。"基蒂说:"我永远不结婚。"瓦莲卡说:"那么好,我永远不来。"基蒂说:"那么好,我就为了这个缘故结婚吧。"

　　基蒂回到俄国。她不像从前那么快活和无忧无虑,但是平静了。

第三部

　　谢尔盖到了乡下。一次,关于公益事业问题兄弟俩发生了激烈的争论。列文说"医疗所对于我永远不会有用处,至于学校,我也决不会送我的儿女上学校去读书，农民也不见得愿意送他们的儿女上学校去"。当谢尔盖说"会写字的农民像工人一样对你更有用，更有价值"时，列文说："会读书写字是人做工人更坏得多。修路不会；修桥梁的时候就偷桥梁。"他不承认公益事业是好的，也不承认是办得到的。列文和农民一道割草，他很满意和农民共同劳动的这一天。饭后，谢尔盖总结了他们的分歧："你把个人利益看成动力，而我却认为关心公益应当是每个有教养的人的责任。"

多莉住到乡下，列文来看她，她告诉列文，基蒂要来这里和她一起过夏天。她责怪列文到莫斯科不去看她。列文说了自己求婚被拒绝的事。多莉说当时的拒绝并不说明什么。她问基蒂在这里时"您不来看我们吗？"列文回答："我不来。"

卡列宁见到小孩或是女人的眼泪就不能无动于衷。妻子告诉他的事证实了他最坏的猜疑。他暗自说："没有廉耻，没有感情，没有宗教心，一个堕落的女人罢了！"他一一考虑和他处境同样的人们所采取的方法。决斗、离婚、分居，最后的决定是"断绝和她的情人的一切关系的严格的条件之下，维持现状"。他认为这样办就没有抛弃犯罪的妻子，却给予她悔悟的机会；"纵然这使我很难受，我还是要为使她悔悟和拯救她而尽我的一份力量"。他把这个决定写信告诉安娜，安娜反复读了三遍，感到一种出乎意料的、可怕的不幸降临到她头上。"他是对的……他总是对的……他宽大得很！是的，卑鄙龌龊的东西！除了我谁也不了解这点……而我又不能明说出来。……他们不知道八年来他怎样摧残了我身体内的一切生命力——他甚至一次都没有想过我是一个需要爱情的、活的女人。……我不是尽力，竭尽全力去寻找生活的意义吗？我不是努力爱他，当我实在不能爱丈夫的时候就努力爱我的儿子吗？但是时候到了，我知道我不能再自欺欺人了，我是活人，罪不在我，上帝生就我这么个人，我要爱情，我要生活。而他现在怎样呢？要是他杀死了我，要是他杀死了他的话，一切我都会忍受，一切我都会饶恕……而我，已经堕落了，他还要逼得我更堕落下去……我的上帝！我的上帝！天下有过像我这么不幸的女人吗？……不，我一定要冲破，我一定要冲破！"安娜约见弗龙斯基，把卡列宁的信递给他。弗龙斯基看信的表情使安娜知道她最后的一线希望落了空。安娜说："在我只有一件东西……那就是你的爱！有了它,我就感到自己这样高尚,这样坚强,什么事对我都不会是屈辱的。"弗龙斯基无力地问:"离婚不行吗?……带了你的儿子一道离开他也不行吗?"安娜默默地摇摇头,她预感到一切都会照旧。

卡列宁战胜了自己的政敌,心情愉快,安娜从别墅回来,对丈夫说:"我是一个有罪的女人,我是一个坏女人,但是我还和以前一样……"卡列宁说:"我的名字没有遭到侮辱的时候,我可以不闻不问……但要是您损害自己的名誉时,我就不得不采取措施来保全我的名誉。"安娜说:"我不能够做您的妻子了……"卡列宁说:"我尊敬您的过去,轻蔑您的现在……"安娜叹息了一声,低下了头,问丈夫,"您要我怎样?"卡列宁说:"……我不要在这里见到那个人……不要去看他……这么一来,您没有尽为妻的义务却可以享受忠实妻子的一切权利。"

列文在草堆上度过的一夜没有虚度。由于劳动和农民接近,大大改变了他对于他所经营的农事的看法。基蒂离他只30里地,他想见她,却又不能。多莉暗示他重新求婚,但他认为,"我不能够仅仅因为她不能够做她所爱慕的男人的妻子,就要求她做我的妻子"。

他到遥远的苏罗夫县拜访他的友人斯维亚日斯基。斯维亚日斯基"是一个极端的自由主义者。但他却仍然是那个政府的官吏,而且是一位模范的贵族长。……他认为人类的生活只有在国外才勉强过得去,而且只要一有机会他就出国;……他认为俄国农民是处在从猿到人的进化阶段……主张妇女绝对自由,特别主张她们拥有劳动权利"。但对妻子,他却"使得她除了和她丈夫共同努力尽可能地过得快乐和舒适以外,她什么也不做,而且什么也不能做"。列文想理解他,却又理解不了,感到他是谜一般的人。他告诉列文:"要教育人民……第一是学校,第二是学校,第三还是学校。"而列文对学校教育是否定的。他认为斯维亚日斯基的许多思想只是应付社会用的。

哥哥尼古拉来访,列文在他的引导下,说出了他的计划。尼古拉说:"你并不想组织什么;这不过是你一贯地想要标新立异,想要表示你并不只是在剥削农民,而且还抱着什么理想哩。"兄弟俩争论后,尼古拉坚持要走。哥哥走后第三天,列文也出国了。

第四部

安娜和丈夫每天见面，但彼此完全是陌生人。弗龙斯基负责招待一个来彼得堡的外国亲王。他对于亲王特别感到不快的主要原因是"他情不自禁地在他身上看出了他自己……他只不过是一个极愚蠢、极自满、极健康、极清洁的人罢了"。而亲王对他那种轻视而宽容的态度更使他愤慨了。"笨牛！难道我也是那种样子吗？"他接到安娜要他到她家见面的信，虽然他为安娜违背丈夫的禁令而吃惊，但他还是决定去。吃过早饭，躺在沙发上，几分钟后他就睡着了，他梦见一个胡须蓬乱、身材矮小、肮脏的农民弯下腰去做什么，突然用法语说了句奇怪的话……他醒了，恐怖得全身发抖。晚上9点，他来到卡列宁家门口，差一点和正要出门的卡列宁撞个满怀。弗龙斯基感到卡列宁使自己处于欺骗者的地位。他从安娜的谈话中发现她的嫉妒心。"她最近越来越频繁的嫉妒心理的发作引起了他的恐惧，而且不论他怎样掩饰，都使他对她冷淡了。……她完全不像他初次看见她的时候那种样子了。在精神上，在肉体上，她都不如以前了。……他望着她，好像一个人望着一朵他采下来、凋谢了的花，很难看出其中的美。"在谈到卡列宁时，弗龙斯基说："我完全不了解他，假如你在别墅向他说明了以后，他就和你断绝关系，假如他要求和我决斗……但是这个我真不明白了：他怎么忍受得了这种处境呢？他分明也很痛苦。"安娜说："他不是男子，不是人，他是木偶。谁也不了解他；只有我了解。啊，假如我处在他的地位，像我这样的妻子，我早就把她杀死，撕成碎块了，我决不会说：'安娜，亲爱的！'他不是人，他是一架官僚机器。"弗龙斯基说："你说得不对，说得不对呢。"他问起安娜的病，安娜说"我就要死了。我做了一个梦"，梦见一个胡须蓬乱、身材矮小、样子可怕的农民弯着腰在袋子里搜索着……弗龙斯基想起自己白天同样的梦境，感到心里充满了同样的恐怖。

卡列宁第二天一早就到安娜的房间，打开抽屉，找弗龙斯基的信，安娜想阻止，但没有成功。卡列宁说："我对您说了我不准您在自己的家里接待您的情人。"安娜说不出原因，卡列宁说："我并不要详细打听一个女人要见情人的原因。"安娜被这种态度激怒了，她涨红了脸，说："您难道不觉得要侮辱我在您是多么容易吗？"卡列宁说："对正直的男子和正直的女人才谈得上侮辱,但是对一个说他是贼,那就不过是陈述事实罢了。"安娜说:"您的这种新的残酷性,我以前还不知道哩。"卡列宁说:"一个丈夫给予他妻子自由,给她庇护,仅仅有一个条件,就是要她顾全体面,您说这算残酷吗?"安娜怒气冲天地说:"这比残酷还坏,这是卑鄙……"卡列宁提高声音叫道:"不!卑鄙!要是您喜欢用这个字眼的话,为了情人抛弃丈夫和儿子,同时却还在吃丈夫的面包,这才真叫做卑鄙!"安娜低下了头。卡列宁说:"是的,您只顾想您自己!但是对于做您丈夫的人的痛苦,您是不关心的。您不管他的一生都毁了,也不管他痛……痛苦。"安娜第一次,一刹那间,同情起丈夫来,设身处地为他想、为他难过。她垂下头,沉默了。卡列宁告诉安娜,"……明天要到莫斯科去,您会从……律师那里听到我的决定。我要把我的儿子迁到我姐姐家去。"卡列宁找彼得堡名律师谈离婚的事,律师最后说:"要得到结果,就要不择手段。"卡列宁听了最后一句话,脸色都变白了,最后说:"一个星期之内。您是否愿意承办这件事……请您把您的意思通知我。"

　　卡列宁要到遥远的外省去调查,途经莫斯科时,遇到了奥布隆斯基和多莉。奥布隆斯基拦住了他,邀请他明天来吃饭。卡列宁和列文住在同一个旅馆里。卡列宁本不想去,但在奥布隆斯基的真诚邀请下还是去了。

　　列文也被邀请参加宴会,基蒂见到他,显得惊慌、羞怯、腼腆,也更迷人。当列文告诉她在从火车站到乡下别墅的马车里看到她时,她感到惊异。奥布隆斯基把列文介绍给卡列宁。他们已经认识了。晚宴是成功的,就连卡列宁也变得活跃了。基蒂和列文的谈话,是一种神秘的心心相印。他向基蒂许下诺言,以后再不往坏处想人了。

　　多莉和卡列宁谈话,她开始坚信安娜是清白的。卡列宁告诉她事实后,她说:"您是个基督徒。替她想一想吧!""您千万别毁了她。……您也得饶恕啊!"卡列宁说:"我不能饶恕……为了她给予我的伤害,我太恨她了!"多莉说:"爱那些恨您的人……"卡列宁说:"爱那些恨您的人,但却不能爱那些您所憎恨的人。"

　　基蒂拿着粉笔乱画,她站起来时,列文说:"早就想问您一件事。"他用粉笔写下了14个单词的头一个字母,意思是:"当您对我说:那不能够的时候,那意思是永远呢,还只是当时?"基蒂写了6个字母,那意思是:"那时候我不能够不那样回答。"列文问:"现在呢?"她写下8个开头的字母,意思是:"只要您能忘记,能饶恕过去的事。"列文激动地写了下面开头的字母:"我没有什么要忘记和饶恕的;我一直爱着您。"在他们的谈话中,一切都说了;她说她爱他,基蒂的父母毫无异议地同意了他们的婚事,他们甚至想"今天订婚,明天举行婚礼!"

卡列宁回到旅馆,接到安娜的电报"我快死了;我求你,我恳求你回来。得到你的饶恕,我死也瞑目"。他认为是"诡计和欺骗"。但再读电报时,"我快要死了"的字句还是打动了他。他认为"假如真的……却把这当作诡计……这不但是残酷,每个人都会责备我,而且在我这方面讲也是愚蠢的。"他决定回去,要是假的,就不说一句话,又走开;要是真的,就饶恕她,如果他到得太迟了,就参加她的葬礼。他风尘仆仆地回到彼得堡,当看门人告知他安娜"昨天平安地生产了"时,"他这才清楚地领会到他曾经多么强烈地渴望她死掉"。弗龙斯基坐在一把矮椅上,两手掩着脸在哭泣,他请求卡列宁让他留在这里。卡列宁听到寝室里传来的安娜夸奖自己的声音:"……他真是个好人啊,他自己还不知道他是个多么好的人呢……您说他不会饶恕我,那是因为您不了解他。谁也不了解他,只有我一个人……"她看到了丈夫,她说:"……到这里来吧……我活不了多久了……"卡列宁"看到了她的眼神带着他从来不曾见过的那样温柔而热烈的情感望着他"。安娜说:"不要认为我很奇怪吧。我还是跟原先一样……但是我心中有另一个女人,我害怕她。她爱上了那个男子,我想要憎恨你,却又忘不掉原来的她。那个女人不是我。现在的我是真正的我,是整个的我。……我知道我会死掉……我只希望一件事:饶恕我,完全饶恕我!我坏透了……你太好了!""一种爱和饶恕敌人的欢喜心情充溢了"卡列宁的心,"他跪下把头伏在她的臂弯里",像小孩一样呜咽起来。安娜把弗龙斯基喊来,说:"露出脸来,望望他!他是一个圣人。"卡列宁把手伸给弗龙斯基,饶恕了他,自己也忍不住流出了眼泪。第二天早晨,卡列宁对前来探视的弗龙斯基说:"请留在这里吧,她也许会问到您的。"第三天,卡列宁对弗龙斯基说:"您知道我决定离婚,甚至已开始办手续……我起过报复您和她的愿望……但是我看见她,就饶恕她了……我要把另一边的脸也给人打,要是人家把我的上衣拿去，我就连衬衣也给他……您可以把我践踏在污泥里……但是我不抛弃她，而且我不说一句责备您的话……我应当和她在一起……"弗龙斯基感到了卡列宁的崇高和自己的卑劣，卡列宁的正直和自己的虚伪，在悔恨中开枪自杀。卡列宁饶恕了妻子和弗龙斯基，听到弗龙斯基绝望的行动后，他比以前更爱他的儿子。对安娜和弗龙斯基生的小女孩，"他感到的不只是怜爱，而且还怀着一种十分特别的慈爱感情……要不是他关心她的话一定会死掉"。

随着安娜的病愈，卡列宁发现妻子"害怕他，和他在一道感到不安，而且不能够正视他。似乎要说什么，但又打不定注意"。贝特西夫人把弗龙斯基自杀未遂，要去塔什干，临走前想见安娜一面的事告诉安娜，安娜拒绝了。并把此事告诉了丈夫。贝特西夫人请求卡列宁。卡列宁说："我的妻子能不能够接见任何人要由她自己决定。"贝特西夫人遇到奥布隆斯基，说："他会折磨死她……会活活闷死她。"奥布隆斯基承认，他去见妹妹，对她说："你应该正视人生……"安娜突然说："我曾听人说，女人爱男人连他们的缺点也爱，但是我却为了他的德行憎恨他……看见他我就产生一种生理的反感……明知道他是一个善良的人，一个了不得的人，我抵不上他的一个小指头，但我还是恨他。为了他的宽大，我恨他……"奥布隆斯基说："你和一个比你大二十岁的男子结了婚。你没有爱情……这是一个错误。"安娜说："一个可怕的错误！"奥布隆斯基说："离婚可以解决一切困难。"安娜摇了摇头。奥布隆斯基找到卡列宁。卡列宁把一封刚写完的信交给他。

我知道您看到我在面前就感到厌恶。相信这一点，在我固然很痛苦，但是我知道事实是这样，无可奈何。我不责备您，当您在病中我看到您的时候我真心诚意下了决心忘记我们之间发生的一切，而开始一种新的生活，这一点，上帝可以做我的证人。对于我做了的事我并不懊悔，而且永远不会懊悔；我只有一个希望——您的幸福，您的灵魂的幸福——而现在我知道我没有完成这个愿望。请您自己告诉我什么可以给您真正的幸福和内心的平静。我完全听从您的意志，信赖您的正义的感情。

奥布隆斯基被眼泪哽塞了。他只说了一句："我了解你……她被压倒了，完全被你的宽宏大量压倒了……"卡列宁问："怎样了解她的愿望呢？"奥布隆斯基说："我想是离婚……"卡列宁从自尊心和尊重宗教的信念、儿子的问题和安娜本身三方面说明了不能离婚的原因，最后表示："我愿意蒙受耻辱，我连我的儿子也愿意放弃……但是不弄到这个地步不是更好吗？可是由你办去吧……"

弗龙斯基想在去塔什干前再见安娜一次，"然后隐藏起来，去死"。贝特西带回否定的回答。后又把卡列宁同意离婚的事告诉他，他立刻到她家去，一见面两人就拥抱，接吻。安娜说："你占有了我，我是你的了。"她告诉弗龙斯基，"他一切都同意了，但是我不能够接受他的宽大，我不想离婚"。弗龙斯基立刻辞了职。安娜"没有离婚，并且坚决拒绝了这么办，就和弗龙斯基出国了"。

第五部

列文和基蒂婚礼举行的当天晚上就到乡下去了。"安娜在她获得自由和迅速恢复健康的初期，感到不可饶恕的幸福，并且充满了生的喜悦。"而弗龙斯基在他渴望的事情如愿以偿后，"却并不十分幸福。他不久就感到他愿望的实现所给予他的，不过是他所期望的幸福之山上的一颗小沙粒罢了"。为了消磨时间，他为安娜画了一幅穿意大利服装的肖像，凡看到的人都说非常成功。他请米哈伊洛夫给安娜画了一幅肖像，"这幅画像使大家，特别是弗龙斯基惊异了"。弗龙斯基认为，"人要发现她最可爱的心灵的表情，就得了解她而且爱她，像我爱她一样……我努力画了那么多时候，却一事无成，而他只看了一眼，就描绘出来了……"他从此不再画像了。不久他们就回国了。

基蒂得知列文的哥哥尼古拉快要死了的事，提出要和列文一道去看望，列文不同意，基蒂哭了。列文先去看哥哥，当他说自己的妻子也来了时，尼古拉要单独见基蒂。一见到基蒂来，尼古拉脸上就闪露出微笑，他说："您恐怕不认识我吧？"基蒂说："不，我认得……"列文"没有一天不想您，不挂念您呢"。尼古拉在基蒂的劝导下第二天领了圣餐受了涂油礼。他含泪感激基蒂，吻着她的手。列文写了封信给谢尔盖，希望他和尼古拉和解，谢尔盖回信，他因事不能亲自来，请弟弟原谅。基蒂到这里的第十天就病了，医生说是由于疲劳和激动引起的，叫她静养。但她照样到病人房子里去，傍晚，她差人去请牧师，为尼古拉做临终祈祷。尼古拉死了。由于死的不可思议、死的接近和不可避免而引起列文的恐怖心情。基蒂怀孕了。

安娜离家出走，卡列宁"怎样也不能够把最近他对他的生病的妻子和另一个男人的孩子的饶恕、感情和爱同现在的处境协调起来；他现在落得孤单单一个人，受尽屈辱，遭人嘲笑，谁也不需要他，人人都蔑视他"。他是个孤儿，由于他的努力和叔父的提携，他大学毕业就在官场中崭露头角。他最亲近的哥哥在外交部服务，结婚后死于国外。他做省长时，安娜的姑母"把她的侄女介绍给他——虽已中年，但作为省长却还年轻"的人时，他犹豫了很久。后安娜的姑母通过一个熟人示意他，他既然已影响了那姑娘的名誉，他要是有名誉心就应当向她求婚才对。他求了婚，把他的全部的感情通通倾注在他当时的未婚妻和以后的妻子身上。"他对安娜的迷恋在他心中排除了和别人相好的任何需要……"在他孤独绝望最痛苦的时刻，利季娅伯爵夫人看他来了。她表示，"我们一道来照顾谢廖沙……我要做您的管家妇……"她告诉谢廖沙，"他的父亲是一个圣人，他的母亲已经死了"。她的帮助给了卡列宁精神上的支持，她使他完全皈依了基督教。她称安娜和弗龙斯基是"可恶的人"。安娜回国的目的之一就是看儿子，她给利季娅夫人写了一封信，但得到的是最残酷的回答——没有回信。

卡列宁得到了勋章，但他的前程已经完结。当利季娅伯爵夫人把安娜的信给他看时，他说："我想我没有权利拒绝。"伯爵夫人说，"我劝您不这样做……那就会重新使您痛苦，使孩子痛苦！……我写封回信给她"。她给安娜写信：

亲爱的夫人：

使您的儿子想起您，也许会引起他提出种种的问题，要回答那些问题，就不能不在小孩的心中灌输一种批评他视为神圣的东西的精神，所以我请求您以基督的爱的精神来谅解您丈夫的拒绝。我请求全能的上帝宽恕您。

这封信伤透了安娜的心。谢廖沙不相信母亲的死。他散步的时候，把每一个体态丰满而优雅的、长着黑头发的妇人都看作自己的母亲。后来他偶然从保姆处得知母亲没有死。尽管父亲和利季娅夫人向他解释，说是她坏，就等于死了，但他不相信。有一次父亲给他上课，他问父亲："……你得了勋章。您高兴吗？"卡列宁告诉儿子，"宝贵的并不是奖励，而是工作本身。……你为了要得到奖励而去工作、学习，那么你就会觉得工作困难了；但是……热爱你的工作，你在工作中自然会受到奖励"。

社交界对弗龙斯基是开放的，但对安娜却关闭了。当贝特西夫人得知安娜还没有离婚时，她向安娜表示，"我们不能再见面了"。弗龙斯基去找嫂嫂，嫂嫂告诉她："你要我去看她……我不能够这样做……"

安娜在接到利季娅那封使她伤透心的信后，不再谴责自己，立刻决定在谢廖沙生日那天，直接到丈夫家去，无论如何要看到儿子。安娜贪婪地望着儿子……说不出一句话来；眼泪使她窒息了。谢廖沙完全醒了。他告诉安娜，他从来不相信母亲死了。安娜激动得只是说："你没有相信过，我的亲爱的？"新来的仆人瓦西里被母子见面的场面所感动，不忍打断他们。门房卡皮托内奇对威胁他的侍仆科尔涅伊说："是的，你自然不会让她进来啰！我在这里伺候了十年，除了仁慈什么都没有受过……"保姆来告诉安娜，卡列宁"照例九点钟"来这里。谢廖沙默默地紧偎着母亲，低声说："不要走，他还不会来呢。"母亲推开他，说："谢廖沙，我的亲爱的！爱他；他比我好，比我仁慈，我对不起他。你大了的时候就会明白了。"谢廖沙含着泪绝望地说："再也没有比你好的人了！"安娜在门口遇到了卡列宁，匆匆看了他一眼，对他的嫌恶和憎恨和为儿子而起的嫉妒心情就占据了她的心。到旅馆后她才发现，她为儿子精心挑选的礼物，又原封不动地带回来了。安娜没有料到看见儿子会这样强烈地打动她。她自言自语："是的，一切都完了，我又是孤单单的一个人了。"女仆送来了小女孩。这小孩身上一切都是可爱的，但没有擒住她的心。在第一个虽然是她不爱的男子的孩子身上，"却倾注了她从未得到满足的爱；……她对她的关心却还不及倾注在她第一个小孩身上的关心的百分之一"。她突然记起了弗龙斯基"就是她现在不幸的原因"。同时"对他感到了一阵突如其来的汹涌的爱情"。心里突然"起了一个奇怪的念头，要是他不再爱她了怎么办呢?"安娜不顾弗龙斯基的坚决反对盛装去看歌剧,被卡尔塔索夫夫人侮辱。安娜"竭尽一切力量来支撑她所担任的角色。在保持外表的平静态度这一点上,她是完全成功的"。但一般人"决不会猜想到她感觉得好像带枷示众的人一样"。弗龙斯基回到家的时候,安娜已经到家了,她叫着,"一切都是你的错,你的过错!"弗龙斯基说:"我请求过,恳求你不要去;我知道你去了一定会不愉快的……"安娜叫道:"不愉快!简直是可怕呀!我只要活着,我永远也不会忘记的。她说坐在我旁边是耻辱。"弗龙斯基说:"一个蠢女人的话罢了。但是为什么要冒这个险,为什么要去惹事呢?……"安娜带着惊恐的表情说:"我恨你的镇静。……假如你爱我,像我爱你一样,假如你和我一样痛苦……"弗龙斯基为安娜难过,但仍然生气了。他向她保证他爱她。但是心里是责备她的。第二天,他们和解了,就动身到乡下去了。

第六部

多莉带着孩子们到乡下列文家避暑。基蒂的母亲和瓦莲卡及列文的哥哥谢尔盖也来了。基蒂发现谢尔盖和瓦莲卡之间微妙的关系,想竭力促成他们。列文说谢尔盖"是一个特殊的、奇怪的人。他只过着精神生活"。"他是脱离实际的,而瓦莲卡却是实事求是的。"谢尔盖喜欢瓦莲卡,瓦莲卡也认为做谢尔盖这样男人的妻子是莫大的幸福。他们采蘑菇单独在一起的时候,却没有表达出来。奥布隆斯基带着在彼得堡—莫斯科大名鼎鼎的年轻人,也是谢尔巴茨基家的表兄弟韦斯洛夫斯基来到列文的庄园。"基蒂居然跟韦斯洛夫斯基谈笑风生,尤其是她报以微笑时的笑容使列文很不愉快。"基蒂看到丈夫的不快,问他"是不是韦斯洛夫斯基有什么地方使你不高兴",列文的感情就尽情发泄出来了:"你要明白,我并不是嫉妒……但是我感到羞愧和耻辱,居然有人敢这样痴心妄想,居然敢用那样的眼光看你……"

第二天,他们要离家去打两天的猎,第一天列文成绩不好,他把原因归为韦斯洛夫斯基。晚上,奥布隆斯基谈到著名的铁路大王马尔图斯的豪华。列文说:"……难道这种奢华的排场你就不厌恶吗?所有这些人……凭着一套人人都瞧不起的手腕发财致富……可是后来,又用他们这笔不义之财来收买人心。"奥布隆斯基说:"他们都是靠着劳动和智慧发财致富的。"列文说："凡是用不正当的手段，用投机取巧而获得的利润都是不正当的……"奥布隆斯基说："……我拿的薪金比我的科长多，虽然他办事比我高明得多，这是不正当的吗？"列文回答不知道。奥布隆斯基说："你在经营农业上获得了，假定说，五千多卢布的利润，而我们这位农民主人，不管他多么卖劲劳动，他顶多只能得到五十卢布，这事正和我比我的科长收入得多，或者马尔图斯比铁路员工收入多一样的不正当。"列文说："……这是不公平的，我也感觉到，不过……"韦斯洛夫斯基十分诚恳地说："果然不错。为什么我们又吃、又喝、又来打猎，无所事事，而他却永远不停地劳动呢？"奥布隆斯基仿佛故意向列文挑衅地说："是的，你感觉到了，但是你却不肯把自己的产业给他。"列文说："我觉得我没有权利让出去，我觉得我对土地和家庭负着责任。"奥布隆斯基说："如果你认为这种不平等的现象是不公平的，那么你为什么不照着你所说的去做呢？"列文说："我就是这样做的，不过是消极的……我不设法扩大我和他们之间的差别。"奥布隆斯基说："这是自相矛盾的话。"韦斯洛夫斯基说："这是强词夺理的解释。"奥布隆斯基说："事情就是这样，我的朋友！二者必居其一：要么你承认现在的社会制度是合理的，维护自己的权利；要么就承认你在享受不公正的特权，像我一样，尽情享受吧。"列文说："不，如果这是不公正的，那么就不能尽情地享受这种利益；……要觉得问心无愧。"他们都睡不着。"难道消极地就可以算公正吗"这句话萦绕在列文的心头。奥布隆斯基和韦斯洛夫斯基去找村姑散心了。列文第二天一早就去打猎，成绩很好。回到住处，又接到基蒂报平安的信，非常痛快。韦斯洛夫斯基对基蒂过分的亲昵让列文忍无可忍，叫马车夫把韦斯洛夫斯基送往火车站，请他离开。

多莉去拜访安娜，一路上她回想自己15年的婚姻生活，感到自己的一生都为家庭毁了。她认为"安娜做得好极了，我无论如何也不会责备她。她是幸福的，使另外一个人也幸福……"

当两个女人在一起的时候，多莉发现安娜有眯缝着眼睛的新习惯。使多莉惊讶的是安娜对自己的小女孩长了几颗牙都不知道。安娜说："我在这里像一个多余的人……"弗龙斯基带多莉参观了医院，一段时间后，多莉对他改变了看法，认为"他是一个和蔼可亲的好人"。明白了安娜为什么爱上他。弗龙斯基对多莉讲了他不能对安娜讲的话："我看出她是幸福的，但是能够永远这样吗？……按照法律，我的女儿不是我的，却是卡列宁的。我憎恨这种虚伪！……我有了她的爱情感到幸福，但是我需要事业……"多莉说："是的……但是安娜有什么办法呢？"弗龙斯基说："安娜有办法，这全靠她……离婚也是万分需要的……帮助我说服她给他写一封信，要求离婚吧！"多莉答应了。她想起安娜眯起眼睛的新习惯。"好像她眯着眼睛不肯正视生活，好不看见一切事实哩。"

安娜要多莉坦白说说对他们生活的看法。当多莉把弗龙斯基要她做他合法的妻子的话告诉她时，安娜说："什么妻子，是奴隶……"并表示，将来自己不会再生孩子了。多莉说："难道离婚不可能吗？……"安娜说："……我没有一天，没有一小时我不想……第一，他不会答应的。"因为他在利季娅伯爵夫人的影响下。第二，"假定我取得了他的同意……儿子呢？他们不会给我的。他……会看不起我……我只爱这两个人，但是难以两全！……如果我不能称心如意，我就什么都不在乎了。"她最后对多莉说："……不要看不起我！……如果有人不幸，那就是我！"并哭了起来。多莉和他们相处一天后，她感到还不如不相逢的好。马车夫和办事员也感到这里无聊得很，弗龙斯基是个"很小气的老爷，"连马都不给喂饱。多莉也有同感。

安娜没有客人的时候，一心一意修饰打扮自己，浏览了许多书。她的知识和记忆力使弗龙斯基大为惊异。10月，卡申省举行贵族选举大会，弗龙斯基"自从他们结合以来破天荒头一次，没有解释清楚就和她分别了"。他认为："我可以为她牺牲一切，但决不放弃我作为男子汉的独立自主。"

9月，为了基蒂的生产列文搬到莫斯科去住，谢尔盖邀请他一道去卡申省参加选举，基蒂在他犹豫不决时劝他去，于是他去了。他结婚后改变了许多，变得有耐心了。第五天，斯维亚日斯基被选为县贵族长，当晚宴请客人。弗龙斯基见到列文，热情地问他："你怎么成年累月都住在乡下，却不当治安推事呢？"列文回答："因为我认为治安裁判是一种愚蠢的制度……八年里我没有出过一件纠纷，有事的时候，结果却判错了……为了解决两个卢布的事我就得花费十五个卢布请一位律师。"列文稀里糊涂地参加投票，结果本来要投到右边却投到左边了。弗龙斯基这一派大获全胜。新选出的贵族长涅韦多夫斯基和胜利者们在弗龙斯基家聚餐。参加选举这件事使他兴奋不已，心满意足。离开餐桌的时候，他接到安娜的来信，告诉他安妮病了，并说她本想亲自来。"孩子病了，她反倒想亲自来！""选举的单纯欢乐和他必须回到那种沉闷的、使人觉得成为累赘的爱情……"使弗龙斯基感到惊异……当天晚上，他就到家了。

安娜确信弗龙斯基已开始对她冷淡了，"她只有白天用事务、夜里用吗啡才能压制住万一他不爱她了、她会落到什么下场的那种恐怖的念头"。她想到"离婚，再和他结婚"。在弗龙斯基回来的当天晚上，安娜主动提出离婚。弗龙斯基微笑着说："你好像是在威胁我一样。我再也没有比希望永不分离更大的愿望了。"但是他说这些柔情蜜语的时候冷淡的眼神和恶狠狠的光芒，让安娜永远难忘。安娜给丈夫写信要求离婚，11月末他们来到莫斯科，像已婚夫妇一样定居下来。

第七部

基蒂已过预产期，大家都感到不安。基蒂和弗龙斯基的会见是一桩对他们非同小可的事。基蒂一认出弗龙斯基，就"透不过气来……"但她能够面对着弗龙斯基谈话。"她同弗龙斯基交谈了三言两语……马上转过身去对着玛丽亚……直到他起身告辞的时候她才看了他一眼。"当她把此事告诉列文，她真诚的眼睛使列文看出她很满意自己。他听完一切后，十分快活。

列文这次在莫斯科和他大学的同窗好友卡塔瓦索夫教授重温旧好了，同时和基蒂的二姐夫利沃夫非常情投意合。利沃夫为了两个孩子的教育，去年辞去了外交官，调到莫斯科的御前侍从院。他去拜访利沃夫，临走时告诉他，要去找奥布隆斯基谈谈。

奥布隆斯基邀请列文去看安娜，他说安娜是个了不起的女人，她的处境非常痛苦。她在写一部儿童作品。现在收养了一个英国小女孩。列文来到安娜的书房。

> 一幅女人的全身大画像，引得列文不由自主地注目起来……列文定睛凝视着那幅画像，它在灿烂的光辉下好像要从画框中跃跃欲出，他怎样也舍不得离开。他甚至忘记他在哪里，也没有听见在谈论些什么，只是目不转睛地凝视着这幅美妙得惊人的画像。这不是

画像，而是一个活生生的妩媚动人的女人，她长着乌黑的鬈发，袒肩露臂，长着柔软汗毛的嘴角上含着沉思得出了神的似笑非笑的笑意，用一双使他心荡神移的眼睛得意而温柔地凝视着他。她的活的，仅仅是由于她比活的女人更美。"

"我非常高兴哩。""他冷不防听到"安娜本人的声音。并在书房朦胧光线中看见画里的女人本身。"她穿着闪光的深蓝服装，同画中人姿态不同，表情也两样，但还是像画家表现在画里的那样个绝色美人。实际上，她并不那样光彩夺目，但是在这个活人身上带着一种新鲜的迷人的风度，这却是画里所没有的。"列文感到"和她谈的一言一语都具有特别的意义。同她谈话是一桩乐事，而倾听她的谈话更是一桩乐事。安娜不但说得自然又聪明，而且说得又聪明又随便，她并不认为自己的见解有什么了不起，却非常尊重对方的见解"。他们一个话题转到另一个话题。

"列文在他已经非常喜欢的这个女人身上看出另外一种特点。除了智慧、温雅、端丽以外，她还具有一种诚实的品性。她并不想对他掩饰她处境的辛酸苦辣。她说完长叹一声，立刻她的脸上呈现出严肃的神情，好像石化了。带着这幅表情她的面孔变得比以前更加妩媚动人；但是这是一种新奇的神色；完全不在画家描绘在那幅画像里的那种闪烁着幸福的光辉和散发着幸福的神情范畴以内……列文……感到对她产生了一种连他自己都觉得惊讶的一往深情的怜惜心情。""列文一直在欣赏她；她的美貌、聪明、良好的教养，再加上她的单纯和真挚。他一边倾听一边谈论，而始终不断想着她，她的内心生活，极力猜测她的心情。而他，以前曾经那样苛刻地批评过她，现在却以一种奇妙的推理为她辩护。替她难过，而且生怕弗龙斯基不十分了解她。"

要走的时候，列文觉得仿佛他刚刚才来似的。安娜告别时眯着眼睛对列文说："请转告您的妻子，我还是像以往一样爱她，如果她不能饶恕我的境遇，我就希望她永远也不饶恕我。要饶恕，就得经历我所经历的一切才行……"列文完全被安娜征服了。他说："一个非同寻常的女人！

不但聪明，而且那么真挚……我真替她难过哩。"回到家里。他把和安娜见面的事告诉了基蒂。当他说安娜是一个"非常可爱，非常，非常惹人怜惜，而且是个心地善良的女人"时，基蒂说："是的，她自然很惹人怜惜啰。"后突然哭起来。"你爱上那个可恶的女人了！她把你迷住了！我从你的眼神里就看出来了……"列文很久都劝慰不了妻子，最后他认错说他喝了那些酒以后，一种怜悯心使他忘其所以，因而受了安娜的狡猾的诱惑，并且说他今后一定要避开她。才总算使基蒂平静下来。

安娜送走客人后想："如果我对别的人们，对这个热爱他妻子的已婚男子具有这么大的魅力，为什么他对我这样冷淡呢？……我需要爱情！……他应该可怜我的。"弗龙斯基回来后问她："你不寂寞吧？"安娜回答："我早就学会不觉得寂寞了，斯季瓦和列文来过。"弗龙斯基说："我知道他们要来看你。你觉得列文怎样？"安娜说："我很喜欢他。"安娜冷淡而又怀着敌意地和他谈亚什温，他也露出冷冷的准备争吵的表情，但后来他看到安娜绝望的神情不由得害怕起来，他说："难道我在外面寻欢作乐了吗……我怎样才能使你安心呢……为了不使你像现在这样，我什么事不愿意做啊！"安娜感到自己胜利了，但她懂得这种武器不能使用第二次，她感到他们当中逐渐形成了一种敌对的恶意。

一个人没有过不惯的环境，三个月前，列文决不会相信他处在现在的情况下能够高枕无忧地沉入梦乡：过着毫无目标、没有意义的生活，而且又是一种入不敷出的生活。早上5点，基蒂告诉他有点不舒服，后经过22小时的痛苦，她生下了一个小男孩。列文忍住感动的眼泪，吻吻妻子，他对小孩有"一种新的痛苦的恐惧心情……唯恐这个无能为力的小东西会遭到伤害的心情是那样强烈……"

奥布隆斯基发现一个肥缺："南方铁路银行信贷联合会办事处委员会的委员。"他先在莫斯科活动，后到彼得堡。为了这个肥缺，他不惜在犹太佬的接待室里坐了两个小时的冷板凳，这对一个公爵，一个留里克王朝的后裔是巨大的污辱。他找到卡列宁，先谈了工作的事，后谈到安娜的事时他说：我"不是把你当做政治家……只是把你当做一个人，一个心地善良的人，一个基督徒！你应该可怜她。""她的处境真可怕！可怕极了！"卡列宁说，安娜"万事如愿以偿了哩"。奥布隆斯基说她等待离婚。卡列宁说："我认为已经了结了。"奥布隆斯基说，并没有了结。

"……帮助她摆脱她所处的难以忍受的境遇。她不再要她的儿子了。……可怜可怜她吧。"卡列宁最后说,"我得好好想想,向人请教一番。后天我给你最后的答复"。奥布隆斯基刚要走的时候,谢廖沙来了,奥布隆斯基记起来安娜要他看望谢廖沙的事。卡列宁提醒他,他们从不在孩子跟前提起他母亲。"他在同他母亲那场意外的会面以后,大病了一场,我们甚至怕他会送了命……他十分健康,而且学习得很好。"奥布隆斯基见到了发生了很大变化的谢廖沙,问他:"你还记得我吗?"他回答:"记得,舅舅。"当奥布隆斯基问他"你记得你的母亲吗"时,他赶紧回答:"不,我不记得!"同时涨红了脸。奥布隆斯基去见早与他有一种很奇怪的关系的贝特西夫人,在她家碰见了米亚赫基公爵夫人。谈到安娜的时候,米亚赫基夫人说:"她所做的是所有的人,除了我之外,都偷偷摸摸做的,而她却不愿意欺骗,她做得漂亮极了。"当奥布隆斯基说自己收到利季娅夫人的邀请函时,米亚赫基夫人告诉奥布隆斯基,"他们要向朗德请教一番","您妹妹的命运完全依他而定"。并告诉他:朗德原是巴黎的一个小店员,一次看医生时在医生的诊室睡着了。睡梦中他为所有的病人看病……他治好了别祖博夫伯爵夫人,后者把他收为义子,现在成了别祖博夫伯爵。奥布隆斯基到利季娅夫人家,见到卡列宁和朗德。伯爵夫人告诉奥布隆斯基,卡列宁的"心变了,他获得了一颗新的心……更加强了他的爱"。后朗德、卡列宁加入了他们的谈话。奥布隆斯基"完全被他听到的新奇古怪的言论弄得莫名其妙了"。后来他发现朗德睡着了,或是假装睡着了。朗德在"睡梦中"说要奥布隆斯基出去。奥布隆斯基像逃避瘟疫般地飞奔到大街上。第二天,他得到了不同意离婚的明确答复。"他明白这个决定是以那个法国人昨晚在真睡或者假装睡中所说的话作为依据的。"

安娜和弗龙斯基仍然留在两人都厌倦的莫斯科,他们之间已经不情投意合了。"对她说来,整个的他,以及他的习惯、思想、愿望、心理和生理上的特质只是一种东西:就是爱女人,而她觉得这种爱情应该完全集中在她一个人身上。这种爱情日渐减退,因此,按照她的判断,他的一部分爱情一定是转移到别的女人,或者某一个女人身上了,因此她就嫉妒起来。她并非嫉妒某一个女人,而是嫉妒他爱情的减退。她还没有嫉妒的对象,她正在寻找。有一点迹象,她的嫉妒就由一个对象转移到另外一个对象上。有时她很嫉妒那些下流女人，由于他独身的时候和她们的交情，他很容易和她们重修旧好；有时又嫉妒他会遇到的社交界的妇女；有时又嫉妒他和她断绝关系以后他会娶什么想象中的女人。最后的这种嫉妒比什么都使她痛苦，特别是……他不小心地对她说过，他母亲……竟然劝他娶索罗金公爵小姐。"安娜既然猜忌他，于是很生他的气，"找寻各种借口来发脾气，她把她处境的一切难堪都归罪于他"。一天晚上，他们在为女子中学的事争论中弗龙斯基说："你对那女孩的偏爱……是不自然的。"这激起了安娜的愤怒，说："……只有粗俗的和物质的东西你才能了解和觉得是自然的。"第二天，弗龙斯基整天不在家，安娜觉得寂寞凄凉，她自言自语："怪我自己。我太爱动气，嫉妒得毫无道理。"她收拾行李，准备到乡下去。晚上十点，弗龙斯基回来了，指着前厅的皮箱说："这是什么，这倒不错！"安娜当时没有说什么，在弗龙斯基回房间去时，安娜想起了那句话："'这倒不错'……似乎含着几分侮辱人的意味……心头涌起了一种斗争的欲望。"弗龙斯基进来时，她提出要到乡下去。弗龙斯基同意了，但当他提出得到妈妈那里去一趟时，和伯爵夫人一道住在莫斯科近郊的索罗金公爵小姐就出现在她的脑海中。安娜说："要走就星期一走，否则就永远不走了。"两人争吵起来，弗龙斯基答应："我们后天走。我什么都同意。"安娜哭着说："遗弃我吧！……我算什么人呢？一个堕落的女人罢了……你不爱我，你爱上别的女人了！"弗龙斯基恳求安娜镇静，说他比以往更爱她，他们和好了。弗龙斯基的仆人来取电报的回执，安娜问是谁打来的。弗龙斯基回答是奥布隆斯基打来的，安娜接过电报，看到这样的话："希望渺茫，不过我要想尽一切办法，尽力为之。"看后她说："我昨天就说过，什么时候离婚，或者离不离得了，我一点也不在乎。一点也没有瞒着我的必要。"接着她就寻思："照这样，他和女人们通信，也可能隐瞒着我和正在瞒着我哩。"她问弗龙斯基为什么非得隐瞒我不可？弗龙斯基回答："因为我喜欢把关系弄明确。"安娜说："把关系弄明确并不在乎形式，而是爱情。"他们又争吵起来，当提到弗龙斯基的母亲时，安娜说她是"一个残忍无情的人"。弗龙斯基说："求你不要无礼地诽谤我的母亲。"安娜说："一个女人，倘使她的心猜测不出儿子的幸福和名誉何在，那种女人就是无情的人！"弗龙斯基疾言厉色地提高声音说："我再求你一次，请你不要无礼地诽谤我所尊敬的母亲!"安娜憎恨说:"你并不爱你母亲!这都是空话,空话,空话!"弗龙斯基说,"如果这样的话,我们就得……"安娜说:"就得决定一下,我已经决定了。"正在这时,亚什温进来,他们的争吵才告一段落。弗龙斯基第二天出去了一整天,深夜回来时,侍女对他说,安娜头疼,请他不要到她的房间去。他们破天荒闹了一整天的别扭,这是公开承认感情完全冷淡了。安娜想到死,认为这是"使他对她的爱情死灰复燃,作为惩罚他,作为使她心中的恶魔在同他战斗中出奇制胜的唯一手段"。她心中充满了恐惧,为了摆脱,她跑到弗龙斯基的书房里,弗龙斯基睡得很酣畅。她回到自己的寝室,服了第二剂鸦片,又出现了以前的噩梦,她惊出了一身冷汗。她听到门铃声,走到窗前,看到弗龙斯基走到马车前,一个少女递给他一包东西。弗龙斯基告诉她:"是索罗金公爵夫人和她的女儿路过这里,"给他带来了钱和证件。并问她的头疼好些了吗?"我们明天一定走,是吗?"安娜回答:"您走,我可不走",并重复了一遍。弗龙斯基说:"这简直受不了啦!"安娜说:"您……会后悔的!"弗龙斯基"被她说这句话的那种绝望的神情吓坏了",他本想起来去追她,但是想了一想,又坐下来。他想,"什么我都试过了,只剩下置之不理这个法子了"。他准备到城里去,再到母亲那里请母亲在委托书上签字。安娜看着他离去,自言自语:"走了!全完了!"心里充满了寒彻骨髓的恐惧。她要仆人打听弗龙斯基到哪儿去了。仆人告诉她,到马厩去了;并转告弗龙斯基的话,"万一夫人想坐车出去,马车不久就回来"。她写了张纸条:"是我的过错。回家来吧,让我解释。看在上帝的面上回来吧,我害怕得很!"她到育儿室去,神志错乱之中以为是去看谢廖沙,但看到的却是小女孩。"怎么回事,这不是,这不是他!他的蓝眼睛和羞怯而甜蜜的微笑在哪儿呢?……"她连自己梳过头没有也不知道,下意识地用手摸了摸,才发现已经梳过了。她走到镜子跟前:"'这是谁?'她想,凝视着镜子里那个用明亮得惊人的眼睛吃惊地望着她的发烧的面孔。'是的,这是我!'"她恍然大悟,猛地感觉到弗龙斯基的亲吻,她浑身颤抖,肩头抽搐了一下。随后她把手举到嘴边,吻了吻。仆人告诉安娜:"我没有找到伯爵。"安娜要他直接把信送到伯爵夫人的别墅去;同时,她又发了一封电报,内容是:"我一定要和你谈谈,务必马上回来。"她坐马车到哥哥家去,基蒂和多莉都在。多莉告诉安娜，卡列宁"并没有拒绝；刚刚相反，斯季瓦觉得满有希望哩"。安娜看了奥布隆斯基的来信，说："这丝毫也引不起我的兴趣。"基蒂本不愿见安娜，但多莉说服了她。她脸泛红晕，把手伸给安娜说："我很高兴见到您哩。"基蒂对"这个堕落的女人抱有敌意……但是她一见安娜妩媚动人的容貌，所有的敌意就都化为乌有了"。安娜说："如果您不愿意见我，我也不会大惊小怪的。我全都习惯了……"基蒂觉得安娜在用敌视的眼光打量着她。她把这种敌视归之于安娜的难堪的处境，心里很替她难过。安娜起身说："我是来向你们辞行的。"她转向基蒂微笑着说："是的，我很高兴见到您，我从大家的嘴里，甚至从您丈夫的嘴里，听到许多关于您的事。他来看过我。我非常喜欢他哩。他在哪里？"说后面几个字时，"显然怀着恶意"。基蒂红着脸说："他到乡下去了。"安娜要基蒂代她向列文致意，基蒂同情地望着她的眼睛说："一定。"安娜吻吻多莉，和基蒂握握手，就急急忙忙地走了。单剩下两姐妹的时候，基蒂说："她还和从前一样，还像以往那样妩媚动人。真迷人哩！不过她……可怜极了！"多莉说："是的，她今天有点异样……她似乎要哭了。"

安娜坐上马车，心情比出门的时候更恶劣。除了她以前的痛苦现在又添了一种受到侮辱和遭到唾弃的感觉，那是她和基蒂会面的时候清楚地感觉到的。见到两个过路的人，安娜想："他们怎么像看什么可怕的、不可思议的、奇怪的东西一样看着我呀！……一个人能够把自己的感受告诉别人吗？我本来想告诉多莉的，不过幸好没有告诉她。她会多么幸灾乐祸啊！……"基蒂"会更高兴了……我在她丈夫眼里显得异常可爱。她嫉妒我，憎恨我，而且还看不起我。……如果我是不道德的女人，我就可以使她丈夫堕入我的情网了……"基蒂也一样，得不到弗龙斯基，"就要列文。而她嫉妒我，仇恨我。我们是互相仇恨的……秋季金，理发师。我请秋季金给我梳头……"晚祷钟声响了，商人多么虔诚地画着十字。这些教堂、这些钟声、这些欺诈……无非是用来掩饰彼此之间的仇视……亚什温说："他要把我赢得连件衬衣都不剩，我也是如此。"是的，这倒是事实！到了家门口，门房给她一封弗龙斯基的电报，告诉她"十点以前我不能回来"。安娜自言自语："……我知道该怎么办了。"她"感到心上起了一股无名的怒火和渴望报复的欲望。""我亲自去找他。在和他永别以前，我要把一切都和他讲明。我从来没有像恨他这样恨过任何人!"她想象弗龙斯基现在正和他母亲与索罗金小姐谈着天,为她的痛苦而高兴。"是的,我必须到火车站去,如果找不到他,我就到那里去揭穿他。""在掠过心头的种种计划中她模糊地决定采用一种:在火车站或者伯爵夫人家闹过一场以后,她就乘下城铁路的火车到下面第一个城市住下来。"马车刚走动,"不同的印象又一个接着一个交替地涌上她的心头。"我最后想到的那一桩那么美妙的事情是什么?秋季金,理发师?……是亚什温所说的:生存竞争和仇恨是把人们联系起来的唯一的因素。"看见一辆到郊外寻欢作乐的马车,她心里说:"不,你们去也是徒劳往返,带着狗也无济于事!你们摆脱不了自己。"看见一个喝得烂醉如泥的工人被警察带走,她心想:"这个人倒找到一条捷径",弗龙斯基"和我也没有找到这种乐趣……"她第一次一目了然地看清了她和弗龙斯基的关系:"他在我身上找寻什么呢?与其说是爱情,还不如说是要满足他的虚荣心。是的,他心上有一种虚荣心得到满足的胜利感。……他以我而自豪。但是那已经是过去的事了。再也没有任何可以骄傲的了。……反倒有使人羞愧的地方!他从我身上取去了可以取去的一切,现在他不需要我了……我的爱情越来越热烈,越来越自私,而他的却越来越减退……在我,一切以他为中心,我要求他越来越完完全全地献身于我。但是他却越来越想疏远我。……如果,他不爱我,却由于责任感而对我曲意温存,但却没有我所渴望的情感,这比怨恨还要坏千百倍!……爱情一旦结束,仇恨就开始了。……假定我离了婚,成了弗龙斯基的妻子。结果又是怎么样呢?难道基蒂就不再像今天那样看我了吗?不。难道谢廖沙就不再追问和奇怪我怎么会有两个丈夫吗?在我和弗龙斯基之间会出现什么新的感情呢?不要说幸福,就是摆脱痛苦,难道有可能吗……我使他不幸,他也使我不幸……螺丝钉拧坏了。……"她想起谢廖沙,"我也以为我很爱他,而且因为自己对他的爱而感动。但是没有他我还是活着,抛掉了他来换别人的爱,而且只要另外那个人的爱情能满足我的时候,我并不后悔发生这种变化。"马车到了下铁车站,彼得提醒她。她把钱包交给彼得。当她往头等候车室去的时候,她回想起她处境的全部详情和她的犹豫不决的计划。于是希望和绝望,又轮流在她的旧创伤上刺痛了她那痛苦万状、可怕地跳动的心灵的伤处。她还想着弗龙斯基。"她多么痛苦地爱他,恨他,而她的心跳动得多么厉害。"

她坐上一节空车厢，看到一个小女孩，心想："还是个小孩子，就已经变得怪模怪样，会装腔作势了。"看到一个肮脏的农民，她回忆起她的梦境，吓得浑身发抖。看到进来的一对夫妇，觉得他们彼此间是多么厌倦，多么仇恨。她沉思起来："我简直想像不出一种不痛苦的生活环境；我们生来就是受苦受难的，这一点我们都知道，但是却都千方百计地欺骗自己。"她听到那个太太用法语说了一句："赐予人理智就是使他能够摆脱苦难。"这句话仿佛回答了她的思想。"是的，我苦恼万分，赋予我理智就是为了使我能够摆脱；因此我一定要摆脱。如果再没有可看的，而且一切看起来都让人生厌的话，那么为什么不把蜡烛熄了呢？"她听到下面那节车厢里的年轻人又说又笑。感到"这全是虚伪，全是谎话，全是欺骗，全是罪恶……"火车进站的时候，她夹在乘客中间，像避麻风病患者一样避开他们。她站在月台上，极力回忆她是为什么到这里来的，她打算做什么。车夫米哈伊尔交给她一封信，是弗龙斯基写的："很抱歉，那封信没有交到我手里。十点钟我就回来。"安娜看后恶意地自言自语："是的，果然不出我所料！"她想："不，我不让你折磨我了。"一辆货车驶近了，她突然间回忆起她和弗龙斯基初次见面那一天火车轧死的那个人，"她醒悟到她该怎么办了"。她自言自语："到那里去，投到正中间，我要惩罚他，摆脱所有的人和我自己！""一种仿佛她准备入浴时所体会到的心情袭上了她的心头，于是她画了个十字。这种熟悉的画十字的姿势在她心中唤起了一系列少女时代和童年时代的回忆……"当第二节车厢的轮子之间的中心点刚和她对正了，"她就抛掉红皮包，缩着脖子……扑通跪下去了。……一想到她在做什么，她吓得毛骨悚然"。"我在哪里？我在做什么？为什么呀？"她想站起来……但是什么巨大无情的东西撞在她头上，从她的背上碾过去了。"上帝，饶恕我的一切！"她说，"感觉得无法挣扎……一个正在铁路上干活的矮小农民，咕噜了句什么。那枝蜡烛，她曾借着它的烛光浏览过充满了苦难、虚伪、悲哀和罪恶的书籍，比以往更加明亮地闪烁起来，为她照亮了以前笼罩在黑暗中的一切，哗剥响起来，开始昏暗下去，永远熄灭了。"

第八部

7月，谢尔盖准备到弟弟的乡下去。他在火车站见到了欢送到塞尔维亚前线的人群和即将上前线的青年，一个公爵夫人告诉他，弗龙斯基也坐这趟车。谢尔盖说："我从来也不喜欢他。但是这事把许许多多都弥补了。他不仅自己去，而且他还自己出钱带去了一连骑兵。"他遇到奥布隆斯基，奥布隆斯基要他转告多莉，他已被任命为联合委员会的委员。当奥布隆斯基得知弗龙斯基坐这趟车走的时候，他完全忘记了自己在妹妹尸体上绝望地痛哭，只把弗龙斯基看成一个英雄和老朋友。弗龙斯基看到了公爵夫人和谢尔盖，他默默地举了举帽子，他让母亲先走过去，就默默地消失在一节单间车厢里。谢尔盖和他同一列火车。当火车停在省城的时候，谢尔盖见到弗龙斯基的母亲。伯爵夫人对他说："唉，我受了多大的罪啊……六个星期他对谁也不讲话，只有我恳求他的时候，他才吃一点……我们把一切可以用来自杀的东西都拿开了……他为她的缘故自杀过一次，是的，她的下场，正是那种女人应有的下场。连她挑选的死法都是卑鄙下贱的。"谢尔盖说："判断这事的不是我们，伯爵夫人。"伯爵夫人说："当我跑到他房里去的时候，他已经精神失常了……他一句话也不说，骑着马一直奔到那里去了……但是他们把他像死尸一样抬回来……紧接着就差不多疯狂了一样……不论怎么说，她都是个坏女人……她毁了她自己和两个好人——她丈夫和我不幸的儿子。"谢尔盖问，她丈夫怎么样？伯爵夫人说："他带走了她的女儿……参加了葬礼……她使他自由了……不论怎么说，连她的死都是一个没有宗教信仰的可恶的女人的死法。"当谢尔盖问弗龙斯基现在怎么样时，伯爵夫人说："这场塞尔维亚战争……是唯一能够使他振作起来的事情。他的朋友亚什温，把一切都输光了，也到塞尔维亚去。他来看望他，劝他去……请您去同他谈一谈吧。"谢尔盖找到弗龙斯基，对他说："我能不能为您效点劳？"弗龙斯基说："……对不起，对于我，人生已没有什么乐趣了……我，作为一个人，好处就在于，我丝毫也不看重我的生命。而且我有足够的体力去冲锋陷阵……我很高兴居然有适合于我献出生命的事业……作为一种工具我还有些用处。但是作为一个人——我是一个废物了！"

　　自从列文看见他垂死的哥哥那一瞬间，他第一次用新的信念来看生死问题。"他丝毫也不知道生从哪里来，它为了什么目的，它如何来的，以及它究竟是什么。"从妻子怀孕以后，这个疑问就越来越经常地、执拗地呈现在他的心头。他在每一本书，在每一次谈话里，在他遇到的每个人身上，探求人们对这些问题的态度。他在唯物主义那里得不到解答，在柏拉图、斯宾诺沙、康德、谢林、黑格尔和叔本华这些唯心主义著作里也没有找到答案。他自言自语："不知道我是什么，我为什么在这里，是无法活下去的。"他"虽然是一个幸福、有了家庭、身强力壮的人，却好几次濒于自杀的境地，以至于他把绳索藏起来，唯恐他会上吊，而且不敢携带枪支，唯恐他会自杀"。

谢尔盖来的这天，是他最苦恼的一天。列文和农民一道干活，农夫费奥多尔谈起一个叫普拉东的富裕农民时对他说：人与人是不同的。"有一种人只为了自己的需要而活着……他只想填饱肚皮"，但普拉东"可是个老实人。他为了灵魂而活着。他记着上帝"。列文几乎喊了起来："他怎么记着上帝呢？他怎么为灵魂活着呢？"费奥多尔说："您知道怎么样的，正直的，按照上帝的意旨。您要知道，人跟人不同啊！譬如拿您说吧，您也不会伤害什么人的……""是的，是的，再见！""列文激动得透不过气来"，他感到自己的心灵中有某种新的东西。"活着不是为了自己的需要，而是为了上帝！……我从迷惑中解脱了出来，认识了我主。"他找到了这种信仰。他激动得热泪盈眶，"这真的是信仰吗？"他幸福得不敢相信了。"我的上帝，我感谢你！"

"我照样还会跟车夫伊万发脾气，照样还会和人争论，照样还会不合时宜地发表自己的意见；……甚至和我的妻子之间仍然会有隔阂……但是现在……我的整个生活，不管什么事情临到我的身上，随时随刻，不但再也不会像以前那样没有意义，而且具有一种不可争辩的善的意义。"

第二章

《安娜·卡列宁娜》的思想意蕴

《安娜·卡列宁娜》:俄国社会生活的百科全书

1929年德国诺贝尔文学奖得主,著名作家托马斯·曼有关《安娜·卡列宁娜》讲过这么一段话:"史诗具有波澜壮阔的广度,一种蕴蓄生命起始和根源的广度,阔大雄伟的旋律,消磨万物的单调——它多么像海洋,海洋又多么像它!我指的是那种荷马的素质,故事绵延不绝,艺术与自然合二为一,纯真、宏伟、实在、客观、永生不死的现实主义!所有这些,在托尔斯泰的作品中比在现代史诗的任何作家笔下都要强烈……"[①] 称得上史诗的作品必须具有一定的历史容量,能够较为全面地反映了一个时代的风貌和社会生活;其次是具有深刻的思想性,能给人以启示;最后是具有完美的艺术表现力。托马斯·曼还进一步强调:"这部作品我不揣冒昧称之为各国文学中最伟大的社会小说的作品。"[②] 这里,我们仅就《安娜·卡列宁娜》的社会容量联系作品进行分析。

19世纪70年代,俄国社会正处于急剧变动的时期。《安娜·卡列宁娜》中主人公列文说过的话:"现在,在我们这里……一切都已颠倒过来,而且刚刚开始形成的时候。"[③] 列宁在《托尔斯泰及其时代》中讲到1861—1905年这段时期的特点时说:托尔斯泰借列文之口,"非常明显地表现出这半个世纪中俄国历史的转移在什么地方"。"对于1861—1905年

---

① 《欧美作家论列夫·托尔斯泰》,中国社会科学出版社1983年版,第395页。
② 同上书,第406页。
③ 《列夫·托尔斯泰文集》第九卷,人民文学出版社2000年版,第427页。

这个时期，很难想象得出比这更恰当的说明了。"① "一切都已颠倒过来"，指的是农奴制改革后俄国社会翻天覆地的变化。"颠倒过来"的东西就是农奴制度以及与之相适应的整个旧秩序。而"刚刚开始形成"的东西——资本主义。实际上，俄国正处于封建主义和资本主义交替的时期。封建贵族日薄西山，而新型的资产阶级却旭日东升。这是当时俄罗斯社会最主要的特点。

一

托尔斯泰在《安娜·卡列宁娜》中表现的是家庭的思想，但家庭是社会的细胞，随着社会的变迁，家庭的观念与伦理也会发生变化。在新旧更替时期，这种变化更为明显；同样，家庭的变化也折射了社会的变化。作品由"奥布隆斯基家里一切都混乱了"拉开序幕。奥布隆斯基家里的混乱，实际上折射的是俄罗斯社会由于西方资本主义的入侵而引起的旧秩序的颠倒。奥布隆斯基是俄国历史上著名的留里克王朝的后裔，是作品第一主人公安娜的哥哥，他凭着强大的关系网，尤其是妹夫卡列宁，弄到了一个体面的官职，成了俄国官僚集团的一员。他虽以自由派自居，其实是一个没有任何明确政治观点的庸人。通过这个形象，我们可以看到当时俄国社会生活的一个重要的方面，即贵族的没落和必然被新型资产阶级所取代的趋势。

奥布隆斯基已经是5个孩子的父亲了，但生活上还不检点，与家庭教师发生暧昧关系；已经到了靠卖妻子的陪嫁过日子的地步，还要继续豪华的生活。这些无不表明其道德的堕落。作品中像奥布隆斯基这样的贵族比比皆是。如弗龙斯基的哥哥虽然有了妻子儿女，但还养着舞女；克里夫措夫伯爵虽已穷途末路，但是还养着两个情妇；更不用说"一只手牢牢地抓住了宫廷，才不至于堕落到娼妓"的"男盗女娼，荒淫无耻"彼得堡真正的社交界中的贝特西公爵夫人之流。还有巴尔特尼扬斯基的贵族债务有一百五十万，还照样挥霍；日瓦霍夫的"债务有三十万卢布"，还过着多么排场的生活啊！彼得罗夫斯基挥霍了五百万的家业，依旧过着挥金如土的日子。六十岁的彼得·奥布隆斯基公爵完全沉浸在西

---

① 《马克思、恩格斯、列宁、斯大林论文艺》，人民文学出版社1958年版，第108页。

欧的生活方式中而否定俄罗斯的生活。他谈体会时说："我们这里不懂得怎样生活，你相信吗？我在巴登避暑，我真觉得自己完全像年轻人。我一看见美貌的少女，就想入非非……吃点喝点，觉得身强力壮，精神勃勃。我回到俄国——就得跟我妻子在一起，况且又得住在乡下——喂，说起来你不相信，不出两个星期，我吃饭的时候就穿起睡衣，根本不换礼服了哩。哪里还有心思想年轻女人呀！我完全变成老头子了。只想怎样拯救灵魂了。我到巴黎去一趟，又复元了。"① 这些昔日被誉为"俄罗斯精华"的贵族身上，俄罗斯贵族传统的美德已荡然无存，他们已被西欧资产阶级生活所俘获。可见他们堕落到何等地步！

俄罗斯贵族不仅道德堕落，而且生活能力也丧失了，他们缺乏管理自己家产的本领。奥布隆斯基为了还债，不得不出卖妻子的财产，一个叫里亚比宁的商人，仅用了三万八千卢布就买走了他家大片茂密的森林，而且还是分期付款。对此，他还自以为卖了好价钱，在列文面前夸耀："价钱真了不起哩，三万八千。八千现款，其余的六年内付清。我为这事奔走够了。谁也不肯出更大的价钱。"② 列文听后忧郁地说："这样你简直等于把你的树林白白送掉了"。

奥布隆斯基为了求得南方铁路银行信贷联合办事处委员会委员的职位，动用了大量的人事关系，甚至不惜被犹太人博尔加里诺夫"故意让他和别的申请人们在接待室里等了两个钟头"。"一个留里克王朝的后裔，居然会在一个犹太人的接待室里等待了两个钟头。"③ 使贵族阶级的昔日威风扫地，颜面尽失。奥布隆斯基卖森林和求职两件事实际上充分展示了贵族阶级在对抗日益强大的资产阶级斗争中所处的艰难地位和贵族阶级必然被资产阶级所取代的趋势。从求职一事中我们还看到了俄罗斯的经济命脉，甚至政治命脉已经被新型的资产阶级所操纵。

二

俄国当时最为重大的社会问题——农民与贵族的关系在作品中得到

---

① 《列夫·托尔斯泰文集》第十卷，人民文学出版社2000年版，第946页。
② 《列夫·托尔斯泰文集》第九卷，人民文学出版社2000年版，第218页。
③ 《列夫·托尔斯泰文集》第十卷，人民文学出版社2000年版，第935页。

反映。1861年亚历山大二世签署法令，俄国废除了农奴制，农民获得人身自由。调动了农民的生产积极性，客观上也促进了俄国农业资本主义经济发展。但是，农民要通过赎买才能获得份地。这就决定了农民迅速地两极分化。少数有一定经济能力和经营头脑的农民走上了富裕的道路。如作品中主人公列文拜访斯维亚日斯基路上碰到的一户富裕的农家就是明证。这家家长是个"满面红光的老人"。儿子是"高大健壮的汉子"，儿媳是"年轻美貌"的少妇。他们家之所以富裕，一是勤劳，"一切事情我们都亲自动手"；二是节俭，喝茶的时候几乎不放糖，"把筛下的麦屑留着喂马"。他们一家人吃饭的时候有说有笑，似乎就没有什么忧愁的事。但与此相反，大量没有赎金的农民最终什么都没有，只能重新成为贵族地主的雇工，并遭受更大的盘剥和奴役，从而加深了贵族地主与农民的矛盾。作为最清醒的现实主义作家托尔斯泰，在其史诗性的作品《安娜·卡列宁娜》中，虽没有正面描写，但通过一些细节也真实地再现了这种情况。如《安娜·卡列宁娜》第1部第14章，谢尔巴茨基公爵夫人向列文抱怨说："请说明给我听，这是什么道理，这些事情您通通知道的。在我们的领地卡卢加村里，农民们和女人们把他们所有的东西通通喝光了，弄到现在交不上我们的租子。这是什么道理？您是一向那样称赞农民的。"① 这说明了当时农民生活的贫困。他们所有的东西都吃光喝光了，哪有粮食来交租子呢？农民生活贫困的原因不是自然灾害，而是贵族地主残酷剥削的结果。还有一处，在斯维亚日斯基那里，一个留灰色胡髭的顽固的农奴制拥护者说："人总希望农民会变得聪明一点。可是，相反，说起来您真不会相信——只有酗酒、淫乱！他们尽在把他们小块的土地重新分来分去，没有一匹小马或一只小牛的影子。农民在饿死，但是去请他做雇工吧，他会竭力跟您捣乱，结果还到调解法官面前去告您。"当斯维亚日斯基说"但是您也可以到调解法官那里去控告呀"时，这位农奴制的拥护者说："我去控告？我才不干呢！那只会惹出许多是非，叫人后悔莫及。譬如，在工厂里，他们预支了工钱，就逃走了。调解法官拿他们怎么办？还不是宣告他们无罪。只有地方裁判所和村长维持着一切。他们按旧式方法鞭打他们！要不是那样，那就只有抛弃一

---

① 《列夫·托尔斯泰文集》第九卷，人民文学出版社2000年版，第66页。

切！逃到天涯海角去的一法了！"① 这看似轻描淡写的几句话里，不难看出三个问题：第一，农奴制改革后俄国还有大量封建残余；第二，当时农民生活极其艰苦；第三，贵族与农民之间的矛盾进一步加深。这一点，从农奴制改革后不断发生的农民起义也可以看出来。当然农奴制改革的不彻底性也暴露无遗，这就是农民仍被束缚在土地上，而贵族地主仍然是土地的拥有者，封建剥削方式在农村继续存在。这就从根本上决定了农民的处境并没有得到改善，甚至比改革前更惨。

面对尖锐的社会矛盾，一向关心农民命运的列文站在开明的贵族地主立场上进行了探索，他要寻求一条即能保住贵族地主既得利益，又使农民不至于贫困的道路。这就是贵族地主与农民的关系问题。这个问题是一直都在关心农民处境的托尔斯泰亟待解决的问题。作家通过列文这个形象，经过艰苦的长期不懈的上下求索，他终于找到了能解决贵族地主与农民对立关系的办法，那就是让农民以"股东"的身份参与农业的经营和劳动，贵族地主与农民合伙经营，共分红利。列文天真地认为这样做不仅能使农民摆脱贫穷，而且也能让贵族地主避免没落。他对自己的改革理想："以人人富裕和满足来代替贫穷；以和谐和利害一致来代替互相敌视。一句话，是不流血的革命，但也是最伟大的革命"充满了信心，认为"只要坚定不移地"朝着这个目标前进，"就一定会达到目的"。他还认为这"是关系公共福利的事"。他要把这个方案"先从……一县开始，然后及于一省，然后及于俄国，以至遍及全世界"②。他甚至陶醉在自己的理想里，为自己"居然会是这种事业的创始人"而感到自豪。很显然，列文这种在不取消地主土地所有制的情况下搞合股经营共分利益的农村合作小组来解决地主与农民之间的残酷斗争和尖锐对立的想法只不过是自己一厢情愿的幻想。不仅大多数农民对此不感兴趣，就连他的哥哥尼古拉也嘲笑他："你并不想要组织什么；这只不过是你一贯地想要标新立异，想要表示你并不只是在剥削农民，而且还抱着什么理想。"③后他的改革计划失败，极为苦闷，坠入悲观主义的深渊。在婚后"生活

---

① 《列夫·托尔斯泰文集》第九卷，人民文学出版社 2000 年版，第 429 页。
② 同上书，第 477 页。
③ 同上书，第 456 页。

最幸福的时候,痛苦的沉思和怀疑开始不断地折磨他"①。濒于自杀的境地。列文的形象,既是托尔斯泰本人的再现,也是当时俄罗斯关心人民命运和国家前途的先进知识分子的写照,有一定代表性和典型意义。

三

《安娜·卡列宁娜》也反映了贵族阶级内部的分化及矛盾。19世纪70年代,俄罗斯参照欧洲资产阶级代议制模式,建立了近代政治体制,设立了城市和地方的自治机构和选举制度,这有利于民主化的进程,但实际权力仍然掌控在沙皇指派的行政官僚手中。这些情况在弗龙斯基、列文及斯维亚日斯基等参与选举的活动中可以看出。代议制模式的出现也是当时俄国社会变化的一方面。随着社会翻天覆地的大变动,必然引起各个阶级、阶层的分化。在资本主义的强烈冲击下,俄罗斯社会各阶层都不可避免地发生了分化,其中贵族阶级的分化表现得更为突出。一部分崇尚资本主义的人变成欧化的自由派贵族;另一部分人则成为保守派贵族。在《安娜·卡列宁娜》中,奥布隆斯基,尤其是弗龙斯基、斯维亚日斯基等人就是欧化的自由派贵族的代表;而像卡列宁、谢尔巴茨基公爵以及前面提到的那个留灰色胡须的顽固的农奴制拥护者则是保守派贵族的代表。自由派贵族看到了资本主义发展的不可避免性,所以他们力图迎合资本主义的发展趋势,充当资产阶级的附庸。如奥布隆斯基,托尔斯泰研究专家赫拉普钦科指出:"就……奥勃朗斯基来说,尽管他具有享乐主义的特点,但他没有真正的爱情和深刻的爱好,同时也不会有重要的思想。他全神贯注于眼前的事情,只顾寻求肉体的快乐。他把这些看作是他生活的唯一目的。奥勃朗斯基虽是一个善良的、富有同情心的人,但人生的大问题很少引起他的兴趣;他的亲人们经常操心的所有事情,也很少使他不安。他生活着,好像一棵草生长着一样。"② 托尔斯泰在描写这个人物所用的讽刺语调中,也表现了作家"对夸夸其谈、伪

---

① 赫拉普钦科:《艺术家托尔斯泰》,刘逢祺、张捷译,上海译文出版社1987年版,第225页。

② 同上书,第216—217页。

善和根本不了解人民需要的自由派的否定态度"①。

斯维亚日斯基是向往西欧生活方式的极端的自由主义者的俄国自由派。其本身是俄罗斯贵族,却"蔑视贵族";他看不起自己的国家,认为俄国太落后,"人类的生活只有在国外才勉强过得去,而且只要一有机会他就出国……他也在俄国实行一种复杂的、改良的农业经营方法……注视着和了解俄国所发生的一切事情……他不信仰上帝,也不相信魔鬼,但又非常关心改善牧师的生活……特别尽力保存他村里的教堂"②。这里"复杂的、改良的农业经营方法"实际上就是欧洲的经营方法。但他在俄国又"适得其所",热衷从欧洲学来的选举等政治活动。他"主张妇女绝对自由,特别主张她们拥有劳动权利"③,但他的妻子却什么也不做。托尔斯泰塑造这样一个人物,是对19世纪70年代俄国贵族中那些脱离现实的俄国贵族自由派的讽刺。

弗龙斯基几乎完全欧洲化了。他们自以为是"真正的人"的"一类,在这一类人里,最要紧的是优雅,英俊,慷慨,勇敢,乐观,毫不忸怩地沉溺于一切情欲中,而尽情嘲笑其他的一切"④。他的庄园完全是一个欧化的庄园。管家是德国的,保姆是英国的,包括婴儿车在内婴儿用品都是英国的。使女穿的衣服比公爵夫人多莉还要"时髦"。

他们把坚守俄罗斯传统道德的卡列宁一类保守派视为"下层阶级",认为"他们是粗俗的、愚蠢的、特别可笑的人们",把"他们认为一个丈夫只应当和合法妻子同居;认为少女要贞洁,妇人要端庄,而男子要富于男子气概、有自制力、坚强不屈;认为人要养育孩子,挣钱谋生,偿付债款"等传统生活方式及美德看成是"荒唐的事"。鄙视他们"是那一类旧式的可笑人物"⑤。卡列宁尽管有着当时一般人,包括弗龙斯基这些"精英"在内的许多显贵没有的好品质,但他笃信宗教,固守着俄罗斯传统的道德,显得保守;他过于理智,显得没有生气,缺乏活力。对女子出轨的事他无法想象,因此安娜对他的背叛搞得他心神不宁、狼狈不堪。

---

① 《马克思、恩格斯、列宁、斯大林论文艺》,人民文学出版社1958年版,第217页。
② 《列夫·托尔斯泰文集》第九卷,人民文学出版社2000年版,第425页。
③ 同上。
④ 同上书,第149页。
⑤ 同上。

为了家庭，他回避矛盾，一度退让，不惜戴绿帽子，默认妻子与情人的关系，被弗龙斯基看成一个"很可怜的人"。弗龙斯基对卡列宁夫人安娜的追求，从另一个角度看，是西欧资产阶级的新思想对俄罗斯旧的传统道德的挑战，也是俄国贵族阶级内部矛盾冲突的外化的一个典型事例。至于那个留灰色胡髭的顽固农奴制的拥护者更是认为"俄国已经给农奴解放毁了！"①"现在因为废除了农奴制，我们被剥夺了权力；因此我们的已经提到高水平的农业，不得不倒退到一种最野蛮最原始的状态。"② 不难看出，保守派和俄国自由派的矛盾分歧还是很明显的。

四

赫拉普钦科指出："《安娜·卡列尼娜》的主要人物的描写中个人的主题和社会的主题的结合，在每一种情况下都有它特别的表现。作者对主人公的命运和他的生活历史的揭示，在很多方面都是根据他对'通行的东西'的态度来进行的。除了安娜的形象以外，这个原则也生动地表现在对伏伦斯基的描写之中。"③

作为年轻英俊的军官弗龙斯基，他同军人贵族"有着密切的关系；他具有他们的习惯，赞同他们的观点，他喜欢他们生活的整个环境，同他们的整个生活方式牢固地结合在一起"④。他们有一套固定的生活原则："该付清赌棍的赌债，却不必偿付裁缝的账款；决不可以对男子说谎，对女子却可以；决不可欺骗任何人，欺骗丈夫却可以；决不能饶恕人家的侮辱，却可以侮辱人"⑤，就是弗龙斯基这个军人圈子里的人的生活原则。实际上，托尔斯泰在这里借弗龙斯基的形象写出了当时俄国军人的情况。此外，在描写弗龙斯基的各种兴趣爱好和生活联系时，插入了一系列人物，如"和他同一个团的伙伴——彼特里茨基、库佐夫列夫、雅希文、马霍京等，有童年时代的朋友谢尔普霍夫斯科依，还有弗龙斯基的母亲、

---

① 《列夫·托尔斯泰文集》第九卷，人民文学出版社 2000 年版，第 429 页。
② 同上书，第 431 页。
③ 赫拉普钦科：《艺术家托尔斯泰》，刘逢祺、张捷译，上海译文出版社 1987 年版，第 211 页。
④ 同上书，第 212 页。
⑤ 《列夫·托尔斯泰文集》第九卷，人民文学出版社 2000 年版，第 397 页。

哥哥和其他许多人。……任何一个人物都是作为生动的、与众不同的性格出现的"①。也就是说，这些人物都是作为社会上另一种类型出现的，这就扩大了小说的社会生活面。

同样，与安娜有联系的彼得堡三个集团揭露了当时俄罗斯上流社会的各种人物的嘴脸。以卡列宁为代表的政府官员的集团，"以多种多样的微妙的方式结合在一起"，钩心斗角，以利益关系分成不同的派别；以利季娅·伊万诺夫伯爵夫人为中心"由年老色衰、慈善虔敬的妇人和聪明博学、抱负不凡的男子所组成的集团"，也是卡列宁赖以飞黄腾达的集团，自称"彼得堡社会的良心"，其实这个圈子里的人都是些虚假伪善，残忍而好弄权的人；以贝特西·特维尔斯基公爵夫人为首的集团是"道地的社交界——跳舞、宴会和华丽服装的集团，这个集团一只手抓牢宫廷，以免堕落到娼妓的地位，这个集团中的人自以为是鄙视娼妓的，虽然她们的趣味不仅相似，而且实际上是一样的"②。她们是"用最卑鄙的手段欺骗她丈夫"的"天下最堕落的女人"。这个集团写出了当时俄罗斯上流社会道德的堕落。托尔斯泰通过这三个集团的人物及其活动，把19世纪70年代俄罗斯上流社会从政治到日常生活的百态展示得淋漓尽致。

与列文关系密切的他的两个哥哥尼古拉和谢尔盖的形象，也反映了当时俄罗斯社会生活的一面，为《安娜·卡列宁娜》这部百科全书性质的作品增添了必要的内容。尼古拉代表了俄国当时一些逐渐走向人民，但由于自身的局限，始终无法走进人民中间而自甘堕落的贵族知识分子。他把当时的革命者介绍给列文，并对列文说："你知道资本家压榨工人。我们的工人和农民担负着全部劳动的重担，而且他们的境地是，不管他们做多少工，他们还是不能摆脱牛马一般的状况。劳动的全部利润——他们本来可以靠这个来改善他们的境遇，获得空余的时间，并且从而获得受教育的机会的——全部剩余价值都被资本家剥夺去了。而社会就是这样构成的：他们的活儿干得越多，商人和地主的利润就越大，而他们

---

① 赫拉普钦科：《艺术家托尔斯泰》，刘逢祺、张捷译，上海译文出版社1987年版，第229页。

② 《列夫·托尔斯泰文集》第九卷，人民文学出版社2000年版，第168页。

到头来还是做牛马。这种制度应当改变。"① 这段话实际上讲的就是马克思剩余价值论。尼古拉还告诉列文：他们在"创设一个钳工劳动组织，在那里一切生产和利润和主要的生产工具都是公有的"。不难看出，尼古拉已初步接受了无产阶级的理论，在思想上已经走向了人民。通过尼古拉的形象写了俄国工人阶级的状况。

　　谢尔盖的形象代表了当时的那些理智上向往变革而忘记了生活的实际运动和它的真正要求缺乏行动的知识分子。正如托尔斯泰研究家赫拉普钦科所说的那样："谢尔盖·伊凡诺维奇·柯兹尼雪夫是……一个'喜爱老百姓的人'，头号的自由主义者——津津有味地谈论社会需要进行的各种改革。""但是，柯兹尼雪夫……经常陷入到纯逻辑的、形式主义的理论之中，忘记了生活的实际运动和它的真正要求。柯兹尼雪夫比较喜欢的是能言善辩的口才，而不是事情的本质。……他无疑是一个具有书本上的纯理性主义思想体系的人。他缺乏'活力，缺乏所谓良心这种东西'。他对改革的向往和他对老百姓的喜爱，也带有这种纯理性主义的、宣言式的性质。……'谢尔盖·伊凡诺维奇和其他许多办公益事业的人并不真正关心公益，而只是理智上认为这工作是正当的，因此就做起来了。'"……柯兹尼雪夫的迸发出的对于公益的自由主义的热情，然而这种热情没有任何重要内容和真正的现实感。这两个人物是作为鲜明的社会典型出现的，他们之间的内在呼应则是由生活本身决定的。"② 尼古拉也说谢尔盖的论文"是一派胡言，谎话连篇，自欺欺人。一个丝毫不懂正义的人怎样可以写关于正义的文章呢？"③

　　此外，作品通过施塔尔夫人的形象揭露了那些长期生活在国外的与教会和上层僧侣有联系的"虔诚派"的虚伪。施塔尔夫人长期住在国外，"以一个慈善而富于宗教心的妇人而获得她的社会地位"，"和一切教会和教派的最高权威都保持着亲密关系"。她表面上矜持、高傲、仁慈，实际上是一个极其虚伪而残忍的女人。她折磨死了丈夫，又折磨对她精心服

---

　　① 《列夫·托尔斯泰文集》第九卷，人民文学出版社2000年版，第115—116页。
　　② 赫拉普钦科：《艺术家托尔斯泰》，刘逢祺、张捷译，上海译文出版社1987年版，第210—211页。
　　③ 《列夫·托尔斯泰文集》第九卷，人民文学出版社2000年版，第117页。

侍的养女瓦莲卡。正如了解她底细的谢尔巴茨基公爵所说的那样："她是个迷恋娱乐的贵妇人——她根本没有患病，她是个短腿的女人，伪装患病来掩盖身体上的缺陷。"①

小说还通过朗德的形象写出了法国宗教骗子的嘴脸。朗德，不过是"巴黎的一个店员"，"有一次去找医生治病。他在医生的候诊室里睡着了，在梦中他就给所有的病人诊断病情"。后来尤里·梅列金斯基的妻子耳闻这位朗德的大名，就请他为她的丈夫治病。"把他带到俄国来了……她对他宠爱到那种地步，居然把他收为义子了哩。"于是现在"再也不是什么朗德，而是别祖博夫伯爵了"②。朗德被教徒誉为"未卜先知的人"，利季娅对他像上帝般的崇拜，他以上帝的名誉掌控了教徒的命运。安娜和卡列宁的离婚请求就是在他的梦呓或假装梦呓中否定的。

总之，《安娜·卡列宁娜》不仅只是一部写家庭的小说，更是一部社会生活小说。作品通过从沙皇到最底层150多个形形色色的人物的活动，广泛地描绘了从彼得堡、莫斯科到外省乡村丰富多彩的图景，准确而深刻地反映了当时社会的急剧变动和错综复杂的矛盾，是19世纪70年代俄罗斯社会生活的百科全书。

《安娜·卡列宁娜》的卷首题词

一

"伸冤在我，我必报应。"托尔斯泰把这句《新旧约全书·罗马人书》第12章第19节中的话作为全书的题词。凡是研究《安娜·卡列宁娜》的人，无不重视这个题词的深刻含义，因为这个题词关乎托尔斯泰对女主人公安娜的基本态度及对安娜这个人物形象的正确评价。有关这个题词的全文是这样的："不要自以为聪明，不要以恶报恶，众人以为美的事，要留心去做。若是能行，总要与众人和睦。亲爱的兄弟，不要自己伸冤，宁可让步，听凭主怒，因为经书上记着'伸冤在我，我必报应'。所以，你的仇敌若饿了，就给他吃，若渴了，就给他喝。因为你这

---

① 《列夫·托尔斯泰文集》第九卷，人民文学出版社2000年版，第149页。
② 《列夫·托尔斯泰文集》第十卷，人民文学出版社2000年版，第948页。

样行,就是把炭火堆在他的头上。你不可为恶所胜,反而以善胜恶。"①

这段话的意思是很明白的:就是告诫基督徒尽量做好事,做善事,与人和睦相处;不要以恶报恶,而要以德报怨,爱你的仇敌,为他们解决问题。至于你的冤屈,上帝明察秋毫,自会为你做主。这个题词随着小说的出版引起了很大的争论,这种争论一直延续至今。对小说的题词之所以会引起那么多的争议,当然有各式各样的因素,除读者和批评家的立场、世界观、阅历、学识修养等外,最基本原因是安娜形象的复杂性和托尔斯泰本人对自己女主人公态度的矛盾性决定的。

二

托尔斯泰的研究家艾亨巴乌姆认为题词不是针对安娜的。他在论文《托尔斯泰和肖宾迎威尔》中写道:"显然,托尔斯泰要表达的,不是上帝惩罚安娜,而是作者本人拒绝评判安娜,并且也不让读者这样做。把安娜的自杀理解为惩罚是不对的,她的死亡只应该得到怜悯。托尔斯泰夫人也这样阐明了作品的主要思想:'他(指托尔斯泰——笔者注)说,他的任务只是要让这个女子变得可怜,而不是有罪。'卷首题词'伸冤在我,我必报应,'不是对安娜而言,而是对所有人物、整个作品而言。也就是说,是对虚伪和谎言、邪恶和欺骗而言,这一切毁灭了安娜,安娜成了这一切的牺牲品。"②托尔斯泰确实对妻子索菲亚讲过那样的话,但讲这话的时候是1870年2月23日。索菲亚在1870年2月24日的生活札记里是这样写的:"昨天晚上他(托尔斯泰)对我说,他脑子里出现了一个出身上流社会、但是堕落的已婚妇女形象。他说,他的任务是要把这个妇女描写得可怜而无过错……"③那是托尔斯泰产生创作《安娜·卡列宁娜》的第一个冲动的想法,还没有构思,更没有动笔。因此,不能以此作为托尔斯泰认为安娜无罪的根据。

---

① 《新旧约全书·罗马人书》,中国基督教协会、中国基督教三自爱国委员会印,1986年,第17—21页。

② 叶尔米洛夫:《长篇小说家托尔斯泰》(俄文版),转引自徐鹏《安娜形象分析》,《安徽教育学院学报》1987年第4期,第59页。

③ 托尔斯泰娅:《父亲》,启篁、贾民、锷权译,湖南人民出版社1985年版,第344—345页。

苏联文艺理论家叶尔米洛夫也据此认为题词不是针对安娜的，并以作品中安娜的表白"我是活人，罪不在我，上帝生就我这么个人，我要爱情，我要生活"① 作为依据，他认为题词表达的不是对人的愤恨，而是由于安娜的死引起的对这个缺乏爱的世界本身的愤怒。仅仅以安娜自己的一句表白为依据就认为题词不是针对安娜是缺乏说服力的，因为安娜更多的时候是承认自己有罪的，并为此多次向上帝忏悔，临死也不忘请求上帝饶恕。

俄国无政府主义的主要活动家和理论家克鲁泡特金认为，"既是《安娜·卡列尼娜》的故事结局必须是场悲剧，那也绝非出于最高审判的判决。托尔斯泰的艺术天才，在这里跟在别处是一样忠实的，他早就说明了悲剧的真正原因，在于渥伦斯基和安娜的不坚不贞。在离开了她的丈夫，公然反抗了舆论——托尔斯泰指的是女人们的意见不老实，对这件事没有发言权——之后，她和渥伦斯基却都没有勇气直接同那个社会决裂，这种社会的虚伪是托尔斯泰描写得顶精彩。非但没有这勇气，后来安娜跟渥伦斯基回到彼得堡后，他们主要关心的还是，假如她重新出现在蓓特茜和别的这类女人当中，她们会怎样接待她？使安娜自杀的，正是蓓特茜之流的意见，绝不是神的裁判"② 。这实际上也是否定题词是针对安娜的。

赫拉普钦科认为："这个题词常常被解释为托尔斯泰对女主人公和她对人们的态度所作的否定的评价的直接证明……这个题词是在小说写作的初期阶段出现的（虽然稍有不同，写作'我的报应'）。当故事围绕着三个人物的相互关系展开，而遭到毁灭的女主人公又是一切不幸的罪魁祸首时，这个题词无疑首先是针对她的。托尔斯泰认为她破坏了善的永恒规律，破坏了人和神的法则，而她得到的报应是内心空虚，走投无路和意识到自己必遭毁灭。小说内容发生根本改变以后，不但题词的一般意义变了，而且它与故事的联系也变了……这个题词已不能'安到'小说的主要人物的形象上了……对安娜的描写整个说来，是与题词的'谴责性'思想完全抵触的……题词强调的是永恒的道德法则的'约束力'，

---

① 《列夫·托尔斯泰文集》第九卷，人民文学出版社2000年版，第382页。
② 莫德：《托尔斯泰传》，宋蜀碧、徐迟译，北京十月文艺出版社1984年版，第432页。

这些道德法则在托尔斯泰的思想里有时是上帝意志的体现,有时它本身就是人类社会发展中的至高无上的力量……这个题词里的'我',对《安娜·卡列尼娜》的作者来说不单是耶和华,甚至可能完全不是耶和华,而是构成真正的生活条件的善,是人道的要求……属于应当得到'报应'之列的,有恶和不公平以及背离生活深处的法则的各种表现。从当时托尔斯泰所捍卫的普遍原则来看,应当受到谴责的与其说是安娜或者伏伦斯基,不如是卡列宁、培特西·特维尔斯卡雅或莉季雅·伊凡诺夫娜伯爵夫人……承认永恒的道德法则,意味着确认下列两种审判之间的差别:一种是人的审判,它经常是虚假的;另一种是良心、善、正义的审判,这是最高的审判。安娜经受了一连串的苦难,遭受到周围的人们无情的谴责,但是这种谴责是伪善的、口是心非的……培特西·特维尔斯卡雅、丽莎·梅尔卡洛娃、莉季雅·伊凡诺夫娜伯爵夫人没有受到人们的谴责,没有遭受痛苦,但这完全不是说他们不应该受到道德的谴责。"[①] 这段话的意思是,小说最初构思时,女主人公是一切不幸的罪魁祸首,这个题词无疑首先是针对她的;但是小说整个内容发生根本变化后,题词的一般意义及它与故事的联系也变了……这个题词已不能"安到"小说的主要人物安娜或弗龙斯基身上,而应该是卡列宁、贝特西、利季娅之流的社会上的恶势力与不道德。这种分析有其独到的见解。它把审判分为"人的审判"和"良心、善、正义的审判"两类,并指出前者"常是虚假的",而后者才"是最高审判"。这就否定了当时俄罗斯上流社会对安娜的指责。但说这个题词不针对小说的主要人物安娜是不符合托尔斯泰的妇女观的。在《安娜·卡列宁娜》出版前不久,托尔斯泰在《论婚姻和妇女的天职》中写道:"谁想和两三个人结婚,他就连一个家庭都不会有。婚姻的结果是生儿养女。""人的尊严不在于他具有无论何种品格和知识,而仅仅在于完成自己的天职。男人的天职是做人类社会蜂房的工蜂,那是无限多样的;而母亲的天职呢,没有她们便不可能繁衍后代,这是唯一确定无疑的。……妇女的尊严就在于理解自己的使命。理解了自己使命的妇女不可能把自己局限于下蛋。她越深入理解,这一使命便

---

① 赫拉普钦科:《艺术家托尔斯泰》,刘逢祺、张捷译,上海译文出版社1987年版,第203—204页。

越能占有她的全部心身，而且被她感到难于穷尽。……一个妇女为献身母亲的天职而抛弃个人的追求愈多，她就愈完善。""母亲积极地爱，爱得越深，孩子便越美好。"① 不难看出，托尔斯泰认为妇女的天职是生儿育女，做好母亲，维护婚姻和家庭。作品中的多莉正是这样的一个的女性，她生育了众多子女而又尽心守护家庭生活和夫妻关系，"为献身母亲的天职而抛弃个人追求"，不仅付出了青春、美貌，还得卖陪嫁的田庄森林为不忠的丈夫还债。托尔斯泰对她是褒扬其实就是对安娜的否定。从《安娜·卡列宁娜》的初稿到定稿，尽管内容发生了许多变化，如增加了对社会问题的探索，加深了对上流社会的批判，对安娜的真诚、追求不乏同情甚至歌颂等，但作家对安娜追求个人幸福而抛夫弃子、破坏家庭的做法所持的否定态度一直没有改变。

　　1928年，卢那察尔斯基在纪念托尔斯泰诞辰一百周年前夕写的题为《托尔斯泰与我们现代》的文章中写道："托尔斯泰在《安娜·卡列尼娜》第一页上写着'伸冤在我，我必报应'。这证明托尔斯泰是把安娜·卡列尼娜当作罪犯看待的。这正是全篇故事的宗旨。然而就是在这部小说里，他又指出吉提·谢尔巴茨卡姬也爱慕安娜·卡列尼娜，而且小说的全体读者都常常爱慕她，因为这个女性的生命力以及她对爱情、自由和幸福的冲动如此强大，它们抓住我们的心，使我们折服了。托尔斯泰说，这是罪过。安娜·卡列尼娜的肉体的要求、对男人的需要（是她自己挑选的男人，不是教会和日常生活强使她与之结合在一起的、冷冰冰的卡列宁），像一条红线贯穿在她的身上。正由于她胆敢这样做，她才死在火车轮子底下。这里含有一种内在的玄学意义：如果你希望幸福，你便不免一死，因为幸福完全不是人命中注定的东西。要关心的不是幸福和爱情，而是责任。假如你是妻子，你就应该干你那份乏味的工作，假如你有子女，你就必须尽到你为母者的责任，你没有权利改变自己的命运，要求改变是自私和罪恶。"托尔斯泰是热爱生活的，为什么他把爱情描写成人间最美丽的花朵的同时又践踏了爱情。对此卢那察尔斯基认为这是托尔斯泰"在自己身上践踏了它。他亲自埋葬了他对生活的恣意贪求"。他把贵族描写成"一个瓦解中的阶级……他们心里充满着各种欲

---

① 《列夫·托尔斯泰文集》第十五卷，人民文学出版社2000年版，第1—3页。

念。这已经不是以前存在过的那朵香花，而是惶恐、罪过，而是部分地放弃本阶级的阵地"①。卢那察尔斯基对题词总的看法是符合托尔斯泰道德观和妇女观的。在《安娜·卡列宁娜》中，托尔斯泰理想的妇女就是能忍辱负重，为子女、为丈夫、为家庭而牺牲自己一切的贤妻良母多莉。她的所作所为和安娜形成鲜明的对比。至于用阶级分析法来解释托尔斯泰为什么把爱情描写成人间最美丽的花朵的同时又践踏了爱情这点，有一定道理，但还缺乏说服力。

俄罗斯学者库列绍夫认为，"《安娜·卡列尼娜》这部小说与最初的构思时相比有了根本的改变。但小说的题词依然保留下来。它与小说的整个思想是矛盾的。对安娜的任何惩罚托尔斯泰都没写成"②。这种看法其实是经不住推敲的。从初稿到定稿，托尔斯泰一直把这个题词保留下来说明托尔斯泰对安娜为追求自身幸福而抛夫弃子破坏家庭给别人造成痛苦的否定。一个人对她所做的事是要承担后果的。安娜做了违背道德良心的事，最终只能在向代表道德、良心、正义的上帝的忏悔和求饶声中结束自己的生命。这就是托尔斯泰对自己女主人公的惩罚。

自由主义急进派文艺批评家伊万诺夫—拉楚姆尼克认为："《安娜·卡列尼娜》的主题思想、严厉的卷首题词的全部意义在于：一个人的幸福不能建立在别人的不幸上……安娜这样做了，为此'伸冤在我，我必报应'。"③ 伊万诺夫认为，安娜为了自己的幸福，造成了丈夫卡列宁和儿子谢廖沙的痛苦。这种极端利己主义的做法是违背道德良心的，为此，托尔斯泰的题词是对安娜的严厉惩罚。这种观点也是和托尔斯泰的思想较为接近的。但把这说成小说的主题就未免偏激和简单化了。

俄罗斯著名学者杜纳耶夫指出："小说所讲的正是犯罪和不可逃脱的惩罚，而这里的罪过不是暴露在人的法律面前，而是在至高上帝的法律

---

① 《俄国作家批评家论列夫·托尔斯泰》，中国社会科学出版社1982年版，第327—328页。

② 叶尔洛夫：《长篇小说家托尔斯泰》（俄文版），转引自徐鹏《安娜形象辨析》，《安徽教育学院学报》1987年第4期，第56页。

③ 同上。

面前,这在小说整个文本之前的题词'伸冤在我,我必报应'中已经指出。"① 另一个学者戈罗杰茨卡娅认为:在对安娜命运的安排上,首先无疑体现出罪有应得的报应和正义审判的思想;小说中表露出来的训诫谴责基调显而易见,并且残酷的死亡是犯罪者必不可免的命运,是道德的裁决。正如圣费奥多利特(Феодорит)所说:"活得有罪也不会有好死。"② 这两位学者的观点接近托尔斯泰本人的创作思想。

三

在这个问题上,还是让我们看一看托尔斯泰自己是怎样说的吧。1907年春,也就是《安娜·卡列宁娜》问世30年后,俄罗斯作家魏列萨耶夫(维·维·斯米道维奇)从华沙回国,刚好与托尔斯泰的大女婿苏霍京坐同一包厢。魏列萨耶夫对苏霍金谈了自己对《安娜·卡列宁娜》卷首题词的看法:"'伸冤在我,我必报应。'……'我'是谁?主要是为什么要'报应'?对托尔斯泰来说,活跃的生命是不会犯错误的。它富于怜悯和十分伟大。强大的、本能的力量依赖它才能在人身上牢固地确立并引他走向幸福。谁反对这种力量,谁不服从自己的心灵,不管这有多么痛苦和困难,谁就会受到惩罚。'报应'必然落到他的头上,他一定毁灭。与卡列宁结婚以后,安娜只是一位母亲,而不是一位妻子。她在毫无爱情可言的情况下给予卡列宁只有在爱情中才是明朗、愉快和纯洁的一切,如果缺乏爱情,它就会变成污泥、虚伪和耻辱。活跃的生命不能容忍这一点。似乎超然于安娜之外的一种力量——她自己也感到这一点——把她从她的反常生活中挽救出来并引向新的爱情。如果安娜完全地和真诚地服从这种力量,那么她将会获得崭新的、和谐的生命。可是安娜害怕了,她由于患得患失,担心人们的谴责,失去上流社会的地位感到害怕。于是深刻而明朗的感情被虚伪玷污了,它转化为见不得人的一种享乐,变得猥琐和混浊。她只想到爱情,成为精神上不会开花结果的'情妇',就

---

① ДунаевМ. М. изд Христианскаялитература 1998. cc. 143–144,转引自金亚娜《"伸冤在我,我必报应"的重新解读》,《外国文学评论》2008年第3期,第27页。

② Гродецкая А. Г.,"Ответы предания:жития святых в духовном поиске Льва Толстоо",СПБ. изд. Наука,2000,с.107. 转引自金亚娜《"伸冤在我,我必报应"的重新解读》,《外国文学评论》2008年第3期,第27页。

像她过去只是一位母亲一样。她企图依靠违反自然的、毫无光彩的爱情来生活是徒劳的。活跃的生命对此同样不能容忍。遭到蹂躏和被撕裂的生命无情地毁灭了安娜的灵魂。在这里不能感到愤怒，也不能埋怨任何人残酷。在这里只有向最高的正义的法庭俯首听命。如果一个人不去响应心灵发出的神秘而又欢乐的召唤，如果他胆怯地避开了生命：为之准备好的巨大的欢乐，那么他在黑暗与痛苦中死亡又能责怪谁呢？一个人轻率地去反对自己的本性，那么一个伟大的规律，就会严峻而又英明地指出：'伸冤在我，我必报应！'"① 苏霍京聚精会神地听了这通分析，认为这是一种独到的见解，托尔斯泰对此一定会感兴趣。魏列萨耶夫当即恳请苏霍京把托尔斯泰的意见写信告诉他。苏霍京回莫斯科后，向托尔斯泰转达了魏列萨耶夫对题词的理解。一个月后，苏霍京写信给魏列萨耶夫："……关于《安娜·卡列尼娜》题词一事……直至日内，才得一机会问他'伸冤在我，我必报应'的意思。……他说：'不错，这是一种精辟的见解，十分精辟，不过我得重复一遍，我选这句题词，正如我解释过的，只是为了表达那个思想：人犯了罪，其结果是受苦，而所有这些苦并不是人的，而是上帝的惩罚。安娜·卡列宁娜对此也有切身的体会。是的，我记得，我想表达的就是这个意思。'"② 托尔斯泰在这里表达的意见是很清楚的。善有善报，恶有恶报，人在做天在看，上帝是无所不知、明察秋毫的，安娜既然做了违背了道德、良心和正义的事，就要承担痛苦的后果，就要受到惩罚。这个惩罚权包括作家在内的任何人都没有，只有上帝才具有。

  托尔斯泰对题词的解释无疑是最有说服力的。尽管作家在小说中描写了安娜旺盛的生命力，褒扬了她的真诚，也不乏对安娜追求的肯定。但这一切主要是针对上流社会而言的，是为揭露上流社会的虚伪、龌龊为出发点的，并不代表着托尔斯泰对安娜为了追求个人幸福而抛夫弃子，破坏正常家庭生活的肯定。托尔斯泰的宗教观和妇女观决定了他对安娜所作所为的否定。他认为安娜违背了妇女的天职，违背了道德、正义，

---

① 《俄国作家批评家论列夫·托尔斯泰》，中国社会科学出版社1982年版，第236—237页。

② 《同时代人回忆托尔斯泰》，周敏显等译，上海译文出版社1984年版，第439—440页。

就必然要受到惩罚。这一点,就连安娜自己也意识到,她多次承认自己有罪,就是和弗龙斯基在意大利度蜜月,一度感到"不可饶恕的幸福"时,也"记起"了这样的想法:"我使那人不幸……我也很痛苦,而且今后还会很痛苦;我失去了我最珍爱的东西——我失去了我的名誉和儿子。我做错了事,所以我并不希求幸福,也不想离婚,我将为我的耻辱和离开我的儿子而受苦。"① 安娜为自己的幸福造成别人的痛苦本身就是罪过。必须承担后果,接受惩罚。但托尔斯泰认为,有权对安娜进行审判的不是作者,也不是读者或其他人,更不是上流社会那些权贵,尤其是那些虚伪的贵妇们,因为他们所做的事比安娜更卑鄙、下流。只有上帝才有权审判安娜。这实际上也是对那些向安娜投石块的上流社会淫荡贵妇的愤怒,他们无权对安娜说三道四。

这个思想在书中也屡次出现。如多莉去弗龙斯基的别墅探访安娜。瓦尔瓦拉公爵小姐以安娜保护人的姿态接见了她。谈到安娜时,公爵小姐说:"他们过得就像最美满的夫妇一样!裁判他们的是上帝,而不是我们。"② 另一次是在安娜死后,列文的哥哥谢尔盖在火车站上遇到弗龙斯基的母亲伯爵夫人。伯爵夫人在向他诉苦的同时不忘指责安娜:"是的,她的下场,正是那种女人应有的下场。连她挑选的死法都是卑鄙下贱的。"谢尔盖对他说:"判断这事的不是我们,伯爵夫人,"后又强调:"我们没有权利指责,伯爵夫人。"③ 在《安娜·卡列宁娜》创作的手稿上,还有这样一个细节,安娜出走后,一次,卡列宁与家庭教师正在进行"一场事务性的谈话"时,"女管家带着一大堆问题"来了,她"大声嚎啕",哭着说:"谢辽什卡太可怜了,让上帝来裁判她吧。"④

但问题还不仅在于题词的含义,更令人注意的是题词在书中是否损害了安娜的形象。我们不能否认托尔斯泰塑造安娜的形象时没有自己的主观意图,没有流露出自己的宗教观和妇女观,实际上有时它还加重了某种色彩。但谁都承认,托尔斯泰是一个现实主义作家,安娜是一个现

---

① 《列夫·托尔斯泰文集》第十卷,人民文学出版社 2000 年版,第 602 页。
② 同上书,第 805 页。
③ 同上书,第 1011 页。
④ 日丹诺夫:《安娜·卡列尼娜的创作过程》,雷成德译,内蒙古人民出版社 1980 年版,第 165 页。

实主义的形象。她的命运——是19世纪70年代俄国社会中一个具有进步思想的先进贵族妇女的悲剧。这个形象鲜明地体现着当时俄国社会历史的局限性和贵族阶级本身的局限性。她的死不是托尔斯泰为进行道德说教而制造出来的，是现实发展的客观逻辑。对此，托尔斯泰也有很好的说明。

《安娜·卡列宁娜》出版后，安娜的命运在社会上引起很大的反响，不少人埋怨托尔斯泰，说他把安娜"处死"太残酷了。如有一次，托尔斯泰的友人鲁萨诺夫来雅斯纳亚·波良纳做客，在谈到《安娜·卡列宁娜》时，鲁萨诺夫表示："您的《安娜·卡列尼娜》是非常感人的！但是您让安娜最后卧轨自杀，这未免对待她过于残忍了。"托尔斯泰看了看这位客人，然后笑着回答说："您的这个意见不禁使我想起了普希金遇到过的一件事。有一次他对自己的一位朋友说：'想想看，我那位塔姬雅娜跟我开了个多大的玩笑！她竟然嫁了人！我简直怎么也没有想到她会这样做。'关于安娜·卡列尼娜我也可以说同样的话。根本讲来我那些男女主角有时就常常闹出一些违反我本意的把戏来：他们做了在实际生活中常有的和应该做的事，而不是做了我所希望他们做的事。"①鲁萨诺夫听了感到不好理解，便问托尔斯泰："您说的话，我不大明白，能否再解释一下呢？"托尔斯泰接着说：不难理解，"作品中的人物做那些在现实生活中应该做的，他们的行为是现实生活中常有的，不是我愿意或者不愿意能够决定的"。客人听后点头表示赞同。

题词确实体现了托尔斯泰的宗教观和妇女观，但在19世纪70年代中叶，托尔斯泰现实主义的创作方法压倒了他的宗教偏见和对妇女的偏见，一个在构思中不守妇道而受神惩罚的有罪的妇女形象在创作过程中变成为一个追求个性解放的、真诚的、活生生的、有血有肉的与虚伪的俄国贵族社会形成鲜明对照的令人同情的光彩照人的形象。

四

一部作品问世，总会引起读者和批评家们各式各样的解读。正如鲁迅所说："《红楼梦》……单是命意，就因读者的眼光而有种种：经学家

---

① 贝奇柯夫：《托尔斯泰评传》，吴均燮译，人民文学出版社1959年版，第344—345页。

看见《易》，道学家看见淫，才子看见缠绵，革命家看见排满，流言家看见宫闱秘事……"① 这说明读者的立场不同，对作品的看法就会有异。读者对作品的理解，有时与作家的主观意图是完全相反的。作品的社会效应，也往往出乎作家的意外。任何文艺作品一旦问世，似乎其解读权就属于读者和批评家了。正如苏格拉底所说："我去请教诗人，问他们什么思想是他们想要说的。几乎所有在场的人对诗人的作品都比诗人自己要解释得好。他们不是以自己智慧才创作出他们的作品，而是作家一种天赋的才能，并在一种疯狂的状态中，象占卦弄神的人一样。"② 从文艺理论的角度解释，这有形象大于思想的问题。对同一部作品有不同的看法当然是好事，它能促使读者从不同的角度来解读作品，扩大眼界，加深对作品的思想内容和艺术手法的挖掘，同时，也能让作家从读者和批评家的评论中获得一些有益的东西，对他们文学艺术创作也是一种促进。同样，对《安娜·卡列宁娜》卷首题词"伸冤在我，我必报应"的争论，也促进了读者对作品深邃的内容及托尔斯泰创作思想的理解，对文学研究是有促进作用的。

《安娜·卡列宁娜》的几个家庭

一

"幸福的家庭都是相似的，不幸的家庭各有各的不幸。"③《安娜·卡列宁娜》这个不寻常的议论性的开头，把读者引入对家庭问题的思考中；同时托尔斯泰也通过这句话明确地告诉读者，他在这部小说中要探讨的是家庭问题。

接着，托尔斯泰用"奥布隆斯基家里一切都混乱了"一句把读者带入多莉和奥布隆斯基组成的家庭中。这是一个合法不合情的家庭。"混乱"两字，给人的印象就是不正常。这种不正常是怎么引起来的呢？其

---

① 《鲁迅全集》第8卷，人民文学出版社1981年版，第145页。
② 转引自《俄国作家批评家论列夫·托尔斯泰》，中国社会科学出版社1982年版，第238页。
③ 《列夫·托尔斯泰文集》第九卷，人民文学出版社2000年版，第3页。

直接原因是妻子多莉发现了丈夫奥布隆斯基和法国家庭女教师的暧昧关系。接着托尔斯泰就对奥布隆斯基及其家庭做了介绍。奥布隆斯基"是一个三十四岁、漂亮多情的男子，他的妻子仅仅比他小一岁，而且做了五个活着、两个死了的孩子的母亲，他不爱她，这他现在并不觉得后悔。他后悔的只是他没有能够很好地瞒过他的妻子"①。这就明确地告诉读者，奥布隆斯基和妻子多莉已经没有什么感情了，他已经不爱妻子了。虽然他承认是"自己的过错"，但是他不觉得后悔。对妻子做了错事还不后悔，可见他从心底里已不把妻子放在眼里。这句话也预示着偷情这类事奥布隆斯基今后还会继续下去，只不过更加隐蔽，让妻子难于发现罢了。多莉和奥布隆斯基的婚姻有神父的见证，他们的家庭是合法的。奥布隆斯基是公爵，有显赫的家世，是留里克王族的后裔。但作为丈夫，奥布隆斯基是一个对家庭极不负责、专爱拈花惹草的花花公子。在他看来，妻子"只是一个贤妻良母，一个疲惫的、渐渐衰老的、不再年轻、也不再美丽、毫不惹人注目的女人，应当出于公平心对他宽大一些"②。他对列文说："怎么办——你告诉我，怎么办？你的妻子老了，而你却生命力非常旺盛。在你还来不及向周围观望以前，你就感觉到你不能用爱情去爱你的妻子，不论你如何尊敬她。于是突然发现了恋爱的对象，你就糟了，糟了！"③ 奥布隆斯基爱研究女人，他认为女人好比是螺旋桨，把人弄得团团转。有一次，列文问他有什么新情况时，他所答非所问："……你知道奥西安型的女人……就像在梦里见过的那样的女人……哦，在现实中也有这种女人……这种女人是可怕的。你知道女人这个东西不论你怎样研究她，她始终还是一个崭新的题目。"④ 不管身份高低，他只要见了年轻美貌的女子就爱，和上流社会的风流贵妇调情更是家常便饭，"他和贝特西公爵夫人之间早就存在一种古怪的关系"。难怪列文曾感慨地说："他这张嘴昨天吻过谁呢？"⑤ 他把妻子打发到乡下的一个说不出口的原因就是"他可以更自由"。妻子和孩子在乡下，那他想干什么就干

---

① 《列夫·托尔斯泰文集》第九卷，人民文学出版社 2000 年版，第 6 页。
② 同上。
③ 同上书，第 55 页。
④ 同上书，第 213—214 页。
⑤ 《列夫·托尔斯泰文集》第十卷，人民文学出版社 2000 年版，第 739 页。

什么。

把一切变为享乐,这是奥布隆斯基的人生哲学。因此,尽管他政治上稀里糊涂,事业上马马虎虎,可是在生活上他既不糊涂也不马虎,在吃喝玩乐方面,他是极为讲究的。他认为"吃是人生的一大乐事",不惜把宝贵的时间和大把的金钱花在吃上,差一点没把午餐变成一种按部就班的"宗教仪式"。他尽管穷到了靠出卖妻子的陪嫁还债度日的程度,但丝毫不愿放弃享乐。

奥布隆斯基的妻子多莉是莫斯科赫赫有名的大贵族谢尔巴茨基公爵的大女儿,年轻时也是有名的大美人。他们的婚姻可谓是门当户对。多莉是一个贤妻良母。她不仅为奥布隆斯基带去了丰厚的嫁妆,还为奥布隆斯基生育了众多的子女。为此她不仅付出了青春、美貌,还得卖陪嫁的田庄森林为丈夫还债。为了这个家庭,她尽量节省每一项开支,她甚至没有像样的衣服,去拜访安娜时,她的穿着连弗龙斯基的仆人都不如。她为丈夫、为家庭付出了自己所能付出的一切,就连奥布隆斯基也不得不在列文面前承认:"我的妻子是一个了不起的女人。"[①] 但奥布隆斯基明知多莉了不起,就是不会珍惜。他上流社会贵族花花公子的习性决定了他不可能安分守己。他处处留情,见了年轻美貌的女子就爱,就连家庭教师也不放过。当他和法籍家庭女教师的暧昧关系被发现后,多莉愤怒地指责奥布隆斯基:"您从来没有爱过我;您无情,也没有道德!我觉得您可恶,讨厌,是一个陌生人——是的,完完全全是一个陌生人!"并下决心不和他住在一起:"……您是一个无赖!我今天就要走了,您可以跟您的情妇住在这里呀!"[②] 多莉当时受到的打击可想而知。正如她对安娜所说的:"我的青春和美丽都失去了,是谁夺去的?就是他和他的小孩们啊。我为他操劳,我所有的一切都为他牺牲了……一切都完了,那曾经成为我的安慰,成为我的劳苦的报酬的一切……"[③] 尽管多莉曾表示要离开丈夫和这个家,但后来在安娜的调解下她还是留了下来,并与丈夫和好。而奥布隆斯基对多莉已没有感情,因此这种基础并不牢固。他好色

---

① 《列夫·托尔斯泰文集》第九卷,人民文学出版社 2000 年版,第 50 页。
② 同上书,第 17—18 页。
③ 同上书,第 91 页。

老毛病没改，对她照样不忠，"几乎总是不在家"。而家里"几乎总是没有钱"。面对这一切，她默认了。她为"照管一个大家庭"而"不断地操心受苦"①。他们家的财政危机，已经到靠出卖她陪嫁的地产过日子的地步。"为了尽量节省开支"，也为了"逃避那使她痛苦不堪的欠木材商、鱼贩、鞋匠的小笔债务"②追还时的屈辱，她和孩子们一道搬到乡下去。刚到乡下，她找不到厨娘，孩子们的奶不够吃，蛋也没有，擦洗地板的人也找不到。一个人带着六个孩子，"不是一个病了，就是另一个快要生病的模样，要么就是第三个缺少什么营养，第四个露出坏癖性的症候，等等问题"③。但是这一切对她来说，"却是她可能得到的唯一幸福"。只要孩子们有"微小的欢乐"，就能"补偿她的痛苦"。她为自己的六个孩子"感到幸福，以他们而自豪"④。尽管六个孩子给她带来了无穷无尽的麻烦，操碎了她的心，但只要和他们在一起，她就很愉快。作为贤妻，多莉是善良的，尽管丈夫经常欺骗她，但她总是从好处去想丈夫，为丈夫作出自我牺牲。如她接到奥布隆斯基一封悔罪的信，并"恳求她挽救他的名誉，卖掉她的地产来偿还他的债务"。尽管多莉陷入绝望，恨她的丈夫，对他又是轻视，又是可怜，打定主意和他离婚，并且加以拒绝；但"最近一件证明他的善良的事历历在目地涌现在她的心头"⑤。最后又同意卖掉她自己的一部分地产，为丈夫还债。多莉正是以一个有教养的、有着俄罗斯传统美德的优秀妇女的胸怀，容忍了丈夫的不忠，维持着这个没有情爱的家庭，使之没有崩溃。

  作品中出现的第二个贵族家庭是安娜和卡列宁的家庭及其和弗龙斯基的家庭。

  首先谈谈安娜和卡列宁的家庭。和多莉与奥布隆斯基的家庭一样，这是一个合法不合情的家庭。安娜的丈夫卡列宁是彼得堡上流社会的一个大官僚。外界评论"他是一个笃信宗教、品德高尚、聪明正直的人"⑥。

---

① 《列夫·托尔斯泰文集》第九卷，人民文学出版社2000年版，第159页。
② 同上书，第341页。
③ 同上书，第343页。
④ 同上。
⑤ 《列夫·托尔斯泰文集》第十卷，人民文学出版社2000年版，第1020页。
⑥ 《列夫·托尔斯泰文集》第九卷，人民文学出版社2000年版，第391页。

他从小是个孤儿，靠自己的努力和叔父的帮助成为优秀的政治家。他有丰富的感情，"看到孩子们和女人的眼泪，总不能无动于衷"。他对爱情忠贞专一。出于责任感，他向安娜求了婚。一旦求了婚，他就把自己的"全部感情通通倾注在他当时的未婚妻和以后的妻子身上。他对安娜的迷恋在他心中排除了和别人相好的任何需要"[①]。卡列宁信任自己的妻子，如有一次安娜告诉他，彼得堡有一个青年，是他的部下，差一点向她求爱时，卡列宁说，"凡是在社交界生活的女人总难免要遇到这种事，他完全信赖她的老练，决不会让嫉妒来损害她和他自己的尊严"[②]。他是一个基督徒，严守基督教义，得知安娜和弗龙斯基的关系后，他没有采取简单痛快的做法，为了安娜和家庭，他做出了维持现状的痛苦决定。卡列宁有着基督博爱的胸怀，得知安娜产后病危的电报，尽管他一度以为是个骗局，但当他想到"万一"是真的时，便匆匆从莫斯科赶回，并不顾一路的疲劳和风尘，一到彼得堡就去看安娜。他不仅饶恕了安娜，还饶恕了破坏他们家庭生活的第三者弗龙斯基，使弗龙斯基无地自容，精神崩溃而自杀。他对安娜和弗龙斯基所生的小女儿的感情更是特殊，不仅怜悯，而且充满慈爱。要不是他的关心，她准会死去。安娜和弗龙斯基的私奔，给他的打击是极大的，他"心烦意乱，六神无主"，以至生活上的事他都无法料理。但他并没有倒下，除公务外，教育孩子成了他"唯一关心的问题"。安娜的悲剧发生后，他赶往出事地，参加了安娜的葬礼，并带走了安娜和弗龙斯基所生的孩子，尽了一个丈夫的职责。当然，我们不能否认，卡列宁作为沙皇专制政权的一个官僚，他身上也不免会沾染那时官僚的习气，如热衷于官场、过于理智、生命意识匮乏等。这个形象身上也寄托了托尔斯泰宽恕和博爱的思想。

安娜是一个善良、真诚、富有激情、生命力旺盛、漂亮的女性。当她还不知道爱情为何物时，就由姑妈做主，嫁给了一个比她大20岁的省长卡列宁。丈夫是一个虔诚的基督徒，整天忙于公务和过于理性化，加之年龄的巨大差异等因素，使他们夫妻之间较少交流，不能很好地沟通，这就使安娜生活在压抑之中。我们无法否认，丈夫卡列宁对她是有感情

[①]《列夫·托尔斯泰文集》第十卷，人民文学出版社2000年版，第656页。
[②]《列夫·托尔斯泰文集》第九卷，人民文学出版社2000年版，第142—143页。

的，但她对比自己大 20 岁的丈夫卡列宁没有感情，更谈不上爱情。正如她的哥哥奥布隆斯基所说的："你和一个比你大二十岁的男子结了婚。你没有爱情，也不懂爱情就和他结了婚。……这是一个错误。"[①] 安娜承认是"一个可怕的错误"。尽管如此，在遇到弗龙斯基之前，安娜还是忍受着感情上的空白与空虚，怀着自我牺牲的精神奉行上帝的意志，尽职尽责地履行一个贤妻良母的责任和义务。在与丈夫卡列宁生活的八年里，虽然感觉到情感生活得不到满足，知道自己生活的虚伪，对丈夫强烈的不满："他是基督教徒，他宽大得很！是的，卑鄙龌龊的东西！除了我谁也不了解这个，而且谁也不会了解，而我又不能明说出来。他们说他是一个宗教信仰非常虔诚、道德高尚、正直、聪明的人；但是他们没有看见我所看到的东西。他们不知道八年来他怎样摧残了我的生命，摧残了我身体内的一切生命力——他甚至一次都没有想过我是一个需要爱情的、活的女人。他们不知道他怎样动不动就伤害我……"[②] 但是她还是恪守妇道，没有为填补感情上的空白和精神的空虚去做别人的情妇。甚至丈夫的部下向她求爱时她也不为所动。为了维系家庭的和谐安宁，她也曾无私地奉献自己，牺牲了太多的东西。他们的家庭一度成为彼得堡上流社会的楷模，安娜因此也成为那些不忠于丈夫的坏女人嫉恨的对象。

再来谈谈安娜和弗龙斯基组成的家庭，这是一个偶合的事实家庭，是合情不合法的。

前面讲过，安娜和丈夫卡列宁的家庭尽管是合法的，但没有感情。安娜只有以压抑自己来维系这个家庭。但后来她到莫斯科解决兄嫂的矛盾纠纷，遇到了风流倜傥、年轻英俊的贵族军官弗龙斯基，开始时，她还是用理智克制自己的感情，提前回彼得堡，并认为弗龙斯基"对于她不过是无数的、到处可遇的、永远是同一类型的青年之一，她决不会让自己想他的"[③]。但当弗龙斯基追踪她而来时，她的激情燃烧起来了，终于不顾一切地爱上了他，很快，对弗龙斯基的追求成了她生活的全部乐

[①] 《列夫·托尔斯泰文集》第九卷，人民文学出版社 2000 年版，第 556 页。
[②] 同上书，第 381 页。
[③] 同上书，第 134 页。

趣。安娜对弗龙斯基的爱是疯狂的，正如罗曼·罗兰所说："《安娜·卡列尼娜》里的爱情具有激烈的、肉感的、专横的性质"，安娜的美丽有一种"恶魔般迷人的魅力"，她脸上闪烁的红光"不是欢乐的红光，而是使人想起黑夜中的大火的可怕的红光"①。安娜对弗龙斯基的爱也是盲目的。对此，她自己曾说："我就像一个饥饿的人，突然面前摆了一席丰富的午餐。"② 安娜真诚的性格使她不愿像当时许多上流社会的妇女那样过虚伪的二重生活，她勇敢地向丈夫公开了他和弗龙斯基的关系，并不顾丈夫的规定，公开在自己家里会见情人。后虽然因产后病危有过忏悔，但身体复原后还是选择离家出走，和情人一同到外国度蜜月去了。不难看出，安娜和弗龙斯基的家庭是以情为基础组成的。但这个事实家庭在当时的俄国是不合法的。因此，激怒了虚伪的上流社会。卡列宁以法律、道德、责任等观念压迫她；以利季娅伯爵夫人为首的集团，用不准与儿子见面来折磨她，还借荒唐无稽的降神术否定她的离婚要求；以贝特西夫人为代表的集团，不仅对安娜关起了所有社交界的大门，甚至在公共场所表示了对她的蔑视。这一切，她不仅承受住了，而且还表现出"向社会挑战"的勇气。这是因为她有在她看来比生命还要重要的东西——爱情的支撑。但后来她发现弗龙斯基对自己的冷淡时，她的精神支柱倒了。她看清了这个社会"一切全是虚伪"，终于在"上帝呀！饶恕我的一切吧"的祷告声中扑向铁轨，结束了自己年轻的生命。在安娜看来，爱情是高于一切的东西，爱情没有了，活着就没有意思了。当然，她的自杀还有一层意思，就是要重新唤起弗龙斯基对自己的爱。她想到死的时候有过这样一段心理："……如果我死了，他也会懊悔莫及，会可怜我，会爱我，会为了我痛苦的！"③ 甚至这样想时"嘴角上挂着一丝自怜自爱的、滞留着的微笑"。

安娜所倾心的弗龙斯基是上流社会的一个杰出人物。贵胄军官学校一毕业，他就以一个"风头十足的青年军官"的身份加入了彼得堡富有军官的圈子。在彼得堡过了一段"奢侈放荡"的生活后，他来到莫斯科，

---

① 《欧美作家论列夫·托尔斯泰》，中国社会科学出版社1983年版，第57页。
② 《列夫·托尔斯泰文集》第十卷，人民文学出版社2000年版，第803页。
③ 同上书，第965页。

对天真、纯洁而又漂亮的基蒂表现出火一样的热情,但这只不过是一种逢场作戏的逗引,他玩的是"不想结婚而勾引姑娘"的把戏。因此,当光彩照人的安娜出现后,他就一个劲儿地追求安娜。因为他十分明白:"一个男子追求一位已婚的妇人,而且,不顾一切,冒着生命的危险要把她勾引到手,这个男子的角色就颇有几分优美和伟大的气概,而决不会是可笑的。"① 但随着和安娜的接触,安娜的真诚和对爱情的执着提升了弗龙斯基,他开始严肃地对待他与安娜的感情。他认为,"这不是儿戏,这个女人对我来说比生命还要宝贵"。没有她和她的爱情,"根本活不成"。"涉及他和安娜的关系"时,弗龙斯基已开始感觉他原先的准则"并没有包罗万象,而且预见到将来他会有找不着指导原则的困难和迷惑"。② 他认为安娜是一个应当受到与合法妻子同样,甚至更多尊敬的女人。但在安娜怀孕后,他又觉得"她完全不像他初次看见她的时候那种样子了。在精神上,在肉体上,她都不如以前了。……他望着她,好像一个人望着一朵他采下来、凋谢了的花,很难看出其中的美"③。这完全暴露了他花花公子的嘴脸。弗龙斯基具有坦率、真诚和不虚伪的品质。他不得不违背自己的本性说谎作假应付上流社会时,就感到特别难受,有"一种说不出的厌恶之感"。在卡列宁的宽厚博爱面前,他感到自己"卑鄙""堕落""公开骗人""渺小",并无地自容而开枪自杀。在和安娜生活的后期,他尽管对安娜冷淡,但并没有抛弃安娜,更没有像安娜所想象的和某个女人好上了。可以说,他对安娜还是专一的。正因为如此,安娜绝望的行动对他的打击才那么大。他才真正认识到安娜的价值和在他生活中的地位——比生命还重要。安娜死后,他也"死"了。他最后奔赴前线,以求一死,这是他形象的最后闪光。他是一个矛盾复杂的悲剧人物。但无论如何,我们无法否认安娜和他组成的家庭虽然不合法,但却是合情的。

第三个贵族妇女家庭是基蒂和列文组成的家庭。和前两个贵族妇女家庭不同,这是一个合情又合法的家庭。基蒂是谢尔巴茨基公爵的小女

---

① 《列夫·托尔斯泰文集》第九卷,人民文学出版社2000年版,第170页。
② 同上书,第397页。
③ 同上书,第468页。

儿，在作品里出现时，是一个刚刚踏入社交界的情窦初开的 18 岁的少女。初次"在社交界的成功超过了她的两个姐姐"。她一进社交界就有了两个追求者，一个是她哥哥大学的同学和挚友列文；一个是"非常富有、聪明、出身望族，正踏上宫廷武官的灿烂前程"①且英俊迷人的弗龙斯基。她对这两个追求者都有好感。"幼年时代和列文同她亡兄的友情的回忆，给予她和列文的关系一种特殊的诗的魅力。她确信他爱她，这种爱情使她觉得荣幸和欢喜。她想起列文就感到愉快。"②对于弗龙斯基，在她的回忆里"却始终掺杂着一些局促不安的成分，虽然他温文尔雅到了极点；好像总有点什么虚伪的地方……但是在另一方面，她一想到将来她和弗龙斯基在一起，灿烂的幸福远景就立刻展现在她眼前"③。与"和列文在一起，未来却似乎蒙上一层迷雾"相比，她天平的一边自然偏向弗龙斯基。因此，当列文向她求婚时，她因弗龙斯基拒绝并残酷地伤害了一个爱着她恋着她也是她一直非常尊敬的人。后弗龙斯基由于安娜的出现而对她的冷漠给她的打击是可想而知的。她大病一场而到国外疗养。经过这次感情危机后，她和一直爱着她的列文结了婚。她尽妻子的职责，如她坚持要丈夫带自己去看病得快要死的尼古拉。成了母亲后，又认真履行母亲的责任。基蒂也有点小心眼，如列文在她面前情不自禁地夸了几句安娜，她就不得了了，一定要列文承认安娜是个坏女人。这些使她更加真实可爱。和列文结婚后，她就放弃了自己少女时代的许多爱好，牺牲了许多属于自己的东西，甚至没有尽情享受无忧无虑和爱情幸福的时刻。她在为做一个贤妻良母而努力。正如列文所说的："是的，除了对家务事有兴趣（那种兴趣她是有的），除了对装饰和英国式的刺绣有兴趣以外，她没有别的真正的兴趣了。无论对我的工作，对田庄，对农民也好，无论对她相当擅长的音乐也好，对读书也好，她都不感兴趣。她什么也不做，就十分满足了。"以致列文在心里责备她。但是，列文不了解基蒂正在准备迎接这种沉重的劳动：做好丈夫的妻子，做好一家的主妇，做好孩子的母亲。也就是她正在快乐地筑着她的未来的巢。在她

---

① 《列夫·托尔斯泰文集》第九卷，人民文学出版社 2000 年版，第 58 页。
② 同上书，第 62 页。
③ 同上。

身上，我们又仿佛看到了《战争与和平》中俄罗斯理想妇女娜塔莎的影子。

基蒂的丈夫列文是作品的第二号人物，是一个拥有 3000 亩土地的庄园贵族。他 32 岁了，是奥布隆斯基在大学时的同学和好友，也是基蒂亡兄的大学同学和好友，他家和谢尔巴茨基家都是莫斯科的望族，关系密切。基蒂可以说是列文看着长大的。列文不是奥布隆斯基那样的公子哥儿。他生活严肃，关心俄国的现实和未来。他深深地爱着基蒂。第一次求婚被拒绝后，他当然很痛苦。但他对基蒂的爱没有变。尽管他很骄傲，当多莉第一次暗示他去向基蒂求婚时，他认为不能因为基蒂不能做她爱的人的妻子就要求她做自己的妻子。但他心中一直装着基蒂。后来因被邀请参加奥布隆斯基家的宴会，他见到基蒂。基蒂给他的印象是："和以前不一样了，与她在马车里的神情也不同了。""她惊惶，羞怯，腼腆，因而显得更迷人。……"[①] 列文和基蒂用粉笔交流，表示自己一直爱着基蒂。他们就这样把一切都说好了。结婚后，列文像一个大哥哥那样呵护着基蒂，他不让妻子去看病重的哥哥尼古拉，只是怕因与哥哥生活的那个女人的邋遢引起她的不快；哪个男的多和基蒂讲几句话都会引起他的嫉妒和不高兴。花花公子韦斯洛夫斯基被列文驱逐就是最好的说明。夫妻俩在一起，列文写论文，基蒂坐在他身旁做女工。列文"思考着、写着、时时刻刻高兴地意识到她在面前"[②]。列文忠于自己的家庭。夫妻之间有什么话都能当面说。如列文拜会安娜和基蒂见到弗龙斯基的事。作家在列文身上赋予了许多自传性的特征。作品中列文关于爱情和家庭的理想，和基蒂关系的许多细节，和托尔斯泰当年与索菲亚的情况非常相似。列文是强调感情的，他认为"结婚中的重要东西是爱情，有了爱情，人总是幸福的"[③]。作为作者的代言人，列文的话无疑表达了托尔斯泰的家庭观：幸福家庭是要有爱情做基础的。基蒂和列文这个合情合法的家庭无疑是托尔斯泰颂扬的理想家庭。

[①] 《列夫·托尔斯泰文集》第九卷，人民文学出版社 2000 年版，第 499 页。
[②] 《列夫·托尔斯泰文集》第十卷，人民文学出版社 2000 年版，第 627 页。
[③] 同上书，第 590 页。

二

在《安娜·卡列宁娜》中托尔斯泰延续了他在《战争与和平》中所表现出来的保守妇女观和家庭观。作品的扉页上，托尔斯泰就引用了《圣经·新约·罗马书》第 12 章第 19 节中的话："伸冤在我，我必报应"作为全书的题词。这个题词正如作家自己解释的："我选这句题词，正如我解释过的，只是为了表达那个思想：人犯了罪，其结果是受苦，而所有这些苦并不是人的，而是上帝的惩罚。安娜·卡列宁娜对此也有切身的体会。是的，我记得，我想表达的就是这个意思。"① 托尔斯泰在这里表达的意思是很清楚的。安娜违背了上帝的信条，即使世人，尤其是那些虚伪的俄罗斯上流社会的淫妇们无权评论她，但她还是逃不脱上帝的惩罚。托尔斯泰尽管同情安娜的追求，对安娜的真诚不乏歌颂，甚至以安娜的真诚和上流社会贝特西之流虚伪的荡妇对照，借以批判上流社会。但是，他还是让安娜死于千钧重压之下，并借"伸冤在我，我必报应"表达自己的妇女观及家庭观。托尔斯泰认为家庭是神圣的，任何人不能为了满足自己的某些欲望或生活不如意就随便破坏、抛弃家庭。安娜就是为了满足自己的情欲而抛夫弃子，破坏了家庭，背离了自己应尽的责任，因此受到了上帝的惩罚。作为基督徒的卡列宁也因此警告过安娜："我们的生活，不是凭人，而是凭上帝结合起来的。这种结合只有犯罪才能破坏，而那种性质的犯罪是会受到惩罚的。"②

托尔斯泰对安娜的态度有着明显的两重性，但总体上是否定的。他认为作为妇女，要明白自己的天职。妇女的天职是什么呢？在《论婚姻和妇女的天职》（此文写于《安娜·卡列宁娜》出版前）中，托尔斯泰写道："谁想和两三个人结婚，他就连一个家庭都不会有。婚姻的结果是生儿养女。""人的尊严不在于他具有无论何种品格和知识，而仅仅在于完成自己的天职。男人的天职是做人类社会蜂房的工蜂，那是无限多样的；而母亲的天职呢，没有她们便不可能繁衍后代，这是唯一确定无疑的。……妇女的尊严就在于理解自己的使命。理解了自己使命的妇女不

---

① 《同时代人回忆托尔斯泰》，上海译文出版社 1984 年版，第 439—440 页。
② 《列夫·托尔斯泰文集》第九卷，人民文学出版社 2000 年版，第 194 页。

可能把自己局限于下蛋。她越深入理解，这一使命便越能占有她的全部心身，而且被她感到难于穷尽。……一个妇女为献身母亲的天职而抛弃个人的追求愈多，她就愈完善。""母亲积极地爱，爱得越深，孩子便越美好。"① 这就是说，妇女的天职是生儿育女，做好母亲，维护婚姻和家庭。作品中的多莉正是这样一个"为献身母亲的天职而抛弃个人追求"的女性，为了家庭，她生育了众多子女而又尽心守护家庭生活和夫妻关系、为了家庭而忍辱负重，恪守妇女本分与天职，不仅付出了青春、美貌，还得卖陪嫁的田庄森林为丈夫还债，甚至还要包容丈夫不忠。托尔斯泰对她是颂扬的。在她身上，体现了托尔斯泰的家庭观和妇女观，寄托了他对理想女性的希望。正如格罗梅卡所说的那样，在《安娜·卡列宁娜》中，"解决家庭幸福和痛苦问题的小说女主人公，不是光彩照人的安娜，不是娇媚的吉娣，而是外表平常、对大多数人毫无魅力的朵丽。她与丈夫一起生活是不幸的，但她是对的，她的正确使她以另一种的、最好的幸福而幸福"②。

托尔斯泰说过："为了使作品写得好，应该爱其中主要的、基本的思想。譬如在《安娜·卡列尼娜》中我所爱的是家庭这个思想。"③ 托尔斯泰爱家庭的思想并不等于他是为写家庭而写家庭。家庭是社会的细胞，他创作《安娜·卡列宁娜》的目的就是通过这个"细胞"的解剖探索俄国19世纪70年代的社会问题。作品开始的第一句话是"奥布隆斯基家里一切都混乱了"。这个"乱"字表面上写的是奥布隆斯基因与法国女家庭教师的暧昧关系破坏了家庭的和谐而引起的混乱，实则是由于资本主义侵入俄国而引起的社会的动荡和各种关系的急激变化。贵族妇女安娜公开离开丈夫，抛弃家庭去和情人弗龙斯基同居，最后酿成悲剧，则是这种变化的突出一例。作品的第一主人公安娜是19世纪70年代受资产阶级思想影响，因爱情觉醒而争取个性解放的俄罗斯先进贵族妇女，是一个被虚伪道德所束缚和扼杀的悲剧人物。她一方面敢于冲破道德束缚，

---

① 《列夫·托尔斯泰文集》第十五卷，人民文学出版社2000年版，第1—3页。
② 倪蕊琴：《托尔斯泰比较研究》，华东师范大学出版社1989年版，第319页。
③ 赫拉普钦科：《艺术家托尔斯泰》，刘逢祺、张捷译，上海译文出版社1987年版，第3页。

大胆追求自己的爱情；但另一方面却在追求中时时感到自己有罪，请求上帝的饶恕。如她产后病危，把丈夫招到身边，请求丈夫饶恕时向丈夫倾诉的肺腑之言："不要认为我很奇怪吧。我还是跟原先一样……但是在我心中有另一个女人，我害怕她。她爱上了那个男子，我想要憎恶你，却又忘不掉原来的她。那个女人不是我。现在的我是真正的我，是整个的我。……饶恕我，完全饶恕我！我坏透了……"① 她身上的两个"我"不断搏斗，最终在不可解的矛盾中，在请求上帝的饶恕声中结束了自己的生命。安娜是现实主义的形象。她的悲剧，是当时俄国社会具有个性解放的先进贵族妇女的悲剧。她身上体现了俄国历史的局限性和贵族阶级本身的局限性。我们不否认这个形象身上体现了托尔斯泰的妇女观，但她绝不是托尔斯泰为了道德说教而创造出来的人物，她的结局是现实发展的必然结果。第二主人公列文从某种意义上说，其社会意义并不亚于安娜。从作品的结构和作家的创作意图来看，安娜对爱情的追求和毁灭是列文对社会问题探索的一个组成部分。在列文眼里，安娜是"一个多么出色、可爱、逗人怜惜的女人！"是"一个非同寻常的女人！不但聪明，而且那么真挚。……"② 列文感到"同她谈话是一桩乐事，而倾听她说话更是一桩乐事"。她脸上"那种闪烁幸福的光辉和散发着幸福的神情"。反映的正是其心灵追求：自己幸福，同时也希望别人幸福。而这，也正是列文的人生追求。但是，这么一个美丽、聪慧、诚挚、善良，和自己有着共同追求的非同寻常的妇女，为什么会在鲜花盛开的时候熄灭自己的生命之灯呢？这不能不是善于思考问题的列文所探索的一个重要课题。这样，托尔斯泰就把安娜的悲剧放到一个更为广阔的背景上展示，使作家"家庭的思想"成为列文探索的一个有机组成部分，从而使作品规模宏大，带有百科全书性质。列文常年住在乡下，他最关心的是贵族不没落、农民不贫困的问题。这和安娜的"自己幸福，同时也希望别人幸福"是一致的，而这也是当时俄国最迫切要解决的现实问题。列文试图通过普遍富裕的道路缓和地主与农民的矛盾。他孜孜不倦地探索一条解决地主和农民之间的矛盾的道路。他的理想是宗法制的庄园制度。这

---

① 《列夫·托尔斯泰文集》第九卷，人民文学出版社 2000 年版，第 537 页。
② 《列夫·托尔斯泰文集》第十卷，人民文学出版社 2000 年版，第 909 页。

就是在不取消地主土地所有制的情况下,农民和地主合股经营、共分红利的农村合作小组。他认为这样做能"以人人富裕和满足来代替贫穷,以利害的调和一致来代替互相敌视"。是"不流血"的,也是"最伟大的革命"。但在当时的俄罗斯,这不过是他一厢情愿的幻想。尽管他已建立了幸福的家庭,但因改革失败而感到一事无成,加之一些莫名其妙的矛盾和恐惧折磨着他,他十分苦恼,以致否定一切理想,坠入虚无主义、悲观主义的深渊。最终只能从上帝那里找出路。这一切正是当年托尔斯泰精神面貌的写照。

  这三个家庭的其他成员及相关人物,拓宽了作品所反映的社会问题的广度和深度。如奥布隆斯基,其表面上是个好人,实际上是一个没有政治观点、只讲生活享受的正走向没落的贵族阶级的庸人。在他身上,反映了俄国贵族逐渐退出历史舞台的必然趋势。托尔斯泰在描写这个人物所用的讽刺语调中,也表现了作家"对夸夸其谈、伪善和根本不了解人民需要的自由派的否定态度"[1]。值得注意的是,托尔斯泰在这部作品中主要反映的是家庭的思想,但是,跟作家一贯的探索相一致,托尔斯泰并没忘记为贵族阶级寻找出路的问题。正因为如此,作家一方面塑造了列文这样的不断求索、积极进取的贵族形象;另一方面也塑造了奥布隆斯基这类只会寻花问柳,打猎消遣的一事无成的享乐主义者形象。作家通过这个形象试图告诉我们,贵族阶级如果不像列文那样积极探索,努力进取,那么他们必将像奥布隆斯基那样堕落为碌碌无为的庸人。奥布隆斯基和城里的大多数贵族一样,已没有管理自己家产的本领。为了还债过日子,他不得不出卖妻子的财产,而新兴的资产阶级可以用很低的价钱就把他们的大片森林田庄买过去。一个叫里亚比宁的商人,只用了三万八千卢布就买走了他家的大片茂密的森林,他还自以为卖了好价钱。对此,列文不高兴地对他说:"没有一个商人买树林不数树的,除非是人家白送给他们,像你现在这样。我知道你的树林。我每年都到那里去打猎,你的树林每俄亩值五百卢布现金,而他却只给你二百卢布,并且还是分期付款。所以实际上你奉送给他三万卢布。"[2] 这一情节也反映

---

[1] 倪蕊琴:《托尔斯泰比较研究》,华东师范大学出版社1989年版,第217页。
[2] 《列夫·托尔斯泰文集》第九卷,人民文学出版社2000年版,第219页。

了资产阶级对贵族阶级的胜利，预示着贵族阶级必然为新兴的资产阶级所代替的趋势，这也是俄罗斯现实的生动写照。

奥布隆斯基穷到了靠卖妻子的陪嫁过日子的地步，但丝毫不放弃享乐。19世纪70年代的俄罗斯，像他这样的人绝不是个别现象，而是有代表性的。如书中提到的一个名叫巴特尼央斯基的贵族听说奥布隆斯基欠两万卢布，就哈哈大笑，说："你真是个幸运儿！我欠了一百五十万债，手头一无所有，可是你看，我还不是照样活着。"其他贵族，如齐瓦霍夫负债三十万，手头不名一文，还过得多么阔气！克利夫卓夫伯爵早被认为山穷水尽了，他却还养着两个情妇……这帮贵族向往西方的生活方式。一个叫彼得·奥布隆斯基的六十岁的公爵讲，在巴登避暑，"真觉得自己完全像年轻人。我一看见美貌的少女，就想入非非……吃点喝点，觉得身强力壮，精神勃勃。我回到俄国——就得跟我妻子在一起，况且又得住在乡下——喂，说起来你不相信，不出两个星期，我吃饭的时候就穿起睡衣，根本不换礼服了哩。哪里还有心思想年轻女人呀！我完全变成老头子了。只想怎样拯救灵魂了。我到巴黎去一趟，又复元了"①。这伙人身上，俄罗斯贵族传统的美德再也找不到了，可见他们堕落到何等地步！

作品中列文两个哥哥的形象，把家庭的思想扩大到社会，为这部百科全书性质的作品增添了必要的内容。列文同父同母的哥哥尼古拉代表了俄国当时一些逐渐走向人民，但由于自身的局限，始终无法走进人民中间而自甘堕落的贵族知识分子。他们在俄国解放运动中是一种进步思想的代表，在唤起民众的觉醒方面无疑起到了一定作用的。但由于他们自身的局限，他们无法融入人民中，因此，最终因一事无成而自甘堕落。托尔斯泰把他的变化堕落说成是"精神上的斗争与良心上的不安"。这种"精神上的斗争与良心上的不安"是当时俄国部分贵族知识分子精神面貌的写照。他们接受了新的思想，看到了俄国的落后，对贫富悬殊的社会现实不满，而他们自己却又享受着特权；他们想改变这种状况，并也有所行动，但由于他们不可能真正了解俄国的实际，没有找到新的思想武器，没有依靠新的阶级。因此，他们无法改变这个现实世界，这就使他

---

① 《列夫·托尔斯泰文集》第十卷，人民文学出版社2000年版，第946页。

们常常处于精神的巨大苦闷不安中。加上这个阶级本身的脆弱,他们之中的一些人只能是选择堕落,或是自杀。

列文的同父异母的哥哥谢尔盖关心公益事业、关心农民、关心俄国的一切,他研究社会问题,书本知识、理论知识和思辨能力无可非议,但一旦接触实际,他就显得无能为力了。他代表了当时的那些理智上向往变革而忘记了生活的实际运动和它的真正要求缺乏行动的知识分子。苏联评论家赫拉普钦科把他和作品中的另一个人物卡列宁作了比较:"谢尔盖·伊凡诺维奇·柯兹尼雪夫是另一种性格、另一条生活道路上的人。他与卡列宁不同,——一个'喜爱老百姓的人',头号的自由主义者——津津有味地谈论社会需要进行的各种改革。""但是,柯兹尼雪夫和卡列宁一样,经常陷入到纯逻辑的、形式主义的理论之中,忘记了生活的实际运动和它的真正要求。柯兹尼雪夫比较喜欢的是能言善辩的口才,而不是事情的本质。他无论如何不能称之为官场里的人物,但是他无疑是一个具有书本上的纯理性主义思想体系的人。他缺乏'活力,缺乏所谓良心这种东西'。他对改革的向往和他对老百姓的喜爱,也带有这种纯理性主义的、宣言式的性质。康斯坦丁·列文进行了正确的观察,发现'谢尔盖·伊凡诺维奇和其他许多办公益事业的人并不真正关心公益,而只是理智上认为这工作是正当的,因此就做起来了'。""……柯兹尼雪夫的迸发出的对于公益的自由主义的热情,然而这种热情没有任何重要内容和真正的现实感。这两个人物是作为鲜明的社会典型出现的,他们之间的内在呼应则是由生活本身决定的。"[①]

列文的朋友斯维亚日斯基是极端的自由主义者,向往的是西欧的生活方式。他本身是地道的俄罗斯贵族,却"蔑视贵族";他看不起自己的国家,认为俄国太落后,在俄国简直无法生活,但他在俄国又"适得其所",热衷选举等政治活动。托尔斯泰塑造这样一个人物,是对19世纪70年代俄国贵族中那些脱离现实的俄国贵族自由派的讽刺。

小说主要写的上流社会贵族的生活,通过卡列宁、弗龙斯基等人形象,揭示了俄国的腐朽及官场的钩心斗角。卡列宁是沙皇官僚机构中一

[①] 赫拉普钦科:《艺术家托尔斯泰》,刘逢祺、张捷译,上海译文出版社1987年版,第210—211页。

个鹤立鸡群的人物，避开政治因素不谈，单就个人品质而言，卡列宁可以说是一个有着高尚道德情操的人。他工作勤勉，严格要求自己，尽管妻子的丑闻对他是一个沉重的打击。但他并没有倒下，还是照常上班，处理日常事务；他为官清廉，如到偏远的外省出差主动退还多给的差旅费；他不徇私情，不搞私人关系，不拉帮结伙，尽管他交游甚广。但这样一个难得的好官最终还是成了政治斗争的牺牲品。弗龙斯基在彼得堡花花公子中也是一个出色的人物，他并不是一个道德品质很坏的庸俗放荡之徒。他身上有着他那个圈子里的人少有的好品质。如心地善良、真诚、也不乏同情心，他慷慨大度，他把自己分到的钱大部分给了哥哥嫂嫂，自己只留下一小部分；火车轧死人，他把二百卢布交给站长的助手，要他转给死者的寡妇。尤其和安娜相遇相爱以后，他甚至能虚心自责，这对当时那些高傲的贵族老爷来讲，更是难能可贵的，如他在招待一位外国亲王的过程中，能从亲王的身上看到自己的影子。他骂自己："笨蛋！难道我也是这样的吗？"他以前认为美德的东西变成了贵族阶级本身的恶德败行。他对贵族"美德的东西"的否定，是对贵族道德的否定。但是他最终并没有战胜自己的虚荣心，没有抵住贵族上流社会的巨大压力，更没有像安娜那样为了爱情而牺牲一切。他无意中成了上流社会的帮凶，最后导致安娜走向毁灭。这个形象也真实地反映了社会急激变动时期部分俄罗斯贵族青年的精神面貌。

小说还通过列文的乡下生活，写了下层农民的劳动与生活。广泛地反映了19世纪70年代俄罗斯农村的真实情况。总之，在《安娜·卡列宁娜》中托尔斯泰所喜欢的"家庭的思想"是和《战争与和平》中他所喜欢的"人民的思想"密切不可分地结合在一起，家庭问题和社会问题也自然而然地结合在一起的，家庭问题是社会问题的一种反映。陀斯妥耶夫斯基1877年写道，在这部长篇小说里，"所有我们俄国现有的一切政治的和社会的问题都集中在一个焦点上了"。并称《安娜·卡列宁娜》是"当代欧洲文学中没有一部可以与之媲美的作品"。[①]

陀斯妥耶夫斯基所谓的"焦点"不是别的，正是家庭。托尔斯泰就是试图通过家庭的剖析来反映俄国的政治问题和社会问题。正因为如此，

---

① 《俄国作家批评家论列夫·托尔斯泰》，中国社会科学出版社1982年版，第5页。

当时著名的德国作家托马斯·曼认为《安娜·卡列宁娜》是"各国文学中最伟大的社会小说"。①

可见,人们从这部写家庭的小说中看到的是当时的俄罗斯社会。因此《安娜·卡列宁娜》是一部社会容量巨大的百科全书式的作品。

《安娜·卡列宁娜》的妇女观

《安娜·卡列宁娜》出版前不久,也就是1868年,托尔斯泰撰写了一篇《论婚姻和妇女的天职》的论文:文中有这样的话:"谁想和两三个人结婚,他就连一个家庭都不会有。婚姻的结果是生儿养女。""人的尊严不在于他具有无论何种品格和知识,而仅仅在于完成自己的天职。……母亲的天职呢,没有她们便不可能繁衍后代,这是唯一确定无疑的。……妇女的尊严就在于理解自己的使命……她越深入理解,这一使命便越能占有她的全部心身,而且被她感到难于穷尽。……一个妇女为献身母亲的天职而抛弃个人的追求愈多,她就愈完善。""母亲积极地爱,爱得越深,孩子便越美好。"② 托尔斯泰这段话,可以说是他19世纪六七十年代妇女观的写照。

托尔斯泰创作《安娜·卡列宁娜》,是基于他听说的上流社会的一段风流故事,按托尔斯泰的最初构思,《安娜·卡列宁娜》是一部描写"失了足"的上流社会已婚妇女的长篇小说。其夫人索菲亚在1870年2月24日的生活札记里写道:"昨天晚上他(托尔斯泰)对我说,他脑子里出现一个出身上流社会、但是堕落的已婚妇女形象。他说,他的任务是要把这个妇女描写得可怜而无过错。"③ 索菲亚在给姐姐的信中写道:"小说题材是——一个不忠实的妻子以及由此而发生的全部悲剧。"④ 初稿中女主人公叫塔吉亚娜,她抛弃丈夫跟一位年轻的将军跑了。丈夫说"她是个讨厌的女人",但后来还是成全了他们。初稿中塔吉亚娜被描写成一

---

① 《欧美作家论列夫·托尔斯泰》,中国社会科学出版社1983年版,第406页。
② 《列夫·托尔斯泰文集》第十五卷,人民文学出版社2000年版,第1—3页。
③ 亚·托尔斯泰娅:《父亲》,启篁、贾民、锷权译,湖南人民出版社1984年版,第344—345页。
④ 贝奇柯夫:《托尔斯泰评传》,吴均燮译,人民文学出版社1981年版,第295页。

个极端自私的破坏家庭幸福的罪魁祸首。托尔斯泰在一份草稿里写道："她——一个令人厌恶的女人。"① 托尔斯泰把塔吉亚娜写成了破坏家庭正常生活的罪魁祸首，最后以自杀告终。后在创作过程中，作家对都市家庭生活进行了深入的调查研究和思考。因为当时妇女出走已不是个别现象。如冈察洛夫所说的像霍乱和伤寒症一样从我们的亲人和熟人的家庭中一个接一个地捕捉牺牲品，几乎给社会造成惊慌状态。经过长时间矛盾、探索，加之他世界观的变化，于是，在定稿中，女主人公从外表到精神，都发生了巨大的变化，"从一个破坏社会法规的罪人，变成高出于具体社会环境的妇女"②，成了一个受资产阶级思想影响因爱情觉醒而争取个性解放的先进贵族妇女和世界文学中最完美的女性形象。《安娜·卡列宁娜》的创作，基本上是以这种妇女观为基础的。我们通过安娜、多莉和基蒂三个形象来分析托尔斯泰在作品中所表现出来的妇女观。

安娜是作品的第一主人公。她不仅外表美丽，风度优雅，内心世界更是丰富葱茏，精神气质无与伦比。她本性善良、为人真诚、富有激情、生命力旺盛。但当她还不知道爱情为何物时，就由姑妈做主，嫁给了比她大20岁的卡列宁。卡列宁过于理性，公务繁忙，尽管他很爱妻子，但他不了解年轻妻子内心的渴求。这就使安娜感到压抑。由于传统道德的影响，安娜和卡列宁过了8年没有爱情的生活，还生了谢廖沙。她和卡列宁的家庭一度成为上流社会的典范。后到莫斯科解决兄嫂的矛盾，遇到了年轻英俊的贵族军官弗龙斯基，唤醒了她沉睡的爱情。她不顾一切地爱上了弗龙斯基。但她不愿像贝特西等上流社会的贵妇那样过虚伪的二重生活，她勇敢地与情人生活在一起。虚伪的上流社会不仅对她关上了大门，甚至在公共场所对她表示蔑视。这一切，她都承受住了，因为她有比生命还要重要的东西——爱情的支撑。但后来她被她为之牺牲一切的弗龙斯基所冷淡时，她的精神支柱倒了，她看清了这个社会"全是虚伪的，全是谎话，全是欺骗，全是罪恶！……"③ 终于在"上帝，饶恕

---

① 赫拉普钦科：《艺术家托尔斯泰》，刘逢祺、张捷译，上海译文出版社1987年版，第178页。

② 日丹诺夫：《安娜·卡列尼娜的创作过程》，雷成德译，内蒙古人民出版社1980年版，第82页。

③ 《列夫·托尔斯泰文集》第十卷，人民文学出版社2000年版，第993页。

我的一切"的祷告声中扑向铁轨,结束了自己年轻的生命。

对于安娜这个人物,托尔斯泰从他保守的妇女观出发,对其为了个人幸福而抛夫弃子,破坏家庭的和谐一直持谴责的态度。托尔斯泰认为抛夫弃子对于女性来说是对起码的,也是最重要的社会职责的背叛。因为"妇女的使命毕竟主要是生孩子,教育孩子,抚养孩子""母亲自己生育,自己喂养……只有这些才是生活的保障和幸福"。① 安娜抛夫弃子不仅造成了丈夫和儿子的"不幸",更主要的是违反了爱的宗教,破坏了妇女应做贤妻良母的道德规范。为此,托尔斯泰借用《圣经》中的话:"伸冤在我,我必报应"作为整个作品卷首题词,并最终让她在向上帝的忏悔声中死于火车轮下。但是,作者对安娜的同情甚至赞美之情也是很明显的。托尔斯泰认为婚姻应该建立在爱情的基础上,可是,安娜却在根本不知爱情为何物的情况下由姑妈做主嫁给了比她大20岁的省长卡列宁,对自己一生中那么大的事,她却没有半点主动权。正如她的哥哥奥布隆斯基所说:"你和一个比你大二十岁的男子结了婚。你没有爱情,也不懂爱情就和他结了婚。让我们承认,这是一个错误。"安娜自己也承认是"一个可怕的错误!"② 这里,托尔斯泰借奥布隆斯基之口,对安娜没有爱情而建立的错误婚姻进行了否定。这种否定本身就是对安娜不幸婚姻的同情。

安娜的丈夫卡列宁尽管个人品质等方面是公认的,但他最大的不足就是没有生气,缺乏活力。这一点,托尔斯泰本人也是不喜欢的。托尔斯泰所热爱的是充满勃勃生机的自然,当然人也如此;对那些没有生气的东西,他是不喜欢的。托尔斯泰把安娜塑造成一个充满活力和勃勃生机的人,这本身就暗含着作者对自己主人公的喜爱。安娜在遇到弗龙斯基之后喊出了:"我是活人,罪不在我,上帝生就我这么个人,我要爱情,我要生活。"③ 这种对爱情的向往,对生活的追求托尔斯泰的赞同的,因为这是符合人性的。一个身上洋溢着过剩的生命力的人在死气沉沉的

---

① 《列夫·托尔斯泰文集·书信》,周圣、单继达译,人民文学出版社2000年版,第121页。
② 《列夫·托尔斯泰文集》第九卷,人民文学出版社2000年版,第556页。
③ 同上书,第391—392页。

环境中会感到窒息的。因此，在托尔斯泰看来，追求爱情，追求生活，让自己的生命力得到释放本身就是人性的表现，这是无可厚非的。

　　托尔斯泰对安娜的真诚是赞扬的，并以她的真诚来揭露上流社会的虚伪。上流社会的那些贵妇过的是虚伪的二重生活，如彼得堡那个"真正的社交界"的领袖贝特西公爵夫人，正像安娜向多莉所说的："……实际上，这是天下最堕落的女人。她和图什克维奇有暧昧关系，用最卑鄙的手段欺骗她丈夫，而她却对我说只要我的地位不合法，她就不想认我这个人。"① 这方面，正像米亚赫基公爵夫人所承认的：安娜"所做的是所有的人……都偷偷摸摸做的，而她却不愿意欺骗，她做得漂亮极了。她做得最好的"② 但安娜的本性决定了不会虚伪，更不愿虚伪，她毅然离开卡列宁，和弗龙斯基生活在一起。甚至盛装出席在上流社会人物云集的剧院，显示了她公开对上流社会虚伪道德挑战的勇气。作者一直颂扬的就是安娜光明磊落的品行。

　　托尔斯泰对安娜的善良也是赞赏的。如火车站她对被轧死的铁路工人的同情和对被欺骗的嫂嫂多莉的理解和安慰；画像上"闪烁着幸福的光辉和散发着幸福的神情"所表现出的不仅要自己幸福，而且也想让所有人都能得到幸福，分享她的幸福愿望。

　　安娜不像社交界那些浅薄的女性，只注意外表的修饰。安娜内心世界的丰富葱茏与她知识的丰富分不开，而知识的丰富又与她喜欢读书分不开。安娜"浏览了许多书籍，都是一些流行的小说和很严肃的书籍。凡是他们收到的外国报刊杂志上推荐过的书籍她都订购了"，而且读得"聚精会神"③。哪怕是在和弗龙斯基感情产生裂痕的时期。安娜追求爱情，追求个性解放的先进思想是与她读西欧文学作品分不开的。一个喜欢用知识来充实自己的人，当然是托尔斯泰所喜爱的。

　　托尔斯泰以主人公的名字"安娜·卡列宁娜"作为整部作品的名字，也不难看出作家对自己精心塑造的形象的喜爱。

　　安娜的形象从第一次在作品中出现到其生命结束前夕，可以说任何

---

① 《列夫·托尔斯泰文集》第十卷，人民文学出版社 2000 年版，第 825 页。
② 同上书，第 947 页。
③ 同上书，第 833 页。

时候都没有失去过原有的魅力,还是像开始闪亮登场时那样光彩照人。如在她处境最艰难的时候,列文前去会见她,先是被她在意大利时米哈伊洛夫给她画的那张肖像所迷住,那是安娜获得"不可饶恕的幸福"的时期;等他见到"处境非常痛苦"时穿着深蓝服装的安娜本人时,列文感到现实中的安娜"同画中人姿态不同,表情也两样,但还是像画家表现在画里的那样个绝色美人。实际上她并不那样光彩夺目,但是在这个活人身上带着一种新鲜的迷人的风度,这却是画里所没有的"①。痛苦的境遇并没有使安娜枯萎,她像梅花那样在冰雪中开得更加艳丽,散发着诱人的芬芳。她永远保持着上流社会妇女雍容娴雅的风度和安详自然的举止,谈话"又自然又聪明,而且说得又聪明又随便",显示了她那丰富葱茏的内心世界。列文感到安娜"除了智慧、温雅、端丽以外,她还具有一种诚实的品性"②。以至于曾严厉谴责过安娜的列文在一个下午完全被安娜征服了,对安娜的倾倒程度达到了最高峰。再如安娜自杀前,尽管她身心已伤痕累累,万念俱灰,但基蒂"一见安娜的妩媚动人的容貌,所有的敌意就都化为乌有了"③。并对姐姐多莉说:"她还和从前一样,还像以往那样妩媚动人。真迷人哩!"④ 这无疑饱含了作家对这个形象无比喜爱的深情。当然反映了托尔斯泰妇女观的矛盾和积极进步的一面。

托尔斯泰研究专家赫拉普钦科指出:"安娜的形象之所以比陶丽的性格无比地诱人,这不仅因为安娜是一个聪明、妩媚、美丽的女人,而且因为她具有的优美的人情味。陶丽那种对待各种事务的顺从态度,与安娜的大胆、精神上的独立不羁和内心的高傲是对立的。安娜感受过生活的欢乐和失望的剧烈痛苦,遭受过人们给她带来的许多不幸,即使在命运的沉重打击下,她也不随波逐流。安娜拒绝作有辱她的尊严的可怜的妥协,不能容忍把感情变成浅陋庸俗的东西,心中始终怀着对真正幸福的渴望。她宁远离开人间,也不愿放弃对她来说无限珍贵的、构成她生

---

① 《列夫·托尔斯泰文集》第十卷,人民文学出版社2000年版,第902—903页。
② 同上书,第907页。
③ 同上书,第983页。
④ 同上书,第984页。

活目的的东西。安娜的悲剧突出了她身上的那些使她高出周围的人们的品质。"①

多莉可以说是托尔斯泰心目中的理想妇女，是贤妻良母式的典型。她是公爵小姐，有良好的教养，得知丈夫和家庭教师的关系后，她只是把自己关在房里，但心里想着的仍然是孩子和家庭。当奥布隆斯基向她道歉，尤其与安娜一番谈话后，她又和丈夫和好了。后发现丈夫又出轨时，她甚至认为是因为自己没有吸引力造成的，而不再指责丈夫。尽管丈夫对她如此不忠，到处拈花惹草，花天酒地，甚至堕落到了靠出卖自己的陪嫁为其还债的地步，但她哪怕受尽委屈，还是严守宗法制妇女的道德，相夫教子，省吃俭用（其穿着还比不上弗龙斯家的女仆），自始至终履行着贤妻良母的职责，维持着给自己带来巨大伤害和痛苦的家庭使之不至于破败。同时，她生性善良，同情被弗龙斯基冷淡了的妹妹基蒂，原谅她在气头上所说的伤害自己的话；她也同情并理解安娜的处境，在安娜被上流社会拒于门外处境极为艰难的时候她是唯一去看安娜的女人。正如俄罗斯批评家格罗梅卡所说的那样，在《安娜·卡列宁娜》中，"解决家庭幸福和痛苦问题的小说女主人公，不是光彩照人的安娜，不是娇媚的吉娣，而是外表平常、对大多数人毫无魅力的朵丽。她与丈夫一起生活是不幸的，但她是对的，她的正确使她以另一种的、最好的幸福而幸福"②。另一个批评家葛罗包卡也持有类似的观点。他赞扬多莉能够完成"舍弃幸福的爱的功绩"，富于自我牺牲精神。葛罗包卡认为，多莉"远远高于安娜，也高于吉提。杜丽实际上是女主人公，有关她的篇页是长篇小说中意义最崇高的部分"③。但多莉对自己的这种生活并不是没有怀疑过。如她去弗龙斯基庄园看安娜的马车里，她"回顾她十五年的婚姻生活。'怀孕、呕吐、头脑迟钝、对一切都不起劲、而主要的是丑得不

---

① 赫拉普钦科：《艺术家托尔斯泰》，刘逢祺、张捷译，上海译文出版社1987年版，第200页。

② M.C.格罗梅卡：《论列·尼·托尔斯泰评长篇小说〈安娜·卡列尼娜〉》（俄文版），1893年，第37页。转引自《列夫·托尔斯泰比较研究》，华东师范大学出版社1988年版，第319页。

③ 叶尔米洛夫：《长篇小说家托尔斯泰》（俄文版），转引自徐鹏《安娜形象辨析》，《安徽教育学院学报》1987年第4期，第56页。

像样子。……生产、痛苦,痛苦得不得了……哺乳、整宿不睡,那些可怕的痛苦……''孩子们的疾病,那种接连不断的忧虑;随后是他们的教育……孩子的夭折。'那种永远使慈母伤心的悲痛回忆……"她问自己:"这一切究竟是为了什么?这一切究竟会有什么结果呢?……我没有片刻安宁,一会儿怀孕,一会儿又要哺乳……折磨我自己……生出一群不幸的、缺乏教养、和乞儿一样的孩子。……吃得多少苦头,费多少心血啊……我的一生都毁了!"她感到"人人都生活着……独独没有我!"她想到要去看的安娜。"他们都攻击安娜。为什么?……她有什么可指责的地方呢?她要生活。……我可能也做出这样的事。……当时还可能有人喜欢我,我还有姿色。……安娜做得好极了,我无论如何也不会责备她。她是幸福的,使另外一个人也幸福……"①

这段内心的反省是非常重要的。这实际上是托尔斯泰对自己贤妻良母的妇女观的怀疑和反省。她们为了欺骗自己而不值得爱的丈夫,为了家庭忍辱负重,牺牲了自己的美貌、青春和幸福。这一切,值得吗?怀疑本身实际上也反映了托尔斯泰妇女观的进步。当然,托尔斯泰从他保守的妇女观出发,最终还是让多莉看到安娜的虚伪的处境和她的痛苦,看到弗龙斯基庄园就像一个舞台,这里的活动都是一些高明的演员在演戏,一切都是装出来的后,让她肯定自己的生活:"想家和思念孩子们的心情以一种新奇而特殊的魅力涌进了她想像里。"她又感到自己的世界"显得那么珍贵和可爱,以至她在那里多呆一天都是难受的。"这说明托尔斯泰尽管对自己的妇女观有过动摇,但最终他还是坚持自己的观点。

基蒂由一个天真烂漫的贵族小姐变成一个能干的家庭主妇,很有点像《战争与和平》中的娜塔莎。开始的时候,由于年轻,对弗龙斯基抱有天真的幻想。但弗龙斯基欺骗了她的感情,她大病一场,不得不出国疗养,并结识了天使般的女孩瓦莲卡,经过这次感情危机后,她终于和一度被她拒绝但却一直爱着她的列文结了婚。她尽妻子的职责,如她坚持要丈夫带自己去看病得快要死的在德国温泉使她产生"抑制不住的厌恶心情"的列文的哥哥尼古拉。她也像娜塔莎放弃了自己的许多爱好,放弃了自己婚前喜爱的音乐和阅读,"管理家务对于她有一种不可抗拒的魅

---

① 《列夫·托尔斯泰文集》第十卷,人民文学出版社 2000 年版,第 786—789 页。

力。……她尽力筑巢，一面忙着筑巢，一面学习怎样筑法"①。和丈夫发生矛盾，一旦认识到是自己的错误，就会以对丈夫更加温柔来给丈夫补偿。

成了母亲后，又认真履行母亲的责任。尽相夫教子的职责。基蒂尽管有点小心眼，如列文在她面前情不自禁地夸了几句安娜，她就受不了了，一定要列文承认安娜是个坏女人。但这些使她更加真实可爱。基蒂也像她的姐姐多莉那样，善良而仁慈。如她气头上对多莉讲过一些过激的话后，马上又后悔，满怀歉意地跪在姐姐面前，搂着她的脖子……她在病中还去帮助多莉照看得猩红热的孩子们，直到他们痊愈。她拒绝列文的求婚后，又为自己给他造成的痛苦而难受。尤其对待安娜这个她心中的"坏女人"。"她一见安娜的妩媚动人的容貌，所有的敌意就都化为乌有了。"② 除了对安娜的赞美，就是深切的同情："不过她有点逗人可怜的地方。可怜极了！"③ 不难看出基蒂的善良与仁慈。

基蒂没有走出托尔斯泰为她画的贤妻良母的圈子。正如日丹诺夫所指出的："列文幸福的保证，是由于吉提身上体现出托尔斯泰熟知而一般男子不易理解的妇女心灵的高度纯真。吉提之所以爱列文，是因为她把自己局限在她固有的作妻子和母亲的妇女兴趣范围以内。吉提没有参与丈夫的思想探索活动，不理解他的痛苦思想斗争，他对生活意义的探索。在完成小说最后一页之前，托尔斯泰描写出，列文想把自己的思想告诉妻子，但是他明白，这些思想她是难于理解的。假如，这个尾声晚写一两年，作者的笔调会更令人忧郁不安，现实的具体条件，作者本人的生活经验首先都需要这样。"④

通过对以上三个女主人公的分析，不难看出托尔斯泰在《安娜·卡列宁娜》中所表现出来的妇女观总体上是保守的，但在具体的人物形象塑造上又有其矛盾性和进步性。这种矛盾性和进步性与时代分不开。19世纪六七十年代，是一个新旧思想交替的时期，正如作品中列文所说的：

---

① 《列夫·托尔斯泰文集》第十卷，人民文学出版社2000年版，第624页。
② 同上书，第983页。
③ 同上书，第984页。
④ 日丹诺夫：《安娜·卡列尼娜的创作过程》，雷成德译，内蒙古人民出版社1980年版，第215—216页。

当时的俄国正处于"……一切都已颠倒过来，而且刚刚开始形成的时候"①。西欧妇女解放的先进思潮已涌入俄国，一些具有先进思想的被压抑的妇女走出了家庭。60 年代的一些文学作品中也出现了不少具有这样思想的妇女。如屠格涅夫《前夜》(1860) 中的叶琳娜；奥斯特洛夫斯基《大雷雨》(1860) 中的卡杰琳娜，尤其是车尔尼雪夫斯基《怎么办?》中的薇拉等。对社会问题极为敏感的托尔斯泰创作《安娜·卡列宁娜》离不开这个大背景，因此，他保守的妇女观不能不受到现实的冲击，他对妇女的看法也不可能一成不变，这样，他所塑造的人物形象的开放性和他保守的妇女观产生了矛盾，并表现出历史的进步性也就不难解释了。当然，托尔斯泰妇女观的这种微妙变化也与其探索有关。这个时期，正是托尔斯泰思想上发生激烈矛盾和紧张探索、酝酿转变的时期。农奴制改革后的俄国现实使他深感不安，促使他从事哲学、宗教、道德等方面问题的研究，企图在历史和道德的研究中找到解决俄国社会问题的答案。他看到资产阶级思想对俄国社会冲击的突出表现——作为封建社会的基本单元——宗法家庭的破坏，明确了家庭关系的危机已成为当时俄国社会生活的特点。于是放弃了创作描写俄罗斯勇士的长篇小说和描写彼得一世的长篇小说的设想，转入对家庭婚姻问题的探讨。《安娜·卡列宁娜》的写作过程，就是托尔斯泰在这段时间探索、寻求真理的过程。在探索中，肯定会发现许多他想不到的问题，他的一些看法也会随着新的发现而改变，包括其妇女观。

顺便提一下，在作品中，托尔斯泰还通过弗龙斯基当了将军的同学和好友谢尔普霍夫斯科依之口，表达了自己对爱情和婚姻的看法。谢尔普霍夫斯科依对弗龙斯基说："这就是我对你说出的意见。女人是男子前程上的一个大障碍。爱上一个女人，再要有所作为就很难了。要轻松自在地爱一个女人，不受一点阻碍，那只有一个办法——就是结婚。……正好像你要拿着包袱，同时又要用两只手做事，那就只有把 fardeau（法语：包袱）系在背上的时候才有可能，而那就是结婚。这就是我结了婚以后感觉到的。我的两只手突然腾出来了。但拖着 fardeau 而不结婚，你的手就会老给占着，你再也做不了什么事情了。看看马赞科夫吧，看看

---

① 《列夫·托尔斯泰文集》第九卷，人民文学出版社 2000 年版，第 427 页。

克鲁波夫吧！他们都是为了女人的缘故把自己的前途毁了。"①

《安娜·卡列宁娜》的悲剧意识

一

《安娜·卡列宁娜》这部寄寓着托尔斯泰人生观和宗教观的巨著，从情节的开始到结束，都笼罩着强烈的悲剧色彩。作品开头的名言："幸福的家庭都是相似的，不幸的家庭各有各的不幸"② 中的"不幸"就是悲剧。小说既展示了两个（事实上是三个）不幸的家庭——安娜与卡列宁的家庭、奥布隆斯基与多莉的家庭、安娜与弗龙斯基的事实家庭的悲剧，也写了列文与基蒂这个幸福家庭的悲剧，当然还有其他一些悲剧。作品伴随着安娜第一次闪亮登场，悲剧就出现了。安娜从彼得堡来莫斯科处理兄嫂矛盾，还在火车站，就出现了护路工被火车轧死的惨剧。这是一个普通工人家庭的悲剧。这个悲剧可以说是一个偶然的事件，因为那个护路工"不知道是喝醉了酒呢，还是因为严寒的缘故连耳朵都包住了呢，没有听见火车倒退过来的声音"而被轧死的，但这一偶然事件却为以后作品的一系列悲剧事件拉开了序幕。以至于安娜嘴唇颤抖，"竭力忍住眼泪"地说"这是不祥之兆"。③ 当然，奥布隆斯基是无法理解妹妹所说的"不祥之兆"的含义的，他还以为这针对的是解决他的家庭矛盾的问题，因此，他对安娜说："胡说！你来了，这是最要紧的事。你想像不到我是怎样把我的希望寄托在你身上。"④ 哪怕安娜避开他的夫妻矛盾的话题而接着问他："你认识弗龙斯基很久了吗？"他也无法理解为什么妹妹突然会提及弗龙斯基？只是如实地回答："是的……我们都希望他和基蒂结婚哩。"⑤ 安娜对哥哥的这句问话，似乎是不经意的，但确有深意，它明确告诉人们，弗龙斯基已经在安娜心中留下了印象，而且是不一般的印象。

---

① 《列夫·托尔斯泰文集》第九卷，人民文学出版社 2000 年版，第 406—407 页。
② 同上书，第 1 页。
③ 同上书，第 85 页。
④ 同上书，第 86 页。
⑤ 同上。

谢尔巴茨基公爵家的舞会上,安娜和弗龙斯基的感情进一步升华,安娜意识到这一点,提前回彼得堡。但当弗龙斯基追踪而来后,她再也不欺骗自己,投入了弗龙斯基的怀抱。产后病危,她得到丈夫宽恕,但再次和弗龙斯基见面,又燃起了她爱情的火焰,终于不顾一切和弗龙斯基私奔,组成一个事实家庭。后来在被上流社会所抛弃,被弗龙斯基所冷淡的情况下卧轨自杀。安娜是19世纪70年代俄国先进贵族妇女的典型,其对纯洁爱情是追求,反映了资产阶级个性解放的渴望,无疑是符合人类进步要求的;其善良、真诚、勇敢、宁为玉碎不为瓦全的性格,无疑是人类美好的品质,是高尚的人格,其最后的结局——卧轨自杀,是有价值的东西的毁灭。这正是鲁迅对悲剧的看法:"悲剧是将人生有价值的东西毁灭给人看。"①

卡列宁是安娜的丈夫,在彼得堡的官僚中鹤立鸡群,在外界享有极高的声誉:"他是一个笃信宗教、品德高尚、聪明正直的人。"② 卡列宁是个孤儿,在叔父的帮助下,靠自己的努力成为俄国优秀的政治家。他为官清廉,不徇私情,不拉帮结伙。他感情丰富,"听到或看见小孩或是女人哭就不能无动于衷。看到眼泪,他就会激动起来,完全丧失了思考力"。③ 以至于明白这一点的秘书长和他的私人秘书总是预先关照来请愿的女人们千万不要流泪。卡列宁对爱情严肃,当安娜的姑妈要把安娜嫁给他时,他最初是回避,只是别人暗示他这样做会伤害女方的名誉时,他才出于责任感,向安娜求了婚。他爱情忠贞专一,一旦求了婚,就把自己的"全部感情通通倾注在他当时的未婚妻和以后的妻子身上。他对安娜的迷恋在他心中排除了和别人相好的任何需要"。④ 他信任妻子,如有一次安娜告诉他:他的部下,差一点向她求爱时,他不当一回事地说:"凡是在社交界生活的女人总难免要遇到这种事,他完全信赖她的老练,决不会让嫉妒来损害她和他自己的尊严。"⑤ 作为一个基督徒,卡列宁严守基督教义,得知妻子出轨,尽管痛苦万分,但为了安娜和家庭,他做

---

① 苏叔阳:《鲁迅杂文精选》,青岛出版社2012年版,第17页。
② 《列夫·托尔斯泰文集》第九卷,人民文学出版社2000年版,第381页。
③ 同上书,第364页。
④ 《列夫·托尔斯泰文集》第十卷,人民文学出版社2000年版,第656页。
⑤ 《列夫·托尔斯泰文集》第九卷,人民文学出版社2000年版,第142—143页。

出了维持现状的痛苦决定。这个决定意味着他默许安娜和弗龙斯基的关系。这对男人，尤其是像卡列宁这样的地位很高的官员来讲，是无法承受的。卡列宁还有着博爱的胸怀，接到安娜病危的电报，尽管一度以为是个骗局，但还是风尘仆仆地从莫斯科赶回，并不顾一路的疲累，一到彼得堡就去看妻子。他不仅饶恕了安娜，还饶恕了破坏他们家庭生活的第三者弗龙斯基。对安娜和弗龙斯基所生的小女儿，不仅怜悯，而且充满慈爱。如果没有他的关心，她准会死去。但是，他对安娜的饶恕换来的是安娜和弗龙斯基的私奔。这给他的打击是可以想象的，他怎么也想象不到会是这样一个结果。他"心烦意乱，六神无主"，以至生活上的事也无法料理。但他没有倒下，除公务外，他把教育孩子作为自己的头等大事，是他"唯一关心的问题"。安娜自杀后，他尽了丈夫的职责，参加了安娜的葬礼，带走了安娜和弗龙斯基所生的孩子。尽管他身上不免会沾染当时官僚的一些习气，如热衷于官场、过于理智、生命意识匮乏等。但作为一个人，他确实可以称得上是一个有着高尚道德的堂堂正正的男子。就是在当今世界上，这样的男子也是难找的。他是一个值得人们同情的人物。他的悲剧，是社会悲剧，他身上寄托了托尔斯泰宽恕和博爱的思想。

　　安娜—卡列宁的家庭悲剧给他们的孩子谢廖沙带来的伤害是不小的。中国人把少年丧母、中年丧妻、晚年丧子说成的人生的三大痛苦。而安娜与卡列宁的儿子——仅8岁的谢廖沙就遭遇了"少年丧母"的悲剧。在安娜离家出走后，利季娅·伊万诺夫伯爵夫人进入了卡列宁的家庭，帮助卡列宁料理家务和照看孩子，他们欺骗谢廖沙说他的母亲死了。但谢廖沙不信。小说中有这样一段描写："谢廖沙最爱好的事情就是在散步的时候寻找他的母亲。一般说来他就不相信死……尽管利季娅·伊万诺夫娜告诉过他，而且他父亲也证实了……他每次出外散步的时候还是寻找她。每一个体态丰满而优雅的、长着黑头发的妇人都是他母亲。一见到这种样子的妇人……泪水涌进他的眼里。"他不相信利季娅说的母亲"坏""等于死了"的诽谤，依旧继续寻找她，期待着她。他看到"夏园里有一个戴着淡紫色面纱的妇人……期望那就是她……那妇人并没有走到他们面前来，却消失在什么地方了。……他想得出了神……想念着她"①。在"安娜探子"一节中,更表现了其对母亲的依恋。听到安娜轻声呼唤,"他张开了眼睛。……浮上幸福的微笑,又闭上他的睡意惺忪的眼睛,躺下去,没有往后仰,却倒在她的怀抱里……在她的怀抱里扭动着,这样使他身体的各个部分都接触到她的手……把他的胖胖的小手从床头伸向她的肩膀,依偎着她,用只有儿童才有的那种可爱的睡意的温暖和香气围绕着她,开始把他的脸在她的脖颈和肩膀上摩擦"②。发现安娜在流泪,他用含泪的声音对妈妈说:"妈妈,你为什么哭?"当安娜望着他微笑时,他"扑到她身上,紧紧抱住她",亲切地喊道:"妈妈,最最亲爱的!"并要安娜脱下了帽子,他不愿意帽子遮住母亲的额部,他要看到整个的母亲。当安娜问他:"你没有想我死了吧?"他回答:"我从来不相信。"③ 他为母亲难过。当安娜对他说:"谢廖沙,我的亲爱的!爱他;他比我好,比我仁慈,我对不起他。你大了的时候就会明白的。"他含着泪绝望说:"再也没有比你好的人了!……"并抓住她肩膀,他用全力把她紧紧抱住,他的手臂紧张得发抖了。安娜走时,"谢廖沙倒在床上,呜咽起来,双手掩着脸"。④ 实际上,谢廖沙已意识到,他将永远失去母亲了。

弗龙斯基这个破坏别人家庭的第三者也是个悲剧人物。弗龙斯基在彼得堡花花公子中是一个杰出的人物,他并不是一个道德品质低下的庸俗放荡之徒。他身上也有一些闪光点,这是他那个圈子里的人所缺乏的。如心地善良、真诚、也不乏同情心,他慷慨大度,他把自己分到的钱大部分给了哥哥嫂嫂,自己只留下一小部分;火车轧死人,他把二百卢布交给站长的助手,要他转给死者的寡妇。尤其和安娜相遇相爱以后,安娜对爱情的真诚执着提升了他,他开始一个劲地追求安娜的那种上流社会的"一个男子追求一位已婚的妇人,而且,不顾一切,冒着生命的危险要把她勾引到手,这个男子的角色就颇有几分优美和伟大的气概,而决不会是可笑的"⑤ 虚荣心发生了根本地动摇,认识到他对安娜的爱情不

---

① 《列夫·托尔斯泰文集》第十卷,人民文学出版社2000年版,第678页。
② 同上书,第690—691页。
③ 同上书,第691—692页。
④ 同上书,第694—695页。
⑤ 《列夫·托尔斯泰文集》第九卷,人民文学出版社2000年版,第170页。

是逢场作戏："这不是儿戏，这个女人对我来说比生命还要宝贵。"没有她和她的爱情，"根本活不成"。①并认为安娜是一个应当受到与合法妻子同样，甚至更多尊敬的女人。他还能虚心自责，如他在招待一位外国亲王的过程中，能从亲王的身上看到自己的影子。他骂自己："笨蛋！难道我也是这样的吗？"他以前认为美德的东西变成了贵族阶级本身的恶德败行。他对贵族"美德的东西"的否定，是对贵族道德的否定。这对当时那些高傲的贵族老爷来讲，更是难能可贵的。他也具有坦率、真诚和不虚伪的品质。和安娜生活在一起后，为自己不得不说谎作假应付上流社会而感到特别难受，有"一种说不出的厌恶之感"。在卡列宁的宽厚博爱面前，他能感到自己"卑鄙""堕落""公开骗人""渺小"而开枪自杀。但是他缺乏安娜那样高的思想境界，他不理解安娜心目中的爱情。正如安娜对他说的："我所以不喜欢那个字眼就因为它对于我有太多的意义，远非你所能了解的。"②他不能像安娜那样为了爱情牺牲一切，他战胜不了自己的虚荣心，抵不住上流社会的压力，当然更不可能与上流社会决裂，反而无意中成了上流社会的帮凶，在安娜脆弱的身体上插上了致命的一刀，导致安娜走向毁灭。安娜的卧轨自杀对他是猛然一击，使他真正认识到安娜的价值和在他生活中的地位——比生命还重要。安娜死了，他也"死"了。他最后奔赴前线，以求一死，这是他形象的最后闪光。他是一个矛盾复杂的悲剧人物。这个形象也真实地反映了社会急激变动时期部分俄罗斯贵族青年的精神面貌。他的悲剧既是社会悲剧，也是性格悲剧。

作为托尔斯泰理想的女性人物多莉充满的悲剧性。她是《安娜·卡列宁娜》中出场最早的人物，是托尔斯泰在作品中所展示的一个不幸家庭的女主人公。多莉已经33岁，她是莫斯科名门贵族谢尔巴茨基公爵的大千金，连她的丈夫奥布隆斯基也不得不承认自己的妻子了不起，他对自己的老朋友列文说："我的妻子是一个了不起的女人……""她有先见之明。她看得透人，不仅这样，她会未卜先知……"③年轻时的多莉也是

---

① 《列夫·托尔斯泰文集》第九卷，人民文学出版社2000年版，第397页。
② 同上书，第187页。
③ 同上书，第50—51页。

有名的大美人，列文曾经爱过她，差一点和她结婚。但由于家庭的影响，她在还不甚知道爱情为何物时就嫁给了自己并不了解的外表英俊仅比自己大一岁的花花公子奥布隆斯基。她和奥布隆斯基生活了8年，还天真地以为自己是幸福的。正如她对小姑安娜所说的："……我是怎样结婚的。受了妈妈给我的教育，我不只是天真，我简直是愚蠢。我什么都不懂。……一直以为我是他接近过的唯一的女人。我就这样生活的八年。……我不仅不怀疑他有什么不忠实，而且认为那是不可能的……完全相信自己的幸福。"① 她与奥布隆斯基生了7个孩子，其中两个已死去。她为这个家庭，为丈夫牺牲了自己的青春、美貌。不仅如此，她丰厚的嫁妆也被丈夫变卖，堂堂公爵夫人，她的穿着还不如弗龙斯基家的女仆。她对安娜说："安娜，我的青春和美丽都失去了，是谁夺去的？就是他和他的孩子啊。我为他操劳，我所有的一切都为他牺牲了。"② 但是，她牺牲一切所换来的是丈夫的背叛。在丈夫眼里，"她只是一个贤妻良母，一个疲惫的、渐渐衰老的、不再年轻、也不再美丽、毫不惹人注目的女人"③。尽管丈夫经常欺骗她，但她还是为丈夫作出自我牺牲。如她接到丈夫一封"恳求她挽救他的名誉，卖掉她的地产来偿还他的债务"信后，尽管恨她的丈夫，结果又同意卖掉她自己的地产，为丈夫还债。多莉的悲剧，是社会悲剧，是具俄罗斯传统美德的优秀妇女的悲剧。她的悲剧，也是托尔斯泰理想妇女的悲剧。

奥布隆斯基无疑也是悲剧人物。奥布隆斯基是多莉的丈夫，是公爵，有显赫的家世，是留里克王族的后裔。他身上有不少好的品质，如"善良乐天，诚实可靠"，"待人接物极其宽大"，"对人一视同仁，不问他们的身份头衔"和富有同情心等。这些好的品行，加之"在他的身上，在他英俊健康的外貌上，在他闪闪发亮的眼睛、乌黑的眉毛、头发和白里透红的脸上，有一种招人喜欢的生理上的力量"。因此，"凡是认识奥勃朗斯基的人都喜欢他"。

但作为丈夫，奥布隆斯基是一个对家庭极不负责、专爱拈花惹草的

---

① 《列夫·托尔斯泰文集》第九卷，人民文学出版社2000年版，第90页。
② 同上书，第91页。
③ 同上书，第6页。

花花公子。他只要见了年轻美貌的女子就爱，和上流社会的风流贵妇调情更是家常便饭，"他和贝特西公爵夫人之间早就存在一种古怪的关系"。难怪列文曾感慨地说："他这张嘴昨天吻过谁呢？"[1] 他把妻子打发到乡下去的一个说不出口的原因就是"他可以更自由"。妻子和孩子在乡下，那他想干什么就干什么。把一切变为享乐，这是奥布隆斯基的人生哲学。因此，尽管他政治上稀里糊涂，事业上马马虎虎，可是在生活上他既不糊涂也不马虎，在吃喝玩乐方面，他是极为讲究的。他认为"吃是人生的一大乐事"，不惜把宝贵的时间和大把的金钱花在吃上，差一点没把午餐变成一种按部就班的"宗教仪式"。他尽管穷到了靠出卖妻子的陪嫁还债度日的程度，但丝毫不愿放弃享乐。这正是没落贵族的劣根性的表现。

他不善于经营自己的家产，经常感到手头拮据，已经到了靠出卖妻子的陪嫁过日子的地步。把大片森林几乎是白白送掉，还以为卖了好价钱。他卖森林一节，表现了贵族必然被新兴资产阶级所取代的趋势。为了钱，为了一个"肥缺"，作为堂堂皇族后裔和公爵，他竟没落到向平时最看不起的犹太佬"求告"，被犹太佬冷落了两个多小时的地步。其没落贵族的嘴脸，已暴露无遗。他的悲剧，实际上是整个贵族阶级的悲剧。

作为幸福家庭的男主人公，也是作品的第二号人物列文实际上也是一个悲剧人物。列文是一个庄园贵族。他受过大学教育，但在社会上还没有固定的职业和地位。从事业上看，他的同辈有的当上团长，有的做大学教授，有的做了银行或铁路的经理，有的做了政府机关的长官；而"他仅仅是一个从事畜牧、打猎、修造仓库的乡下绅士……一个没有才能、没有出息、干着在社交界看来只有无用的人们才干的那种事的人"[2]。从生活上看，他的同学基本上都已有了家室，如奥布隆斯基已经是5个孩子的父亲，而他还是光棍一个，这本身就是个悲剧。作品一开始，他向门当户对的他心仪已久的莫斯科大贵族薛杰巴茨基公爵的小女儿基蒂求婚，但基蒂因弗龙斯基而拒绝了他，这对他来说，是一个遭到重大打击的悲剧事件。他同情农民，并试图通过普遍富裕的道路缓和地主和农

---

[1] 《列夫·托尔斯泰文集》第十卷，人民文学出版社2000年版，第793页。
[2] 《列夫·托尔斯泰文集》第九卷，人民文学出版社2000年版，第31页。

民的矛盾。他的理想是宗法制的庄园制度。这就是在不取消地主土地所有权的情况下，农民和地主合股经营、共分红利的农村合作小组。他认为这样做能"以人人富裕和满足来代替贫穷，以利害的调和一致来代替互相敌视"。但他的这种一厢情愿的幻想不仅绝大多数农民不感兴趣。其改革计划也因农民不买账而告吹。尽管他最终和基蒂建立了幸福的家庭，但因改革失败而感到一事无成，他十分苦恼，以至否定一切理想，坠入虚无主义、悲观主义的深渊。他不知生从哪儿来，为了什么目的，几次濒于自杀的境地，以至把绳子藏起来，不敢携带枪支，唯恐自杀。最后，虽然普拉东"为了灵魂而活着""他记着上帝"给了他启示。但那也不过是他从宗教中找到的一种自我安慰，从此这个有思想的人不再追求什么，认为现在自己生活"具有一种不可争辩的善的意义"。列文的悲剧当然是社会悲剧。

作为幸福家庭的女主人公基蒂，其身上也不乏悲剧性。基蒂是谢尔巴茨基公爵的第三个女儿，父母在她身上倾注了比两个姐姐更多的关爱，也寄予了更大的希望。她"在社交界的成功超过了她的两个姐姐"。她一进社交界就有了两个追求者，一个是她家的世交，也是她哥哥大学的同学列文；一个是"非常富有、聪明、出身望族，正踏上宫廷武官的灿烂前程"[①]，且英俊迷人的弗龙斯基。但是，她刚进入社交界，就被花花公子弗龙斯基表面的言行所欺骗，拒绝了真诚的爱着她，而她也很尊敬的哥哥的同学和挚友列文的求婚，在幻想着弗龙斯基会向她求婚的可以说是专门为她举行的盛大的舞会上，弗龙斯基投向了刚到莫斯科不久的安娜的怀抱而冷落了她，以至于大病一场，不得不到外国疗养。这对她来说，本身就是一个巨大的悲剧。经过这次感情危机后，她和一直爱着她的列文结了婚。她尽妻子的职责，如她坚持要丈夫带自己去看病得快要死的尼古拉。成了母亲后，又认真履行母亲的责任。她整天忙于"筑自己的巢"，成了托尔斯泰笔下的娜塔莎式的贤妻良母。她少女时代身上的一些惹人喜爱的东西也没有了。

《安娜·卡列宁娜》的悲剧性，在一些次要人物身上也体现出来，如列文的两个哥哥尼古拉和谢尔盖。尼古拉是列文同父同母的亲哥哥。这

[①]《列夫·托尔斯泰文集》第九卷，人民文学出版社2000年版，第58页。

个人物是作家以自己的二哥德米特里为原型塑造的。托尔斯泰在《忏悔录》中写道:"我哥哥德米特里在念大学的时候,突然以其性格中特有的激情,一心一意信起教来,并开始参加一切礼拜,吃斋,过着清白而高尚的生活。……我们……都不断地嘲笑他……给他取了个绰号叫诺亚。"①他"把和妇女交往当作社交生活中不可避免的罪恶,并且要尽可能地回避它"。他从不跳舞,"总是严肃的、沉思的、纯洁的、果断的,虽然脾气暴躁;他不论做什么事情,总是尽他的最大力量去做。……诗写得非常熟练……译得很好……他身材高大,相当瘦,不大强壮,有一双又长又大的手和浑圆的两肩"。"他直到二十六岁都一直过着同样严肃的、有节制的生活,不近烟酒,更不玩女人……他同修士、香客结交……他突然间爱上了喝酒、抽烟、挥霍,并且和女人搅在一起。……"②托尔斯泰对这个人物是极为惋惜和同情的。列文认为哥哥尼古拉一度是一个严于律己的青年。尽管他出身贵族,但"在大学时代和毕业后的一年中,不顾同学们的讥笑,过着修道士一般的生活,严格遵守一切宗教仪式、祭务和斋戒,避免各种各样的欢乐,尤其是女色;……"③只是后来他才变得"叫人十分厌恶的"。列文"想起了尼古拉虔诚的时期……当他求助于宗教来抑制他的情欲的时候,大家不但不鼓舞他,反而讥笑他,连列文自己在内。他们打趣他,叫他'诺亚','和尚';等到他变得放荡时,谁也不帮助他,大家都抱着恐怖和厌恶的心情避开他"④。这就告诉我们,尼古拉的变化是社会促成的,责任完全应由社会来负。托尔斯泰对这个人物是充满同情的,把他的变化堕落说成是"精神上的斗争与良心上的不安"⑤。尼古拉的悲剧主要是社会悲剧。

谢尔盖是列文同母异父的哥哥,是俄国知识界的精英和莫斯科知识分子的代表,他聪明、博学、能言善辩而又不乏幽默,对俄国的各种问题都有自己的看法。奥布隆斯基称他是"性格和博识而受人尊敬的人

---

① 《列夫·托尔斯泰文集》第十五卷,人民文学出版社2000年版,第4页。
② 莫德:《托尔斯泰传》,宋蜀碧、徐迟译,北京十月文艺出版社2001年版,第52—53页。
③ 《列夫·托尔斯泰文集》第十五卷,人民文学出版社2000年版,第111页。
④ 同上书,第112页。
⑤ 莫德:《托尔斯泰传》,宋蜀碧、徐迟译,北京十月文艺出版社2001年版,第53页。

物"。作品写他"聪明、有学问、健康、而且精力旺盛,但是他却不知道把精力用到哪里"。除"在客厅里、大会上、会议中、委员会里和凡是可以讲话的场合发表议论,占去了他一部分时间;……他还剩下许多闲暇的时间和智力"。① 他的悲剧除社会因素外,主要是性格方面的,他脱离实际,缺乏活力和行动能力。尽管他书本知识、理论知识和思辨能力无可非议,但一旦接触实际,他就显得无能为力了。如他和瓦莲卡的婚事上。瓦莲卡是基蒂母女心目中的天使。谢尔盖认为瓦莲卡具有他所希望的妻子具有的全部美德:第一,"她有少女的魅力和鲜艳……";第二,"她不但不俗气,而且显然很厌恶庸俗的上流社会,但同时却很懂世故,具备上流社会妇女处事为人的一切举止……";"第三,她是虔诚的……她的生活是建立在宗教信仰上"。此外,甚至在最细微的地方,谢尔盖发现"她身上具备着他渴望他妻子应该具有的一切:她出身贫苦、孤单",不会像基蒂的情况那样"把自己的一群亲戚和他们的影响带到丈夫家里"。② 甚至认为"如果单凭理智来挑选,我也不可能找出比这更美满的了"。在采蘑菇中,基蒂等人故意把他们单独安排在一起,以便他有机会向瓦莲卡求婚。当"瓦莲卡动人的姿态和使他叹赏的美景""融合成一片的时候","一股柔情迷住了他。他觉得他已经打定主意了"。他自言自语:"……瓦尔瓦拉·安德列耶夫娜……我爱您,我向您求婚。""瓦莲卡看出他想说什么;……又惊又喜的心情几乎使她昏过去了。……但是他还是不开口。"瓦莲卡"差不多深信她已经爱上了他"。谢尔盖也感觉到"他必须趁现在这个机会说,要么就永远也不说了"。但在瓦莲卡痛苦地期待中,"不知什么突如其来的想法却使他"说出这样的话:"桦树菌和白菌究竟有什么区别?"瓦莲卡听到这样的话,"嘴唇激动得颤抖起来"。她回答:"菌帽上差不多没有分别,只是菌茎不同而已。"现在,正如作品中所写的:"一说完这些话,他和她就都明白事情已经过去了,应该说出的不会说了……"③ 本来是一段美好的姻缘却因他缺乏行动能力而断送了。对此苏联评论家赫拉普钦科曾做过这样的评论:"柯兹尼雪夫……也

---

① 《列夫·托尔斯泰文集》第十卷,人民文学出版社 2000 年版,第 1001 页。
② 同上书,第 730 页。
③ 同上书,第 732—733 页。

和卡列宁一样，在各种不同的生活环境下始终保持他的本色，忠于他的'原则'。他对自己所有的感情和愿望都要在理性的天平上有条不紊的、从容不迫地进行衡量。谢尔盖·伊凡诺维奇很喜欢瓦莲卡，他打算向她求婚；他逐条地为自己列举了她的毫无疑问的优点，但是他不能够克服自己理智上的惰性。"①

《安娜·卡列宁娜》的死亡意识

"死亡是生活中最深刻和最显著的事实，这个事实能使凡人中最卑贱的人超越生活的日常性和庸俗。只有死亡的事实才能深刻提出生命的意义问题。这个世界上的生命之所以有意义，只是因为有死亡，假如我们的世界里没有死亡，那么生命就会丧失意义。"②

托尔斯泰一生写过不少关于死亡主题的作品，如前期创作中的《三死》，后期创作中的《伊凡伊里奇之死》等。这里，仅就中期创作的《安娜·卡列宁娜》中的死亡意识谈谈自己粗浅的看法。

《安娜·卡列宁娜》这部寄寓着托尔斯泰人生观和宗教观的巨著，从情节的开始到结束，都笼罩着死亡的阴影。作品涉及死亡的描写有五处之多，分别涉及五个人物：护路工人、安娜、弗龙斯基、尼古拉、列文。作品伴随着安娜第一次闪亮出场，就出现了死亡的描写。小说第1部第18章，安娜从彼得堡来莫斯科处理兄嫂矛盾，还在火车站的时候，就出现了一个护路工被火车轧死的惨剧。这个悲剧可以说是一个偶然的事件，因为那个护路工"不知道是喝醉了酒呢，还是因为严寒的缘故连耳朵都包住了呢，没有听见火车倒退过来的声音"③ 而被轧死的。这是作品中有关死亡的第一次描写，作者没有展开，但这一偶然事件却为作品的一系列与死亡有关的事件拉开了序幕。以至安娜把这说成是"不祥

---

① 赫拉普钦科：《艺术家托尔斯泰》，刘逢祺、张捷译，上海译文出版社1987年版，第211页。

② 尼古拉·别尔嘉耶夫：《论人的使命，神与人的生存辩证法》，张百春译，上海人民美术出版社2007年版，第253页。

③ 《列夫·托尔斯泰文集》第九卷，人民文学出版社2000年版，第85页。

之兆"。①

  作品中第二次死亡描写是有关安娜的，这在作品中占了相当大的篇幅，几乎贯穿了作品的始终。最典型的有两处，一处是安娜产后病危；另一处是安娜卧轨自杀。安娜和弗龙斯基结合后，经常是噩梦缠身，她的梦里已流露出了死亡意识。如第4部第3章，安娜做的一个和弗龙斯基同样的梦。她对弗龙斯基说："我就要死了。我做了一个梦哩。""我梦见我跑进寝室……在寝室的角落上站着一个什么东西……原来是一个胡须蓬乱、身材矮小、样子可怕的农民。我要逃跑了，但是他弯着腰俯在袋子上，用手在那里面搜索着……""他一边搜索着，一边用法语很快很快地说：'应当打铁，捣碎它，搓捏它……'我在恐怖中极力想要醒来，果然醒来了……但是醒来还是在梦中。于是我开始问自己这是什么意思。科尔涅伊就对我说：'你会因为生产死去，夫人，你会因为生产死去呢……'于是我就醒来了。"② 后来，安娜生产时，得了产褥热，几乎死去，这就是梦的应照吧。其实，安娜公开在自己家里会见情人时，就对弗龙斯基说过这样的话："快了，快了。你说我们的处境是痛苦的，应当把它了结。要是你知道这使我多么难受就好了，为了要能够自由地、大胆地爱你，我什么东西不可以牺牲啊！我不要拿我的嫉妒来折磨我自己，折磨你……那快要发生了，但却不会像我们想的那样……我本来不想对你说这话的，但是你迫使我说。快了，快了，一切都快解脱了，我们大家……再也不会痛苦了……我过不了那一关了……我知道得清清楚楚。我就要死了；我很高兴我要死了，使我自己和你们都得到解脱。"③ 随着安娜的病愈，尤其是听到弗龙斯基绝望的举动后，她对丈夫的仇视又回到了与弗龙斯基热恋的时期，见到丈夫就会产生生理上的反感，但又无可奈何，她对丈夫说："我的上帝！我为什么不死掉！"④ 她对前来看望自己的哥哥奥布隆斯基说："我曾听到人说，女人爱男人连他们的缺点也爱，但是我却为了他的德行憎恨他。我不能和他一道生活。你要明白，看见他我就

---

 ① 《列夫·托尔斯泰文集》第九卷，人民文学出版社2000年版，第85页。
 ② 同上书，第471—472页。
 ③ 同上书，第470—471页。
 ④ 同上书，第552页。

产生一种生理的反感,这使得我精神错乱。我不能够,我不能够和他一起生活……明知道他是一个善良的人,一个了不得的人,我抵不上他的一个小指头,但我还是恨他。为了他的宽大,我恨他。我没有别的办法,只有……她本来想要说死的。"奥布隆斯基拦住了她,对她说:"我从头说起:你和一个比你大二十岁的男子结了婚。你没有爱情,也不懂爱情就和他结了婚。让我们承认,这是一个错误。"安娜承认这是"一个可怕的错误!"并说自己"什么也不希望……除了希望一切都完结"。① 这里的"完结"实际上就是生命的完结,就是死。当她的哥哥奥布隆斯基告诉她卡列宁"一切都同意"时,照理说安娜应该因为丈夫同意离婚而高兴,但她非但没有高兴起来,反倒说"啊,我为什么不死呢!那样倒好了!"② 在和弗龙斯基生活的后期,他们关系产生了裂痕,这时,死的阴影更是经常包围着她。在确认弗龙斯基对她冷淡后,她又"回想起她的产褥病和当时萦绕在她心头的思想。她回忆起她的话:'我为什么不死呢?'和她当时的心情。于是她恍然大悟盘踞在她心头的是什么了。是的,这就是唯一可以解决一切的想法。是的,死!……"她认为自己的死会使丈夫和儿子从羞惭与耻辱中解脱。会使弗龙斯基"懊悔莫及,会可怜我,会爱我,会为了我痛苦的!"③ "当她倒出平常服用的一剂鸦片,想到要寻死只要把一瓶药水一饮而尽就行了……'死神!'她想。她心上感到那样的恐怖。"④ 作品第8部第26章,安娜和弗龙斯基为第二天是否要到乡下去的事又争吵起来,这本来是已经决定了事,可是当弗龙斯基问安娜是否一定要走时,安娜却重复两次说:"您走,我可不走。"弗龙斯基说了句"这简直受不了啦!"安娜说:"您……您会后悔的!"弗龙斯基尽管"被她说这句话的那种绝望神情吓坏了",但他却因这种"看来是不像话的、用意不明的威胁,使他大为激怒了"。他以"置之不理"来对付安娜的威胁,"开始准备乘车进城去,再到他母亲那里请她在委托书上签字"⑤。他没有和安娜说一声就走了,安娜感到"全完了!""她的蜡烛熄

---

① 《列夫·托尔斯泰文集》第九卷,人民文学出版社2000年版,第555—556页。
② 同上书,第566页。
③ 《列夫·托尔斯泰文集》第十卷,人民文学出版社2000年版,第965页。
④ 同上书,第974页。
⑤ 同上书,第976页。

灭了的时候那种黑暗和那场恶梦所遗留下的印象,混合成一片,使她的心里充满了寒彻骨髓的恐怖。"① 当后来得知弗龙斯基在他母亲那里时,安娜要去找他。在去火车站的路上,她总结了自己和弗龙斯基的关系,和儿子的关系以及和丈夫的关系。她看清了一切"全是虚伪的,全是谎话,全是欺骗,全是罪恶!……"② 她要摆脱这一切。到了火车站,第一次和弗龙斯基见面时护路工被轧死的事浮现在她眼前,她知道自己应该怎么做了:"到那里去,投到正中间,我要惩罚他,摆脱所有的人和我自己!"终于在"上帝,饶恕我的一切!"的祈祷声中结束了自己年轻的生命。"那枝蜡烛,她曾借着它的烛光浏览过充满了苦难、虚伪、悲哀和罪恶的书籍,比以往更加明亮地闪烁起来,为她照亮了以前笼罩在黑暗中的一切,哔剥响起来,开始昏暗下去,永远熄灭了。"③

这就是安娜死亡的最典型的第二处描写。当然这也是整部小说中最典型的死亡描写。

作品中第三次死亡描写,即弗龙斯基的自杀。这是和安娜病危有关死亡的描写紧密联系在一起的。

安娜产后病危,发电报把出差在外的丈夫卡列宁召回,对丈夫讲了这么一段话:"不要认为我很奇怪吧。我还是跟原先一样……但是在我心中有另一个女人,我害怕她。她爱上了那个男子,我想要憎恶你,却又忘不掉原来的她。那个女人不是我。现在的我是真正的我,是整个的我。我现在快要死了,我知道我会死掉,你问他吧。就是现在我也感觉着——看这里,我的脚上、手上、指头上的重压。我的指头——看它们多么大啊!但是一切都快过去了……我只希望一件事:饶恕我,完全饶恕我!我坏透了……"④ 卡列宁不仅饶恕了安娜,还饶恕了破坏他们家庭生活的第三者弗龙斯基。他对弗龙斯基说:"……您知道我决定离婚,甚至已开始办手续。我不瞒您说,在开始的时候,我踌躇,我痛苦;我自己承认我起过报复您和她的愿望。当我接到电报的时候,我抱着同样的

---

① 《列夫·托尔斯泰文集》第十卷,人民文学出版社 2000 年版,第 977 页。
② 同上书,第 993 页。
③ 同上书,第 995 页。
④ 《列夫·托尔斯泰文集》第九卷,人民文学出版社 2000 年版,第 537 页。

心情回到这里来,我还要说一句,我渴望她死去。但是……但是我看见她,就饶恕她了。……我要把另一边脸也给人打,要是人家把我的上衣拿去,我就连衬衣也给他。"卡列宁饱含泪水的眼睛和明朗平静的神色感动了弗龙斯基,"他感到羞耻、屈辱、有罪,而且被剥夺了涤净他的屈辱的可能"。"感到了他的崇高和自己的卑劣,他的正直和自己的不正直。他感觉到那丈夫在悲哀中也是宽大的,而他在自己搞的欺骗中却显得卑劣和渺小。"他知道他将永远失去了安娜,而且"感觉得好像他以前从来不曾爱过她似的。现在,当他开始了解她,而且恰如其分地爱她的时候,他却在她面前受了屈辱,永远失去了她,只是在她心中留下了可耻的记忆"。① 于是把手枪对着他胸膛的左侧,扳了枪机。当然,他没有打中要害。弗龙斯基的自杀,主要原因有三个:一是其生活原则,也可以说是信仰的崩溃,"他一切的生活习惯和规则,以前看来是那么确定的,突然显得虚妄和不适用了"。二是他在刚重新认识了安娜,"而且恰如其分地爱她的时候",却"永远失去了她"。三也是更重要的,他在卡列宁的宽宏大量面前失去的尊严,感到无地自容。弗龙斯基的自杀是作品中第三次死亡描写。弗龙斯基自杀这个情节,是托尔斯泰以"恕"为中心的基督教博爱思想的反映,也是晚期托尔斯泰主义雏形。

　　作品中出现的第四次死亡描写是第 5 部第 20 章,写列文的哥哥尼古拉之死。托尔斯泰专门给这章加了一个标题:"死",这是其他章节所没有的,可见托尔斯泰对这一章主旨的重视。尼古拉是列文的亲哥哥,他对当时俄国的一切都是持否定和批判态度。尽管他出身贵族,但"在大学时代和毕业后的一年中,不顾同学们的讥笑,过着修道士一般的生活,严格遵守一切宗教仪式、祭务和斋戒,避免各种各样的欢乐,尤其是女色;……"② 只是后来他才变得"叫人十分厌恶的"。列文"想起了尼古拉虔诚的时期……当他求助于宗教来抑制他的情欲的时候,大家不但不鼓舞他,反而讥笑他,连列文自己在内。他们打趣他,叫他'诺亚','和尚';等到他变得放荡时,谁也不帮助他,大家都抱着恐怖和

---

① 《列夫·托尔斯泰文集》第九卷,人民文学出版社 2000 年版,第 539—541 页。
② 同上书,第 111 页。

厌恶的心情避开他"①。尼古拉的变化是社会促成的,责任完全应由社会来负。尼古拉是俄国解放运动中是一种进步思想的代表,他们唤起了民众的觉醒,但由于自身的局限,他们无法融入人民中,最终因一事无成而自甘堕落。托尔斯泰把他的变化堕落说成是"精神上的斗争与良心上的不安"②。

托尔斯泰在这一章中详细地描写了尼古拉的死亡过程,写了临死前尼古拉的痛苦,写了他对弟弟的真挚感情,特别强调了这个向来我行我素的无神论者竟然在基蒂的劝导下领了圣餐和受了涂油礼,并做了临终祈祷。这实际上是写尼古拉最终还是没有坚持无神论而投入了基督的怀抱。这一节末尾写道:"'他完了,'牧师说着,想要走开去;但是突然死人那仿佛粘在一起的髭须微微颤动了一下,在寂静中可以清晰地听到从他的胸膛深处发生的尖锐而清楚的声音:'还没有……快啦。'一分钟以后,脸色开朗了,在髭须下面露出一丝微笑……"③已经堕落的尼古拉,在临死前,做了祈祷。他被死亡征服了。他的粗暴已被温顺所替代,甚至死时还"露出一丝微笑"。

尼古拉这个人物身上,流淌着托尔斯泰的二哥德米特里的血液。托尔斯泰《忏悔录》中曾这样写道:"我哥哥德米特里在念大学的时候,突然以其性格中特有的激情,一心一意信起教来,并开始参加一切礼拜,吃斋,过着清白而高尚的生活。……我们……都不断地嘲笑他……给他取了个绰号叫诺亚。"④"他身材高大,相当瘦,不大强壮,有一双又长又大的手和浑圆的两肩。""他直到二十六岁都一直过着同样严肃的、有节制的生活,不近烟酒,更不玩女人……他同修士、香客结交……他突然间爱上了喝酒、抽烟、挥霍,并且和女人搅在一起。……他从妓院里赎出了一个叫玛莎的妓女,把她带到他住的地方,她是他结识的第一个女人。……我相信突然毁坏了他那有力的肌体的,是他精神上的斗争与良心上的不安……他患了肺病……不停地咳嗽,吐痰,可是他厌恶死亡,

---

① 《列夫·托尔斯泰文集》第九卷,人民文学出版社 2000 年版,第 112 页。
② 莫德:《托尔斯泰传》(上),宋蜀碧、徐迟译,北京十月文艺出版社 2001 年版,第 53 页。
③ 《列夫·托尔斯泰文集》第十卷,人民文学出版社 2000 年版,第 653 页。
④ 《列夫·托尔斯泰文集》第十五卷,人民文学出版社 2000 年版,第 4 页。

而且不愿意相信他是快死了。他拯救的可怜的玛莎和他在一起，看护他。……几天之后他就死了。"① 1860 年，曾像父亲一样关心照顾和影响着托尔斯泰的二哥德米特里去世。这无疑对托尔斯泰是一个沉重的打击，同时也更进一步促使他对死亡的思考。他在 10 月 17 日给费特的信中写道："他在九月二十日死去了，确确实实是死在我的怀抱中的。我一生中从来没有过这样深刻的印象。他说得对，没有比死更坏的事了。……现在什么也不属于他了，为什么还要挣扎，要尝试？他并不说出他感到死的临近，可是我知道他注意到死的临近的每一个步伐，而且明明晓得他还剩下多少。"② 二哥的死，让他感到了死时的种种痛苦，加深了他对死亡的思考："他哥哥的样子和死的接近，使那种在他哥哥来看望他的那个秋天傍晚曾经袭击过他的，由于死的不可思议、死的接近和不可避免而引起的恐怖心情又在列文心中复活了。这种心情现在甚至比以前更强烈了；他感到比以前更不能理解死的意义了，而死的不可避免在他眼前也显得比以前更可怕了……这种心情没有使他陷于绝望；尽管有死这个事实，他还是感到不能不活着，不能不爱。他感到是爱把他从绝望中拯救了出来，而这爱，在绝望的威胁之下，变得更强烈更纯洁了。"③ 毫无疑问，作为托尔斯泰精神探索式的主人公列文，他对死亡的体验实际上就是托尔斯泰对死亡的体验。

作品中的第五次有关死亡的描写出现在小说的第 8 部，也就是最后一部。列文已经和他心仪已久的基蒂组成了幸福的家庭，并且有了一个可爱的孩子。在一般人的眼里，他们是幸福的，列文当然更是幸福的。但事实并不是这样，善于思考的列文经常被一些问题搅得无法安宁。如人人都要面对的生死问题。哥哥的死亡并"没有解开的死的奥秘"，同样，安娜的自杀也不可能解开死的奥秘。弗龙斯基的母亲说："连她的死都是一个没有宗教信仰的可恶女人的死法。"④ "自从列文看见他亲爱的垂死的哥哥那一瞬间，他第一次用他称为新的信念来看生死问题，这种信

---

① 莫德：《托尔斯泰传》（上），宋蜀碧、徐迟译，北京十月文艺出版社 2001 年版，第 52—53 页。

② 同上书，第 217 页。

③ 《列夫·托尔斯泰文集》第十卷，人民文学出版社 2000 年版，第 653—654 页。

④ 同上书，第 1012 页。

念在他二十岁到三十四岁之间不知不觉地代替了他童年和青年时代的信仰,——从那时起,死使他惊心动魄的程度还不如生那么厉害,他丝毫也不知道生从哪里来的,它为了什么目的,它如何来的,以及它究竟是什么。"① 列文却不断为了自己的无知而感到恐惧。这个需要解决的疑问就越来越经常地、越来越执拗地呈现在列文的心头。他从基督教里没有找到答案,从柏拉图、斯宾诺沙、康德、谢林、黑格尔和叔本华的著作里也没有找到答案,从他生活的圈子里的人中也没有找到答案。他产生了精神危机:"不知道我是什么、我为什么在这里,是无法活下去的。但是这个我又不能知道,因此我活不下去。"② 他想到了死。"列文,虽然是一个幸福的、有了家庭的、身强力壮的人,却好几次濒于自杀的境地,以至于他把绳索藏起来,唯恐他会上吊,而且不敢携带枪支,唯恐他会自杀。"③ 列文是托尔斯泰的自传体人物,在他身上我们可以看到托尔斯泰当年的影子。托尔斯泰有过列文一样的经历和苦恼。他在《忏悔录》中写道:"我似乎是在经历了漫长的生活道路之后,走到了深渊的边上,并且清楚地看到,前面除了死亡之外,什么也没有。欲停不能停,欲退不能退,闭眼不看也不行,因为不能不看到,前面除了生命和幸福的幻象,真正的痛苦和死亡——彻底死亡以外,什么也没有……生命已经使我厌烦,某种难以克制的力量诱使我找机会摆脱它……诱使我摆脱生命的力量比生的欲望更强大,更充沛,更带有一般性……我竭尽全力要抛弃生命。自杀的念头自然而然地产生了……"④ 列文的精神探索正是托尔斯泰的心灵自述。

托尔斯泰是一个具有死亡情结的作家。所谓"情结",按荣格的解释"就是指富有情绪色彩的一组相互联系的观念或思想,它们受到个体的高度重视,并存在个体的潜意识之中"⑤。"'情结'必定源于人性中比童年时期的经验更深邃,更本源的东西,那就是'集体无意识'。"⑥ 托尔斯

---

① 《列夫·托尔斯泰文集》第十卷,人民文学出版社 2000 年版,第 1021 页。
② 同上书,第 1025 页。
③ 同上书,第 1026 页。
④ 《列夫·托尔斯泰文集》第十五卷,人民文学出版社 2000 年版,第 16 页。
⑤ 胡经之:《西方文艺理论名著教程》(下),北京大学出版社 2003 年版,第 116 页。
⑥ 同上。

泰的死亡情结主要来自两个方面，一是受基督教文化中有关"原罪"的集体无意识的影响；二是来自他一生中多次经历的死亡体验和"阿尔扎马斯之夜"的思想激变。

上帝创造世界的时候，生命是没有时限的。但人类的始祖亚当、夏娃偷吃了禁果，被上帝逐出伊甸园。上帝对亚当说："你本是尘土，仍要归于尘土。"从此人类就因亚当、夏娃犯下的原罪而永远受死亡的惩罚，世世代代在生生死死的循环中受煎熬。生命即原罪，原罪即苦难，人唯一的希望就在于死亡后的那个未知世界。原罪说已成了基督教文化中的集体无意识，它深刻影响着每一个信教者。作为东正教徒的托尔斯泰，无疑也深受其影响。

弗洛伊德说过："作家的创作总是对过去的，特别是儿童时期受抑制的经验的回忆。"[①] 托尔斯泰一生中经历了多次死亡。两岁丧母，九岁丧父，随之祖母死亡，外祖母死亡，姑妈死亡，二哥的死亡……母亲的死亡是他对死亡的最初感受，他在《童年》中写道："我当时痛苦万分，但是不由地注意到一切细节。房子里几乎是昏暗的，很热，充满……气味。这种气味给了我那么深刻的印象……一想到它，我就立刻回想起那间阴惨惨的、使人窒息的屋子，那可怕深刻的一切细节都立刻再现出来……妈妈眼睛睁着，但是她什么也看不见……我永远也忘不了那可怕的目光！目光里流露出多么苦痛的神情！……我站到椅子上想看看她的脸；但是在那里我又看见了那黄色的、透明的东西。我不相信这就是她的脸……当我认明了这就是她时，我恐怖得颤抖了……为什么那双闭着的眼睛是那么深陷？为什么这么苍白可怕，一边脸颊的透明的皮肤下还有个黑斑呢？她整个的面部表情为什么那么严肃、那么冷冰冰的？为什么嘴唇那么苍白……露出那么一种非人间所有的宁静，使我凝视着它，就毛骨悚然呢？……我想起可怕的现实，我发抖了。"[②] 母亲的死在他童年的记忆里已留下了挥之不去的深刻烙印。在谈到外祖母死亡的时候，他在《少年》中这样写道："外祖母的尸体停放在家里的全部时间，我一直感到一种难过的怕死的心情。就是说，死尸清楚地、令人不快地提醒我说：有

---

① 胡经之：《西方文艺理论名著教程》（下），北京大学出版社2003年版，第106页。
② 《列夫·托尔斯泰文集》第一卷，人民文学出版社2000年版，第100—103页。

朝一日，我也会死去。不知为什么，这种心情总夹杂着伤感。"① 以后每一次目睹亲人的死亡，都会让他对死亡多一层思考。多次对死亡的体验，无疑加深了他的死亡情结。而"阿尔扎马斯的之夜"更促成了托尔斯泰的死亡情结。1869年9月，在完成《战争与和平》这部巨著不久，托尔斯泰因打算在平扎省买一处庄园，途中住在阿尔扎马斯肮脏的旅馆里。深夜，一种对死亡的忧虑和恐惧的情绪第一次强烈地侵袭着他。这就是所谓的"阿尔扎马斯的恐惧"。托尔斯泰在给妻子的信中写道："我第三天在阿尔扎马斯过夜，发生了一件不同寻常的事。夜里两点，我疲倦极了，想睡觉，身体没有病痛。可是突然感到忧愁，害怕，恐惧，强烈极了，我从来不曾有过这种体验，但愿上帝保佑别人不要发生这样的事。"② 在没有完成的《狂人札记》里，托尔斯泰这样描写当时的心情："'真傻！'我自言自语。'我愁个啥呢？怕个啥呢？''害怕我，'死神细声回答。'我在这儿。'我不寒而栗。是的，害怕死亡。死亡要来了，它，它就在眼前；可是不会死。如果我真的面临死亡，我不可能产生那种感受。那时我会害怕，可是现在我并不害怕，只是看到和感到死神临近，同时也感到不会死。我的整个身心感到生之需要和生之权利，同时也感到大限难逃，这种内心的痛苦可怕极了！！"③ "阿尔扎马斯的恐惧"对托尔斯泰以后的生活和创作无疑产生了深远的影响。

---

① 《列夫·托尔斯泰文集》第一卷，人民文学出版社2000年版，第194页。
② 《托尔斯泰文学书简》，章其译，湖南人民出版社1984年版，第321页。
③ 同上。

第三章

《安娜·卡列宁娜》的形象体系

安娜的形象

一

对安娜的形象，多数论者是大加褒赏，甚至为其弱点辩护。我们分析人物形象，离不开时代和作家创作的实际，尤其离不开作品本身，最近，笔者再次阅读人民文学出版社 2000 年版《列夫·托尔斯泰文集》第九卷和第十卷，对这个形象又有了一些新的认识。

1870 年 3 月，托尔斯泰夫人给姐姐的信中写道："小说的题材是——一个不忠实的妻子以及由此而发生的全部悲剧。"[①] 初稿中的女主人公叫塔吉亚娜，她抛弃了丈夫——一个心灵高尚的学者，跟一位年轻的将军跑了。丈夫很伤心，说"她是个讨厌的女人"，但后来又作了自我牺牲，成全了他们。初稿中塔吉亚娜被描写成一个迷恋于卑鄙的、肉欲的、极端自私和虚伪的破坏家庭幸福的罪魁祸首。托尔斯泰在一份草稿里写道："她——一个令人厌恶的女人。"[②] 托尔斯泰把塔吉亚娜写成了破坏家庭正常生活的罪魁祸首，最后以自杀告终。后来，托翁在深入探究都市家庭破坏的原因时，对女主人公的态度有所转变，把她"从一个破坏社会法规的罪人，变成高出于具体社会环境的妇女"[③]。写成一个受资产阶级思

[①] 贝奇柯夫：《托尔斯泰评传》，吴均燮译，人民文学出版社 1981 年版，第 295 页。
[②] 赫拉普钦科：《艺术家托尔斯泰》，刘逢祺、张捷译，上海译文出版社 1987 年版，第 178 页。
[③] 日丹诺夫：《安娜·卡列尼娜的创作过程》，雷成德译，内蒙古人民出版社 1980 年版，第 82 页。

想影响因爱情觉醒而争取个性解放的先进贵族妇女，但对其破坏家庭和谐这方面一直持谴责的态度，故他在该书扉页上引用《新约全书·罗马人书》第 12 章第 19 节中的句子"伸冤在我，我必报应"作为全书题词。作家对安娜的双重态度一直贯穿这个形象的始终。我们绝对不能忽略这一点。安娜产后病危时，对丈夫讲过这么一段话："不要认为我很奇怪吧。我还是跟原先一样……但是在我心中有另一个女人，我害怕她。她爱上了那个男子，我想要憎恶你，却又忘不掉原来的她。那个女人不是我。现在的我是真正的我，是整个的我。……"① 这段话是我们理解安娜形象的一把钥匙。

二

我们首先从安娜与弗龙斯基第一次见面分析。安娜与弗龙斯基第一次见面是和她的闪亮登场连在一起的。对此，作品中有这么段精彩描写：

> 弗龙斯基跟着乘务员向客车走去，在车厢门口他突然停住脚步，给一位正走下车来的夫人让路。凭着社交界中人的眼力，瞥了一瞥这位夫人的风姿，弗龙斯基就辨别出她是属于上流社会的。他道了声歉，就走进车厢去，但是感到他非得再看她一眼不可；这并不是因为她非常美丽，也不是因为她的整个姿态上所显露出来的优美文雅的风度，而是因为在她走过他身边时她那迷人的脸上的表情带着几分特别的柔情蜜意。当他回过头来看的时候，她也掉过头来了。她那双在浓密的睫毛下面显得阴暗的、闪耀着的灰色眼睛亲切而注意地盯着他的脸，好像她在辨认他一样……在那短促的一瞥中，弗龙斯基已经注意到有一股压抑着的生气流露在她的脸上，在她那亮晶晶的眼睛和把她的朱唇弯曲了的隐隐约约的微笑之间掠过。仿佛有一种过剩的生命力洋溢在她整个的身心，违反她的意志，时而在她的眼睛的闪光里，时而在她的微笑中显现出来。她故意地竭力隐藏住她眼睛里的光辉，但它却违反她的意志在隐约可辨的微笑里

---

① 《列夫·托尔斯泰文集》第九卷，人民文学出版社 2000 年版，第 537 页。

闪烁着。①

这里主要描写了弗龙斯基眼里的安娜。弗龙斯基是俄罗斯上流社会的公子哥儿，他见过各式各样的妇女。因此他既能一眼看出安娜属于上流社会的，但也同时感到安娜和其他上流社会的女子的不同，这就引起了他的好奇，感到"非得再看她一眼不可"。安娜一开始就引起弗龙斯基注意的原因却并不是因为她非常美丽，也不是因为她的整个姿态上所显露出来的优美文雅的风度，而是因为她在走过他身边时她那迷人的脸上的表情带着几分特别的柔情蜜意。长得美和有优雅风度的女人比比皆是，这对弗龙斯基这个社交界的"雄鹰"来说，他见得多了。而究竟是什么使得弗龙斯基非得再看她一眼不可呢？正是安娜的眼神"有一股压抑着的生气"。它表明安娜是一个生命力旺盛的女人，又是一个被压抑着的女人。被压抑就意味着安娜不可能安分守己，随时都会释放自我。当然这也为后来安娜的出轨及悲剧性的结局做了暗示。当我们仔细阅读这段描写时，有这么几句要特别注意："当他回过头来看的时候，她也掉过头来了。她那双在浓密的睫毛下面显得阴暗的、闪耀着的灰色眼睛亲切而注意地盯着他的脸，好像她在辨认他一样。"这里我们不难发现安娜对弗龙斯基的好感。如果安娜对弗龙斯基没有好感，就不会盯着他的脸，更不会流露出"亲切"的神色。后来，安娜去车厢里向弗龙斯基的母亲告别，她不仅"让那股压抑不住的生气流露在她的微笑里"。②而且当安娜接着弗龙斯基母亲的话说道："是的，伯爵夫人和我一直在谈着，我谈我儿子，她谈她的……"时，她的"脸上又闪耀着微笑，一丝向他发出的温存的微笑"。弗龙斯基马上"敏捷地接住了她投来的卖弄风情的球"说道："我想您一定感到厌烦了吧"，当安娜把手伸给弗龙斯基告别时，弗龙斯基"紧紧握着她伸给他的纤手，她也用富于精力的紧握，大胆有力地握着他的手，那种紧握好像特别使他快乐似的"③。这些描写无不表明，安娜已经对弗龙斯基动情了。

---

① 《列夫·托尔斯泰文集》第九卷，人民文学出版社 2000 年版，第 80—81 页。
② 同上书，第 82 页。
③ 同上书，第 83 页。

值得读者注意的是，安娜对弗龙斯基的动情，并不是出于对他的了解，也不是因为他在护路工被轧死后所表现出的慷慨，而主要是倾心于弗龙斯基的风度、仪表。这里所讲的"不祥之兆"实际上是安娜与弗龙斯基一见钟情后对其结果的隐约的预感。一见钟情凭的是感觉，并没有什么感情基础，更谈不上什么了解。安娜对弗龙斯基的爱情是盲目的，对此，安娜后来几次坦言："我好像一个得到了食物的饿汉一样。……"①"我就像一个饥饿的人，突然面前摆了一席丰富的午餐。"② 这种饥不择食的爱情将会产生什么后果，安娜是心中无数的，也是不敢想象的。再者，安娜作为一个受贵族正统教育的女性，她内心深处有着俄罗斯妇女传统的道德观念，她知道这是一个已婚妇女不应有的感情，这种感情发展下去将是非常危险的，后果是不堪设想的。护路工人的悲剧似乎是个警示，因此，安娜发出"不祥之兆"的说法。不难看出，护路工被火车轧死这个篇幅最小的悲剧事件的描写，为后面作品一系列悲剧拉开了序幕。

三

安娜给读者留下的印象是美的。这种美不仅是世俗的外表美，还有内在的、精神气质方面的美。她使彼得堡纨绔子弟中最出色的典型弗龙斯基一见面就放弃热恋中的基蒂，牺牲功名而追求她。正值热恋中的基蒂去看安娜，"还没有定下神来，就感到自己不但受到安娜的影响，而且爱慕她，就像一般年轻姑娘往往爱慕年长的已婚妇人一样。安娜不像社交界的贵妇人，也不像有了八岁的孩子的母亲。如果不是她眼神里有一种使基蒂惊异而又倾倒的、非常严肃、有时甚至忧愁的神情，凭着她的举动的灵活，精神的饱满，以及她脸上那种时而在她的微笑里，时而在她的眼睛里流露出来的蓬勃的生气，她看上去很像一个二十来岁的女郎。基蒂感觉到安娜十分单纯而毫无隐瞒，但她心中却存在着另一个复杂的、富有诗意的更崇高的境界，那境界是基蒂所望尘莫及的。"③ 就连列文这个已经结过婚，同时热恋着妻子并严厉批评过安娜的正派人，在一个晚

---

① 《列夫·托尔斯泰文集》第九卷，人民文学出版社 2000 年版，第 250 页。
② 《列夫·托尔斯泰文集》第十卷，人民文学出版社 2000 年版，第 803 页。
③ 《列夫·托尔斯泰文集》第九卷，人民文学出版社 2000 年版，第 94 页。

上对她倾倒的程度达到顶峰。改变了旧日对她的看法，认为安娜是"一个多么出色、可爱、逗人怜惜的女人！……一个非同寻常的女人！不但聪明，而且那么真挚……"①并为她的处境难过。

正因为安娜是这样一个人，她的毁灭才会具有那么震撼人心的悲剧力量。

四

安娜作为那个"一切都已颠倒过来，而且刚刚开始形成的"②时代的争取个性解放的妇女，她的悲剧命运是注定了的，并不像英国作家高尔斯华绥1928年在《安娜·卡列尼娜》的序中所写的，"安娜是一个热情洋溢、精力充沛，生命力非常旺盛的人，是不会就象她那样结束自己的生命的，小说的结局在我们看来是出乎意料的，故意制造的。在这里，作者似乎要在结局中否定自己所塑造的人物"③。其实，作者这种处理，正是为了加强作品感染力，促使读者思考：为什么像安娜这样一个生气勃勃充满生活乐趣的贵妇会吹熄自己的生命之灯？

安娜生活的年代，正值俄国农奴制废除不久，这个时期，旧的封建性的宗法制思想在俄国还有很大势力；同时，资本主义的东西也在不断扩大市场。生活在新旧交替的时代的安娜，身上必然有两个时代、两种思想的印记。因此，她既追求个性解放，又有种负罪感。

安娜的一生是不幸的，当她还不知道爱情为何物时，就由姑母做主，嫁给了一个比她大二十岁的省长卡列宁。年龄的差异，加之卡列宁整天忙于公务，他们之间不能很好地沟通。因此，夫妻间是没有多少爱情可言的。尽管如此，安娜安于这种生活，他们的家庭一度成为彼得堡上流社会的楷模。但当风流倜傥、年轻漂亮的宫廷侍卫官弗龙斯基出现后，她沉睡的爱情被唤醒了。她疯狂地、不顾一切地爱上了弗龙斯基。尤其是在谢尔巴茨基家的舞会上，她和弗龙斯基的感情进一步升华，安娜意识到这一点后，也曾一度用理智压制感情，提前回彼得堡。但她一想到

---

① 《列夫·托尔斯泰文集》第十卷，人民文学出版社2000年版，第909页。
② 《列夫·托尔斯泰文集》第九卷，人民文学出版社2000年版，第427页。
③ 《欧美作家论列夫·托尔斯泰》，中国社会科学出版社1983年版，第184页。

弗龙斯基，心里就感到"暖和，暖和得很，简直热起来了呢"①。为此，回到彼得堡，看到前来接她的丈夫时，"一种不愉快的感觉使她心情沉重起来，好像她期望看到的并不是这样一个人"②。回到家，就连"儿子，也像她丈夫一样，在安娜心中唤起了一种近似幻灭的感觉"③。从莫斯科回来，"她随身带回来阿列克谢·弗龙斯基的影子"④，因此原来的东西在她心中变了。而且弗龙斯基的"追求她不但不讨厌，而且成为她生活中的全部乐趣了"⑤。在弗龙斯基的堂姐，也是安娜的表嫂贝特西公爵夫人家，安娜言不由衷地要弗龙斯基"到莫斯科去，求基蒂宽恕"，并要弗龙斯基让她"安宁"。但当弗龙斯基说："难道您不知道您就是我的整个生命吗？可是我不知道安宁，我也不能给您……我不能把您和我自己分开来想。您和我在我看来是一体。我看出将来无论是我或您都不可能安宁。我倒看到很可能会绝望和不幸……要不然就可能很幸福……难道就没有可能吗？"她虽然没说话，"但是她却只让她的充满了爱的眼睛盯住"弗龙斯基。弗龙斯基从她的眼神里看到了"她爱我！她自己承认了！"⑥

安娜对一般人常挂在嘴上的"爱情"两字十分反感。她对弗龙斯基说："我所以不喜欢那个字眼就因为它对于我有太多的意义，远非你所能了解的。"⑦当她第一次和弗龙斯基发生关系后，她的内心是极端矛盾痛苦的，她无法镇静。"弗龙斯基想要安慰她的声音越高，她那原来快乐、高傲、如今变得羞愧难当的头就垂得越低。"她边哭边喊："天呀！饶恕我吧！"⑧并"感觉到这样罪孽深重，这样难辞其咎，除了俯首求饶以外，再没有别的办法了"。同时，也深痛地感到屈辱。从此以后，她把自己的一切都系在弗龙斯基身上。她对弗龙斯基说："一切都完了，除了你我什么都没有了。请记住这个吧。"⑨安娜的话不是随便说的。这以后的生活

---

① 《列夫·托尔斯泰文集》第九卷，人民文学出版社 2000 年版，第 131—132 页。
② 同上书，第 135 页。
③ 同上书，第 140 页。
④ 同上书，第 178 页。
⑤ 同上书，第 168—169 页。
⑥ 同上书，第 184 页。
⑦ 同上书，第 187 页。
⑧ 同上书，第 196 页。
⑨ 同上书，第 197 页。

中，安娜除弗龙斯基外没有别的人，她的幸福和不幸，她的欢乐与痛苦，她的生、她的死，总之，她的一切都取决于弗龙斯基，这一点，就是安娜悲剧的最大、最直接的原因。

安娜对弗龙斯基的爱是疯狂的，不顾一切的，正如罗曼·罗兰所说："《安娜·卡列尼娜》里的爱情具有激烈的、肉感的、专横的性质。"安娜的美丽有一种"恶魔般迷人的魅力"。她脸上闪烁的红光"不是欢乐的红光，而是使人想起黑夜中的大火的可怕的红光"①。但是，安娜对弗龙斯基的爱，是伴随着矛盾和痛苦的。正如弗龙斯基所说："她以前是不幸的，但却很自负和平静；而现在她却不能够平静和保持尊严了，虽然她不露声色。"② 现在安娜"为了一切多么苦恼——为了社会"和她的"儿子"与"丈夫"。安娜虽然否认对丈夫的苦恼，但当弗龙斯基指出："你说的不是真话。我了解你。你为了他也苦恼着"时，安娜突然"脸涨得通红；她的两颊、她的前额、她的脖颈都红了，羞愧的眼泪盈溢在她的眼里"③。这就说明安娜内心深处还是有丈夫卡列宁的。因此，当弗龙斯基得知安娜怀孕，提出"结束我们这种自欺欺人的生活""离开你的丈夫，把我们的生活结合在一起"时，安娜问弗龙斯基"有什么办法摆脱这种处境呢？难道我不是我丈夫的妻子吗？"当弗龙斯基提出"逃走"时，安娜"愤怒"地说："是的，逃走，做你的情妇吗？……把一切都毁了……"在这"一切"中，安娜首先想到的是她的儿子。"一想到她的儿子，以及他将来会对这位抛弃了他父亲的母亲抱着怎样的态度的时候，为了自己做出的事她感到万分恐怖，她简直不知所措了。"弗龙斯基好几次"极力想使她考虑她自己的处境……好像这里面有什么她不能够或者不愿意正视的东西，好像她一开始说到这个，她，真正的安娜，就隐退到内心深处，而另一个奇怪的不可思议的女人，一个他所不爱、他所惧怕的、处处和他作对的女人就露出面来了"④。这个使弗龙斯基感到陌生和害怕的不可思议的女人，就是原本的遵守封建宗法制妇道的贤妻良母

---

① 罗曼·罗兰：《托尔斯泰传》，黄艳春、杨易、黄丽春译，团结出版社 2003 年版，第 144 页。
② 《列夫·托尔斯泰文集》第九卷，人民文学出版社 2000 年版，第 242 页。
③ 同上书，第 257 页。
④ 同上书，第 249 页。

式的安娜。

赛马场上，安娜的失态，使做丈夫的卡列宁痛苦万分。他"话特别多，只是他内心烦恼和不安的表现"[①]。这一点，安娜是根本不理解的，她还认为："我是一个坏女人，一个堕落的女人，但是我不喜欢说谎，我忍受不了虚伪，而他的食粮——就是虚伪。他明明知道这一切，看到这一切，假使他能够这么平静地谈话，他还会感觉到什么呢？假使他杀死我，假使他杀死弗龙斯基，我倒还会尊敬他哩。不，他需要的只是虚伪和体面罢了。"[②] 这不难看出，一方面安娜承认自己是个坏女人，同时也说明她对丈夫确实缺乏了解，缺乏对丈夫不外露的深层感情的理解。

从赛马场回来以后，已坠入虚伪生活中的安娜不能再忍受那种虚伪，她向卡列宁坦白了一切。但卡列宁并没有用决斗、离婚等简单痛快的办法来处理他们三人之间的关系。为了家庭的名誉，为了孩子，更为了安娜本人，卡列宁作出了"维持现状"的痛苦决定。安娜不能接受这个决定，她认为，如果自己抛弃儿子，离开丈夫"就将成为一个最堕落最下贱的女人"。在非常激动的情况下，她讲了这么一段话："他是对的，他是对的！自然，他总是对的；他是基督教徒，他宽大得很！是的，卑鄙龌龊的东西！除了我谁也不了解这个，而且谁也不会了解，而我又不能明说出来。他们说他是一个宗教信仰非常虔诚、道德高尚、正直、聪明的人；但是他们没有看见我所看到的东西。他们不知道八年来他怎样摧残了我的生命，摧残了我身体内的一切生命力——他甚至一次都没有想过我是一个需要爱情的、活的女人……我不是努力爱他，当我实在不能爱我丈夫的时候就努力去爱我的儿子吗？……时候到了……我不能再自欺欺人了，我是活人，罪不在我，上帝生就我这么个人，我要爱情，我要生活。而他现在怎样呢？要是他杀死了我，要是他杀死了他的话，一切我都会忍受，一切我都会饶恕的；但是不，他……我怎么没有料到他会这样做呢？他做的正好符合他的卑鄙的性格。他要始终是对的，而我，已经堕落了，他还要逼得我更堕落下去……"[③]

[①] 《列夫·托尔斯泰文集》第九卷，人民文学出版社 2000 年版，第 272 页。
[②] 同上。
[③] 同上书，第 381—382 页。

这里，至少有四点值得注意：第一，卡列宁的决定是站得住脚的，是安娜无懈可击的；第二，外界对卡列宁的评价是高的；第三，安娜和卡列宁八年的夫妻生活是没有爱情的；第四，安娜作为妻子，曾尽力爱丈夫，但没法爱时，作为母亲，又尽力爱儿子，但都不能代替她对爱情的追求。正因为如此，她才会不顾丈夫、儿子、家庭和弗龙斯基私奔。其实，内心处于矛盾状态的安娜，不论卡列宁给她什么样的答复，她也不会满意。决斗吧，不管死了谁，她的内心都不会平静；她爱着弗龙斯基，但内心深处藏着卡列宁；离婚吧，其实她并不那么看重，她几次表示："不在乎形式，而是在于爱情。"① 卡列宁的决定，即使弗龙斯基也想不通。他对安娜说："我实在弄不懂，他怎么能忍受这样的境况？"安娜也许是为了向弗龙斯基表白强烈的爱，也许是为了求得内心平静，她对弗龙斯基说："他不是男子，不是人，他是木偶。谁也不了解他；只有我了解。啊，假使我处在他的地位的话，像我这样的妻子，我早就把她杀死了，撕成碎块了，我决不会说：'安娜，亲爱的！'他不是人，他是一架官僚机器。"② 这段话，向来为评论家所引用，作为抬高安娜和贬低卡列宁的力证。其实，这恰恰是安娜不理解丈夫的证据，也是安娜对情人特别爱而引起对丈夫的特别恨的表现。安娜在情人面前把卡列宁说得一无是处，还有两个原因：一方面是为了取悦于情人；另一方面也是为了自我安慰，求得内心的平衡。因为她在追求爱情和幸福的过程中，一直是矛盾的。她多次承认自己是"有罪的"。和弗龙斯基第一次发生关系后，她喊道："天呀！饶恕我吧！"她临死前的最后一句话同样是："上帝，饶恕我的一切！"请求饶恕就是有罪的明证。其实，在内心深处，她对卡列宁一直有负罪感，即使在探子临走时，她还对儿子说："谢廖沙，我的亲爱的！爱他；他比我好，比我仁慈，我对不起他……"③ 安娜谴责丈夫的时候，附在她身上的另一个女人，完全压倒了原来的安娜，这个女人对有阻于她追求的一切已经失去理智的反对了。

---

① 《列夫·托尔斯泰文集》第十卷，人民文学出版社2000年版，第968页。
② 《列夫·托尔斯泰文集》第九卷，人民文学出版社2000年版，第470页。
③ 《列夫·托尔斯泰文集》第十卷，人民文学出版社2000年版，第694—695页。

五

　　安娜公然在自己的家里会见情人，这是对卡列宁决定的蔑视。卡列宁忍无可忍，找律师办离婚手续。后因公务到遥远的外省出差耽误了。他在莫斯科逗留时，接到安娜"我快死了；我求你，我恳求你回来。得到你的饶恕，我死也瞑目"① 的电报。安娜相信自己的丈夫一定会来看自己。她说："阿列克谢不会拒绝我的……他也会饶恕我……他真是个好人啊，他自己还不知道他是个多么好的人呢……您说他不会饶恕我，那是因为您不了解他。谁也不了解他，只有我一个人……"② 与前不久对卡列宁的强烈谴责和不满比起来，濒死前的安娜对丈夫的态度判若两人。安娜用卡列宁"从来不曾见过的那样温柔而热烈的情感望着"丈夫卡列宁，对他说："不要认为我很奇怪吧。我还是跟原先一样……但是在我心中有另一个女人，我害怕她。她爱上了那个男子，我想要憎恶你，却又忘不掉原来的她。那个女人不是我。现在的我是真正的我，是整个的我。我现在快要死了……我只希望一件事：饶恕我，完全饶恕我！……"③ 并把弗龙斯基叫进来，对弗龙斯基说："露出脸来，望望他！他是一个圣人。"④ 卡列宁从安娜眼里看到了他"从来没有见过的""温柔而狂喜的神色。"安娜接着说："我知道我会死掉……我只希望一件事：饶恕我，完全饶恕我！我坏透了……我知道这是不可饶恕了……你太好了！"⑤ 孔子说过："鸟之将死，其鸣也哀；人之将死，其言也善。"⑥ 安娜病危时的这段话，把她矛盾的内心全盘托出。这段话中，我们看到了两个安娜：一个是贤妻良母式的安娜。这个安娜忠于自己家庭，爱自己的丈夫和孩子，在上流社会有很高的地位，受到人们的尊敬。另一个是爱情觉醒后的安娜，这个安娜恨自己的丈夫，甚至有时对孩子也表现得冷淡，她不顾一切地、疯狂地爱另一个男人。安娜病危时想到卡列宁，并诚心诚意

---

① 《列夫·托尔斯泰文集》第九卷，人民文学出版社 2000 年版，第 533 页。
② 同上书，第 536 页。
③ 同上书，第 537 页。
④ 同上书，第 538 页。
⑤ 同上书，第 537—538 页。
⑥ 文若愚：《论语全解》，中国华侨出版社 2013 年版，第 196 页。

向丈夫忏悔，主要原因是她在这种情况下才真正感到丈夫的好，同时想到自己的罪过，她不能带着一个"坏女人"的身份见上帝，只有得到宽恕，内心才会平静。

按理说，经过这么一番折腾的安娜会对弗龙斯基逐渐淡漠，对自己的家庭、丈夫负起责任来。但随着她的病愈，对丈夫的不满又逐渐增加。她看见丈夫就痛苦，似乎有什么话要对他说，却又不敢说。她对前来看望自己的哥哥奥布隆斯基说："我曾听到人说，女人爱男人连他们的缺点也爱……但是我却为了他的德行憎恨他……看见他我就产生一种生理的反感……明知道他是一个善良的人，一个了不得的人，我抵不上他的一个小指头，但我还是恨他。为了他的宽大，我恨他。我没有别的办法……"① 对丈夫的优点都恨，可见安娜对卡列宁恨到何等程度了。奥布隆斯基总结了安娜的不幸："你和一个比你大二十岁的男子结了婚。你没有爱情，也不懂爱情就和他结了婚。让我们承认，这是一个错误。"安娜承认是"一个可怕的错误！"② 奥布隆斯基指出摆脱这种处境的唯一办法是离婚。安娜虽然摇了摇头，但内心还是同意的。奥布隆斯基充当中间人，找到卡列宁，卡列宁举出了不能离婚的几点理由，但最后还是表示："我愿意蒙受耻辱，我连我的儿子也愿意放弃……由你办去吧……"③ 这时，贝特西夫人把弗龙斯基开枪自杀未遂而要到塔什干去，临行前希望见一面的愿望带给安娜。安娜认为："一个人要来向他爱的女人，为了她他情愿毁掉自己，而且事实上已经毁掉了他自己，而她没有他也活不下去！一个人要来向这个女人告别，没有什么必要！"④ 她拒绝了，并告诉了丈夫。但后在贝特西公爵夫人的撮合下，两人相见了。一见面，他们之间的爱情就回到了相识的初期。安娜对弗龙斯基说："……他一切都同意了，但是我不能够接受他的宽大，我不想离婚；现在在我都一样。"安娜为什么断然放弃离婚而同弗龙斯基一道出国了呢？事实上，卡列宁的宽宏大量使她无地自容，而卡列宁不能离婚的理由也是不容反驳的。当

---

① 《列夫·托尔斯泰文集》第九卷，人民文学出版社2000年版，第555页。
② 同上书，第556页。
③ 同上书，第562页。
④ 同上书，第551页。

然，更重要的理由是安娜矛盾痛苦的内心。她说："啊，我为什么不死呢！那样倒好了！"①

六

蜜月的开始，安娜感到"不可饶恕地幸福。她越了解弗龙斯基，就越爱他……就好像她是一个初恋的少女一样……她怎样寻找也寻找不出他有什么不优美的地方……而她现在再也没有比失去他的爱情更害怕的了……他竟为了她而牺牲了功名心，并且从来没有流露出丝毫的懊悔……这使她不能不感激"②。而弗龙斯基呢，"却并不十分幸福。他不久就感觉到他的愿望的实现所给予他的，不过是他所期望的幸福之山上的一颗小砂粒罢了"③。不难看出；蜜月中，安娜的爱情就有了阴影。安娜牺牲名誉、地位、家庭所依托的弗龙斯基实际上只不过是彼得堡上流社会花花公子中的一个优秀人物罢了。这就预示着安娜悲剧的必然性。其实，早在安娜怀孕时，弗龙斯基就"对她变得冷淡了……感到最美好的幸福已成为过去了。她完全不像他初次看见她的时候那种样子了。在精神上，在肉体上，她都不如以前了……他望着她，好像一个人望着一朵他采下来的、凋谢了的花，很难看出其中的美……但是现在，在他仿佛觉得他已不怎样爱她了"④。

七

安娜作为妻子，不爱自己的丈夫；但作为母亲，却爱着自己的儿子。尽管她在弗龙斯基身边感到"不可饶恕"的幸福时，曾一度把儿子忘了。但只要她对弗龙斯基稍有不快，儿子的形象就会立刻出现在她的脑海里。她"回国的目的之一就是看望儿子"。因此，不顾利季娅伯爵夫人、卡列宁拒绝的决定，"决定在第二天，谢廖沙生日那天，她要直接上她丈夫家去，买通或是骗过仆人，但是无论如何要看到她儿子"⑤。安娜探子一节，

---

① 《列夫·托尔斯泰文集》第九卷，人民文学出版社2000年版，第565—566页。
② 同上书，第603页。
③ 同上书，第604页。
④ 同上书，第467—468页。
⑤ 《列夫·托尔斯泰文集》第十卷，人民文学出版社2000年版，第688页。

把人类最自然、最珍贵的感情——母子之情表现到了出神入化的地步。当然也把安娜的母爱表现到了最高点。在探子的过程中,安娜的内心同样是矛盾痛苦的。谢廖沙从"她脸上"看出了"惊惶"和"羞愧的神色"。临走时,她在儿子面前承认丈夫比自己好,要儿子爱他的父亲。这一方面表现了安娜对儿子真正的爱,但更主要的是安娜对儿子和丈夫的负罪感。这时的安娜,又回到了"原来的我"的位置上。安娜这种矛盾的心理,也表现在她对自己所生的两个孩子的态度上:"在第一个虽然是她不爱的男子的孩子身上,却倾注了她从未得到满足的全部的爱";小女孩是她和弗龙斯基爱情的结晶,但"她对她的关心却还不及倾注在她第一个小孩身上的关心的百分之一"①。以致多莉去探望她,"问到婴儿长了多少牙齿的时候,安娜都回答错了,她根本不知道最近长了两颗牙齿"②。甚至到后来还比不上对收养的一个英国女孩的爱。这真是一种难以解释的现象。古德济认为,"她爱那个她跟她所不喜欢的丈夫生的儿子,因为那个儿子把丈夫所不能给她的东西给了她的心灵世界,她对她跟渥伦斯奇生的女儿颇为冷淡,因为她的生活完全充满了她对渥伦斯奇所怀的热情,而且在她的心灵中已经再没有地位留给她的女儿"③。古德济的分析有一定道理,但也有值得商榷的地方。儿子谢廖沙确实为安娜那平淡而没有爱情的生活带来了不少乐趣,给了她卡列宁所不能给予的东西,是她八年来无爱情的生活中的精神支柱。但安娜对她与弗龙斯基所生的小女儿的冷淡,其原因绝不是她的心灵已被"她对渥伦斯基所怀的热情""充满"而"再没有地位留给她的女儿"那么简单。我认为这正是安娜从矛盾到变态的心理反映。安娜爱谢廖沙,那是因为谢廖沙是她八年没有爱情的生活的精神支柱。而现在将永远失去他。这时安娜才真正懂得即将失去的东西的价值。她爱养女超过爱和弗龙斯基所生的孩子,那是她对弗龙斯基的失望,这从一个角度讲也是故意做给弗龙斯基看的。以至弗龙斯基很不愉快地说"你对那女孩的偏爱我丝毫不感兴趣,这是实情,

---

① 《列夫·托尔斯泰文集》第十卷,人民文学出版社 2000 年版,第 696 页。
② 同上书,第 802 页。
③ 古德济:《托尔斯泰评传》,朱笄译,时代出版社 1950 年版,第 104 页。

因为我看出来这是不自然的"①。安娜探子回来,"瞥着弗龙斯基的照片,于是她突然记起了他就是她现在不幸的原因"。她心里升起了"一个奇怪的念头:要是他不再爱她了怎么办呢?……简直不能想像要是他的冷淡得到证实的话她将会陷入的处境"②。为了取悦弗龙斯基,她刻意打扮自己,"当她梳妆的时候,她比过去所有的日子更注意她的装饰,好像要是他不再爱她,也许会因为她的服装和她的发式都恰到好处又爱上她"③。而实际上,"弗龙斯基因为安娜故意不肯理解她自己的处境……对她感到一种近乎怨恨的恼怒心情"④。尤其对她要盛装去看帕蒂的歌剧,弗龙斯基认为她"穿着这种衣服,同着大家都熟识的公爵小姐在剧场露面,这不但等于承认自己的堕落女人的地位,而且等于向社交界挑战,那就是说,永远和它决裂"⑤。面对弗龙斯基的阻挠,安娜说:"……我后悔我所做的事吗?不,不,不!假使一切再从头来,也还是会一样的。对我们,对我和您,只有一件事要紧,那就是我们彼此相爱还是不相爱。我们没有别的顾虑。"⑥弗龙斯基的看法是合乎实际的。安娜从国外回来后,整个彼得堡上流社会对她关起了大门,甚至连对她最好的贝特西公爵夫人也不愿在公开场合与她见面,更何况利季娅伯爵夫人一伙。"嫉妒安娜,而且早已听厌了人家称她贞节的大多数年轻妇人……都幸灾乐祸起来……她们已准备好一把把泥土,只等时机一到,就向她掷来。"⑦

安娜不顾弗龙斯基的劝阻,"穿上了她在巴黎定制的、低领口的、天鹅绒镶边的淡色绸衣服,头上饰着贵重的雪白的饰带"⑧,勇敢地盛装坐在剧场的包厢里,确实是"向整个社交界挑战"。"她那令人目眩的美丽"和"高傲"的举止,激怒了整个上流社会来看戏的人。陪同安娜一起看戏的"瓦尔瓦拉公爵小姐满脸通红,不自然地笑着,尽回过头来望着隔

---

① 《列夫·托尔斯泰文集》第十卷,人民文学出版社2000年版,第960页。
② 同上书,第967—968页。
③ 同上书,第998页。
④ 同上书,第708页。
⑤ 同上书,第703页。
⑥ 同上书,第702页。
⑦ 《列夫·托尔斯泰文集》第九卷,人民文学出版社2000年版,第228页。
⑧ 《列夫·托尔斯泰文集》第十卷,人民文学出版社2000年版,第701页。

壁的包厢";"亚什温的脸上带着他打牌输了钱的时候那样的表情。他皱着眉头,把左边的髭须越来越深地塞进嘴里去,斜着眼望着隔壁的包厢"。而在左边那间包厢里的卡尔塔索夫夫人,"脸色苍白,满脸怒容"地站起来要离开包厢①,说在安娜的旁边是一种耻辱。安娜此时尽管"在保持外表的平静态度这一点上,她是完全成功的"。但内心"她感觉得好像戴枷示众的人一样"②。这说明安娜在追求个性解放的道路上并不是无所畏惧的。如果她认为自己所作所为是正确的,为什么会有"戴枷示众的人"的感受呢! 回到家,安娜把气发到弗龙斯基身上,她对弗龙斯基叫道:"一切都是你的过错,你的过错!"弗龙斯基说:"我请求过,恳求过你不要去;我知道你去了一定会不愉快的……"安娜叫道:"不愉快! 简直可怕呀!我只要活着,我永远也不会忘记的。她说坐在我旁边是耻辱。"弗龙斯基安慰她:"一个蠢女人的话罢了,但是为什么要冒这个险,为什么要去惹事呢?……"安娜说:"我恨你的镇静。你不应当使我弄到这个地步的。假如你爱我……"③

与上流社会的决裂,促使安娜和弗龙斯基第二天就"一起动身到乡下去"。安娜和弗龙斯基在落后的俄罗斯乡间过着西欧上层社会的豪华生活,包括保姆在内的一切主要东西都是外国进口的,"女仆穿的衣服比公爵夫人多莉的还要时髦摩登"。可是,这儿到处充满了虚伪。弗龙斯基明明对安娜的一些做法不满,但怕安娜发脾气而不敢讲;安娜也是处处讨弗龙斯基的好,并且她有了"眯起眼睛"看东西的"古怪的新习惯"。她似乎对什么都不轻易相信了,要看清楚些、准确些。到她家做客的多莉从她和弗龙斯基的一些谈话中越来越"怀疑安娜是不是真正幸福"。安娜在多莉向她转告弗龙斯基要她做合法妻子时,说过这样的话:"什么妻子,是奴隶,有谁能像我,像处在这种地位的我,做这样一个无条件的奴隶呢?"④ 同时表示,不愿再生孩子。这些已充分说明安娜的可怕处境,如果说安娜不顾一切,甚至抛弃爱子和弗龙斯基生活在一起是为了摆脱

---

① 《列夫·托尔斯泰文集》第十卷,人民文学出版社2000年版,第707页。
② 同上书,第708页。
③ 同上书,第711页。
④ 同上书,第826页。

与卡列宁那种虚伪生活的话，那么安娜现在陷入了更加虚伪的境地。多莉感到他们的生活就像一批高明的演员在演戏，一切都是装出来的，最后，当多莉直接提出离婚的事时，安娜表示"我不愿意谈这件事"。安娜为什么不愿谈离婚呢？她认为利季娅伯爵夫人控制下的卡列宁不会同意离婚，就算他同意，"但是我的儿……儿子呢？他们不会给我的。他会在他那被我遗弃了的父亲的家里长大，会看不起我。你要明白，我对他们两个——谢廖沙和阿列克谢——的爱是不相上下的，但是我爱他们远远胜过爱我自己哩。……我只爱这两个人，但是难以两全！我不能兼而有之，但那却是我唯一的希望。如果我不能称心如愿，我就什么都不在乎了……我不愿意谈这事……千万不要非难我！你的心地那么纯洁，不可能了解我所遭受的一切痛苦"①。

安娜刻意修饰打扮自己，凡弗龙斯基喜欢的，她都表现出极大的兴趣。她故意与别的男子调情，刺激弗龙斯基。她这么做为了什么呢？正如托尔斯泰指出的："她关心的主要还是她自己——关心能够博得弗龙斯基的爱情和补偿他为她而牺牲的一切。"② 在这种情况下，要她不作假是不可能的。罗曼·罗兰说得好："无法消退的激情在一点一点地耗损这个高傲女人的精神结构。她的一切都是最好的：她的真诚，她的勇敢气概，她的崩溃和失败；她再也没有力气丢弃她世俗的虚荣心，她活着只为取悦她的情人；在羞愧和恐惧中，她拒绝生孩子；嫉妒折磨着她，狂热的肉欲奴役着她、强迫她以手势、声音和眼睛说谎；她沦落到了一心只想追求那种能使每个男人都来看护她的权力的女人。"③ 弗龙斯基欣赏安娜对自己的"曲意奉承"，但他认为："我可以为她牺牲一切，但决不放弃我作为男子汉的独立自主。"④ 他不同安娜"说个明白"就去参加选举，安娜认为这是对自己冷淡的"开始"。而现在，安娜什么也不需要，"她要的就是他的爱情……使他无法抛弃她"。她想到了离婚这根救命稻草，在弗龙斯基回来的当天晚上，安娜主动提到离婚，并在弗龙斯基那"柔

---

① 《列夫·托尔斯泰文集》第十卷，人民文学出版社2000年版，第830—831页。
② 同上书，第834页。
③ 罗曼·罗兰：《托尔斯泰传》，黄艳春、杨易、黄丽春译，团结出版社2003年版，第144—145页。
④ 同上书，第836页。

情蜜语"和"不顾一切的恶狠的"眼光注视下,写了一封信给丈夫,要求离婚。安娜的离婚请求由于"那个法国人昨晚在真睡或者装睡中所说的话"而否定后,安娜变得好猜忌、喜怒无常,怀疑弗龙斯基爱上别的女人了。她想到自己的处境:"我需要爱情",可是没有爱情,因此一切全完了。她想到死,认为死是解决一切烦恼的唯一办法。死是"作为使他对她的爱情死灰复燃,作为惩罚他,作为使她心中的恶魔在同他战斗中出奇制胜的唯一的手段"①。弗龙斯基进城到母亲那儿去时,安娜警告他:"您会后悔的。"弗龙斯基走后,安娜"心里充满了寒彻骨髓的恐怖"②。她写信给弗龙斯基,承认自己错了,叫他快回家,信未收到,又打电报,催弗龙斯基回来,她坐立不安,又坐马车到哥哥家去了一趟,从嫂嫂多莉的话中得知离婚"满有希望哩",但安娜说:"而我却灰心失望,甚至并不抱什么希望哩。"③ 从哥哥家出来,安娜的"心情比出门的时候更恶劣。除了她以前的痛苦现在又添上了一种受到侮辱和遭到唾弃的感觉,那是她和基蒂会面的时候清楚地感觉到的"④。她已不能再理智地考虑问题了,连上哪儿都是随着马车夫的意思。在她头脑掠过的种种计划中,她模模糊糊地选定了一种,就是在火车站或伯爵夫人庄园里闹一场后,她就乘下城铁路的火车,在最先停靠的城里住下来。安娜这时并没有想去死,只是想永远离开弗龙斯基。在去火车站的途中,安娜"第一次明白了"她和弗龙斯基的关系:"他在我身上找寻什么呢?与其说是爱情,还不如说是要满足他的虚荣心。……是的,他心上有一种虚荣心得到满足的胜利感。……他以我而自豪。……他从我身上取去了可以取去的一切,现在他不需要我了……"⑤ 她也想到卡列宁,想到"假定我离了婚……成了弗龙斯基的妻子。结果又怎么样呢……不要说幸福,就是摆脱痛苦,难道有可能吗?"⑥ 她认真想到了对儿子的感情:"我也以为我很爱他,而且因为自己对他的爱而感动。但是没有他我还是活着,

---

① 《列夫·托尔斯泰文集》第十卷,人民文学出版社 2000 年版,第 974 页。
② 同上书,第 977 页。
③ 同上书,第 982 页。
④ 同上书,第 984—985 页。
⑤ 同上书,第 988 页。
⑥ 同上书,第 989—990 页。

抛掉了他来换别人的爱，而且只要另外那个人的爱情能满足我的时候，我并不后悔发生这种变化。"这段内心独白，再次证明了安娜爱的只是她自己，儿子在她心目中的地位是低于弗龙斯基的。安娜回想起她的处境的全部详情和她的犹疑不决的计划。于是希望和绝望，"又轮流在她的旧创伤上刺痛了她那痛苦万状的、可怕地跳动着的心灵的伤处"①。她在下意识活动中上车、下车，接到弗龙斯基"我十点钟回来"的信后，她想："不，我不让你折磨我了……我要惩罚他，摆脱一切人，也摆脱我自己！"她喊着："上帝，饶恕我的一切！"扑向铁轨。"那支她曾经用来照着阅读那本充满忧虑、欺诈、悲哀和罪恶之书的蜡烛……终于永远熄灭了。"②

安娜没有"到把她抚养成人的姑妈家去"，没有"到多莉家去"，没有"独自出国"，也没有回到卡列宁身边，当然更不可能像当时的先进妇女那样到民众中去。而是选择了死。她的死固然有对当时那种虚伪罪恶的社会的控诉成分，但更重要的是她内心矛盾和只关心自己的必然结果，是爱情破灭后无可奈何的选择。安娜最终是为弗龙斯基而死的（无论爱还是恨），为个人幸福而死的。临死前，她喊着："上帝，饶恕我的一切。"她承认自己有罪。这和她与弗龙斯基第一次发生关系后喊着的："天呀！饶恕我吧！"是一致的，和托尔斯泰卷首题辞"伸冤在我，我必报应"是呼应的，我们分析作品时，不能忽视这一点。

八

安娜的悲剧首先是社会悲剧。安娜所生活的19世纪70年代，正处于俄国社会的转型期。这个时期，西方资产阶级的意识形态对落后的俄罗斯进行了强烈的冲击。1861年农奴制改革后，俄国在迅速形成资本主义生产关系的同时，封建势力仍然处主导地位。这就决定了安娜追求个性解放的时代要求和行为必然会引起保守势力的顽强的抵制，在当时的俄罗斯是不可能实现的，其悲剧是社会环境压迫而造成的。正如恩格斯在

---

① 《列夫·托尔斯泰文集》第十卷，人民文学出版社2000年版，第990页。
② 同上书，第994页。

评拉萨尔的剧本《济金根》时所说的："……是历史的必然要求与这个要求实际上不可能实现之间的悲剧性冲突。"① 安娜在还不甚懂得爱情为何物的17岁时，就由姑妈做主，嫁给了一个比她大20岁的省长卡列宁。年纪的差异，加之卡列宁整天忙于公务及性格内向等原因，使得他们夫妻之间缺乏理解，卡列宁尽管很爱妻子，但是他不了解年轻妻子的需要，不了解安娜是一个"要生活""要爱情"的女人。因此，他们虽然结婚八年，且有了一个孩子，但安娜还是感到压抑。安娜后来遇到了情人弗龙斯基，弗龙斯基唤醒了她的爱情，她富有自我牺牲的爱情尽管使弗龙斯基这个花花公子得到提升，认为安娜比其生命还要重要，没有安娜简直"活不下去"。但是，他的境界，他对爱情的理解是远远不如安娜的，他不能和上流社会及那些世俗的传统观念作彻底的决裂，也没有和他与生俱来的花花公子的卑劣、低俗的习气彻底决裂，他最终还是冷落了安娜。安娜在看清了这个社会"全是虚伪的，全是谎话，全是欺骗"② 后吹熄了自己的生命之灯。

　　安娜悲剧的社会因素还表现在当时妇女的地位低下，社会地位和经济地位不独立方面。安娜依靠卡列宁而存活，她贵妇人地位、荣耀离不开卡列宁，她奢华的生活离不开卡列宁，失去卡列宁就失去了她享受着的一切。在这种情况下她要追求自由、追求个性解放是不可能的。她出轨后，卡列宁指责她"卑鄙！要是您喜欢用这个字眼的话，为了情人抛弃丈夫和儿子，同时却还在吃丈夫的面包，这才真叫做卑鄙"③ 时，她无言以答就说明这一点。其姑妈正是看到卡列宁的地位、能力才主动把她嫁给卡列宁的，可以说她是利益交易的牺牲品。

　　安娜的悲剧也是性格悲剧。安娜是19世纪70年代俄国先进贵族妇女的典型，其对纯洁爱情的追求，反映了资产阶级个性解放的渴望，无疑是符合人类进步要求的；其善良、真诚、勇敢、宁为玉碎不为瓦全的性格，无疑是人类美好的品质，是高尚的人格，其最后的结局——卧轨自杀，是有价值的东西的毁灭。这正是鲁迅对悲剧的看法："悲剧是将人生

---

① 《马克思恩格斯选集》第四卷，人民出版社1972年版，第346页。
② 《列夫·托尔斯泰文集》第十卷，人民文学出版社2000年版，第993页。
③ 《列夫·托尔斯泰文集》第九卷，人民文学出版社2000年版，第474页。

有价值的东西毁灭给人看。"① 但是，看过作品的读者都不能否认，安娜是一个矛盾的人物。一方面她敢于大胆追求爱情；另一方面她在爱情的追求中又时时伴随着犯罪感。当然她这种矛盾性格是和那个"一切都已颠倒过来，而且刚刚开始形成的时候"的时代分不开的。她追求爱情，但又割舍不了母爱；她爱情人弗龙斯基，但内心深处又有丈夫卡列宁。她身上有两个安娜：一个是遵守传统道德的贤妻良母式的安娜；一个是爱情觉醒后追求个性解放的安娜，两个安娜在她心中激烈搏斗，一个不能战胜一个。可以说，安娜始终把追求爱情和犯罪连在一起，这就决定了悲剧的不可避免。她多次求上帝饶恕。一个瞻前顾后、矛盾重重的人是什么事情也干不成的。政治家如此，普通人也是这样。安娜的矛盾决定了她妻子、情人、母亲三种角色一种也没有扮演成功，相反她成了一个不忠的妻子，可悲的情妇，负罪的母亲。最终只能以自杀来洗刷这些罪名。

安娜除性格的矛盾外，还有盲目的一面。如果说她和卡列宁的婚姻悲剧是家庭包办造成的话，那么她和弗龙斯基的爱情悲剧就是她盲目自找的。她与弗龙斯基的结合正如她自己所承认的是饥不择食："我好像一个得到了食物的饿汉一样。"② 这就影响了她对弗龙斯基这类人的客观分析，更无法进行深入了解。对此，我国著名的托尔斯泰研究专家陈燊先生为周扬、谢素台译本《安娜·卡列宁娜》写的出版前言中有这样的分析："同弗龙斯基的一见钟情，似乎因他慷慨好施，主要却是倾心于他的仪表、风度，出于自己旺盛的生命力的自发要求，并不基于共同的思想感情。这种爱情是盲目的，实际上几乎全是情欲，而情欲是难以持久的。弗龙斯基初时为了虚荣心而猎逐她，一度因安娜的真挚的爱而变得严肃专一，但不久就因功名之心的蠕动而厌弃她。"③

---

① 苏叔阳：《鲁迅杂文精选》，青岛出版社2012年版，第17页。
② 《列夫·托尔斯泰文集》第九卷，人民文学出版社2000年版，第250页。
③ 《安娜·卡列宁娜》，周扬、谢素台译，人民文学出版社1989年第三版（2005年印刷），第1页。

列文的形象

列文是《安娜·卡列宁娜》中的第二号主人公，从某种意义上说，这个形象的社会意义并不亚于安娜。英国作家托马斯·曼就指出："列文确实就是托尔斯泰，这部小说的真正的主人公。"[①] 从作品的结构和作家的创作意图来看，安娜对爱情的追求和毁灭是列文对社会问题探索的一个组成部分。在列文眼里，安娜是"一个多么出色、可爱、逗人怜惜的女人"，是"一个非同寻常的女人！不但聪明，而且那么真挚"[②]。列文感到"同她谈话是一桩乐事，而倾听她说话更是一桩乐事"[③]。她脸上"那种闪烁幸福的光辉和散发着幸福的神情"，反映了安娜的心灵要求：自己幸福，同时也希望别人幸福。而这，也正是列文的人生追求。但是，这么一个美丽、聪慧、诚挚、善良，和自己有着共同追求的非同寻常的妇女，为什么会在鲜花盛开的时候熄灭自己的生命之灯呢？这不能不是善于思考问题的列文所探索的一个重要课题，当然也是托尔斯泰本人所要探索的一个重大问题。

列文是一个拥有3000亩土地的庄园贵族。他32岁了，受过大学教育，但在社会上还没有确定的职业和地位，他的同辈中有的已当上团长，有的做了大学教授，有的做了银行或铁路的经理，有的做了政府机关的长官；而"他仅仅是一个从事畜牧、打猎、修造仓库的乡下绅士……一个没有才能、没有出息，干着在社交界看来只有无用的人们才干的那种事的人"[④]。列文家和谢尔巴茨基公爵家都是莫斯科的名门望族，他们是世交，彼此一向交情很深。这种交情在列文的大学时代得到进一步加深。其原因是他同老公爵唯一的儿子——年轻的谢尔巴茨基公爵是大学同学，为此他常出入谢尔巴茨基家，并对他们一家有了感情。列文爱他们一家，特别是他们家的女性。"他不仅在她们身上看不出缺点，而且在包藏她们

[①]《欧美作家论列夫·托尔斯泰》，中国社会科学出版社1983年版，第402页。
[②]《列夫·托尔斯泰文集》第十卷，人民文学出版社2000年版，第909页。
[③] 同上书，第904页。
[④]《列夫·托尔斯泰文集》第九卷，人民文学出版社2000年版，第31页。

的诗意的帷幕之下，他设想着最崇高的感情和应有尽有的完美。……在学生时代，他差一点爱上了最大的女儿多莉；但是不久她和奥布隆斯基结了婚。于是他就开始爱上了第二个女儿。他好像觉得他一定要爱她们姊妹中的一个……但是纳塔利娅也是刚一进入社交界就嫁给了外交家利沃夫。列文大学毕业的时候，基蒂还是个小孩子。年轻的谢尔巴茨基进了海军，在波罗的海淹死了……列文和谢尔巴茨基家的关系就不大密切了……当列文在乡下住了一年又来到莫斯科，看见谢尔巴茨基一家人的时候，他明白了这三姊妹中间哪一个是他真正命定了去爱的。"列文是谦卑的，在外人看来，"一个出身望族，拥有资产的三十二岁的男子，去向谢尔巴茨基公爵小姐求婚，似乎是再简单不过的事了；他很可以立刻被看作良好的配偶"①。更何况老公爵喜欢他，一见到他就表现出特别的热情，拥抱他，说他比那些花花公子"强一千倍"。认为弗龙斯基这样的"彼得堡的公子，他们都是机器造出来的，都是一个模型的，都是些坏蛋。不过即使他是皇族的血统，我的女儿也用不着他"②。但是，处于热恋中的列文把基蒂看成了自己心目中的女神。"在他看来基蒂在各方面是那样完美，她简直是一个超凡入圣的人，而他自己却是一个这样卑微、这样俗气的人，别人和她自己公认为他配得上她，那是连想都不能想象的。"③尽管基蒂对列文也有好感。"幼年时代和列文同她亡兄的友情的回忆，给予她和列文的关系一种特殊的诗的魅力。她确信他爱她，这种爱情使她觉得荣幸和欢喜。她想起列文就感到愉快。"④但弗龙斯基的出现使她拒绝了列文的求婚。这对列文来讲无疑是一个沉重的打击。但列文并没有因此而一蹶不振，而是当晚看了哥哥尼古拉后，第二天一早离开莫斯科，傍晚就回到乡下。但三个月过去了，列文尽管把自己的精力都放在农事中，但还是不能平静下来。第一次求婚的失败对于32岁的有着强烈的自尊心的列文来说，无疑是一个很大的打击。除一次到莫斯科动员病重的哥哥尼古拉到外国治病外，他一直待在自己的庄

---

① 《列夫·托尔斯泰文集》第九卷，人民文学出版社2000年版，第29—30页。
② 同上书，第73页。
③ 同上书，第30页。
④ 同上书，第62页。

园。在这里，他除读书外，还写了一部论述农业的著作。这样，"虽然孤独，或者正因为孤独，他的生活是格外充实的"①。奥布隆斯基来访，把基蒂被弗龙斯基冷淡而大病一场，出国疗养的事告诉他，他感到"快意"。但当奥布隆斯基把卖森林的事说给他听时，他禁不住指责挚友："这样你简直等于把你的树林白白送掉了……因为那座树林每俄亩至少要值五百卢布……你数过树了吗……我知道你的树林……你的树林每俄亩值五百卢布现金，而他却只给你二百卢布，并且还是分期付款。所以实际上你奉送给他三万卢布。"② 在里亚比宁来办手续时，列文以"我买这座树林"逼得奸商里亚比宁立刻把钱交给了奥布隆斯基，为朋友挽回了一些损失。这件事中我们看到了列文的精明能干，当然也反衬了奥布隆斯基的没落无能。

列文到农场视察，得知他早已吩咐要修理的农具等竟然还没有动手修理，就批评管家。管家向列文埋怨道："这些农民你拿他们真没有办法呢！"列文当即生气地说："没有办法的倒不是那些农民，而是这位管家！"③ 不难看出，列文完全是站在农民一边的。农民们都喜欢列文，"把他当做一位朴实的老爷（他们的最高的赞辞）"④。

列文热爱体力劳动，他和农民一道刈草，吃着他们简单的食物，和他们一道在草堆上过夜。他体验到劳动的快乐。由于劳动和农民接近，加深了他对他们的了解，大大改变了他对于他所经营的农事的看法。一次，在去拜访他的友人斯维亚日斯基路上，因要喂马，车停在一个富裕的农民家。这家人靠勤劳和节俭致富。这是一个无忧无虑的幸福的家庭。"满面红光的老人""高大健壮的汉子""年轻美貌的少妇"给列文的感受都是充满了勃勃生机的，以致勾起了他一度产生过的"娶一个农家女"⑤ 的想法。这不难看出他对农民的感情。

列文是一个重面子和骄傲的人。基蒂回国后住在奥布隆斯基的庄园里。当列文看到坐在马车里的基蒂时就"感到他爱着她"。虽然两地相距

---

① 《列夫·托尔斯泰文集》第九卷，人民文学出版社 2000 年版，第 200 页。
② 同上书，第 219 页。
③ 同上书，第 31 页。
④ 同上书，第 419 页。
⑤ 同上书，第 363 页。

只有30里地,"他想要和她见面,却又不能"。他拜访多莉的时候,多莉"曾经劝他再来,来向她妹妹重新求婚,而且她意思之间好像现在她妹妹一定会接受他的要求"。但"他却不能到那里去。他向她求过婚,而她拒绝了他,这件事,就在她和他之间设下了一道难于逾越的障碍"。他认为,"我不能够仅仅因为她不能够做她所爱慕的男人的妻子,就要求她做我的妻子"①。后多莉写信给他,要向他借一副马鞍给基蒂用,并说"我希望您亲自给我们送来"。多莉的用意是很清楚的,就是给他创造与基蒂见面的机会。但列文认为"这是他所不能忍受的。一个聪明体贴的女人怎么可以使她妹妹处于这样一种屈辱的境地呢!"列文认为多莉这样做对基蒂是一种侮辱,而且,他借送马鞍去见基蒂也是丢人的。因此,"他没有回信,而且带着一种好像做了什么丢人的事一样的心情,把马鞍送去了"②。第二天,他把感到厌烦的一切农事交给了管家后,"就出发到一个遥远的县里去看望他的友人斯维亚日斯基"去了。

一次,列文到莫斯科,和卡列宁住同一旅馆,他们一同受邀参加了奥布隆斯基的家宴。入席之前,列文看到了基蒂。基蒂主动向他打招呼:"我们好久没有见面了啊!"并"带着毅然决然的态度用她冰冷的手紧握住他的手"。列文闪耀着幸福的微笑说:"您没有看见我,我倒看见了您呢,您从火车站坐车到叶尔古绍沃去的时候我看见了您……"当他又一次回答基蒂惊异的问话时,"感觉到他快要因为他心中洋溢着的欢喜而哭起来"。并否定了自己在送马鞍那件事上"不纯洁"的念头:"我怎么敢把不纯洁的念头和这个惹人怜爱的人儿联系在一起呢!是的,看来达里娅·亚历山德罗夫娜列对我说的是真话。"晚宴后,他和基蒂终于单独见面,当基蒂用粉笔写了"只要您能忘记,能饶恕过去的事"时,列文激动地写了"我没有什么要忘记和饶恕的;我一直爱着您"③。在他们的谈话中,一切都说了:"她说她爱他。"两人经过了波折,有情人终成眷属。他们举行了盛大的婚礼,婚礼的当天他们就到乡下去了。

---

① 《列夫·托尔斯泰文集》第九卷,人民文学出版社2000年版,第419页。
② 同上书,第420页。
③ 同上书,第519页。

在婚姻的磨合期,"他们感到特别紧张,好像把他们系在一起的那条链子在从两端拉紧。……他们结婚后头一个月,由于习惯,列文对于这一个月是抱着很大的期望的——不但不是甜蜜的,而且是作为他们生活中最痛苦最屈辱的时期留在两人的记忆里。……在那段时期内,他们两人都很少有正常的心情,两人都不大能控制自己。直到他们婚后的第三个月,他们在莫斯科住了一个月回家以后,他们的生活才开始进行得比较顺利了"①。夫妻俩相亲相爱。每当列文在写作的时候,基蒂就坐在书房的沙发上刺绣,而列文在思考写作时,因"时时刻刻高兴地意识到"妻子就在自己面前。这真有点中国人所谓的"红袖添香伴读书"的味道。列文并没有因为新婚而"放弃农事上的工作,也没有放弃著述工作","但是正像以前这些事业和思想与笼罩着整个生活的阴影比较起来,在他看来是微不足道的一样,现在它们与浸浴在光辉灿烂的幸福中的未来生活比较,同样也显得是微不足道的。他继续搞他的工作,但是现在他觉得:……以前,这工作在他是一种逃避生活的手段。以前,他觉得假如没有这种工作,生活就太阴郁了。而现在这些事业对于他之所以是必要的,却是为了使生活不至于明朗得太单调了"②。列文也为"三个月过去了,自己从来没有这样懒散地虚度过时光"而自责,他认为这不是基蒂的过错。"我自己应当坚强一点,保持我的男子的独立性。要不然,我就会养成这样的习惯,并且使得她也习惯于这样……"③他对基蒂"除了对装饰"等"有兴趣以外,她没有别的真正的兴趣了。无论对我的工作,对田庄,对农民也好,无论对她相当擅长的音乐也好,对读书也好,她都不感兴趣。她什么也不做,就十分满足了"而"在心里责备她,却不了解她正在准备……又要做丈夫的妻子,做一家的主妇,还要生产、抚养和教育小孩……她正在快乐地筑着她的未来的巢"④。

列文非常关心自己的妻子。接到哥哥尼古拉病危的信后,他决定第

---

① 《列夫·托尔斯泰文集》第十卷,人民文学出版社 2000 年版,第 625 页。
② 同上书,第 627 页。
③ 《列夫·托尔斯泰文集》第九卷,人民文学出版社 2000 年版,第 630 页。
④ 同上书,第 630—631 页。

二天自己一人去看望哥哥。基蒂尽管在国外温泉时对尼古拉印象极坏，但她认为："我丈夫的哥哥快要死了，我丈夫要去看他，我也要跟我丈夫一同去……"列文担心信里所说的那个地方"天知道这是到什么地方去，要走什么样的路，要住什么样的旅店……"还有尼古拉身边的"那个女人在那里……怎好跟她接近"①。列文不让基蒂去，完全是担心妻子受不了。列文对妻子的关心还表现在基蒂有时使点小性子，他总是容忍并迁就她。如列文探访安娜回来说了几句安娜的好话，基蒂就不得了。说列文"爱上那个可恶的女人了！她把你迷住了！……我明天就动身！""列文很久都劝慰不好他妻子。最后他认错说他喝了那些酒以后，一种怜悯心使他忘其所以，因而受了安娜的狡猾的诱惑，并且说他今后一定要避开她，总算才把她安慰得平静下来。"②

列文应奥布隆斯基的邀请去看望安娜，列文不仅被安娜的画像所吸引，更为安娜所吸引，他们一个话题转一个话题的谈话，列文"一直在欣赏她；她的美貌、聪明、良好的教养，再加上她的单纯和真挚。他一边倾听一边谈论，而始终不断想着她，她的内心生活，极力猜测她的心情。而他，以前曾经那样苛刻地批评过她，现在却以一种奇妙的推理为她辩护。替她难过，而且生怕"弗龙斯基"不十分了解他"③。他对奥布隆斯基说："一个非同寻常的女人！不但聪明，而且那么真挚……我真替她难过哩。"④ 安娜脸上"闪烁着幸福的光辉和散发着幸福的神情"表现了安娜不仅要自己幸福，而且也想让所有人都能得到幸福，分享她的幸福愿望正是列文所探索的"以人人富裕和满足来代替贫穷；以和谐和利害一致来代替互相敌视"⑤ 的贵族不没落、农民不贫困的人人幸福的社会理想。可见，他们的追求是完全一致的。不难看出，整个《安娜·卡列宁娜》中，真正能够了解安娜的，能够透视她那丰富葱茏的内心世界的只有列文一人。而列文能了解安娜的主要原因就在于他们有着共同的追求。也许就是在这一点上，形成了"拱形结构"的拱顶。

---

① 《列夫·托尔斯泰文集》第十卷，人民文学出版社2000年版，第633页。
② 同上书，第911—912页。
③ 同上书，第908页。
④ 同上书，第909页。
⑤ 《列夫·托尔斯泰文集》第九卷，人民文学出版社2000年版，第447页。

英国作家高尔斯华绥指出:"列文的形象——毫无疑问,是一幅自画像,或者,至少是托尔斯泰在那个时期所特别关心的他本人的一些性格特征的反映。显而易见,在描述列文的农村生活的那些章节里,写的正是托尔斯泰开始在深深思考生活的意义和发挥章节'农民'生活哲学的时候他本人的探索、感情和情绪。"①

列文的形象是第三草案里才出现的。如果按作家最初的设想,只是写一部带"私生活"色彩的小说,其中心是"一个不忠实的妻子以及由此而发生的全部悲剧"。恐怕列文这条重要线索是不会出现的。正是由于列文这条线索的出现,才把安娜的悲剧放到了一个更为广阔的背景上展示,使作家"家庭的思想"成为列文探索的一个有机组成部分,从而使作品规模宏大,带有百科全书性质。"列文进入小说是在作品基本思想已经成熟,是在作者需要一个什么样的人物来实现总的思想观念中一个主要问题已经明确的创作时期。……这个人物一出场,作者就告知读者:涅拉道夫(未来的列文)正在从事著述和制订改善农民生活的计划。他匆匆忙忙地从莫斯科回到农村,又从农村'只带上写好的著作'去莫斯科。他打算献身地方自治运动,但是,他明白,'真正的地方自治活动……俄罗斯还不可能有,而唯一的活动是研究俄国的思想'。"这个形象出现的时候,"和长篇小说的情节几乎还没有任何一点牵连,然而,在《安娜·卡列尼娜》总主题里他的地位却已经完全明确了"②。这样,正如陀斯妥耶夫斯基所指出的:在这部长篇小说里,"所有我们俄国现有的一切政治的和社会的问题都集中在一个焦点上"③。托尔斯泰在列文身上赋予了许多自传性的特点。正如他的传记作家尼·古谢夫在《才华鼎盛时期的托尔斯泰(1862—1877)》中所讲的那样:"列文关于女人的爱情和家庭生活的理想,哥哥的死所引起的他那令人震撼的行动:这一切作者都取材于自己。列文和吉提间关系的许多细节——诸如用粉笔来讲解开头的那些字母、朗读他那单身汉日记、结婚那天产生的恐惧和想逃跑的念

---

① 《欧美作家论列夫·托尔斯泰》,中国社会科学出版社1983年版,第186页。

② 日丹诺夫:《安娜·卡列尼娜创作过程》,雷成德译,内蒙古人民出版社1980年版,第101页。

③ 《托尔斯泰全集》第九十卷,莫斯科,1958年,第191页。

头、夫妇生活开头几个月的特点以及其它等等——描写得都跟当初列夫·尼古拉耶维奇对待先是作为他的未婚妻，后来成了他妻子的索菲娅·安德烈耶夫娜的关系非常相似。"①

"路漫漫其修远兮，吾将上下而求索。"② 我国古代伟大诗人屈原《离骚》中这句名言用在托尔斯泰身上是再适合不过了。托尔斯泰的一生，就是探索真理，上下求索的一生。

费·柯罗连科引用莱辛的话："如果上帝用一只手递给我的是绝对的知识，而用另一只手递给我的只是对真理的追求，并且说：你挑选吧！那我马上就会回答说：'主啊，不！绝对的知识，万古不变的知识，你自己留下吧，请把神圣的求知欲和永不停息的、热诚的追求赐给我吧。'"后接着写了一句："列·尼·托尔斯泰就是这种追求——不安的、无私的、不倦的和感人的追求——的光辉代表。"③ 列文爱好精神探索这一特点，就是托尔斯泰的这种探索精神的本质体现。列文的沉思、消沉、谬误以及他那种种新的、更新的探索——这都是托尔斯泰本人所固有的、有机的本质特点。托尔斯泰长期生活在农村，作为后来成为宗法制度农民的忠实代言人的他，最关心的是农民问题。在19世纪70年代的社会大变动中，他目睹了贵族之家的衰败、农民破产和贫困的加剧以及宗法制农村全部旧秩序的破坏。这一切，究竟是什么原因造成的？如何才能使这种情况不再发展下去？这正是托尔斯泰通过列文形象所探索的中心问题。列文说："现在，在我们这里……一切都已颠倒过来，而且刚刚开始形成的时候。"④ 这不多几个字，形象深刻地反映了俄国当时的历史特点。列宁在《托尔斯泰及其时代》这篇光辉论文中讲到1861—1905年这段时期的特点时说：托尔斯泰借列文之口，"非常明显地表现出这半个世纪中俄国历史的转移在什么地方"。"对于1861—1905年这个时期，很难想象得出比这更恰当的说明了。"⑤ "一切都已颠倒过来"，指的就是农奴制改革后俄国社会翻天覆地的变化。"颠倒过来"的东西就是农奴制度以及与

---

① 贝奇柯夫：《托尔斯泰评传》，吴均燮译，人民文学出版社1981年版，第335页。
② 李实等：《屈原与"离骚"》，中国少年儿童出版社2001年版，第31页。
③ 《俄国作家批评家论列夫·托尔斯泰》，中国社会科学出版社1982年版，第219页。
④ 《列夫·托尔斯泰文集》第九卷，人民文学出版社2000年版，第427页。
⑤ 《马克思、恩格斯、列宁、斯大林论文艺》，人民文学出版社1958年版，第108页。

之相适应的整个旧秩序。这是人们较为熟悉的。而"刚刚开始形成"的东西——资本主义,却是广大人民群众完全陌生的。即使是对社会问题非常敏感的托尔斯泰,也只是模模糊糊地觉得这个东西是一个"像英国那样吓人的怪物"。托尔斯泰害怕它、憎恶它。他第一次到西欧考察的时候,对所谓资本主义文明的实质已深有感受。在1875年写的《卢塞恩》中,他揭露道:认为"文明"为幸福,是一种"臆想的知识",它会"消灭人类天性中那种本能的最幸福的原始的对于善的需要"。托尔斯泰闭着眼睛,不愿意正视和考虑在俄国"开始安排"的东西正是西方的资本主义制度。

究竟怎样安排俄国的未来?这是托尔斯泰这个时期所要探索的重要问题,也是他通过列文形象所要解决的中心问题,列文作为一个拥有三千亩土地的大地主,恪守俄国宗法制的原则,本能地、自觉地维护本阶级的利益。对于像他的老同学奥布隆斯基公爵那样的为求肥缺,竟在一个犹太佬接待室里被冷落了两个小时的不善管理自己的田产而靠廉价出卖妻子的陪嫁过活的贵族地主的没落,他感到懊恼和痛苦。列文不同于当时的一般贵族地主,他个性顽强,严肃正派,善于管理自己的田庄,思想上也有改革的愿望,但毕竟是保守的。他对农奴制改革后俄国农村的经济状况忧心忡忡。他最关心农民的命运,认为农民没有土地,却在养活整个俄国是不合理的。他长期生活在农村,亲眼看到农民紧张而辛勤的劳动。他们毫无间歇地工作,一天睡不上两三个小时,但生活却十分艰苦,喝的是克瓦斯,吃的是葱和黑面包。农奴制改革后农民的命运,正如他哥哥尼古拉对他所言:"我们的工人和农民担负着全部劳动的重担,而他们的境地是,不管他们做多少工,他们还是不能摆脱牛马一般的状况。劳动的全部利润、全部剩余价值都被资本家剥夺了。而社会就是这样构成的:他们的活儿干得越多,商人和地主的利润就越大,而他们到头来还是做牛马……农民还跟以前一样是奴隶。"[①] 作为一个有良知的地主,列文常常感到自己在农民面前是有罪的。和人民的贫困生活相比,他认为自己的富有"显得多么不公平"。农奴制改革已十几年了,但除极少数人从破产的农民手中购得土地,"达到相当的地位"外,绝大多

[①] 《列夫·托尔斯泰文集》第九卷,人民文学出版社2000年版,第116页。

数农民并没有摆脱贫困。农奴制改革时曾在地主苛刻的条件下得到土地的农民，因没有能力来利用它，许多人又失去了土地，流落到城镇。向前发展的资本主义摧毁了农民宗法制习俗的同时，也瓦解了贵族地主的经济。新兴的资产阶级从贵族地主手中廉价地购买了大量土地。针对这种情况，列文从保守的地主立场出发，坚决反对俄国走西方的资本主义道路。他认为西方社会形成的县地方自治局在俄国只不过是县里结党营私的"工具"。他在自己的论文中论述了俄国农业不振和贫穷的原因："不但是由于土地所有权分配不公平和错误的政策引起的，而且近来促成这种结果的是反常地往俄国引进外国文明，特别是交通工具，像铁道，它促使人口集中于城市，助长奢侈风习，因而招致工业、信用贷款和伴随而来的投机业发展起来——这一切都损害农业。"[①] 他认为一个国家的财富应当"按一定的比例增长"，"特别应当做到不致于使农业以外的富源超过农业"。在他看来，"当一个国家的财富发展很正常的时候……农业已经处于正常的，至少是很稳定的状态的时候，才会发生……一个国家的财富应当按一定的比例增长，特别应当做到不至于使农业以外的富源超过农业……交通工具应当和农业上的一定状况相适应……不是由于经济的需要，而是由于政治上的需要而建筑起来的铁道，来得过早，不但没有像人们期待的那样促进农业，反而和农业竞争，促进工业和信贷的发展，结果倒阻碍了农业的发展……信贷、交通工具、工业活动——这些在时机成熟的欧洲无疑是必要的——在俄国却只会造成危害，因为它们把当前最重要的农业整顿问题抛到一旁去了"[②]。他甚至认为西方的农业机械化在俄国也是根本行不通的，因为俄国的农民出于自身的国民性，只有用他们自己特有的方法才愿意工作，而且才工作得好。他强调俄国的特殊性，认为俄国处于"规律之外"。从外国考察回来，他对奥布隆斯基谈到解决劳工问题的意见时说："在俄国不会有劳工问题，在俄国，问题在于农民与土地的关系。"[③] 在俄国，只有靠降低农业水平，使农民对农业发生兴趣，才能提高农业生产。他甚至否定教育，认为教育对农民

---

① 《列夫·托尔斯泰文集》第十卷，人民文学出版社2000年版，第627—628页。
② 同上书，第628页。
③ 《列夫·托尔斯泰文集》第九卷，人民文学出版社2000年版，第489页。

毫无用处，无非使他们"更加狡猾"。

列文主张贵族接近农民，但他实际上也并不真正了解农民。对列文说来，"农民只是共同劳动的主要参与者，而且虽然他对农民抱着尊敬和近乎血缘一般的感情，——如他自己所说的，那种感情多半是他吸那农家出生的乳母的乳汁吸进去的——虽然他作为一个共同工作者，常常赞叹这些人的气力、温顺和公正，但是当共同劳动要求别的品质的时候，他对农民的粗心、懒散、酗酒和说谎，就往往激怒了"①。他甚至说不出自己喜不喜欢农民，他对农民恰如他对一般人一样，又喜欢又不喜欢。"他不能把农民当成什么特殊的人物来爱憎，因为他不只是和农民在一起生活，和他们有密切的利害关系，同时也因为他把自己看成农民中的一分子，没有看出自己有什么与众不同的优缺点，因此不能把自己和他们对照起来看。"农民信赖他，从40里远的地方来找他求教，他和农民保持密切关系生活这么多年，但对农民还是没有固定的看法。他反对公益事业。一次，关于公益事业问题他和哥哥发生了激烈的争论。他说："也许这都的很好的；但是我为什么要为设立医疗所和学校这些事操心呢？医疗所对于我永远不会有用处，至于学校，我也决不会送我的儿女上学校去读书，农民也不见得愿意送他们的儿女上学校去。"当谢尔盖说"会写字的农民像工人一样对你更有用，更有价值"时，列文说："会读书写字的人做工人更坏得多。修路不会；修桥梁的时候就偷桥梁。"他不承认公益事业是好的，也不承认是办得到的。他激昂地对哥哥说："我以为我们一切行动的动力终究是个人的利益。我作为一个贵族，在现在的地方制度里面看不出有什么东西可以增加我的福利。道路没有改善，而且也不会改善；在坎坷不平的路上我的马也可以载我奔跑。我不需要医生和医疗所；我不需要治安官，我决不求助于他，也决不会求助于他。学校对于我不仅没有好处，反而有害……"②

在时代的大变动中，地主和农民之间的尖锐对立和残酷斗争不仅没有缓和，反而越演越烈。如何解决他们之间的矛盾，这是萦绕在列文脑海里的久久不能解的重大问题，当然也是一直困扰着托尔斯泰的重大问

---

① 《列夫·托尔斯泰文集》第九卷，人民文学出版社2000年版，第313—314页。
② 同上书，第325页。

题。托尔斯泰早在 19 世纪 50 年代中期就探索过这个问题。《一个地主的早晨》（1856）就是探索这个问题的艺术见证。青年地主聂赫留朵夫辍学回家，在自己的庄园里实行农事改革，减租减役，试图改善和农民的关系，当个"好主人"，但农民出于长期痛苦的经验，根本不信任地主，唯恐上当，主人公的改革只能以失败告终。作品意在告诉读者，只要农奴制存在一天，无论开明地主采取什么措施，都无法改变农民的贫困处境，也无法消除地主和农民之间的对立。农奴制废除后，地主和农民之间的关系能不能解决？用什么方法解决？这是托尔斯泰通过列文形象所探索的问题。列文对这个问题的探索，是聂赫留朵夫探索的继续和深入。这是那个时代的中心问题，列文"一生中再也没有比这更令他感兴趣的事情了"。

为这个问题，他紧张而艰苦地四处求索，很少出去打猎，甚至没有给多莉回信（这是他"一想起来就要羞得脸红的无礼举动"）。他一遍又一遍地读一味肯定西欧的斯维亚日斯基借给他的书，摘抄有关材料；读有关这个题目的政治经济学和社会主义的书籍。但两种书籍都没有告诉他关于处理地主和农民关系的答案，"甚至连一点暗示都没有"。列文不仅读书，还准备出国考察，甚至完全站到农民立场上考虑问题，经过长时间的上下求索，他得出这样一个结论：尽管俄国有"出色的土地，出色的劳动者"，但"在大多数场合，当资本是以欧洲的方式使用的时候，产量就很少"。这完全是因为俄国农民"只有用他们自己特有的方法"才愿意劳动，才劳动得好，农民和贵族地主之间的敌对"并不是偶然的，而且是永久的，是人民本性中根深蒂固的"[①]。

尽管如此，列文并没有放弃努力，他主动积极地去改善和农民的关系，从道德修养出发，他尽量接近农民，甚至和他们一起劳动，吃农民简陋的食物，喝他们自己酿的酒。与农民一起割草，使列文更和农民接近。劳动洗涤了他身上那些贵族习气，让他忘记了求婚失败带来的痛苦与羞愧，忘记了他与哥哥之间的不快。尽管他满身是汗，"背部和胸膛弄得又脏又湿"，但一闯进他哥哥房间，就欢快地告诉哥哥："我们把整个

---

① 《列夫·托尔斯泰文集》第九卷，人民文学出版社 2000 年版，第 466 页。

草场都割完了！真是好极了，妙极了啊！"① 列文进一步感慨地对哥哥说："好极了！你真想象不到这对各种各样的愚行是多么有效的灵丹妙药。我要用一个新辞劳动疗法来增加医学的词汇。"② 这里不难看出，列文已经把体力劳动看成一剂治疗各种精神疾病和愚蠢行为的灵丹妙药，什么爱情上的不如意、精神上的不愉快、生活中的不幸福等都可以通过体力劳动来治疗。因此，他要把自己发明的"劳动疗法"作为一个新名词加到医学的词汇中。列文是那样的愉快，就连与他对社会问题看法不一致的谢尔盖也受了感染，"不想离开他那容光焕发、生气蓬勃的弟弟了"。赫拉普钦科指出：列文和农民一块劳动"这个场面的意义首先在于表达了一个第一次参加到一大批人的劳动洪流之中的人所获得的新鲜而鲜明的印象。一个'新'参加劳动的人既能够特别敏感地感觉到这种活动要求作出的巨大努力，也能够感觉到在紧张劳动之后，当学会的方法、掌握了熟练技巧时所产生的那种真正的欢乐。这个割草的画面贯穿着一种由于一起干活干得很顺手而出现的内心的兴奋，充满着由于劳动的目标一致和动作协调而引起的内部团结的感情"③。

经过长期不懈的艰苦探索，他天真地认为，地主和农民之间的对立只有通过合作的方式才能解决。他的改革计划是让农民以"股东"的身份参加农业管理和劳动，即地主出土地，农民出劳动力，大家合伙经营，共分红利。列文认为这样做能调动双方的积极性，不仅能使农民摆脱贫穷，而且贵族地主不致于没落。他兴致勃勃地阐述自己的改革理想："以人人富裕和满足来代替贫穷；以和谐和利害一致来代替互相敌视。一句话，是不流血的革命，但也是最伟大的革命。"他对自己的改革计划充满了信心，认为"只要坚定不移地"朝着这个目标前进，"就一定会达到目的"。他还认为这不是他"个人的事，是关系公共福利的事"。因此，"先从我们的小小的一县开始，然后及于一省，然后及于俄国，以至遍及全世界"④。他为自己"居然会是这种事业的创始人"而感到自豪和陶醉。

---

① 《列夫·托尔斯泰文集》第九卷，人民文学出版社2000年版，第336页。
② 同上书，第338页。
③ 赫拉普钦科：《艺术家托尔斯泰》，刘逢祺、张捷译，上海译文出版社1987年版，第225页。
④ 《列夫·托尔斯泰文集》第九卷，人民文学出版社2000年版，第477页。

很显然,列文这种改革理想是违背历史发展的规律的。他想寻求一条折中的道路,即在不取消地主土地所有制的情况下搞合股经营共分利益的农村合作小组来解决地主与农民之间的残酷斗争和尖锐对立。这当然只是幻想。不仅绝大多数农民对他的方案不感兴趣,就连他的哥哥尼古拉也嘲笑他:"你并不想要组织什么;这只不过是你一贯地想要标新立异,想要表示你并不只是在剥削农民,而且还抱着什么理想。"[①] 实际上,列文的计划从很大程度上讲是从贵族地主自身利益考虑的。正如他向管家婆阿加菲娅坦率承认的那样:"我不是为他们(农民)操心,我这样做是为了我自己。"有一次,他和奥布隆斯基打猎后在农舍过夜。当奥布隆斯基讲到在铁路大王马尔图斯庄园饮宴的情况时,列文说马尔图斯是用"人人都瞧不起的手腕发财致富","凡是用不正当的手段、用投机取巧而获得的利润都是不正当的"。奥布隆斯基当即指出:"我拿的薪金比我的科长拿的多,虽然他办事比我高明得多,这是不正当的吗?"列文无言以答。奥布隆斯基进一步指出:"你在经营农业上获得了,假定说,五千多卢布的利益,而我们这位农民主人,不管他多么卖劲劳动,他顶多只能得到五十卢布,这事正和我比我的科长收入得多,或者马尔图斯比铁路员工收入多一样的不正当。"列文承认这"是不公平的"。奥布隆斯基说:"你感觉到了,但是你却不肯把自己的产业让给他。"列文说:"我觉得我没有权利让出去,我觉得我对我的土地和家庭负着责任。"奥布隆斯基指出:"如果你认为这种不平等的现象是不公平的,那么你为什么不照着你所说的去做呢?"列文回答:"我就是这样做的,不过是消极的,就是说,我不设法扩大我和他们之间的差别。"奥布隆斯基当即指出这是"自相矛盾的话"。和他们一起打猎的韦斯洛夫斯基也指出这是"强词夺理的解释"。奥布隆斯基一针见血地指出:"二者必居其一:要么你承认现在的社会制度是合理的,维护自己的利益;要么就承认你在享受不公正的特权,像我一样,尽情享受吧!"[②] 列文当然不能在不公正的特权下尽情享受这种利益,他说:"至少我不能够,对于我,最主要的,是要觉得问心无愧。"他不能不承认奥布隆斯基讲的是正确的。"难道消极地就可以算

---

① 《列夫·托尔斯泰文集》第九卷,人民文学出版社 2000 年版,第 456 页。

② 《列夫·托尔斯泰文集》第十卷,人民文学出版社 2000 年版,第 765 页。

公正了吗?"这个问题一直萦绕在他心头。这时,尽管他已建立了幸福的家庭,但由于他信心十足的农事改革计划因农民不买账而告吹,最终还是一事无成,加之一些无法解决的矛盾折磨着他,他极为苦闷,以致否定一切理想,坠入虚无主义,悲观主义的深渊。正如赫拉普钦科所说:"在许多事情上到处碰壁的列文,被描写成一个非常幸福的丈夫和父亲。对他的家庭幸福的描写没有丝毫感伤的情调;这种严格要求的幸福因此也是真正的、巨大的幸福。但是这种幸福并不是列文的一切愿望的完满实现。……在列文生活最幸福的时候,痛苦的沉思和怀疑开始不断地折磨他。"[1] 他不知生从哪儿来,为了什么目的,如何来的,它究竟是什么。他甚至自言自语:"不知道我是什么,我为什么在这里,是无法活下去的……"[2] 他几次濒于自杀的境地,以至把绳子藏起来,不敢携带枪支,唯恐自杀。列文的精神危机已达到何等严重的程度?而这,也正是当年托尔斯泰精神面貌的写照。

是宗法制农民费奥多尔的话把列文从惶惶不可终日的精神危机中解放出来。费奥多尔和列文谈到一个叫普拉东的人品很好的富裕农民时,说他不会剥削别人。"他为了灵魂而活着。他记着上帝。""人活着不是为别的,而是为了灵魂和上帝。"这就是列文所得到的启示。他高兴地感到他心中起了一种新奇的重要变化。"现实只不过暂时遮蔽了他所得到的精神上的平静;但是那种平静仍旧完整地留在他的心里。"他不再追求什么,认为现在自己的生活"具有一种不可争辩的善的意义"。

卡列宁的形象

卡列宁在俄国伟大现实主义作家托尔斯泰的巨著《安娜·卡列宁娜》中,比起安娜、列文来,是一个次要人物,但却是一个塑造得有血有肉的真实可信的关键性的人物。对这个形象的看法,关系到对安娜等形象的客观准确的评价。大概是由于对安娜不幸婚姻的同情吧,历来形成一

---

[1] 赫拉普钦科:《艺术家托尔斯泰》,刘逢祺、张捷译,上海译文出版社1987年版,第223页。

[2] 《列夫·托尔斯泰文集》第十卷,人民文学出版社2000年版,第1025页。

种看法，认为安娜的丈夫卡列宁是一个不值得同情的人物，有的甚至说他是一个"代表臭气熏天的上流社会与安娜正面冲突"①的人物。我们评价文学形象，当然不能离开时代和作家的实际，但更主要的依据是作品。离开作品本身想当然的去发挥一通，是不能令人信服的。对卡列宁的形象，近年来笔者有一些不同的看法。最近，再次阅读人民文学出版社出版周扬翻译的《安娜·卡列宁娜》，更坚定了自己的看法。笔者认为，卡列宁是一个悲剧人物。他不是坏人，"他们（卡列宁、列文、奥布朗斯基、弗龙斯基）当中没有一个人是坏人"②。在一定程度上（除政治的因素外），他也是值得人们同情甚至钦佩的人物。

安娜和弗龙斯基相见以前，可以说是一个贤妻良母，按贝特西公爵夫人的看法，是一个"过分严肃地对待生活"的贵妇。在上流社会享有很高的名声，她是卡列宁的骄傲。与弗龙斯基相遇前，她并没有对卡列宁表现出什么不满；只是与弗龙斯基相遇后，卡列宁在安娜心目中变了，不仅外貌缺乏风雅，而且性格极其虚伪。精神枯燥、感情贫乏、"只贪图功名，只想升官，这就是他灵魂里所有的东西，至于高尚理想，文化爱好，宗教热忱，这些不过是飞黄腾达的敲门砖罢了"③。总之，"他不是人，而是一架机器，当他生气的时候简直是一架凶狠的机器"④。不仅丝毫没有想过自己的妻子是"一个需要爱情的、活的女人"，"甚至在思想和感情上替别人设身处地着想是同阿列克谢·亚历山德罗维奇格格不入的一种精神活动"⑤。凭安娜个人对自己不满意的丈夫的指责，于是人们也就跟着指责起卡列宁来了。其实，这是不公平的。安娜的一面之词并不能作为对卡列宁客观正确评价的依据。即使和弗龙斯基相爱后，安娜也曾对卡列宁作过这样的评价："他毕竟是一个好人：忠实，善良，而且在自己的事业方面非常卓越。"⑥ 安娜产后病危时，发自内心地对自己的丈夫卡列宁作了这样赞美："他真是个好人啊，他自己还不知道他是个多

---

① 孟宪强：《外国文学》，河南人民出版社1988年版，第42页。
② 《欧美作家论列夫·托尔斯泰》，中国社会科学出版社1983年版，第2页。
③ 《列夫·托尔斯泰文集》第九卷，人民文学出版社2000年版，第271页。
④ 同上书，第249页。
⑤ 同上书，第190页。
⑥ 同上书，第146页。

么好的人呢。"① 安娜即使在对丈夫卡列宁极为反感时，也不得不承认：我"明知道他是一个善良的人，一个了不得的人，我抵不上他的一个小指头……"② 在其他场合，安娜还讲过卡列宁的许多好话。这又作何解释呢？有人认为卡列宁比安娜大二十岁，他们之间不可能有真正的爱情，卡列宁不道德。这似乎有一定道理。但老夫少妻古今中外都有，将来也不可能绝灭，老夫少妻中也不乏幸福的家庭。凭这点指责卡列宁也是不对的。更何况 17 岁的安娜嫁给 37 岁的卡列宁，完全是由安娜的姑母做主，卡列宁在这件事上并没有表现出什么主动性，更没有利用自己的权势。相反，他完全是被动的。其实，避开政治因素不谈，单就个人品质而言，卡列宁可以说是一个有着高尚道德情操的人。正如外界评价的："他是一个宗教信仰非常虔诚、道德高尚、正直、聪明的人。"③ 卡列宁从小是个孤儿，是他的叔父把他带大。他无论中学还是大学，成绩都非常优秀。他完全是靠着他自身的努力和叔父的帮助而成为优秀政治家的。他工作兢兢业业，不徇私情。因此，尽管他"交游很广，但却没有友谊关系……他可以和他们坦率地讨论别人的事情和国家大事；但是他和这些人的关系仅仅局限于给习惯风俗严格限定了的一定的范围，不能越出一步"④。这从某个角度讲，恰恰说明他不搞私人关系，不拉帮结伙。因而，在贪污当道、派系林立的彼得堡官僚圈里，他鹤立鸡群。难怪外界对卡列宁有着极高的评价，就连一个外国公使都认为"就是在欧洲也少有像他那样的政治家呢"⑤。

卡列宁"表面上虽然最冷静、最有理智"，但他却是一个感情丰富的人。卡列宁"一听到或看见小孩或是女人哭就不能无动于衷。看到眼泪，他就会激动起来，完全丧失了思考力"。正因为如此，从赛马场回家的路上，安娜把她和弗龙斯基的关系告诉了他，"随着就蓦地哭起来，两手掩面"。卡列宁"虽然心中对她产生了愤恨之情，但同时也感到了眼泪所照

---

① 《列夫·托尔斯泰文集》第九卷，人民文学出版社 2000 年版，第 536 页。
② 同上书，第 555 页。
③ 同上书，第 381 页。
④ 《列夫·托尔斯泰文集》第十卷，人民文学出版社 2000 年版，第 657 页。
⑤ 《列夫·托尔斯泰文集》第九卷，人民文学出版社 2000 年版，第 179 页。

常引起的那种情绪的激动"①。

卡列宁对爱情是忠贞专一的。他做省长时，当安娜的姑妈，"一个当地的富裕的贵妇人，把她的侄女介绍给"这个"虽已中年，但是作为省长却还年轻"的人时，"他犹豫了很久"，甚至想"离开这个地方"。后来安娜的姑妈通过一个熟人向他暗示："他既已影响了那姑娘的名誉，他要是有名誉心就应当向她求婚才对"时，他这才"求了婚"。一旦求了婚，卡列宁就"把他的全部感情通通倾注在他当时的未婚妻和以后的妻子身上"。并且，"他对安娜的迷恋在他心中排除了和别人相好的任何需要"②。卡列宁对妻子是信任的。有一次，安娜告诉丈夫，"彼得堡有一个青年，是她丈夫的部下，差一点向她求爱"时，卡列宁听了后却回答说："凡是在社交界生活的女人总难免要遇到这种事，他完全信赖她的老练，决不会让嫉妒来损害她和他自己的尊严。"③ 卡列宁不是个好猜疑的人。猜疑，他认为是对妻子的侮辱，而对妻子是应该信任的，他对她从没有不信任过。又如，赛马场上安娜那种不能自已的疯狂表演，使卡列宁痛苦万分。他"话特别多，只是他内心烦恼和不安的表现。就像一个受了伤的小孩跳蹦着，活动全身筋肉来减轻痛苦一样，阿列克谢·亚历山德罗维奇也同样需要精神上的活动来不想他妻子的事情"④。这说明卡列宁内心深处对妻子的爱，完全不像安娜所讲的他是一个没有感情的木头。只不过像他那种年龄和地位的人，善于用理智来克制罢了。最后，安娜背叛他，与弗龙斯基私奔，被弗龙斯基冷淡而绝望自杀后，卡列宁还是忠于丈夫的职责，参加了安娜的葬礼，带走了安娜和弗龙斯基所生的小女孩。卡列宁并不像其他上流社会的贵族老爷，如奥布隆斯基之流那样，背着自己的妻子到处拈花惹草。他忠于家庭，忠于丈夫的责任。只是由于公务的繁忙，他抽不出更多的时间来和年轻的妻子温存。加之他性格内向，长期活动在政坛上，37岁才结婚，这一切使得他丰富的感情只是深深地埋在心底，不易被人理解。正如赫拉普钦科所指出的那样："卡列

---

① 《列夫·托尔斯泰文集》第九卷，人民文学出版社2000年版，第364页。
② 《列夫·托尔斯泰文集》第十卷，人民文学出版社2000年版，第656—657页。
③ 《列夫·托尔斯泰文集》第九卷，人民文学出版社2000年版，第142—143页。
④ 同上书，第272页。

宁具有诚挚的感情和迸发的热情,虽然这样的感情很少表现出来。"① 这里,与其说是卡列宁从来没想到安娜是"一个需要爱情的活的女人",还不如说安娜更没有想到自己的丈夫是一个公务繁忙而性格内向的政治家。安娜正是由于缺乏对丈夫的了解,才会做出背叛丈夫和家庭的事来。

卡列宁是一个仁慈厚道的基督徒。安娜和弗龙斯基的关系弄得议论纷纷时,做丈夫的卡列宁并没有过多地谴责安娜,而是想到自己的责任:"她的感情问题是她的良心问题……我的义务是明确规定好的。作为一家之主,就是有义务指导她的人,因而我要对她负一部分责任;我应当指出我所觉察到的危险,警告她,甚至行使我的权力。我得明白地跟她说说。我是一家之长,我有义务指导她,我应当把我的意见向她说出来。"② 卡列宁的意见是什么呢?"第一,说明舆论和体面的重要;第二,说明结婚的宗教意义;第三,如果必要,暗示我们的儿子可能遭到的不幸;第四,暗示她自己可能遭到的不幸。"③ 卡列宁的这些考虑完全是站得住脚的。首先,谁都要面子,如果说要面子就是虚伪的话,人人可以不要脸了。更何况卡列宁这样有着较高社会地位和影响的人。对于这一点,苏联托尔斯泰研究专家赫拉普钦科指出:"卡列宁非常珍视自己作为'社会的'模范成员、模范基督教徒的名誉,他尽一切力量来保持这种名誉,而实际上对他所信奉的严格的道德体系的内在基础仍然采取冷淡态度。在家庭危机刚爆发时,使卡列宁感到不安的,甚至主要不是夫妻不和这个事实本身,而是这个事实可能对上流社会产生的印象。"④ 作为沙皇政府的高官,作为虔诚的基督教徒,他注意自己的名誉和面子有什么错!其次,卡列宁是一个虔诚的基督徒,他认为婚姻是严肃的、神圣的,在上帝面前发下的誓言绝不是儿戏。再次,为后代考虑,这是每个做父母的天职,任何一个离婚的家庭都会给孩子造成伤害,这是显而易见的事

---

① 赫拉普钦科:《艺术家托尔斯泰》,刘逢祺、张捷译,上海译文出版社 1987 年版,第 208 页。
② 《列夫·托尔斯泰文集》第九卷,人民文学出版社 2000 年版,第 190 页。
③ 同上书,第 191 页。
④ 赫拉普钦科:《艺术家托尔斯泰》,刘逢祺、张捷译,上海译文出版社 1987 年版,第 206—207 页。

实。最后，对妻子前途的关心，这是真爱的一种表现，后来的事实完全证明了卡列宁的预见。当安娜向他坦白了和弗龙斯基的关系后，尽管他认为妻子"没有廉耻，没有感情，没有宗教心，一个堕落的女人罢了"[①]，但他还是保持了高度的冷静，并没有采取过激的手段。相反，他对安娜没有仇恨，只有怜悯。他要以符合基督教义的"最好、最得体、最于自己有利，因而也是最正当"的方式来"抖落掉由于她的堕落而溅在他身上的污泥，继续沿着他的活跃的、光明正大的、有益的生活道路前进"[②]。

他开始考虑到决斗，但他认为，"我们的社会还是这样野蛮……有许许多多的人……把决斗看做很对的事……为了要确定自己与有罪的妻子和儿子的关系而谋杀一个人，有什么意思呢……我，一个无辜的人，会成为牺牲者——被打死或打伤。这就更没有意思了……我的朋友们不会让我决斗——不会让一个俄国所不可缺少的政治家的生命遭到危险，这一点我事先不是就知道的吗？结果会怎样呢？事先明明知道决不会有真正的危险，结果就成了好像我只是以这样的挑战来沽名钓誉似的。这是不正直的，这是虚伪的，这是自欺欺人"[③]。顺便提一下，许多文章认为卡列宁不愿决斗是怕死。从上段引文我们可以清楚地看出，卡列宁不愿提出决斗是他认为决斗是野蛮的，作为基督徒，他是不杀人的。更重要的是他这种地位的人一般是不允许去决斗的，既然明知不会去决斗，口头上还要去挑战，这就是一种虚伪，卡列宁从不虚伪。

进而又想到离婚，但卡列宁认为，"离婚的企图只会弄到涉讼公庭，丑声四播，给他的敌人们以绝好的机会来诽谤和攻击他，贬低他在社会上的崇高地位。他的主要目的是在息事宁人，这也不是离婚所能达到的。而且，假若离婚……妻子会和丈夫断绝关系，而和情人结合，这是很显然的。虽然他现在觉得他对妻子完全抱着轻蔑和冷淡的态度，然而在他的心底……不愿意看见她毫无阻碍地和弗龙斯基结合，使得她犯了罪反

[①] 《列夫·托尔斯泰文集》第九卷，人民文学出版社2000年版，第365页。
[②] 同上。
[③] 同上书，第367页。

而有利"①。这里面有点嫉妒,但也是合情合理的。

接着他又想到分居,但卡列宁认为"这个办法也和离婚的办法一样会损害名誉,而尤其要紧的是,分居也恰如正式离婚一样,会使他的妻子投到弗龙斯基的怀抱中去"。"我不应当不幸,但是她和他却不应当是幸福的。"②卡列宁所采取的这种态度,固然有惩罚安娜的意思,但这种惩罚是为了挽救安娜,不使安娜从犯罪的道路上滑下去,使家庭得以维持。卡列宁的这个决定是安娜怎么也想不到的,就是弗龙斯基也无法理解。他对安娜说:"我完全不明白他,假如你在别墅向他说明白了以后,他就和你断绝关系的话,假如他要求和我决斗的话……但是这个我可真不明白了:他怎么忍受得了这种处境呢?他分明也很痛苦。"③这恰恰说明卡列宁的境界高于弗龙斯基。安娜说:"他不是男子,不是人,他是木偶。谁也不了解他;只有我了解。啊,假使我处在他的地位的话,像我这样的妻子,我早就把她杀死了,撕成碎块了,我决不会说:'安娜,亲爱的!'他不是人,他是一架官僚机器。"④长期以来,很多人就是抓住这一点,大做文章,对卡列宁进行全面否定,认为他是一个虚伪的、不懂感情的"官僚机器"。其实恰恰相反,对这件事的处理刚好证明卡列宁不是木头,而是一个十分有头脑的人,是一个非常宽厚仁慈的人。如果卡列宁真像安娜所讲的,把妻子杀掉,甚至撕成一块块,就能显示他一个男子汉的气概,就是人而不是木头了吗?卡列宁杀了安娜,社会上会有什么看法?他们的孩子谢廖沙会有什么看法?卡列宁又将落得个什么样的结局?这不明摆着吗?就是现在,在我们文明的社会主义国家里,男人把不贞的妻子杀掉也是触犯刑律的。何况卡列宁是一个懂得法律的、理智的政治家,他怎么会像安娜想象的去干傻事呢?因此,安娜对卡列宁的这段发泄式的评论连弗龙斯基也认为"说得不对,说得不对呢"⑤。一个男人,特别是一个像卡列宁那样有显赫地位、有声望、有影响的男人,谁会不注意自己的名声,谁会愿意家丑外扬,同时因家庭的不幸而

---

① 《列夫·托尔斯泰文集》第九卷,人民文学出版社 2000 年版,第 368 页。
② 同上书,第 369 页。
③ 同上书,第 469 页。
④ 同上书,第 470 页。
⑤ 同上书,第 191 页。

第三章 《安娜·卡列宁娜》的形象体系　　163

葬送自己的事业？卡列宁做出"维持现状"的决定，意味着同意和默认妻子和情人幽会，他只是睁只眼闭只眼罢了，这对于一个男人来讲，是十分痛苦的，一般男人是无法做到的。家庭是社会的细胞，卡列宁作为当时统治阶级的一员，他为维护家庭而作出这样痛苦的决定，从一个角度来讲，也是够可怜的了。我们没有理由非要苛求他去杀人、决斗、离婚……而安娜越是向情人亲近（肉体和心灵的），就越是贬低丈夫卡列宁，在情人面前把卡列宁说得一无是处。这一方面是为了取悦情人；另一方面大概也是为了求得内心的平衡。因为她在追求爱情和幸福的过程中，一直是矛盾的。她多次承认自己是"有罪的"。和弗龙斯基第一次发生关系后，她喊道："天啊，饶恕我吧。"她临死前的最后一句话同样是："上帝，饶恕我的一切！"其实，她内心深处，一直对卡列宁有负罪感，即使在她探子临走时，她还对儿子说："谢廖沙，我的亲爱的！爱他；他比我好，比我仁慈，我对不起他……"① 因此，我们不能用安娜某个时候对卡列宁的看法来代替对卡列宁的客观评价。其实，安娜也并非一个十全十美的人物。托尔斯泰对这个人物的态度也是两重的。在作品的初稿中，作家把她写成一个破坏家庭正常生活的罪魁祸首，以后托尔斯泰在深入寻求都市家庭生活破坏的原因的过程中，随着对俄国社会的深入了解，尽管对男女主人公的态度有所改变，把女主人公写成受资产阶级思想影响因爱情觉醒而争取个性解放的先进人物。但对男主人公没有多大改变。初稿中的男主人公是一个心灵高尚的学者，尽管他觉得妻子"是个讨厌的女人"，但还是作了自我牺牲成全了她。这里，卡列宁也说过安娜是一个"完全堕落的女人"，但最后还是饶恕了她，并抱着无望的希望努力挽救她。相反，对女主人公破坏家庭和谐这方面作家一直是谴责的。托尔斯泰认为安娜为"情欲"所支配，破坏了家庭的和谐，结果毁灭了自己。作家在作品中写道："她主要关心的毕竟还是她自己，关于怎样博得弗龙斯基的欢心……她生活的唯一目的就是不仅讨他欢心，而且曲意奉承他。"这实际上指出安娜是自私的。安娜为了个人的幸福而抛夫弃子的行为是应该受到谴责的。故作家在开头的扉页上，引用《新约全书·罗马人书》第十二章十九节的话："伸冤在我，我必报应"作为全书的题

---

① 《列夫·托尔斯泰文集》第十卷，人民文学出版社2000年版，第694—695页。

词,即说明这一点。

安娜一方面对丈夫卡列宁的宽宏大度感到反感,但只要卡列宁当她的面对她的行为进行一点谴责时,她就认为卡列宁过火了,不厚道了。如安娜不顾卡列宁的规定,公开在自己的家里会见情人,卡列宁非常生气,针对安娜的强词夺理,讲了几句他从来也没有讲过而又完全是事实的话:"卑鄙!要是您喜欢用这个字眼的话,为了情人抛弃丈夫和儿子,同时却还在吃丈夫的面包,这才真叫做卑鄙!"① 安娜无言以对,因为她感到他的话十分正确,于是只低声说:"阿列克谢·亚历山德罗维奇!落井下石不但有失宽大,而且不是大丈夫的行为。"卡列宁说:"是的,您只顾想您自己!但是对于做您丈夫的人的痛苦,您是不关心的。您不管他的一生都毁了,也不管他痛……痛……痛苦……"安娜无言对答,一下子"眼泪夺眶而出"。她对卡列宁说:"阿历克赛·阿历山德罗维奇!打一个倒下的女人,这不仅有失厚道,而且不体面。"②

卡列宁看到安娜并不能遵从自己提出的条件——顾全丈夫的面子。于是只得去找律师,准备离婚了。他对律师说:"我不幸,做了受了欺骗的丈夫,我想依据法律和妻子脱离关系,就是说离婚,但是要使我的儿子不归他母亲。"③ 律师给他讲了有关离婚的一些问题,并告诉卡列宁:"两个人再也不能在一起生活下去……假如双方都同意这点……这是最简单最可靠的方法。"④ 卡列宁出于宗教的顾虑,否定了。律师说:"只有一个办法行得通:就是,由我获得的几封信证实的偶然的罪证……请考虑考虑吧……这种事情……是由教会来解决的;神父们对于这种事情顶喜欢盘根究底……信自然可以作为部分证明;但是法律上的罪证却必须是直接的,就是必须有人证才行……要得到结果,就要不择手段。"卡列宁听后,脸都发白了。最后,卡列宁对律师说:"我写信把我的决定通知您……一个星期之内。您是否愿意承办这件事,以及您的条件怎样,也请您把您的意思通知我。"⑤ 后卡列宁因公务出差而耽误了。

---

① 《列夫·托尔斯泰文集》第九卷,人民文学出版社 2000 年版,第 474 页。
② 同上书,第 475 页。
③ 同上书,第 478 页。
④ 同上书,第 480 页。
⑤ 同上书,第 480—481 页。

第三章 《安娜·卡列宁娜》的形象体系   165

　　妻子的丑闻无疑对卡列宁是一个沉重的打击。尽管如此，他并没有倒下，还是照常上班，处理日常事务。他要到遥远的外省出差。"启程之前，他正式退还了支付给他的到达目的地的十二匹驿马费。"这件事"引起了满城风雨"，就连贝特西和米亚赫基公爵夫人谈起这事的时候也说："我觉得这倒很高尚。"① 这也充分说明卡列宁是一个勤于政事的清正廉洁的官员。这一点，就连我们现在的许多官员也难于做到。

　　在路过莫斯科逗留期间，他接到安娜打来的电报，电文上写着："我快死了；我求你，我恳求你回来。得到你的饶恕，我死也瞑目。"② 他最初以为是个骗局，但当他重新读电文时，他又想到"假如是真的呢？假如真的，她在痛苦和临死的时候诚心地忏悔了，而我，却把这当作诡计，拒绝回去？这不但是残酷，每个人都会责备我，而且在我这方面讲也是愚蠢的"。他"决定回彼得堡去看妻子。要是她的病是假的，他就不说一句话，又走开。要是她真是病危，希望临死之前见他一面，那么如果他能够在她还活着的时候赶到的话，他就饶恕了她；如果他到得太迟了，他就参加她的葬仪"③。卡列宁不顾一路的疲劳，风尘仆仆地赶回彼得堡，并立即就去看安娜。当看门人告诉他太太"昨天平安地生产了"时，他"突然站住了，变了颜色。他这才清楚地领会到他曾多么强烈地渴望她死掉"④。卡列宁这一短暂的心理，向来被一些评论家作为论证卡列宁残酷的依据。其实，如果站在卡列宁的立场上，他产生这样的心理活动是不难理解的。他这样一个地位显赫的大官，竟然被妻子的丑闻搞得心神不宁，狼狈不堪。为了家庭，他忍辱负重，给了妻子那样大的自由，仅仅不要在自己家里接待她的情人这么一个可怜的要求她都做不到，卡列宁的愤怒是可想而知的。正因为如此，卡列宁才去找律师，要求离婚。如果安娜死了，一切问题都自然解决了，也用不着为离婚的事伤精费神。这种想法，是卡列宁对安娜最愤怒的心情下产生的。如果认真考虑到这些因素，我们也不会过于责难卡列宁了。

────────

① 《列夫·托尔斯泰文集》第九卷，人民文学出版社 2000 年版，第 483 页。
② 同上书，第 533 页。
③ 同上书，第 534 页。
④ 同上书，第 535 页。

卡列宁先遇到正在抢救安娜的女医生，医生不顾礼节地抓住卡列宁的手说："谢谢上帝，您回来了！她不住地说着您，除了您再也不说别的话了。"① 安娜为什么在意识到自己快死的时候除了丈夫卡列宁别的什么也不说呢？因为在这时候，她才真正想到丈夫的好，她最对不起的就是丈夫。卡列宁在安娜的起居室首先碰到的是两手捂着脸哭的弗龙斯基。看到弗龙斯基的眼泪，卡列宁"感到了每当他看见别人痛苦的时候心头就涌现的慌乱情绪袭上心来，于是把脸避开"。他走进寝室，走到床边看到面向着他，"两颊泛着红晕"，"容光焕发"，而且"处在最快乐的心境中"的安娜。听到安娜对自己的赞美："阿列克谢不会拒绝我的。我会忘记，他也会饶恕我……可是他为什么不来呢？他真是个好人啊，他自己还不知道他是个多么好的人呢……他还没有来呢。您说他不会饶恕我，那是因为您不了解他。谁也不了解他，只有我一个人……"② 安娜的痛苦，使得卡列宁"皱着眉头的脸现出了痛苦的表情；他拉住她的手……拼命克制他的激动情绪……每当他瞥视她的时候，他就看到了她的眼神带着他从来不曾见过的那样温柔而热烈的情感望着他"。安娜对他说："不要认为我很奇怪吧。我还是跟原先一样……但是在我心中有另一个女人，我害怕她。她爱上了那个男子，我想要憎恶你，却又忘不掉原来的她。那个女人不是我。现在的我是真正的我，是整个的我。我现在快要死了……我只希望一件事：饶恕我，完全饶恕我！……"③ 卡列宁饶恕了安娜，"一种爱和饶恕敌人的欢喜心情充溢了他的心"。"像小孩一样呜咽起来。"安娜把弗龙斯基叫进来，对他讲："露出脸来，望望他！他是一个圣人。"④ 卡列宁主动把手伸给弗龙斯基，同样饶恕了弗龙斯基，并要他在妻子的起居室留下来。第三天，卡列宁拉着弗龙斯基的手，讲了这么一段话：

> 我应当表明我的感情……您知道我决定离婚，甚至已开始办手

---

① 《列夫·托尔斯泰文集》第九卷，人民文学出版社 2000 年版，第 535 页。
② 同上书，第 536 页。
③ 同上书，第 537 页。
④ 同上书，第 538 页。

续。……在开始的时候……我起过报复您和她的愿望。当我接到电报的时候，我抱着同样的心情回到这里来，我还要说一句，我渴望她死去……但是我看见她，就饶恕她了。饶恕的幸福向我启示了我的义务……我要把另一边脸也给人打，要是人家把我的上衣拿去，我就连衬衣也给他……您可以把我践踏在污泥里，使我遭到世人的耻笑，但是我不抛弃她，而且我不说一句责备您的话……我应当和她在一起，我一定要这样。假如她要见您，我就通知您，但是现在我想您还是走开的好。①

卡列宁饱含泪水的眼睛，明亮、安详的目光，就连弗龙斯基这个花花公子也大受感动。"他不能理解卡列宁的感情，但他觉得这是一种崇高的、具有象他这种世界观的人所无法理解的感情。"② 从这件事，我们可以清楚地看出，卡列宁并不是一个不懂感情或没有感情的机器，恰恰相反，他是一个非常重感情和富有感情的活生生的人。无论自己受多大的痛苦和委屈，他不但饶恕了自己有罪的妻子，而且还宽恕了造成他和家庭不幸的第三者，这需要多大的胸怀。因此，只抓住安娜在特殊境况下对卡列宁指责的那些只言片语否定卡列宁是毫无道理和根据的，是与事实不符的。

卡列宁与他谈话后，弗龙斯基感到"他一切的生活习惯和规则，以前看来是那么确定的，突然显得虚妄和不适用了。受了骗的丈夫，以前一直显得很可怜的人，是他的幸福的一个偶然的而且有几分可笑的障碍物，突然被她亲自召来，抬到令人膜拜的高峰，在那高峰上，那丈夫显得并不阴险，并不虚伪，并不可笑，倒是善良、正直和伟大的……他们扮演的角色突然间互相调换了。弗龙斯基感到了他的崇高和自己的卑劣，他的正直和自己的不正直。他感觉到那丈夫在悲哀中也是宽大的，而他在自己搞的欺骗中却显得卑劣和渺小"③，以致开枪自杀。

卡列宁为妻子的"痛苦和悔悟而怜悯她。他饶恕了弗龙斯基，而且

---

① 《列夫·托尔斯泰文集》第九卷，人民文学出版社 2000 年版，第 539—540 页。
② 同上书，第 540 页。
③ 同上书，第 540—541 页。

很可怜他,特别是在他听到他的绝望行动的传闻以后。他也比以前更加爱惜他的儿子了……但是对于新生的小女孩,他感到的不只是怜爱,而且还怀着一种十分特别的慈爱感情……这婴儿在她母亲生病的时候被丢弃不顾,要不是他关心她的话一定会死掉……"① 卡列宁的这种基督博爱的心肠真是令人感动,就连自己妻子和情人所生的小孩他都如此关怀,"每天到育儿室去好几次,而且在那里坐很久,使得那些最初害怕他的奶妈和保姆在他面前都十分习惯了"②。如果说以前卡列宁因公务繁忙而忽视了对家庭的关心的话,现在卡列宁已意识到家庭生活的重要并感到其中的乐趣了。遗憾的是好景不长。随着安娜的病愈,尤其是随着贝特西公爵夫人这个淫荡女人在安娜家的出现,卡列宁和安娜的关系又急转直下。卡列宁发现妻子的痛苦,他在给安娜的信中写道:

"我知道您看到我在面前就感到厌恶。相信这一点,在我固然很痛苦,但是我知道事实是这样,无可奈何。我不责备您,当您在病中我看到您的时候我真心诚意下了决心忘记我们之间发生的一切,而开始一种新的生活,这一点,上帝可以做我的证人。对于我做了的事我并不懊悔,而且永远不会懊悔;我只有一个希望——您的幸福,您的灵魂的幸福——而现在我知道我没有完成这个愿望。请您自己告诉我什么可以给您真正的幸福和内心的平静。我完全听从您的意志,信赖您的正义的感情。"③ 这封信既显示了卡列宁的宽厚,又显示了他坦荡的胸怀。

后来,安娜的哥哥奥布隆斯基去看妹妹,指出她不幸的原因是她嫁给了一个比她大20岁的丈夫,他们之间不可能有爱情,并指出结束这种不幸的唯一办法就是离婚。并充当中间人找卡列宁谈离婚的事。卡列宁举出不愿意离婚有三点理由:第一,"因为他的自尊心和尊重宗教的信念不允许他以虚构的通奸罪控告人,尤其不允许他使他饶恕了的、他所爱的妻子被告发,受羞辱,遭受痛苦"。第二,是儿子的问题。"离了婚的母亲会有自己的不合法的家庭,而在那种家庭里面,作为继子的地位和教育无论怎样是不会好的。把他留在自己身边呢?他知道那会是他这方

---

① 《列夫·托尔斯泰文集》第九卷,人民文学出版社2000年版,第545页。
② 同上。
③ 同上书,第558页。

面的一种报复"。第三,也是更更重要的原因,"如果同意离婚,他就会把安娜毁了"①。他牢记在莫斯科时多莉的话:"在决定离婚的时候他只想到自己,而没有考虑到这样做他会无法挽救地毁了她。"同意离婚,"她会和他结合,不到一两年他就会抛弃她或是她又会和别的男子结合,而我,由于同意了非法的离婚,会成为使她毁灭的罪魁祸首"②。这三点理由,是不可辩驳的。第一点除了自身荣誉和宗教信仰外,更多的是为妻子的名誉着想;第二点是为后代的健康成长着想;第三点更是为安娜考虑。以后的事实证明,卡列宁的话是有预见性的。弗龙斯基不能理解安娜的处境与追求,上流社会正是通过他最后给安娜致命的一刀。卡列宁尽管反对离婚,但最后还是向奥布隆斯基表示:"我愿意蒙受耻辱,我连我的儿子也愿意放弃……由你办去吧……"③ 事实上,卡列宁已同意离婚,这一点安娜是清楚的,但她此时反倒不愿意了。她对弗龙斯基说:"斯季瓦说,他一切都同意了,但是我不能够接受他的宽大,我不想离婚;现在在我都一样。"④

安娜公开和弗龙斯基私奔,这确实给卡列宁以巨大的打击,他"心烦意乱,自己简直没有主意了"。如果说安娜变心时的那种痛苦他已经历过并能理解的话,那么现在"他怎样也不能够把最近他对他的生病的妻子和另一个男人的孩子的饶恕、感情和爱同现在的处境协调起来;好像是作为那一切的报酬一样,他现在落得孤单单一个人,受尽屈辱,遭人嘲笑,谁也不需要他,人人都蔑视他"⑤。仿佛这一切就是他饶恕和疼爱妻子所得的报答。就是在这种极端寂寞和屈辱的情况下,卡列宁(也曾是安娜)的好友——利季娅伯爵夫人走入了他的生活。她用眼泪、宗教来开导卡列宁。如果说过去卡列宁对宗教发生兴趣主要是从政治需要出发的话,那么现在他从生活上接受了他原先不大同意的新教义。伯爵夫人帮助卡列宁料理家务,给了卡列宁精神上的支持,使他感觉到她对他的友爱和敬意。当然,伯爵夫人在生活方面也操纵着卡列

---

① 《列夫·托尔斯泰文集》第九卷,人民文学出版社 2000 年版,第 560—561 页。
② 同上书,第 561 页。
③ 同上书,第 562 页。
④ 同上书,第 565—566 页。
⑤ 《列夫·托尔斯泰文集》第十卷,人民文学出版社 2000 年版,第 655—566 页。

宁，如安娜要看孩子，卡列宁认为母亲要看孩子没有什么理由拒绝，可是伯爵夫人却说会对孩子造成不好的影响而拒绝了。一些文章和教科书把拒绝安娜看望儿子的责任完全推给卡列宁，这是不公道的，也是不符合事实的。

卡列宁是严父，以致他的儿子谢廖沙有点怕他。但对孩子从小严格要求又有什么不好？安娜走后，他对儿子的教育成了公务之外唯一关心的问题。他以前从未研究过教育问题，现在他花一些时间来研究教育理论，甚至"读了几册关于人类学、教育学、教学法的书籍之后……就拟了一个教育计划，而且请了彼得堡最优秀的教师来指导"[①]，甚至亲自给儿子上课。卡列宁尽管是沙皇时代的大官僚，但他与一般官僚不同，他不是个庸官，他懂得如何培养后代，他对儿子讲的一些话代表了客观真理，即使对我们今天的人来讲，也不无启发意义。如有一次谢廖沙问他："……你得了新勋章。您高兴吗，爸爸？"卡列宁回答："宝贵的并不是奖励，而是工作本身……要是你为了要得到奖励而去工作、学习，那么你就会觉得工作困难了……热爱你的工作，你在工作中自然会受到奖励。"[②]

拒绝离婚和不放弃儿子历来被认为是卡列宁的两大罪状，很多评论文章和教科书都如是说。其实，我们只要仔细阅读作品就不难看出，整部作品关于离婚的事出现过四次。第一次是安娜向卡列宁坦白了她和弗龙斯基的关系后，卡列宁想到了离婚，但考虑到家庭、名誉很快又否定了。第二次是安娜违背卡列宁的规定，公开在自己家里会见情人，卡列宁主动找律师办理离婚手续，他对律师说："我不幸，做了受了欺骗的丈夫，我想依据法律和妻子脱离关系，就是说离婚。"[③] 这一次因出差等加之多莉的劝阻和安娜产后病危，卡列宁的宽恕而放弃了。第三次是安娜病愈后，处境危难，奥布隆斯基充当中间人，请求卡列宁同意离婚，卡列宁尽管举出几点不容辩驳的反对离婚的理由，但后来还是宽宏大量地答应了。他对奥布隆斯基说："好，好！我愿意蒙受耻辱，我连我的儿子

[①] 《列夫·托尔斯泰文集》第十卷，人民文学出版社2000年版，第670页。
[②] 同上书，第679页。
[③] 同上书，第748页。

也愿意放弃……可是由你办去吧……"① 只是安娜本人不愿意接受这种宽宏大量而告吹的。第四次是由于卡列宁精神上受了重大打击,本身又陷入宗教的狂热中,不能决定生活中的重大事情而由他心目中的上帝代他拒绝了。但后来情况又发生了变化。安娜和弗龙斯基大吵一架后到哥哥奥布隆斯基家去,多莉转达奥布隆斯基来信的内容时说:"不过他并没有拒绝;刚刚相反,斯季瓦觉得满有希望哩。"② 这话说明卡列宁并没坚持不离婚。从以上分析我们可以清楚地看出,在离婚问题上,卡列宁是没有多少责任的。退一步说,即使有,它和安娜的死也没有多大关系。婚姻只不过是一种形式,爱情才是实质性的东西。安娜自己也多次讲过:"不在乎形式,而是在于爱情。"③ 安娜和卡列宁有婚姻关系,但双方都不幸福。而安娜和弗龙斯基到意大利度蜜月的初期,虽没有结婚,但她却"感觉得自己是不可饶恕地幸福"。甚至连"关于她丈夫的不幸的回忆"也"没有损坏她的幸福"。④ 只是后来,安娜发现弗龙斯基对她态度改变以后,才想到抓住婚姻这根救命稻草。其实,即使她和卡列宁离了婚,又和弗龙斯基结了婚,她也不会幸福的,因为弗龙斯基对她的热情已经过去了。就像多莉向她转达弗龙斯基要她成为正式的妻子时她心里所想的那样:"假定我离了婚,成了弗龙斯基的妻子。结果又怎么样呢?……在我和弗龙斯基之间又会出现什么新的感情呢?不要说幸福,就是摆脱痛苦,难道有可能吗?"⑤

至于不放弃儿子,我们不否认,卡列宁是不愿把儿子交给抛弃了丈夫和家庭的母亲的。但有个时期他也愿放弃,如奥布隆斯基去找他谈离婚的事时卡列宁就对他说过:"我连我的儿子也愿意放弃……可是由你办去吧……"卡列宁不愿意放弃孩子因为他认为这不利于孩子的教育:"离了婚的母亲会有自己的不合法的家庭,而在那种家庭里面,作为继子的地位和教育无论怎样是不会好的。"⑥ 这一点恐怕一般人均能理解。

---

① 《列夫·托尔斯泰文集》第九卷,人民文学出版社 2000 年版,第 562 页。
② 《列夫·托尔斯泰文集》第十卷,人民文学出版社 2000 年版,第 982 页。
③ 同上书,第 968 页。
④ 同上书,第 602 页。
⑤ 同上书,第 989—990 页。
⑥ 《列夫·托尔斯泰文集》第九卷,人民文学出版社 2000 年版,第 560 页。

安娜从莫斯科回来，由于和弗龙斯基接触，就觉得"儿子，也像她丈夫一样，在安娜心中唤起了一种近似幻灭的感觉"①。安娜在意大利"幸福得不可饶恕"时，"就是和她的爱子离开，在最初的日子里，也并没有使她痛苦。小女孩——他的孩子——是这么可爱，而且因为这是留给她的唯一的孩子，所以安娜是那样疼爱她，以致她很少想她的儿子"②。只是由于她和弗龙斯基的感情冷淡时，她才会想到儿子。儿子在安娜心中的位置是低于弗龙斯基的。谢廖沙实际上是安娜和弗龙斯基之间感情的牺牲品。对这一点，安娜自己也是承认的，她临死前总结道："我也以为我很爱他，而且因为自己对他的爱而感动。但是没有他我还是活着，抛掉了他来换别人的爱，而且只要另外那个人的爱情能满足我的时候，我并不后悔发生这种变化。"③ 这里我们可以清楚地看出，安娜对儿子的爱比起她对弗龙斯基的爱，逊色多了。她最后是为爱情而死的，并不是为母爱而死的。卡列宁不愿放弃儿子完全是为了儿子着想，为了儿子健康的成长，而不是仅为了报复，对此，我们没有理由指责卡列宁。

弗龙斯基的形象

弗龙斯基在《安娜·卡列宁娜》中，是仅次于安娜和列文的第三号人物。由于他所扮演的特殊角色，一般人对他的印象甚至超过了列文；又由于安娜最终是死于爱情的破灭以及对他的惩罚，因此，在不少人的观念中，弗龙斯基是杀害安娜的刽子手，是一个道德品质很坏的人。如有的文章说："渥伦斯基（即弗龙斯基）伯爵，是一个外表热情忠诚，实则庸俗放荡的'彼得堡花花公子的一个最好的标本'。"④ 弗龙斯基仅就是这样一个人物吗？仔细阅读作品后，感到这样一类评价并不符合形象的实际。弗龙斯基身上尽管有这样那样的缺点，且对安娜的死有不可推

---

① 《列夫·托尔斯泰文集》第九卷，人民文学出版社2000年版，第140页。
② 《列夫·托尔斯泰文集》第十卷，人民文学出版社2000年版，第603页。
③ 同上书，第990页。
④ 睿清：《外国文学参考资料》（下），地质出版社1984年版，第284页。

卸的责任，但是他身上也有一些好的品质，这些品质是和他同样出身的那个圈子里的人难以企及的。正是这样一些好的品质，才吸引安娜不惜牺牲儿子、丈夫、家庭及自己在上流社会的好名声而不顾一切地和他生活在一起。

弗龙斯基是一个性格极其矛盾复杂的形象，对于这个形象，不是一两句话，更不是一两个词所能概括得了的。我们且看作品中的一些人物对他的评价：

"弗龙斯基……是彼得堡贵族子弟中最出色的典范。……他非常有钱、漂亮、有显贵的亲戚，自己是皇帝的侍从武官，而且是一个十分可爱的、和蔼的男子。但他还不只是一个和蔼的男子，如我回到这里以后察觉出来的——他同时也是一个有学问的人，而且聪明得很；他是一个一定会飞黄腾达的人。"① 这是和弗龙斯基同一类型的安娜的哥哥奥布隆斯基的评价。安娜自杀后，尽管奥布隆斯基对弗龙斯基有看法，但当他得知弗龙斯基出钱带一连骑兵去塞尔维亚前线时，"完全忘记了自己曾伏在妹妹的尸首上绝望地痛哭，他只把弗龙斯基看成一个英雄和老朋友"②。

"弗龙斯基是一个身体强壮的黑发男子，不十分高，生着一副和蔼、漂亮而又异常沉静和果决的面孔。他的整个容貌和风姿，从他的剪短的黑发和新剃的下颚一直到他的宽舒的、崭新的军服，都是又朴素又雅致的。"③ 这是和弗龙斯基不同类型的列文的评价。值得注意的是列文的哥哥谢尔盖关于弗龙斯基说过这样的话："我从来也不喜欢他。但是这事把许许多多都弥补了。他不仅自己去，而且他还自己出钱带去了一连骑兵。"④

基蒂的母亲开始也认为弗龙斯基"非常富有、聪敏、出身望族，正奔上宫廷武官的灿烂前程，而且是一个迷人的男子。再好也没有了"⑤。只是后来因为弗龙斯基疯狂追求安娜，使得热恋中的基蒂大病时，她的

---

① 《列夫·托尔斯泰文集》第九卷，人民文学出版社2000年版，第52—53页。
② 《列夫·托尔斯泰文集》第十卷，人民文学出版社2000年版，第1006页。
③ 《列夫·托尔斯泰文集》第九卷，人民文学出版社2000年版，第67页。
④ 《列夫·托尔斯泰文集》第十卷，人民文学出版社2000年版，第1006页。
⑤ 《列夫·托尔斯泰文集》第九卷，人民文学出版社2000年版，第58页。

态度才完全转变。

　　基蒂的父亲谢尔巴茨基公爵是一个非常理智的老人，他一开始就对弗龙斯基无好感。他说："至于这位彼得堡的公子，他们都是机器造出来的，都是一个模型的，都是些坏蛋。"公爵甚至把弗龙斯基比作"孔雀"，说："……我也看到一头孔雀，就像那个喜欢寻欢作乐的轻薄儿。"① 公爵认为"列文比他们强一千倍"。

　　而天真的基蒂一开始就被弗龙斯基"那堂堂的、刚毅的面孔"，"高贵而沉着的举止，和他待人接物的温厚"所迷惑，一想到这些心中就充满了喜悦，脸上就露出幸福的微笑。只是舞会被弗龙斯基冷淡后，她才对他的态度彻底改变。

　　作品中不同人物对弗龙斯基的评价及评价的变化，也说明这个形象的复杂性。

　　弗龙斯基出身于俄罗斯贵族上流社会。他的"母亲年轻时是出色的交际花，在她的结婚生活中，特别是在以后的孀居中有过不少轰动社交界的风流韵事"②。至于他的父亲，他"差不多记不得了"。因此可以说他是一个单亲家庭长大的。他"以一个年轻出色的士官离开贵胄军官学校"后，"立刻加入了有钱的彼得堡的军人一伙。虽然他有时涉足彼得堡的社交界，但是他的所有恋爱事件却总是发生在社交界以外"③。他不可能不受那个社会，尤其是军队中污浊空气的熏染。因此，在和安娜相遇之前，他确实是一个典型的花花公子。他们这一类人的特点是："优雅，英俊，慷慨，勇敢，乐观，毫不忸怩地沉溺于一切情欲中，而尽情嘲笑其他的一切。"④弗龙斯基在彼得堡经历了一段"奢侈放荡"的生活后，来到莫斯科，见到了在社交界崭露头角的谢尔巴茨基公爵的小女儿基蒂。天真、纯洁而又不乏漂亮的公爵小姐对他表现出火一般的热情，而弗龙斯基也"在莫斯科第一次体味到和社交界一个可爱的、纯洁的、倾心于他的少女接近的美妙滋味"。他就尽情地享受这种乐趣，当他感觉到基蒂

---

① 《列夫·托尔斯泰文集》第九卷，人民文学出版社 2000 年版，第 73—74 页。
② 同上书，第 74 页。
③ 同上书，第 75 页。
④ 同上书，第 149 页。

"越来越依恋他"时,"就越欢喜,而对她也就越是情意缠绵了"①。"连想都没有想过他和基蒂的关系会有什么害处。"实际上,他对基蒂的热情只不过是一种逢场作戏的逗引,他绝对不会像基蒂所渴望的那样向她求婚。这一点,正如书中所说的那样:"向少女调情而又无意和她结婚,这种调情是像他那样风度翩翩的公子所共有的恶行之一。他以为他是第一个发现这种快乐的,他正在尽情享受着他的发现。"就是他这种不负责任的花花公子式的对少女的玩弄态度,给了涉世未深的初恋少女基蒂以极大的精神打击,以致大病一场,并在她的一生中造成了不可磨灭的痛苦的回忆。

弗龙斯基的生活原则中,如"该付清赌棍的赌债,却不必偿付裁缝的账款;决不可以对男子说谎,对女子却可以;决不可欺骗任何人,欺骗丈夫却可以;决不能饶恕人家的侮辱,却可以侮辱人"②等,无不是贵族阶级恶习的写照。他对上层圈子里的豪爽大方,对下人却吝啬小气,如多莉到他的庄园看望安娜,连拉车的马都舍不得喂饱。这些正好反映了他那个阶级的本质特征。也许有人说火车轧死人,弗龙斯基把二百卢布交给站长的助手,要他转给死者的寡妇这件事说明他对下层人并不是那么吝啬。其实,这件事是在安娜激动的话语"不能替她想点办法吗?"③的启发下做的,可以说完全是做给安娜看的。

弗龙斯基有强烈的功名心,虽然他自己不承认,"但却是那么强烈"。"他和卡列宁夫人的关系,引起了社会上的轰动,给了他一种新的魔力,暂时镇住了咬啮着他的功名心的蠕虫,但是一星期前那蠕虫又以新的力量觉醒了。"这是因为和他一起毕业的"贵胄军官学校的同学"谢尔普霍夫斯科伊"从中亚细亚回来了,他在那里连升了两级,获得了一枚不轻易授与像他这样年轻的将军的勋章"引起的。谢尔普霍夫斯科伊被人们作为一颗新星谈论着,他"现在已做了将军,正等待着一个可以影响政局的任命;而弗龙斯基呢……到底不过是一个自由自在的骑兵大尉罢了"。谢尔普霍夫斯科伊的升迁"提醒了"弗龙斯基,他想到:"人只要

---

① 《列夫·托尔斯泰文集》第九卷,人民文学出版社 2000 年版,第 74—75 页。
② 同上书,第 397 页。
③ 同上书,第 85 页。

等待时机,像我这样的男子,飞黄腾达起来是很快的。"① 当他想到谢尔普霍夫斯科伊"将会成为一位多么有力的人物"时,他甚至"有点嫉妒起来了,虽然他觉得有那种情感是可耻的"②。弗龙斯基身上有着贵族阶级的强烈的虚荣心。首先,他对安娜的追求就带有猎艳的冒险和虚荣的满足。他认为,"一个男子追求一个已婚的妇人,而且,不顾一切,冒着生命危险要把她勾引到手,这个男子的角色就颇有几分优美和伟大的气概……"③ 另外,他满以为安娜把他们的秘密向卡列宁坦白后,卡列宁会提出决斗,这时他就可以表现一下:"自己向空中放了一枪之后,脸上带着像现在一样的冷冷的傲慢表情,等待着被侮辱的丈夫的枪弹……"④ 但卡列宁在这件事上表现出了政治家的风度,他并没有提出决斗,没有给弗龙斯基以满足高傲的虚荣心的机会,而是作出了维持现状的决定,这在客观上使弗龙斯基陷入了骗子的地位,这是弗龙斯基无论如何也想不到的。弗龙斯基在气质、境界和对痛苦的承受能力方面是比不上卡列宁的。

赫拉普钦科指出:"伏伦斯基曾显示出具有克服他那个社会的某些偏见、抛弃虚假的理想的力量,但是他不能在习惯的生活概念之外找到自己生活的内容。作为一个人,作为一种性格,伏伦斯基要比安娜浅薄得多。但是他完全不像某些人有时违背作者的描述而设想的那样,是一个花花公子,是一个空虚的庸俗的人物。"⑤ 弗龙斯基身上也不乏一些优秀品质。如他在一定程度上的慷慨大度,他把分给自己的钱大部分给了哥哥嫂嫂,自己只留下一小部分。当然这只是限于他那个阶层而言。

虚心自责,这对当时那些高傲的贵族老爷来讲,更是难能可贵的,弗龙斯基在奉命招待一位外国亲王的过程中——"情不自禁地在他身上看出了他自己。而他在这面镜子里所看到的东西并没有满足他的自尊心。他只不过是一个极愚蠢、极自满、极健康、极清洁的人罢了。……他对

---

① 《列夫·托尔斯泰文集》第九卷,人民文学出版社 2000 年版,第 399 页。
② 同上书,第 405 页。
③ 同上书,第 170 页。
④ 同上书,第 411 页。
⑤ 赫拉普钦科:《艺术家托尔斯泰》,刘逢祺、张捷译,上海译文出版社 1987 年版,第 216 页。

上级平等相待，并不谄媚逢迎，对同级随便而直率，而对于下级就抱着轻视的宽容。弗龙斯基也是一样，而且还把这看成很大的美德；但是对于这位亲王，他是下级，而亲王对他的那种轻视而宽容的态度却使他愤慨了。'笨牛！难道我也是那种样子吗？'"① 他以前认为美德的东西现在在他眼里成了贵族本身的恶德败行。他对贵族"美德的东西"的否定，是对贵族道德的否定。

在和安娜的爱情中，充分表现了弗龙斯基这个形象的矛盾性、复杂性。

弗龙斯基在火车站和安娜相遇，看了安娜一眼后，就被安娜整个的精神气质所震慑，"感到他非得再看她一眼不可；这并不是因为她非常美丽，也不是因为她的整个姿态上所显露出来的优美文雅的风度，而是因为在她走过他身边时她那迷人的脸上的表情带着几分特别的柔情蜜意。……她那双在浓密的睫毛下面显得阴暗了的、闪耀着的灰色眼睛亲切而注意地盯着他的脸，好像她在辨认他一样……在那短促的一瞥中，弗龙斯基已经注意到有一股压抑着的生气流露在她的脸上，在她那亮晶晶的眼睛和把她的朱唇弯曲了的隐隐约约的微笑之间掠过。仿佛有一种过剩的生命力洋溢在她整个的身心，违反她的意志，时而在她的眼睛的闪光里，时而在她的微笑中显现出来。她故意地竭力隐藏住她眼睛里的光辉，但它却违反她的意志在隐约可辨的微笑里闪烁着"②。从这段精彩的描写中我们不难看出，弗龙斯基所看中的并不是安娜的外表。外表的美对弗龙斯基这样的社交界的佼佼者来说，不会那样为之动心，在彼得堡和莫斯科的上流社会，像安娜那样外表美的人弗龙斯基见多了。然而，安娜的气质，却是像贝特西公爵夫人那类社交界中徒有外表的庸人们所缺乏的，也是弗龙斯基从来没碰到的。正因为如此，他才会毫不犹豫地放弃热恋中的基蒂，疯狂地、不顾一切地追求安娜。弗龙斯基所追求的是一种比肉体美更高尚的东西，这可以看出他的精神气质高于一般人。

在谢尔巴茨基公爵家的盛大舞会上，弗龙斯基应付了一下正和自己

---

① 《列夫·托尔斯泰文集》第九卷，人民文学出版社2000年版，第463页。
② 同上书，第81页。

打得火热的基蒂,就疯狂地和安娜旋转;为了再次看到安娜,他不惜晚上十点还借一点小事到安娜的住处;安娜因他的关系提前回彼得堡,他追踪而来。途中小站相遇,安娜问他来做什么时,他说:"您知道,您在哪儿,我就到哪儿去,我没有别的办法呢。"① 并向安娜表示:"您的每一句话,每一个举动,我永远不会忘记,也永远不能忘记……"② 他认为自己"生活的全部幸福,他唯一的人生目的就在于看见她和听她说话"③。到了彼得堡火车站,他还在他的车厢近旁站着,等待安娜出来。情不自禁地微笑着自言自语:"再看看她,我要再看看她的步态、她的面貌,她许会说句什么话,掉过头来,瞟一眼,说不定还会对我微笑呢。"他看到前来接安娜的卡列宁,心里就"感到这样一种不快之感,就好像一个渴得要死的人走到泉水边,却发现一条狗、一只羊或是一只猪在饮水,把水搅浑了的时候感到的心情一样"。卡列宁"那种摆动屁股、步履蹒跚的步态格外使弗龙斯基难受。他认为只有他自己才有爱她的无可置疑的权利。但是她还是那样,她的姿态还是打动他的心,使他在生理上感到舒爽和兴奋,心中充满了狂喜"④。在彼得堡,他出现于安娜可能出现的一切场合,为的是看到安娜。这时,弗龙斯基心中只有安娜一个人了。在他堂姐也是安娜的表嫂贝特西公爵夫人家里,弗龙斯基向安娜表示了强烈的爱情,并把这种爱情看得比生命还要宝贵。他说:"难道您不知道您就是我的整个生命吗?……我整个的人,我的爱情……是的。我不能把您和我自己分开来想。"⑤ 安娜委身于他后,郑重地对他说:"一切都完了,除了你我什么都没有了。请记住这个吧。"弗龙斯基当即表示:"我不会不记住那像我的生命一样宝贵的东西……"⑥

应该说,弗龙斯基对安娜的追求,对一个彼得堡显贵家庭的冲击客观上是西欧资产阶级的新思想对俄罗斯旧的传统道德的挑战。19 世纪 70 年代,俄国社会发生了激剧的变化,旧的封建农奴制的经济基础正在瓦

---

① 《列夫·托尔斯泰文集》第九卷,人民文学出版社 2000 年版,第 134 页。
② 同上书,第 135 页。
③ 同上书,第 136 页。
④ 同上书,第 137—138 页。
⑤ 同上书,第 184 页。
⑥ 同上书,第 197 页。

解，新的资产阶级的生产方式正在形成。在这样一个新旧交替的时代，社会的各个方面都发生着巨大的变化。作为社会的细胞——家庭也不能不发生变化。托尔斯泰正是在调查了解都市生活破坏的原因的基础上，写出了《安娜·卡列宁娜》，以家庭的变化来反映社会变革，从而使作品成为一部最伟大的社会小说。这样，弗龙斯基和安娜的爱情也就有很强烈的社会意义。

如果弗龙斯基与安娜的恋爱只是一时的冲动、逢场作戏，那上流社会只会把它看成一般的风流韵事而加以赞许和欢迎，例如弗龙斯基的母亲在还不了解儿子和安娜私情的实质时，感到的是高兴。因为在她看来，"没有什么比上流社会的风流韵事更能为一个翩翩少年生色的了"[①]。何况是卡列宁夫人。但是她最近听到她儿子拒绝了人家给他的一个对于他的前途关系重大的位置，"只是为了要留在联队里，可以常会见卡列宁夫人，而且她听到许多大人物因此都对他不满，她这才改变了看法。还有叫她心焦的是，从她听来的关于这个关系的一切看来，这并不是她所赞许的那种美艳的社交界的风流韵事，而是像她听说的那样一种可能使他干出愚蠢的维特式的、不顾一切的热情"[②] 时，也就是说，她看出了他儿子与安娜之间的关系不是一般的庸俗的风流韵事时，这个年轻时各种风流韵事的主角生气了，马上派大儿子去找弗龙斯基；连有了妻子和孩子还姘着一个舞女的兄长对弟弟的做法也"不满意"。可见上流社会的虚伪。上流社会，尤其是母亲和哥哥的干涉，在弗龙斯基"心中唤起了一种愤恨的心情……关他们什么事呢？为什么大家都感觉得有关心我的义务呢？为什么他们要跟我找麻烦？就是因为他们看出这是一件他们所不能理解的事情。假使这是普通的、庸俗的、社交场里的风流韵事，他们就不会干涉我了。……这不是儿戏，这个女人对于我比生命还要宝贵。……他们不知道没有这个恋爱……简直就活不下去了"[③]。这里可以清楚地看出，弗龙斯基对安娜的爱情是严肃的、认真的，绝不能与上流社会那些庸俗的风流韵事相提并论。

---

① 《列夫·托尔斯泰文集》第九卷，人民文学出版社 2000 年版，第 228 页。
② 同上书，第 229 页。
③ 同上书，第 241 页。

坦率、真诚、不虚伪是弗龙斯基所具有的优秀品质之一。当安娜把自己怀孕的事告诉他时，尽管他没有像安娜以为的那样"了解这件事情的全部意义"。但他还是向安娜表示要"了结我们所过的这种弄虚作假的生活"。鼓励安娜把一切都告诉卡列宁："我们无论如何非得把一切都告诉他不可，然后再针对他采取的措施采取对策。"① 他不愿意一直欺骗情敌。但是，为了应付那个虚伪的上流社会，他和安娜"不得不违反本性而几次三番地说谎和欺骗……而且他体验到自从他和安娜秘密结合以来就有时浮上他心头的那种奇怪的心情。这是对什么东西抱着的厌恶感——是对阿列克谢·亚历山德罗维奇呢，还是对自己呢，或者是对整个社交界呢，他不知道……"②

其实，这三者都有。他恨卡列宁，那是因为卡列宁是安娜的丈夫，是他和安娜之间的最大障碍；他恨自己，是因为他不得不以虚伪、撒谎来应付周围的环境，而这又恰恰是他生平最厌恶的；他恨整个上流社会和社交界，那是因为整个上流社会和社交界全是虚伪、全是谎言，对偷鸡摸狗的事大加赞赏，而对真正的爱情却不能容忍。

弗龙斯基也有设身处地为他人着想的好品质。他感到自身处境的痛苦时，更能想到恋人安娜的不幸："是的，她以前是不幸的，但却很自负和平静；而现在她却不能够平静和保持尊严了，虽然她不露声色。"他下决心："这种虚伪的处境必须了结，而且越快越好。抛弃一切，她和我，带着我们的爱情隐藏到什么地方去吧。"③ 他断然向安娜提出："结束我们这种自欺欺人的生活"、"离开你的丈夫，把我们的生活结合在一起"。当安娜提出"有什么办法摆脱这种处境呢？难道我不是我丈夫的妻子吗"时，弗龙斯基说："随便什么情况都比你现在这种处境好。自然，我看出你为了一切多么苦恼——为了社会和你的儿子和你的丈夫。"④ 安娜虽然否认对丈夫的苦恼，但当弗龙斯基指出："你说的不是真话。我了解你。你为了他也苦恼着"时，安娜突然"脸涨得通红；她的两颊、她的前额、

---

① 《列夫·托尔斯泰文集》第九卷，人民文学出版社2000年版，第247页。
② 同上书，第242页。
③ 同上。
④ 同上书，第247页。

她的脖颈都红了，羞愧的眼泪盈溢在她的眼里"①。这说明弗龙斯基还是非常理解安娜的。

但是，弗龙斯基又是矛盾的，他虽然当着安娜的面讲了那些话，但一想到"假如我退伍，那就是破釜沉舟。假如我仍旧留在军队里，那我就什么都没有损失"②时，"他又清楚地看到还是不要那样好"。正是由于这种矛盾的心情，当安娜按他的意愿向丈夫坦白了一切并把此事告诉他时，他并没有像安娜所期待的那样果断地、热情地、毫不迟疑地对她说："抛弃一切，跟我走！"如果此时他能够说出这几个字，安娜是会抛弃一切跟他走的。安娜失望了。这里，弗龙斯基和安娜之间精神气质的差异已表现出来，这也同时蕴藏着他们两人之间感情的危机。还有一件小事，也可看出他们在这方面的差异。有一次，他们谈话的时候，弗龙斯基看到两个女人走过来，生怕被她们看见，慌忙把安娜拉到旁边的一条小路上。可安娜却坦然地说："我不在乎！"并带着异样的愤恨从面纱底下看着他。当安娜把她向卡列宁坦白了他们之间的关系的事告诉弗龙斯基时，弗龙斯基认为他们目前的处境是屈辱的，而安娜却说："你要明白自从我爱上你以后，在我一切都变了。在我只有一件东西，一件东西——那就是你的爱！有了它，我就感到自己这样高尚，这样坚强，什么事对于我都不会是屈辱的。我为我的处境而感到自豪，就因为……我自豪……自豪……"③这更可以看出安娜的精神境界确实比弗龙斯基高一筹。到了这种程度，弗龙斯基想到的仍然是自己的面子。

起初，弗龙斯基是那样不顾一切地追求安娜，但当安娜把自己的一生都系在他的身上，对他的爱超越了一切，生怕失去他，因此她的"醋性"发作得"越来越频繁"，已至"使他感到恐怖"时，尽管他清楚安娜是因为"爱他才嫉妒的"，但还是"对她变得冷淡了"。"现在他却感到最美好的幸福已成为过去了。她完全不像他初次看见她的时候那种样子了。在精神上，在肉体上，她都不如以前了……他望着她，好像一个

---

① 《列夫·托尔斯泰文集》第九卷，人民文学出版社 2000 年版，第 248 页。
② 同上书，第 399—400 页。
③ 同上书，第 412 页。

人望着一朵他采下来的、凋谢了的花,很难看出其中的美……但是现在,在他仿佛觉得他已不怎样爱她了。"① 这些话是弗龙斯基对安娜爱情第一回合的总结,完全暴露了他花花公子的嘴脸。尽管如此,他并没有想到抛弃安娜,去找别的女人,即使到了后期,安娜经常以凭空的猜忌、无端的醋意、喜怒无常的情绪使他感到难以忍受时,他也没像安娜所断定的那样"准是把部分的爱移到别的女人身上,或者某一女人身上"。弗龙斯基和安娜相好后,确实再也没有向旁的女人献过殷勤。这是他比一般花花公子境界高的地方。

安娜产后病危,卡列宁接到电报赶回看望。这个破坏了卡列宁—安娜家庭的罪魁祸首弗龙斯基并不是毫无内疚的。他羞愧得两手捂着脸,不敢正眼看卡列宁。尤其是卡列宁怀着基督的宽厚心肠饶恕了安娜和他并与他进行了一次长谈之后。弗龙斯基尽管不理解卡列宁的感情,但还是觉得那是一种"更崇高的、像具有他这种人生观的人所望尘莫及的情感"。他深深地感到以前看来是那么坚定不移的生活习惯和准则,现在"突然显得虚妄和不适用了"。他一直把卡列宁这个"受骗的丈夫"看成一个"可怜的人物"。如今安娜"亲自召来,抬到令人膜拜的高峰,在那高峰上,那丈夫显得并不阴险,并不虚伪,并不可笑,倒是善良、正直和伟大的"②。对比之下,弗龙斯基觉得自己"卑劣""不正直""欺骗""渺小"。他意识到自己将永远失去安娜,为自己近来渐渐冷下去的热情感到极度痛苦。他"感觉得好像他以前从来不曾爱过她似的",现在才真正了解她,因此对她的爱也变得空前强烈。在无比悔恨以及"为了不受屈辱"的重压下,在卡列宁的宽宏大度下,他无地自容,终于精神崩溃而开枪自杀。

按理说,经过了这么一场灵魂清理和精神折腾的弗龙斯基,再也不会插足卡列宁和安娜的家庭。事实上,他枪伤好后,也曾毫不犹豫地同意了老同学——青年将军谢尔普霍夫斯科伊的建议,到塔什干去任职。但当他向堂姐贝特西夫人辞行的时候,对安娜爱的狂热又使他产生了

---

① 《列夫·托尔斯泰文集》第九卷,人民文学出版社 2000 年版,第 467—468 页。
② 同上书,第 541 页。

"再见她一次,然后隐藏起来,去死"①的念头。与被枪声震动的安娜相见,双方强烈的爱情使弗龙斯基"毫不犹豫地拒绝了""到塔什干去的迷人而又危险的任命",带着安娜一道出国了。

弗龙斯基国外生活的感受,和安娜形成鲜明的对比。正当安娜感到自己幸福得"不可饶恕"时,弗龙斯基"虽然他渴望了那么久的事情已经如愿以偿了,却并不十分幸福。他不久就感觉到他的愿望的实现所给予他的,不过是他所期望的幸福之山上的一颗小砂粒罢了"。他很快就觉得心灵里产生一种最难满足的欲望,一种百无聊赖的情绪。"至于以前游历外国时弗龙斯基曾享受过的独身生活的乐趣,现在是想都不能想了,因为仅仅一次那样的尝试就曾在安娜心里惹起了意想不到的忧郁。"不难看出,弗龙斯基和安娜对爱情的理解及追求是不一样的,这也正是他们悲剧的内在因素。为了设法消磨每天十六小时的时间,他"正如饿慌了的动物遇到什么就抓什么,希望从中觅得食物一样,弗龙斯基也完全无意识地时而抓住政治,时而抓住新书,时而抓住绘画"②。他不乏绘画才能,也曾给穿着意大利服装的安娜画了一幅肖像画,凡是看到这幅画的人都称赞"很成功",他自己也觉得不错。直到看了米哈依洛夫给安娜画的肖像后,"弗龙斯基惊异了,不只是以它的逼真,而且也是以它那特殊的美"。他发自内心地感慨:"米哈伊洛夫怎么会发现了她特殊的美,这可真有点奇怪。""人要发现她的最可爱的心灵的表情,就得了解她而且爱她,像我爱她一样。"③ 弗龙斯基自以为很了解安娜,其实,尽管那段时间他天天和安娜生活在一起,他并不真正认识安娜,并未真正了解安娜丰富葱茏的内心世界。难怪列文和安娜见了一面后,"替她难过,而且生怕弗龙斯基不十分了解她"④。列文的担心不幸言中,正是由于弗龙斯基并不真正了解安娜,才无意中成了上流社会的帮凶,最后导致安娜走向毁灭。

从意大利回国后,上流社会对安娜关起了大门,而对弗龙斯基却是

---

① 《列夫·托尔斯泰文集》第九卷,人民文学出版社2000年版,第564页。
② 《列夫·托尔斯泰文集》第十卷,人民文学出版社2000年版,第603—604页。
③ 同上书,第619—620页。
④ 同上书,第908页。

敞开着。安娜盛装去看歌剧，弗龙斯基曾竭力阻止，他认为安娜"穿着这种衣服，同着大家都熟识的公爵小姐在剧场露面，这不但等于承认自己的堕落女人的地位，而且等于向社交界挑战，那就是说，永远和它决裂"①。弗龙斯基的想法是正确的。在剧场，她受到了侮辱，回家后，还责怪弗龙斯基没有保护她。这件事发生后，他们就到弗龙斯基的庄园。在那里，他们过的是欧洲豪华的上层生活，管家是德国的，婴儿车是英国的，女仆穿的衣服比公爵夫人多莉的还要时髦摩登。但这里却是一个虚伪的舞台，一批高明的演员在这里演戏。安娜对弗龙斯基曲意奉承；而弗龙斯基明明对安娜有意见，但不敢说出来，生怕安娜发火。当多莉向安娜转达弗龙斯基要她成为自己合法的妻子时，安娜说："什么妻子，是奴隶，有谁能像我，像处在这种地位的我，做这样一个无条件的奴隶呢？"② 弗龙斯基欣赏安娜对自己的"曲意奉承"，他们经常为小事争吵。后来，弗龙斯基甚至"没有要求她作一番坦白的说明就动身去参加选举了。这是自从他们结合以来破天荒头一次，没有解释清楚他就和她分别了"。弗龙斯基内心表示："我可以为她牺牲一切，但决不放弃我作为男子汉的独立自主。"③ 在回来的当天晚上，当原来一直回避离婚的安娜想以离婚这根救命稻草挽救他们的感情时，他以"柔情蜜语"和"冷淡的神色……一种被逼得无路可走和不顾一切的恶狠的光芒"注视着安娜，安娜就是在他的上述言行中给丈夫写信，"要求离婚"④。那种眼神使安娜一辈子也忘不了。他们来到莫斯科，等待离婚。离婚请求由于"那个法国人昨晚在真睡或者装睡中所说的话"而否定后，他们经常吵嘴，安娜变得好猜忌，喜怒无常，怀疑弗龙斯基爱上别的女人了。她想到死，认为死是促使他恢复对她的爱情的唯一手段。弗龙斯基进城到母亲那儿办事时，安娜警告他："您会后悔的。"弗龙斯基"被她说这句话的那种绝望神情吓坏了"，但还是走了。此时安娜认为全完了，"心里充满了寒彻骨髓的恐怖"⑤。后终在矛盾痛苦中卧轨自杀。

---

① 《列夫·托尔斯泰文集》第十卷，人民文学出版社2000年版，第703页。
② 同上书，第826页。
③ 同上书，第836页。
④ 同上书，第866页。
⑤ 同上书，第977页。

安娜的死，对弗龙斯基来说确实是一个惩罚。得知安娜绝望的行动，"他一句话也不说，骑着马一直奔到那里去了……他们把他像死尸一样抬回来"。"六个星期他对谁也不讲话，只有我恳求他的时候，他才吃一点。"① 此时他才真正认识到安娜的价值和在他生活中的地位——比生命还重要。这就是他的悲剧所在，我们正是从这个意义上说他是个悲剧性的人物。安娜死了，弗龙斯基也死了。塞尔维亚战争爆发，他奔赴前线，以求一死，来抵消自己对安娜的过失，求得内心平衡。这就是弗龙斯基形象的最后闪光，使他在上流社会花花公子中鹤立鸡群。

弗龙斯基的形象，一开始被托尔斯泰构思为上流社会里一个高尚的主人公，后来才逐渐转化为花花公子的代表。在早期的一些草案里，把破坏婚姻法则的罪过完全推到未来的安娜身上，而未来的弗龙斯基却被描写在对他有利的上流社会里。例如，在赛马前的情节里，达吉雅娜对丈夫的无礼态度和巴拉绍夫所做的公正评价针锋相对："呵，假如他是愚蠢的、可恨的，——巴拉绍夫想到，——可是，也许他是聪明而善良的。"一般地说，巴拉绍夫是个"非常出色的、真诚的人"②。

在《懦弱的好汉》里，娜娜对丈夫的无礼态度遭到来自高尚的嘎肯的反对。"我的处境由于我从来没有发觉自己是有罪的而感觉到更加可怕。良心——不是一句空话，它使我十分痛苦。"③ "在后来的几个草案里，巴拉绍夫——嘎肯——乌达塞夫的形象保持着原来的高度。在未能成功地把两个友人科斯佳和嘎肯联系在一起的情节里，嘎肯慎重其事地邀请母亲前来莫斯科为他的婚事举行祝福仪式。在以动物园牲畜展览会为开端的稿样里，写出了吉提和嘎肯的谈话，他们期待嘎肯母亲的到来，把嘎肯仍然写成一个高尚的人。"④

后来，随着作家对社会生活的深入了解，弗龙斯基的形象与安娜的形象都各自向相反的方向改变。在安娜的形象越来越具有正面特征的同时，弗龙斯基的形象逐渐失去高尚的光彩。弗龙斯基这个形象与时代的

---

① 《列夫·托尔斯泰文集》第十卷，人民文学出版社2000年版，第1011页。
② 日丹诺夫：《安娜·卡列尼娜的创作过程》雷成德译，内蒙古人民出版社1980年版，第63页。
③ 同上。
④ 同上。

社会生活密切联系着。

弗龙斯基也有些无奈。他遇到的安娜是个爱情至上的人,她爱上弗龙斯基后就要把他紧紧束缚在自己个人的情感世界中,不给弗龙斯基一点空间,正如在意大利度蜜月时弗龙斯基所感到的那样:"至于以前游历外国时弗龙斯基曾享受过的独身生活的乐趣,现在是想都不能想了,因为仅仅一次那样的尝试就曾在安娜心里惹起了意想不到的忧郁。"[①] 在与安娜生活的后期,安娜疑神疑鬼,弗龙斯基哪怕一句夸耀箱子"这倒不错"的话,也会引起安娜无悻的猜想:"他说'这倒不错'那句话里似乎含着几分侮辱人的意味,就像一个小孩不淘气的时候人们对他的说法一样,特别使人感到侮辱的是她的悔罪声调和他那种自以为是的口吻两者之间的对比。一刹那间她的心头涌起了一种斗争的欲望。"[②] 弗龙斯基说话稍不对安娜的胃口就要吵嘴,他"决不放弃我作为男子汉的独立自主"。实际上只会给两人都造成悲剧。拜伦说过:"对于女人来说,爱情是生活的全部。对于男人来说,爱情只是生活的一部分。"对于弗龙斯基这样一个人,要把他完全束缚在安娜个人爱情的巢穴里无疑是不可能的,也是违反人的本性的。

奥布隆斯基的形象

奥布隆斯基这个形象是托尔斯泰塑造得极为成功的形象,正如英国作家高尔斯华绥所说:"托尔斯泰从来没有塑造过比斯捷潘·阿尔卡季耶维奇的形象更真实、更光彩夺目的形象了,这是当时俄国上流社会人物的完备的典型,本书序言作者很熟悉这一类人物。"[③] 奥布隆斯基比起安娜、列文、弗龙斯基来,算不上一个重要的角色,但是,凡是读过《安娜·卡列宁娜》的人,对这个形象都会留下深刻的印象。这不仅因为奥布隆斯基是一个贯穿作品始终、在多种场景都出现的人物,在结构上起着联系安娜、卡列宁和基蒂、列文这两个不幸与幸福的家庭的纽带作用,

---

[①] 《列夫·托尔斯泰文集》第十卷,人民文学出版社2000年版,第604页。

[②] 同上书,第962页。

[③] 《欧美作家论列夫·托尔斯泰》,中国社会科学出版社1983年版,第184页。

更主要的是他那种政治上稀里糊涂,事业上马马虎虎,生活上舒舒服服地不求进取的人生观,与弗龙斯基、列文、卡列宁等人形成鲜明的对照。从他身上,反映了19世纪70年代俄国贵族的没落。值得注意的是,托尔斯泰在这部作品中主要反映的是家庭的思想,但是,跟作家一贯的探索相一致,托尔斯泰并没忘记为贵族阶级寻找出路的问题。正因为如此,作家一方面塑造了列文这样的不断求索、积极进取的贵族形象;另一方面也塑造了奥布隆斯基这类只会寻花问柳,打猎消遣的一事无成的享乐主义者形象。作家通过这个形象试图告诉我们,贵族阶级如果不像列文那样积极探索,努力进取,那么他们必将像奥布隆斯基那样堕落为碌碌无为的庸人。

奥布隆斯基的形象从托尔斯泰创作的第一个提纲里就出现了,然后"一步一步地,而且始终沿着一个方向发展。起初,某个大官员一般轮廓(早晨,挑选文件,动身去办公室的时候戴上十字勋章),随后,他的社会地位具体化了(时而是代表,时而是'衙门'或法院的官员)。还隐约地暗示出经济拮据。他读自由主义派的报纸。赋予他作为一个官僚的性格特征——就向奥布朗斯基所占据的那种位子。把贪求薪俸和贵族的破产联系起来,讽刺因素随着每个稿样得到加强"①。奥布隆斯基是安娜的哥哥,他们是俄国历史上著名的留里克王朝(Рюриковичи)皇室的后裔。在学校里,尽管"天资高……但是他懒惰而又顽皮,所以结果他在他那一班里成绩是最差的一个。但是尽管他一向过着放荡的生活,衔级低微,而年龄又较轻,他却在莫斯科一个政府机关里占着一个体面而又薪水丰厚的长官的位置。这个位置,他是通过他妹妹安娜的丈夫阿列克谢·亚历山德罗维奇·卡列宁的引荐得来的。……但是即使卡列宁没有给他的妻兄谋到这个职务,斯季瓦·奥布隆斯基通过另外一百个人——兄弟、妹妹、亲戚、表兄弟、叔父或姑母——的引荐,也可以得到这个或另外类似的位置"。因为"官场中三分之一的人,比较年老的,是他父亲的朋友……另外的三分之一是他的密友,剩下的三分之一是他的知交。……因此奥布隆斯基要得到一个薪水丰厚的位置,是并不怎样费力

---

① 日丹诺夫:《安娜·卡列尼娜的创作过程》,雷成德译,内蒙古人民出版社1980年版,第41—42页。

的；他只要不拒绝、不嫉妒、不争论、不发脾气就行了，这些毛病，由于他特有的温和性情，他是从来没有犯过的"。这里，我们也可以清楚地看出当时沙皇政府的关系网。

奥布隆斯基由于"他的善良开朗的性格和无可怀疑的诚实"及"他那漂亮的开朗的容貌，他那闪耀的眼睛，乌黑的头发和眉毛，以及他那又红又白的面孔上，具有一种使遇见他的人们觉得亲切和愉快的生理的效果"。很快他就成了一个人见人爱的人。在莫斯科的政府机关任职三年，他"不但赢得了他的同僚、下属、上司和所有同他打过交道的人们的喜欢，而且也博得了他们的尊敬"。他博得同事们"一致尊敬的主要特质是：第一，由于意识到自己的缺点而对别人极度宽容；第二，是他的彻底的自由主义——不是他在报上所读到的自由主义，而是他天生的自由主义，由于这个，他对一切人都平等看待，不问他们的衔级或职位的高低；第三，也是最重要的，是他对他所从事的职务漠不关心，因此他从来没有热心过，也从来没有犯过错误"[1]。奥布隆斯基尽管是沙皇政府中的一个体面的官员，但是，在俄国社会发生天翻地覆地变化的时代，他政治上是稀里糊涂的。他不关心政治，不像列文、卡列宁、弗龙斯基一类人。这些人有明确的政治观点和追求。奥布隆斯基"并没有选择他的政治主张和见解；这些政治主张和见解是自动溜进他心里的"[2]。他之所以选择自由派，"爱自由主义的想法胜过周围众人所抱持之保守的见解"，那是因为"他认为自由主义更合理，而是由于它更适合他的生活方式。自由党说俄国一切都是坏的，的确，斯捷潘·阿尔卡季奇负债累累，正缺钱用。自由党说结婚是完全过时的制度，必须改革才行；而家庭生活的确没有给斯捷潘·阿尔卡季奇多少乐趣，而且逼得他说谎做假，那是完全违反他的本性的。自由党说，或者毋宁说是暗示，宗教的作用只在于箝制人民中那些野蛮阶层；而斯捷潘·阿尔卡季奇连做一次短短的礼拜，都站得腰酸腿痛，而且想不透既然现世生活过得这么愉快，那么用所有这些可怕而夸张的言词来谈论来世还有什么意思。……就这样，

---

[1] 《列夫·托尔斯泰文集》第九卷，人民文学出版社2000年版，第21页。
[2] 同上书，第10页。

自由主义的倾向成了斯捷潘·阿尔卡季奇的一种习癖"①。自由派的观点,对于奥布隆斯基这样的享乐主义者来讲,是再适合不过的了。他过的是花天酒地的老爷式的生活,虽然负债两万,穷得靠变卖妻子的陪嫁度日。因此,说俄国什么事情都很糟,正符合他的生活实际。妻子在他眼里已年老色衰,他早已不爱妻子,但又无法摆脱。因此,自由派关于改革婚姻制度的说法,正中这个对家庭不负责任、专爱拈花惹草的花花公子式的人物的下怀。对于他这个专讲享受的人来讲,烦琐的宗教仪式无疑是沉重的负担。因此反宗教的束缚自然是他求之不得的。这里面我们可以清楚地看出,奥布隆斯基接受自由派的观点,完全是从他那种享乐的生活观出发的,他无论赞同什么,反对什么都不是实质性的东西,因此,他是一个没有政治见解的庸人。

奥布隆斯基和城里的大多数贵族一样,已没有管理自己家产的本领。为了还债过日子,他不得不出卖妻子的财产,而新兴的资产阶级可以用很低的价钱就把他们的大片森林田庄买过去。一个叫里亚比宁的商人,只用了三万八千卢布就买走了他家大片茂密的森林,而且还是分期付款。对此,他还非常得意,自以为卖了好价钱。在列文面前夸耀:"价钱真了不起哩,三万八千。八千现款,其余的六年内付清。我为这事奔走够了。谁也不肯出更大的价钱。"②列文听后忧郁地说"这样你简直等于把你的树林白白送掉了……因为那座树林每俄亩至少要值五百卢布……你数过树了吗……没有一个商人买树林不数树的,除非是人家白送给他们,像你现在这样。我知道你的树林。我每年都到那里去打猎,你的树林每俄亩值五百卢布现金,而他却只给你二百卢布,并且还是分期付款。所以实际上你奉送给他三万卢布"③。还好里亚比宁来办手续的时候,列文用自己要买那片森林威胁他,逼得里亚比宁只好把三万八千卢布一次付清。后列文对奥布隆斯基说:"你没有数,但是里亚比宁却数过了。里亚比宁的儿女会有生活费和教育费,而你的也许会没有!"④奥布隆斯基卖森林

---

① 《列夫·托尔斯泰文集》第九卷,人民文学出版社2000年版,第10—11页。
② 同上书,第218页。
③ 同上书,第219页。
④ 同上书,第224—225页。

这件事，无疑反映了资产阶级对贵族阶级的胜利，预示着贵族阶级必然为新兴的资产阶级所代替的趋势。

卖森林的钱很快被他花得差不多了，在囊空如洗的情况下，奥布隆斯基也想努力重整家业。为了增加收入，他想在自己的官职之外再捞上一个"肥缺"。那年冬末他终于发现了一个非常好的空缺，"是一种年俸由一千到五万卢布，又舒服又赚钱的好差事。这是南方铁路银行信贷联合办事处委员会的委员的职位"①。他认为自己最适合这个职位。而"这全靠两位部长、一位贵妇人和两位犹太人来决定"。为谋得这个差事，他先通过莫斯科的叔伯姑舅和朋友们，到那年春天，这些人虽然都疏通好了，但他"还得去彼得堡谒见一下他们"。到彼得堡后，他来到妹夫卡列宁那里，要卡列宁帮忙为他美言，顺便探听一下妹妹安娜离婚的事。卡列宁冷静地给他分析情况，告诉他："不过我想，事情主要取决于博尔加里诺夫哩。"一提博尔加里诺夫的名字，奥布隆斯基"就脸红了，因为他那天早晨曾拜见过那个犹太人博尔加里诺夫……但是当那天早晨博尔加里诺夫，分明是故意让他和别的申请人们在接待室里等了两个钟头的时候，他突然觉得非常难堪……因为他，奥布隆斯基公爵，一个留里克王朝的后裔，居然会在一个犹太人的接待室里等待了两个钟头"②。当博尔加里诺夫终于"非常客气地接见了他，因为他的屈辱显然很得意，而且几乎拒绝了他的请求的时候"，他的内心更是五味杂陈，感到非常难堪。他不仅"破天荒头一次违反了他祖先所树立的只为政府效劳的先例"，自己另寻出路，而且竟然被一个平时被他们这些贵族老爷所看不起的犹太佬所轻蔑。因此他一直觉得难堪和烦恼，胡诌了两句打油诗："我和犹太人打交道，翘首等待好烦恼"自我嘲解。堂堂皇族后裔、堂堂公爵，竟堕落到向平时最看不起犹太人摇尾乞怜的地步，其没落贵族的脸嘴，岂不暴露无遗？

奥布隆斯基奉行的是享乐主义，因此，把一切变为享乐，是他的人生哲学。尽管他政治上稀里糊涂，不关心俄国社会的急剧变化；事业上马马虎虎，"对他所从事的职务漠不关心，因此他从来没有热心过，也从

---

① 《列夫·托尔斯泰文集》第十卷，人民文学出版社2000年版，第932页。
② 同上书，第935页。

来没有犯过错误"。用今天的话来说，就是"不作为"。可是在生活上他既不糊涂也不马虎，在吃喝玩乐方面，他是极为讲究的。

首先，奥布隆斯基是个美食家，书中伴随着奥布隆斯基出场的，大都是金樽美酒、美味佳肴，他不但自己喜欢吃喝，而且更喜欢请客。他在菜肴、饮料和宾客的挑选上都很讲究。他请自己的老同学列文吃饭，首先挑选了英国饭店。"他选了这个饭店，因为他在这里欠的账比在爱尔米达日欠的多，因此他认为避开它是不对的。"一路上他不问老同学和基蒂会见的情况，而是"净在琢磨晚餐的菜单"。一进饭店，列文就不由得注意到奥布隆斯基的"脸孔和整个的姿态上有一种特殊的表情，也可以说是一种被压抑住的光辉"。他喝了一杯伏特加，吃了一点鱼，"跟坐在柜台后面，用丝带、花边和鬈发装饰着的，涂脂抹粉的法国女人说了句什么话，引得那个法国女人都开怀地大笑了"[1]。然后就研究菜单、酒单。他认为"食是人生的一桩乐事"。他点的是最新鲜的牡蛎，要的是最好的美酒，哪怕欠账也要满足自己的口福。他不惜把宝贵的时间和大把的金钱花在吃上。差一点没把午餐变成一种按部就班的宗教仪式。

奥布隆斯基认为"文明的目的"是"处处讲究享受"。对女人的兴趣也是奥布隆斯基的一大生活内容。奥布隆斯基留给读者的第一印象，就是一个对家庭不负责任的荒淫的贵族老爷。他帅气多情，已经三十四岁，他的妻子多莉仅比他小一岁，"而且做了五个活着、两个死了的孩子的母亲，他不爱她，这他现在并不觉得后悔。他后悔的只是他没有能够很好地瞒过他的妻子……他甚至以为，她只是一个贤妻良母，一个疲惫的、渐渐衰老的、不再年轻、也不再美丽、毫不惹人注目的女人，应当出于公平心对他宽大一些。结果却完全相反"[2]。他毫不掩饰地对列文说："你的妻子老了，而你却生命力非常旺盛。在你还来不及向周围观望以前，你就感觉到你不能用爱情去爱你的妻子，不论你如何尊敬她。于是突然发现了恋爱的对象，你就糟了，糟了！"[3] 正是这样，他虽然觉得"和家里的家庭女教师胡来，未免有点庸俗，下流"。但一想到那是一个多么年

---

[1] 《列夫·托尔斯泰文集》第九卷，人民文学出版社2000年版，第44页。
[2] 同上书，第6页。
[3] 同上书，第55页。

轻"漂亮的家庭女教师呀",尤其"历历在目地回想着罗兰姑娘的恶作剧的黑眼睛和她的微笑"①时,他就心安理得了。他把家庭搞得一团糟,是家庭动乱的罪魁祸首,但他的灵魂毫无触动,"在照例的时间,早晨八点钟醒来,不在他妻子的寝室,却在他书房里的鞣皮沙发上。他在富于弹性的沙发上把他的肥胖的、保养得很好的身体翻转,好像要再睡一大觉似的,他使劲抱住一个枕头,把他的脸紧紧地偎着它"。他重温着梦境:"……阿拉宾在达姆施塔特请客;不,不是达姆施塔特,而是在美国什么地方。不错,达姆施塔特是在美国。不错,阿拉宾在玻璃桌上请客,在座的人都唱我的宝贝,但也不是我的宝贝,而是比那更好的;桌上还有些小酒瓶,那都是女人。"这些回忆使得他"眼睛快乐地闪耀着,他含着微笑沉思"。他感到"真是有趣极了。有味的事情还多得很,可惜醒了说不出来,连意思都表达不出来"②。俗话说:"日有所思,夜有所梦。"托尔斯泰也说:"人的感情在梦中现得比白天更为真切。"③ 他的家庭经济拮据,已经到了靠出卖妻子的陪嫁度日的地步,但他仍忘不了享受,忘不了吃,忘不了女人。对于"生活所给予一切最复杂最难解决的问题",他不愿动脑子去解决,而是采取顺其自然的办法——那就是,"忘怀自己。要在睡眠中忘掉忧愁现在已不可能,至少也得到夜间才行;他现在又不能够回到酒瓶女人所唱的音乐中去;因此他只好在白日梦中寻求遗忘"④。

奥布隆斯基爱研究女人,他认为女人好比螺旋桨,把人弄得团团转。有一次,列文问他有什么新情况时,他所答非所问:"……你知道奥西安型的女人……就像在梦里见过的那样的女人……哦,在现实中也有这种女人……这种女人是可怕的。你知道女人这个东西不论你怎样研究她,她始终还是一个崭新的题目。"当列文说:"那就不如不研究的好"时,奥布隆斯基竟然说:"不。有位数学家说过快乐是在寻求真理,而不在发现真理。"⑤ 奥布隆斯基不管身份高低,他只要见了年轻美貌的女子就爱,和上流社会的风流贵妇调情更是家常便饭,他和贝特西公爵夫人之间

---

① 《列夫·托尔斯泰文集》第九卷,人民文学出版社 2000 年版,第 6 页。
② 同上书,第 3—4 页。
③ 《托尔斯泰文集》(俄文)第 19 卷,国家文学出版社 1935 年版,第 77 页。
④ 《列夫·托尔斯泰文集》第九卷,人民文学出版社 2000 年版,第 5—6 页。
⑤ 同上书,第 213—214 页。

"老早就存在一种很奇怪的关系"①。难怪后来列文看到他与妻子缠绵亲热时，曾感慨地说："他这张嘴昨天吻过谁呢？"②

奥布隆斯基尽管穷到了靠出卖妻子的陪嫁还债度日的程度，但他丝毫不愿放弃享乐。19世纪70年代的俄国，像他这一类人是有代表性的。如书中提到的一个名叫巴尔特尼扬斯基的贵族听奥布隆斯基说欠两万卢布，就愉快地大笑起来，对奥布隆斯基说："噢，你真是个幸运的人儿！我的债务有一百五十万，而我一无所有，可是你看，我照样还可以活下去。"③ 奥布隆斯基知道日瓦霍夫的"债务有三十万卢布，一文莫名，可是他还活着，而且过着多么排场的生活啊！克里夫措夫伯爵，大家早就认为他已经到了穷途末路，但是还养着两个情妇。彼得罗夫斯基挥霍了五百万的家业，依旧过着挥金如土的生活，他甚至还是财政部的负责人，每年有两万卢布的薪俸"④。一个刚从国外归来的、六十岁的彼得·奥布隆斯基公爵谈体会时说："我们这里不懂得怎样生活，你相信吗？我在巴登避暑，我真觉得自己完全像年轻人。我一看见美貌的少女，就想入非非……吃点喝点，觉得身强力壮，精神勃勃。我回到俄国——就得跟我妻子在一起，况且又得住在乡下——喂，说起来你不相信，不出两个星期，我吃饭的时候就穿起睡衣，根本不换礼服了哩。哪里还有心思想年轻女人呀！我完全变成老头子了。只想怎样拯救灵魂了。我到巴黎去一趟，又复元了。"⑤ 这帮贵族向往西方的生活方式。在这些昔日被誉为"俄罗斯精华"的人身上，俄罗斯贵族传统的美德再也找不到了，可见他们堕落到何等地步！而奥布隆斯基离开莫斯科来彼得堡的体会，正像彼得离开俄国到外国所感受一样。"彼得堡使得斯捷潘·阿尔卡季奇生理上发生一种快感。它使他年轻多了。在莫斯科他有时在鬓上发现白发，午饭后就想睡，伸懒腰，上楼走慢步，上气不接下气，和年轻的妇女们在一起觉得枯燥乏味，舞会上不跳舞。但是在彼得堡他总觉得年轻了十

---

① 《列夫·托尔斯泰文集》第十卷，人民文学出版社2000年版，第946页。
② 同上书，第739页。
③ 同上书，第945页。
④ 同上书，第945页。
⑤ 同上书，第946页。

岁哩。"①

　　不可否认，奥布隆斯基也有一些好的品质，如不"自欺欺人""善良开朗""无可怀疑的诚实""对别人极度宽容""对一切人都平等看待，不问他们的衔级或职位的高低"等。这些好的品行，加之"在他那漂亮的开朗的容貌，他那闪耀的眼睛，乌黑的头发和眉毛，以及他那又红又白的面孔上，具有一种使遇见他的人们觉得亲切和愉快的生理的效果"。因此，他不仅"不但赢得了他的同僚、下属、上司和所有同他打过交道的人们的喜欢，而且也博得了他们的尊敬"。奥布隆斯基秉性真诚，不爱说谎。要强迫他说谎做假他就十分难受。他没在老同学列文面前掩盖自己对妻子的感情："你的妻子老了，而你却生命力非常旺盛。在你还来不及向周围观望以前，你就感觉到你不能用爱情去爱你的妻子，不论你如何尊敬她。"尽管他不爱自己的妻子，但是也不得不承认"妻子是一个了不起的女人，她有先见之明。她看得透人，不仅这样，她会未卜先知，特别是在婚事方面"②。他真诚地鼓励老同学列文去向自己的小姨妹基蒂求婚，并为列文出主意，为他们的婚事忙碌。

　　奥布隆斯基有时看问题能一针见血，看到本质。如他对自己的挚友列文的评价："你是始终如一的。这是你的优点，也是你的缺陷。你有始终如一的性格，你要整个生活也是始终如一的——但事实决不是这样。你轻视公务，因为你希望工作永远和目的完全相符——而事实决不是这样。你还要每个人的活动都有明确的目的，恋爱和家庭生活始终是统一的——而事实决不是这样。人生的一切变化，一切魅力，一切美都是由光和影构成的。"③ 还有一次，列文在大谈他的理想——地主出土地，农民出劳力，共同经营，共分红利的宗法制庄园制度时，奥布隆斯基指出："但是你还没有划出正当的和不正当的劳动之间的界线。我拿的薪金比我的科长拿得多，虽然他办事比我高明得多，这是不正当的吗？"当列文表示"我不知道"时，奥布隆斯基说："那么我告诉你吧：你在经营农业上获得了，假定说，五千多卢布的利润，而我们这位农民主人，不管他多

---

①《列夫·托尔斯泰文集》第十卷，人民文学出版社2000年版，第945—946页。
②《列夫·托尔斯泰文集》第九卷，人民文学出版社2000年版，第21页。
③ 同上书，第56页。

么卖劲劳动，他顶多只能得到五十卢布，这事正和我比我的科长收入得多，或者马尔图斯比铁路员工收入多一样的不正当。"① 最后奥布隆斯基指出："事情就是这样，我的朋友！二者必居其一：要么你承认现在的社会制度是合理的，维护自己的权利；要么就承认你在享受不公正的特权，像我一样，尽情享受吧。"② 对妹妹安娜的不幸，他一针见血地指出其原因："你和一个比你大二十岁的男子结了婚。你没有爱情，也不懂爱情就和他结了婚。让我们承认，这是一个错误。"③ 安娜承认是"一个可怕的错误！"

奥布隆斯基富有同情心。他同情妻子的不幸，"看见她的憔悴的、痛苦的面孔，听见她那种听天由命、悲观绝望的声调的时候，他的呼吸就困难了，他的咽喉哽住了，他的眼睛里开始闪耀着泪光"。并坦率地在妻子面前承认自己"罪孽深重"，请求妻子饶恕自己。他哭着对妻子说："多莉，看在上帝面上，想想孩子们，他们没有过错！都是我的过错，责罚我，叫我来补偿我的罪过吧。任何事，只要我能够，我都愿意做！我是有罪的，我的罪孽深重，没有言语可以形容！但是，多莉，饶恕了我吧！"④ 对妹妹安娜的不幸婚姻，他多次主动找卡列宁交涉。当然，对卡列宁他也是同情的。如第一次到卡列宁处谈离婚的事，卡列宁把自己的决定给他看，奥布隆斯基看后，"嘴唇""神经质地抽动不停"，"眼泪哽住了他的喉咙"。最后只能说："是的，是的。我了解您。"奥布隆斯基尽管自己"手头总是很拮据"，但看到募捐箱，只要口袋里还有两文，总不会"无动于衷"。正如他说的："我口袋里有钱的时候，我看见这些募捐箱就不能无动于衷。"⑤

奥布隆斯基是一个富有感情并容易动感情的人。他的妹妹安娜自杀后，他伏在妹妹的尸首上绝望痛哭。但当他听说置妹妹于死地的弗龙斯基用自己的钱武装了一连骑兵要赴塞尔维亚前线的时候，"完全忘记了自己曾伏在妹妹的尸首上绝望地痛哭，他只把弗龙斯基看成一个英雄和

---

① 《列夫·托尔斯泰文集》第十卷，人民文学出版社2000年版，第763页。
② 同上书，第765页。
③ 《列夫·托尔斯泰文集》第九卷，人民文学出版社2000年版，第556页。
④ 同上书，第16页。
⑤ 《列夫·托尔斯泰文集》第十卷，人民文学出版社2000年版，第1006页。

老朋友"①。主动去和弗龙斯基话别,在他旁边走着,并"兴奋地谈论什么"。

奥布隆斯基毫无贵族老爷的骄横与傲慢,相反,他待人极为宽厚,对人一视同仁,他认为:"大家都是凡人,你我都一样,何必生气争吵呢?"正因为这样的好性格,因此在他把家庭搞得一团糟,他自己"在妻子面前一无是处"时,"家里几乎人人站在他一边,就连他妻子达丽雅·阿历山德罗夫娜的心腹,这个老保姆,也不例外"。他从不说别人的坏话,而是尽量说别人的好话。如他讲安娜"是个贤惠的女人",也讲卡列宁是个"挺不错的"杰出的正派人。他与周围人的交往是以一种"微笑"的形式出现的。连妻子多莉审问他的"丑"事时,他的"脸上竟不由自主地、完全不由自主地突然浮现出那种他平时常有的敦厚和愚憨的微笑"。当然,这种傻笑对正在气头上的多莉来讲,无疑是火上加油。奥布隆斯基的好性格和"微笑"外交,与时代的影响和贵族地位日益下降分不开,从这个角度也反映了俄国社会急剧变动对贵族的冲击。在"一切都翻了个身,一切都刚刚开始安排"的19世纪70年代的俄国,由于资本主义的侵入,资产阶级自由、平等的民主思想的影响,部分贵族已觉得自己并没有什么了不起,尤其像奥布隆斯基这类经济地位每况愈下的贵族,他们的尊严已为拮据的生活所替代,骄横傲慢的本钱没有了,因此,再也不能摆出一副道貌岸然的臭架子了。在严酷的现实中,只能随随和和,四面讨好,不得罪任何人。

总之,奥布隆斯基表面上是个好人,实际上是一个没有政治观点,只讲生活享受的正走向没落的贵族阶级的庸人。在他身上,反映了俄国贵族逐渐退出历史舞台的必然趋势。赫拉普钦科指出:"就……奥勃朗斯基来说,尽管他具有享乐主义的特点,但他没有真正的爱情和深刻的爱好,同时也不会有重要的思想。他全神贯注于眼前的事情,只顾寻求肉体的快乐。他把这些看作是他生活的唯一目的。奥勃朗斯基虽是一个善良的、富有同情心的人,但人生的大问题很少引起他的兴趣;他的亲人们经常操心的所有事情,也很少使他不安。他生活着,好像一棵草生长

---

① 《列夫·托尔斯泰文集》第九卷,人民文学出版社2000年版,第1006页。

着一样。"① 托尔斯泰在描写这个人物所用的讽刺语调中，也表现了作家"对夸夸其谈、伪善和根本不了解人民需要的自由派的否定态度"②。

多莉的形象

《安娜·卡列宁娜》以一场家庭悲剧展开情节。这场悲剧发生在奥布隆斯基公爵家里。奥布隆斯基是安娜的哥哥，是留里克王室的后裔。悲剧的主人公是就是奥布隆斯基的 33 岁的妻子多莉。多莉是莫斯科世袭名门贵族谢尔巴茨基公爵的千金。谢尔巴茨基公爵有 3 个女儿，多莉是老大。《安娜·卡列宁娜》的第二主人公列文曾经爱过她，差一点和她结婚。但由于家庭的影响，她在还不甚知道爱情为何物时就嫁给了自己并不了解的外表英俊、仅比自己仅大一岁的花花公子奥布隆斯基。她和奥布隆斯基生活了 8 年，还天真地以为自己是幸福的。正如她对小姑安娜所说的："……我是怎样结婚的。受了妈妈给我的教育，我不只是天真，我简直是愚蠢。我什么都不懂。……一直以为我是他接近过的唯一的女人。我就这样生活了八年。……我不仅不怀疑他有什么不忠实，而且认为那是不可能的……完全相信自己的幸福。"③ 她与奥布隆斯基生了 7 个孩子，其中两个已死去。她为这个家庭，为丈夫牺牲了自己的青春、美貌。她对安娜说："安娜，我的青春和美丽都失去了，是谁夺去的？就是他和他的孩子啊。我为他操劳，我所有的一切都为他牺牲了。"④ 但是，她牺牲一切所换来的是丈夫的背叛。在丈夫眼里，"她只是一个贤妻良母，一个疲惫的、渐渐衰老的、不再年轻、也不再美丽、毫不惹人注目的女人"⑤。三天前，多莉发现丈夫与法籍家庭女教师罗兰有暧昧关系，她的精神支柱倒了，感到一切都完了，那曾经成为她的安慰，成为她的"劳苦的报酬的一切"，她曾经的快乐变成了现在的痛苦。她对安娜说：

---

① 赫拉普钦科：《艺术家托尔斯泰》，刘逢祺、张捷译，上海译文出版社 1987 年版，第 216—217 页。
② 同上书，第 217 页。
③ 《列夫·托尔斯泰文集》第九卷，人民文学出版社 2000 年版，第 90 页。
④ 同上书，第 91 页。
⑤ 同上书，第 6 页。

"我辛辛苦苦为的什么呢？为什么要有小孩呢？……我没有了爱和温情，对他只有憎恶，是的，憎恶。我恨不得杀死他。"① 尽管这样，但当安娜站在一个女人的角度谈丈夫的出轨，谈到她恋爱时在奥布隆斯基心目中的"诗意与崇高"，奥布隆斯基对她像神一般的崇拜。尤其是当她问安娜："假使是你的话，你能够饶恕吗？"安娜回答她："是的，我能够……我会饶恕的。我不能再跟从前一样了；不但是我会饶恕的，而且好像从来不曾发生过这事一样地饶恕的……"② 她从安娜的话语和表情上看到了"纯真的同情和友爱"，更看到了安娜的真诚。她还是原谅了对自己不忠实的丈夫。并把安娜看成知己。安娜回彼得堡前多莉对她说："记住……我……把你当作我最亲爱的朋友！"

多莉看问题冷静理性，当安娜向她解释为什么一定要提前回彼得堡："你知道基蒂为什么不来吃饭？她嫉妒我。我破坏了……这次舞会对于她不是快乐反而是痛苦，完全是因为我的缘故"③ 时，多莉说："……我并不怎么希望……结成这门婚事。假如他……一天之内就对你钟情，那么这门婚事还是断了的好。"④ 她不仅没有责备安娜，把安娜看成妹妹和弗龙斯基之间的第三者。相反，她从弗龙斯基情感的迅速变化中看出了其花花公子的本质，认为妹妹和这样花心的人结婚是不会幸福的，因此趁早断了这门婚事是好事。事实证明，多莉的看法是完全正确的。弗龙斯基并没有像列文那样真心的爱基蒂，更不会向基蒂求婚。他向基蒂献殷勤只不过是在基蒂身上，他"第一次体会到和社交界一个可爱、纯洁而倾心于他的少女接近的美妙滋味"。他不喜欢家庭生活，认为"家庭，特别是丈夫……好像是一种什么无缘的、可厌的、尤其是可笑的东西"。⑤ 这也印证了奥布隆斯基对多莉的夸奖："她有先见之明。她看得透人，不仅这样，她会未卜先知，特别是在婚事方面。"⑥ 多莉真切地关心自己的妹妹基蒂，得知妹妹因弗龙斯基的冷淡而生病并要出国疗养。她前往探

---

① 《列夫·托尔斯泰文集》第九卷，人民文学出版社 2000 年版，第 91 页。
② 同上书，第 93 页。
③ 同上书，第 128 页。
④ 同上书，第 129 页。
⑤ 同上书，第 75 页。
⑥ 同上书，第 50 页。

视安慰。但一开始就遭到基蒂的抢白："最可怕的就是这种同情！……是我爱上一个丝毫不关心我的男子，而且我会为爱他而死吗？……我没什么好难受的，也不需要安慰。我还有自尊心，永远不会让自己去爱一个不爱我的男子。"这些话都是针对多莉的不幸婚姻而说的。尽管如此，多莉理解妹妹这时的心情，并不和她计较，仍十分关切地拉着她的手问："告诉我，列文向你提出来了吗？……"想不到基蒂这时竟然会残忍地用最能刺伤多莉那颗仍在流血的心的话回答姐姐的善意的询问："你为什么现在还要提列文？我真不懂你为什么还要折磨我？我说过，现在再说一遍，我这个人挺自负，我绝对不会……绝对不会像你那样，回到一个对你变了心，爱上另一个女人的男人身边去。我真不懂，这一层我真不懂！你办得到，我可办不到！"她在十分痛苦的情况下说了这些话。格外地尖锐地刺痛着多莉的心。"她没有想到妹妹会这样冷酷。"但当看到姐姐忧郁地低着头，不作声，似乎很生气的那副模样时，她觉察到了自己的话对姐姐的伤害是那样的深。她压抑不住自己的悲泣，跪倒在姐姐面前，双手搂住她的脖子，把脸埋在多莉的裙子里，满怀歉意地低声说："多林卡，我多么，多么不快乐呀！"① 多莉理解妹妹的心情，看到她真诚的愧悔，她原谅饶恕了妹妹。"她确信不疑……基蒂的悲痛，无可慰藉的悲痛正是由于列文向她求过婚，她拒绝了他，而弗龙斯基却欺骗了她。她现在情愿爱列文，憎恨弗龙斯基。"姐妹俩交织的泪水润滑了她们相互信赖的机器的转动，正是出于对多莉的信赖，基蒂把自己的感受向姐姐尽情倾诉，并不顾被传染的危险，到姐姐家看护六个害了猩红热的孩子。

多莉是一个贤妻良母。丈夫的出轨造成她巨大的痛苦，但为了孩子，她还得忍受。正如她对安娜所说的："一切都完了，再也没有什么办法了"，"而最糟的，你知道，就是我不能甩脱他。有小孩子们，我给束缚住了。可是我又不能和他一起生活，我见了他就痛苦极了"②。尽管在安娜的调解下她与奥布隆斯基和好，但这种基础并不牢固。丈夫好色老毛病没改，对她照样不忠，"几乎总是不在家"。而家里经济危机，"几乎总

---

① 《列夫·托尔斯泰文集》第九卷，人民文学出版社 2000 年版，第 164—165 页。
② 同上书，第 89—90 页。

是没有钱"。面对这一切，她默认了。她为"照管一个大家庭"而"不断地操心受苦"①。他们家财政危机，已经到靠出卖她陪嫁的地产过日子的地步。"为了尽量节省开支"，也为了"逃避那使她痛苦不堪的欠木材商、鱼贩、鞋匠的小笔债务"②追还时的屈辱，她和孩子们一道搬到乡下去。当然她丈夫奥布隆斯基让她们到乡下的一个重要原因是"他可以更自由"。刚到乡下，她找不到厨娘，孩子们的奶不够吃，蛋也没有，擦洗地板的人也找不到。一个人带着六个孩子，"不是一个病了，就是另一个快要生病的模样，要么就是第三个缺少什么营养，第四个露出坏癖性的症候，等等问题"③。但是这一切对她来说，"却是她可能得到的唯一幸福"。只要孩子们有"微小的欢乐"，就能"补偿她的痛苦"。她为自己的六个孩子"感到幸福，以他们而自豪"。尽管六个孩子给她带来了无穷无尽的麻烦，操碎了她的心，但只要和他们在一起，她就愉快。如她带孩子们去游泳，"听着他们又惊又喜的叫嚷，看着她的这些溅着水的小天使睁圆了惊奇而又快乐的眼睛，喘着气的那副神情，在她是极大的快乐"④。作为贤妻，多莉是善良的，尽管丈夫经常欺骗她，但她总是从好处去想丈夫，为丈夫作出自我牺牲。如两星期前，她接到奥布隆斯基一封悔罪的信。并"恳求她挽救他的名誉，卖掉她的地产来偿还他的债务"。尽管多莉陷入绝望，恨她的丈夫，对他又是轻视，又是可怜，打定主意和他离婚，并且加以拒绝；但"最近一件证明他的善良的事历历在目地涌现在她的心头"⑤。结果又同意卖掉她自己的一部分地产，为丈夫还债。奥布隆斯基也不得不在列文面前承认："我的妻子是一个了不起的女人。"⑥

多莉是虔诚的宗教信徒，并对宗教有自己的见解。"在和她妹妹、母亲和友人亲密地谈论哲学问题中，屡屡以她论述宗教的自由见解使她们惊异，她有她独特奇异的轮回说，她笃信这种宗教。"尽管她对"教会的

---

① 《列夫·托尔斯泰文集》第九卷，人民文学出版社 2000 年版，第 159 页。
② 同上书，第 341 页。
③ 同上书，第 343 页。
④ 同上。
⑤ 《列夫·托尔斯泰文集》第十卷，人民文学出版社 2000 年版，第 1020 页。
⑥ 《列夫·托尔斯泰文集》第九卷，人民文学出版社 2000 年版，第 50 页。

教义很少关怀。但是在她家里,她却严格地执行教会的一切要求"①。她为孩子们将近一年没有领圣餐而担忧,并决定要在夏天举行这个仪式。为此,她精心给孩子们准备仪式的衣服,就连对服饰渐渐不感兴趣的她为了给孩子们留下好印象,也精心打扮自己。当最后一次照镜子时,她对自己感到满意了。"她很美丽。"但这种美丽有了新的含义:"不是她从前赴舞会时想望的那种,而是合乎她眼前所抱持的目的的一种美丽。"②多莉和列文是多年的老相识。她一向就非常喜欢列文,当年列文差一点就向她求婚了,只是因奥布隆斯基捷足先登而未果。她独自带着孩子们在乡下,列文从奥布隆斯基的信中得知多莉在乡下并要他关照后,迫不及待地坐马车来到多莉的庄园。当多莉"认出迎面而来的、戴着灰色帽子、穿着灰色外套的列文的熟悉姿态的时候,她快活极了。她什么时候都乐意看见他"。而列文"看见她,他就感到好像面对着他想象中的家庭生活的一幅图景"。"谁也比不上列文能赏识她的伟大。"③ 这不难看出,多莉正是列文心目中理想的家庭主妇。多莉一直关心列文和妹妹基蒂的事,他们在一起,自然谈到基蒂。当多莉告诉列文,基蒂要到这里来时,列文兴奋得"涨红了脸"。但列文对求婚被基蒂拒绝而伤了他的自尊心一事耿耿于怀。多莉对列文说:"您痛苦的只是自尊心受了伤害。""当您向基蒂求婚的时候,她正处于一种本能回答的境地。她犹豫不定。在您和弗龙斯基两人之间的犹疑。他,她天天看见,而您,她却好久没有看到了。假若她年纪再大一点的话……比方我处在她的地位就决不会犹疑的。我一向不喜欢他,而结果果然这样。"④ 并明白地对列文说:"她当时的拒绝并不说明什么。"⑤ 这就是说,列文和基蒂还是有希望的,并暗示他去向基蒂求婚。她希望列文能理解自己的妹妹,真诚希望他们能在一起。列文虽然心里装着基蒂,但他认为:"我不能够仅仅因为她不能够做她所爱慕的男人的妻子,就要求她做我的妻子。"这完全是自尊心在作怪。

多莉关心妹妹的同时,也一直关心着安娜。她认为安娜"的为人再

---

① 《列夫·托尔斯泰文集》第九卷,人民文学出版社 2000 年版,第 345 页。
② 同上书,第 343 页。
③ 同上书,第 349 页。
④ 同上书,第 354 页。
⑤ 同上书,第 355 页。

好也没有了"。她不喜欢安娜的家庭生活,认为"他们的家庭生活的整个气氛上有着虚伪的味道"①。当卡列宁出差路过莫斯科被奥布隆斯基在街上发现请到家做客,卡列宁要向她告辞时,她和卡列宁有一场关于安娜的谈话,她开始"坚信安娜是清白的"。甚至为"眼前这个冷酷无情的男子竟那么满不在乎地想要毁掉她无辜的朋友"而"脸都气白了,嘴唇颤抖起来"②。她告诉卡列宁:"我爱安娜,就像爱自己的妹妹,而且也尊敬她。"卡列宁再次告诉她:"她无视自己的责任,欺骗了自己的丈夫。"但多莉还是不相信,她说:"不,不,不会有这种事的!看在上帝面上,您一定是弄错了。"③ 卡列宁对她说:"当妻子亲口告诉她丈夫这个事实,告诉他,她八年来的生活和儿子,——这一切都是错误,而她要重新开始生活的时候,那就很难弄错了"时,她还说:"安娜和罪恶——我不能把这两者联系起来,我不能相信!"直到卡列宁对她讲:"我倒宁愿还有怀疑的余地。我怀疑的时候,固然很苦,但却比现在好。我怀疑的时候,我还有希望;但是现在什么希望都没有了。可还是怀疑一切,我是这样怀疑一切,我甚至憎恨我的儿子,有时候简直不相信他是我的儿子了,我真不幸"④ 时,多莉才对安娜的清白信念开始动摇。当卡列宁告诉她自己决定采取最后的手段,"人不能不摆脱这种屈辱的境地;人不能过三角关系的生活"时,多莉说:"我明白,这个我完全明白……您是一个基督徒。替她想一想吧!要是您抛弃了她,她会变成什么样子呢?"卡列宁说:"当她亲口对我说了我的屈辱时,我就这样做了……我给她悔过自新的机会……她连最微不足道的要求——就是要她顾全体面,都不肯遵守。人可以挽救那些自己不愿意毁灭的人,但是要是她整个的天性是这样堕落,这样淫荡,毁灭本身在她看来就是拯救,那有什么办法呢?"多莉说:"随便什么都好,但是不要离婚!……这真可怕!她会谁的妻子都做不成了;她会毁了!"多莉还现身说法:"我结了婚,我丈夫欺骗了我;我一时气愤和嫉妒,本来想抛弃了一切,本来想自己……但是我清醒了;

---

① 《列夫·托尔斯泰文集》第九卷,人民文学出版社 2000 年版,第 88 页。
② 同上书,第 511 页。
③ 同上书,第 512 页。
④ 同上书,第 513 页。

而这是谁使我这样的呢？安娜救了我。而现在我在生活下去。孩子们在长大，我丈夫也回到家里，而且悔悟了，渐渐变纯洁变好了，而我呢，也在生活下去……我饶恕了，您也得饶恕啊！"① 卡列宁说："我不能饶恕……为了她给予我的伤害，我太恨她了！"多莉说："爱那些恨您的人……"卡列宁说："爱那些恨您的人，但却不能爱那些您所憎恨的人。"②

多莉对安娜的关爱还表现在安娜被上流社会所抛弃，没有任何上流社会的妇女，包括她的表嫂贝特西公爵夫人和弗龙斯基的嫂嫂都不愿看望她的情况下，多莉要去离列文庄园只有70里地的弗龙斯基庄园看望安娜。她这样做不仅会惹来上流社会的非议，同时还会引起妹妹基蒂的伤心和妹夫列文的不快，还要花费一笔对她来讲数目不小的金钱。尽管如此，但她还是要去，因为她认为对安娜"感情依然不变是她的责任"。在前往弗龙斯基庄园的马车里，她"回顾她十五年的婚姻生活。'怀孕、呕吐、头脑迟钝、对一切都不起劲、而主要的是丑得不像样子。……生产、痛苦，痛苦得不得了……哺乳、整宿不睡，那些可怕的痛苦……'几乎哺育每个孩子都害过一场奶疮，她一想起那份罪就浑身战栗。'接着就是孩子们的疾病，那种接连不断的忧虑；随后是他们的教育……孩子的夭折。'那种永远使慈母伤心的悲痛回忆……"她问自己："这一切究竟是为了什么？这一切究竟会有什么结果呢？结果是，我没有片刻安宁，一会儿怀孕，一会儿又要哺乳，总是闹脾气和爱发牢骚，折磨我自己，也折磨别人……生出一群不幸的、缺乏教养、和乞儿一样的孩子。……吃多少苦头，费多少心血啊……我的一生都毁了！"她感到"人人都生活着……独独没有我！"她想到他要去看的安娜。"他们都攻击安娜。为什么？难道我比她强吗？我至少还有一个心爱的丈夫。并不很称心如意，不过我还是爱他的；但安娜并不爱她丈夫。她有什么可指责的地方呢？她要生活。上帝赋予我们心灵这种需要。我可能也做出这样的事。……当时还可能有人喜欢我，我还有姿色。……"她回忆起向她献殷勤的谢尔盖·伊万诺维奇、钟情于她的图罗夫岑和一个夸她是姊妹中最美的年轻人。她认为："安娜做得好极了，我无论如何也不会责备她。她是幸福的，使

---

① 《列夫·托尔斯泰文集》第九卷，人民文学出版社2000年版，第513—514页。
② 同上书，第515页。

另外一个人也幸福……"①

多莉到弗龙斯基庄园第一眼看到的是骑在马上的安娜,"最初的一瞬间,她觉得安娜骑马是不成体统的",因为女人骑马与幼稚轻浮和卖弄风情是有关联的。但"看到她那由高帽里散落下来的一绺绺乌黑鬈发的美貌动人的头,她丰满的肩膀,她穿着黑骑装的窈窕身姿,和她整个雍容优雅的风度,多莉不由得为之惊倒了"。这时她认为安娜骑马也没有什么不好。"她的姿态、服装和举止——是那样单纯、沉静和高贵,再也没有比这更自然的了。"② 她欣赏起安娜来了,甚至被安娜"脸上所看出的那种瞬时即逝的美貌"所打动。安娜似乎变了一个人,以致多莉"聚精会神好奇"地盯着她看。多莉所坐的马车是破旧的,挡泥板"千疮百孔",而安娜请她所坐的另一辆马车却是她这个公爵夫人从来没有见过的"雅致",就连女仆穿的衣服也比她这个公爵夫人还要时髦摩登。这使多莉感到"羞惭"。她的造访,出乎安娜的意料,安娜当然非常高兴。她对多莉说:"要是我知道,你并不轻视我……我早就邀请你们都到我们家来了。"③ 多莉通过和安娜及弗龙斯基的谈话,看到了他们表面豪华风雅的生活所掩盖的不幸,发现了他们是一群高明的演员在演戏,一切都是装出来的。多莉发现了安娜眯缝眼睛的新习惯。安娜连自己的女儿长了几颗牙也不知道,她对多莉说:"我在这里像一个多余的人。"多莉向安娜转达弗龙斯基要她成为自己合法的妻子时,安娜说:"什么妻子,是奴隶,有谁能像我,像处在这种地位的我,做这样一个无条件的奴隶呢?"并表示自己不愿再生孩子了。安娜不愿要孩子的原因并不是怕生产的痛苦,而是她的孩子"会是一群只好顶着外人的姓氏的不幸孩子!""由于他们的出身,他们就不能不因为他们的父母,和自己的出身而感到羞愧。""在这些孩子面前,我永远会觉得于心有愧。"当谈到离婚的问题时,安娜表示不愿意离婚。其理由一是卡列宁不会同意;二是就算卡列宁同意,她会失去儿子。多莉"突然觉得她和安娜距离得那么遥远,有

---

① 《列夫·托尔斯泰文集》第十卷,人民文学出版社 2000 年版,第 786—789 页。
② 同上书,第 791 页。
③ 同上书,第 798 页。

些问题他们永远也谈不拢"①。安娜最后对多莉说:"不要看不起我!我不该受人轻视。我真是不幸。如果有人不幸,那就是我!"并哭了起来。弗龙斯基认为多莉"非常善良,不过太实际了"②。弗龙斯基的看法无疑是正确的。多莉没有安娜和弗龙斯基那样的浪漫。她在弗龙斯基庄园里看到的一切都是虚伪,这里的一切都是装出来的。他们的生活是空虚的。正因为如此,所以多莉在和安娜谈话的时候,从心坎里怜悯安娜,但当她一个人的时候,她却"怎么也不能想她了。想家和思念孩子们的心情以一种新奇而特殊的魅力用尽了她的想象力"。在弗龙斯基那豪华的庄园的经历使她体验到"不满和不安的茫然若失"。安娜的生活并没有她来的路上想象的那么幸福惬意和令人向往,相反,她的那个耗尽了她的青春、美貌和精力的"世界现在显得那么珍贵和可爱",那才是真正的生活。她在路上曾那样怨恨过的,现在刚清静了一天就使她的看法大不相同了。"以致她无论如何也不愿意再在外面多逗留一天,打定主意明天一定要走。"③ 她向往的还是为孩子、为丈夫、为家庭当牛做马、为自己的天职献身的生活。只有那种生活她才感到充实。因此,当马车离开弗龙斯基的庄园驶到田野里的时候,多莉甚至"体会到一种轻松愉快的心情"。因为她很快就会回到那种生活中。不仅如此,就连马车夫和办事员也对弗龙斯基庄园没有好感,他们尽管有钱,但连马都不给喂饱。

多莉一直关心着安娜,早在安娜到莫斯科解决她和哥哥的矛盾,即将离开莫斯科,她最后一次拥抱她小姑的时候,对安娜说:"记住,安娜,你给我的帮助——我永远不会忘记。记住我爱你,而且永远爱你,把你当作我最亲爱的朋友!"④ 多莉实践了自己所说的话。当她从安娜的丈夫卡列宁口中得知安娜的出轨时,她开始不相信,但卡列宁说出安娜自己都承认时,她要卡列宁宽恕安娜;当安娜被孤立于上流社会的大门之外时,只有她一个人去看安娜;当安娜自杀前最后一次到她家,她还对安娜说:"我正要亲自去看你,我今天接到斯季瓦一封信……"⑤ 并把

---

① 《列夫·托尔斯泰文集》第十卷,人民文学出版社 2000 年版,第 827—828 页。
② 同上书,第 831 页。
③ 同上。
④ 《列夫·托尔斯泰文集》第九卷,人民文学出版社 2000 年版,第 130 页。
⑤ 《列夫·托尔斯泰文集》第十卷,人民文学出版社 2000 年版,第 982 页。

信拿给安娜，告诉并安慰安娜说对他们的事"满怀希望"。同时，她还说服一直对安娜怀有敌意不愿意见安娜的妹妹基蒂出来会见处于绝望中的安娜，尽量减少安娜精神上的痛苦。

　　托尔斯泰在《安娜·卡列宁娜》出版前不久撰写了一篇论文：《论婚姻和妇女的天职》，其中写道："谁想和两三个人结婚，他就连一个家庭都不会有。婚姻的结果是生儿养女。""人的尊严不在于他具有无论何种品格和知识，而仅仅在于完成自己的天职。男人的天职是做人类社会蜂房的工蜂，那是无限多样的；而母亲的天职呢，没有她们便不可能繁衍后代，这是唯一确定无疑的。……妇女的尊严就在于理解自己的使命。理解了自己使命的妇女不可能把自己局限于下蛋。她越深入理解，这一使命便越能占有她的全部心身，而且被她感到难于穷尽。……一个妇女为献身母亲的天职而抛弃个人的追求愈多，她就愈完善。""母亲积极地爱，爱得越深，孩子便越美好。"① 这里，托尔斯泰指出了妇女的天职是生儿育女，做好母亲，维护婚姻和家庭。而《安娜·卡列宁娜》中的多莉正是这样的一个女性，她生育了众多子女而又尽心维护自己的家庭和夫妻关系，"为献身母亲的天职而抛弃个人追求"，不仅付出了青春、美貌，还得卖陪嫁的田庄森林为不忠的丈夫还债。俄罗斯妇女的传统美德在她身上得到了充分的体现，她无疑是托尔斯泰在作品中歌颂的人物。

　　正如俄罗斯批评家格罗梅卡所说的那样，在《安娜·卡列宁娜》中，"解决家庭幸福和痛苦问题的小说女主人公，不是光彩照人的安娜，不是娇媚的吉娣，而是外表平常、对大多数人毫无魅力的朵丽。她与丈夫一起生活是不幸的，但她是对的，她的正确使她以另一种的、最好的幸福而幸福"②。托尔斯泰的同时代文学批评家葛罗包卡也持有类似的观点。他赞扬多莉能够完成"舍弃幸福的爱的功绩"，富于自我牺牲精神。葛罗包卡认为，多莉"远远高于安娜，也高于吉提。杜丽（多莉）实际上是女主人公，有关她的篇页是长篇小说中意义最崇高的部分"③。

---

　　① 《列夫·托尔斯泰文集》第十五卷，人民文学出版社2000年版，第1—3页。
　　② М.С.格罗梅卡：《论列·尼·托尔斯泰评长篇小说〈安娜·卡列尼娜〉》俄文版，1893年，第37页。
　　③ 叶尔米洛夫：《长篇小说家托尔斯泰》，俄文版。转引自徐鹏《安娜形象辨析》，《安徽教育学院学报》1987年第4期，第56页。

基蒂的形象

  基蒂是谢尔巴茨基公爵最小的女儿。她的两个姐姐多莉和娜塔利亚已经出嫁。这个恪守传统的贵族家庭，尤其是一家之主老公爵"对于自己女儿的贞操和名誉是极端严格的……特别是他的爱女基蒂"。面对"世风日下"，女孩们"坚信选择丈夫是她们自己的事，与她们的父母无关"的现实，公爵夫人生怕基蒂"爱上一个无意和她结婚的人，或是完全不适合做她丈夫的人"①。因此更有理由对基蒂严格要求了。基蒂在作品里出现时，是一个刚刚踏入社交界的情窦初开的女孩。她18岁，"在社交界的成功超过了她的两个姐姐。而且甚至超过了她母亲的期望"。她不仅是莫斯科舞会上所有青年的恋慕者，而且一进社交界就有了两个追求者：一个是她哥哥大学的同学和挚友列文；一个是"非常富有、聪明、出身望族，正踏上宫廷武官的灿烂前程"②英俊迷人的弗龙斯基。对于这两个追求者，基蒂的父亲谢尔巴茨基公爵出于实际中意能干实事的列文，认为"基蒂配上他是再好也没有了"。当夫人向他暗示了弗龙斯基和基蒂的关系已基本定下来时，气得发狂，他对公爵夫人挥着手臂嚷道："什么？我告诉你什么吧！就是你没有自尊心，没有尊严；你就用这种卑俗愚蠢的择配手段来玷污和毁掉你的女儿！"③"我不是猜想；我知道！我们对于这种事是有眼光的，可是女人家却没有。我看出一个人有诚意，那就是列文；我也看到一头孔雀，就像那个喜欢寻欢作乐的轻薄儿。"④而公爵夫人从虚荣心出发不喜欢列文"奇怪的激烈见解""在社交界的羞赧""他专心致力于家畜和农民的事务"，尤其认为"他全不懂得一个男子常去拜访有未婚少女的人家是应当表明来意的"起码的规矩，而认为会做表面功夫的弗龙斯基非常富有、聪敏、出身望族，正奔上宫廷武官的灿烂前程，而且是一个迷人的男子。再好也没有了，能满足自己的"一切

---

① 《列夫·托尔斯泰文集》第九卷，人民文学出版社2000年版，第59页。
② 同上书，第58页。
③ 同上书，第72页。
④ 同上书，第74页。

希望"①。列文来出现时,她甚至"恐怕她的女儿——她觉得她有一个时候对列文产生过感情——会出于极端的节操拒绝弗龙斯基,总之她恐怕列文的到来会使快成定局的事情发生波折,以致延搁下来"②。

基蒂本人对这两个追求者都有好感。"幼年时代和列文同她亡兄的友情的回忆,给予她和列文的关系一种特殊的诗的魅力。她确信他爱她,这种爱情使她觉得荣幸和欢喜。她想起列文就感到愉快。"对于弗龙斯基,在她的回忆里"却始终掺杂着一些局促不安的成分,虽然他温文尔雅到了极点;好像总有点什么虚伪的地方……但是在另一方面,她一想到将来她和弗龙斯基在一起,灿烂的幸福远景就立刻展现在她眼前"③。与"和列文在一起,未来却似乎蒙上一层迷雾"相比,她天平的一边自然偏向弗龙斯基。因此,当列文向她提出"……我特为这事来的……做我的妻子"时,她作为女性,第一次听到别人向自己求婚、倾诉爱情,"欢喜欲狂","心里洋溢着幸福"。但是,她想起了弗龙斯基,刹那间的幸福感消失了。"她抬起清澈的、诚实的眼睛",望着列文绝望的面孔,迅速地回答:"那不可能……原谅我。"④ 基蒂拒绝并残酷地伤害了一个爱着她恋着她也是她一直非常尊敬的她亡兄的挚友,从内心深处,她是不愿这么做的,但因弗龙斯基,她还是这样做了。尤其是当弗龙斯基和列文相遇交谈,列文又遭基蒂的女友诺得斯顿伯爵夫人打趣时,"她从心底怜悯他,特别是因为他的痛苦都是她造成的"。她的眼神传达出内心的声音:"要是您能原谅我,就请原谅我吧。"⑤ 甚至上床后"列文一面站着听她父亲说话,一面瞥着她和弗龙斯基的时候,他那满面愁容,皱着眉,一双善良的眼睛忧郁地朝前望着"的印象让她难于入眠。"她是这样为他难过,不由得眼泪盈眶了。"但当她想到"牺牲他换来的那个男子"。"回想着他那堂堂的、刚毅的面孔,他的高贵而沉着的举止,和他待人接物的温厚。"以及"对于她的爱,于是她的心中又充满了喜悦",又"幸福地微笑"了。她内心煎熬:"我难过,我真难过,但是我有什么办法呢?

---

① 《列夫·托尔斯泰文集》第九卷,人民文学出版社 2000 年版,第 58 页。
② 同上书,第 59—60 页。
③ 同上书,第 62 页。
④ 同上书,第 64 页。
⑤ 同上书,第 71 页。

这并不是我的过错。""她懊悔的是她引起了列文的爱情呢，还是她懊悔拒绝了他，她不知道。但是她的幸福却被疑惑所损坏了。"只好向上帝求救："主，怜悯我们；主，怜悯我们；主，怜悯我们吧！"①

谢尔巴茨基公爵家要举行盛大的舞会，她去姐姐家看安娜，基蒂见到安娜，"还没有定下神来，就感到自己不但受到安娜的影响，而且爱慕她，就像一般年轻姑娘往往爱慕年长的已婚妇人一样。安娜不像社交界的贵妇人，也不像有了八岁孩子的母亲。……她看上去很像一个二十来岁的女郎"。基蒂"感觉到安娜十分单纯而毫无隐瞒，但她心中却存在着另一个复杂的、富有诗意的更崇高的境界，那境界是基蒂望尘莫及的"②。安娜叹赏基蒂的"美丽和年轻"。基蒂邀请安娜去参加她家的舞会。作为少女，基蒂是很注重穿着的，她也为即将出席舞会的她心目中一直崇拜的安娜设计了各式各样的服装。最终认为安娜穿淡紫色的衣服是最好的。

在基蒂心里，舞会这天是她最幸福的日子，因为她想到弗龙斯基会在这一天向她求婚。她精心打扮自己，"她的衣裳没有一处不合身，她的花边披肩没有一点下垂，她的玫瑰花结也没有被揉皱或是撤掉；……金色的假髻密密层层地覆在她的小小的头上，宛如是她自己的头发一样。她的长手套上三颗纽扣通通扣上，一个都没有松开，那长手套裹住了她的手，却没有改变它的轮廓。她的圆形领饰的黑天鹅绒带特别柔软地缠绕着她的颈项。……那天鹅绒简直是栩栩如生的"。她确实太幸福。她赤裸的肩膀和手臂给予她"一种冷澈的大理石的感觉，一种她特别喜欢的感觉。她的眼睛闪耀着，她的玫瑰色的嘴唇因为意识到她自己的妩媚而不禁笑了"③。

舞会上发生的一切把她"最幸福的日子"变成了最痛苦的日子。安娜在舞场一出现就成了整个舞会的皇后。她没有如基蒂所希望的穿淡紫色的衣服，"而是穿着黑色的、敞胸的天鹅绒衣裳，她那看去好像老象牙雕成的胸部和肩膊，和那长着细嫩小手的圆圆的臂膀全露在外面。衣裳

---

① 《列夫·托尔斯泰文集》第九卷，人民文学出版社 2000 年版，第 72 页。

② 同上书，第 94 页。

③ 同上书，第 101—102 页。

上镶满了威尼斯的花边。在她头上,在她那乌黑的头发——全是她自己的,没有掺一点儿假——中间,有一个小小的紫罗兰花环……她的发式并不惹人注目。惹人注目的,只是常常披散在颈上和鬓边的她那小小的执拗的发鬈,那增添了她的妩媚。在她那美好的、结实的脖颈上围着一串珍珠"。这才让基蒂看出了安娜的全部魅力。"她的魅力就在于她的人总是盖过服装,她的衣服在她身上决不会惹人注目……令人注目的是她本人——单纯、自然、优美、同时又快活又有生气。"① 弗龙斯基和基蒂跳了好几次华尔兹和一场卡德里尔舞,但都没有向她求婚。"她揪着心期待玛祖卡舞。她想一切都得在跳玛祖卡舞时决定。"② 基蒂为此拒绝了5个青年,等待弗龙斯基的邀请。但她正和一个她无法拒绝的讨厌的青年跳最后一场舞时,无意中发现自己正对面的弗龙斯基和安娜。"她在她身上看出了她自己所熟悉的那种由于成功而产生的兴奋神情;她看出了安娜因为自己引起别人的倾倒而陶醉……'谁使得她这样呢?''大家呢,还是一个人?'……'不,使她陶醉的不是众人的赞赏,而是一个人的崇拜。而那一个人是……难道是他吗?'每次他和安娜说话的时候,喜悦的光辉就在她的眼睛里闪耀,幸福的微笑就扭曲了她的朱唇。她好像在抑制自己,不露出快乐的痕迹,但是这些痕迹却自然而然地流露在她的脸上。'但是他怎样呢?'基蒂望了望他,心中充满了恐怖。在基蒂看来那么明显地反映在安娜脸上的一切,她在他的脸上也看到了。……整个舞会,整个世界,在基蒂的心中一切消失在烟雾里了。……她的心碎了。"③某种超自然的力量把基蒂的眼光引到安娜的脸上。"她那穿着朴素的黑衣裳的姿态是迷人的,她那戴着手镯的圆圆的手臂是迷人的,她那挂着一串珍珠的结实的脖颈是迷人的,她的松乱的卷发是迷人的,她的小脚小手的优雅轻快的动作是迷人的,她那生气勃勃的、美丽的脸蛋是迷人的,但是在她的迷人之中有些可怕和残酷的东西。""基蒂比以前越来越叹赏她,而她也越来越痛苦。基蒂感到自己垮了。"当安娜把她请来的时候,她恐惧地盯着她,自言自语:"是的,她身上是有些异样的、恶魔般的、

---

① 《列夫·托尔斯泰文集》第九卷,人民文学出版社 2000 年版,第 103—104 页。
② 同上书,第 106 页。
③ 同上书,第 107 页。

迷人的地方。"① 基蒂的痛苦，安娜感觉到了，因此，舞会的第二天一早，安娜就回彼得堡。她向多莉解释为什么今天她一定要走的原因："你知道基蒂为什么不来吃饭？她嫉妒我。我破坏了……这次舞会对于她不是快乐反而是痛苦，完全是因为我的缘故……"② 而多莉倒是理智地说："……我并不怎么希望……结成这门婚事。假如他……一天之内就对你钟情，那么这门婚事还是断了的好。"③ 多莉的分析是正确的，基蒂拒绝了她内心深处真正爱着的列文的求婚，而所倾心的弗龙斯基并不真心爱基蒂，更不会向基蒂求婚。他对基蒂感兴趣，是因为在基蒂身上，他"第一次体会到和社交界一个可爱、纯洁而倾心于他的少女接近的美妙滋味"。他不喜欢家庭生活，认为"家庭，特别是丈夫……好像是一种什么无缘的、可厌的、尤其是可笑的东西"④。因此，一见到光芒四射的安娜，他就把基蒂忘到九霄云外。

这场舞会对基蒂来讲，打击确实太大了。舞会后，基蒂病了，而且病得很重。家里为她找了最好的医生，但这是心病，不是药物可以奏效的，"医治她在她看来好像想把打破了的花瓶碎片拼拢起来一样可笑"。以致家庭医生建议她到国外去疗养。尽管如此，基蒂还在为别人着想，她不愿让自己的亲人，尤其是把造成她痛苦的过错都归到自己身上的母亲伤心，她还要强装笑脸。"她现在常常、差不多老是得装假。"⑤

她对一向十分依赖和尊敬的大姐多莉的伤害也正是其痛苦心理的反映。作品第二部写出国前非常关心她的姐姐多莉来探视安慰她。但一开始就遭到她的抢白："最可怕的就是这种同情！……我没什么好难受的，也不需要安慰。我还有自尊心，永远不会让自己去爱一个不爱我的男子。"尽管如此，多莉理解妹妹这时的心情，并不和她计较，仍十分关切地拉着她的手问："告诉我，列文向你提出来了吗？……"想不到基蒂这时竟然会残忍地用最能刺伤多莉那颗仍在流血的心的话回答姐姐善意的询问："你为什么现在还要提列文？我真不懂你为什么还要折磨我？我说

---

① 《列夫·托尔斯泰文集》第九卷，人民文学出版社 2000 年版，第 109 页。
② 同上书，第 128 页。
③ 同上书，第 129 页。
④ 同上书，第 75 页。
⑤ 同上书，第 158 页。

过,现在再说一遍,我这个人挺自负,我绝对不会……绝对不会像你那样,回到一个对你变了心,爱上另一个女人的男人身边去。我真不懂,这一层我真不懂!你办得到,我可办不到!"她在十分痛苦的情况下说了这些话。格外地尖锐地刺痛着多莉的心。"她没有想到妹妹会这样冷酷。"但当看到姐姐忧郁地低着头,不作声,似乎很生气的模样时,基蒂觉察到了自己的话对姐姐的伤害是那样的深。她压抑不住自己的悲泣,跪倒在姐姐面前,双手搂住她的脖子,把脸埋在多莉的裙子里,满怀歉意地低声说:"多林卡,我多么,多么不快乐呀!"① 基蒂前一刻钟还是那样高傲,宣称"我没有什么苦恼",不需要同情和安慰。可是,一旦多莉提到列文,她就暴跳起来,以为多莉故意折磨自己,因此毫无理智地说出了那些对多莉来讲最为伤心的话。多莉是一个贤妻良母,她一心扑在丈夫和子女身上,可她的丈夫奥布隆斯基却到处拈花惹草;多莉为了孩子,为了家庭,不得不痛苦地忍受这种屈辱的生活。可一向对姐姐十分依赖和尊敬的基蒂,为什么一下变得如此不近情理,如此残忍,竟对一向对自己那么关心和体贴的姐姐毫不留情,专刺其痛处?其实,基蒂的残忍也是其痛苦心里的一种发泄。

这次舞会,把基蒂心目中一切美好的东西都摧毁了。正如她对姐姐所说的:"仿佛我心中一切美好的东西都消失了,剩下的只是丑恶的东西。"就连父母对她的关心也怀疑。她对多莉说:"爸爸刚才对我说的话……在我看来好像他以为我所需要的就是结婚。妈妈带我去赴舞会:在我看来好像她只是想把我尽快地嫁出去了事。……一切都在我眼前呈现出最粗鄙、最可憎的形象。"② 她不顾被传染的危险到姐姐家去,和姐姐一道看护六个患了猩红热的孩子,并把他们安然护理好了。这除了她对姐姐的关爱和牺牲精神外,很大程度上是为了忘却痛苦。

这次舞会对基蒂精神上的伤害确实太大了,以致她到外国疗养期间还念念不忘。她对好友瓦莲卡说:"那侮辱永远不能忘记,永远不能忘记的。""我活到一百岁也不会忘记的。"她想起在最后一次舞会上音乐停止的时候她望着弗龙斯基的那种眼光,继续说:"我恨他;我不能饶恕自

---

① 《列夫·托尔斯泰文集》第九卷,人民文学出版社2000年版,第164—165页。
② 同上书,第166页。

己。……羞耻，侮辱！"瓦莲卡给她讲了自己的恋爱经历，她说那背叛她的那个男人是个好人，"是个孝顺的儿子"……当基蒂问："假如不是为了他母亲，而是他自己这样做的呢？"瓦莲卡回答："如果是那样，那是他做得不对，我也就不惋惜他了。"当瓦莲卡针对基蒂那念念不忘的"耻辱"说"假使大家都像您这样敏感可不得了！没有一个女子没有经历过这样的事情。这到底不是那么重要的"① 时，基蒂感到好奇和惊异。

国外生活对基蒂是有益的，疗养期间，她认识了"品德崇高，身世动人"的施塔尔夫人和她的养女瓦莲卡。瓦莲卡的谈吐、举止，都给基蒂留下深刻印象。与瓦莲卡的友情"不但对她发生了强大的影响，而且安慰了她精神上的苦痛。她在由于这种结识而展现在她面前的一个完全新的世界中，和她过去毫无共同之处的、崇高的、美好的世界中，——从那世界的高处她可以冷静地回顾往事——找到了这种安慰。它向她显示出了基蒂一直沉湎的本能生活之外，还有一种精神生活"②。当她和瓦莲卡道别的时候，她要求瓦莲卡到俄国时去看他们。瓦莲卡说："你结婚的时候我来。"基蒂说："我永远不结婚。"瓦莲卡说："那么好，我永远不来。"基蒂说："那么好，我就为了这个缘故结婚吧。留心，记住您的诺言呀。"③ 这可以看出两人的友谊。

基蒂疗养回国后，虽然不像从前那么快活、无忧无虑，但健康得到恢复，也变得平静了。她应姐姐的邀请到乡下庄园去。她在马车里看到了列文，当她认出他时，"她的面孔惊喜得开朗起来"④。尽管列文的庄园离奥布隆斯基的庄园只有30里地，但列文由于自尊心的缘故没有去看基蒂。直到卡列宁出差路过莫斯科被奥布隆斯基碰到，请到家里做客，因列文也被邀请参加宴会，他们才有机会见面。基蒂给列文的印象是："她和以前不一样了，与她在马车里的神情也不同了。""她惊惶，羞怯，腼腆，因而显得更迷人。……她在等待着他。她很喜欢，而且欢喜得这样惶惑……当他走到她姐姐面前去又瞟了她一眼的时候，她，和他，和看

---

① 《列夫·托尔斯泰文集》第九卷，人民文学出版社2000年版，第290页。
② 同上书，第59页。
③ 同上书，第308—309页。
④ 同上书，第363页。

到这一切的多莉,都感觉到好像她会失声哭出来。她脸上一阵红,一阵白,又是一阵红,她失了神,嘴唇发抖……"① 这段描写,把曾为了一个不珍爱自己而拒绝了一个一直珍爱自己并经历了情感伤痛再次碰到珍爱自己的人的那种复杂的内心展现无余。宴会热闹非常,对各种问题的讨论也非常有趣。但这一切对基蒂和列文是例外,他们谈的内容和宴会上人们所讲的是完全不同的,他们谈的只是他们身边的事。他们的谈话,是一种神秘的心心相印。他向基蒂许下诺言,以后再不往坏处想人了。基蒂拿着粉笔乱画,列文用粉笔写下了 14 个单词的头一个字母,意思是:"当您对我说:那不能够的时候,那意思是永远呢,还只是当时?"基蒂写了 6 个字母,那意思是:"那时候我不能够不那样回答。"列文问:"现在呢?"她写下 8 个开头的字母,意思是:"只要您能忘记,能饶恕过去的事。"列文激动地写了下面开头的字母:"我没有什么要忘记和饶恕的;我一直爱着您。"② 在他们的谈话中,一切都说了:她说她爱他。第二天,当列文再次出现在基蒂面前时,基蒂"跑到他面前,带着羞怯和欢喜的神情把整个身心交给了他"。她从容地说:"我多么幸福啊!"她的父母毫无异议地同意了他们的婚事,为她的幸福而感到幸福。他们甚至想"今天订婚,明天举行婚礼"!

基蒂和列文举行了盛大的婚礼,就连她的二姐,"娴静的美人利沃夫夫人"也从外国赶了回来,因她的丈夫利沃夫是外交官,常年住在国外。基蒂和列文并没有留在莫斯科这个花花世界,也没有像安娜和弗龙斯基那样到外国度蜜月,而是举行婚礼的当天晚上就到乡下去了。基蒂和列文的婚后生活并不那么和谐,遇到"两人心情不佳的时候,就会由于细小到不可思议的原因发生口角,以致他们过后怎样也记不起来为了什么争吵。……结婚生活的初期,对于他们来说仍是一段难过的日子"③。直到婚后的第三个月,他们在莫斯科住了一个月回家后,生活才开始进行得比较顺利。他们在一起,列文写论文,基蒂坐在他身旁做女红。列文

---

① 《列夫·托尔斯泰文集》第九卷,人民文学出版社 2000 年版,第 499 页。
② 同上书,第 518—519 页。
③ 《列夫·托尔斯泰文集》第十卷,人民文学出版社 2000 年版,第 626 页。

"思考着、写着、时时刻刻高兴地意识到她在面前"①。这是多么惬意的生活画面。这里，基蒂完全是一个贤惠的妻子，她给丈夫带来的是欢乐和幸福。当列文抑制不住自己的幸福吻着基蒂的手对她说"为什么恰恰我得到这样的幸福呢！这太不自然，太美满了"时，基蒂回答："我觉得正相反；我觉得越是美满，就越是自然。"② 基蒂已经做好了"做丈夫的妻子，做一家的主妇，还要生产、抚养和教育孩子"的准备。"她正在准备迎接这种沉重的劳动……她正在快乐地筑着她未来的巢。"③ 她未来的巢是什么，那就是一个称职的妻子、母亲和家庭主妇。也就是说，她要做一个贤妻良母。

　　基蒂已融入了列文的家族，把列文的事看成自己的事，因此，当她得知列文的哥哥尼古拉快死的事，脸色都变了。她提出要和列文一道去看望尼古拉，因为她认为这是自己义不容辞的义务。列文因关心她，举出种种理由，甚至举出和尼古拉在一起的那个女人基蒂无法接近。坚决不同意她去，基蒂哭了，对列文说："你总是把卑鄙龌龊的动机加在我身上，我没有什么，既不是软弱，也不是……我只觉得我丈夫受苦的时候，跟他在一起是我的义务，但是你安心要伤害我，你安心不了解我……"④ 尽管那个她在德国温泉疗养地遇到的"高大""驼背""两手粗大、有一双纯真而又可怕的黑眼睛，身穿一件短得不合身的破大衣"的男人和那个"麻脸的、面目可憎的、穿得很坏而俗气的女人"曾在她心中唤起过"抑制不住的厌恶心情"。但她现在地位变了，她是列文的妻子，她要尽妻子责任，为丈夫分忧解难；她是尼古拉的弟媳，要尽弟媳的义务，在这个她曾经厌恶的人身上她要尽亲人的爱。尼古拉病倒在一个省城旅馆里。基蒂随列文走进他的房间，"她迅速地走到病人床边……立刻把他粗大瘦骨嶙峋的手握在她那娇嫩稚弱的手里，紧紧握住它，开始用女人所特有的、富于同情而又不使人不快的那种温柔的热情说话"。"我们在苏登见过，不过那时候我们不认识，您没有想到我会成了您的弟媳吧？"基

---

① 《列夫·托尔斯泰文集》第十卷，人民文学出版社 2000 年版，第 627 页。
② 同上书，第 629 页。
③ 同上书，第 631 页。
④ 同上书，第 633 页。

蒂的到来，使得尼古拉脸上"闪露出微笑"。他说："您恐怕不认识我吧？"基蒂说："不，我认得……"列文"没有一天不想您，不挂念您呢"①。尼古拉在基蒂心中，并没有引起像在列文心中那样恐怖和嫌恶的感觉，而是要摸清他的一切详情，想要帮助他。因为她认为这是自己的职责。她派人请医生，差人到药房。听到尼古拉的呻吟就急急向他走去。她为病人翻身。尼古拉对她说："要是和您在一起的话，我早就复元了。这多愉快啊！"并紧紧握住基蒂的手。而基蒂来的到这里的第十天，由于过度"疲劳和激动"，病倒了，她"头痛，恶心，一早晨都不能起床"。医生证实他对基蒂身体状况的推测，认为"她的身体不适是怀孕了"。但午饭后她照样到病房看尼古拉。这个向来我行我素的无神论者竟然在基蒂的劝导下领了圣餐和受了涂油礼，并做了临终祈祷。

　　基蒂尽管怀孕了，但她还是尽着家庭主妇的职责。夏天，她姐姐多莉带着六个孩子来到他们庄园，她的母亲也来照看她，还有她在国外疗养期间交的好友瓦莲卡也实践了在基蒂婚后来看她的诺言到她的朋友这里做客，列文的大哥谢尔盖也来到这里。这里一下子增添了那么多人，显得热闹非凡，差不多把列文所有的房间都住满了。基蒂要接待那么多的亲戚朋友，要考虑到各方面的问题，但她毫无怨言。她细心料理着家务，有时她"为了采办鸡、火鸡和鸭子煞费了苦心，因为客人和小孩在夏天胃口好，需要吃得很多"②。

　　基蒂十分珍惜和瓦莲卡的友谊，她关心自己的朋友，当她和列文单独在一起的时候，她特别谈到了瓦莲卡，并认为瓦莲卡和列文的哥哥谢尔盖是最好的一对，她要促成她朋友的婚事。当着谢尔盖，基蒂有意跟列文说瓦莲卡的"迷人"及其"高尚的美"。显然是说给谢尔盖听的。他们创造条件，在采蘑菇时让谢尔盖和瓦莲卡单独相处。遗憾的是虽然谢尔盖和瓦莲卡互相都有好感，但由于谢尔盖过于理性没有向瓦莲卡求婚而失去了这美好的姻缘。

　　基蒂爱自己的丈夫，忠于自己的丈夫。当奥布隆斯基带着花花公子韦斯洛夫斯基来乡下，韦斯洛夫斯基主动向基蒂这个"令人神魂颠倒"

---

① 《列夫·托尔斯泰文集》第十卷，人民文学出版社 2000 年版，第 639 页。
② 同上书，第 716 页。

的少妇献殷勤引起列文不快时，基蒂从丈夫"嫉妒中所表现出来的对她的强烈爱情而不胜欢喜"。她向列文表示："以为随便什么陌生人都能够破坏我们的幸福，想起来真是可怕。"① 她忠于自己的丈夫，哪怕只是短短和丈夫分别两天，对她来讲都是一件痛苦的事。和别的男子的谈话是社交界不可避免的事。当然，这件事也反映了列文对自己妻子的爱。

基蒂通过因与韦斯洛夫斯基谈话引起丈夫不快之事后，更加注意自己的言行。她要"做到连最轻微的语调和微笑都能获得她丈夫赞许的地步才行"。如她因生产离开乡下来到了莫斯科。她已过预产期，大家都感到不安。她发现丈夫列文一到城里就坐立不安和有所戒备。在这里，发生了一桩对他们非同小可的事，就是基蒂和弗龙斯基的会见。基蒂跟着自己的父亲一同去探望一向非常疼爱自己的教母——玛丽亚·鲍里索夫公爵夫人，在那里遇到了弗龙斯基。"当她认出那个穿着便装、她一度非常熟悉的弗龙斯基的身姿时，她透不过气来，血液直往心脏涌……红晕弥漫了她的面孔。但是这只是一瞬间的事。"在他父亲故意和弗龙斯基寒暄时，"她就有了充分的心理准备，能够面对着弗龙斯基"，像和公爵夫人谈话一样和他谈话。"她同弗龙斯基交谈了三言两语，甚至还因为他取笑选举会议，称之为'我们的国会'而沉静地微微一笑。……她马上转过身去对着玛丽亚……直到他起身告辞的时候她才看了他一眼。"② 她在他面前显得泰然自若。当她把此事告诉列文，她真诚的眼睛使列文看出她很满意自己。列文立刻放了心，开始像她所希望的那样询问她。他听完一切后，十分快活。

基蒂非常关心姐姐多莉。得知姐姐家的拮据，她对丈夫列文说："你知道多莉的情况简直没法过了吗？她浑身是债，一文莫名。"③ 她希望丈夫有所作为。

得知姐姐因为挽救姐夫奥布隆斯基的名誉最后几乎要卖掉自己的地产处于相当困窘的境地时，她同意丈夫列文的建议，把自己的那份地送给姐姐。这样既可以帮助多莉而又不伤害她的情感。这样做意味着基蒂

---

① 《列夫·托尔斯泰文集》第十卷，人民文学出版社2000年版，第746页。
② 同上书，第871页。
③ 同上书，第875页。

失去了陪嫁的土地，而列文也少了很大的一片地产。

基蒂也会嫉妒和耍小性子。尤其忘不了曾经伤害过她的安娜。当列文红着脸告诉她奥布隆斯基约自己一道去拜访安娜时，"一提到安娜的名字"，她"就神情异常地把眼睛睁得圆圆的，而且闪闪发光"。"她极力控制自己，隐藏着自己的激动。"当列文"讲起安娜、她的工作和她托他转达的问候"，尤其夸安娜是一个"非常可爱，非常，非常惹人怜惜，而且是一个心地善良的女人"时，基蒂表面上平静地说："是的，她自然很惹人怜惜啰。"但等列文换衣服回来，却发现基蒂哭了。她激愤地对列文说："你爱上那个可恶的女人了！她把你迷住了！我从你的眼神里就看出来了。是的，是的！这还会得出什么结果？你在俱乐部喝了又喝，还赌博，以后又到……又到什么人那里去了？不，我们还是走吧！……我明天就动身！"① 面对妻子的这番发泄，列文很久都安慰不了，最后只好认错说他因喝了酒，"一种怜悯心使他忘其所以，因而受了安娜的狡猾的诱惑"。并表示今后一定要避开安娜，才使基蒂平静下来。

基蒂由于过了预产期才生产，因此，她生产的过程非常痛苦，痛苦得她发出的尖叫声令人毛骨悚然，不像人间任何声音。但她是坚强的。她生了一个男孩，她要尽母亲的责任，她亲自给自己的孩子喂奶，而不像别的贵妇人那样生怕给孩子喂奶会损害自己的身体而把孩子交给奶妈。她一感觉到乳汁在流就快步走到育儿室，因为她知道儿子饿了。儿子响亮的哭声，在她来说"是一种美妙的健康的声音，只是带着饥饿和急躁的意味"②。她爱自己的孩子，连孩子睡觉她都要抱在怀里，舍不得孩子离开自己的身体。她很想吻吻儿子胖胖的小手，"又怕这么做会惊醒了"他。她希望孩子长大后像她的丈夫。为了做好母亲，她经常和姐姐多莉在一起，向多莉请教有关孩子的问题。作为家庭主妇，当丈夫不在家的时候，她热情周到地接待丈夫的亲戚，如列文的哥哥，让他们感到"家"的温暖。

基蒂也具有同情心。安娜自杀前曾到多莉家，基蒂本不愿意露面，但在姐姐的劝说下她还是"鼓着勇气""脸泛红晕"地走到安娜面前，并

---

① 《列夫·托尔斯泰文集》第十卷，人民文学出版社2000年版，第911—912页。
② 同上书，第1015页。

向安娜伸出了手,用战栗的声音说:"我很高兴见到您哩。"她虽然心上对安娜"这个堕落的女人抱有敌意",但还是"想要宽恕她"。"一见安娜妩媚动人的容貌,所有的敌意就都化为乌有了。"她红着脸回答安娜关于丈夫的问题,并答应转达她的"致意"。当安娜向她们告别,急忙忙离开后,基蒂对姐姐说:"她还和从前一样,还像以往那样妩媚动人。真迷人哩!不过她有点让人可怜的地方,可怜极了!"① 日丹诺夫写道:"列文幸福的保证,是由于吉提身上体现出托尔斯泰熟知而一般男子不易理解的妇女心灵的高度纯真。吉提之所以爱列文,是因为她把自己局限在她固有的作妻子和母亲的妇女兴趣范围以内。吉提没有参与丈夫的思想探索活动,不理解他的痛苦思想斗争,他对生活意义的探索。在完成小说最后一页之前,托尔斯泰描写出,列文想把自己的思想告诉妻子,但是他明白,这些思想她是难于理解的。假如,这个尾声晚写一两年,作者的笔调会更令人忧郁不安,现实的具体条件,作者本人的生活经验首先都需要这样。"②

谢尔盖的形象

在《安娜·卡列宁娜》中,有两个形象应引起读者重视,这就是列文的两个哥哥尼古拉和谢尔盖。这两个形象在作品中出场的次数虽不多,占的篇幅也不大,但却是与这部杰作中体现的家庭思想有密切联系的社会内容的重要组成部分。他们是19世纪70年代俄国知识分子的两种不同典型。从作品的结构上讲,列文的两个哥哥是和基蒂的两个姐姐对应的。

谢尔盖,全名是谢尔盖·伊凡诺维奇·柯兹尼雪夫。他是列文和尼古拉同母异父的哥哥。列文到莫斯科向基蒂求婚期间,就住在他家。尽管他们没有生活在一起,但他们母亲遗留下来的财产没有分开,列文还管理着他们两人的财产。谢尔盖对人总是"亲热而冷淡",包括迎接远方而来的弟弟列文也是这种态度。他一出现就是跟一位哲学教授争论抽象

---

① 《列夫·托尔斯泰文集》第十卷,人民文学出版社2000年版,第984页。

② 日丹诺夫:《安娜·卡列尼娜的创作过程》,雷成德译,内蒙古人民出版社1980年版,第215—216页。

的科学和精神问题，以至列文在"听他哥哥和教授辩论的时候，他注意到他们把这些科学问题和那些精神问题联系起来，好几次他们延伸触及到后面这个问题；但是每当他们接近这个他认为最主要的问题，他们就立刻退回去，又陷入琐碎的区别、保留条件、引文、暗示和引证权威著作的范围里，他要理解他们的话，都很困难了"①。这里，托尔斯泰已给读者暗示了谢尔盖，当然也包括那个教授是脱离实际的，回避现实的空谈家。谢尔盖对于农务"并不感兴趣"。教授走后，他出于客气随便向弟弟问了一声这方面的问题后，就把话题转到他感兴趣的地方机关上。他问弟弟："你们的县议会怎样了？"列文告诉他，自己已经不是议员了，"不再出席会议了"。并讲了许多县议会发生是事，为自己辩护。谢尔盖认为弟弟不当议员"多可惜"，并对弟弟说："我们俄国人总是那样。……但是我们做得太过火了，我们用常挂在嘴上的讽刺来聊以自慰。我能说的只是把像我们乡间机构的这种权利给予欧洲任何其他民族——德国人或是英国人——都会使他们从中取得自由，而我们却只把这变成笑柄。"② 这句话意思非常明确，就是说，同样的事情，在欧洲能办好，在俄国只能办砸。任何好的东西到了俄国都会一团糟。谢尔盖还指出这件事不是列文"做不来"，而是列文"没有用正确的眼光看事情"。末了，谢尔盖告诉列文，尼古拉也来到了莫斯科。当列文表示要去看尼古拉时，谢尔盖劝他最好不要去。

后来谢尔盖到列文住的乡下休整。谢尔盖往常想要休息一下，消除精神的疲劳都是到国外去，但这次却选中了乡下。因为照他的意见，"最好的生活是田园生活"。他和列文对乡间有着不同的看法：对列文来说，"乡间是生活的地方，欢喜、悲哀、劳动的地方"；对谢尔盖来说，乡间"一方面是劳动后的休息场所，另一方面是消除城市腐化影响的有效解毒剂"。对列文来说，"乡间的好处就在于它是劳动的场所"；对谢尔盖来说，"乡间特别好却是因为在那里可以而且又宜于无所事事"③。在列文忙得不可开交的时候，他却对弟弟说："这种田园式的懒散对于我是怎样的

---

① 《列夫·托尔斯泰文集》第九卷，人民文学出版社 2000 年版，第 33 页。
② 同上书，第 35 页。
③ 同上书，第 313 页。

一种快乐。脑子里没有一个念头，空虚得一无所有！"① 这也是他那种脱离实际的贵族老爷的思想的流露，以至引起了列文的不"舒服"。他们对农民的看法也有分歧。谢尔盖总说他了解而且爱护农民，时常和农民攀谈，不摆架子，也不装模作样，且能从这样的谈话中"引伸出有利于农民的一般结论"。而列文认为农民"只是共同劳动的主要参与者"，尽管他对农民"抱着尊敬和近乎血缘一般的感情"，但往往会被"农民的粗心、懒惰、酗酒和说谎"所激怒。他对农民"又喜欢又不喜欢"。正是由于这种矛盾的态度，因此在他们因议论农民问题发生的争论中，列文总是被对农民的性格、特长和趣味有固定看法的谢尔盖所战胜。谢尔盖认为列文"是一个出色的人，他的心放得正……虽然相当敏捷，却太容易受一时的印象所影响，因而充满矛盾"。而列文认为谢尔盖"是一个才智过人且修养很高的人，十分高尚，而且赋有一种献身公益事业的特殊能力"。但随着对哥哥的深入了解，他又认为谢尔盖和"旁的许多献身公益事业的人并不是衷心关怀公益，而是从理性上推论出致力于公益事业是正当的事情，因而就致力于这些事业了"。他还观察出他哥哥"对于公益的问题或是灵魂不灭的问题并不比对象棋或新机械的精巧构造更为关心"②。一次，关于公益事业问题兄弟俩发生了激烈的争论。当谢尔盖提到医疗所和学校这些与大众关系密切的公益事业时，列文却说"医疗所对于我永远不会有用处，至于学校，我也决不会送我的儿女上学校去读书，农民也不见得愿意送他们的儿女上学校去"。当谢尔盖说"会写字的农民像工人一样对你更有用，更有价值"时，列文说："会读书写字是人做工人更坏得多。修路不会；修桥的时候就偷桥梁。"③ 列文不承认公益事业是好的，也不承认是办得到的。他说："我以为我们一切行动的动力终究是个人的利益。我作为一个贵族，在现在的地方制度里面看不出有什么东西可以增加我的福利。……"谢尔盖反驳他："个人利益并没有诱使我们为农奴解放而努力，但是我们却为这个努力过。"列文认为农奴解放里"也掺杂着个人利益"。并强调指出"任何一种活动，如果不建立在

---

① 《列夫·托尔斯泰文集》第九卷，人民文学出版社 2000 年版，第 316 页。
② 同上书，第 315 页。
③ 同上书，第 322 页。

个人利益上,恐怕都是不能持久的,这是普遍的真理,哲学的真理"①。谢尔盖说:"你还是不要谈哲学吧,自古以来哲学的主要问题在于发现存在于个人和社会利益之间的不可缺少的联系。……只有认识到在他们的制度里什么东西是重要的,有意义的,并懂得如何重视这些东西的民族才有前途——只有那样的民族才真正配称为有历史意义的民族。"并指出列文不喜欢公益事业是因为"俄国人的懒惰和旧农奴主的习气"②,相信列文"很快就会改正的"。末了,谢尔盖总结了他们的分歧:"你把个人利益看成动力,而我却认为关心公益应当是每个有教养的人的责任。"③但是,谢尔盖关心公益事业和他关心农民一样,只是理论上的,并没有付诸实践。

谢尔盖还是一个能言善辩而不乏幽默的人。按奥布隆斯基的说法,谢尔盖和佩斯措夫"是莫斯科知识分子的主要代表",是以"性格和博识而受人尊敬的人物"。正是这样的身份和地位,他和佩斯措夫都出席了奥布隆斯基家招待卡列宁的宴会。在宴会上谈到波兰俄国化的时候,作为沙皇政府的要员,卡列宁"主张波兰的俄国化只有通过俄国政府所采取的重大措施才能完成";而"佩斯措夫坚持说一个国家只有人口较多的时候才能同化别的国家";谢尔盖却在"承认双方的论点"时"加以限制"。为了结束谈话,他笑着说:"那么,要使我们的异族俄国化,就只有一个办法了——尽量多生孩子。……你们结了婚的人,特别是你,斯捷潘·阿尔卡季奇才是真正的爱国者哩;你已经有了几个了?"并把一个小酒杯举向他。这句幽默的话把包括心情不好的卡列宁在内的人都逗乐了,"大家都笑了"。后来,他们在古典教育和科学教育问题上又展开了辩论,谢尔盖说:"以我所受的教育而言,我是古典派的,但是在这场辩论中,我个人还没有找到自己的位置。我看不出古典教育优于科学教育的明显根据。"佩斯措夫强调:"自然科学就有同样巨大的教化启迪的功效……"卡列宁不同意佩斯措夫的观点,他认为"古典派学者的影响是道德最高的,反之,不幸得很,成为现代祸患的那些虚伪有害的学说,

---

① 《列夫·托尔斯泰文集》第九卷,人民文学出版社 2000 年版,第 324 页。
② 同上书,第 325 页。
③ 同上书,第 339 页。

倒都是和自然科学的研究有关系的"。佩斯措夫"热烈地争辩说这个意见不正确"①。而谢尔盖却带着含蓄的微笑对卡列宁说:"我们不能不承认,确切地估量古典教育和科学教育的一切利弊是一件难事……这个问题是不会这么迅速彻底解决的,假如不是古典教育有一种像你刚才所说的那样的优越性:一种道德的——我们坦率地说——反虚无主义的影响的话。"卡列宁同意他的观点。谢尔盖又以一个精彩的比喻,把古典教育比做反虚无主义的特效"丸药"把大家逗笑了。接着,他们把话题转到了妇女教育问题上。卡列宁认为"妇女教育往往和妇女解放问题混淆起来,把妇女教育认为是有害的,其原因就在此"。佩斯措夫却认为"这两个问题是紧密相连的,这是一种恶性循环。妇女由于教育不足而被夺去权利,而教育不足又是由于缺乏权利造成的……"并承认权利包括"做陪审员,做市议员,做官吏,做国会议员等等的权利"。谢尔盖认为"权利"应改为"义务"。卡列宁同意他的说法,并对妇女"适不适合担负这种义务"表示怀疑。由于谢尔盖知道卡列宁和安娜的情况,加之某些在妇女面前不便讨论的问题。因此,佩斯措夫几次接触这些问题,谢尔盖和奥布隆斯基都会"留心地引他转移话题"。以至这个问题没有深入下去。

  谢尔盖的辩才还表现在卡辛省贵族长的选举上。在这次选举上,"柯兹尼雪夫扮演了那些坚持必须考虑时代要求的贵族'先进人士'的首领的角色"②。正是他在方面的才能,打动了不少人,为新派在选举中获胜制造了舆论。正如一位贵妇人对一个律师所说的:"我听到科兹内舍夫的演说有多么高兴啊!挨饿都值得。妙不可言!多么明了清晰!你们法庭里谁也讲不了这样。除了迈德尔,就是他讲话也远远没有这样的口才哩!"③谢尔盖又是一个缺乏活力和行动能力的人,尽管他书本知识、理论知识和思辨能力无可非议,但一旦接触实际,他就显得无能为力了。尽管他在社交场合往往是在洋洋洒洒地发表自己的见解,并能在一系列概念中进行严密的逻辑推理,但却只是在理智上接受一些价值和观点,

---

① 《列夫·托尔斯泰文集》第九卷,人民文学出版社2000年版,第504页。
② 赫拉普钦科:《艺术家托尔斯泰》,刘逢祺、张捷译,上海译文出版社1987年版,第210页。
③ 《列夫·托尔斯泰文集》第十卷,人民文学出版社2000年版,第856页。

他们的思想跟他的内心需求和人民的真正需要扯不到一块儿,他没有真正进入生活。正如卡列宁一样,"一生都在和生活的反映发生关系的官场中过日子,做工作。而每一次他与现实发生冲突的时候,他就逃避现实"[1]。这一点,最突出地表现在他和瓦莲卡的婚事上。瓦莲卡这个天使般的少女是基蒂在德国温泉疗养院时遇到的。她的一切都给基蒂母女留下美好的印象,很快就成了基蒂的好朋友。基蒂母女邀约她回俄国时来做客。基蒂、列文和周围的人都认为她和谢尔盖是理想的一对。因此,在他们都在列文庄园做客的时候,基蒂等人要促成这桩幸福的婚姻。而他们俩也对对方有好感。谢尔盖非常理智地分析了他不是"一时的感情冲动"。他"找不出可以反对"自己"感情的理由"。认为"如果单凭理智来挑选,我也不可能找出比这更美满的了"。他还认为瓦莲卡具有他所希望的妻子具有的全部美德:第一,"她有少女的魅力和鲜艳……";"第二,她不但不俗气,而且显得很厌恶庸俗的上流社会,但同时却很懂世故,具备上流社会妇女处事为人的一切举止……";"第三,她是虔诚的……她的生活是建立在宗教信仰上"。此外,甚至在最细微的地方,谢尔盖发现"她身上具备着他渴望他妻子应该具有的一切:她出身贫苦、孤单",不会像基蒂的情况那样"把自己的一群亲戚和他们的影响带到丈夫家里"[2]。

在采蘑菇时,基蒂等人有意让他们走到一起,以便谢尔盖有单独的机会向瓦莲卡求婚。当"瓦莲卡动人的姿态和使他叹赏的美景""融合成一片的时候……一股柔情迷住了他。他觉得他已经打定主意了。"他扔掉雪茄烟,迈着坚定的步伐向瓦莲卡走去。他自言自语:"……瓦尔瓦拉·安德列耶夫娜……我爱您,我向您求婚。""他们默默地走了几步。瓦莲卡看出他想说什么;……又惊又喜的心情几乎使她昏过去了。他们走到远得谁也不会听见他们的谈话,但是他还是不开口。"他们走得离孩子们更远了,只剩下他们两个。瓦莲卡的心跳得那样厉害,她感到"脸上一阵红一阵白"。"她差不多深信她已经爱上了他。"谢尔盖也感觉到"他必须趁现在这个机会说,要么就永远也不说了"。但在瓦莲卡痛苦地期待

---

[1] 《列夫·托尔斯泰文集》第九卷,人民文学出版社 2000 年版,第 188 页。
[2] 《列夫·托尔斯泰文集》第十卷,人民文学出版社 2000 年版,第 730 页。

中，"不知什么突如其来的想法却使他"说出这样的话："桦树菌和白菌究竟有什么区别？"瓦莲卡听到这样的话，"嘴唇激动得颤抖起来"。她回答："菌帽上差不多没有分别，只是菌茎不同而已。"现在，正如作品中所写的："一说完这些话，他和她就都明白事情已经过去了，应该说出的不会说了……"① 回到家里，谢尔盖"又回忆起他所有的理由，结果发现自己最初的判断错了。他不能对玛丽负心"。这里，正如苏联评论家赫拉普钦科所说的："柯兹尼雪夫……也和卡列宁一样，在各种不同的生活环境下始终保持他的本色，忠于他的'原则'。他对自己所有的感情和愿望都要在理性的天平上有条不紊的、从容不迫地进行衡量。谢尔盖·伊凡诺维奇很喜欢瓦莲卡，他打算向她求婚；他逐条地为自己列举了她的毫无疑问的优点，但是他不能够克服自己理智上的惰性。"②

　　谢尔盖还是个精力旺盛的人，作品中写道：谢尔盖"聪明、有学问、健康、而且精力旺盛，但是他却不知道把精力用到哪里"。除"在客厅里、大会上、会议中、委员会里和凡是可以讲话的场合发表议论，占去了他一部分时间；……他还剩下许多闲暇的时间和智力"。③ 他花六年心血写的著作《略论欧洲与俄国的国家基础和形式》失败后，又投身于19世纪70年代最现实的政治问题之一的"斯拉夫问题"中。"他越研究这个问题，就越清楚地感觉到这是一种规模必然很宏大的划时代的事件。""他专心致志地为这种伟大的运动服务"，把"全部时间占得满满的"，甚至连"回复所有的信件和要求都来不及"。忙到7月才准备到乡下他弟弟列文那里去。他在火车站见到了欢送到塞尔维亚前线的人群和即将上前线的青年，一个公爵夫人告诉他，弗龙斯基也坐这趟车。当火车停在省城的时候，谢尔盖见到弗龙斯基的母亲。他对指责安娜的伯爵夫人说："判断这事的不是我们，伯爵夫人。"④ 这句和作品卷首题词"伸冤在我，我必报应"呼应的话，说明了他对安娜的态度和作家是一致的。这也可以看出，在谢尔盖这个形象身上，也掺杂着托尔斯泰的一些思想。

---

①　《列夫·托尔斯泰文集》第十卷，人民文学出版社2000年版，第732—733页。
②　赫拉普钦科：《艺术家托尔斯泰》，刘逢祺、张捷译，上海译文出版社1987年版，第211页。
③　《列夫·托尔斯泰文集》第十卷，人民文学出版社2000年版，第1001页。
④　同上书，第1011页。

赫拉普钦科把他和作品中的另一个人物卡列宁作了比较:"谢尔盖·伊凡诺维奇·柯兹尼雪夫是另一种性格、另一条生活道路上的人。他与卡列宁不同,——一个'喜爱老百姓的人',头号的自由主义者——津津有味地谈论社会需要进行的各种改革。""但是,柯兹尼雪夫和卡列宁一样,经常陷入到纯逻辑的、形式主义的理论之中,忘记了生活的实际运动和它的真正要求。柯兹尼雪夫比较喜欢的是能言善辩的口才,而不是事情的本质。他无论如何不能称之为官场里的人物,但他无疑是一个具有书本上的纯理性主义思想体系的人。他缺乏'活力,缺乏所谓良心这种东西'。他对改革的向往和他对老百姓的喜爱,也带有这种纯理性主义的、宣言式的性质。康斯坦丁·列文进行了正确的观察,发现'谢尔盖·伊凡诺维奇和其他许多办公益事业的人并不真正关心公益,而只是理智上认为这工作是正当的,因此就做起来了'。""……柯兹尼雪夫的迸发出来的对于公益的自由主义的热情,然而这种热情没有任何重要内容和真正的现实感。这两个人物是作为鲜明的社会典型出现的,他们之间的内在呼应则是由生活本身决定的。"①

尼古拉的形象

尼古拉是列文同父同母的亲哥哥,谢尔盖的异父弟弟。这个人物是由谢尔盖引出的。列文在莫斯科拜访谢尔盖时,谢尔盖告诉他,尼古拉也在莫斯科。接着,托尔斯泰告诉读者,尼古拉是一个完全堕落的人,荡尽了大部分家产,跟三教九流的人混在一起,又和兄弟们吵了架。谢尔盖还进一步告诉列文,自己为尼古拉付清了特鲁宾的债,并派人把借据送给了他。还把尼古拉收到借据后的回信拿给列文看。回信上写着:"我谦卑地请求你们不要来打扰我。这就是我要求我仁爱的兄弟们的唯一恩典。"② 这是什么话? 完全是一个无赖讲的话。人家替自己还了债,自己不仅不感激,反而写出这种侮辱人的文字。这里,尼古拉还未正式出

---

① 赫拉普钦科:《艺术家托尔斯泰》,刘逢祺、张捷译,上海译文出版社1987年版,第210—211页。

② 《列夫·托尔斯泰文集》第九卷,人民文学出版社2000年版,第36页。

场就给我们留下了一个极为不好的印象。同时也为读者留下悬念：尼古拉是怎样堕落的？

尼古拉的出场是由列文的拜访引起的。列文从谢尔盖的仆人那里得到了尼古拉的地址。在他被基蒂拒绝的当天晚上就去拜访自己的哥哥尼古拉。尼古拉曾说过的一句话："世上的一切都是污秽丑恶的。"这句话在失恋的列文身上引起了共鸣。当然，我们也可从这句话中看出尼古拉对旧俄国的一切都是持否定态度，都是批判的。按列文的回忆，他的哥哥尼古拉一度是一个严以律己的青年。尽管他出身贵族，但"在大学时代和毕业后的一年中，不顾同学们的讥笑，过着修道士一般的生活，严格遵守一切宗教仪式、祭务和斋戒，避免各种各样的欢乐，尤其是女色；……"① 只是后来他才变得"叫人十分厌恶的"。列文"想起了尼古拉虔诚的时期……当他求助于宗教来抑制他的情欲的时候，大家不但不鼓舞他，反而讥笑他，连列文自己在内。他们打趣他，叫他'诺亚'，'和尚'；等到他变得放荡时，谁也不帮助他，大家都抱着恐怖和厌恶的心情避开他"②。这就告诉我们，尼古拉的变化是社会促成的，责任完全应由社会来负。列文正是由于了解这一切，因此，他并不像那些不了解尼古拉经历和心肠的人那样对他感到厌恶。他觉得，"不管他哥哥尼古拉的生活怎样丑恶，在他的灵魂中，在他的灵魂深处却并不比轻视他的人坏多少。……他始终是想做好人的"。列文的感受再次告诉我们，尼古拉的本质是好的，他的灵魂深处不比那些看不起他的人差。正是如此，所以列文要把自己所想到的告诉哥哥，表达对他的爱。当他认出弟弟列文的时候，他叫着弟弟的小名，"眼睛喜悦得闪着光辉"。但就在那一瞬间，他的脖颈和头痉挛地动了一下，"一种异样的表情，狂暴、痛苦、残酷的表情浮露在他憔悴的脸上"。对于已经有三年没有见面的亲弟弟不仅没有像先前的喜悦，而是表现了非常的不友好和不欢迎。他冷酷地说："我给你和谢尔盖·伊万内奇写了信，说我不认识你们，也不想认识你们。你有什么事？你们有什么事？"③ 这里，我们清楚地看出，生活已经

---

① 《列夫·托尔斯泰文集》第九卷，人民文学出版社 2000 年版，第 111 页。
② 同上书，第 112 页。
③ 同上书，第 113—114 页。

把这个昔日严于律己的禁欲主义者改变成什么样子了,他对什么人也不相信,就连现在唯一的亲人——亲弟弟也不信任了。当列文"畏怯地"告诉他不为什么事,"只是来看看你"时,他才终于放松下来,并叫玛莎准备了三份晚饭。他向弟弟介绍了受警察迫害的革命者克里茨基。克里茨基怎样因创办贫寒大学生互助会和星期日学校而被大学开除,后来在国民学校当教员又被赶走,还吃了一场官司。星期日学校是革命者和工厂工人举办的学校,19世纪70年代革命者把星期日学校看成"到民间去"的一种形式。可见,尼古拉接触的是当时的革命者,具体说就是民粹派人士。尼古拉还向弟弟介绍了他生活中的伴侣玛丽亚·尼古拉耶夫娜。"我把她从妓院领出来的。"并高傲地说:"我爱她而且尊敬她,谁想要同我来往,我就请求他爱她而且尊敬她。……要是你以为降低了自己的身份,那么好,你就给我出去。"从这里我们又可以看出尼古拉是一个非常富有同情心的贵族,他讲究人人平等。他不仅把一个麻脸的妓女从那种肮脏的生活中解救出来,而且把她作为生活的伴侣,像对待"妻子一样"对待她;他不仅自己爱她和尊敬她,还要别人也像他那样地爱她和尊敬她。

尼古拉告诉弟弟,他们正在着手进行一种新的事业——生产协会。他对列文说:"你知道资本家压榨工人。我们的工人和农民担负着全部劳动的重担,而且他们的境地是,不管他们做多少工,他们还是不能摆脱牛马一般的状况。劳动的全部利润——他们本来可以靠这个来改善他们的境遇,获得空余的时间,并且从而获得受教育的机会的——全部剩余价值都被资本家剥夺去了。而社会就是这样构成的:他们的活儿干得越多,商人和地主的利润就越大,而他们到头来还是做牛马。这种制度应当改变。"[1] 这段话完全是马克思主义的剩余价值论的再现,这里,我们可以看出,尼古拉的见解已经达到了无产阶级的高度,在思想上他已经走向了人民。他还告诉弟弟,他们在"创设一个钳工劳动组织,在那里一切生产和利润和主要的生产工具都是公有的"。他认为列文和谢尔盖持的是贵族的观点。并说谢尔盖"把全部智力都用在为现存的罪恶辩护上"。他还指出谢尔盖的论文"是一派胡言,谎话连篇,自欺欺人。一个

---

[1] 《列夫·托尔斯泰文集》第九卷,人民文学出版社2000年版,第116页。

丝毫不懂正义的人怎样可以写关于正义的文章呢",并对没有读过那篇论文的克里茨基说:"那篇论文对许多人说是太深奥了",他们领会不了。但是"我看透了他的思想,而且我知道它的毛病在哪里"①。这几句话我们不可忽视,它从另一个方面说明谢尔盖是一个在抽象的哲学上下功夫而脱离实际的人。并印证了上文列文听谢尔盖和那个哲学教授辩论时的感受。在克里茨基离开时,他还告诉克里茨基明天和钳工一起来。这也说明尼古拉已经深入到了工人中。末了,他关心地问了弟弟的情况,尤其是婚事,得知弟弟没有结婚时,说:"对于我……一切都完了!我把我的生活弄得一塌糊涂。"列文改变话题,邀请他到乡下来。尼古拉答应了,但条件是不会遇到谢尔盖。他要列文在他和谢尔盖之间选择。列文告诉他:"我对任何一方都不偏袒。你们两方都不对。你的不对是表面上,而他是在内心里。"这个回答使尼古拉很高兴。在谈到保安官、县议会这些新机关时,尼古拉叫道:"这一切是多么可恶啊!"在这个问题上,列文和哥哥的意见是一致的。临别,列文请玛丽亚有事给他写信,劝尼古拉到他那里去住,玛莎答应了。尼古拉"关于共产主义那一番话",列文听的时候没有当一回事,但回家后却引起了他的"思考"。

尼古拉实践了对弟弟列文的承诺,到列文的庄园来访。但是他这次来的主要目的是取钱。因为两三个星期前,列文写信告诉他,他们还没有分开的那一小部分财产已经变卖了,他可以分到约两千卢布。他"特别细心地换了衣服",梳了头。这是他不轻易做的。这次来他心情似乎非常愉快,甚至提到谢尔盖时也不带一点愤恨的意思。他和仆人阿加菲娅说笑,探问老仆人的情况,老仆人帕尔芬死的消息给了他很痛苦的影响。从这些小事中,我们可以看出尼古拉是一个非常随和的、讲平等的、对下层人关爱的有感情的贵族。尼古拉是列文的亲哥哥,他们是"这样的相亲相近,连最细微的动作和声调,在他们之间也都能表达出比言语所能表达的更多的东西"②。列文那样的爱他不仅因他们是亲兄弟,更主要的是列文对他身体的担忧——"他恐怕活不到春天了"。他说要在这里住一两个月,然后去莫斯科。生活使这个一度是苦行僧的人变得易怒和暴

---

① 《列夫·托尔斯泰文集》第九卷,人民文学出版社 2000 年版,第 117 页。
② 同上书,第 452 页。

躁，他的温和仅仅维持了一天，第二天一早，就似乎"拼命和弟弟为难似的，专触他最痛的地方"。第三天，他引列文说出了他的计划。开始时他对计划吹毛求疵，而且故意把列文的计划和共产主义混为一团。说列文"采用了别人的思想，去掉了构成它的核心实质的全部要素，而且想使人相信这是什么新的东西"①。当列文说"我想探求一种对于我自己和对于劳动者都有利的劳动方法。我想要组织……"尼古拉一针见血地指出："你并不想组织什么；这不过是你一贯地想要标新立异，想要表示你并不只是在剥削农民，而且还抱着什么理想哩。"② 尼古拉的话是对的，列文想要搞的贵族地主在不放弃土地所有权的情况下和农民合伙经营共分红利的村社小组根本没有改变贵族地主剥削农民的实质。这也可以看出尼古拉思想的高度。兄弟俩争论后，尼古拉坚持要走。临走前，尼古拉吻了吻弟弟，带着异样的严肃神情望了望弟弟，声音颤抖地说："无论怎样，不要怀恨我……"列文当然明白这句发自哥哥内心的话中含有的无限感伤内涵——"我身体很坏，也许我们再也见不到了。"这里我们再次看到尼古拉是一个重感情的人。

尼古拉最后在作品中出现时已经病入膏肓，快要死的时候。基蒂得知这件事，提出要和列文一道去看望，列文不同意，基蒂哭了。那个她在德国温泉疗养地遇到的"高大""驼背""两手粗大、有一双纯真而又可怕的黑眼睛，身穿一件短得不合身的破大衣"的男人和那个"麻脸的、面目可憎的、穿得很坏而俗气的女人"曾在她心中唤起过"抑制不住的厌恶心情"。但现在她是列文的妻子，是这个人的弟媳，她要尽妻子和弟媳的义务，在这个她曾经厌恶的人身上尽亲人的爱。而病倒在一个省城旅馆里尼古拉听列文说自己的妻子也来了时，就提出要单独见基蒂。一见到基蒂来，尼古拉脸上就闪露出微笑，他说："您恐怕不认识我吧？"基蒂说："不，我认得……"列文"没有一天不想您，不挂念您呢"。尼古拉对弟媳的关爱，正是对弟弟关爱的外化。临死前这个可怜的人还把弟弟的手握在自己的手里，拉到自己的嘴边，吻了吻。这个向来我行我素的无神论者竟然在基蒂的劝导下领了圣餐和受了涂油礼，并做了临终

---

① 《列夫·托尔斯泰文集》第九卷，人民文学出版社 2000 年版，第 455 页。
② 同上书，第 456 页。

祈祷。这一节主要是写基蒂的，但从某种角度我们也可以看出尼古拉并不是一个没有感情的人，恰恰相反，他是一个有着真挚感情的人。

尼古拉代表了俄国当时一些逐渐走向人民，但由于自身的局限，始终无法走进人民中间而自甘堕落的贵族知识分子。他们在俄国解放运动中是一种进步思想的代表，在唤起民众的觉醒方面无疑是会起到一定作用的。但由于他们自身的局限，他们无法融入人民中。因此，最终因一事无成而自甘堕落。托尔斯泰把他的变化堕落说成是"精神上的斗争与良心上的不安"①。这种"精神上的斗争与良心上的不安"是当时俄国部分贵族知识分子精神面貌的写照。他们接受了新的思想，看到了俄国的落后，对贫富悬殊的社会现实不满，而他们自己却又享受着特权；他们想改变这种状况，并也有所行动，但由于他们不可能真正了解俄国的实际，没有找到新的思想武器，没有依靠新的阶级。因此，他们无法改变这个现实世界，这就使他们常常处于精神的巨大苦闷不安中。加上这个阶级本身的脆弱，他们之中的一些人只能是选择堕落，或是自杀。

很显然，尼古拉这个人物身上，流淌的是托尔斯泰的二哥德米特里的血液。托尔斯泰在《忏悔录》中曾这样写道："我哥哥德米特里在念大学的时候，突然以其性格中特有的激情，一心一意信起教来，并开始参加一切礼拜，吃斋，过着清白而高尚的生活。……我们……都不断地嘲笑他……给他取了个绰号叫诺亚。"② 他"把和妇女交往当作社交生活中不可避免的罪恶，并且要尽可能地回避它"。他从不跳舞，"总是严肃的、沉思的、纯洁的、果断的，虽然脾气暴躁；他不论做什么事情，总是尽他的最大力量去做。……诗写得非常熟练……译得很好……他身材高大，相当瘦，不大强壮，有一双又长又大的手和浑圆的两肩"。"他直到二十六岁都一直过着同样严肃的、有节制的生活，不近烟酒，更不玩女人……他同修士、香客结交……他突然间爱上了喝酒、抽烟、挥霍，并且和女人搅在一起。……他从妓院里赎出了一个叫玛莎的妓女，把她带到他住的地方，她是他结识的第一个女人。……我相信突然毁坏了他那有力的肌体的，是他精神上的斗争与良心上的不安……他患了肺病……

---

① 莫德：《托尔斯泰传》上，北京十月文艺出版社2001年版，第53页。
② 《列夫·托尔斯泰文集》第十五卷，人民文学出版社2000年版，第4页。

不停地咳嗽，吐痰，可是他厌恶死亡，而且不愿意相信他是快死了。他拯救的可怜的玛莎和他在一起，看护他。……几天之后他就死了。"① 托尔斯泰对这个人物是极为惋惜和同情的。

斯维亚日斯基的形象

《安娜·卡列宁娜》出版以来，评论的文章汗牛充栋。从人物形象这个角度讲，绝大多数评论文章都集中在安娜、列文、弗龙斯基和卡列宁几个主要人物身上，而对在作品中有着特殊作用的一些人物往往不注意，其中斯维亚日斯基就是一个被评论家忽视了的人物。

斯维亚日斯基是苏罗夫斯克县的贵族长，是列文的好朋友，比列文年长五岁。并且早就结了婚。托尔斯泰在作品中指出："斯维亚日斯基是那种经常使列文惊奇的人物之一，那些人的见解虽然不是独创的，却是合乎逻辑的，独自发展的，而他们生活的方向是坚定不移的，与他们的见解大相径庭，而且差不多总是背道而驰。"斯维亚日斯基正是这样一个言行不一的典型人物。斯维亚日斯基是一个极端的自由主义者。他向往的是西欧的生活方式。他本身是地道的俄罗斯贵族，却"蔑视贵族"。他蔑视贵族的最主要的原因就是"相信绝大多数贵族暗地里都拥护农奴制，仅仅由于胆怯才没有把他们的意见公开出来"。而他们这些人是坚决反农奴制的。他把俄国看成"土耳其一样衰亡的国家，而且把俄国政府看得那样坏，以致他觉得不值得认真地去批评它的作为"②。但他却热衷于做那个政府的官吏，而且是"一位模范的贵族长。当他乘车出门的时候，他总是戴着缀着帽章和红帽箍的制帽"，以显示贵族长的气派。为了做官，为了捞取肥缺，不同的贵族集团之间钩心斗角，斯维亚日斯基之流更是在拉帮结派中大显身手。"那一小圈子，大约二十来人，是斯维亚日斯基从思想一致的、自由主义的新活动分子里挑选出来的，也都是聪明而体面的人物。"③ 他看不起自己的国家，认为俄国太落后，在俄国简直

---

① 莫德：《托尔斯泰传》上，北京十月文艺出版社 2001 年版，第 52—53 页。
② 《列夫·托尔斯泰文集》第九卷，人民文学出版社 2000 年版，第 425 页。
③ 《列夫·托尔斯泰文集》第十卷，人民文学出版社 2000 年版，第 860 页。

无法生活,"人类的生活只有在国外才勉强过得去,而且只要一有机会他就出国"①。正如一个叫彼得·奥布隆斯基的60岁的老公爵所说的:"我们这里不懂得怎样生活……我在巴登避暑,我真觉得自己完全像年轻人。我一见到美貌的少女,就想入非非……吃点喝点,觉得身强力壮,精神勃勃。我回到俄国——就得跟我妻子在一起,况且又得住在乡下……哪里还有心思想年轻的女人呀!我完全变成老头子了。……我到巴黎去一趟,又复元了。"②斯维亚日斯基虽然对俄国的一切不感兴趣,但他也力图改变现状。他"在俄国实行一种复杂的、改良的农业经营方式,而且带着极大的兴趣注视着和了解俄国所发生的一切事情"③。实际上他实行的"复杂的、改良的农业经营方式",就是西欧的资本主义的经营方式。

斯维亚日斯基是个八面玲珑的人。在农民问题上,尽管他看不起俄国农民,认为俄国农民正"处在从猿到人的进化阶段",但是,似乎是出于同情还是为了获得一个好名声,在县议会上,没有人比他更愿意和农民握手,倾听他们的意见。在宗教问题上,他是个无神论者,既不信仰上帝,也不相信魔鬼。但作为自由主义者,他又尊重信仰的自由,维护神职人员的权益,"非常关心改善牧师的生活和维持他们的收入的问题,而且特别尽力保存他村里的教堂"④。他这样做的目的是什么呢?无非是讨好宗教界人士及信徒,在世人心目中获得好感,为自己的利益服务。

在妇女问题上,一方面,他站在极端派一方,主张妇女"绝对自由,特别主张她们拥有劳动权利"。但在实际行动上,他和妻子的关系却体现不出一点他的主张。他使妻子除了和自己尽可能地过得快乐和舒适以外,"什么也不做,而且什么也不能做"⑤。妻子完全成了为自己服务的工具和玩偶,根本没有一点独立自主和自由意志。

尽管他和列文非常要好,但他在列文心目中始终是一个谜。正如托尔斯泰在作品中所说的,要是列文没有从好处想人的话,"那么斯维亚日斯基的性格是不会使他感到大惑不解或疑问的。他会对他自己说:'不是

---

① 《列夫·托尔斯泰文集》第九卷,人民文学出版社2000年版,第425页。
② 《列夫·托尔斯泰文集》第十卷,人民文学出版社2000年版,第946页。
③ 《列夫·托尔斯泰文集》第九卷,人民文学出版社2000年版,第425页。
④ 同上。
⑤ 同上。

傻子就是坏蛋。'"但列文决不能说他是傻子，因为他教养很高，"没有一个问题他不知道"，而且绝不炫耀自己的学识。他更不是坏蛋，因为他没有蓄意做过，而且也决不会做什么坏事。列文常常大胆地去试探他，"竭力想要寻究他人生观的根底；但却总是徒劳"。他对所有人似乎"都敞开着心房"，但每当列文想对他敞开的心房深入一步的时候，"他脸上就会显出隐约可辨的惊慌神色"，显得有点狼狈，好像害怕列文看破他，便愉快地婉言拒绝。他让自己的家成了一个舒适的安乐窝。他们夫妻又似乎是一对心满意足的幸福夫妇，以至总能"给予列文一种愉快的感觉"。列文在对农事感到失望，对自己的生活感到不满的时候到他家去，渴望找到"使斯维亚日斯基这样开朗、干脆和愉快的秘诀"。列文想从斯维亚日斯基的妻子那里"找到解决她丈夫在他心中引起的重大疑团"。斯维亚日斯基的妻子说："我丈夫对于俄国的事情都不感兴趣。事实上恰恰相反，他在国外固然很快活，但是并不像他在这里一样。在这里，他感到他适得其所，他有许多事要做，他具有对一切都感到兴趣的才能……"① 这段话说明，斯维亚日斯基虽然是个西欧派，但他对俄国更感兴趣。他在俄国能如鱼得水。

　　作为县的贵族长，他反对那些保守的贵族们所津津乐道的农奴制时代家长式的管理，面对他们的讽刺，他不仅没有生气，反而觉得有趣。当列文提出在地主和农民关系紧张的情况下，"要用一种可以产生利益的合理方式去经营农业是不可能的"时，斯维亚日斯基非常认真地回答："我看到的只是我们不知道怎样耕种土地，而在农奴制时代我们的农业水平并不是太高，而是太低。我们没有机器，没有好牲口，管理不当……"② 当列文进一步说："那些用合理方式经营土地的"地主，"除了少数例外……都遭受了损失。……你的土地怎么样——得到了利益吗？"时，列文"立刻从斯维亚日斯基的眼神里觉察出，每逢他想要从斯维亚日斯基的心房外室再深入一步时，所看到的那种转瞬即逝的惊愕表情"。尽管这样，斯维亚日斯基还是作了回答："也许不合算，那也不过是证明我要么是一个拙劣的农业经营家，要么证明我把资金浪费在增加地租上了。"地租是西欧才

---

① 《列夫·托尔斯泰文集》第九卷，人民文学出版社 2000 年版，第 428 页。
② 同上书，第 432 页。

有的，这说明斯维亚日斯基要把西欧的那套管理方式搬到俄国。他认为"这是规律"。列文认为俄国"与规律无关"。

对于怎样教育人民的问题。斯维亚日斯基的观点和列文是针锋相对的。列文反对办学校。而斯维亚日斯基却说："要教育人民，有三件东西是必要的：第一是学校，第二是学校，第三还是学校。"① 并告诉列文，"现在在全欧洲学校都是义务的"。事实上，斯维亚日斯基已经在自己的领地里办了一所学校，甚至他的姨妹还充当了这个学校的教师。在他们分别了很久的一次会议上，斯维亚日斯基问到了列文的改革，并"预先断定要发现欧洲不曾发现的事是不可能的"。这句话实际上是告诉列文，欧洲已经为我们做出了榜样，欧洲已有现成的东西，用不着苦苦去探索什么东西。这再次表明了他是地道的西欧派。

斯维亚日斯基热衷政治。在卡申省举行的贵族选举大会上，斯维亚日斯基不像其他县那样经过激烈争论，他毫无争议地被一致推为谢列兹涅夫斯克县的贵族长。可见他确实是一个四面讨好、有群众基础的人。当选的当晚，他就在家里摆下了酒席宴客庆祝。他属于新派的人。而原来的省贵族长斯涅特科夫按列文的哥哥谢尔盖的说法：是个守旧派的贵族，对于现代的需要一窍不通，无论什么事他总是偏袒贵族，公开反对国民教育，使本来应该起广泛作用的地方自治会带上了阶级的性质。"因此必须在他的位置上安插一位新的、现代化的、有本事的、完全新式的、具有新思想的人物……"② 而斯维亚日斯基和谢尔盖的好友——一位退休的教授，一个聪明绝顶的涅韦多夫斯基就是接替他的人。这也可以看出斯维亚日斯基已被普遍认为是一个"现代化的、有本事的、完全新式的、具有新思想的人物"。按惯例，如果所有的县都提名原省贵族长做候选人，那么不用投票他就当选了。但如果只有斯维亚日斯基那一个县不提名他做候选人，斯涅特科夫还是会作为候选人的。甚至还要选他。作为新派的贵族，他们竭力要阻止省贵族长斯涅特科夫当选，新派的人没少动脑筋，甚至耍手段。斯维亚日斯基不仅事先拉了弗龙斯基（他曾把弗龙斯基推举选为治安推事）等一伙有新思想的支持者，而且提出只要有

---

① 《列夫·托尔斯泰文集》第九卷，人民文学出版社2000年版，第438页。
② 《列夫·托尔斯泰文集》第十卷，人民文学出版社2000年版，第838页。

一个县反对就够了。最终斯涅特科夫在新派人物布置好的天罗地网中惨败,涅韦多夫斯基当选为新的省贵族长。涅韦多夫斯基和获胜的新派里的许多人当天晚上在弗龙斯基家聚餐庆祝。斯维亚日斯基作为新派的两个提名的候选人之一虽然没有当选,但他"轻快地忍受了他的失败。对于他而言,甚至不算什么失败,像他举着香槟酒杯亲口对涅韦多夫斯基说:再也找不出更好的担当得起贵族应该遵循的新方针的代表人物了。因此所有正直的人……都站在今天胜利的这方面,为了这种胜利而感到庆幸"①。这和前任贵族长掩盖不住的绝望失意比起来,又表现了一个新派政治家的风度。

比起那些隐蔽的和公开的农奴制的拥护者,斯维亚日斯基无疑可以说是19世纪70年代俄国先进贵族中的一员,他们否定农奴制,他之所以蔑视俄国贵族的最主要的原因就是"相信绝大多数贵族暗地里都拥护农奴制"。他要坚定不移地在俄国推行欧洲的制度,并认为这是规律。但是,由于他们不真正了解俄国的实际,不懂得农民的实际利益和要求,因此,他们的改革是徒劳的。这一点,正如在他高谈西欧的经营方式的时候,列文问他:"你的土地怎么样——得到了利益吗?"时,他无可奈何地回答的:"也许不合算,那也不过是证明我要么是一个拙劣的农业经营家,要么证明我把资金浪费在增加地租上了。"② 托尔斯泰塑造这样一个人物,实际上是对19世纪70年代那些脱离现实的俄国贵族自由派的讽刺。作家通过这个人物在《安娜·卡列宁娜》家庭的思想上加入了社会的内容。

利季娅伯爵夫人的形象

利季娅伯爵夫人这个名字第一次在作品中出现,是卡列宁去接从莫斯科回来的妻子安娜时提到的。卡列宁对安娜说:"我们的亲爱的'茶炊'会高兴得很哩。(他常把那位驰名于社交界的利季娅·伊万诺夫伯爵夫人叫作'茶炊',因为她老是兴奋地聒噪不休。)她屡次问起你。你知

---

① 《列夫·托尔斯泰文集》第十卷,人民文学出版社2000年版,第859页。
② 《列夫·托尔斯泰文集》第九卷,人民文学出版社2000年版,第433页。

道，如果我可以冒昧奉劝你的话，你今天该去看看她。你知道她多么关怀人啊。就是现在，她除了操心自己的事情以外，她老是关心着奥布隆斯基夫妇和解的事。"从卡列宁和妻子一见面就提到她的名字及卡列宁的话里，我们不难看出利季娅伯爵夫人和卡列宁一家的关系。接着托尔斯泰写道："利季娅·伊万诺夫伯爵夫人是她丈夫的朋友，是彼得堡社交界某个团体的中心人物，安娜通过她丈夫而和那团体保持着极其密切的关系。"① 当时彼得堡上流社会有三个集团："一个是她丈夫的政府官员的集团，包括他的同僚和部下，是以多种多样的微妙的方式结合在一起，而又属于各种不同的社会阶层的"；第二个是"阿列克谢·亚历山德罗维奇所借以发迹的集团"；第三个是由安娜的表嫂贝特西公爵夫人为首的"道地的社交界"。安娜和这三个集团都有联系。利季娅·伊万诺夫伯爵夫人是卡列宁借以发迹的那个集团的中心人物。这个集团"是一个由年老色衰、慈善虔敬的妇人和聪明博学、抱负不凡的男子所组成的集团。属于这个集团的聪明人之一称它作'彼得堡社会的良心'"。② 卡列宁"十分重视这个集团，安娜凭着她那善于和人相处的禀性，在彼得堡生活初期就和这个集团有了交谊"。她和利季娅伯爵夫人不乏友谊，甚至是好友。伯爵夫人很喜欢她。这从利季娅对安娜兄嫂和解的关心也可以看出来。安娜从莫斯科回来以后，还没有来得及去拜访她，她就主动来了。利季娅伯爵夫人"脸色是不健康的黄色，长着两只美丽的沉思似的黑眼睛。安娜很喜欢她，但是今天她好像第一次看出了她的一切缺点"。她一进门就开门见山问安娜兄嫂的事是否处理好了。安娜回答时，她打断安娜的话，因为她"虽然对于一切和她无关的事情都感到兴味，但是却有一种从来不耐心听取她所感到兴味的事情的习惯"。这句话告诉我们利季娅最关心的还是自己的事，同时也暗示了她的大大咧咧，对别人不那么尊重。她给安娜讲了自己的事："是的，世界上充满了忧愁和邪恶呢。我今天苦恼死了。我开始感到毫无结果地为真理而战斗有点厌烦了，有时候我简直弄得无可奈何哩。小姊妹协会的事业（这是一个博爱的、爱国的宗教组织）进行得很好。但是和这些绅士一道，就什么事都做不成……仅仅

---

① 《列夫·托尔斯泰文集》第九卷，人民文学出版社 2000 年版，第 139 页。
② 同上书，第 167—168 页。

两三个人，你丈夫就是其中的一个，懂得这事业的全部意义，而其余的人只会把这事弄糟。"① 她的这段自白告诉读者，她现在所投身的是宗教事业；同时也反映了其做事没有耐心，只凭自己的兴趣，并非真诚地要做好。安娜也许发现了这些，所以利季娅这个集团才"变得使她不能忍受了。在她看来好像她和他们所有的人都是虚伪的……"以致不再拜访"利季娅·伊万诺夫伯爵夫人了"。②

利季娅伯爵夫人何许人也。赫拉普钦科对她的评价是"虚假而伪善的老太婆、残忍而好弄权"③。作品有关利季娅有这么一段介绍：利季娅·伊万诺夫伯爵夫人是一个高个子的胖女人，"在她还是一个非常年轻的多情的少女的时候，嫁给了一个富裕的、身分很高的人，一个很和善、很愉快、耽于酒色的放荡子。结婚后两个月，她丈夫就抛弃了她……利季娅·伊万诺夫伯爵夫人早已不爱她丈夫了，但是从那时起她就不断地爱上什么人。她同时爱上了好几个人，男的和女的；凡是在哪一方面特别著名的人，她差不多全都爱上了。她爱上了所有列入皇族的新亲王和亲王妃；她爱上一个大僧正、一个主教、一个牧师；她爱上一个新闻记者、三个斯拉夫主义者、爱上过科米萨罗夫，爱上过一个大臣、一个医生、一个英国传教师，现在又爱上了卡列宁。这一切互相消长的爱情并没有妨碍她和宫廷与社交界保持着最广泛而又复杂的关系"④。这段介绍中读者不难看出，年轻时的利季娅也是个社交界的风流人物，被丈夫抛弃后不甘寂寞，乱用感情，爱过各式各样的人，包括男的和女的，只要是著名的人物她都会爱上；同时她还和宫廷与社交界"保持着最广泛而又复杂的关系"。是一个社会能量很大的人物。现在年老色衰了，她就转到对宗教的狂热中。她是在安娜和弗龙斯基私奔后，卡列宁处于极端寂寞和屈辱的情况下走进了他的生活。当然卡列宁在这种孤苦无援的情况下是非常容易接受她的。她在同情卡列宁的同时又爱上了卡列宁，"她现在对他所抱的感情在她看来比她以前的任何感情都强烈。……她爱卡列

---

① 《列夫·托尔斯泰文集》第九卷，人民文学出版社 2000 年版，第 141 页。
② 同上书，第 167—168 页。
③ 赫拉普钦科：《艺术家托尔斯泰》，刘逢祺、张捷译，上海译文出版社 1987 年版，第 229 页。
④ 《列夫·托尔斯泰文集》第十卷，人民文学出版社 2000 年版，第 662—663 页。

宁却是爱他本人，爱他那崇高、未被了解的灵魂……为了他的缘故，她现在比以前更注意修饰了"。她甚至常常幻想："假如她没有结过婚，而他也是自由的，那会怎样呢。"① 因此，她看到卡列宁会兴奋得满脸通红，卡列宁对她说句好听的话时，她也掩饰不住欢喜的微笑。她称安娜和弗龙斯基是"可恶的人"。她对卡列宁说："我们一道来照顾谢廖沙。实际事务不是我所擅长的。但是我要承担下来，我要做您的管家妇。不要感谢我。我这样做并不是自己……亲爱的朋友，千万不要向您刚才所说的那种感情屈服——不要以为基督徒的最崇高的品质是可耻的……您不要感谢我。您应当感谢上帝，祈求上帝的援助。只有在上帝心中，我们才能得到平静、安慰、拯救和爱！"② 她边说还抬起眼睛仰望天上，开始祈祷。这些表白，以前卡列宁"即使不觉得讨厌，也觉得是多余的，但是如今却似乎是自然而令人安慰的了"③。利季娅告诉卡列宁"我要到谢廖沙那里去。只有万不得已的时候我才来向您请示"。她走进谢廖沙的房间，"在那里用眼泪润湿了吓慌了的小孩的脸颊"，她在告诉谢廖沙"他父亲是一个圣人"的同时，又残酷地欺骗孩子"他母亲已经死了"。给谢廖沙年幼的心灵蒙上了阴影。她"履行了她的诺言"，"担负起安排和管理阿列克谢·亚历山德罗维奇家务的职责"。可是她的性格决定了她办"实际事务非她所擅长"。"她吩咐的事没有一件行得通，所以都得改变。"而这些就"都是仆人科尔涅伊变通办理了；他现在无形中管理着卡列宁的全部家务"。尽管如此，利季娅·伊万诺夫娜的帮助"仍然具有很大的效果；因为她给了阿列克谢·亚历山德罗维奇精神上的支持，使他意识到她对他的爱和尊敬，特别是因为，她想起来都觉得快慰的是，她差不多使他完全皈依了基督教……变成了最近在彼得堡逐渐风行的，那种基督教义的新解释的热心而坚决的拥护者"④。为此"她处在剧烈的激动中已有好几天了"。她在"给卡列宁精神上的支持，使卡列宁感觉到她对他的友爱和敬意"的同时，也控制了卡列宁。如她得知安娜和弗龙斯基都

---

① 《列夫·托尔斯泰文集》第十卷，人民文学出版社 2000 年版，第 663—664 页。
② 同上书，第 660 页。
③ 同上书，第 661 页。
④ 同上书，第 661—662 页。

在彼得堡,就一定要使卡列宁"看不到她,甚至一定要使他不知道那个可怕的女人和他在一个城市里、他随时可以遇见她这个痛苦的事实"。她还通过她的熟人探听到安娜和弗龙斯基"要做什么,于是在这几天当中她就竭力指导她的朋友的行动,使他不致于碰见他们"①。其实,早在安娜靠近贝特西公爵夫人那个集团时,利季娅就在和卡列宁的谈话中"暗示了安娜同贝特西和弗龙斯基的接近有些不妥"。但卡列宁却"严厉地制止住她的话,极力表示他的妻子没有什么可疑的地方"②。并因此而回避不见利季娅伯爵夫人;利季娅也不愿意见安娜。

安娜知道丈夫卡列宁在利季娅伯爵夫人的掌控之下,于是写信给她,要求见见儿子。她不给安娜答复,却马上写了一封信给卡列宁,约他在宫廷见面。她对卡列宁的热情使得宫里的人议论他们在恋爱:"她爱上了卡列宁,这难道有什么不好吗?"③ 利季娅把安娜要见儿子的事告诉卡列宁。卡列宁回答:"我想我没有理由拒绝……我完全饶恕了她,所以我不能够拒绝她心中的爱——对儿子的爱——所要求的事情……"而利季娅却说:"……就算您已经饶恕了她,您现在还在饶恕她……但是我们有扰乱那个小天使的心的权利吗?他以为她死了。他为她祷告,祈求上帝赦免她的罪恶。倒不如这样好。但是现在他会怎样想呢?"卡列宁回答:"我没有想到这点。"利季娅伯爵夫人祈祷一会儿后说:"您要是征求我的意见,我劝您不这样做……这事又多么疼痛地撕开您的伤疤吗……会重新使您痛苦,使小孩痛苦!假如她心中还有一点人性的话,她自己就不应当这样希望。"④ 征得卡列宁同意,利季娅用法文写了一封使安娜伤透心的信:

亲爱的夫人:

使您的儿子想起您,也许会引得他提出种种的问题,要回答那些问题,就不能不在小孩的心中灌输一种批评他视为神圣的东西的

---

① 《列夫·托尔斯泰文集》第十卷,人民文学出版社 2000 年版,第 664 页。
② 《列夫·托尔斯泰文集》第九卷,人民文学出版社 2000 年版,第 264 页。
③ 《列夫·托尔斯泰文集》第十卷,人民文学出版社 2000 年版,第 667 页。
④ 同上书,第 671—672 页。

精神，所以我请求您以基督的爱的精神来谅解您丈夫的拒绝。我祈求全能的上帝宽恕您。①

由此可见，不准安娜看望儿子一事，完全是利季娅的主意。当然，在其他方面，她对谢廖沙还是挺关心的，如经常给他送礼物，尤其是怕谢廖沙寂寞，还让自己的侄女娜坚卡来跟他玩等。但这些比起母爱来，不过是沧海之一粟。后谢廖沙偶然从他的"老保姆口里听到他母亲并没有死"时，就质问父亲和利季娅。他们向他解释："因为她坏"，"所以对于他她等于死了一样"。在谢廖沙面前，利季娅从不说安娜一句好话。

利季娅控制了卡列宁，而她又被一个法国流亡贵族——宗教骗子朗德所控制。正如米亚赫基公爵夫人对奥布隆斯基所说的："但是利季娅⋯⋯她的头脑有些毛病——不用说，扑到这个朗德那里去了，现在少了他，无论她，无论阿列克谢·亚历山德罗维奇，就什么都解决不了啦，因此您妹妹的命运现在完全掌握在这个朗德⋯⋯的手心里。"② 利季娅就是通过朗德用招魂术假借上帝的名誉拒绝安娜离婚的要求，把安娜置于"抛夫弃子"的坏女人的难堪处境中。因此，她无疑成了从精神上杀害安娜的凶手之一。

利季娅这个形象在托尔斯泰第一张草图第一个场面里是作为卡列宁的姊姊吉提出现的。后来几经改变，定稿中"吉提成为莉蒂亚·伊凡诺夫纳，她是作者揭露的形形色色伪善的贵族的化身"③。

贝特西公爵夫人的形象

贝特西公爵夫人是与安娜有关系的第三个集团——道地的社交界的领袖。这是一个"跳舞、宴会和华丽服装的集团，这个集团一只手抓牢宫廷，以免堕落到娼妓的地位，这个集团中的人自以为是鄙视娼妓的，虽然她们的趣味不仅相似，而且实际上是一样的"。这个年轻贵族妇女的

---

① 《列夫·托尔斯泰文集》第十卷，人民文学出版社2000年版，第673页。
② 同上书，第948页。
③ 日丹诺夫：《安娜·卡列尼娜的创作过程》，内蒙古人民出版社1980年版，第37页。

集团的人公开宣扬骄奢淫逸、腐化堕落。她们公开会见自己的情人而丝毫不会感到脸红。她们是"把睡帽乱丢在磨坊"里面的娼妓，需要用情人来排遣自己空虚而不道德的生活。为了替夫妻生活之间的不忠实辩护，贝特西夫人竟说在通奸者的角色中有着某种"美妙、庄严"的东西。正如这个集团中的米亚赫基公爵夫人所承认的：安娜"所做的是所有的人……都偷偷摸摸做的，而她却不愿意欺骗，她做得漂亮极了。她做得最好的"[1]。

贝特西公爵夫人的丈夫，是"一个温厚的肥胖的男子，一个酷爱搜集版画的人"，经常光顾古玩店。贝特西既是安娜的表嫂，同时又是弗龙斯基的堂姐。加之她在社交界的位置，这就决定了她必然要在处于热恋中的安娜和弗龙斯基之间扮演一个重要的角色。她"在安娜最初出现于社交界的时候她就格外喜欢她，给了她许多的照顾，把她拉进她的集团里来"。她嘲笑安娜原来所热衷的利季娅·伊万诺夫伯爵夫人那个集团，对安娜说："像你这样一位美貌的年轻女子，进那种养老院还未免太早。"[2] 她的家成了安娜和弗龙斯基约会的场所。他们在贝特西家相见的"次数特别多"。弗龙斯基向安娜表示强烈的爱情并赢得安娜的默许就是在她家实现的。对安娜和弗龙斯基的爱情，贝特西公爵夫人不仅赞许，而且尽可能为他们创造条件。因为这不仅是她们那个圈子里的人的生活原则，更主要的是卡列宁夫人原来是一个遵从俄罗斯妇女传统美德的、没有任何风流韵事的在彼得堡上流社会有着极高美誉的贵妇，是她们这个集团的人所嫉恨的对象。能把这样一个人拉下水，与她们同流合污，那是再好不过的了。因此，"她特别感兴趣地注视着这种热情的发展"，鼓励甚至怂恿弗龙斯基行动。如一次看歌星的演出，她对来到自己包厢的弗龙斯基说："我真诧异情人们的千里眼"，并微笑着补充说，只让他听到："她没有在。等歌剧演完了的时候来吧。"[3] 这个"她"当然就是安娜。在她家的沙龙里，她一旦凭脚步声判断来人"一定是卡列宁夫人，

---

[1] 《列夫·托尔斯泰文集》第十卷，人民文学出版社 2000 年版，第 947 页。
[2] 同上书，第 168 页。
[3] 《列夫·托尔斯泰文集》第九卷，人民文学出版社 2000 年版，第 169 页。

就向弗龙斯基瞟了一眼。"① 实际上是给弗龙斯基使眼色，提醒弗龙斯基下一步的行动。弗龙斯基就是在她的暗中鼓舞下向安娜发起猛烈的进攻的。因为"他十分明白他在贝特西或任何其他社交界人们的眼里……一个男子追求一个已婚的妇人，而且，不顾一切，冒着生命危险要把她勾引到手，这个男子的角色就颇有几分优美和伟大的气概，而决不会是可笑的"②。贝特西公爵夫人的家成了有闲人谈论上流社会各种风流韵事的集中地。卡列宁也是在这个地方从人们的议论中发现妻子和弗龙斯基的关系的。后弗龙斯基要去卡列宁的别墅看安娜也是打着贝特西公爵夫人的名誉的。

彼得堡举行赛马比赛，本来安娜应该和卡列宁一道坐马车去的，但贝特西公爵夫人却把卡列宁晾在一边，而让安娜和自己一块去。后来安娜因弗龙斯基坠马而惊叫失态，使卡列宁几次催促安娜回家，当卡列宁说"我第三次把胳臂伸给你"时，贝特西公爵夫人来解围了，说："不……我邀安娜来的，我答应了送她回去。"只是卡列宁以坚定的目光看着她说："对不起，公爵夫人，我看安娜身体不大舒服，我要她跟我一道回去。"③ 她的目的才没有达到。临走她还低声对安娜说，会把弗龙斯基的情况告诉她。

贝特西抓住安娜要见弗龙斯基的心理，把安娜引入她们的槌球队，那是安娜不愿去的地方。按贝特西的说法，那些人"都是社交界的精华中的精华"④。安娜见到了那些精英，诸如社交界的新星萨福、丽莎和紧盯着她，仿佛眼睛吞噬着她的一老一少，甚至见到了她丈夫的政敌斯特列莫夫。但这些人给安娜的印象都是虚伪的。仅此就不难看出贝特西圈子里都是些什么人了。赫拉普钦科指出："培特西和她的女友们虽已出嫁，但这并没有妨碍她们干出风流的事来。她们没有因此而造成任何悲剧，她们轻松愉快地对待无数的桃色事件，只遵守着某些'必不可少'的礼节。她们如同大多数上流社会人士一样，不仅认为

---

① 《列夫·托尔斯泰文集》第九卷，人民文学出版社 2000 年版，第 181 页。
② 同上书，第 170 页。
③ 同上书，第 276 页。
④ 同上书，第 386—387 页。

自己的生活方式和贯穿在她们的家庭生活中的欺骗是自然的事情，而且把它看作是真正的贵族派头的不容置疑的特征。按照她的计划，与'槌球小组成员'的交往，应当成为向过分严肃地对待生活的安娜传授上流社会的经验和诀窍的一课。但是对人对己都过于苛求的安娜没有接受，而且也不可能接受这一课。她对轻佻的调情和上流社会的那种用伪善掩饰起来的恋爱关系最不感兴趣；她的感情不带任何'玩弄'的性质。安娜爱上弗龙斯基之后，她不怕破坏已经形成的生活关系。"①

安娜产后病危，请求丈夫饶恕。卡列宁不仅饶恕了她，还饶恕了破坏他们家庭生活的第三者弗龙斯基。弗龙斯基在卡列宁的博大胸怀面前无地自容而开枪自杀，但没有打中要害。伤愈后要到塔什干的军队去，临走前想见安娜一面。是贝特西把弗龙斯基这个愿望告诉安娜的。但安娜一口拒绝了，并把自己的决定告诉丈夫："我说我不能够接待他。"如果就此罢了，也许以后的悲剧就不会发生。但贝特西为达到目的，"特别热烈地"握着卡列宁的手说"我是局外人，但我是这样爱她，这样尊敬您，我冒昧地向您进一忠告。接待他吧。阿列克谢·弗龙斯基是个很体面的人，而且他快要到塔什干去了"。卡列宁回答："谢谢您的同情和忠告，公爵夫人。但是我的妻子能不能够接见任何人的问题要由她自己决定。"② 她给弗龙斯基带回否定的答案，弗龙斯基也认为"这样倒更好"。但第二天一早，她却亲自到弗龙斯基那里，把从奥布隆斯基那里听到的卡列宁"已经同意离婚的确切消息"告诉了弗龙斯基，并说他"可以去会安娜"。③ 这一看，就看出了安娜"不可饶恕的幸福"及卧轨自杀的惨剧。

安娜回国后，上流社会社交界对她关起了大门，安娜的处境极为艰难，那些"嫉妒安娜，而且早已听厌了人家，称她贞洁的大多数年轻妇人看见她们猜对了，都幸灾乐祸起来，只等待着舆论明确转变了，就把

---

① 赫拉普钦科：《艺术家托尔斯泰》，刘逢祺、张捷译，上海译文出版社1987年版，第194页。

② 《列夫·托尔斯泰文集》第九卷，人民文学出版社2000年版，第550—551页。

③ 同上书，第564页。

所有轻蔑的压力都投到她身上。她们已准备好一把把泥土，只等时机一到，就向她掷来"①。这正是那些虚伪淫荡的贵妇们向安娜投掷泥土的最好时机，同时也是安娜最需要有人理解支持的时候。但就是这样关键的时期，贝特西公爵夫人这个"和图什克维奇有暧昧关系，用最卑鄙的手段欺骗她丈夫"，并与安娜的哥哥奥布隆斯基之间"早就存在一种古怪关系"，甚至在谈到安娜痛苦时还不忘和奥布隆斯基调情的"天下最堕落的女人"②居然也立起牌坊来了。似乎和安娜见面就会玷污她的清白。她见到回国的弗龙斯基，非常热情，但"听到安娜还没有离婚的时候，她的热忱就冷下去了"。她说她去看安娜，"人家会攻击我的"。她虽然当天就去看了安娜，但是她的语调和以前完全不同了。她显然在炫耀她自己的勇敢，而且希望安娜珍视她的友情的忠实。她待了不过十分钟，谈了些社交界新闻，临走的时候说："你们还没有告诉我什么时候办理离婚呢？纵令我不管这些规矩，旁的古板的人却会冷淡你们，直到你们结婚为止……很抱歉，我们不能再见面了。"③果然，此后直到安娜卧轨，这个以前一直撮合安娜和弗龙斯基的女人就再也没有去看过安娜。实际上，贝特西公爵夫人也是向安娜投掷泥土的上流社会中的一员，她对安娜的悲剧是有责任的。赫拉普钦科对她总的评价是"一个心灵空虚、荒淫无度的女人"④。托尔斯泰塑造贝特西这个形象，主要就是为了揭露了上流社会的虚伪。以此引起人们对安娜追求的同情。正如日丹诺夫所说："上流社会客厅最初的那些草图中第一个场面演变为培特西沙龙的完美画面，其中充斥着激动人心的问题和上流社会生活的详情细节。女主人公形象有可能使她圈子里的许多人聚集在她的周围和后来叙述她们虚伪而空虚的生活。"⑤

---

① 《列夫·托尔斯泰文集》第九卷，人民文学出版社2000年版，第228页。
② 《列夫·托尔斯泰文集》第十卷，人民文学出版社2000年版，第825页。
③ 同上书，第684页。
④ 赫拉普钦科：《艺术家托尔斯泰》，刘逢祺、张捷译，上海译文出版社1987年版，第229页。
⑤ 日丹诺夫：《安娜·卡列尼娜的创作过程》，雷成德译，内蒙古人民出版社1980年版，第43页。

谢廖沙的形象

谢廖沙在《安娜·卡列宁娜》中,似乎是一个无足轻重的形象,但也是一个不可或缺的形象。凡是看过作品的人,都会记住这个形象。谢廖沙这个名字最初在作品中出现,是安娜到莫斯科解决兄嫂矛盾。她和嫂嫂多莉刚一见面,就看到多莉的孩子格里沙。当她吻着格里沙问他"长得多大了"时,多莉的女儿塔尼娅跑了进来,安娜抱着她,吻她,并对她说:"塔尼娅!你跟我的谢廖沙是同岁呢。"[①] 安娜一下子由与自己儿子同龄的哥哥的女儿想到了儿子。可见儿子在她心中的地位。安娜使兄嫂和好的那天晚上九点半钟,奥布隆斯基家里围着茶桌进行的特别欢乐和愉快的家庭谈话,他们谈到彼得堡共同的熟人时,安娜急忙立起身来说:"我的照片簿里有她的照片,我也顺便让你们看看我的谢廖沙。"说这话时,她的脸上"露出母性的夸耀的微笑"。儿子是安娜八年来的精神支柱,从来没有和她分别过那么长时间。因此,她不能不想儿子。尤其"近十点钟,她在平时正和她儿子道晚安,并且常在赴舞会之前先去亲自招呼他睡了,现在她竟离开他这么远,她感觉得难过;不论他们在谈什么,她的心总飞回到她的一头鬈发的谢廖沙那里"[②]。

安娜从莫斯科回家,谢廖沙是第一个跑出来迎接安娜的人。他不顾家庭女教师的呼喊,下了楼梯就朝她跑去,欢喜欲狂地叫起来:"妈妈!妈妈!"跑到她跟前,他就搂住她的脖子。这个细节把从来没有和母亲分别过那么久的谢廖沙见到母亲时的欢愉淋漓尽致地表现出来。谢廖沙还骄傲地对家庭女教师叫道:"我告诉你是妈妈吧!我知道的!"但是,与儿子的欢愉形成鲜明对照的是安娜看到离别那么长时间的儿子,却"也像她丈夫一样",在她"心中唤起了一种近似幻灭的感觉"[③]。谢廖沙在母亲心目中地位下降的原因就是因为安娜结识了弗龙斯基并对他有了感情。这里,也暗示了谢廖沙的悲剧。

---

① 《列夫·托尔斯泰文集》第九卷,人民文学出版社 2000 年版,第 89 页。
② 同上书,第 99 页。
③ 同上书,第 140 页。

谢廖沙悲剧的原因就是弗龙斯基代替了他在安娜心目中的地位。而弗龙斯基对谢廖沙也是没有好感的。他认为"谢廖沙形成了他和她的关系中最苦恼的一面的东西,那就是,他那露出一双询问般的——在他看来好像是含有敌意的——眼神的儿子……这小孩比什么人都频繁地成为他们关系上的障碍。当他在旁边的时候,弗龙斯基和安娜两人不但都避免谈他们不能在别人面前说的话,甚至也不讲一句小孩听不懂的暗示的话……要是他们欺骗了小孩的话,自己一定会觉得可耻的……弗龙斯基还是常常看到这小孩凝视着他的注意而迷惑的目光,在这小孩对他的态度上有一种奇怪的羞怯和游移不定的神态,时而很亲密,时而却冷淡而隔阂。似乎这小孩感觉到了在这个人和他母亲之间存在着某种重要的关系,那关系的意义却是他所不能理解的"。因此,"但凡小孩在场的时候,总在弗龙斯基心里引起一种异样的无缘无故的厌恶心情"①。谢廖沙既然被看成了障碍,被看成了多余的人,当然就是属于要排除的东西了。因此这个孩子哪怕安娜不抛弃他,带着他一起和弗龙斯基生活,他也是不会幸福的。因为弗龙斯基根本不可能把爱给他。正如卡列宁认为的那样:"假使离婚的话,他的儿子会变得怎样呢?把他交给他母亲吧,这是不行的。离了婚的母亲会有自己的不合法的家庭,而在那种家庭里面,作为继子的地位和教育无论怎样是不会好的。"② 这里不由得使人想起了《战争与和平》中的尼古连卡,她的父亲保尔康斯基为国捐躯后,成为孤儿的他由姑姑玛丽亚公爵小姐抚养,玛丽亚带着保尔康斯基家巨大的家产嫁给了破产的尼古拉。尼古连卡只是玛丽亚的侄儿,且有巨大家产,还是一个懂事的可爱少年。尽管如此,尼古拉从来就没有喜欢过他,实际上尼古拉在感情上接受不了尼古连卡,尽管他在《战争与和平》中还是一个被歌颂的人物而绝非弗龙斯基这样的花花公子。托尔斯泰之所以这样写,是因为他对寄人篱下的生活深有感受。

当然八岁的谢廖沙是"不能理解"父亲母亲及家庭教师、保姆与弗龙斯基的关系,"他极力想要弄明白他对于这个人应当抱着怎样的感情"。他弄不明白:"他清楚地看出来他的父亲、他的家庭教师和他的保姆——

---

① 《列夫·托尔斯泰文集》第九卷,人民文学出版社 2000 年版,第 243—244 页。
② 同上书,第 560 页。

不但都不欢喜弗龙斯基，而且用恐怖和厌恶的眼光看他……而他的母亲却把他看作最好的朋友。"他竭力想弄清楚："这是怎么回事呢？他是什么人呀？我该怎样去爱他呢？要是我不知道，那是我自己的错；我不是笨，就是一个坏孩子。"因此他露出试探的、询问的、有时多少含着一些敌意的表情和使得弗龙斯基那么着恼的羞怯而游移不定的神态。①

下面作者继续写道："这小孩在场的时候，在弗龙斯基和安娜两人心里都唤起这样一种心情，好比一个航海家根据罗盘看出他急速航行的方向偏离了正确的航向，但要停止航行却又非他力所能及，而且随时随刻都在载着他偏离得越来越远了，而要自己承认误入歧途就等于承认自己要灭亡了。这小孩，抱着他对人生的天真见解，就好比是一个罗盘，向他们指示出，他们偏离他们所明明知道但却不愿意知道的正确方向有多么远了。"② 这段话的意思再明白不过了：托尔斯泰用比喻向人们昭示谢廖沙的存在对弗龙斯基和安娜来说是一个绕不过的坎，他本身就是一个罗盘，谁偏离了罗盘指示的方向就要"误入歧途"，就要"灭亡"。

谢廖沙对于父亲向来是惧怕的。这有两方面的原因，一方面是卡列宁平时对他比较严格；另一方面是卡列宁本身就不善于表达自己的感情。一次卡列宁到安娜住的别墅去看安娜。谢廖沙由家庭教师领着走了进来后就"用畏怯的迷惑眼光望望父亲又望望母亲"。卡列宁见到他就说："噢，年轻人！他长大了哩。真的，他完全变成大人了。"当卡列宁问："你好吗，年轻人？"并把手伸给他时，他简直"给吓慌了"。自从卡列宁"叫他做年轻人以后，自从他心中产生了弗龙斯基是朋友呢还是敌人这个无法解决的问题以后，他就躲避起他父亲来了。他回过头来望着他母亲，好像在寻求保护一样，只有和母亲一道他才安心"。当卡列宁扶住他的肩膀，和家庭教师说话时，他"是这样难受地局促不安，安娜看出他已经眼泪盈盈了"。安娜"看到谢廖沙不安的样子，连忙站起来，把阿列克谢·亚历山德罗维奇的手从她儿子的肩上拉开，吻了吻这孩子，把他领

---

① 《列夫·托尔斯泰文集》第九卷，人民文学出版社2000年版，第244页。
② 同上。

到阳台上去……"①"严父慈母"当然是正常的现象。其实，卡列宁是非常爱自己的儿子谢廖沙的。他的爱不是挂在嘴上的，而是出自内心深处的。由于平时公务繁忙，他没有更多的时间和儿子相处，加之卡列宁性格内向，处理事情冷静、理智，再加之对儿子严格要求等，一个八岁的孩子是无法理解这一切的，因此谢廖沙对父亲一向是畏惧的。后来的事实都可以说明卡列宁对谢廖沙的爱。首先，卡列宁不愿意离婚的一个重要原因就是从谢廖沙考虑，认为离婚后儿子将会遭到不幸；其次，安娜出走后，卡列宁把对儿子的教育看成公务以外最重要的事，给他请最好的老师，经常过问他的学习情况，甚至为他制订学习计划，并亲自为儿子授课。他以自己的言行教育孩子，给儿子正确的引导，让儿子不要仰慕虚荣，而要实实在在做事。如有一次，卡列宁得到勋章，大家都很高兴。卡列宁来给谢廖沙上课时，"谢廖沙跳起来，跑到他父亲跟前，吻他的手，留意观察他，竭力想发现他得了亚历山大·涅夫斯基勋章以后的快活的痕迹"。但卡列宁表现出和平时一样的神情。卡列宁问他："你散步很愉快吗？"谢廖沙回答："是的，真快活极了，爸爸，我看见了娜坚卡……她告诉我你得了新勋章。您高兴吗，爸爸？"卡列宁回答："……宝贵的并不是奖励，而是工作本身……要是你为了要得到奖励而去工作、学习，那么她就会觉得工作困难了；但是当你工作的时候，热爱你的工作，你在工作中自然会受到奖励。"②卡列宁对谢廖沙生活方面的关心更是无微不至。当然这方面也有利季娅伯爵夫人的一份功劳，尽管她在心灵上折磨过他，说他的母亲死了，但生活方面的关心是不可否认的。如她让自己的侄女娜坚卡和他一起玩耍，让谢廖沙减少孤寂感，不久娜坚卡成了谢廖沙生活中不可缺少的玩伴，以致卡列宁把不允许他和娜坚卡在一起作为惩罚他的手段。谢廖沙"在同他母亲那场意外的会面以后，大病了一场"。卡列宁听取了医生的建议，给了他"合理的治疗和夏季的海水浴使他恢复了健康"。并按照医生的意见，"把他送到学校去"，让他和更多的人接触。而学校里"同学们的影响实在对他起了很好的作用"。

---

① 《列夫·托尔斯泰文集》第九卷，人民文学出版社2000年版，第269页。
② 《列夫·托尔斯泰文集》第十卷，人民文学出版社2000年版，第679页。

现在谢廖沙"十分健康，而且学习得很好"①。以至他的舅舅奥布隆斯基见到他时不由得感慨："唉唷，多么好的小伙子啊！他的确不是谢廖沙，而是羽毛齐全的谢尔盖·阿列克谢伊奇了！"②总之，谢廖沙的健康成长，与卡列宁是分不开的。

谢廖沙快过生日时，门房告诉他利季娅伯爵夫人给他送来了生日礼物。礼物由"科尔涅伊交给你爸爸了。一定是一件好东西呢！"谢廖沙猜不着礼物是什么，但这一天"谢廖沙太快活了，他觉得一切都太如意了，他不能不和他的朋友门房分享他家里的喜事，那是他在夏园散步的时候，从利季娅·伊万诺夫伯爵夫人的侄女那里听来的。这个喜讯，因为是和扎着绷带的官员的欢喜和他自己得了玩具的欢喜同时来的，所以他觉得特别重要"③。从利季娅伯爵夫人的侄女那里听来的喜讯是什么呢？原来是他父亲获得了亚历山大·涅夫斯基勋章。谢廖沙高兴地和门房聊天，问门房："哦，你女儿最近来看过你吗？"走进教室，也"没有坐下来上课，却对教师说他猜想送来的礼物一定是一辆火车"。问教师："亚历山大·涅夫斯基以上的勋章是什么呢？您知道爸爸得了亚历山大·涅夫斯基勋章吗？"教师回答："亚历山大·涅夫斯基以上的勋章是弗拉基米尔勋章……最高的是安德列·佩尔沃兹瓦尼勋章。"当谢廖沙问："安德列以上呢？"教师回答："我不知道。"谢廖沙"沉入深思了"："他想象他的父亲突然同时获得了弗拉基米尔和安德列勋章，因为这缘故他今天教课的时候要温和许多，他又想象自己长大了的时候会怎样获得所有的勋章，以及人们发明的比安德列更高的勋章。任何更高的勋章刚一发明，他就会获得。还会发明更高的勋章，他也会立刻获得。"④他完全沉浸在勋章这件事上。这一方面反映出谢廖沙是一个想象力非常丰富的人，同时也显示了少年不知愁滋味的特点。儿童的天性决定了他们是不会把痛苦长久地留在自己心中的。一旦遇到高兴的事，他就会把那些不愉快的事忘了。托尔斯泰真不愧是儿童心理专家，寥寥数语，就把儿童这一心

---

① 《列夫·托尔斯泰文集》第十卷，人民文学出版社 2000 年版，第 940—941 页。
② 同上书，第 941 页。
③ 同上书，第 675 页。
④ 同上书，第 677—678 页。

理特点表现得淋漓尽致。

谢廖沙虽小,但能体谅别人。如他因没有预备好功课而使教师"不满意""很难过"时,他"感动了"。他为自己"使教师难"而"感到很懊悔,而且想安慰"老师。① 这表现了谢廖沙善良的天性。

谢廖沙善良的天性还表现在他对于人们常常跟他说起的死"一点也不相信。他不相信他所爱的人会死,尤其不相信他自己会死。死对于他完全是不可能的、难以想象的事。……以诺没有死,可见不是所有的人都要死的。"这里插一句,卡列宁考谢廖沙《圣经》时,"除了活着升上天国的以诺以外,他一个都不知道了"②。谢廖沙绝不是一个低能儿,"他学习不来,是因为在他的灵魂里有着比他父亲和教师所提出的更迫切的要求"。他只是一个九岁的小孩;但"他知道他自己的心灵,那对于他是宝贵的……没有爱的钥匙,他不让任何人进入他的心灵。……他的心灵却洋溢着求知欲。他向卡皮托内奇,向他的保姆,向娜坚卡,向瓦西里·卢基奇学习,却不向他的教师们学习"③。因为他的教师们,包括他的父亲,没有让他感受到爱。"为什么别人在上帝眼里就不配这样,活着升上天去呢?""坏人,就是谢廖沙所不喜欢的那些人,他们可以死;但是好人却应当都像以诺一样。"④ 他认为自己的母亲是好人,他绝对不相信她会死掉。他认为母亲一定活着。因此他"最爱好的事情就是在散步的时候寻找他的母亲。一般说来他就不相信死,特别是她的死,尽管利季娅·伊万诺夫娜告诉过他,而且他父亲也证实了,因此,就在告诉他她已经死了以后,他每次出外散步的时候还是寻找她"。他把"每一个体态丰满而优雅的、长着黑头发的妇人都看成"他母亲。"一见到这种样子的妇人,在他心里就引起这样一种亲热的感觉,以致他的呼吸都窒息了,泪水涌进他的眼里。"他甚至"满心期望她会走上他面前来,除去她的面纱。她整个的脸都会露出来,她会微笑着,她会紧紧抱住他,他会闻到她的芳香,感觉到她的手臂的柔软,快活得哭出来,正像有一天晚上他

---

① 《列夫·托尔斯泰文集》第十卷,人民文学出版社 2000 年版,第 677 页。
② 同上书,第 680 页。
③ 同上书,第 681 页。
④ 同上书,第 680—681 页。

躺在她脚下,而她呵痒,他大笑起来,咬了她那白皙的戴着戒指的手指"。后来,他偶然从他的"老保姆口里听到他母亲并没有死"时,就质问父亲和利季娅。他们向他解释:"因为她坏","所以对于他她等于死了一样"。谢廖沙"简直不能相信"自己所爱的母亲是坏人,因此,他不管别人怎么说,"依旧继续寻找"母亲,期待着母亲的出现。如今天在夏园里他碰见"一个戴着淡紫色面纱的妇人",就"怀着跳跃的心注视着,期望那就是"母亲,但遗憾的是"那妇人并没有走到他们面前来,却消失在什么地方了"。这就使得"谢廖沙今天比任何时候都更强烈地对她怀着洋溢的爱,而现在,在等待着他父亲的时候,他想得出了神,用削笔刀在桌子边缘刻满了刀痕,闪闪发光的眼睛直视着前方,想念着她"①。这一段,在表现谢廖沙善良的天性的同时,也写出了他的悲哀。托尔斯泰呈现给我们的是一个楚楚动人的深爱着母亲又被母亲所抛弃的善良儿童的形象。如安娜这样有着丰富葱茏的内心世界的人,知道儿子这些,不知该做何感想。

　　安娜探子一节,在突出安娜母爱的同时,更写出了谢廖沙的痛苦、悲哀与绝望。

　　谢廖沙在睡梦中就能感到母亲的温暖,当安娜"抱住他那丰满的小身体"时,他嘴里喊着"妈妈!"并在母亲的怀抱里扭动身子,好"使他身体的各个部分都接触到"母亲的手。② 半睡半醒中,"他把他的胖胖的小手从床头伸向母亲的肩膀,依偎着她,用只有儿童才有的那种可爱的睡意的温暖和香气围绕着她,开始把他的脸在她的脖颈和肩膀上摩擦"。并说:"我知道!今天是我的生日。我知道你会来。我马上就起来。"但"他又睡着了"。完全醒来后,发现安娜流泪。他禁不住用含泪的声音叫道:"你为什么哭,妈妈?""含泪的声音"写出了他对母亲的感情。母亲流泪,他也流泪。他回答母亲的询问,告诉母亲:"我不用冷水洗澡了。"看到母亲微笑,他也高兴地大笑,边呼喊"妈妈,最最亲爱的!"边"扑到她身上,紧紧抱住她"。他要看清整个的母亲,边说"我不要你戴这个",边"取下她的帽子"。同时"又吻起她来"。当安娜问他:"你没有

---

① 《列夫·托尔斯泰文集》第十卷,人民文学出版社 2000 年版,第 678 页。
② 同上书,第 690 页。

想我死了吧？"谢廖沙回答："我从来不相信。"并把母亲的"手心贴到嘴唇上，吻它"①。他还告诉母亲自己和娜坚卡"坐着雪橇滑下山坡的时候摔了一跤，翻了三个筋斗"的生活琐事。看到保姆激动地哭了的时候，"谢廖沙两眼闪光，满脸带笑，一只手抓着他母亲，另一只手抓着保姆……他喜爱的保姆对他母亲所表示的亲热使他欢喜透了"。他告诉母亲，保姆经常来看自己。安娜快离开时，只对他说了"我的亲爱的！"五个字，但谢廖沙明白这五个字已包含了"她要对他说的一切。他明白她不幸，而且爱他"。他听见了"照例在九点钟"这句话，就明白这个"他"是说他父亲。但是他却不能了解——为什么她脸上会有一种惊惶和羞愧的神色呢？……她没有过错，但是她害怕他，为了什么事羞愧。他真想问一个可以解除他的疑惑的问题，但是他又不敢；他看出来她很痛苦，他为她难过。他默默地紧偎着她，低声说："不要走。他还不会来呢。"②这里，淋漓尽致地写出了谢廖沙对母亲的理解及与母亲深厚的感情，哪怕和母亲能多待几分钟也是好的。当安娜临别时对他说："谢廖沙，我的亲爱的！爱他；他比我好，比我仁慈，我对不起他。你大了的时候就会明白的"时，谢廖沙含着泪绝望地叫着："再也没有比你好的人了！……"并抓住安娜的肩膀，"全力把她紧紧抱住"，以致"他的手臂紧张得发抖了"。和母亲的这次会面后，谢廖沙"大病一场"，卡列宁等"甚至怕他会送了命"。③

  谢廖沙在作品里最后一次露面是和他舅舅奥布隆斯基的见面。奥布隆斯基为安娜的事去找卡列宁。临走，安娜还托付他去看望谢廖沙："无论如何，你也要看看他。仔细探听清楚：他在哪里，谁在照顾他。"④卡列宁在他提出要求后交代他不要提起他的母亲，因他和母亲见面后就曾大病一场，几乎丧命。谢廖沙出现时，奥布隆斯基"一边微笑，一边注视着穿着蓝外衣和长裤，灵活而潇洒地走进来的肩宽体阔的漂亮小伙子。这个少年看上去又健康又快活。他像对陌生人一样对他舅舅鞠躬，但是

---

① 《列夫·托尔斯泰文集》第十卷，人民文学出版社2000年版，第691—692页。
② 同上书，第693—694页。
③ 同上书，第940页。
④ 同上。

一认出他来，脸就涨得绯红，连忙转身走到一边去，好像有什么触犯了他，把他惹恼了一样。这少年走到他父亲跟前，把学校的成绩单交给他"。见到陌生人就鞠躬，写出了谢廖沙仅仅九岁，就懂得了礼节，这是有教养的表现。认出是舅舅就脸红，是因为舅舅不仅外貌像他母亲安娜，而且由舅舅不由得就会联想到他的母亲，这是一种十分自然的现象。奥布隆斯基不由得感慨："多么好的小伙子啊！他的确不是谢廖沙，而是羽毛齐全的谢尔盖·阿列克谢伊奇了……他长得又高又瘦了，再也不是小孩，却变成一个真正的小伙子了；我真喜欢。"于是问谢廖沙："你还记得我吗？"谢廖沙"飞快地回头望了他父亲一眼"说："记得，舅舅（原文法语）。"边回答边"望望舅舅，又垂下眼皮"。这里"望了他父亲一眼"含有征询父亲意见的意思。关键词"舅舅"他不用俄语而用了法语，这是值得玩味的，当着父亲和舅舅的面，他不能不回答，但又不能说谎话，因此选用了法语回答。奥布隆斯基把他叫过去，拉住他的手，问他："你怎么样？"谢廖沙"满脸通红，默不作声，小心地由他舅舅的手里抽出手来"，"询问似地瞥了他父亲一眼，就像一只逃出牢笼的小鸟一样，迈着迅速的步子走出屋去了"。① 这后几句也很能表现他当时的心理。他太想离开那种环境了。"小心地"抽出手来，说明他是个懂事的孩子，如"猛地"抽手，就太不礼貌。当着父亲的面，谢廖沙还怕舅舅会提到母亲的事，那是他不愿提起，也难于回答的问题。因此，尽快脱离那种环境是最好的事。谢廖沙和母亲相见已经一年了，此后再没听到过她的消息。现在有关母亲的事已不再萦绕在他的心头了。有时这些事涌上他的记忆，"他就尽力驱散，认为这是可耻的"。他知道他们已经分居了，而且知道"他注定要留在他父亲"身边，于是就"竭力使自己习惯于这种思想"。②"他遇见和他母亲非常相像的舅舅觉得很不愉快，因为这场会见唤起来他认为是可耻的回忆。"但他单独和奥布隆斯基一起时，"倒和他畅谈起来"。他回答舅舅提出的问题。但当奥布隆斯基忍不住问他："你记得你母亲吗？"谢廖沙满脸通红地回答："不，我不记得！"并"垂下头来。他的舅舅从他口中再也得不出

---

① 《列夫·托尔斯泰文集》第十卷，人民文学出版社 2000 年版，第 941 页。
② 同上书，第 942 页。

别的话来了"①。

　　谢廖沙最大的悲剧是他一度成了安娜感情的工具。安娜到莫斯科解决兄嫂矛盾，开始时儿子一直在她心中，与人谈话时离不开儿子，尤其谈到儿子时，脸上就会"露出母性的夸耀的微笑"②。但和弗龙斯基产生感情后，儿子似乎变了。她从莫斯科回来，看到欣喜若狂地来迎接自己的儿子，似乎"她儿子，也像她丈夫一样，在安娜心中唤起了一种近似幻灭的感觉"③。谢廖沙在安娜心目中的地位一下子降到了使安娜产生"近似幻灭的感觉"那么低的原因当然是弗龙斯基的出现。和儿子八年的母子之情还比不上与弗龙斯基几天的交往，谢廖沙的可悲就可想而知了。当然，从小说结构上讲，这也为写安娜为了和弗龙斯基厮守在一起而抛夫弃子埋下了伏笔。安娜要和弗龙斯基私奔前，安娜的哥哥奥布隆斯基看到妹妹的苦闷，去找卡列宁谈离婚的事。卡列宁先给他看了自己写给安娜的信，又举出了不能离婚的几点理由，但最后还是向奥布隆斯基表示："好！好！我愿意蒙受耻辱，我连我的儿子也愿意放弃……可是由你办去吧……"④ 后来奥布隆斯基把卡列宁的态度告诉了妹妹安娜。如果安娜真是像她平时表白的那么深爱儿子的话，那此时正好可以利用丈夫的宽宏大量把谢廖沙要到自己身边。但安娜放弃了。她放弃得到儿子和离婚的原因只是不愿接受丈夫的宽宏大量。她对弗龙斯基说："斯季瓦说，他一切都同意了，但是我不能够接受他的宽大。"⑤ 安娜和弗龙斯基在意大利度蜜月，一度感到"不可饶恕地幸福"。"就是和她的爱子离开，在最初的日子里，也并没有使她痛苦。小女孩——他的孩子——是这么可爱，而且因为这是留给她的唯一的孩子，所以安娜是那样疼爱她，以致她很少想她的儿子。"⑥ 只是她和弗龙斯基发生矛盾，尤其是感情出现了问题时，儿子的形象才会出现在她脑海里。这一点，安娜自己也是承认的。她自杀前去火车站的路上是这样总结自己对儿子的感情的：

---

① 《列夫·托尔斯泰文集》第十卷，人民文学出版社 2000 年版，第 943 页。
② 《列夫·托尔斯泰文集》第九卷，人民文学出版社 2000 年版，第 99 页。
③ 同上书，第 140 页。
④ 同上书，第 562 页。
⑤ 同上书，第 565—566 页。
⑥ 同上书，第 603 页。

"我也以为我很爱他,而且因为自己对他的爱而感动。但是没有他我还是活着,抛掉了他来换别人的爱,而且只要另外那个人的爱情能满足我的时候,我并不后悔发生这种变化。"① 可见,一旦弗龙斯基能满足安娜的爱情需求,儿子在她心目中是不算一回事的。这就是谢廖沙最悲哀的地方了。

   托尔斯泰为我们塑造了一个被母亲抛弃的孩子谢廖沙的形象,看过《安娜·卡列宁娜》的读者都会为这个楚楚动人的形象动容。谢廖沙所受到的伤害是作为母亲的安娜为了自己的情欲所造成的。因此,托尔斯泰竭力渲染这个形象所受的伤害无疑是对安娜行为的谴责。托尔斯泰一贯认为相夫教子是妇女的美德,也是妇女的责任和义务。托尔斯泰在《安娜·卡列宁娜》出版前不久写的《论婚姻和妇女的天职》一文中指出:"人的尊严不在于他具有无论何种品格和知识,而仅仅在于完成自己的天职。男人的天职是做人类社会蜂房的工蜂,那是无限多样的;而母亲的天职呢,没有她们便不可能繁衍后代,这是唯一确定无疑的。……妇女的尊严就在于理解自己的使命。理解了自己使命的妇女不可能把自己局限于下蛋。她越深入理解,这一使命便越能占有她的全部心身,而且被她感到难于穷尽。……一个妇女为献身母亲的天职而抛弃个人的追求愈多,她就愈完善。""母亲积极地爱,爱得越深,孩子便越美好。"② 从中我们可以看出,托尔斯泰把生儿育女,做好母亲,维护婚姻和家庭看成妇女的天职。而安娜却与自己的天职相悖,没有"为献身母亲的天职而抛弃个人追求",反而是为了自己的情欲,竟然抛夫弃子,破坏了家庭,她是应该受到谴责的。因此,尽管托尔斯泰在作品中对安娜的真诚等品质给予了肯定,但对她为了个人的情欲而抛夫弃子、破坏家庭这方面一直是持否定和谴责的态度,他把《新旧约全书·罗马人书》第12章第19节中的话——"伸冤在我,我必报应"作为全书的题词即说明的这一点。

---

① 《列夫·托尔斯泰文集》第九卷,人民文学出版社2000年版,第990页。
② 《列夫·托尔斯泰文集》第十五卷,人民文学出版社2000年版,第1—3页。

瓦莲卡的形象

基蒂初恋失败，大病一场，后接受医生建议到外国休养。他们一家住在德国的小温泉。任何有人群的地方就是一个小社会，"社会中每个人都指派在固定不变的地位上"。谢尔巴茨基公爵及夫人与女公子（原文德语）……由于他们的名望和结交的朋友，立刻被"指定的一定地位上了"①。不久，他们就结识了一个德国公爵夫人、一个德国伯爵夫人、一位瑞典学者和康纳特兄妹，还结识了英国某贵夫人的一家。但和她家来往最密切的是"一位莫斯科的贵夫人玛丽亚·叶夫根尼耶夫娜·尔季谢娃和她女儿（基蒂不喜欢她，因为她和她一样，也是为恋爱而病的）以及一位莫斯科的上校……当这一切状态这样固定下来的时候，基蒂开始感到非常厌倦了"②。特别是只剩下她们母女二人时，"她对于她认识的人们不感兴趣，觉得从他们身上不会得到什么新的东西"③。基蒂"顶希望在人们身上，特别是在她不认识的人们身上找出最优秀的品质"。这是她的特点。尤其是"通过观察来证实自己的想法"。在温泉，最吸引她注意的是一个叫瓦莲卡的俄国姑娘，她是和一个她"病得不能走路"被人们称为施塔尔夫人的俄国上流社会的贵妇人一道来温泉的。

施塔尔夫人很骄傲，不与俄国人往来，并且"只在罕见的晴朗日子"才坐着轮椅在浴场出现。而照顾她的就是瓦莲卡。基蒂观察发现，瓦莲卡"和所有害重病的病人都很要好……而且大大方方地照顾他们"。基蒂推断瓦莲卡既和施塔尔夫人"没有亲属关系……也不是一个雇用的陪伴"。这就使得基蒂她有"说不出来的好感，而且在她们的视线相遇时觉出来她也喜欢她"④。对于瓦莲卡的外貌，托尔斯泰写道：

> 这位瓦莲卡小姐，倒未必是度过了青春，但是她好像没有青春

---

① 《列夫·托尔斯泰文集》第九卷，人民文学出版社 2000 年版，第 279 页。
② 同上书，第 280 页。
③ 同上。
④ 同上书，第 281 页。

的人一样：她可以看成十九岁，也可以看成三十岁，假使对她的容貌细加品评的话，她与其说是不美，毋宁说是美丽的，虽然她脸上带着病容。如果她不是太瘦，她的头配着她的中等身材显得太大的话，她一定是很好看的；但是她对于男子大概是没有吸引力的。她好比一朵美丽的花，虽然花瓣还没有凋谢，却已过了盛开期，不再发出芳香了。而且，她不能吸引男人的另一个原因就是因为她缺乏洋溢在基蒂身上的东西——压抑住的生命火焰，和意识到自己富有魅力的感觉。①

　　托尔斯泰把"压抑的生命火焰"说成吸引男人的魅力是值得读者注意的。托尔斯泰向来不喜欢冷冰冰的东西，哪怕是大自然，他所喜欢的也是充满勃勃生机的大自然，并不喜欢大自然中缺乏生气的东西。安娜吸引弗龙斯基的正是弗龙斯基从她脸上看到了"被压抑的生气"，而不是外表的美。不难看出，托尔斯泰对活跃的生命是歌颂的。

　　瓦莲卡好像除了工作，对别的事情都不感兴趣。这就与基蒂形成了鲜明对照。基蒂"感觉到在她身上，在她的生活方式上，她可以找到她苦苦追求的榜样：那就是超脱世俗男女关系的生活情趣、生活价值"②。这就"特别吸引住基蒂"。因为通过弗龙斯基对她感情的变化给她造成的痛苦，她对那种男女关系已感到特别厌恶。"基蒂越仔细观察她那素不相识的朋友，她就越确信这位姑娘是如她所想象的十全十美的人物"，因此就"越加急切地想要和她结识了"。③ 她们虽然每天都相遇几次，但一直没有交往的机会。直到有一天，基蒂发现尼古拉·列文带着一个麻脸女人也来这里疗养，并得知这个令人讨厌的绅士竟然和医生吵架，还挥动手杖，而关键时刻，是瓦莲卡"第一个挺身出来解围，她挽住那个男子的胳臂，把他领走了"。基蒂对母亲说："您看，妈妈，您还奇怪我为什么那么赞美她哩。"尤其是第二天，基蒂注意到"瓦莲卡小姐对待列文和他的女人已像对待旁的被保护者们（原文法语）"完全一样了。这是基蒂

---

① 《列夫·托尔斯泰文集》第九卷，人民文学出版社2000年版，第281页。
② 同上。
③ 同上书，第282页。

绝对做不到的,基蒂是不会和尼古拉·列文以及他的麻脸女人这些令她不愉快的人与其他人一视同仁的,哪怕他是自己所尊敬并伤害过的列文的哥哥。这件事使得基蒂"更急切地恳求她母亲允许她和瓦莲卡认识"①。后公爵夫人探听了瓦莲卡的情况,知道了她的底细,"断定这种结识益处虽少却也无害"时,她就决定绕过高傲的施塔尔夫人,"亲自走近瓦莲卡,去和她结识"。公爵夫人趁女儿到矿泉去,瓦莲卡正站在面包店外面时,走到瓦莲卡面前,"带着庄严的微笑"说:"我女儿迷恋上您了,您也许还不认得我。我是……"瓦莲卡连忙回答:"那是超出相互的感情了,公爵夫人。"公爵夫人接着说:"昨天您对我们可怜的本国人真是做了好事!……您使那个列文避免了不愉快的后果。"瓦莲卡红着脸说:"我记不得了;我觉得我并没有做什么……他的女伴(原文法语)叫我,我就竭力使他安静下来;他病得很重,对医生不满。我常照顾这种病人哩。"② 当公爵夫人把施塔尔夫人说成是瓦莲卡的姑母时,瓦莲卡"微微涨红了脸",告诉她:"她不是我的姑母。我叫她 maman(妈妈),但是我和她没有亲属关系;我是她抚养的。"朴实的话语,脸上"正直坦白的表情又是那么可爱",公爵夫人终于明白自己的女儿为什么那样喜欢瓦莲卡了。瓦莲卡还回答了关于尼古拉·列文的询问,告诉她"他快要走了"。正在这时,基蒂从矿泉回来,因看见母亲和瓦莲卡认识了而显出喜悦的神色。公爵夫人介绍她们相认。瓦莲卡微笑着插嘴说:"瓦莲卡,大家都这样叫我。"基蒂终于和瓦莲卡结识,"快乐得涨红了脸,久久地、默默地紧握着她的新朋友的手",而"瓦莲卡小姐的脸上却闪烁着柔和的、喜悦的、虽然有几分忧愁的微笑,露出了大而美丽的牙齿"。她说:"我也早就这样希望呢。"基蒂说:"但您是这样忙……"瓦莲卡回答:"恰好相反,我一点也不忙。"两人刚刚相识,瓦莲卡就被两个小女孩叫走了。

公爵夫人探听到的关于瓦莲卡的身世和她同施塔尔夫人的关系以及施塔尔夫人本人的详情是这样的:

施塔尔夫人是一个多病而热忱的妇人,有人说是她把她丈夫折

---

① 《列夫·托尔斯泰文集》第九卷,人民文学出版社 2000 年版,第 284 页。
② 同上书,第 285 页。

磨死的，也有人说是她丈夫行为放荡，而使她陷于不幸。当她和她丈夫离婚以后生下她仅有的一个小孩的时候，那小孩差不多一生下来就死掉了，施塔尔夫人的亲戚知道她多愁善感，恐怕这消息会使她送命，就用同天晚上在彼得堡同一所房子里生下的一个御厨的女儿替换了她死去的孩子。这就是瓦莲卡。施塔尔夫人后来才知道瓦莲卡不是她亲生的女儿，但是她继续抚养她，特别是因为不久以后瓦莲卡就举目无亲了。施塔尔夫人在国外南方一直住了十多年，从来不曾离开过卧榻。有人说施塔尔夫人是以一个慈善而富于宗教心的妇人而获得她的社会地位的；又有人说她心地上一如她表现的一样，是一个极有道德的、完全为他人谋福利的人。谁也不知道她的信仰是什么——天主教呢，新教呢，还是正教；但是有一个事实是无可置疑的——她和一切教会和教派的最高权威都保持着亲密关系。瓦莲卡和她经常住在国外，凡是认识施塔尔夫人的人就都认识而且喜欢瓦莲卡，大家都这样称呼她。①

这一切底细，使得公爵夫人觉得没有理由反对她女儿和瓦莲卡接近，尤其是"瓦莲卡的品行和教养都是极其优良的：她的英语和法语都说得挺好，而最重要的是——她传达了施塔尔夫人的话，说她因病不能和公爵夫人会晤很为抱歉"。这最重要那点其实只是满足了公爵夫人的虚荣心。她先前之所以不愿意直接找施塔尔夫人也是公爵夫人的高傲所致。

基蒂认识了瓦莲卡以后，"就越来越被她的朋友迷住了，她每天都在她身上发现新的美德"。瓦莲卡不仅外语好，而且歌也唱得好。公爵夫人特别把玛丽亚·叶夫根尼耶夫娜母女和上校也邀请了来。听瓦莲卡唱歌，基蒂为她弹琴伴奏。尽管有不认识的人在座，但瓦莲卡"完全没有显出局促不安的神态"。当瓦莲卡美妙地唱完了第一支歌曲之后，公爵夫人禁不住夸她说："您有非凡的才能"；玛丽亚·叶夫根尼耶夫娜母女也表示"感激和赞赏"；上校边望着窗外边说："看，多少听众聚拢来听您唱呀。"窗下"确实聚集了一大群人"。对此，瓦莲卡只是简单地回答："我很高兴能使你们快乐。"基蒂"得意地望着她的朋友，她为她的才能、她的歌

---

① 《列夫·托尔斯泰文集》第九卷，人民文学出版社 2000 年版，第 286—287 页。

第三章 《安娜·卡列宁娜》的形象体系　261

喉和她的容貌而倾倒"。而"尤其令她倾倒的是她的这种态度——瓦莲卡显然不觉得她的歌唱有什么了不起，对于大家对她的赞美毫不在意；她好像只是在问：'我还要唱呢，还是够了？'"因为这一点基蒂是做不到的。她想："假使我是她的话，我会多么引以自豪啊！我看到窗下的人群会多么高兴呀！但是她却毫不动情。她唯一的愿望是不拒绝我的 maman（妈妈），要使她快乐。"基蒂特别想知道："是什么给了她这种超然物外的力量呢？"瓦莲卡应邀又唱了一曲。基蒂按乐谱弹了一首意大利歌曲序曲，回头望了瓦莲卡一眼。瓦莲卡红着脸说："我们跳过这个吧。"当发现基蒂用吃惊的、询问似的目光盯着自己的脸时，瓦莲卡微笑着回答："我们就唱这支吧。"她唱得和前几支歌一样平静，一样美好。唱完了歌，基蒂问瓦莲卡："您联想起和那个歌有关系的往事，我说的对吗？"瓦莲卡直率地告诉她："是的，它引起了我的回忆，那曾经是痛苦的回忆。我曾经爱过一个人，我常常唱那支歌给他听。"一听说与恋爱有关，刚刚经历爱情痛苦的"基蒂睁大眼睛，默默地、感动地凝视着瓦莲卡"。瓦莲卡告诉她："我爱他，他也爱我；但是他母亲不赞成，因此他就娶了另外一个女子。他现在住得离我们不远，我有时看到他……"她说的时候，"美丽的面孔上闪现了一刹那的热情火花，那火花，基蒂觉得也曾经燃烧过她自己的整个身心"①。

基蒂因自己的经历，向瓦莲卡提了这样一个问题："……假使我是一个男子的话，我认识您以后就再也不会爱旁人了。只是我不明白，他怎么可以为了要顺着他母亲的心意就忘记您，使您不幸呢；他是无情的。"瓦莲卡回答："不，他是一个很好的人，而我也没有什么不幸；相反，我幸福得很哩。"② 基蒂激动地叫道："您多好呀！您多好呀！我要是能够有一点点像您就好了啊！"并与瓦莲卡亲吻。瓦莲卡微笑着说："您为什么要像谁呢？您本来就很好啊。"基蒂说："不，我一点都不好呢……我们坐下来……告诉我，想到一个男子轻视你的爱情，而且他一点也不想要……难道不觉得侮辱吗？……"瓦莲卡说："但是他并没有轻视我的爱情；我相信他爱我，但是他是一个孝顺的儿子……"基蒂又问："是的，

---

① 《列夫·托尔斯泰文集》第九卷，人民文学出版社 2000 年版，第 289 页。
② 同上。

可是假如不是为了他母亲,而是他自己这样做的呢?……"并"感到她泄漏了自己的秘密,而她那羞得通红的脸已经暴露了她的心事"。瓦莲卡回答:"假如是那样,那是他做得不对,我也就不惋惜他了。"显然瓦莲卡"觉察出她们谈着的已不是她,而是基蒂"。基蒂说:"但是那种侮辱呢?那侮辱永远不能忘记,永远不能忘记的。"并"想起在最后一次舞会上音乐停止的时候她望着弗龙斯基的那种眼光"。瓦莲卡说:"有什么侮辱的地方呢?哦,您并没有做出什么不对的事呀?"基蒂说:"比不对还要坏呢——是羞耻呀。"瓦莲卡摇摇头,把手放在基蒂的手上说:"有什么可羞耻的地方呢?您总不会对那冷落了您的男子说您爱他,您说了吗?"基蒂回答:"自然没有;我从来没有说过一句话,但是他明白的。不,不,神情举止,看得出来呀。我活到一百岁也不会忘记的。"瓦莲卡说:"那有什么关系呢?我不明白。问题在于您现在还爱不爱他。"基蒂回答:"我恨他;我不能饶恕自己。"瓦莲卡说:"那有什么关系呢?"基蒂说:"羞耻,侮辱!"瓦莲卡说:"假使大家都像您这样敏感可不得了!没有一个女子没有经历过这样的事情。这到底不是那么重要的。"基蒂带着好奇的惊异神情问:"那么,什么是重要的呢?"瓦莲卡微笑着说:"重要的事多着呢。"① 正当她"不知道怎样说才好"时,基蒂的母亲叫她们进屋去。瓦莲卡就此告别。基蒂拉着她的手。她的眼神问她:"是什么,是什么最重要呢,是什么给了您这样的镇静呢?……告诉我吧!"但瓦莲卡不明白基蒂眼神的含义,她只知道她今晚还得去看伯尔特夫人,而且要在十二点钟赶回家去给妈妈预备茶。当上校提出要送送她时,她说:"不,我常常一个人走,决不会发生什么的。"于是拿起帽子,又吻了基蒂一次,把乐谱挟在腋下,精神饱满地迈着步子走出去。这长达数页的对话,写出了瓦莲卡是一个心胸开阔、坦率乐观、处处能为别人着想的人。她总是从好处看人。她在基蒂面前毫不掩饰自己有过一次失败的恋爱的事,她也没有把责任推给对方。对于因听母亲的话而抛弃她的男人,她看到的是他的孝顺。她不因自己失恋而痛苦异常,反而感到自己认识了一个孝顺的男人而幸福。这样一种豁达的生活态度是基蒂永远也无法企及的。总的来讲,基蒂是一个心胸不那么开阔的人。正因为如此,第

---

① 《列夫·托尔斯泰文集》第九卷,人民文学出版社 2000 年版,第 289—290 页。

第三章 《安娜·卡列宁娜》的形象体系 263

一次失恋才会给她造成那么大的痛苦，以致大病一场。基蒂心胸的不开阔还表现在她会记仇和耍小性子方面。如对于曾经伤害过她的安娜，她一直耿耿于怀。当列文红着脸告诉她自己应奥布隆斯基之邀一道去拜访安娜时，"一提到安娜的名字"，她"就神情异常地把眼睛睁得圆圆的，而且闪闪发光"。"她极力控制自己，隐藏着自己的激动"。当列文"讲起安娜、她的工作和她托他转达的问候"，尤其夸安娜是一个"非常可爱，非常，非常惹人怜惜，而且是一个心地善良的女人"时，基蒂表面上平静地说："是的，她自然很惹人怜惜啰。"但等列文换衣服回来，却发现基蒂哭了。她激愤地对列文说："你爱上那个可恶的女人了！她把你迷住了！我从你的眼神里就看出来了。……又到什么人那里去了？不，我们还是走吧！……我明天就动身！"① 直到列文认错说他因喝了酒，"一种怜悯心使他忘其所以，因而受了安娜的狡猾的诱惑"。并表示今后一定要避开安娜，基蒂才平静下来。就是安娜自杀前到多莉家去，她也不愿意见安娜。

而瓦莲卡"正是基蒂只敢梦寐以求的完美无缺的人物"。在她身上，基蒂看出"人只应当忘却自己而爱别人，这样人才能够安静、幸福和高尚"②。这就是基蒂所渴望的。基蒂一旦看清了这才是最重要的，就"立刻全心全意地投身到展现在她面前的新生活中"。她"已经构思出她自己未来的生活计划。她要像瓦莲卡屡屡谈及的施塔尔夫人的侄女阿琳一样，无论住在什么地方都要去寻找在苦难中的人们，尽力帮助他们，给他们《福音书》，读《福音书》给病人、罪犯和临死的人听"③。这个念头使基蒂格外着迷。基蒂在有这么多害病和不幸的人们的温泉，很容易就找到仿效瓦莲卡来实行她的新主义的机会。

公爵夫人起初只注意到基蒂受到施塔尔夫人，尤其是瓦莲卡的强烈影响，看到女儿"不但在活动上仿效瓦莲卡，就连走路、说话、眨眼睛的样子也都不自觉地仿效她"。后来却"注意到在她女儿心中除了这种狂热之外，还发生了某种严重的精神变化"。她发现"晚间基蒂在读施塔尔

---

① 《列夫·托尔斯泰文集》第十卷，人民文学出版社 2000 年版，第 911—912 页。
② 《列夫·托尔斯泰文集》第九卷，人民文学出版社 2000 年版，第 293 页。
③ 同上。

夫人给她的一本法文《圣经》……看到她躲避社交界的朋友，却和在瓦莲卡保护之下的病人，特别是有病的画家彼得罗夫的贫寒家庭来往"，并"以在那个家庭担负看护的职责而自豪"。基蒂受到德国公爵夫人"极口称赞，叫她做安慰的天使"。可见瓦莲卡对基蒂的影响是何等的深！

谢尔巴茨基公爵回来后发现女儿的精神状态如此好，很高兴，尤其别人称基蒂为"天使"时，他愉快地说："哦，那么她是第二号天使了，她管瓦莲卡小姐叫做第一号天使哩。"谈到瓦莲卡，伯尔特夫人禁不住夸奖说："啊，小姐瓦莲卡，她可真是一位天使呢，真是的（原文法语）。"① 公爵渴望结识基蒂所交的朋友，尤其是瓦莲卡。后来，他们在回廊里遇见了瓦莲卡本人。基蒂把父亲介绍给她。瓦莲卡做了一个介乎鞠躬和屈膝礼之间的动作，显得"单纯而自然"。之后，就立刻和公爵攀谈起来，又大方，又自然，就像她和旁的任何人谈话一样。公爵脸上流露出微笑。"基蒂根据那微笑看出来她父亲喜欢她的朋友，觉得非常高兴。"

公爵宴请客人时发现瓦莲卡郁郁不乐，就问她原因。瓦莲卡回答："我没有什么。"又咯咯地笑起来了，说："我要回家了。"当她收敛了笑容的时候，就告辞了。基蒂感到"好像连瓦莲卡都有些异样了"②。瓦莲卡对基蒂说："我好久没有这样大笑过了呢！他多慈爱，您父亲！"瓦莲卡这句话是有感而发的。谢尔巴茨基公爵和施塔尔夫人相比，完全是不同的两类人。公爵慈爱、善良、坦率、真诚、热情、大方，这一切在虚伪而不乏残忍、冷酷的施塔尔夫人身上是看不到了。因此，她对公爵的夸耀实际上是对施塔尔夫人不满的表现。她在其乐融融、欢声笑语的餐桌上的"郁郁不乐"也是她对自己生活处境的否定。

瓦莲卡有设身处地，为别人着想的和品质。她知道画家的妻子嫉妒基蒂，就把要去他家帮忙的事瞒着基蒂，以致引起基蒂的不快。当基蒂表示也要去时，瓦莲卡说："不，您为什么要来？"并把原因告诉她："……米哈伊尔·阿列克谢耶维奇（画家的名字）本来早就打算走的，可是现在他又不愿意走了……安娜·帕夫洛夫娜说他不愿意走是因为您在

---

① 《列夫·托尔斯泰文集》第九卷，人民文学出版社2000年版，第289页。
② 同上书，第305页。

这里的缘故。……为了您，夫妻两个吵了一架。"① 基蒂听完，气得发起怒来："是我自己活该……我做了没有人要我做的事。因为这一切都是虚伪！虚伪！虚伪呀！"瓦莲卡静静地说："虚伪？为的什么目的呢？"基蒂说："啊，多么愚蠢！多么可恶呀！我毫无必要……只是虚伪！"瓦莲卡问："但是为了什么目的呢？"基蒂说："为了要在别人，在自己，在上帝面前显得好一点；为的是要欺骗大家。不！现在我再不干这种事了。我宁可坏，但至少不是撒谎的人，不是骗子。"瓦莲卡用责备的口吻说："谁是骗子呢？您说话好像……"基蒂是在勃然大怒中，不让她说完就大声说："我不是说您，决不是说您。您是一个十全十美的人。……我跟安娜·帕夫洛夫娜有什么关系呢？让他们爱怎么过就怎么过，我爱怎么过就怎么过吧。我不能变成另外的人……这完全错了，错了。"瓦莲卡迷惑地问："什么事情错了呢？"基蒂说："全都错了。我只能按照我的感情生活，而您却能按照原则。我只是喜欢您，而您大概是完全为了要挽救我，教导我。"瓦莲卡说："您这话是不公平的。"基蒂说："但是我并不是说别人，我是说我自己。"② 这段对话反映了基蒂与瓦莲卡不同的特点。正如魏列萨耶夫所说的："瓦连加是自我牺牲的典范。她从不考虑自己，到处给予帮助，照顾病人，永远从容不迫，安详而又愉快……瓦连加的心灵是没有光彩的，灰色的和没有生气的……'她象一朵美丽的，虽然尚未凋零，但已经开足，不再散发香气的花……她缺乏基蒂身上所具有的十分充沛的东西——被压制着的生命的火花。'"③

基蒂由于太激动，以致父母见到她时异口同声地问："你怎么啦？怎么脸涨得这样红。"她回答"没有什么，我马上就转来"。后又跑到瓦莲卡身边。她认为自己不应该让瓦莲卡委屈。于是对瓦莲卡低低地说："瓦莲卡，饶恕我，饶恕我吧！我记不得我说了些什么。我……"瓦莲卡说："我实在不是有心伤害您。"④ 看到基蒂这样，瓦莲卡宽容地笑了。两个朋友就这样和好了。但自从父亲回来后，基蒂的生活的这个世界完全变了。

---

① 《列夫·托尔斯泰文集》第九卷，人民文学出版社2000年版，第306页。
② 同上。
③ 《俄国作家批评家论列夫·托尔斯泰》，中国社会科学出版社1983年版，第230—231页。
④ 《列夫·托尔斯泰文集》第九卷，人民文学出版社2000年版，第308页。

"她没有放弃她学得的一切，但是她明白了她以为能够做到如她愿望的那样，那不过是欺骗自己罢了。好像她的眼睛睁开了；她感到要置身在她希望登上的高峰而不流于虚伪和自负是多么困难。此外，她还感觉到她所处的这个充满了痛苦、疾病和垂死的人的世界是使人多么难受。她为了要使自己爱这个世界而付出的努力，她现在感觉到难以忍受了，她渴望赶快回到清新的空气中，回到俄国……"① 尽管这样，"她对瓦莲卡的情意并没有衰减"。临别时，基蒂要求瓦莲卡到俄国时去看望他们。瓦莲卡说："您结婚的时候我来。" 基蒂说："我永远不结婚。"瓦莲卡说："那么好，我永远不来。"基蒂说："那么好，我就为了这个缘故结婚吧。留心，记住您的诺言呀。" 这里我们不难看出她们两人的友谊已经深到何等地步。对于瓦莲卡给基蒂的影响，托尔斯泰写道：基蒂和瓦莲卡的"结识，连同她对瓦莲卡的友情，不但对她发生了强大影响，而且安慰了她精神上的苦痛。她在由于这种结识而展现在她面前的一个完全新的世界中，和她的过去毫无共同之处的、崇高的、美好的世界中，——从那世界的高处她可以冷静地回顾往事——找到了这种安慰。它向她显示出除了基蒂一直沉湎的本能生活之外还有一种精神生活。这种生活是由宗教显示出来的，但却是这样一种宗教，它和基蒂从小所知道的宗教，在祈祷仪式上，在可以会见朋友的寡妇院里的通宵的礼拜上，以及在同牧师背诵斯拉夫语的教文上所表现出来的宗教是毫无共同之处的。这是一种崇高的、神秘的和高尚的思想感情相联系的宗教，人不仅能够按照吩咐相信它，而且也能够热爱它。基蒂并不是从言语中探索出这一切的。"②瓦莲卡没有违背自己的承诺，在基蒂结婚时，回俄国到她家来做客了。列文的哥哥谢尔盖一见到瓦莲卡就对她产生好感。博学聪明的谢尔盖提议要和瓦莲卡一道去采蘑菇，"证实了最近萦绕在基蒂心头的某种猜想"。基蒂、列文和周围的人都认为瓦莲卡和谢尔盖是理想的一对。列文，尤其是基蒂非常渴望能促成谢尔盖和自己朋友的婚事。大家都看得出来，他们俩对对方都有好感。出发采蘑菇时，瓦莲卡穿上黄色印花布连衣裙，头上包着雪白的头巾，正站在门口。基蒂一见就夸："我的瓦莲卡多迷人

---

① 《列夫·托尔斯泰文集》第九卷，人民文学出版社 2000 年版，第 308 页。
② 同上书，第 290—291 页。

啊!……她多美呵,那么一种高尚的美!瓦莲卡!……你们会去水车场的小林子里吗?我们会来找你哩。"① 这些话她显然是有心要使谢尔盖听见的。临别,基蒂一面吻她,一面低声说:"瓦莲卡,假使有某种事情要发生的话,我一定会快活得很哩。"这暗示的含义瓦莲卡内心是清楚的。基蒂还兴奋地对母亲和姐姐说:"我真希望事情在今天决定呢!……那会多么美好啊!"多莉夸基蒂:"真是一个高明的媒人啊!"基蒂还分析了他们情况:"第一,她简直迷人!""其次,他有这样的社会地位,他完全不需要妻子的财产或地位了。他只需要一个善良、可爱而又文静的妻子。""第三,她一定会爱他,那也是……总之,会是非常美满的!……并期望他们从树林回来的时候一切都决定了。"② 基蒂分析的还是非常客观的。非常理智的谢尔盖也认为他对瓦莲卡的好感不是一时的感情冲动,他认为瓦莲卡具有他所理想的妻子的所有美德,但当两人单独在一起时,他却不敢大胆讲出心里要讲的话——向瓦莲卡求婚,而是以一句不相干的"桦树菌和白菌究竟有什么区别"让痛苦期待中的瓦莲卡失望了。这样一件众人都看好的婚姻就因为谢尔盖缺乏"活力",不能克服理智上的惰性而告吹了。正如赫拉普钦科所说的:谢尔盖"对自己所有的感情和愿望都要在理性的天平上有条不紊地、从容不迫地进行衡量。谢尔盖·伊凡洛维奇很喜欢瓦莲卡,他打算向她求婚;他逐条地为自己列举了她的毫无疑问的优点,但是他不能克服自己理智上的惰性"③。

日丹诺夫认为:"谢尔盖·伊凡诺维奇·柯兹尼雪夫和瓦伦加昙花一现的罗曼史……服从同一主题:为了结成新的婚姻关系似乎必须具备一些前提条件:两个人心中都有家庭生活的热烈的需求,他们的道德品质是高尚的,当然,瓦伦加也许是个很好的妻子和母亲,谢尔盖是个可尊敬的丈夫和父亲。但是他们没有真正的、热烈的爱情,就无法生活在一起。"④ 后基蒂与列文谈起他们时就强调这一点。

---

① 《列夫·托尔斯泰文集》第十卷,人民文学出版社2000年版,第717页。
② 同上书,第720页。
③ 赫拉普钦科:《艺术家托尔斯泰》,刘逢祺、张捷译,上海译文出版社1987年版,第211页。
④ 日丹诺夫:《安娜·卡列尼娜的创作过程》,雷成德译,内蒙古人民出版社1980年版,第138页。

日丹诺夫研究表明，瓦伦加（瓦莲卡）的前身是英国传教士的女儿苏利瓦特小姐（第一稿）。"在这位小姐的生活中，毫无天性的表现，一切全合乎基督法规，所以，在她的生活中一切全是牢固的、鲜明的、崇高的和毫无疑问的。""这一切恰恰是吉提急需的。她的病源正在于她从前听任天性，仅凭感情来生活，以致使她陷入今天这种羞耻和痛苦的处境中"①。但"苏利瓦特是一个公式化的人物，不是一个能够帮助作者艺术地揭示主人公危机时刻内心生活所需要的人物"。后来这个形象被"迷人的俄罗斯姑娘瓦伦加代替了"。瓦伦加和基蒂刚认识，"就向吉提直率地和毫无顾忌地讲述了自己忧伤的罗曼斯，罗曼斯的主要请节和吉提的大致相同"。在这次谈话以后，吉提发觉，"仿佛沉重的生活负担从她身上卸脱了，她对瓦伦加的友情转化成温顺的忠诚和赞叹"②。在定稿里，瓦莲卡在基蒂心目中已经成了一个十全十美的人物。

谢尔巴茨基公爵的形象

谢尔巴茨基公爵是三个女儿和一个儿子的父亲。他家和列文家都是莫斯科的名门望族，彼此一向交情很深。这种交情在列文上大学时代更加深了。原因是列文和谢尔巴茨基公爵的儿子——年轻的"谢尔巴茨基公爵一道准备进大学而且是和他同时进去的"。他们是最好的朋友，因此大学期间列文经常出入谢尔巴茨基家，他对谢尔巴茨基一家有了感情。谢尔巴茨基公爵可以说是看着列文长大的，他对列文这个诚诚实实的青年一向心里有好感。但是十分可悲的是他唯一的儿子，也是列文大学最好的朋友大学毕业后参加海军，在波罗的海淹死了。老年丧子对公爵的打击是可想而知的。作品中老公爵一出场给人的印象就是一个饱经世故的睿智理性的老人。儿子去世后，他把全部心思都倾注在三个女儿身上。他"像所有的父亲一样，对于自己女儿的贞操和名誉是极端严格的；他过分小心翼翼地保护着他的女儿，特别是他的爱女基蒂，他处处和公爵

---

① 日丹诺夫：《安娜·卡列尼娜的创作过程》，雷成德译，内蒙古人民出版社1980年版，第145页。

② 同上书，第147页。

夫人吵嘴，说她影响了女儿的声誉"[1]。列文随着自己大学挚友的去世，和谢尔巴茨基家的关系似乎疏远了。但后又在老公爵家出现，出于对基蒂的恋情频繁拜访他家。"引起了基蒂的双亲第一次认真地商谈她的将来，而且引起了他们两人之间的争吵。公爵站在列文一边，他说基蒂配上他是再好也没有了。"[2] 老公爵见到来访的列文就显得非常快活，他对列文说："噢！来了好久吗？你到城里来了我连知都不知道呢。看见你真高兴。"他拥抱列文，他和列文说话时有时用"您"，有时用"你"，显得自然而随便，完全是与最熟悉的人说话的口吻。老公爵对要通过举行舞会让情人向女儿求婚的事非常生气，他"挥着手臂"对公爵夫人叫嚷道："什么？我告诉你什么吧！就是你没有自尊心，没有尊严；你就用这种卑俗愚蠢的择配手段来玷污和毁掉你的女儿！"[3] 当公爵夫人向他暗示基蒂和弗龙斯基的事已经定妥了，只等他母亲一到，他就会宣布的。一听到这话，公爵马上发火了，开始说出难听的话来："你做了什么？我告诉你吧：第一，你竭力在勾引求婚的人，全莫斯科都会议论纷纷，而且并非没有理由的。假使你要举行晚会，就把所有的人都请来，不要单请选定了的求婚者。把所有的花花公子（公爵这样称呼莫斯科的年轻人）都请来吧。雇一个钢琴师，让大家跳舞；可不要像你今天晚上所做的那样，去找配偶。我看了就头痛，头痛，你这样做下去非得把这个可怜的女孩带坏了。列文比他们强一千倍。至于这位彼得堡的公子，他们都是机器造出来的，都是一个模型的，都是些坏蛋。不过即使他是皇族的血统，我的女儿也用不着他。"当公爵夫人说："我知道如果听你的话，我们的女儿永远嫁不出去了。"公爵毫不犹豫地回答："哦，我们最好那样。"当公爵夫人辩解地说："……一个青年人，而且是一个非常优美的人，爱上了她，而她，我想……"公爵回答："啊，是的，你想！假如她当真爱上了他，而他却像我一样并不想要结婚，可怎么办呢？……啊，但愿我没看到就好了！……这样，我们就真在造成基蒂的不幸；要是她真的起了念头……"当公爵夫人说："为什么要这样猜想呢？"公爵回答：

---

[1] 《列夫·托尔斯泰文集》第九卷，人民文学出版社2000年版，第59页。
[2] 同上书，第57—58页。
[3] 同上书，第72页。

"我不是猜想……我们对于这种事是有眼光的,可是女人家却没有。我看出一个人有诚意,那就是列文;我也看到一头孔雀,就像那个喜欢寻欢作乐的轻薄儿。"当公爵夫人说"你一有了成见的时候……"时,公爵肯定地回答:"你会想起我的话来的,但到那时就迟了,正像多莉的情形一样。"① 以上对话不难看出,公爵的确是一个睿智理性的老人,对世态人情有着深入地研究,他对弗龙斯基之类的花花公子太了解了,以至哪怕女儿"永远嫁不出去",他也不愿把她嫁给弗龙斯基这一类人。事实上,老公爵的话是有预见性的,"向少女调情而又无意和她结婚,这种调情是像他那样风度翩翩的公子所共有的恶行之一"②。他对基蒂的狂热只是因他"第一次体味到和社交界一个可爱的、纯洁的、倾心于他的少女接近的美妙滋味"③ 而尽情享受而已。

基蒂被弗龙斯基冷淡而大病一场,老公爵没有责怪女儿,而是"抚摸了基蒂的头发","轻轻拍了拍她的头"说:"有朝一日,在一个晴朗的日子里,你早上起来会对自己说:我很健康而且很快乐,又要和父亲一道在清早冒着风霜出去散步了。是吧?"从抚摸头发,轻轻拍头这些细节,读者看到了一个慈爱的父亲的形象;那不多的几句话,实际上是在安慰受了伤的女儿,要她振作起来,不要因一点挫折就一蹶不起,以后的日子长着呢,父亲还要等她陪自己散步呢。这一点,基蒂是理解的:"父亲的话似乎很简单,但是听了这些话……就好似一个罪犯被人揭发了一样狼狈惊惶。""是的,他都知道,他都明白,他说这些话是在告诉我,虽然我感到羞愧,但是我必须克服羞愧心情。"因此,她无法开口说话,"却蓦地哭起来,从房间里冲出去"。当公爵夫人说:"我不明白为什么竟没有法律来制裁这类卑劣可耻的人"时,公爵说:"制裁这类纨绔子弟的法律一向就有的,现在也有。是的,如果不是做了什么不妥当的事,我尽管老了,也会和他,那位花花公子决斗的。"④ 尽管那么大年龄了,但为了女儿,老公爵不惜要去决斗。不难看出他对自己的子女是何等的关

---

① 《列夫·托尔斯泰文集》第九卷,人民文学出版社 2000 年版,第 73—74 页。
② 同上书,第 75 页。
③ 同上。
④ 同上书,第 161 页。

心。当公爵夫人为自己的过错难过得哭起来时，公爵不再责怪她，而是"走到她面前"安慰她："哦，得了，得了吧！你也怪可怜的，我知道。这是没有办法的事。没有什么大不了的。上帝是慈悲的……谢谢。"① 公爵夫人为丈夫的宽容激动得热泪盈眶，并吻了公爵的手。公爵也回吻了夫人。不难看出，公爵是一位极为宽厚并充满爱心的长者。

为了小女儿的健康，公爵尽管不喜欢外国，但他还是听取医生的建议，带基蒂到德国的一个小温泉去疗养。把女儿的事安排好后，他又趁有空到卡尔斯巴德去了一趟。当他回来时，虽然瘦了，但他的心情却顶愉快。尤其是看见女儿完全复原了的时候，"他的心情就更愉快了"。但基蒂同施塔尔夫人和瓦莲卡友好的消息"却引起了他的嫉妒和恐惧，唯恐他女儿摆脱他的影响。而进入他所不能达到的境地"②。这里我们可以看出，公爵爱女儿爱到了似乎有点自私的地步。但他的"善良和愉快"很快把这些淹没了。回来后的第二天，公爵"怀着最愉快的心情和女儿一同到浴场去"。这时候，在基蒂眼里，"明朗的阳光，葱茏的绿树，音乐的声音"成了那些"频繁地遇见病人"的"天然背景"，而公爵这两者之间"好像有些不协调而又很可怕"。

公爵对基蒂说："把我介绍给你的新朋友们吧，因为治好了你的病，我连那讨厌的苏登温泉也喜欢起来了呢。只是这里阴郁，阴郁得很啊。"③ 这句话也可以看出女儿在公爵心目中的地位，只因为这个地方使女儿的病好了，因此原来讨厌的地方也变得可爱了。他们遇见盲妇伯尔特夫人和她的带路人，那位"年老的法国妇人一听到基蒂的声音就喜笑颜开，立刻用法国人所特有的那种过分的殷勤"和公爵攀谈起来，称赞他有这么一个好女儿，"当面把基蒂捧上了天，管她叫宝贝、珍珠、安慰的天使"。公爵微笑着说："哦，那么她是第二号天使了，她管瓦莲卡小姐叫做第一号天使哩。"伯尔特夫人听到瓦莲卡的名字，也禁不住称赞："小姐瓦莲卡，她可真是一位天使呢，真是的。"他们在回廊遇见了瓦莲卡本人，基蒂向她介绍了父亲，瓦莲卡落落大方的举止，使公爵脸上露出了

---

① 《列夫·托尔斯泰文集》第九卷，人民文学出版社2000年版，第162页。
② 同上书，第296—297页。
③ 同上书，第297—298页。

微笑,看得出,他喜欢自己爱女的新朋友。以至于"想嘲笑一下"这个"第一号天使"也不可能了。因瓦莲卡,公爵甚至愿意见见他心里有成见的施塔尔夫人。他对基蒂说:"这样我们可以看见你所有的朋友了,甚至施塔尔夫人,假使她还会屈尊认我的话。"基蒂对父亲和施塔尔夫人认识感到惊奇,并发现提到施塔尔夫人时公爵眼里"燃烧着嘲弄的火焰"。公爵告诉她:在施塔尔夫人加入"虔诚派"以前就认识她了,至于什么是虔诚派?"我自己也不很知道哩。我只知道她遇到什么事情,遇到什么不幸都要感谢上帝,连她丈夫死了也要感谢上帝。说来也有点好笑,他们俩总是合不来。"① 公爵不经意的几句话透露了这样的信息:施塔尔夫人是"虔诚派"的人物;她丈夫死了她感谢上帝;她和丈夫关系不好。公爵看到一个中等身材的病人,穿着褐色外套和一条在他那瘦长的腿上揉成了奇异折痕的白裤子,坐在长凳上。不由对他产生了同情,问女儿:"那是谁?一副多可怜的面孔!"听女儿介绍后,公爵又说:"可怜的人!他的面孔多么可爱啊!"并走上前去,主动和那人说话,做自我介绍。离开的时候,还不住感叹:"唉!唉!啊,可怜的人!"② 这些细节,无不体现了公爵的善良和富有同情心。

与施塔尔夫人见面的一幕,更是显示了公爵对世事的洞明和睿智。当谢尔巴茨基公爵看到施塔尔夫人坐"在轮椅里,靠在枕头上,一个包在灰色和青色东西里的物体躺在阳伞下"时,"基蒂立刻又在他的眼睛里觉察出了那使她慌乱的嘲弄的火焰"。平时那么高傲的施塔尔夫人为什么碰到公爵的眼神就会慌乱呢?很明显,在这个德国小温泉,她遇到了最了解她底细的人了。在公爵面前,她不能像在其他人面前那样高傲了。但谢尔巴茨基公爵是极为睿智和有教养的人。他没有直接揭她的老底,而是以"极其斯文、极其殷勤地,用现在很少人能够讲的那样优美的法语"向她打招呼:"不知道您还记不记得我,但是我为了感谢您对我女儿的厚意,不能不使您回想起来呢。"③ 当施塔尔夫人"向他抬起她那天使般的眼睛"对公爵说:"……看到您,高兴得很!您的女儿,我真是喜欢

---

① 《列夫·托尔斯泰文集》第九卷,人民文学出版社2000年版,第299页。
② 同上书,第300页。
③ 同上书,第301页。

极了呢"时，基蒂在她的眼神里"觉察出烦恼的神色"。施塔尔夫人为什么"烦恼"？恐怕是公爵那"不能不使您回想起来"的话使她想到了公爵知道的事。当公爵问她："您身体还是不大好……您差不多完全没有变啊，我没有荣幸看见您已经有十年、十一年了呢。"施塔尔夫人说："是的，上帝赐给人苦难，也赐给人忍受苦难的力量……那边！"并因瓦莲卡没有如她的意把毛毯盖住她的脚而生气。仅这么一件小事，可以看出施塔尔夫人心中根本没有基督徒的忍耐，对此，公爵后来对女儿基蒂说："你的瓦莲卡可够受罪的。"但此时公爵"眼睛里含着笑意"地对施塔尔夫人说："大概是行善吧。"施塔尔夫人"觉出了公爵脸上的微妙表情"，于是说："那不是我们所能判断的。"公爵看见站在旁边的莫斯科上校，和他打了个招呼后向施塔尔夫人鞠了躬，就同他的女儿和莫斯科上校一道走开了。那位莫斯科的上校同样对施塔尔夫人不满，他带着讥讽的意味对公爵说："这就是我们的贵族，公爵！"公爵回答："她还跟从前一样哩。"当基蒂问到施塔尔夫人躺倒以前的情况时，公爵回答："是的。我看到她躺倒的，她不起床，因为她的腿太短了。她的样子长得丑极了。"这就等于告诉基蒂，她生病完全是假装的，她躺倒只是为了掩盖自己的丑陋才故意这样做的。基蒂简直不能够相信这样的话，认为"决不会的！"公爵说："恶嘴毒舌的人都这么说，我的亲爱的。而你的瓦莲卡可够受罪的，啊，这些生病的太太们！"公爵对瓦莲卡的同情其实就是对施塔尔夫人伪善的揭露。公爵和瓦莲卡仅接触几次，就能迅速地从她举止文雅，落落大方的背后看到其隐藏的极大痛苦，可见他敏锐的洞察力。这是基蒂无法做到的。当基蒂激动地反对着："啊，不，爸爸！瓦莲卡很崇拜她。而且她做了那么多好事"时，公爵说："也许是这样，但是做了好事，问什么人，什么人都不知道，那就更好呢。"谢尔巴茨基公爵和施塔尔夫人的对话及其中的细节，把施塔尔夫人的真面目巧妙地揭示出来。尤其是她根本没有病，其不下轮椅只是为了掩盖其"腿太短""长得丑极了"。经公爵不经意地轻轻一点，就使得曾下决心"不受父亲的见解的影响，不让他踏入她内心的圣地"的基蒂"感到她整整一个月来怀藏在心里的施塔尔夫人的神圣形象消逝了，一去不复返了……无论怎么拼命想象，基蒂也不能把以前的施塔尔夫人唤回来了"①。这也从一个侧面写出了谢尔巴茨基公爵平时对女儿的影响是巨大的。

由于爱女基蒂的康复，老公爵非常高兴，而他的愉快心情又不仅感染了家人和朋友，甚至还感染了下榻的德国旅馆店主。从浴场回来后，公爵邀请上校、玛丽亚·叶夫根尼耶夫娜和瓦莲卡一同来喝咖啡，在花园里栗树下吃早饭。旅馆主人和仆人知道公爵慷慨大方，显得活跃兴奋。公爵大吃特吃，高声而又愉快地谈着话。把他买的东西分赠给大家，连女仆丽珊和旅馆主人都有一份。他还用可笑的蹩脚德语和旅馆主人说笑话，向他肯定说医治好基蒂的不是温泉而是他的出色烹调。公爵夫人嘲笑她丈夫的俄国习气，她来到温泉以后还没有这么活泼和愉快过。"就连瓦莲卡也被公爵的笑话引起的轻微而富于感染性的笑声弄得无可奈何，这是基蒂以前所从来没有见过的。"这一切都让基蒂快乐。这一切不由得让人从公爵身上看到了《战争与和平》中罗斯托夫伯爵的影子。基蒂从"她父亲对她的朋友，和对她那么向往的生活所表示的诙谐看法"也"无意中向她提出了问题"——她现在认定并所做的一切是否是完全正确的。因此她"却愉快不起来……她怀着好像幼年时她挨罚关在自己房间里听着外面她姐姐们的快乐笑声时体验到的那样的感觉"②。

公爵的慈爱、善良、坦率、真诚、热情、大方，这一切在虚伪而不乏残忍、冷酷的施塔尔夫人身上是看不到的。对此深有感触的瓦莲卡对基蒂所说的"他多慈爱，您父亲"就是对谢尔巴茨基公爵最好的评价。公爵和施塔尔夫人相比，完全是不同的两类人。瓦莲卡对公爵的夸耀实际上是对施塔尔夫人不满的表现。因此她在其乐融融、欢声笑语的餐桌上显得"郁郁不乐"。

公爵是一个具有俄罗斯传统美德的老人，他热爱俄国和俄罗斯人的生活，认为在德国生活很无聊，而在俄国，"在家里可就不同啦！你从从容容起来，为什么不如意的事生一会儿气，埋怨一两句，就又平静下来。你有时间思索一切，不慌不忙的"③。这与作品中那些崇拜外国，尤其是

---

① 《列夫·托尔斯泰文集》第九卷，人民文学出版社 2000 年版，第 302—303 页。
② 同上书，第 303—304 页。
③ 同上书，第 305 页。

崇拜西欧的贵族截然相反，如与已经60岁的彼得·奥布隆斯基公爵就是完全不同的两种类型。彼得说他一到外国，就"觉得身强力壮，精神勃勃。我回到俄国……完全变成老头子了。只想怎样拯救灵魂了。我到巴黎去一趟，又复元了"①。从谢尔巴茨基公爵身上，不难看到托尔斯泰本人的影子。1857年，托尔斯泰曾带着农事改革失败后的沮丧心情第一次出国考察。他游历了德国、法国、意大利和瑞士。这次考察给他留下了极坏的印象，特别是在瑞士的卢塞恩，他目睹了一群资产阶级老爷太太侮辱流浪艺人的场面，愤而创作了短篇小说《卢塞恩》（1857），对资本主义文明产生了怀疑、不满和否定。1860年7月到1861年4月，他为考察西欧国民教育再次出国，但考察的结果是否定了西欧的教育制度。两次欧洲之行都没有给他留下好的印象。总之，托尔斯泰对西欧的资本主义文明是完全否定的。老公爵身上有托尔斯泰的影子还可以从他对列文的态度上看出。谁都不会否认，列文是托尔斯泰探索式的人物。甚至有的评论家认为："列文确实就是托尔斯泰，这部小说的真正的主人公。"②

谢尔巴茨基公爵喜欢列文，在作品中他处处维护列文，在列文与那些理论家、社会名流辩论的场合，只要公爵在场，他和列文的意见都是一致的。如对塞尔维亚战争与谢尔盖的争论，谢尔盖认为战争使得"知识界各式各样的团体，以前互相仇视得那么厉害，现在全都融合成一片了。一切分歧都结束了，所有的社会机构异口同声说的都是这事情，所有的人都感觉到有一种自发的力量擒住了他们，带着他们走向一个方向"③。这体现了一种国民精神。而公爵却说："是的，所有的报刊说的都是一件事情，这倒是真的。不过这就越像暴风雨前的青蛙了！它们鼓噪得什么都听不见了……报刊上的一致意见也是这样的。它曾经向我解释说：只要一开战，他们的收入就要加倍。他们怎么能不考虑人民和斯拉夫人的命运……和这一切呢？"并进一步提出："我只提出一个条件……谁要鼓吹战争，那就让他到特种先锋队里，走在大家前头，带头去冲锋

---

① 《列夫·托尔斯泰文集》第十卷，人民文学出版社2000年版，第946页。
② 《欧美作家论列夫·托尔斯泰》，刘逢祺、张捷译，中国社会科学出版社1983年版，第402页。
③ 《列夫·托尔斯泰文集》第十卷，人民文学出版社2000年版，第1049页。

陷阵!"① 这里,老公爵反对对战争的态度是非常明确的。而列文也认为"这不单是牺牲生命的问题,而是杀死土耳其人,人民流血牺牲,或者准备流血牺牲,是为了他们的灵魂,而不是为了杀人"②。可见,他们对战争的看法尽管表达方式不同,但实质完全是一致的。

施塔尔夫人的形象

施塔尔夫人在《安娜·卡列宁娜》中是一个往往被读者和评论家所忽略的人物,但也是一个不可或缺的人物。这个人物在作品中有着其他人物不可替代的意义。

基蒂由于失恋大病一场,后听取医生的建议她的父亲谢尔巴茨基公爵和母亲公爵夫人陪她到一个德国的小温泉疗养。在温泉,最吸引她注意的是一个叫瓦莲卡的俄国姑娘,她是和一个她"病得不能走路"被人们称为施塔尔夫人的俄国上流社会的贵妇人一道来温泉的。这位施塔尔夫人很骄傲,不与俄国人往来,就连基蒂的母亲——和她弟媳相识的堂堂的公爵夫人她也避免结识,为此高傲的公爵夫人还非常生气。施塔尔夫人"只在罕见的晴朗日子"才坐着轮椅在浴场出现。因女儿急切结交施塔尔夫人和瓦莲卡,公爵夫人对她们进行了一番调查。据公爵夫人掌握的情况:

> 施塔尔夫人是一个多病而热忱的妇人,有人说是她把她丈夫折磨死的,也有人说是她丈夫行为放荡,而使她陷于不幸。当她和她丈夫离婚以后生下她仅有的一个小孩的时候,那小孩差不多一生下来就死掉了,施塔尔夫人的亲戚知道她多愁善感,恐怕这消息会使她送命,就用同天晚上在彼得堡同一所房子里生下的一个御厨的女儿替换了她死去的孩子。这就是瓦莲卡。施塔尔夫人后来才知道瓦莲卡不是她亲生的女儿,但是她继续抚养她,特别是因为不久以后瓦莲卡就举目无亲了。

---

① 《列夫·托尔斯泰文集》第十卷,人民文学出版社 2000 年版,第 1050 页。
② 同上书,第 1051 页。

施塔尔夫人在国外南方一直住了十多年，从来不曾离开过卧榻。有人说施塔尔夫人是以一个慈善而富于宗教心的妇人而获得她的社会地位的；又有人说她心地上一如她表现的一样，是一个极有道德的、完全为他人谋福利的人。谁也不知道她的信仰是什么——天主教呢，新教呢，还是正教；但是有一个事实是无可置疑的——她和一切教会和教派的最高权威都保持着亲密关系。

瓦莲卡和她经常住在国外，凡是认识施塔尔夫人的人就都认识而且喜欢瓦莲卡，大家都这样称呼她。①

以上介绍有三点值得注意：其一，她与丈夫的关系是恶劣的，至于是她折磨死丈夫还是丈夫放荡把她置于不幸，看了后文读者自会得出结论；其二，瓦莲卡不是她亲生的女儿；其三，她的信仰人们琢磨不定，但她与一切教会和教派的最高权威都保持着亲密关系。

后由于瓦莲卡，基蒂终于结识了这位夫人。"施塔尔夫人同基蒂谈话，就像同一个可爱的小孩谈话一样。"她经常用基督教的东西来引导基蒂。如一次谈话中，施塔尔夫人说起"在人类的一切悲哀中，只有爱和信仰能够给予安慰，并且说照基督对于我们的怜悯看来，没有一种悲哀是微不足道的"。尽管"她立刻转移话题……但是在施塔尔夫人的每一个举止行动、每一言谈话语、每一天国般的——像基蒂所称呼的——眼光中，特别是在她从瓦莲卡口中听来的她的全部生活经历中，基蒂发现了她以前不知道的'重要的'东西"②。这"重要的"东西就是基督的慈爱。但施塔尔夫人虽然品德崇高，身世动人，她的话语高尚而优美，基蒂却很快就在她身上发觉了"某些使她困惑的特征"。她注意到每逢人家向施塔尔夫人问起她的亲属的时候，施塔尔夫人总是轻蔑地微微一笑，那是和基督的慈善精神不符合的。因为基督教徒凡事都是十分谦卑的，对别人的提问是耐心给予答复的，而不会敷衍过去，更不会带着"轻蔑"的神情。基蒂还注意到当她看见施塔尔夫人和天主教神父们在一起的时候，"就特意使她的脸处在灯罩的阴影下，神色异常地微笑起来"。为什

---

① 《列夫·托尔斯泰文集》第九卷，人民文学出版社 2000 年版，第 286—287 页。
② 同上书，第 292 页。

么要特意把自己的脸处在灯罩的阴影下,为什么不让自己的脸露出来,是要在神父面前增加自己的神秘色彩吗?"这虽是两件小事",却使基蒂迷惑了,以致"对施塔尔夫人产生了怀疑"①。谢尔巴茨基公爵是认识施塔尔夫人的。他从卡尔斯巴德回来,了解了基蒂和瓦莲卡及其施塔尔夫人的交往,并喜欢上了女儿的新朋友瓦莲卡。一次,得知瓦莲卡要到施塔尔夫人那里去,公爵说:"哦,这样我们可以看见你所有的朋友了,甚至施塔尔夫人,假使她还会屈尊认我的话。"基蒂看见父亲提起施塔尔夫人的名字时眼睛就燃烧着嘲弄的火焰,于是惴惴不安地问:"怎么,难道你原来认识她吗,爸爸?"公爵回答:"我原来认识她丈夫,和她也有点儿认识,在她加入虔诚派以前。"基蒂问:"什么叫虔诚派呢,爸爸?"她"发觉在施塔尔夫人心中她那么重视的东西居然有个名称,不禁吃惊了"。公爵说:"我自己也不很知道哩。我只知道她遇到什么事情,遇到什么不幸都要感谢上帝,连她丈夫死了也要感谢上帝。说来也有点好笑,他们俩总是合不来。"② 从谢尔巴茨基公爵的话里,我们可以证实公爵夫人所了解到的施塔尔夫人和其丈夫的关系确实是很差的,尤其是丈夫死了,施塔尔夫人没有一点悲伤,反而要"感谢上帝"这一点,我们完全有理由相信她的丈夫是被她折磨死的。

谢尔巴茨基公爵父女见到施塔尔夫人时,她坐在轮椅里。作品写道:"在轮椅里,靠在枕头上,一个包在灰色和青色东西里的物体躺在阳伞下。"③ 这里,托尔斯泰把施塔尔夫人说成"包在灰色和青色东西里的物体",不难看出作家对这类人的鄙视。她一看见谢尔巴茨公爵,眼神就显得有些"慌乱"。为什么公爵会使平时那么高傲的施塔尔夫人"慌乱"呢?那就是因为公爵是最了解她底细的人。谢尔巴茨基公爵作为一个有教养的贵族。尽管他对施塔尔夫人说的话"极其斯文、极其殷勤",并且是用现在很少人能够讲的那样优美的法语,但施塔尔夫人还是流露出"烦恼的神色"。她为什么"烦恼"?大概是公爵那"不能不使您回想起来"的话不能不使她想到了公爵知道的事。尽管她和公爵的对话口口声

---

① 《列夫·托尔斯泰文集》第九卷,人民文学出版社2000年版,第292页。
② 同上书,第299页。
③ 同上书,第301页。

声不离上帝,把自己打扮成虔诚的基督徒,但因为瓦莲卡没有如她的意把毛毯盖住她的脚她就"恼怒"这个小小的细节就暴露的她的虚伪。动不动就"恼怒"是和基督教义完全违背的,基督教徒是不能随便发怒的,更何况是这么一件小事。不难看出,在施塔尔夫人心中,基督教的忍耐已荡然无存。难怪后来公爵对女儿基蒂说:"你的瓦莲卡可够受罪的。"同在温泉疗养的莫斯科上校因为施塔尔夫人不和他以及其他俄国人结交而对她不满。他不无讽刺地对谢尔巴茨基公爵说:"这就是我们的贵族,公爵!"公爵回答基蒂问题时不经意地揭露了施塔尔夫人"十年没有起床"的原因:"她不起床,因为她的腿太短了。她的样子长得丑极了"①。这句话进一步写出了施塔尔夫人这类俄国贵妇人的虚假。仅仅为了掩饰自己腿短的生理缺陷竟然"十年没有起床"。公爵对瓦莲卡的同情其实就是对施塔尔夫人伪善的揭露,她当年折磨丈夫的情况可见一斑。谢尔巴茨基公爵和施塔尔夫人的对话及其中的细节,把施塔尔夫人的真面目巧妙地揭示出来。其实施塔尔夫人是一个不折不扣的伪善女人,她表面虔诚的面具掩盖不了其内心的肮脏。她故作高傲,不与俄国人来往,想以此提高自己的威望。不了解内情的人确实会被这一假象所欺骗,就连公爵夫人和基蒂等人都被其迷惑。但是,狐狸再狡猾也会露出尾巴。她见到了解她内情的谢尔巴茨基公爵眼里就露出"烦恼的神色;"瓦莲卡仅仅"没有如她的意把毛毯盖住她的脚"她就"恼怒"地折磨瓦莲卡。她根本没有病,其不下轮椅只是为了掩盖其"腿太短""长得丑极了"的生理缺陷。这一切使得基蒂"感到她整整一个月来怀藏在心里的施塔尔夫人的神圣形象……一去不复返了"②。托尔斯泰通过长期生活在国外远离俄国现实的施塔尔夫人的形象揭露了早在亚历山大一世时代就在俄国宫廷范围内传播的虔诚主义的虚伪。这个形象和利季娅·伊凡洛夫伯爵夫人的形象在作品中相映成趣,异曲同工。她们表面上是基督教的狂热分子,实际做法上是完全违背基督教义的伪君子。她们都是作家否定的对象。

　　日丹诺夫研究发现,施塔尔夫人是在第三个稿样里托尔斯泰才引进的,在第一次提到她的名字时,就确定了她的作用:"吉提不知道,在她

---

① 《列夫·托尔斯泰文集》第九卷,人民文学出版社2000年版,第302页。
② 同上。

们两个当中,她究竟更爱哪一个。吉提确实爱瓦伦加,但对司塔尔夫人也崇敬⋯尤其是因为多亏司塔尔夫人给吉提展示了给她忧郁的内心带来平静的完全崭新的世界。"但在第四稿,即倒数第二稿里,自己对这个形象做了大量修改。在新手稿里开始基蒂"从她身上觉察出某些世俗的特征:和瓦伦加谈话时的神经过敏,和修道院院长谈话时嫉妒的特征,同时,还有不妨碍吉提去发现"施塔尔夫人身上"基督忍耐的虚伪"和"基督关心财产"。就是说,形象的降低还做得不够。新手稿里,否定的属性加强了。当施塔尔夫人和老公爵薛杰巴茨基相遇时,她"抬起天国般的眼睛,吉提在那眼睛里面辨出来一种烦恼的神色"。公爵本人在和女儿谈话中流露出他对"女虔诚派教徒"的怪癖和伪善的轻蔑。他最后直率地揭露了施塔尔夫人:"她是个迷恋娱乐的贵妇人——她根本没有患病,她是个短腿的女人,伪装患病来掩盖身体上的缺陷。"① 公爵的嘲笑对正在复元中的基蒂产生了这样深刻的印象,以致"那个在吉提的心灵中保留了整整一个月的非凡的司塔尔夫人的形象,好像一块白云,在日落前的一分钟还把一个坐在车上的老处女描绘成诗意的淑女,突然不怎么回事就变成某种可耻和可笑的丑八怪,不管你怎样用力想象,在这个丑八怪身上,都再也找不到从前的形象"②。不难看出托尔斯泰精心塑造这个形象的用心。

农民的形象

列夫·托尔斯泰一生大部分时间生活在远离尘嚣的雅斯纳亚·波良纳,和当地农民有频繁地接触和深入地了解,因而他懂得农民。他的一系列作品,如《一个地主的早晨》《战争与和平》《安娜·卡列宁娜》《复活》《三死》等中都塑造了俄国农民的形象。托尔斯泰自始至终对农民都怀有好感,对他们的处境充满同情,对他们勤劳朴实的品质由衷

---

① 日丹诺夫:《安娜·卡列尼娜的创作过程》,雷成德译,内蒙古人民出版社 1980 年版,第 149 页。

② 同上书,第 149 页。

赞扬。他认为农民身上"善多于恶"①。托尔斯泰对农民的感情除对他们有深入了解外,也与他对生机勃勃的大自然的喜爱分不开。托尔斯泰一生热爱大自然,哪怕到了晚年,他还骑着马在乡间的小路、原野上漫步,甚至亲自耕地,做农活。但是,托尔斯泰所热爱的是充满勃勃生机的能与他融为一体的自然,对那些没有生气的东西,他是不喜欢的。对此,普列汉诺夫在《托尔斯泰和大自然》中写道:"……这位极端敏感的、能够感受到大自然之美'通过眼睛'源源不断地注入到他的心灵中去的人,远非对任何美丽的地方都兴高采烈。……攀登上蒙特勒附近的一座山峰以后……他记叙道:'我不爱这些所谓雄伟的、驰名的景致;它们不知怎么地冰冷无情。'托尔斯泰只爱那些能够激发他产生他与自然融为一体的意识的自然景致。"② 他认为乡村本身就是充满勃勃生机的大自然,而在乡间生活的农民自然最接近大自然。因此,他对农民的喜爱从一个角度讲也是对大自然的喜爱。这里仅就其代表作《安娜·卡列宁娜》中的农民形象进行一些分析。

一

《安娜·卡列宁娜》中多处写到农民,如一次列文到农场视察,发现他早已吩咐要修理的农具等竟然还没有修,就指责管家,而管家却把责任推给农民,向列文埋怨道:"这些农民你拿他们真没有办法呢!"列文当即生气地说:"没有办法的倒不是那些农民,而是这位管家!"③ 不难看出,列文完全是站在农民一边的。

还有一次是列文去看望他的友人斯维亚日斯基的路上,为了喂马,车停在一个富裕的农民家。这家的家长是个"满面红光的老人"。儿子是"高大健壮的汉子",儿媳是"年轻美貌"的少妇。这些农家人的外貌给人的感受就是充满了勃勃生机的。他家之所以富裕,一是勤劳:"一切事情我们都亲自动手";二是节俭:喝茶的时候几乎不放糖,"把筛下的麦

---

① 托尔斯泰:《生活之路》,王志耕译,中国人民大学出版社2006年版,第124页。
② 普列汉诺夫:《托尔斯泰和大自然》,倪蕊琴译,《文艺理论研究》1981年第1期,第194页。
③ 《列夫·托尔斯泰文集》第九卷,人民文学出版社2000年版,第203页。

屑留着喂马"。他们一家人吃饭的时候有说有笑,似乎就没有什么忧愁的事。"这个农家给列文一种幸福的印象,这同那位穿套鞋的少妇的美丽的面孔大概很有关系;这个印象是这样强烈,使列文永远不能忘记。从老农民的家到斯维亚日斯基家的路上,他尽在回想着这个农家,好像在那印象里面有什么东西特别引起他注意似的。"① 这可能又勾起了他一度产生过的"娶一个农家女"的想法。

在结尾的第八部里,托尔斯泰写到的那个在列文惶惶不可终日的苦苦探索中帮他找到生活意义的、人品很好的、不会剥削别人的富裕农民普拉东。作家虽然没有具体描写这个人物,但"为了灵魂而活着"② 的人生信条给列文以启示:人"活着不是为了自己的需要",而是为了灵魂和上帝。这里的灵魂和上帝,其实就是良心。列文从农民朴实的话语中悟出了生活的意义,从濒于自杀的苦恼中解脱出来,认识到尽管现实中会发生许多不愉快的事,尽管自己的"理智仍然不可能理解我为什么祈祷……但是现在……我的整个生活,不管什么事情临到我的身上……不但再也不会像从前那样没有意义,而且具有一种不可争辩的善的意义"③。这和托尔斯泰一贯认为的"贵族生活腐化堕落,而劳动人民从事体力劳动就会觉得上帝在我心中"的思想是一致的。

二

《安娜·卡列宁娜》集中展示农民形象有两处:一处是列文和农民一道刈草;另一处是列文到其姐姐的领地上去一节。

列文同母异父的哥哥谢尔盖来弟弟所在的乡下休整。谢尔盖认为"最好的生活是田园生活"。把乡间看成"劳动后的休息场所"和"消除城市腐化影响的有效解毒剂",并认为"乡间特别好却是因为在那里可以而且又宜于无所事事"。列文对乡间的看法与谢尔盖不同。他认为"乡间是生活的地方,欢喜、悲哀、劳动的地方""乡间的好处就在于它是劳动

---

① 《列夫·托尔斯泰文集》第九卷,人民文学出版社2000年版,第424页。
② 《列夫·托尔斯泰文集》第十卷,人民文学出版社2000年版,第1032页。
③ 同上书,第1061页。

的场所"①。

春初,他就计划要和农民一道割一整天的草。"我需要体力活动,要不然,我的性情一定会变坏了"的想法使他顾不上理应陪陪刚到的哥哥和与农民一起劳动,在"农民面前他会感到多么局促不安"的想法。第二天一早就到草场。他看到已经在割第二排的四十二个农民"有的穿着上衣,有的只穿着衬衫",他们"用各自不同的姿势挥动着镰刀"②。这是一个总的劳动场面,展现的是农民的群像。接着托尔斯泰具体写了三个农民割草的情况:"穿着白色长衬衫的叶尔米尔老头弯着腰在挥着镰刀",表现了老人的认真;曾做过他"马车夫的年轻小伙子瓦西卡把一排排的草一扫而光",写出的小伙子一身是劲;他"割草的师傅"季特,"大刀阔斧地割着,连腰也不弯,好像是在舞弄着镰刀一样"③。写出了师傅季特动作的熟练。季特作为列文的割草师傅,时时提醒列文"当心";鼓励他:"不要紧",会"顺手的";告诉他要怎样割,并为他磨镰刀。这一切无不写出了农民的善良和对主人的关心。"当他们割完一排的时候,割草的人们,流着汗,愉快地、一个跟一个地走到路上来,微笑着和主人招呼。"④ 这不经意的几句,写出了农民的淳朴。即使农民们背后对他的议论:"没有装好呢,镰刀把太高了;你看他的腰弯成那样。""拿近刀口一点就好了。""他开了头了……你割得太宽了,会弄得精疲力竭呢……主人的确为自己尽了力了!但是你看草还是没有割干净哩。这种样子,要是我们的话,是一定要挨骂的呀!"⑤ 这些话也都是善意的,更多地表现了农民对主人的亲密无间。当列文担心因刚才下雨,"干草会给糟蹋掉"时,和他一起割草的老头马上告诉他:"不会的,雨天割草晴天收嘛!"这句话既是对列文的安慰,也写出了农民丰富的经验。午饭后列文再次回草场。这里,托尔斯泰又为读者展示了个体的农民形象。列文应邀夹在一个爱说说笑笑的老头和一个新婚不久的青年农民中间割草。这个老头是割草的能手,他"用一种在他似乎并不比走路时挥动两臂更费

---

① 《列夫·托尔斯泰文集》第九卷,人民文学出版社2000年版,第313页。
② 同上书,第327页。
③ 同上。
④ 同上书,第328页。
⑤ 同上。

力的准确而匀称的动作走在前头,他好像在游戏一样把草铺成高高的、平整的一排排。好像并不是他在割草,而是锐利的镰刀自动地在多汁的草丛中飕飕地响着"。这个老头割草就像耍魔术一样,其熟练程度不会输给列文的师傅季特。米什卡是一个羞涩腼腆的年轻小伙子,长着"可爱的、稚气的面孔,头发用新鲜的草缠住,因为使劲而抽搐着"。只要"有人望着他的时候他总是微笑着"。虽然这是他第一次割草,感到很吃力,但在别人面前他"宁死也不肯承认"这一点,可能是害怕别人取笑他,因为他刚结婚不久。休息时,老头请列文品尝他的清凉饮料克瓦斯。"列文从来没有喝过像这种浮着绿叶、带点白铁盒子的铁锈味的温水这么可口的饮料"[1],感到美极了。

老头不愧是割草的好手,他能根据草长的不同情况改变割草的姿势,"时而用靠近刀把的刀刃,时而用刀尖,以急促的突击动作从两侧去刈割小丘周围的草"。还不断地"注意呈现在他眼前的事物:有时他拾起一枚野果吃下去或是给列文吃;有时他用镰刀尖挑开小树枝;有时他去看鹌鹑的巢;有时去捉路上的一条蛇,用镰刀挑起来,像用叉子叉起一样,给列文看了,就把它扔掉"[2]。这一切在他似乎是很轻松的事。吃午饭的时候,老头请列文和他一起吃。列文感到老头的"面包渣汤"的味道太好了,以致"放弃了回家去吃饭的念头。他和老头子一道吃着,同他谈起家常来,发生了浓厚的兴趣"。列文禁不住"把自己的家事和能够引起老头子兴趣的一切情况都告诉他",甚至"感觉得他对这老头子比对他哥哥还亲"[3]。他和老头一起祷告,一起休息,一起在草场睡觉。整个劳动过程中,老头一直是那样愉快、有说有笑、动作灵活。他每遇见一个菌就弯下腰,把它拾起来揣在怀里。还诙谐地说:"又是一件送给我的老婆子的礼物呢。"[4] 这就是地道的俄罗斯农民,其热情、乐观开朗的形象无疑给读者留下深刻印象。托尔斯泰接着又为读者展示了劳动农民的群像:"年轻的和年老的都在使劲割,好像他们在竞赛一般。但是不管他们工作

---

[1] 《列夫·托尔斯泰文集》第九卷,人民文学出版社 2000 年版,第 332 页。
[2] 同上。
[3] 同上书,第 333 页。
[4] 同上书,第 335 页。

得多么快，他们都没有把草损坏，一排排的草还是同样整齐而准确地摆着。角落里剩下的没有割的那部分草五分钟之内就割掉了。"①

"农民们割掉了最后一排草就穿上上衣，快活地走回家去。列文跨上马，恋恋不舍地离开了农民们，向自己家里驰去。从山坡上，他回头望了一眼；他望不见他们，因为从山谷里升起的浓雾把他们遮住了；他只听见粗犷的、愉快的谈话声，笑声和镰刀的叮当声。"② 这些农民是那样的可爱、乐观、旷达，以至于列文都舍不得离开他们了。

三

后来列文到姐姐的产地去。他先去养蜂场看望一个朋友帕尔梅内奇——一个饶舌的、漂亮的老头，想从他口里探听出割草的真情。老头"热烈地欢迎列文，把他所有的工作指给他看，把关于他的蜜蜂和今年离巢的蜂群的一切详情都告诉他；但是列文向他问起割草的事情时，他却含糊其辞，不愿回答"③。列文亲自到草场，把监督分配干草的任务委托给管账后，叹赏地眺望着农民的草场。一个老头对他说："多么好的割草的天气啊！一定会是很出色的干草呢！简直是茶叶，哪里是干草！你看他们把干草拾起来，就像鸭子拾起撒给它们吃的谷子一样！"在列文面前，"一列穿得花花绿绿、高声谈笑的农妇们在移动，而散开的干草在淡绿色草场上很迅速地形成了灰色的蜿蜒的草垛。拿着叉子的男子们跟在妇人们后面走来，灰色的草垛堆成了宽阔的、高高的柔软的草堆。在左边，大车在割光了的草地上辚辚地驶过，干草一大叉一大叉地被抛起，草堆一个一个地消失，代替的是载满大堆芬芳干草，干草直垂到马臀上的一辆辆大车"④。收工时，妇女们先围成一圈跳舞，回家时，"农妇们的花花绿绿的衣衫闪烁着异彩，把耙捎在肩上，高声喧笑着跟在大车后面走着。一个粗声粗气的、未经训练的女人声音蓦地唱起歌来，唱到叠句的时候，随即有五十个不同的、健康有力的声音，有的粗犷，有的

---

① 《列夫·托尔斯泰文集》第九卷，人民文学出版社 2000 年版，第 334—335 页。
② 同上书，第 336 页。
③ 同上书，第 358 页。
④ 同上。

尖细，又从头合唱起这支歌来"①。歌声对列文来说，太震撼了。"他感到……整个草场和辽远的田野，一切都好像合着那狂野而快乐的，掺杂着呼喊、口哨和拍掌的歌声的节拍颤动起伏着。"他"羡慕她们的这种健康的快乐；他渴望参与到这种生活的欢乐的表现中去"②。

　　这里托尔斯泰写的是农民的群像，其中又特别突出了妇女的形象。即使是干体力活，但这些妇女还是穿得"花花绿绿"，显示出俄罗斯妇女爱美的天性。把散开的干草收拢成垛对能像男人一样从事各种艰巨的工作的俄罗斯劳动妇女来讲不过是小儿科。因而，尽管繁忙，但她们还是欢快地"高声谈笑"。她们单纯得像孩子，似乎不知道生活的艰辛。做完了一天的工作，这些妇女更是轻松地喧笑，她们没有谁叫腰酸背痛，而是先围成一圈跳舞。舞后在回家的路上又以"健康有力"的声音唱了起来。这里让人无法不联想到《战争与和平》中的那个13岁的贵族少女娜塔莎。她们尽管出身、生活条件、年龄等方面有巨大的差距，但俄罗斯妇女那种乐观的性格是一致的。

　　这中间，托尔斯泰还穿插写了一个叫伊万·帕尔梅诺夫的青年和他的妻子。帕尔梅诺夫是个虽已结婚两年但还会害臊的人，是老头的小儿子。回答父亲的问话时不忘叫爹，表明他是一个懂得尊敬长辈的人。和人谈话时面带微笑，给人一种纯洁善良的印象。连列文都禁不住夸他是"一个多好的小伙子呀！"他的妻子是一个"活泼的、玫瑰色面颊的年轻农妇"，她也是面带微笑。他们正在装车。列文专注地看着：帕尔梅诺夫站在车上，把妻子递给他的草放好、踏平。年轻美丽的农妇"从容地、愉快地、敏捷地劳动着"。"她先把干草耙松，用叉子刺进去，然后用敏捷的、有弹性的动作将整个身子的重量压在叉上，然后立刻把她的系着红带的背一弯，她挺起身子，昂起她那白衬衣下面的丰满胸部，灵活地转动叉子，一束束干草高高地抛上车去。"帕尔梅诺夫"连忙大大地张开两臂接了她投来的一束束干草，把它们平平地摊放在车上"。显然是要帮妻子减轻劳动强度。他们边劳动边说笑。列文从"两人的面孔表情上可

---

① 《列夫·托尔斯泰文集》第九卷，人民文学出版社2000年版，第360页。
② 同上书，第361页。

以看出强烈的、富于青春活力的、刚刚觉醒的爱情"①。装好车,年轻貌美的妻子就"走到围成一圈在跳舞的妇人们那里去"。伊万驶到大路上去,加入其他载重大车的行列中去。他们装车的过程中显露了他们爱情的纯美和内心的和谐。

对这对年轻的农民夫妇的描写,不难看出托尔斯泰对农民的赞美。托尔斯泰笔下的农民是漂亮的、健康的,像大自然一样充满了勃勃生机。

尤为值得注意的是,托尔斯泰还写了几个为干草的事和列文"争吵得最凶的农民"。"正是这几个农民愉快地向他点头致意,显然没有而且也不能怀恨他,对于曾经想要欺骗他这件事也不但毫不懊悔,而且连记都不记得了。"这写出了俄罗斯农民豁达开朗、不计小节的性格特征。托尔斯泰通过自己的主人公列文,表现了对这种生活的向往:"列文常常叹赏这种生活,他常常对于过着这种生活的人抱着羡慕之意……今天第一次……他的脑海里明确地浮现出这样的念头,他能否把他现在所过的乏味的、不自然的、无所事事的、独身的生活换取这种勤劳的、纯洁的、共同的美好生活,这全在他自己。"列文没有回去,而是和几个农民一样,留在草场上,只是没有被人发现。那些留下的农民"几乎整夜不睡"。先是"一道晚餐的欢乐的谈笑声,随后又是歌声和哄笑"。"漫长的整整一天的劳动在他们身上除了欢乐以外没有留下任何痕迹。"② 他们的积极乐观的生活态度可见一斑。列文受这种情绪的感染,这一夜想了很多,甚至产生过"加入农民","娶一个农家女"为妻的想法。③

英国作家高尔斯华绥指出:"列文的形象——毫无疑问,是一幅自画像,或者,至少是托尔斯泰在那个时期所特别关心的他本人的一些性格特征的反映。显而易见,在描述列文的农村生活的那些章节里,写的正是托尔斯泰开始在深深思考生活的意义和发挥章节'农民'生活哲学的时候他本人的探索、感情和情绪。"④ 列文对农民的看法,其实就是托尔

---

① 《列夫·托尔斯泰文集》第九卷,人民文学出版社 2000 年版,第 360 页。
② 同上书,第 360—361 页。
③ 同上书,第 362 页。
④ 《欧美作家论列夫·托尔斯泰》,中国社会科学出版社 1983 年版,第 186 页。

斯泰本人对农民的看法；列文对农民的感情，无疑是托尔斯泰本人对农民的感情。

四

以上所写的就是托尔斯泰笔下地道的俄罗斯农民。他们勤劳、节俭、健康、漂亮、热情、好客、乐观、开朗、朴实、真诚、善良。生活的艰辛和重压没有把他们摧垮，他们照样有说有笑；繁重的体力劳动没有耗尽他们的精力，他们照样唱歌跳舞。"漫长的整整一天的劳动在他们身上除了欢乐以外没有留下任何痕迹。"与其说他们像大自然，不如说他们就是大自然本身，永远是生机勃勃的。这样的农民形象在其他作家的作品里是没有的，在俄罗斯文学中是绝无仅有的，难怪列宁和高尔基谈到托尔斯泰时兴奋地感慨道："在这位伯爵以前的文学中还没有出现过真正的农民。"[①]

托尔斯泰对农村的热爱和对农民的感情从他写给妻子的信中也可以看出："农林生活这个大浴场，对我是必不可少的。"[②] 而他的妻子索菲亚对此却与他是截然不同。索菲亚给家中的信说："我是城市人，我无论如何不能去判断并想着去喜欢农村和老百姓；用自己一生去爱，这我不能，而且永远不会……我现在不理解农民，将来也不理解。"[③] 这也是造成托尔斯泰晚年夫妻矛盾加剧而离家出走的原因之一吧。

---

① 贝奇科夫：《托尔斯泰评传》，吴均燮译，人民文学出版社1981年版，第278页。
② 布尔加科夫：《垂暮之年》，陈伉译，内蒙古人民出版社1984年版，第33页。
③ 同上。

第四章

《安娜·卡列宁娜》的场面描写

舞会的场面

一

谢尔巴茨基家族是莫斯科乃至整个俄罗斯有名的家族,他家举行的舞会莫斯科的名流几乎都会来捧场。这次舞会在很大程度上可以说是为他们家的小女儿基蒂举行的。基蒂在社交界第一次露面,就取得了比她两个已婚的姐姐更大的成功。她已经引起了弗龙斯基的注意,并因此弗龙斯基成了她家的常客。基蒂的母亲非常喜欢弗龙斯基,因为他"满足了母亲的一切希望。他非常富有、聪敏、出身望族,正奔上宫廷武官的灿烂前程,而且是一个迷人的男子"。是一个"再好也没有"的人。[①] 同时基蒂也很喜欢弗龙斯基。弗龙斯基最近对基蒂的"情意缠绵"、公开向基蒂献殷勤使得基蒂感到弗龙斯基爱上她了;就连她的母亲也认为弗龙斯基"有诚意求婚是无可置疑的"。为此,舞会前基蒂拒绝了列文的求婚。她几乎肯定舞会上弗龙斯基一定会向她求婚。为此,基蒂精心包装自己,在"服装、发式和一切赴舞会的准备"上花了许多劳力和苦心。"她的衣裳没有一处不合身,她的花边披肩没有一点下垂,她的玫瑰花结也没有被揉皱或是扯掉,她的淡红色高跟鞋并不夹脚,而只使她愉快。金色的假髻密密层层地覆在她的小小的头上,宛如是她自己的头发一样。她的长手套上的三颗纽扣通通扣上了,一个都没有松开,那长手套裹住了她的手,却没有改变它的轮廓。她的圆形领饰的黑天鹅绒带特别柔软

[①] 《列夫·托尔斯泰文集》第九卷,人民文学出版社2000年版,第58页。

地缠绕着她的颈项。那天鹅绒带是美丽的……她的赤裸的肩膊和手臂给予了基蒂一种冷澈的大理石的感觉，一种她特别喜欢的感觉。她的眼睛闪耀着，她的玫瑰色的嘴唇因为意识到她自己的妩媚而不禁微笑了。"以致她和她母亲进入舞场时，"一个军官……一面抚摸着胡髭，一面在叹赏玫瑰色的基蒂"①。而且跳舞界的泰斗，有名的舞蹈指导，标致魁梧的已婚男子科尔孙斯基看见刚进来的基蒂就"请求和她跳华尔兹舞"。并对她说："和您跳华尔兹舞简直是一种休息……妙极了——多么轻快，多么准确。"②

二

科尔孙斯基按基蒂的要求"放慢脚步跳着华尔兹舞一直"把基蒂送到刚到的安娜那里。

"安娜并不是穿的淡紫色衣服，如基蒂希望的，而是穿着黑色的、敞胸的天鹅绒衣裳，她那看去好像老象牙雕成的胸部和肩膊，和那长着细嫩小手的圆圈的臂膀全露在外面。衣裳上镶满威尼斯的花边。在她头上，在她那乌黑的头发——全是她自己的，没有搀一点儿假——中间，有一个小小的三色紫罗兰花媚。在她那美好的、结实的脖颈上围着一串珍珠。"③ 基蒂"现在看见她穿着黑色衣裳，她才感觉到她从前并没有看出她的全部魅力。……她的魅力就在于她的人总是盖过服装，她的衣服在她身上决不会惹人注目。她那镶着华丽花边的黑色衣服在她身上就并不醒目；这不过是一个框架罢了，令人注目的是她本人——单纯、自然、优美、同时又快活又有生气"④。

安娜的出现自然使舞场一亮。跳舞界的泰斗科尔孙斯基立刻邀请安娜"跳一场华尔兹舞"，安娜先是推辞："如果可能不跳的话，我还是不跳吧，"科尔孙斯基回答："今晚是不可能的。"刚好那一瞬间，弗龙斯基走上前来。安娜故意"不理睬弗龙斯基在向她鞠躬"，而把手搭在科尔孙

---

① 《列夫·托尔斯泰文集》第九卷，人民文学出版社2000年版，第101—102页。
② 同上书，第102页。
③ 同上书，第103—104页。
④ 同上书，第104页。

斯基的肩上"急速地"说:"今晚既然不能不跳,那么我们就开始吧。"①基蒂"看出了安娜是存心不向弗龙斯基回礼",心想:"她为什么不满意他呢?"这原因基蒂当然不了解。其实,早在安娜和弗龙斯基第一次见面时,两人就互相有了好感,尤其是快分别时,从安娜掉过头来"盯着"弗龙斯基看以及安娜去车厢里向弗龙斯基的母亲告别时,她不仅"让那股压抑不住的生气流露在她的微笑里"②,而且把"温存的微笑"转向弗龙斯基。弗龙斯基意识到这种"微笑"的含义,马上"敏捷地接住了她投来的卖弄风情的球";当安娜把手伸给他告别时,他"紧紧握着她伸给他的纤手,她也用富于精力的紧握,大胆有力地握着他的手,那种紧握好像特别使他快乐似的"。③ 这些无不表明,安娜已对弗龙斯基动情了。当然,弗龙斯基对安娜更是放不下了。这以后,弗龙斯基总是千方百计地想和安娜见面,甚至舞会前不久已经是晚上九点半了他还到奥布隆斯基家去。基蒂看到了还自作多情地认为弗龙斯基是去找她:"他到了我家里,没有遇到我,猜想我一定在这里,但是他又不肯进来,因为他觉得太晚了,而且安娜又在。"④ 这里,安娜故意冷淡弗龙斯基,实际上是做给基蒂看的,单纯的少女基蒂哪里能够想到其中的奥妙。这里,安娜对弗龙斯基的冷淡其实蕴含着更深的爱,这一点,恐怕只有安娜和弗龙斯基心中有数。这时,被"冷淡"的弗龙斯基走到基蒂面前,为好长时间没去看她,表示抱歉。基蒂一边赞赏地注视着安娜跳华尔兹,一边在听他的话。她期望弗龙斯基"要求和她跳华尔兹,但是弗龙斯基竟然没有这样做"。基蒂为此感到十分吃惊。当弗龙斯基发现基蒂惊异的目光时,微微红了脸,连忙请求和她跳华尔兹。当音乐突然停止时,基蒂才发现"他那和她挨得那么近的脸,这没有得到他反应的情意绵绵的凝视"。这使基蒂很难受,以致"好几年以后——还使她为了这场痛苦的羞辱而伤心"。⑤

---

① 《列夫·托尔斯泰文集》第九卷,人民文学出版社 2000 年版,第 105 页。
② 同上书,第 82 页。
③ 同上书,第 83 页。
④ 同上书,第 100 页。
⑤ 同上书,第 105 页。

三

弗龙斯基和基蒂跳了好几次华尔兹后，又来请她跳第一场卡德里尔舞。但基蒂"对卡德里尔舞并没有抱着很大期望。她揪着心期待着玛佐卡舞。她想一切都得在跳玛佐卡舞时决定"。但遗憾的是弗龙斯基没有说和她跳玛佐卡舞的事。尽管如此，基蒂还是"相信她准会和他跳玛佐卡舞，"并"因此她谢绝了五个青年"的邀请。但当她正和一个她无法拒绝的讨厌的青年跳最后一场卡德里尔舞时，无意中发现自己正面对弗龙斯基和安娜。"她在她身上看出了她自己那么熟悉的那种由于成功而产生的兴奋神情；她看出安娜因为自己引起别人的倾倒而陶醉……看出了她眼睛里的颤栗的、闪耀的光辉，不由自主地浮露在她嘴唇上的那种幸福和兴奋的微笑，和她的动作的雍容优雅、准确轻盈。"[①] 这一切不由使基蒂警惕地想到："谁使得她这样的呢？……大家呢，还是一个人？"她在跳舞的同时却尽量观察着，她的心越来越痛了。"不，使她陶醉的不是众人的赞赏，而是一个人的崇拜。而那一个人是……难道是他吗？"基蒂发现"每次他和安娜说话的时候，喜悦的光辉就在她眼睛里闪耀，幸福的微笑就弯曲了她的朱唇。她好像在抑制自己，不露出快乐的痕迹，但是这些痕迹却自然而然地流露在她的脸上"。而弗龙斯基呢，"基蒂望了望他，心中充满了恐怖。在基蒂看来那么明显地反映在安娜的脸上的东西，她在他的脸上也看到了……每当他朝着她的时候，他就微微低下头，好像要跪在她面前似的，而在他的眼睛里只有顺服和恐惧的神情……他脸上流露着一种基蒂以前从来不曾见过的神色"。基蒂感到，"好像他们说的每句话都在决定着他们和她的命运……整个舞会，整个世界，"在她"心中一切都消失在烟雾里了……她的心碎了"。[②] 她颓然坐在客厅尽头的安乐椅里。"除了她自己，谁也不了解她的处境，谁也不知道她昨天刚拒绝了一个她也许热爱的男子，而且她拒绝他完全是因为她轻信了另一个。"不难看出，安娜和弗龙斯基舞会上的亲密对热恋中的基蒂伤害是何等的深。基蒂太单纯了，她被弗龙斯基的表象所迷惑。她哪能想到"向少女

[①] 《列夫·托尔斯泰文集》第九卷，人民文学出版社2000年版，第106页。
[②] 同上书，第107页。

调情而又无意和她结婚"是弗龙斯基这类"风度翩翩的公子所共有的恶行"。哪能想到弗龙斯基对她甜言蜜语是他在莫斯科"第一次体味到和社交界一个可爱的、纯洁的、倾心于他的少女接近的美妙滋味"① 后的尽情享受。当然，弗龙斯基也绝对想象不到他们那种"向少女调情而又无意和她结婚"的游戏对一个纯情少女的伤害。

诺得斯顿伯爵夫人也许看到了这一点，她找到科尔孙斯基，叫他去请基蒂伴舞。基蒂加入第一组跳舞，"她庆幸她可以不要讲话，因为科尔孙斯基不停地奔走着指挥着他的王国"②。这时，基蒂哪还有心思说话，她的心已经碎了，只是由于她高贵的出身和严格的教养才使她不至于失态。而弗龙斯基和安娜就坐在她对面。她不能不观察他们。而"越观察他们，她就越是确信她的不幸是确定的了……在弗龙斯基一向那么坚定沉着的脸上，她看到了一种使她震惊的、惶惑和顺服的神色，好像一条伶俐的狗做错了事时的表情一样"③。"某种超自然的力量"再次"把基蒂的眼光引到安娜的脸上"。基蒂看到，安娜"那穿着朴素的黑衣裳的姿态是迷人的，她那戴着手镯的圆圆的手臂是迷人的，她那挂着一串珍珠的结实的脖颈是迷人的，她的松乱的鬈发是迷人的，她的小脚小手的优雅轻快的动作是迷人的，她那生气勃勃的、美丽的脸蛋是迷人的，但是在她的迷人之中有些可怕和残酷的东西"④。这种"迷人之中有些可怕和残酷的东西"正是罗曼·罗兰所说的："《安娜·卡列尼娜》里的爱情具有激烈的、肉感的、专横的性质。"安娜的美丽有一种"恶魔般迷人的魅力"。她脸上闪烁的红光"不是欢乐的红光，而是使人想起黑夜中的大火的可怕的红光"。⑤

玛佐卡舞跳到一半的时候，"安娜走进圆圈中央，挑选了两个男子，叫了一位太太和基蒂来。基蒂走上前去的时候恐惧地盯着她。安娜眯缝着眼睛望着她，微笑着，紧紧握住她的手"。但当安娜注意到基蒂"只用

---

① 《列夫·托尔斯泰文集》第九卷，人民文学出版社 2000 年版，第 75 页。
② 同上书，第 109 页。
③ 同上书，第 108—109 页。
④ 同上书，第 109 页。
⑤ 罗曼·罗兰：《托尔斯泰传》，黄艳春、杨易、黄丽春译，团结出版社 2003 年版，第 144 页。

绝望和惊异的神情回答她的微笑"时,"她就扭过脸去不看她,开始和另一位太太快活地谈起来"。基蒂不得不承认:安娜"身上是有些异样的、恶魔般的、迷人的地方"。①

舞会结束了,安娜拒绝留下用晚餐就回哥哥家了。临走,她望着站在旁边的弗龙斯基说:"我在莫斯科你们的舞会上跳的舞比我在彼得堡整整一冬天跳的还要多呢……我动身之前得稍稍休息一下。"当弗龙斯基问:"那么您明天一定要走吗"时,安娜回答:"是的,我打算这样。"她"好像在惊异他的询问的大胆;但是当她说这话的时候,她的眼睛中的压抑不住的、战栗的光辉和她的微笑使他的心燃烧起来了"②。不难看出,这场舞会在把基蒂最幸福的日子变成最痛苦的日子的同时,也把安娜和弗龙斯基在火车站擦出的爱情之火燃成熊熊烈焰。

赛马的场面

骑马是弗龙斯基除军职和社交外的一大嗜好,为此,他也爱马,甚至"爱马如命"。得知要举行"士官的障碍赛马"后,他立即报了名,并"买了一匹英国的纯种牝马"。尽管那时他正"沉醉在"与安娜的恋爱中,但这并不影响他对"即将举行的赛马"的热情。这种热情和对安娜的热情"并不互相抵触……相反地,他需要超出他的恋爱以外的事务和消遣,这样他可以摆脱那使他过分激荡的情绪而得到镇静和休息"③。

赛马之前,他和挚友亚什温去看马。赌徒亚什温在他身上下了很大一笔赌注。那匹正"处在最良好的状态中"的赛马使他很高兴,"马的兴奋感染了弗龙斯基。他感觉得热血往心头直涌……渴望活动、咬人;这是又可怕又愉快的"④。他吩咐养马的英国人:"六点半到赛马场。"

他去卡列宁家的别墅里看三天没有见面的安娜。安娜把自己怀孕的消息告诉他,两人还约定晚上一点钟幽会。弗龙斯基非常激动,心神不

---

① 《列夫·托尔斯泰文集》第九卷,人民文学出版社 2000 年版,第 109 页。
② 同上书,第 110 页。
③ 同上书,第 229 页。
④ 同上书,第 240 页。

定，他"这样完全沉浸在对安娜的热情里"，直到坐在马车里走了将近七里路，才定下神来，看了看表，知道他要迟到了。但按比赛安排，他还来得及赶上他的那场比赛。急速行驶的马车使他安静下来，他和安娜的关系中"一切使人痛苦的东西，他们谈话所遗留下的渺茫的感觉，都从他的脑海里消失了"①。他现在所想的只是赛马，晚上要和安娜"欢会的期望不时地像一道火光一样在他的想像里闪过"。他越接近赛马场，赛马的兴奋就越加支配着他。从马厩那里，他看见赛马场周围"像海洋似的马车，行人和兵士们，和挤满人群的亭子"。当他走进马厩时他听到了钟声。走向马厩，他碰见了马霍京那匹白脚的栗色马"斗士"，正披着蓝边橙黄色马被，竖起镶着蓝色边饰的大耳朵，被牵到赛马场去。那是他的劲敌。弗龙斯基的坐骑佛洛佛洛已备好了马鞍。他问："我不太迟吗？"为他养马的英国人告诉他："很好！"并嘱咐他"不要心慌！"

弗龙斯基"有意避开那沉着冷静、自由自在地在亭子前面走动和谈话的上流社会那一群人。他知道卡列宁夫人、贝特西和他的嫂子都在那里，他故意不走近她们，怕的是乱了心②。"但是他却碰上了他的哥哥亚历山大，哥哥问他收到信和纸条没有。他说："我接到了，我真不明白你担忧什么。"亚历山大回答："我担忧的是因为我刚才听到别人说你不在这里，并且说星期一有人看见你在彼得戈夫。"弗龙斯基说："有的事情是和外人不相干的，而你那么担心的那件事……"亚历山大回答："是的，假如那样的说，你就可以脱离军职……"弗龙斯基说："我请求你不要管别人的事，这就是我所要说的。"说这句话的时候，弗龙斯基突出的下颚发抖。亚历山大知道：弟弟"是一个富于温情的人，不轻易生气，但是他一旦生了气，而且他的下颚发抖的时候，他就变成危险的人了"。③于是微笑着说："我只想把母亲的信带给你。回她封信吧，赛马之前不要心烦吧。祝你好运！"说完就从他身旁走开了。后他又碰到了"在彼得堡所有的显要人物中显得像在莫斯科一样地出众"的奥布隆斯基。但他只说了一声"明天请到食堂来"后道了声歉，就拔腿向赛马场中央跑去。

---

① 《列夫·托尔斯泰文集》第九卷，人民文学出版社 2000 年版，第 252 页。
② 同上书，第 253 页。
③ 同上书，第 254 页。

参加障碍比赛的马正给牵到那里来。预备参加下一场赛跑的新马大部分都是英国种的，精神抖擞，戴着头罩，肚带勒得紧紧的，像奇异的巨鸟一样。弗龙斯基的坐骑"佛洛佛洛，纤弱而俊俏，举起它那富于弹性的、长长的脚胫，好像上了弹簧一样地蹬踏着"。它被排在右边。离它不远的"斗士"身材健壮美丽而又十分匀称，它那出色的臀部和蹄子上面的异常短的脚胫，不由地引起弗龙斯基的注意。因为这匹马和他的主人是他的劲敌。正待向他的马那里走去时，又被一个熟人拦住，对他说："卡列宁在那里……他在寻找他的妻子，她在亭子当中哩。你没有看见她吗？"他回答说"没有"后，"连望都没有望一眼他的朋友指出的卡列宁夫人所在的那亭子"，就走到他的马那里去。他还未来得及检查马鞍就被召到亭子里抽签决定他们的番号和出发点。弗龙斯基抽到第七号。只听得一声叫喊："上马！"弗龙斯基的坐骑佛洛佛洛"的眼睛，充满了怒火，斜睨着走近前来的弗龙斯基"。弗龙斯基把手指伸进它的腹带下面去。牝马更加斜视着他，露出牙齿，竖起耳朵来。英国人说："您骑上去，它就不会这么兴奋了。""弗龙斯基向他的对手们最后瞥了一眼。"因为赛跑的时候就看不见他们了。其中两个已经骑上马向出发点驰去。他的友人也是他的可畏的对手之一加利钦在一匹不让他骑上去的栗毛牝马周围绕圈子。一位穿着紧身马裤的小个子轻骑兵士官纵马驰去，模仿英国的骑手，像猫一样弯腰伏在马鞍上。库佐夫列夫公爵脸色苍白地骑在他那匹由格拉波夫斯基养马场运来的纯种牝马上，弗龙斯基亲切而带鼓励地向他点了点头。只有一个人他却没有看见，那就是他的劲敌，骑在"斗士"上的马霍京。每个障碍物旁边都站着一个医生，一部缀着红十字的救护车和一个护士。上马之前，科尔德告诫弗龙斯基："不要性急，记住一件事：在临近障碍物的时候不要控制它，也不要鞭打它；让它高兴怎么样就怎么样。"弗龙斯基接过缰绳说："好的，好的。"科尔德还交代："要是你能够的话，就跑在前头；但是即使你落在后面也不要失望，一直到最后一分钟。"[①]

托尔斯泰先交代了正式比赛开始前的一些相关的情况：赛马将在亭子前面方圆4俄里的大椭圆形广场举行。在赛马场上设置了九道障碍物：

[①]《列夫·托尔斯泰文集》第九卷，人民文学出版社2000年版，第256页。

小河；2俄尺高的又大又坚固的栅栏；一道干沟；一道水沟；一个斜坡；一座爱尔兰防寨（最难跨越的障碍物之一），这是由一座围着枯枝的土堤构成的，在土堤那边有一道马看不见的沟渠，这样，马就得跨越两重障碍物，否则就有性命之虞；两道水沟和一道干沟，赛马场的终点正对着亭子。比赛在离场子一百俄丈的地方开始，而横在这一段距离当中的是第一个障碍物——骑手们可以随心所欲地跳越或是渡过的一道7俄尺宽的筑着土堤的小河。一共17个士官参加这次赛马。

弗龙斯基也许整天沉浸在与安娜的卿卿我我中，没有很好地熟悉自己的坐骑佛洛佛洛的特点。他虽"灵活矫健地踏上装着铁齿的马镫，轻快而又牢稳地坐在那咯吱作响的皮马鞍上……很熟练地在手指间把两根缰绳弄齐，但佛洛佛洛却突然用长脖颈拉直缰绳，好像装着弹簧一样动起来……兴奋的牝马使劲地把缰绳一会拉向这边，一会又拉向那边，想把骑手摔下来……"在他们向出发点走去时，弗龙斯基不喜欢对手马霍京骑在那匹两耳下垂的"斗士"从他身边疾驰过去。受惊的"佛洛佛洛突然抬起左脚奔驰起来，跳了两下，由于拉紧缰绳很恼怒，换成颠簸的快步，使骑手颠簸得更厉害[①]。"

观众席上"所有的眼睛，所有的望远镜从骑手们整列待发的时候起就都已转向这五光十色的一群"。随着起点评判员谢斯特林上校的一声"出发"，骑手们一齐出动；"他们出发了！他们出动了"的呼喊声响自四面八方。

由于佛洛佛洛过于"兴奋"和"神经质"，它"错过了最初的瞬间，好几匹马都在它之前出发"。为此，弗龙斯基在还没有达到小河的时候，"就用全力驾御住他那使劲地拉着缰辔的"佛洛佛洛。这样他"一下子就追过了三匹马，在他前头的就只剩下了马霍京的栗色的'斗士'"了。在到第一道障碍物——小河之前，弗龙斯基"一直没有能够指挥他的"佛洛佛洛的动作。而"斗士"和一匹叫"狄亚娜"的牝马几乎在同一瞬间临近了小河；它们纵身一跃，飞越到了对岸；佛洛佛洛也飞一般地跟着猛跃过去；但是就在弗龙斯基感到自己腾身空中的那一瞬间，他突然看到差不多就在他的马蹄之下，"狄亚娜"和它的骑手库佐夫列夫栽倒在地

[①] 《列夫·托尔斯泰文集》第九卷，人民文学出版社2000年版，第564—567页。

上并痛苦地挣扎着。而"在佛洛佛洛要落脚的地方,可能踩住狄亚娜的脚或头。但是佛洛佛洛却像一只跳下的猫一样,在跳跃中伸长了它的脚和背,就越过了那马,向前跑去"。这一个惊险的动作,显示了弗龙斯基的坐骑佛洛佛洛确实是一匹优秀的赛马。以至于弗龙斯基从内心里发出了"啊,亲爱的!"赞叹。这以后,"弗龙斯基完全驾御住了他的马,开始控制着它,想要跟在马霍京之后越过大栅栏,然后在约莫二百俄丈光景的平地上超过他去"。在最难跨越的被骑手们称为"恶魔"的大栅栏前,弗龙斯基和他的劲敌马霍京仅"相隔有一马之遥"的距离。这时观众席上的"沙皇、全体朝臣和群众都凝视着他们。弗龙斯基感到了那些从四面八方注视着他的眼睛,但是他除了他自己的马的耳朵和脖颈,迎面驰来的地面,和那在他前面迅速地合着节拍而且始终保持着同样距离的'斗士'的背和白蹄以外,什么也没有看见"①。"斗士""飞腾起来,没有发出一点撞击什么的声音……就从弗龙斯基的视野中消失了。"人群中发出"好"的呼喊。而佛洛佛洛同样"飞越过去,动作没有发生丝毫变化",尽管它"飞腾得太早",后蹄碰上木板,"但是它的步子并没有变化"。弗龙斯基脸上溅了污泥,但他认为"现在是超过马霍京的时候了,正在他这么想的那一瞬间,佛洛佛洛也懂得了他的心思,没有受到他的任何鞭策,就大大地加速了步子,开始在最有利的地方……追近马霍京身旁了"。当然马霍京是"不会让它在那边通过的"。"佛洛佛洛就已转换了步子,开始在外边追上去。……他们并肩跑了几步。但是在他们逼近的障碍物前面,弗龙斯基开始握牢缰绳……迅速地恰在斜坡上追过了马霍京。"② 下两道障碍物——沟渠和栅栏,是容易越过的,但当弗龙斯基听到"斗士"的"鼻息和蹄声越来越近"时。他鞭策他的马加速,并"愉快地感觉到它很轻松地加速了步子",听到"斗士"的"蹄声又离得像以前那么远了"。

弗龙斯基跑在前面了,因"确信他会获胜"。"他的兴奋、他的欢喜和他对佛洛佛洛的怜爱,越来越强烈了。他渴望回头望一望,但又不敢那样做,极力想平静下来,不再鞭策马,这样使它保留着如他感觉'斗

---

① 《列夫·托尔斯泰文集》第九卷,人民文学出版社2000年版,第259页。
② 同上书,第260页。

士'还保留着的那样的余力。现在只剩下一个最困难的障碍物了；假使他能抢先越过它的话，他就一定第一个到了。"① 正如他期望的那样，"佛洛佛洛加快了步子，平稳地腾跃着，它一股劲地纵身一跃远远地飞越到沟渠那边；于是一点不费力地，用同样的节奏，用同样的步态，佛洛佛洛继续奔跑"。他联队里的朋友亚什温大声叫好。弗龙斯基听到背后"斗士"的蹄声，他"连望都没有望它，只是急切地想要远远地跑在前面，开始前后拉动着缰绳，使马头合着它的疾速的步子一起一落"。但他也发现佛洛佛洛的"头和肩湿透"，"汗珠一滴滴地浮在它的鬣毛上、头上、尖尖的耳朵上"，"呼吸是变成急促的剧烈的喘气了"。尽管如此，弗龙斯基"知道它还有足够的余力跑完剩下的二百丈。"它像鸟一样"飞越过沟渠"。但"就在这一瞬间，弗龙斯基吃惊地觉察到他没有能够跟上马的动作……跌坐在马鞍上的时候犯了一个可怕的、不能饶恕的错误。突然他的位置改变了，他知道有什么可怕的事发生了。他还没有弄明白发生了什么事，一匹栗色马的白蹄就在他旁边闪过，马霍京飞驰过去了。弗龙斯基一只脚触着了地面"，他的马"向那只脚上倒下去。他刚来得及抽出了那只脚，它就横倒下来了，痛苦地喘着气，它那细长的、浸满了汗的脖颈极力扭动着想要站起来，但是站不起来，它好像一只被击落了的鸟一样在他脚旁的地面上挣扎。弗龙斯基做的笨拙动作把它的脊骨折断了……那时他只知道马霍京跑过去很远了"。② 弗龙斯基痛苦呻吟着，抓着自己的头："唉！我做了什么呀……赛马失败了！是我自己的过错！可耻的、不可饶恕的！这可怜的，多可爱的马给毁了啊！唉！我做了什么呀！""他感到十分不幸。他生平第一次领会到了最悲惨的不幸，由于他自己的过错而造成的、不可挽救的不幸。"这次赛马的记忆"作为他一生中最悲惨、最痛苦的记忆而长久地留在他心里"③。这一段，具体描写了弗龙斯基在赛马中的表现，尤其是由于骑术上的错误所造成的后果；同时写出了这次赛马对他的影响："作为他一生中最悲惨、最痛苦的记忆而长久地留在他心里。"这里不难看出，弗龙斯基这个一帆风顺的人，一旦

---

① 《列夫·托尔斯泰文集》第九卷，人民文学出版社 2000 年版，第 260 页。
② 同上书，第 261 页。
③ 同上书，第 262 页。

遭遇挫折时的沮丧及其性格的一个方面——非常要强。

安娜住在彼得戈夫的别墅里,她已经和贝特西公爵夫人约好,等贝特西来两人一起去看赛马。卡列宁尽管赛马那天是他"非常忙碌的一天",但他还是"决定一吃完中饭就到别墅去看他的妻子,然后从那里到赛马场去,满朝大臣都会去参观赛马,而他也非到场不行。他要去看他的妻子,无非是因为他决定了每星期去看她一次,以装装门面。此外,那天,正逢十五日,照他们一向的规定,他得给他的妻子一笔钱作为生活费用"①。当安娜从窗口看见"一辆马车和车里露出的阿列克谢·亚历山德罗维奇的黑帽,以及她十分熟悉的耳朵"时,她"惊异"了,没有想到丈夫这时候会来,"多倒霉!他会在这里过夜吗?""想到这件偶然的事可能引起的后果是那样恐怖和可怕,以致她一刻也不敢再想"②。因为这之前她和弗龙斯基约定当晚一点钟幽会。但她还是"和颜悦色地"迎接他;虽然她意识到她近来已经习惯的那种虚伪和欺骗的精神又在她身上出现,但她还是立刻沉溺在那种精神里。开始谈着话,几乎连自己也不知道她在说什么。这里,不难看出安娜、卡列宁已完全生活在虚伪中。安娜还说:"噢,多好呀!"并把手伸给她丈夫。"'你今晚住在这里,好吗?'这就是那虚伪的精神鼓励她说出来的第一句话:'现在我们一道去吧。可惜我约了贝特西。她会来接我。'"卡列宁"一听见贝特西的名字就皱起眉头"。

卡列宁和安娜都去看赛马。当四俄里障碍比赛开始的时候,安娜"目不转睛地盯着弗龙斯基……她为弗龙斯基提心吊胆,已经很痛苦,但是更使她痛苦的却是她丈夫的那带着熟悉语气的尖细声音,那声音在她听来好像是永不休止"③。此时,她脑子里产生了这样的想法:"我是一个坏女人,一个堕落的女人,但是我不喜欢说谎,我忍受不了虚伪,而他(她的丈夫)的食粮——就是虚伪。他明明知道这一切,看到这一切,假使他能够这么平静地谈话,他还会感觉到什么呢?假使他杀死我,假使他杀死弗龙斯基,我倒还会尊敬他哩。不,他需要的只是虚伪和体

---

① 《列夫·托尔斯泰文集》第九卷,人民文学出版社 2000 年版,第 265 页。
② 同上书,第 267 页。
③ 同上书,第 271 页。

面罢了。"① 但她"并没有考虑她到底要求她丈夫怎样,她到底要他做怎样一个人"。她也不了解丈夫今天"话特别多,只是他内心烦恼和不安的表现。就像一个受了伤的小孩跳蹦着,活动全身筋肉来减轻痛苦一样",他"同样需要精神上的活动来不想他妻子的事情,一看到她,看到弗龙斯基和经常听到人提起他的名字就不能不想起这些事情"。卡列宁对于赛马并不感兴趣,对比赛的骑手他看都没看,只是心不在焉地打量着观众。当他的眼光停在安娜身上时,他发现妻子的脸色"苍白而严峻。显然除了一个人以外,她什么人,什么东西也没有看见。她的手痉挛地紧握着扇子,她屏住呼吸"。安娜关注的这个人是谁呢,当然是弗龙斯基。安娜与其说是关心赛马,不如说是关心弗龙斯基,整个赛马场上,除弗龙斯基外她看不到任何人,哪怕是沙皇。她专注于弗龙斯基,紧张得手都"痉挛",气都不敢出了。而她的丈夫卡列宁"极力想要不看她,但是不知不觉地他的目光被吸引到她身上去……竭力想不看出那明显地流露在那上面的神情,可是终于违反了他自己的意志,怀着恐怖,他在上面看出了他不愿意知道的神色②。"这里我们可以看出,卡列宁对于妻子的表现已经有所警惕了。当老骑手库佐夫列夫第一个坠马使得"所有的人都激动起来"时,安娜脸上却露出了"得意"神色,因为跌下马的不是她关注的"那一个"。当马霍京和弗龙斯基后面的一个士官跌下马来,受了重伤,全体观众都发出恐怖的哀叹声时,安娜却一点也不在乎,甚至根本没有"注意到这个",好容易才明白周围的人们谈什么,因为她"全神贯注在飞驰的弗龙斯基身上"。直至"感觉到她丈夫的冷冷的眼光"盯着她时,才"回过头来,询问般地望了他一眼",并说对于士官生受重伤的事,"我才不管哩!"这就是说,只要不是弗龙斯基,其他人坠马、受伤与她毫无关系。这场赛马半数以上的士官坠马、受伤,连沙皇都感到扫兴,因此观众更是激动,大声地表示不满,都感到恐怖,正因为如此,所以当弗龙斯基跌下马来,"安娜大声惊叫了一声的时候,并没有什么稀奇的地方"。但安娜的脸上却"起了一种实在有失体面的变化。她完全失去主宰了……"卡列宁看到这个样子,迅速走到她面前,把胳臂伸给她,

---

① 《列夫·托尔斯泰文集》第九卷,人民文学出版社 2000 年版,第 272 页。
② 同上书,第 274 页。

用法语说:"我们走吧,假使你高兴的话。"但一个将军"听说他也摔断了腿"的话吸引了安娜的注意力,根本"没有注意到她丈夫"。"她举起望远镜,朝弗龙斯基堕马的地方眺望……什么都看不见。"正待走开,一个士官骑马跑来,向沙皇报告了什么消息。安娜想一定和弗龙斯基有关,于是"向前探着身子倾听"。卡列宁为了引起她注意,故意"触了触她的手"说:"我再一次把胳臂伸给你,假使你要走的话。"但安娜却厌恶地避开他,没有望着他的脸,回答说:"不,不,不要管我,我要留在这里。"听到从弗龙斯基出事的地点来的一个士官说"骑者没有受伤,只是马折断了脊背"的话后,安娜激动得"用扇子掩住脸"哭泣,"她不仅控制不住眼泪,连使她的胸膛起伏的呜咽也抑制不住了"。① 这里不难看出弗龙斯基在安娜心目中的地位。卡列宁看到这种情况,急忙"用身子遮住她,给她时间来恢复镇静"后对她说:"我第三次把胳臂伸给你。"安娜看着丈夫,不知道说什么好。这时,贝特西公爵夫人来解围了:"不,阿列克谢·亚历山德罗维奇,我邀安娜来的,我答应了送她回去,"卡列宁客气地微笑着用坚定的目光看着贝特西夫人说:"对不起,公爵夫人,我看安娜身体不大舒服,我要她跟我一道回去。"安娜吃惊地回顾四周,只好"顺从地站起身来,挽住她丈夫的胳臂"。贝特西低声对安娜说:"我派人到他那里去探问明白,就来通知你。"卡列宁和安娜尽管照常和他们遇见的人们应酬,但安娜"完全身不由己了,像在梦中一样挽住她丈夫的胳臂走着"。她心里想的是:"他跌死了没有呢?是真的吗?他会不会来呢?我今天要不要去看他?"② 这里一方面写了弗龙斯基坠马引起安娜失控的表现,为了弗龙斯基她已经什么都不顾了,心中除了弗龙斯基她什么都不想了;另一方面也写了面对失控的妻子丈夫卡列宁为维护面子和尊严所采取的行动,他不能让安娜继续留在这里丢人了。

卡列宁看见了安娜"的举动有失检点,认为提醒她是自己的职责"。在回家的马车里,卡列宁用法语对安娜说:"我不能不对你说今天你的举动是有失检点的。"安娜为了"把她感到的恐怖隐藏起来",故意以一种"坚定的神色""正视着"丈夫的"眼睛"大声说:"我的举动什么地方

---

① 《列夫·托尔斯泰文集》第九卷,人民文学出版社 2000 年版,第 276 页。
② 同上。

有失检点？"又重复道："你觉得我什么地方有失检点？"卡列宁回答："一个骑手出了事的时候，你没有能够掩盖住你的失望的神色。"安娜无话可言，沉默着，直视着前方。卡列宁继续说："我曾要求你在社交场中一举一动都要做到连恶嘴毒舌的人也不能够诽谤你。有个时候我曾说过你内心的态度，但是现在我却不是说那个。现在我说的只是你外表的态度。你的举动有失检点，我希望这种事以后不再发生。"① 但卡列宁"说的话她连一半都没有听进去，她在他面前感到恐惧，而心里却在想着弗龙斯基没有跌死是不是真的"。当丈夫说完的时候，安娜"只带着假装的嘲弄神情微微一笑，并没有回答，因为她没有听见他说了什么"。卡列宁自以为安娜在认真听他讲，于是开始大胆地说了，但是当他明白地意识到他所说的话的时候，她感到的恐怖也感染了他。他看见她的微笑，他心里产生了一种奇怪的错觉。"她在嘲笑我疑心太重哩。是的，她马上就会对我说她以前对我说过的话：说我的猜疑是无根据的，是可笑的。"他最希望的是"她还会像以前一样嘲笑地回答说他的猜疑是可笑的、毫无根据的"。② 可以看出，到了这时候——安娜在弗龙斯基坠马时的表现把什么都表明了的时候，卡列宁也应该什么都清楚了的时候，他还自欺欺人，还希望一切不是真的。因此他说："也许我错了，假如是那样的话，就请你原谅我吧。"想不到安娜却"绝望地望着他的冷冷的"脸从容地说："不，你没有错，你没有错。我绝望了，我不能不绝望呢。我听着你说话，但是我心里却在想着他。我爱他，我是他的情妇，我忍受不了你，我害怕你，我憎恶你……随便你怎样处置我吧"。说完，"她仰靠在马车角落里，突然呜咽起来，用两手掩着脸"。③ 安娜如实地向丈夫坦白了自己和弗龙斯基的关系，显出了她的坦诚，不虚伪。妻子的坦率可能出乎卡列宁的意外，因此，他"没有动，直视着前方。但是他的整个面孔突然显出死人一般庄严呆板的神色……"他也许正在考虑自己应该怎么办？直到快到家的时候，他才"回过头转向她，还是带着同样的神色声音发抖"地说："很好！但是我要求你严格地遵守外表的体面直到这种时

---

① 《列夫·托尔斯泰文集》第九卷，人民文学出版社 2000 年版，第 277 页。
② 同上书，第 278 页。
③ 同上。

候……直到我采取适当的措施来保全我的名誉，而且把那办法通知你为止。"① 他扶她下了车。在仆人面前，紧紧握了握她的手，又坐上马车，驶回彼得堡去。卡列宁是彼得堡上流社会有影响的大人物，是沙皇政府的高官，竟然发生了妻子出轨的事，他内心的感受是可想而知的。因此，尽管这以前对此事他已有耳闻，并在弗龙斯基坠马时安娜的表现向他证明了他听到的事并非子虚乌有，但当他亲耳听妻子向他坦白这件事时，他还是被震呆了，脸上出现了"死人一般庄严呆板的神色"。但卡列宁绝对不是一个凭感情办事的人，他要十分理智地来处理这件事。为此他只是给安娜提了一个要求，即"严格地遵守外表的体面"。也就是说，安娜与弗龙斯基暗地里怎么来往幽会他不管，但不要太过分，起码要保住"外表的体面"，让外人看不出他们感情的破裂。不难看出，卡列宁做出这样的决定是非常痛苦的。卡列宁是这样说的，也是这样做的。尽管他此时对安娜不满，但当着仆人的面，他扶妻子下车，紧紧握她的手。在仆人面前表现出他们夫妻是何等的恩爱。贝特西公爵夫人的仆人给安娜送来一封短信，告诉安娜弗龙斯基"没有受伤，只是感到失望"。安娜想弗龙斯基一定会按约前来。他来的时候自己要把一切告诉他："我把一切都对他讲明了，这是多么好的一件事情啊"。她"回忆起他们最后一次会面的详细情节使她的血沸腾起来"。她感到："唉呀，多么光明啊！这是可怕的，但是我爱看他的脸，我爱这奇幻的光明……我的丈夫！啊！是的……哦，谢谢上帝！和他一切都完了。"② 安娜终于把她与弗龙斯基的事向丈夫坦白，心里感到的是一种割掉长期折磨自己的毒瘤后的快感。安娜是一个真诚的人，她不会虚伪，也不愿意撒谎。那种虚伪和谎言的生活她真是受够了。一旦她脱离虚伪，回归本真，她就感到无比愉快，因此，她感到"多么光明！"她甚至为此要"谢谢上帝！"

安娜病危的场面

"安娜病危"是《安娜·卡列宁娜》中的一个重点章节，是情节发展

---

① 《列夫·托尔斯泰文集》第九卷，人民文学出版社2000年版，第278页。
② 同上书，第279页。

第四章 《安娜·卡列宁娜》的场面描写　　305

的一个高潮。在这个高潮中，安娜、卡列宁、弗龙斯基三个主要人物的性格及他们丰富的内心世界得到了充分的展示，为读者准确把握他们的形象、深入理解作品的思想内容提供了有力的依据。这一节写的是安娜公然违背丈夫卡列宁的决定，在自己家里会见情人。卡列宁忍无可忍，找律师办离婚手续，但因种种原因，婚没离成他就到外省出差，在路过莫斯科逗留时，接到安娜"我快死了；我求你，我恳求你回来。得到你的饶恕，我死也瞑目"[①]的电报。卡列宁风尘仆仆地赶到安娜的病床前。卡列宁不仅饶恕了安娜，同时也饶恕了破坏他们家庭生活的第三者弗龙斯基。弗龙斯基在卡列宁面前感到无地自容而精神崩溃，开枪自杀。本节情节并不复杂，重点写的是安娜的忏悔、卡列宁的宽恕和弗龙斯基的崩溃。下文就以上三个方面作分析。

一

　　首先是安娜的忏悔。这里有两个问题：一是安娜为什么能忏悔；二是安娜为什么要忏悔？其实，这两个问题是连在一起的。我们知道，安娜和弗龙斯基的爱恋，一开始就伴随着矛盾和痛苦。在莫斯科她发现自己对弗龙斯基产生恋情，就决定提前回彼得堡。当她告诉嫂嫂多莉："不，我一定要走，我一定要走"时，"多莉总觉得她心绪不宁，而且带着烦恼的心情"。甚至变得"有点异样！"[②] 对此安娜的解释是"就像我当时不愿意离开彼得堡一样，现在我又不愿意离开这里了"。安娜这种解释当然有一定道理，但绝不是真实的原因。因此，当多莉夸她说："你的心地是光明磊落的"时，她马上回答："每个人心里都有自己的隐私。"并对多莉认为自己没有隐私进行否定。当多莉笑着说："你的隐私至少很有趣，不忧郁"时，安娜说："不，很忧郁哩。你知道我为什么要在今天走，不在明天？……你知道基蒂为什么不来吃饭？她嫉妒我。我破坏了……这次舞会对于她不是快乐反而是痛苦，完全是因为我的缘故……你想象不出这一切弄得多么可笑。我原来只想撮合这门婚事的，结果完

[①] 《列夫·托尔斯泰文集》第九卷，人民文学出版社 2000 年版，第 533 页。
[②] 同上书，第 127 页。

全出人意外。也许违反我的本意……"① 这里安娜的隐私，毫无疑问就是她对弗龙斯基的恋情，这是她不敢在嫂嫂面前承认的。所以当多莉表示："老实说，我并不怎么希望基蒂结成这门婚事。假使他，弗龙斯基能够一天之内就对你钟情，那么这门婚事还是断了的好"时，安娜"萦绕在她心中的思想"被多莉"用言语表达出来"，她脸上泛露出"愉悦的红晕"。她说："啊，天啊，那样就太傻了……我现在离开这里，和我那么喜欢的基蒂成了敌人……""但是就在她说这话那一瞬间，她已经感到这并不是真话；她不但怀疑自己，而且她一想到弗龙斯基就情绪激动，她所以要比预定的提早一点走，完全是为了避免再和他会面。"②

"哦，一切都完结了，谢谢上帝！……谢谢上帝！明天我就看见谢廖沙和阿列克谢·亚历山德罗维奇了，我的生活又要恢复老样子，一切照常了。"③ 这是安娜坐上火车快离开莫斯科时为自己能逃避弗龙斯基的恋情而感到轻松愉快的心理。安娜要竭力否认她对弗龙斯基的恋情，认为他"不过是无数的、到处可以遇见的、永远是同一类型的青年之一，她决不会让自己去想他的"。但在去彼得堡途中见到追踪而来的弗龙斯基时，"她心上就洋溢着一种喜悦的骄矜心情"。"幸福的、炽热的、令人激动的快感"令她夜不能寐。④ 回到彼得堡，对前来接自己的丈夫卡列宁感到异样，产生了一种"不满情绪"。回到家，就连欢喜若狂的谢廖沙"也像她丈夫一样，在安娜心中唤起了一种近似失望的感觉"⑤。在彼得堡，安娜对弗龙斯基"向她倾诉爱情"虽"没有给他鼓励，但是每次遇见他的时候，她心里就涌起她在火车中第一次遇见他的时候所产生的那同样生气勃勃的感觉。她自己意识到了，只要一看到他，她的欢喜就在她的眼睛里闪烁，她的嘴唇挂上了微笑，她抑制不住这种欢喜的表情"⑥。她甚至因"赴一个她原来以为可以遇见他的晚会，而他却没有来的时候"

---

① 《列夫·托尔斯泰文集》第九卷，人民文学出版社 2000 年版，第 128—129 页。
② 同上书，第 129 页。
③ 同上书，第 130 页。
④ 同上书，第 134—135 页。
⑤ 同上书，第 140 页。
⑥ 同上书，第 168 页。

而感到"失望"。① 但她第一次和弗龙斯基发生关系后，内心极端矛盾和痛苦。她无法镇静。弗龙斯基呼喊她的声音越大，"她就越低下她那曾经是非常自负的、快乐的、现在却羞愧得无地自容的头"。她感觉到"罪孽深重"、"难辞其咎"，哭着说："天呀！饶恕我吧！"② 感到自己"一切都完了"。从此，她把自己的一切都系在弗龙斯基身上。以后，一个同样的"像噩梦似地使她难受"的梦几乎每夜都缠着她："她梦见两人同时都是她的丈夫，两人都对她滥施爱抚。阿列克谢·亚历山德罗维奇哭泣着，吻着她的手说：'现在多么好呀！'而阿列克谢·弗龙斯基也在那里，他也是她的丈夫。……现在他们两人都快乐和满足。"③ 她的矛盾痛苦，弗龙斯基也看出来了："她以前是不幸的，但却很自负和平静；而现在她却不能够平静和保持尊严了，虽然她不露声色。"④ 他对安娜说："随便什么情况都比你现在这种处境好。……你为了一切多么苦恼——为了社会和你的儿子和你的丈夫。"⑤ 尽管安娜否定丈夫，但当弗龙斯基指出："你说的不是真话。我了解你。你为了他也苦恼着"时，安娜的脸"涨得通红；她的两颊、她的前额、她的脖颈都红了，羞愧的眼泪盈溢在她的眼里"。这表明安娜并没有完全把卡列宁忘记。因此，当弗龙斯基得知安娜怀孕，提出"离开你的丈夫，把我们的生活结合起来"时，安娜"用嘲笑自己的走投无路的处境的忧愁的口吻"说："……难道我不是我丈夫的妻子吗？"后弗龙斯基提出"逃走"时，安娜愤怒地说："逃走，做你的情妇吗……把一切都毁了……"在这"一切"中，"主要的"就是"儿子"。"她一想到她的儿子，以及他将来会对这位抛弃了他父亲的母亲会抱着怎样的态度的时候，为了自己做出的事她感到万分恐怖。"弗龙斯基几次"极力想使她考虑她自己的处境，而每次他都遭到了她现在用来答复他的请求的那种同样肤浅而轻率的判断。好像这里面有什么她不能够或者不愿意正视的东西，好像她一开始说到这个，她，真正的安娜，就隐退到内心深处，而另一个奇怪的不可思议的女人，一个他所不爱、他所惧怕

---

① 《列夫·托尔斯泰文集》第九卷，人民文学出版社2000年版，第168页。
② 同上书，第196页。
③ 同上书，第198页。
④ 同上书，第242页。
⑤ 同上书，第247页。

的、处处和他作对的女人就露出面来了"①。这个弗龙斯基所不爱、所惧怕,处处和他作对的女人,就是爱情觉醒前那个遵守封建宗法制妇道的受人敬重的贤妻良母式的安娜。这正好印证了安娜向丈夫忏悔时所说的话:"不要认为我很奇怪吧。我还是跟原先一样……但是在我心中有另一个女人,我害怕她。她爱上了那个男子,我想要憎恶你,却又忘不掉原来的她。那个女人不是我。现在的我是真正的我,是整个的我。"② 安娜濒临死亡前的这几句话,正好把自身人格分离情况展现在读者面前。"跟原先一样"的安娜,就是弗龙斯基所不爱、所惧怕,处处和他作对的女人,就是爱情觉醒前那个遵守封建宗法制妇道的受人敬重的贤妻良母式的安娜。而"另一个女人"则是弗龙斯基所熟悉和爱的那个向他倾注疯狂感情的安娜。"鸟之将死,其鸣也哀;人之将死,其言也善。"③ 安娜的忏悔是真诚的。安娜之所以能向丈夫忏悔,就是因为她对自己的追求始终是怀疑的,始终是伴随矛盾痛苦的,始终感到自己违背了上帝的旨意,感到自己在丈夫面前是有罪的。作为一个受传统思想影响的基督徒,她不忏悔就无法安然离世。

二

其次是卡列宁的宽恕。卡列宁为什么能够宽恕?我们知道,安娜与弗龙斯基的事情已经把卡列宁搞得狼狈不堪,名誉扫地。一个堂堂的沙皇重臣,一个得到外界高度好评的彼得堡政治明星,妻子居然出轨,这对他的打击是可以想象的。更有甚者,是在卡列宁从家庭、孩子和挽救安娜本人出发做出"维持现状"的痛苦决定后,安娜还公然在自己家里会见情人,违反丈夫唯一的可怜的要求。卡列宁这才忍无可忍,决定离婚,并找律师办理。后因多种原因而被搁置。在出差经莫斯科逗留时,卡列宁接到了安娜恳求他回去并宽恕自己的电报。一开始他认为"这无疑是诡计和欺骗"。并怀疑这是"要使生下的孩子成为合法的,损害我的名誉,阻碍离婚"的手段。但电报中"我快要死了……"的"字句的明

---

① 《列夫·托尔斯泰文集》第九卷,人民文学出版社2000年版,第248页。
② 同上书,第553页。
③ 文若愚:《论语全解》,中国华侨出版社2013年版,第196页。

明白白的意义打动他了"。"假如真的,她在痛苦和临死的时候诚心地忏悔了,而我,却把这当作诡计,拒绝回去?这不但是残酷,每个人都会责备我,而且在我这方面讲也是愚蠢的。"① 这段话中,我们要抓住三个关键词,即"残酷""责备""愚蠢"。这里"残酷"是首要的。卡列宁认为怀疑别人的诚心,这本身就是残酷的。卡列宁是个虔诚的基督徒。不随便怀疑人是基督徒起码的品质,所以卡列宁是不会做那样的事的;其次,卡列宁是一个连安娜都无法否认的"抵不上他的一个小指头"的"善良的""了不得的人"。② 善良的人是不会做残忍的事的。最后是"责备"。害怕别人指责,这似乎只是一种责任感,有面子问题。而"愚蠢"则是说明他如果不回去就实在是不明智的。这是卡列宁接到安娜电报时的心理活动。这里尽管有害怕别人说三道四的面子问题,但最主要的还是表明了他基督徒的善良本性和发自内心地对安娜的关注。我们无法否认卡列宁对安娜的爱。尽管安娜是其姑妈主动介绍给卡列宁的,并在卡列宁犹豫时"通过一个熟人示意他,他既已影响了那姑娘的名誉,他要是有名誉心就应当向她求婚才对"③ 时,他才出于责任向安娜求婚的。他求婚后,就把"全部感情通通倾注在他当时的未婚妻和后来的妻子身上"。甚至"他对安娜的迷恋在他心中排除了和别人相好的任何需要④。"这不难看出卡列宁对安娜的爱是何等的深诚和专一。只不过由于年龄、职业、性格等方面的原因,卡列宁的爱不可能像弗龙斯基那样的狂热、激情和浪漫。从个人品格看,卡列宁是无可挑剔的。他是沙皇的高官,但没有任何绯闻,而且要求自己非常严格,因此获得外界的好评:"聪明,博学,并且还信宗教……"安娜的哥哥奥布隆斯基说"他是一个非常出色的人;多少有点保守,但是一个了不起的人"。⑤ 安娜也认为"他毕竟是一个好人:忠实,善良,而且在自己的事业方面非常卓越⑥。"卡列宁作为政治人物,他在沙皇的官场鹤立鸡群;作为一家之主,他对家

---

① 《列夫·托尔斯泰文集》第九卷,人民文学出版社2000年版,第534页。
② 同上书,第555页。
③ 《列夫·托尔斯泰文集》第十卷,人民文学出版社2000年版,第656—657页。
④ 同上书,第657页。
⑤ 《列夫·托尔斯泰文集》第九卷,人民文学出版社2000年版,第78页。
⑥ 同上书,第146页。

庭负责，让妻儿过着衣食无忧的上层生活；作为丈夫，他爱自己的妻子，相信自己的妻子，尽力不让妻子受到任何伤害。如有一次安娜告诉他，他手下的一个青年差点向她求爱时，他回答她说："凡是在社交界生活的女人总难免要遇到这种事。"他"决不会让嫉妒来损害她和他自己的尊严"。① "嫉妒，照他的看法，是对于自己妻子的侮辱，人应当信赖自己的妻子。"② 他奉行"凡和一个女人结合了，就必须共生共处，不惜任何代价"③。在贝特西家，他发现安娜有失检点时，回家后耐心劝导她，指出其后果："……谁要是违犯了就一定要受到惩罚。"④ 赛马场面对安娜的失态，他立即催促安娜离开，怕其再待下去后果不堪设想。安娜向他坦白了与弗龙斯基的关系后，他尽管非常痛苦，但还是从挽救安娜本人出发，做出了"维持现状"的决定。直到安娜蔑视他的规定，公然在自己家里接见情人，他才忍无可忍决定离婚。在奥布隆斯基家听多莉的劝说时，他口头上嘴硬，但多莉所说的："在决定离婚的时候他只想到自己，而没有考虑到这样做他会无法挽救地毁了她，这句话牢记在他的心里。"⑤ 因此，接到安娜的电报后，他就决定："要是她真是病危，希望临死之前见他一面，那么如果他能够在她还活着的时候赶到的话，他就饶恕了她；如果他到得太迟了，他就参加她的葬仪⑥。"他风尘仆仆地赶回彼得堡，并不顾旅途的劳累，没有休息就直奔安娜的病房。看到安娜的痛苦他"皱着眉头的脸现出了痛苦的表情……下唇颤动着……而每当他瞥视她的时候，他就看到了她的眼神带着他从来不曾见过的那样温柔而热烈的情感望着他"。他用行动宽恕了自己的妻子。"一种他从来未曾体验过的新的幸福。……一种爱和饶恕敌人的欢喜心情充溢了他的心。他跪下把头伏在她的臂弯里（隔着上衣，她的胳膊像火一样烫人），像小孩一样呜咽起来。"⑦ 安娜把用手捂着脸哭的弗龙斯基招到床前，对他说："露出脸

---

① 《列夫·托尔斯泰文集》第九卷，人民文学出版社 2000 年版，第 142—143 页。
② 同上书，第 188 页。
③ 莫德：《托尔斯泰传》，北京十月文艺出版社 2001 年版，第 359 页。
④ 《列夫·托尔斯泰文集》第九卷，人民文学出版社 2000 年版，第 193 页。
⑤ 同上书，第 561 页。
⑥ 同上书，第 534 页。
⑦ 同上书，第 538 页。

来，望望他！他是一个圣人。"她要卡列宁"把……手给"弗龙斯基，并饶恕弗龙斯基。卡列宁伸出了自己的手，"忍不住流出眼泪"。他饶恕了破坏他们夫妻和家庭生活的第三者弗龙斯基。并要弗龙斯基留在安娜身边，因为"她也许会问到您的"。这更进一步显示了卡列宁博大的胸怀和考虑问题的周全。

三

最后是弗龙斯基的崩溃。弗龙斯基这样的花花公子为什么会崩溃？这可以从以下三个方面分析：

其一，弗龙斯基是彼得堡花花公子中的一个优秀人物，具有一般花花公子所没有的品质。他从贵胄军官学校毕业后，就加入了彼得堡富有军官的圈子。"优雅，英俊，慷慨，勇敢，乐观，毫不忸怩地沉溺于一切情欲中，而尽情嘲笑其他的一切"[1]，是他们这群人的共同特征。在彼得堡过了一段"奢侈放荡"的生活后，他来到莫斯科，见到了在社交界崭露头角的天真、纯洁而又漂亮的公爵小姐基蒂，"第一次体味到和社交界一个可爱的、纯洁的、倾心于他的少女接近的美妙滋味"，就尽情享受。正如书中所说的那样："'向少女调情而又无意和她结婚'这种调情是像他那样风度翩翩的公子所共有的恶行之一。他以为他是第一个发现这种快乐的，他正在尽情享受着他的发现。""他不但不喜欢家庭生活，而且家庭，特别是丈夫，照他所处的独身社会的一般见解看来，好像是一种什么无缘的、可厌的、尤其是可笑的东西。"[2] 弗龙斯基有极强的虚荣心，如最初对安娜的追求，其动机是"一个男子追求一个已婚的妇人，而且，不顾一切，冒着生命危险要把她勾引到手，这个男子的角色就颇有几分优美和伟大的气概，而决不会是可笑的"[3]。在安娜告诉他已经向丈夫坦白了他们的关系后，他认为卡列宁会向他挑战，提出决斗，因此，他手里拿着卡列宁的信，心里想象着"决斗时他自己向空中放了一枪之后，脸上带着像现在一样的冷冷的傲慢表情，等待着被侮辱的丈夫的枪弹时

---

[1] 《列夫·托尔斯泰文集》第九卷，人民文学出版社 2000 年版，第 149 页。
[2] 同上书，第 75 页。
[3] 同上书，第 170 页。

那决斗的情景"①。但卡列宁没有给他这样表现自己的机会。

作为上流社会的佼佼者，弗龙斯基不乏一些优秀品质。如一定程度上的慷慨大度：分家产时把自己面上的钱大部分给了哥嫂；火车轧死人，把二百卢布给死者的寡妇等。更难能可贵的是他能虚心自责，能从他所招待的一位外国亲王身上看到自己，否定以前认为是美德的东西。这种否定，客观上是对贵族道德的否定。尽管他开始追求安娜时带有虚荣心，但能从安娜真诚的爱情中提升自己，认为自己和安娜的爱情"不是儿戏，这个女人对于我比生命还要宝贵②。"没有她和她的爱情，根本就活不成。这不难看出，弗龙斯基与安娜的爱情绝不能与上流社会的风流韵事相提并论。这些优秀品质，是他崩溃的基础。如果他是一个毫无人格的无赖，他是绝不会崩溃的。

其二，他生活准则的破产。在卡列宁当着安娜的面把手伸给他的第三天，当卡列宁走进他的卧室，关上门，面对着他坐下时，他说："我什么也说不出来，我什么都不明白。饶恕我吧！不论您多么痛苦，但是相信我，在我是更痛苦。"卡列宁"拉住他的手"，满含热泪地说："我应当表明我的感情……您知道我决定离婚，甚至已开始办手续。我不瞒您说，在开始的时候，我踌躇，我痛苦；我自己承认我起过报复您和她的愿望。当我接到电报的时候，我抱着同样的心情回到这里来，我还要说一句，我渴望她死去。但是……我看见她，就饶恕她了。饶恕的幸福向我启示了我的义务。我完全饶恕了。我要把另一边脸也给人打，要是人家把我的上衣拿去，我就连衬衣也给他。我只祈求上帝不要夺去我的这种饶恕的幸福……您可以把我践踏在污泥里，使我遭到世人的耻笑，但是我不抛弃她，而且我不说一句责备您的话……我的义务是清楚规定了的：我应当和她在一起，我一定要这样。假如她要见您，我就通知您，但是现在我想您还是走开的好。"③ 弗龙斯基被卡列宁"那明朗的、平静的神色感动了"，"他不了解"卡列宁的感情，"但是他感觉到这是一种更崇高的、像具有他这种人生观的人所望尘莫及的情感"。"他感到羞耻、屈辱、

---

① 《列夫·托尔斯泰文集》第九卷，人民文学出版社2000年版，第411页。
② 同上书，第241页。
③ 同上书，第539—540页。

有罪,而且被剥夺了涤净他的屈辱的可能。他感到好像从他一直那么自负和轻快地走过来的轨道上被抛出来了。"他一切的生活习惯和规则,诸如"决不可以对男子说谎,对女子却可以;决不可欺骗任何人,欺骗丈夫却可以;决不能饶恕人家的侮辱,却可以侮辱人"①等,以前看来是那么确定的,突然显得虚妄和不适用了。受了骗的丈夫,以前一直显得很可怜的人,是他的幸福的一个偶然的而且有几分可笑的障碍物,突然被她亲自召来,抬到令人膜拜的高峰,在那高峰上,那丈夫显得并不阴险,并不虚伪,并不可笑,倒是善良、正直和伟大的。他感到"他们扮演的角色突然间互相调换了"。现在可笑、可怜的人不是卡列宁,而是他自己。他感到了卡列宁的"崇高和自己的卑劣",卡列宁的"正直和自己的不正直"。感觉到卡列宁即使"在悲哀中也是宽大的,而他在自己搞的欺骗中却显得卑劣和渺小"。在卡列宁高大的形象面前,他无地自容。

其三,是他感到自己将永远失去安娜。如果说他在卡列宁"这个受到他无理地蔑视的人面前所感到的自己的卑屈只不过形成了他的悲愁的一小部分",那么"他现在感到悲痛难言的是,近来他觉得渐渐冷下去了的他对安娜的热情"。② 我们不否认弗龙斯基对安娜的爱,但是他的爱比起卡列宁那大海般深沉的爱来,只不过是一条激流而已。弗龙斯基疯狂地追求安娜,但是在他得到安娜以后,由于安娜自私的爱而"越来越频繁的嫉妒心理的发作引起他的恐惧",尽管他清楚"那种嫉妒是由于她爱他的缘故",但是他无法掩饰他对她冷淡了。感到"他比起从莫斯科一路跟踪她的那时候来……最美好的幸福已成为过去了……在精神上,在肉体上,她都不如以前了……他望着她,好像一个人望着一朵他采下来的、凋谢了的花,很难看出其中的美"。③ 现在,"他在她病中完全认清了她,了解了她的心"后,才"感觉得好像他以前从来不曾爱过她似的"。但是,"当他开始了解她,而且恰如其分地爱她的时候,他却在她面前受了屈辱,永远失去了她,只是在她心中留下了可耻的记忆"④。

---

① 《列夫·托尔斯泰文集》第九卷,人民文学出版社 2000 年版,第 397 页。
② 同上书,第 541 页。
③ 同上书,第 467—468 页。
④ 同上书,第 541 页。

他感到"这一切都完了,再也不会有了,她要把这从她的记忆里抹去了。但是我没有它就活不下去"。他悔恨:"我没有珍视它,没有享受它。"[1] 他感到功名心、社交界、宫廷这一切在以前有意义的东西,"现在没有什么了"。他活着"无非是在回忆永远失去了的幸福,无非是想到生活前途毫无意义,无非是感到自己遭受的屈辱"。[2] 他终于精神崩溃,扣动了枪机。

四

"安娜病危"一节,是全书的一个高潮,虽然文字不多,却把作品中围绕安娜线索的三个主要人物复杂的性格和丰富的内心世界展示得淋漓尽致。如卡列宁接到安娜电报时,首先认为是个骗局,接着写万一是真的,就应该尽丈夫的责任,并饶恕她,这既可以避免别人说三道四,又符合基督教所宣扬的宽恕的教义。至于希望安娜死的想法,过于残忍和卑鄙,他最初都不敢承认,直到守门人告诉他"昨天平安地生产了"。"他这才清楚地领会到他曾多么强烈地渴望她死掉。"[3] 他听到安娜对自己真诚的赞美和忏悔,饶恕了妻子,并感到宽恕的幸福。在宽恕弗龙斯基后,在向他暴露了自己曾产生过的卑劣的念头的同时,又宣扬了"把另一边脸也给人打"的基督徒"忍"的博大胸怀。这一切无不和卡列宁的性格、宗教信仰相符合。其次,安娜对丈夫由衷的赞美,请求丈夫宽恕时"两个安娜"的剖析,把她矛盾的内心完完全全地暴露在读者面前,对读者理解安娜悲剧的个人原因提供了有力的依据。有关弗龙斯基的情节不多,但他在卡列宁面前双手掩面的羞愧难当以及卡列宁的话对他的震撼以至于精神崩溃,开枪自杀,都写得深入细致,入情入理,显示了托尔斯泰运用"心灵辩证法"塑造人物的纯熟技巧。因此,认真研读这一节,有利于读者准确把握人物形象、深入理解作品的思想内容和领略托尔斯泰高超的艺术风格。

---

[1] 《列夫·托尔斯泰文集》第九卷,人民文学出版社2000年版,第542页。
[2] 同上书,第543页。
[3] 同上书,第535页。

列文和农民一道劳动的场面

列夫·托尔斯泰一生热爱体力劳动,到临死都信奉"劳动,只有在劳动中才包含着真正的幸福"[1]。在《安娜·卡列宁娜》中,作家通过自己探索式的主人公列文和农民一起刈草的那段田园牧歌般的劳动场面的描写及感受,抒写了体力劳动给人灵魂的洗涤和精神上带来的愉悦。

一

列文莫斯科求婚失败后,带着沮丧的心情回到乡下,整天沉浸在繁忙的农事中,想以此冲淡自己的不幸。这年的五月末,他同母异父的哥哥谢尔盖没有像往常一样到国外去休整,而是选了弟弟列文所在的乡下。谢尔盖是19世纪70年代那些理智上向往变革而忘记了生活的实际运动和它的真正要求缺乏行动的知识分子的代表。他虽然认为"最好的生活是田园生活"[2]。但他和列文对乡间的看法是不同的。他认为乡间"一方面是劳动后的休息场所,另一方面是消除城市腐化影响的有效解毒剂","乡间特别好却是因为在那里可以而且又宜于无所事事"。而列文却认为"乡间是生活的地方,欢喜、悲哀、劳动的地方","乡间的好处就在于它是劳动的场所"[3]。谢尔盖对体力劳动不感兴趣,只喜欢钓鱼。而列文却热爱体力劳动,向往体力劳动。春初以来,他就计划着整天和农民们一道去割草。但现在他哥哥来了,"他就踌躇起来……整天丢下哥哥一个人,他于心不安"。尽管如此,"我需要体力活动,要不然,我的性情一定会变坏了"的想法使他下决心去割草。这里,可以清楚地看出,列文已经把体力劳动看成修养自己的性情的一剂不可或缺的良药。只有参加体力劳动,他的性情才不会变坏。意识到这一点,他"不管在他哥哥或是农民面前他会感到多么局促不安"[4],吩咐管家给他准备好镰刀。晚上

---

[1] 蒋子龙:《还能干什么》,《广州日报》2012年3月20日。
[2] 《列夫·托尔斯泰文集》第九卷,人民文学出版社2000年版,第313页。
[3] 同上。
[4] 同上书,第326页。

喝茶的时候直接对哥哥表白："我非常喜欢"体力劳动。"有时我亲自和农民们一起割草,明天我想要割一整天。"一个庄园贵族竟然要和农民们一道劳动,长期生活在城市的谢尔盖是绝对想不到的,因此,他好奇地望着弟弟说:"你是什么意思?像农民一样……这当作运动好极了,只怕你受不了吧。"① 谢尔盖认为,作为一项体育运动,活动活动身体是可以的,但整天和农民在一起干活恐怕就不合适了。列文没有理会哥哥的话,第二天一早就到草场去了。由于处理一些琐事,他到草场的时候,割草人已经在割第二排了。只见农民们"有的穿着上衣,有的只穿着衬衫",他们"用各自不同的姿势挥动着镰刀"。一共是四十二个人。列文认出了"穿着白色长衬衫的叶尔米尔老头弯着腰在挥着镰刀";曾经做过他"马车夫的年轻小伙子瓦西卡把一排排的草一扫而光";还有他"割草的师傅"季特,"大刀阔斧地割着,连腰也不弯,好像是在舞弄着镰刀一样"。② 这是一个劳动场面:老人显示出的是认真,小伙子表现的是"一扫而光"的劲头,而"舞弄"两个字写出了师傅熟练。他们没有一人马虎偷懒。"当他们割完一排的时候,割草的人们,流着汗,愉快地、一个跟一个地走到路上来,微笑着和主人招呼。"就像和自己人一样,对列文说:"当心,老爷,一不做,二不休,可不要掉队啊!"列文回答:"我竭力不掉队就是了。"③ 这简单的对话,写出了农民和主人之间的亲密关系。农民的话对列文来说,既是关心,又更多的是鼓励;列文的回答,既是对农民的保证,又是对自己的鞭策。割草的时候,他的师傅季特反复交代要他"当心",也写出了农民对自己主人的关心。列文很久没有割草,又被那么多眼睛注视着,弄得很狼狈,开头割得很坏,尽管他已经尽力地使劲挥动着镰刀。他听到背后议论的声音:"没有装好呢,镰刀把太高了;你看他的腰弯成那样。""拿近刀口一点就好了。""不要紧,他会顺手的";"你割得太宽了,会弄得精疲力竭呢……主人的确为自己尽了力了!但是你看草还是没有割干净哩。这种样子,要是我们的话,是一定

---

① 《列夫·托尔斯泰文集》第九卷,人民文学出版社 2000 年版,第 326—327 页。
② 同上。
③ 同上书,第 328 页。

要挨骂的呀!"① 所有农民们的话都是善意的,有些话实际上是指导他应该怎样割。共同的劳动,拉近了他和农民之间的距离。在这种场合,农民们眼里已经没有了地主,没有了老爷,有的只是和他们一样的劳动者。由于长时间没有参加体力劳动,不长时间,列文虽然仍在挥动着镰刀,但"感觉得他的气力已经使尽了……"正在这时,季特停下了,开始磨刀。列文趁机伸直了腰,"深深地舒了一口气"。季特磨快了自己的和列文的镰刀,他们又开始割草。和前次一样。季特连续挥着镰刀,没有显出丝毫疲惫的样子;而列文却"感觉到越来越吃力了",甚至"感觉到所有力气都用尽了"。② 刈割完后,列文"尽管汗流满面,从鼻子上滴下,把他的脊背湿透得好像浸在水里一样",但他还是"感到非常愉快"。"他除了想不落在农民们后面,尽可能把工作做好以外,什么也不想,什么也不希望。他耳朵里只听见镰刀的飕飕声,眼前只看见季特渐渐远去的挺直的姿态……"③ 这里,列文完全和农民们融为一体,劳动使他"性情"变好,劳动使他和农民接近,成为他们中的一员。可以说这时他已经进入了忘我的状态,他心中只有劳动,除了劳动,他什么也不想。天空落下了大颗的雨点,"他感到他的热汗淋漓的肩膊上有一种愉快的凉爽感觉"。并尽情享受着愉快的凉意。他甚至"完全失去了时间观念",连"天色是早是晚完全不知道了"。体力劳动使他"发生了一种使他非常高兴的变化……有时忘记了他在做什么,一切他都觉得轻松自如了,在这样的时候,他那一排就割得差不多和季特的一样整齐出色了。但是他一想到他在做什么,而且开始竭力要做得好一些,他就立刻感觉到劳动很吃力,而那一排也就割得不好了"。④ 这说明当他一旦完全沉浸在体力劳动中时,一切都变得轻松自如,也能做得和师傅一样好;但刻意要做好时,就会感到吃力,反而做不好了。

　　四个小时不知不觉就过去了,当列文要再开始割第二排时,一个老头告诉他:到"吃早饭的时候了"。列文担心因刚才下雨,"干草会给糟

---

① 《列夫·托尔斯泰文集》第九卷,人民文学出版社 2000 年版,第 328 页。
② 同上书,第 329 页。
③ 同上。
④ 同上书,第 330 页。

踢掉"。那个老头告诉他:"不会的,雨天割草晴天收嘛!"① 列文骑马回家去喝咖啡时,他的哥哥谢尔盖才起床。列文喝完咖啡又回草场。这次列文应请求夹在那位爱说说笑笑的老头子和一个去年秋天刚结了婚、今年夏天还是第一次割草的青年农民中间割草。老头是一个割草的高手,他"用一种在他似乎并不比走路时挥动两臂更费力的准确而匀称的动作走在前头,他好像在游戏一样把草铺成高高的、平整的一排排。好像并不是他在割草,而是锐利的镰刀自动地在多汁的草丛中飕飕地响着"②。这是真正的、地道的俄罗斯农民,他干活简直就像耍魔术一样,他割草的熟练不会输给列文的师傅季特。也许正是他有这样的本领,因此他敢主动邀请列文和他一起割。

那个年轻的小伙子叫米什卡。这是一个十分令人喜爱的青年。他长着"可爱的、稚气的面孔,头发用新鲜的草缠住,因为使劲而抽搐着"。只要"有人望着他的时候他总是微笑着"。虽然劳动是很吃力的,但他为了在别人面前"宁死也不肯承认"这一点。和农民一起劳动,即使在最炎热的时候,列文也不觉得辛苦。相反,"浸透全身的汁水使他感到凉爽,而那炙灼着他的背、他的头和袒露到肘节的手臂的太阳给予他的劳动以精力和韧性;那种简直忘怀自己在做什么的无意识状态的瞬间,现在是越来越频繁了"。列文越割越熟练了,"镰刀自动地刈割着"。用不着要他怎么去操作。对列文来说,"这是幸福的瞬间"。③ 然而更愉快的瞬间是他们到了地头的一条小溪,老头子用盛磨刀石的盒子从小溪中舀了一点水,请列文品尝他的清凉饮料克瓦斯。"列文从来没有喝过像这种浮着绿叶、带点白铁盒子的铁锈味的温水这么可口的饮料④,"感到美极了。接着是"心悦神怡的、从容的散步",呼吸着草场上新鲜的空气……

列文"割得越久……越是频繁地感觉到那种忘我状态的瞬间,好像不是他的手在挥动镰刀,而是镰刀自动在刈割,变成充满生命和自我意识的肉体,而且,好像施了魔法一样,不用想工作,工作竟自会有条不

---

① 《列夫·托尔斯泰文集》第九卷,人民文学出版社 2000 年版,第 330 页。
② 同上书,第 331 页。
③ 同上。
④ 同上书,第 332 页。

紊地圆满完成"①。列文感到了无比的愉快和幸福。

但是，只要他离开了忘我的状态，"不能不绕着小丘或是难割的酸模刈割的时候，劳动才是艰苦的"。而老头子却与他不同，遇到小丘时，就改变姿势，"时而用靠近刀把的刀刃，时而用刀尖，以急促的突击动作从两侧去刈割小丘周围的草"。他还不断地"注意呈现在他眼前的事物：有时他拾起一枚野果吃下去或是给列文吃；有时他用镰刀尖挑开小树枝；有时他去看鹌鹑的巢，鸟就从镰刀下面飞走；有时去捉路上的一条蛇，用镰刀挑起来，像用叉子叉起一样，给列文看了，就把它扔掉"②。这一切对他似乎是很轻松的事。

孩子给大人送来了午饭。列文在农民们旁边坐下；他不想走开了。劳动使得农民与主人走近了，融合了。农民们"在主人面前感到拘束的心情早已消失了"。和列文一起割草的那个老头请列文一起共进午餐。"面包渣汤"的甘美，"竟使列文放弃了回家去吃饭的念头。他和老头子一道吃着，同他谈起家常来，发生了浓厚的兴趣"③。列文甚至"把自己的家事和能够引起老头子兴趣的一切情况都告诉他……感觉得他对这老头子比对他哥哥还亲"④。他们一起祷告，一道休息，一道在草场睡觉。"农奴时代是需要三十把镰刀割两天"才能完成的任务，他们42个人几乎一天就割完了。眼看太阳那么快就西沉了，但列文"一点也不觉得疲倦，他只想干得更快些，而且尽量多些"⑤。

"年轻的和年老的都在使劲割，好像他们在竞赛一般。但是不管他们工作得多么快，他们都没有把草损坏，一排排的草还是同样整齐而准确地摆着。角落里剩下的没有割的那部分草五分钟之内就割掉了。"⑥一个叫普罗霍尔·叶尔米林的有名的割草人，是个大个子黑头发的农民。带领大家割没有完成的部分。列文还是夹在年轻农民和老头子中间。天变凉了，老头子穿上羊皮袄，还是那样愉快、诙谐、动作灵活。他每遇见

---

① 《列夫·托尔斯泰文集》第九卷，人民文学出版社2000年版，第332页。
② 同上。
③ 同上书，第333页。
④ 同上。
⑤ 同上书，第334页。
⑥ 同上书，第334—335页。

一个菌就弯下腰,把它拾起来揣在怀里。还诙谐地说:"又是一件送给我的老婆子的礼物呢。"

"农民们割掉了最后一排草就穿上上衣,快活地走回家去。列文跨上马,恋恋不舍地离开了农民们,向自己家里驰去。从山坡上,他回头望了一眼;他望不见他们,因为从山谷里升起的浓雾把他们遮住了;他只听见粗犷的、愉快的谈话声,笑声和镰刀的玎珰声。"①

二

列文和农民一起割草一节,是一段田野牧歌式的描写。正是这种劳动生活,使列文更和农民接近,也更与大自然接近。劳动洗涤了他身上那些贵族习气,让他忘记了求婚失败带来的痛苦与羞愧,忘记了他与哥哥之间的不快。尽管他满身是汗,"背部和胸膛弄得又脏又湿",但一闯进他哥哥房间,就欢快地告诉哥哥:"我们把整个草场都割完了!真是好极了,妙极了啊!"② 列文进一步感慨地对哥哥说:"好极了!你真想像不到这对各种各样的愚行是多么有效的灵丹妙药。我要用一个新辞劳动疗法来增加医学的词汇。"③ 这里不难看出,列文已经把体力劳动看成一剂治疗各种精神疾病和愚蠢行为的灵丹妙药,什么爱情上的不如意、精神上的不愉快、生活中的不幸福等都可以通过体力劳动来治疗。因此,他要把自己发明的"劳动疗法"作为一个新名词加到医学的词汇中。列文是那样的愉快,就连与他对社会问题看法不一致的谢尔盖也受了感染,"不想离开他那容光焕发、生气蓬勃的弟弟了"④。

赫拉普钦科指出:列文和农民一块劳动"这个场面的意义首先在于表达了一个第一次参加到一大批人的劳动洪流之中的人所获得的新鲜而鲜明的印象。一个'新'参加劳动的人既能够特别敏感地感觉到这种活动要求作出的巨大努力,也能够感觉到在紧张劳动之后,当学会了方法、掌握了熟练技巧时所产生的那种真正的欢乐。这个割草的画面贯穿着一

---

① 《列夫·托尔斯泰文集》第九卷,人民文学出版社 2000 年版,第 336 页。
② 同上。
③ 同上书,第 338 页。
④ 同上书,第 339 页。

种由于一起干活干得很顺手而出现的内心的兴奋,充满着由于劳动的目标一致和动作协调而引起的内部团结的感情"①。

三

列文是托尔斯泰探索式的主人公,他身上有作家的影子。19世纪70年代托尔斯泰对社会问题的看法等都是通过列文的言行表现出来的。对劳动的看法也是如此。托尔斯泰一生绝大部分时间生活在自己的庄园。由于和农民及土地的接近,使他和体力劳动结下了不解之缘。托尔斯泰与别的贵族不同,他热爱体力劳动,到临死都认为"只有在劳动中才包含着真正的幸福"。他会做农民所能做的一切庄稼活,一生留下了许多在地里干体力劳动的画面。俄国现实主义绘画大师的一幅世界名画《托翁耕地》就反映了托尔斯泰劳动的实况。据说这是列宾躲在一条壕沟里根据托尔斯泰耕地的情况画的。托尔斯泰认为贵族生活腐化堕落,而劳动人民从事体力劳动就会觉得上帝在我心中。他经常告诫家人凡是自己能干的都要自己动手,不要等别人来服侍。他自己更是身体力行,给家里劈柴、送水、做木活、做靴,他还有个做靴的小作坊;他还经常穿农民样的简便衣服,腰间扎根草绳,为缺乏劳动力的寡妇耕地。曾有一个朋友调侃托尔斯泰:"你除去会写小说还能干什么?"年近花甲的托尔斯泰听后并没有对朋友的嘲讽感到不高兴,而是一声不吭地回到自己的作坊,亲手制作了一双漂亮而结实的高牛皮靴,郑重地送给了大女婿苏霍京,以此回答朋友的调侃。苏霍京哪舍得将此珍贵的礼物穿在脚上,而是将它摆上了书架。摆在《托尔斯泰文集》十二卷后,并给这双皮靴贴上"第十三卷"的标签。此举在文化圈里传为佳话。托尔斯泰得知后,哈哈大笑,说"那是我自己最喜欢的一卷"。托翁乘兴又做了一双半高牛皮靴,送给诗人费特。费特灵机一动,当即付给托尔斯泰6卢布,并开了一张收据:"《战争与和平》的作者列夫·尼古拉耶维奇·托尔斯泰伯爵,按鄙人订货,制成皮靴一双,厚底,矮跟,圆。今年1月8日他将此靴送来我家,为此收到鄙人付费6卢布。从翌日起鄙人即开始穿用,足以说

---

① 赫拉普钦科:《艺术家托尔斯泰》,刘逢祺、张捷译,上海译文出版社1987年版,第225页。

明此靴手工之佳。空口无凭，立字为证。1885年1月15日。"后面还有费特的签名，印章。有一次托尔斯泰路过码头，由于他穿着朴素，被一位贵妇人当作搬运工，叫过去扛箱子。托尔斯泰因此得到贵妇人5戈比的奖赏。此时托尔斯泰被码头上的人认了出来，几乎所有在场的人围过来向他们所尊敬的老人问好，那位贵妇人羞惭得无地自容，想讨回那5个戈比，但托尔斯泰拒绝了，他说："这是我的劳动所得，我很看重这个钱，不在乎有多少。"托尔斯泰用自己的一生证实：体力劳动是高贵而有益的。轻视体力劳动和手艺，说明精神贫弱，思想空虚。他82岁还曾离家出走，要变为一个做义工自食其力的劳动者。

安娜和弗龙斯基度蜜月的场面

自杀未遂，将到塔什干服役的弗龙斯基和安娜一见面，两人无比激动，尽管此时安娜心里五味杂陈，感到痛苦，以至于对弗龙斯基说："啊，我为什么不死呢！那样倒好了！"同时"默默的眼泪流下了她的两颊"。[1] 但他们的感情还是迅速回到了初恋时期。弗龙斯基为了和安娜在一起，"拒绝去塔什干那项富有魅力而带危险性的任命"，并辞去了军职。而安娜因不愿接受丈夫卡列宁的宽宏大量而"没有离婚，并且坚决拒绝了这么办，就和弗龙斯基出国去了"[2]。

一

"安娜在她获得自由和迅速恢复健康的初期，感觉自己是不可饶恕地幸福，并且充满了生的喜悦。关于她丈夫的不幸的回忆并没有损坏她的幸福。"[3] 她把病后发生的一切看成一场梦。但也认为她现在的做法"是一种罪恶，但这是唯一的生路"。她尽量不去想过去的事，但"当她回想过去的一切的时候，她也记起了那一种想法：'我使那人不幸是出于不得已……但是我并不想利用他的不幸。我也很痛苦，而且今后还会很痛

---

[1] 《列夫·托尔斯泰文集》第九卷，人民文学出版社2000年版，第566页。
[2] 同上。
[3] 《列夫·托尔斯泰文集》第十卷，人民文学出版社2000年版，第602页。

苦；我失去了我最珍爱的东西——我失去了我的名誉和儿子。我做错了事，所以我并不希求幸福，也不想离婚，我将为我的耻辱和离开我的儿子而受苦。'但是不管安娜多么真诚地打算受苦，她却没有受一点苦。耻辱也没有①。"哪怕和她最爱的儿子谢廖沙分开，在她和弗龙斯基蜜月的初期，也"没有使她痛苦"。因为有了她和弗龙斯基生的可爱的小女孩，她就"很少想她的儿子"谢廖沙。

随着健康的恢复，安娜"逐渐增进的生的欲望"是如此强烈，其生活环境是这样新鲜和愉快，"安娜感到不可饶恕地幸福。她越了解弗龙斯基，就越爱他。她爱他……完全占有他，对于她是一种不断的快乐"。她对弗龙斯基的性格特点"越来越熟悉了"，弗龙斯基"换上便服而改变的外貌，在她看来是这样富有魅力"。她像一个初恋的少女，在弗龙斯基身上看到的都是优点，都是"高贵优雅"。她对弗龙斯基的崇拜甚至连"她自己都吃惊了"。尤其是弗龙斯基"为了她而牺牲了功名心，并且从来没有流露出丝毫的懊悔"。并"对她比以前更加敬爱"，"处处留意使她不感到她的处境的尴尬"。这样"一个堂堂的男子，不但从来没有反对过她……凡涉及到她的地方，他就没有了自己的意志，只注意揣测她的愿望。这使她不能不感激"。但弗龙斯基"对她这样用心周到"，"对她的那种关怀备至的气氛，有时却反而叫她痛苦"。② 安娜为什么痛苦，是她感到弗龙斯基为她付出的太多呢，还是她隐约地感到其中有一种什么说不出的滋味呢？这就不得而知了。

我们再来看看弗龙斯基。"虽然他渴望了那么久的事情已经如愿以偿了，却并不十分幸福。他不久就感觉到他的愿望的实现所给予他的，不过是他所期望的幸福之山上的一颗小砂粒罢了。"③ 这两句话就把弗龙斯基那种花花公子的嘴脸暴露无遗。没有得到安娜之前，他不顾一切追求安娜，认为这个女人对于他比生命还要重要，甚至不惜为了安娜牺牲功名和前途。一旦如愿以偿地把安娜追到手，他的愉悦感和幸福感就没有了，得到的"比生命还要宝贵"的东西只不过是他幸福之山上的一颗小

---

① 《列夫·托尔斯泰文集》第十卷，人民文学出版社2000年版，第602页。
② 同上书，第603页。
③ 同上书，第603—604页。

砂粒而已。其实，还在安娜怀孕的时候，弗龙斯基也产生过此类的想法：他"感到最美好的幸福已成为过去了。她完全不像他初次看见她的时候那种样子了。在精神上，在肉体上，她都不如以前了。她身子长宽了，而当她说那女演员的时候，她的脸上有一种损坏容颜的怨恨的表情。他望着她，好像一个人望着一朵他采下来的、凋谢了的花，很难看出其中的美"①。他得出了"人们把幸福想象成欲望实现的那种永恒的错误"②。也就是说，"欲望的实现"并不等于幸福。事实上，弗龙斯基只不过把得到安娜看成"欲望"的满足而已。在脱下军装，和安娜结合的初期，他也曾"感到了他以前从来没有体验过的自由的滋味，以及恋爱自由的滋味"。一度感到"很满足"。但"他很快就觉察出有一种追求愿望的愿望———一种苦闷的心情正在他心里滋长"。③ 这里，不难看出安娜和弗龙斯基对幸福的不同理解，同时也揭示了两人精神世界的差异。这种差异，已是将来安娜悲剧的先兆。弗龙斯基是一个长期过独身生活而自由自在的人。由于和安娜在一起，以前游历外国时曾"享受过的独身生活的乐趣，现在是想都不能想了"，因为仅仅一次为了同几个独身朋友一道吃晚餐回来迟了就"在安娜心里惹起了意想不到的忧郁"。加之离开了在彼得堡时占据了他的时间的那种社交生活的环境。他简直不知道一天十六个钟头怎样度过。和当地的人或俄国人交际，又因为"他们两人的关系不明确"而没有可能；游览名胜，威尼斯的一切名胜他们都已游览遍了。弗龙斯基真有点惶惶不可终日，不知道如何打发时间。他"完全无意识地时而抓住政治，时而抓住新书，时而抓住绘画"。后来他想通过画画来消磨时间。弗龙斯基从小就具有这方面的才能，他开始搜集版画，潜心去绘画，把"过剩的愿望通通集中在它上面"。弗龙斯基也具有"鉴赏艺术品、并且惟妙惟肖地、很有风格地摹仿艺术品的才能，他觉得自己具有艺术家所必须具备的素质"。④ 在一切艺术流派中，弗龙斯基"最爱优美动人的法国派，摹仿这一派"。为此，他给穿着意大利服装的安娜画了

---

① 《列夫·托尔斯泰文集》第九卷，人民文学出版社 2000 年版，第 467—468 页。
② 《列夫·托尔斯泰文集》第十卷，人民文学出版社 2000 年版，第 604 页。
③ 同上。
④ 同上。

一幅使"他和所有看到它的人都认为非常成功"的肖像。托尔斯泰认为："因为他不是直接从生活本身,而是间接地从体现在艺术品中的生活中得到灵感,所以他的灵感来得非常快,非常容易,而他画出来的东西也同样快,同样容易地达到了和他所要摹仿的流派极其相似的境地。"① 但不是从生活本身而是从艺术作品里获得灵感而画出来的画最多不过是"形似"而达不到"神似"的境界。

弗龙斯基通过朋友戈列尼谢夫结交了几个有趣的人,一时间静下心来沉浸在绘画和对中世纪意大利生活的迷恋中。他在一个意大利绘画教授指导下学习写生画,同时研究中世纪意大利的生活。他甚至"照中世纪的风格戴起帽子,把斗篷搭在肩膊上"。可见他对中世纪意大利生活的着迷。

一天早晨,他从刚送到的俄国报纸上得知一个卓越的俄罗斯流亡画家米哈伊洛夫也住在这个市镇里,遂把此事告诉来访的戈列尼谢夫。戈列尼谢夫肯定了米哈伊洛夫的才能,但认为他的"方向完全不对头",他"用彻头彻尾新派的写实主义把基督描画成一个犹太人"。戈列尼谢夫认为"基督在大师们的作品中已经有了一定的表现方法"。② 不应该再去改变。这里,戈列尼谢夫那种墨守成规的艺术保守主义立场显露无遗。戈列尼谢夫还把米哈伊洛夫贫穷的原因说成是他"好像不高兴再画肖像画"。弗龙斯基提出请米哈伊洛夫为安娜画一幅肖像。安娜反对,因为她认为弗龙斯基给她画的那幅画像已经很好了。她对弗龙斯基说："有了你画的那幅以后,我不再要别的画像了。倒不如给安妮(她这样叫她的小女孩)画一幅吧。"正在这时,漂亮的意大利奶妈抱着安妮走进花园来了。"这漂亮的奶妈"的"头部被弗龙斯基描进了他的画里",且弗龙斯基"画她"的时候,还"叹赏她的美丽和中世纪式的风姿"。为此,她成了安娜嫉妒的对象,但"安娜简直不敢向自己承认她害怕自己会嫉妒起这个奶妈来"。连一个仅仅长得漂亮的奶妈安娜都要嫉妒,这里不难看出安娜对弗龙斯基的爱恋是何等的深,她不允许弗龙斯基对除了她自己以外的任何女性产生兴趣。

---

① 《列夫·托尔斯泰文集》第十卷,人民文学出版社 2000 年版,第 605 页。
② 同上书,第 606 页。

当弗龙斯基问戈列尼谢夫："你认识这个米哈伊洛夫吗"时，戈列尼谢夫滔滔不绝地谈起了米哈伊洛夫："我见过他。可是他是一个怪物，一点教养都没有……他就是如今常常遇见的那些野蛮的现代人中的一个……无信仰、否定一切、唯物主义的见解中培养出来的自由思想家中的一个……从前，自由思想家是用宗教、法律和道德观念培养起来，经过斗争和努力，才达到自由思想的领域的人；可是现在出现了一种新型的天生的自由思想家，对于世界上存在着道德和宗教法则，还存在着权威，甚至连听都没有听到过，而是完全在否定一切的那种观念中长成的……他就是那种人。他仿佛是莫斯科一个宫廷仆役长的儿子，没有受过什么教育。当他入了美术学院，有了名声的时候，他，原来也不是蠢人……他径直地就钻到否定主义的书籍里，很快就精通了否定主义那门学问的精华……对于旧观念甚至不屑于讨论，却爽爽快快地说……自然淘汰、生存竞争以外再也没有什么了，如此而已……"[①] 从戈列尼谢夫对米哈伊洛夫否定式的介评中，我们不难看出米哈伊洛夫是一个"唯物主义"者，是一个坚持唯物主义的"自由思想家"，是一个否定传统的革新者。安娜不愿意听戈列尼谢夫的长篇大论，"坚决地打断了"他的话，提出去造访米哈伊洛夫。

二

当弗龙斯基和戈列尼谢夫的名片递上来的时候，画家米哈伊洛夫正为经济问题（因妻子没有应付好讨房租的房东）而和妻子争吵。即使在争吵中他也没有停止画画。他回忆起的一个卖雪茄烟的店主的"一副下颚突出、精力旺盛的面孔"给了他灵感，"他就把这面孔，这下颚绘在画中人身上……那人像突然从没有生命的虚构的东西变成了活生生的"。米哈伊洛夫高兴地笑了。"他内心里抱着一个信念——就是，像这样的画从来没有人画过。他并不认为他的画比拉斐尔所有的画都好，但是他知道他在那幅画里所要表现的意境从来还没有人表现过。"[②] 在作品中表现别人从来没有写过的东西。这就是创新。托尔斯泰认为真正的艺术在于创新。他在《什么是艺术》中指出："真正的艺术所引起的后果是把新的感

[①] 《列夫·托尔斯泰文集》第十卷，人民文学出版社2000年版，第607—608页。
[②] 同上书，第610页。

情带进日常生活中来,正像妻子的爱情所引起的后果是把新的生命带入人世一样,艺术作品只有当它把新的感情(无论多么细微)带到人类日常生活中去时才能算是真正的艺术品。"① 托尔斯泰坚决反对重复别人写过的东西,反对老生常谈。他说:"……对于一个艺术家,古往今来皆然,必须使他能看到某些新的东西,而为了使他能看到新的东西,他必须观察和思考……当他一旦发现了这个新的重要的东西,他就会找到表现它的形式……好似一个行走的人不去考虑行走的机械原理一样。"② 托尔斯泰认为创新是首要的,有了新的东西,不愁找不到适当的表现形式。

米哈伊洛夫非常重视别人对自己作品的评价:"别人的批评,不论是怎样的批评,在他眼里都有着巨大的意义,使他从心底里激动。任何评语,即使是最微不足道的,哪怕表示出来那些批评家只看到他在这幅画中所看到的一小部分也好,都使他深深地感动了。他总把比他自己更高深的理解力归之于他的批评家,而且总期待从他们口里听到一些他自己没有在画中看出的东西。"③ 这说明米哈伊洛夫对"新"的东西的重视。米哈伊洛夫的外貌使人"感到失望了",他本人也"给人一种不快的印象"。但他一见到来访的安娜,"安娜身上的柔和光辉"就"使他惊异了"。他把客人请进画室,迅速地"记下了弗龙斯基面部的表情,特别是他的颧骨。虽然他的艺术家的感觉不停地在从事于素材的搜集工作,虽然他的作品要受到评论的时间越迫近,他就越感到兴奋,他还是很迅速,很机敏地凭着觉察不出的标志构成了对这三个人他的印象"。这写出了艺术家米哈伊洛夫有着敏锐的观察能力,能迅速地抓住每个人的特点。他对戈列尼谢夫似乎不感兴趣,"但是他却很喜欢弗龙斯基,尤其是安娜"。他请客人欣赏他的画:"请看这里,这是彼拉多的告诫。《马太福音》第二十七章。"他期盼这三位客人能给他的画公正的评价:"他预料一定会有一种最高明最公正的批评从他们的口里……说出来。"④ 开始大家只是看,不作声,为打破沉默,他请戈列尼谢夫发表意见,同时,不放过安

---

① 《列夫·托尔斯泰论创作》,戴启篁译,漓江出版社1982年版,第109页。
② 同上书,第131页。
③ 《列夫·托尔斯泰文集》第十卷,人民文学出版社2000年版,第611页。
④ 同上书,第612—613页。

娜和弗龙斯基"的一丝表情"。戈列尼谢夫说:"您的画从我上次看见以后是突飞猛进了;现在特别使我惊叹的,也像上次一样,是彼拉多的姿态。人可以那么了解这个人物:一个善良的、很不错的人,但却是一个不知自己在干什么的彻头彻尾的官僚。不过我觉得……"① 尽管米哈伊洛夫瞧不起戈列尼谢夫"对于美术的理解力,尽管他对那位官僚彼拉多的惟妙惟肖的表情所下的那句正确的评语无足轻重,那评语光说了无关轻重的地方而没有说出要点,使他很不痛快,但是米哈伊洛夫听了这种评语还是高兴极了。他自己对于彼拉多这个人物的想法,正和戈列尼谢夫所说的一样"。"他因为这评语而喜欢起戈列尼谢夫来,忧郁的心情突然变成狂喜了。立刻他的整个绘画就带着一切有生命的东西的那种难以形容的复杂性在他面前变得栩栩如生。"② 安娜也表示了自己的看法:"基督的表情真叫人惊叹啊!看得出他很怜悯彼拉多。"这一新的见解使得米哈伊洛夫的脸"欢喜得容光焕发了"。安娜在三位客人中尽管是说话最少的一个,但她能指出别人所没有发现的东西,有自己独到的见解,而且她的见解能和米哈伊洛夫这样高明的画家产生共鸣,"欢喜得容光焕发",这里我们也可看出安娜的艺术修养。而戈列尼谢夫只是肯定"人物画得出色",却否定画的内容。弗龙斯基把画的成功归到"技巧"上。米哈伊洛夫虽然很兴奋,但关于"技巧的话却刺痛了他的心"。他甚至不礼貌地"忿怒地望着弗龙斯基"。因为"他知道这个名词,照普通的解释,是指一种和内容完全无关的、单单是描绘的机械的能力。"③ 这是他不能接受的。他认为脱离内在价值的所谓"技巧"是"并不存在的","技巧和内在的价值是完全相反,仿佛一件坏东西也可以描绘得很出色"。"同时就是最富有经验和熟练的画家也不能单靠机械的才能去描绘什么,如果主题的轮廓没有预先向他显示的话。"当戈列尼谢夫勉强微笑着说:"您把基督画成一个人神,而不是神人。但是我知道您是有心这样做的"时,米哈伊洛夫忧郁地说:"我画不出一个不是我心目中的基督。"④ 戈列尼谢

---

① 《列夫·托尔斯泰文集》第十卷,人民文学出版社 2000 年版,第 614 页。
② 同上。
③ 同上书,第 615 页。
④ 同上书,第 616 页。

夫说:"您的画是那么完美,我的评语决不会损伤它丝毫……在您看来就不同了。您的出发点根本不同……我想如果要把基督降到一个历史人物的地位的话,那倒不如另选新颖的、没有人画过的历史题材。"米哈伊洛夫反问:"可是假如这是摆在艺术前面的最伟大的题材呢?"① 这里不难看出,米哈伊洛夫强调的是内容,强调的是现实题材,强调的是自己心里感受到的东西,而不是无病呻吟。

米哈伊洛夫三年前的一幅画:两个小孩在柳荫下钓鱼。大的一个刚垂下钓丝,正小心地从灌木后面往回收浮子,全神贯注在他的工作上……小的一个,正支着臂肘躺在草地上,用手托着长着乱蓬蓬金发的头,沉思的碧蓝眼睛凝视着水面。这幅画让戈列尼谢夫、弗龙斯基和安娜异口同声赞赏:"啊,多美妙啊!多美妙啊!真是奇迹!多么美妙呀!"② 这幅画深深印在三位客人的记忆里,以致归途中他们还格外"活跃和愉快"回想它。后弗龙斯基把这幅画买了下来。

米哈伊洛夫应邀给安娜画像。他画了五次才完成。安娜的画像使得大家,特别是弗龙斯基非常惊异:"……米哈伊洛夫怎么会发现了她特殊的美,这可真有点奇怪。人要发现她的最可爱的心灵的表情,就得了解她而且爱她,像我爱她一样。……我努力画了那么多时候,却一事无成,而他只看了一眼,就描绘出来了。这里就有技巧。"③ 弗龙斯基再次把米哈伊洛夫的成功看成技巧,只能说明他并不真正理解艺术的真谛。看到米哈伊洛夫给安娜画的肖像画以后,弗龙斯基就再没有信心给安娜画肖像了,因为他知道自己永远也不可能画出比米哈伊洛夫更好的安娜的肖像画了;同时,他对于绘画和中世纪生活的兴致并没有持续很久……停笔不画了。不久,"老是那个样子的戈列尼谢夫、意大利教授和德国旅行家都变得这样叫人讨厌",似乎这里的一切都引不起他们的兴趣。"因此他们决定回俄国,住到乡下去。在彼得堡……安娜打算去看她的儿子。他们预备在弗龙斯基的大田庄上度夏"④。这里顺便提一句,安

---

① 《列夫·托尔斯泰文集》第十卷,人民文学出版社 2000 年版,第 616 页。
② 同上书,第 618 页。
③ 同上书,第 619—620 页。
④ 同上书,第 622 页。

娜感到自己获得"不可饶恕"的幸福时,儿子似乎也不存在了,但只要她和弗龙斯基之间发生哪怕一丁点不快,儿子的身影就会出现在她的脑海里。

三

托尔斯泰有关画像的情节用了那么大的篇幅,这固然是为了表达自己的美学观。然而这个情节又没有脱离安娜和弗龙斯基情感生活的主旨,而是巧妙地把安娜与弗龙斯基的不同的精神世界联系在一起。弗龙斯基和安娜认识了很久,他在第一次见到安娜就能看出"有一股压抑着的生气流露在她的脸上,在她那亮晶晶的眼睛和把她的朱唇弯曲了的隐隐约约的微笑之间掠过。仿佛有一种过剩的生命力洋溢在她整个的身心,违反她的意志,时而在她的眼睛的闪光里,时而在她的微笑中显现出来"[1]。以后,弗龙斯基经常和安娜在一起,并经历了安娜产后病危向丈夫忏悔、卡列宁宽恕等事件,现在他和安娜又公然一道来意大利度蜜月,天天厮守在一起,自以为非常了解安娜,但看了米哈伊洛夫给安娜画的画像后,才"惊异"地发现安娜"特殊的美"。并自以为"人要发现她的最可爱的心灵的表情,就得了解她而且爱她,像我爱她一样"[2]。他把自己努力"画了那么多时候,却一事无成","而他只看了一眼,就描绘出来了"归结为技巧。这显然是不对的。这只能说明弗龙斯基对安娜并不真正了解,尤其对她那丰富葱茏的内心世界,他看到的只是安娜表面的美,却没有发现她内心的美,因此,他画不出真正的安娜,他给安娜画的像只能是"蜡制"的玩偶,没有生命力。这一点,在列文探访安娜一节中有进一步的描写。列文应好友奥布隆斯基——安娜的哥哥邀请去看望安娜。他在客厅里首先看到的就是米哈伊洛夫给安娜画的像:"列文定睛凝视着那幅画像,它在灿烂的光辉下好像要从画框中跃跃欲出……他甚至忘记他在哪里……只是目不转睛地凝视着这幅美妙得惊人的画像。这不是画像,而是一个活生生的妩媚动人的女人,她长着乌黑鬈发,袒肩露臂,长着柔软汗毛的嘴角上含着沉思得出了神的似笑非笑的笑意,用一双使他心

---

[1] 《列夫·托尔斯泰文集》第九卷,人民文学出版社2000年版,第81页。
[2] 《列夫·托尔斯泰文集》第十卷,人民文学出版社2000年版,第619—620页。

荡神移的眼睛得意而温柔地凝视着他。她不是活的,仅仅是由于她比活的女人更美。"① 接着他看到画像上的女人——真实的安娜。"她并不那样光彩夺目,但是在这个活人身上带着一种新鲜的迷人的风度,这却是画里所没有的。"② 经过和安娜一个下午的接触,安娜的谈话,她脸上表情的变化,尤其是那"闪烁着幸福的光辉和散发着幸福的神情",使得"曾经那样苛刻地批评过她"的列文,"现在却以一种奇妙的推理为她辩护,替她难过,而且生怕弗龙斯基不十分了解她"。③ 后来的事实证明,列文的担心不是杞人忧天,凭空猜测的。弗龙斯基的本质决定了他不可能具有安娜那样高尚的内心和崇高的追求,因此,他不可能真正了解安娜,在给安娜画的像里当然就无法把真正的安娜表现出来。最终他在上流社会的压力下冷淡了安娜,使安娜失去了最后的精神支柱,只能吹熄自己的生命之灯。

安娜探子的场面

19世纪70年代,正值俄国社会处于"一切都已颠倒过来,而且刚刚开始形成的时候"④。这个时期的特点,正如列宁所说:"在这个时期,俄国的整个经济生活(特别是农村的经济生活)和整个政治生活中充满着农奴制的痕迹和它的直接残余。同时,这个时期正好是资本主义从下面蓬勃生长和从上面培植的时期。"⑤ 俄国历史的这种急剧变化,不能不引起俄国伟大的现实主义文学大师列夫·托尔斯泰的极大关注。他这个时期写出的著名长篇小说《安娜·卡列宁娜》,就真实地再现了俄国社会这一时期的生活风貌,提出了政治、经济、道德风尚、家庭关系、妇女地位等一系列的重大社会问题。托尔斯泰最初构思这部作品时,"是要写一部关于一个高等社会中'失了足'的已婚妇女的长篇小说"⑥。正如作家

---

① 《列夫·托尔斯泰文集》第十卷,人民文学出版社2000年版,第902页。
② 同上书,第902—903页。
③ 同上书,第908页。
④ 《列夫·托尔斯泰文集》第九卷,人民文学出版社2000年版,第427页。
⑤ 《列宁全集》第十六卷,人民出版社1988年版,第329页。
⑥ 贝奇柯夫:《托尔斯泰评传》,吴均燮译,人民文学出版社1959年版,第295页。

所说，他的任务"是要把这个女子写得只显得可怜而不显得有罪"。由最初构思的"私生活"色彩的"一个不忠实的妻子以及由此而发生的全部悲剧"[①]的长篇，最终写成了反映时代风貌的社会小说，这里面不难看出时代对作家的影响。

安娜是这部长篇的中心人物，她的活动——对自由、幸福、爱情的追求及其理想的破灭，决定着作品的思想倾向。

安娜是一个贵族妇女，17岁时就由其富有的姑妈做主，把她嫁给了一个比她大20岁的省长卡列宁。卡列宁是个官场上的人物，整天沉醉于文山会海中，加之性格内向，不善于向年轻的妻子表达感情，这就使安娜感到从未在卡列宁的身上得到爱情。在这种情况下，安娜只好把一切感情集中到自己的儿子身上，但是对儿子的爱代替不了她对爱情的追求。因此，当她见到年轻风流的军官弗龙斯基时，不顾一切地爱上了他。而弗龙斯基如有的文章所讲的是"彼得堡花花公子的一个最好的标本"[②]。安娜和他的结合并没有给自己带来什么幸福，反而使自己处于比以前更加虚伪的境地。她发现自己牺牲了一切所追求的东西仍不过是一个泡影时，最后在滚滚而来的列车铁轮下结束了年轻的生命，以此抗议那个"全是虚伪的，全是谎话，全是欺骗，全是罪恶！……"[③]的社会。

作家把安娜的真诚和整个俄罗斯上层社会的虚伪对照起来写。托尔斯泰以浓烈的笔触，饱含感情的墨水，抒写了安娜的真诚，突出俄罗斯社会的虚伪，从而更进一步地显示出作品深刻的社会意义。下面，笔者仅就"安娜探子"一节作一些浅析。

如果说安娜为了追求自己的幸福而抛弃家庭，甚至丢下儿子，跟弗龙斯基同居是应该受到谴责的话，那么，安娜冲破各种阻力，层层障碍，不顾一切地在儿子的生日这天赶来看望儿子的行动却足以弥补她的"过失"，表明安娜是一个具有人类健康感情和高尚情操的人。

作为一个妻子，她可以以种种理由不爱自己的丈夫；但作为一个母

[①] 贝奇柯夫：《托尔斯泰评传》，吴均燮译，人民文学出版社1959年版，第295页。
[②] 睿清：《外国文学参考资料》（下），地质出版社1984年版，第284页。
[③] 《列夫·托尔斯泰文集》第十卷，人民文学出版社2000年版，第993页。

亲,她决没有半点理由不爱自己的孩子——尤其是不能独立生活还需要她照顾的孩子。如果一个母亲不爱自己的孩子,那么,她不但不配做一个母亲,甚至不配做一个人,因为她已不具备人类最起码的感情。

我们说安娜具有人类健康的感情,就是说她一生充满了对美好的东西——爱的追求。她离开丈夫和弗龙斯基同居,冲破了当时社会的种种压力,付出了巨大的代价,这是她对真正爱情的追求;她想尽一切办法,冲破种种阻力来看自己的儿子,是她的另一种爱——母爱的集中表现。安娜探子这一节所描写的,正是这种高尚的母爱。

如果说安娜离开丈夫是自愿的话,那么她离开儿子却是被迫的。尽管她感到"不可饶恕"的幸福时,曾一度忘了儿子。但只要她对弗龙斯基稍有不快,儿子的形象就会立刻在她的脑海里出现。意大利诗情画意的蜜月生活,意大利风和日丽的自然景物,意大利千奇百怪的异国情调,并没能阻止安娜回到她有意避开的口舌是非之地——彼得堡。而安娜那么急于"回俄国的目的之一是看她儿子[①]。"这是第五部第二十九节开头的第一句话。这一句话就表明了安娜对自己孩子的感情之深。一般说来,一个有外遇的女子对和自己不爱的丈夫所生的孩子往往会失去一些感情,因为这不是爱情的结晶。可是安娜恰恰相反,她和弗龙斯基甜腻腻的爱情并没淹没她对儿子的感情,反倒增添了她对儿子的思念,以致使她"从她离开意大利那天起,这个会面的念头就无时无刻不使她激动。她离彼得堡越近,这次会见的快乐和重要性在她的想象里就更增大了。她连想也没有去想怎样安排这次会见的问题"[②]。从这段话里,我们看到了一颗母亲的心,一颗急切地要见到自己日夜思念的儿子而激烈跳动着的母亲的心。在这颗心里,其他的一切念头都没有了,只是跳动着这么几个字"见儿子"。她的脑海里翻滚的也只是儿子过去的形象或者想象中儿子现在的形象。其他的一切都被这个强烈的愿望压下去了,甚至连如何去见儿子也没想过。作者这样写,简直把一颗慈母的心掏出来放到我们面前。

当她"突然清楚地看到她现在的社会地位,她了解到安排这次会见

[①] 《列夫·托尔斯泰文集》第十卷,人民文学出版社2000年版,第686页。

[②] 同上。

并不是容易的事情"① 的时候,她并没有因此泄气。为了见到自己日夜思念的儿子,她想尽了一切办法。先是找保姆,找保姆失败后,她不惜煞费苦心,甚至用乞求的口气给和卡列宁有着亲密关系的也曾是她的朋友的利季娅·伊凡诺夫伯爵夫人写信,当信差给她带回最残酷的意想不到的回答,那就是"没有回信"时,她尽管"感觉自己受了侮辱和伤害",还是要去见儿子。最后,当安娜看到伯爵夫人的充满"虚伪的感情"的信后,更促使她决定在孩子的生日那天直接上她丈夫家去,"无论如何要看到她的儿子"。这里,我们看到母亲探子的意志是何等坚定。为了达到看儿子的目的,什么样的牺牲她不愿意呢?上流社会的名誉、面子、骄傲等,这一切她都顾不得了,她愿意牺牲这一切来换得和儿子见上一面。

她买了玩具,戴着面网,走进卡列宁的家门,老仆人卡皮托内奇为她这勇敢而高尚的行为感动得"默默地向她低低地鞠躬",请她进屋,告诉她"少爷现在住到以前的客厅里去了",并主动为她去探情况。

还没有进屋,"听到一个小孩打呵欠的声音;单从这呵欠声,她就知道这是她儿子,而且仿佛已经看到他在眼前了"②。这里,我们可以清楚地看出,安娜对儿子的一举一动了解得何等深刻、细致,她是怎样地把自己的一切都给了孩子。孩子那小小的向后弯着的身体,他伸懒腰、打呵欠的动作,在他的嘴唇闭上的瞬间,嘴角上露出的一种幸福的睡意蒙眬的微笑,以及带着微笑又躺下去的这似睡非睡,似醒非醒的一切,显现在安娜眼前,她的目光捕捉住了儿子哪怕是最细微的一个动作或表情。她轻轻地唤着儿子的名字,没有一点声音地走到他身边去。当孩子突然浮着幸福的微笑,又闭上他睡意惺忪的眼睛倒在她怀里的时候,她用手臂抱住他那丰满的小身体,连呼吸都艰难了。她是多么激动啊,她日夜思念的、想尽千方百计要见的儿子终于倒在她怀里了!这时,她对孩子有多少话要讲,可是,她能讲什么呢?她只讲了一句一个母亲经常对孩

---

① 《列夫·托尔斯泰文集》第十卷,人民文学出版社 2000 年版,第 687 页。
② 同上书,第 690 页。

子表示爱的话:"谢廖沙!我的乖孩子!"① 而她的儿子的千言万语也只用了一个词来表示,这就是世界上最动听的声音:"妈妈!"母子俩开头的对话,是多么简单、多么平常、多么朴素,又是多么深情。此时,有什么语言比这简单的话语更动人呢?又有什么语言比这普通的词儿表达母子感情更准确呢?这里,我们不能不敬佩列夫·托尔斯泰,他不仅是语言大师,更主要的是生活的大师,心灵的大师!正因为他对人们的内心,对生活有深刻的了解,他才能选择这极普通的字眼来表示巨大的情感。

作者接着描写安娜和儿子会见的具体情况。谢廖沙使自己身体的各部分接触母亲的手,用只有儿童才有的那样可爱的睡意和温暖的香气围绕着母亲,开始把他的脸在她的颈项和肩膀上摩擦,并对母亲说:"今天是我的生日。我知道你会来。我马上就起来。"② 虽然他又睡下了,但是,从孩子恨不得自己和母亲融为一体的亲昵动作中,从孩子睡意蒙眬中所讲的话里,我们看到母子之间天然的感情,也看到了安娜平时对儿子的关心以及谢廖沙对母亲的思念。托尔斯泰把安娜探子的时间安排在谢廖沙睡意蒙眬中,这是有深刻含义的,这种安排一方面写出了安娜想要看到孩子的急切心情,更重要的是写出了谢廖沙对母亲的无限深情,哪怕在睡意蒙眬中,他也感觉得出母亲的到来;尽管迷迷糊糊,但他蒙眬地看到了安娜一眼后,倒在的是母亲怀里而不是床上,这写出了儿子对母亲的感情如此纯洁,如此真诚,如此自然。

"我知道你会来"这六个字,更是有千钧之力,它表达了孩子对母亲的信任。在安娜离家走后,谢廖沙周围的人,几乎都在讲安娜的坏话,甚至欺骗谢廖沙说安娜死了。但是,谢廖沙根本不相信这些。"他不相信他所爱的人会死。"③ 母亲对自己永远是慈爱的,她绝不会丢下自己不管,她的离开只是暂时的,她一定会回来的,尤其是自己的生日这天,她一定会来看自己。这是孩子脑子里形成的坚定信念。这里,我们不由得联想起安娜离家和弗龙斯基私奔后,尽管家里的人说他母亲死了,但他绝不相信母亲的死。他散步的时候,把每一个体态丰满而优雅的、长着黑

---

① 《列夫·托尔斯泰文集》第十卷,人民文学出版社 2000 年版,第 690 页。
② 同上书,第 691 页。
③ 同上书,第 680 页。

头发的妇人都看作自己的母亲。后来他偶然从保姆处得知母亲没有死。尽管父亲和利季娅夫人向他解释,说是她坏,就等于死了,但他不相信。"我知道你会来"这六个字,深刻地表达了孩子对母亲的无限深情和信赖。

安娜贪婪地看着儿子,"她抚摸着这一切,说不出一句话来,眼泪把她窒息了"。安娜还能说什么呢,也许她把整个的注意力集中在孩子身上,也许是孩子的话勾起了母亲的某种感情。笔者认为,后者是主要的。安娜咽下去的眼泪,也许正像她所说的是由于长久没有见到儿子而现在终于见到而流下的激动喜悦的泪;也许是她长久没有亲自照顾孩子而流下的负疚的泪;也许是她预感到这可能是最后一次看孩子而流下的悲伤的泪;也许是因儿子没有听信卡列宁等人告诉他的话——母亲死了,而始终相信母亲会来看自己而流下的对儿子的感激之泪。笔者认为,各种因素都有,而主要的是她听了儿子的话,儿子是那么相信母亲、那么爱着母亲,可是母亲却不能使儿子对自己的爱得到满足,不能亲自照顾儿子,在儿子面前,她永远感到自己是负疚的,是有罪的。

安娜要充分地利用这点时间来尽自己对孩子的爱,哪怕她改变位置坐下去的时候,她也没放下自己手中的孩子。安娜问儿子:"可是你怎样想我的呢?你没有想我死了吧?"时,谢廖沙回答"我从来不相信"。安娜听了儿子的回答,激动得仅仅说了句"你没有相信过,我的亲爱的?"就再也说不出别的什么话来了。

安娜在这种情况下来看孩子,不仅感动了老仆人卡皮托内奇,使他对教训他的新来的仆人科尔涅伊挥动两手……大声说道:"是的,你自然不会让她进来啰!我在这里侍候了十年,除了仁慈什么都没有受过,你倒要跑上去说:'走吧,你滚吧!'啊,是的,你是一个狡猾的家伙,我敢说!你自己知道怎样去抢劫主人,怎样去偷窃皮大衣!"[①] 这句话出自老仆人之口,自然反映了安娜的仁慈善良和平时对待下人的态度。同时使得虽然离开了谢廖沙却一直关心着他的保姆激动得流下泪来,并吻安娜的手;新来的瓦西里·卢基奇也流下了眼泪,不忍心破坏他们母子俩的团聚。

[①] 《列夫·托尔斯泰文集》第十卷,人民文学出版社 2000 年版,第 693 页。

短暂的会见,才刚开始就结束了。作者接下去就描写了母子离别的场面。保姆对安娜的谈话,安娜脸上的变化以及"照例在九点钟"这句话,使年纪小小的谢廖沙明白了是怎么一回事,他为母亲难过,默默地紧偎着母亲,低声说:"不要走,他还不会来呢!"孩子的这句话,简直把他的心都说出来了!他是多么同情自己的母亲,多么想和母亲多待一会儿,然而,作为母亲的安娜,却不得不在卡列宁到来之前离开自己心爱的孩子,她似乎意识到这将是最后一次看望儿子,真有生离死别之情。因此,安娜此时想到的只是如何减轻儿子的痛苦。使儿子得到一丝安慰。在这样的思想指导下,她违心地对儿子说:"谢廖沙,我的亲爱的!""爱他;他比我好,比我仁慈,我对不起他。你大了的时候就会明白的①。"但安娜违心的话也并没有使谢廖沙得到安慰,孩子含泪地绝望地叫着:"再也没有比你好的人!……"并抓住母亲的肩膀,用力把她紧紧抱住,以至于"他的手臂紧张得发抖了"。安娜边讲着:"我的亲爱的、我的小宝贝!"同时也"像他一样无力地孩子般地哭泣起来"。② 这些描写,使我们仿佛看到了谢廖沙那紧张发抖的手臂,听了安娜和谢廖沙母子俩那撕碎人心的哭声,真是动人心弦,催人泪下。谢廖沙长到八岁,从来也没有长时间地离开过母亲,然而,这次长别后的相见才刚刚开始就将结束,并且,也许连孩子都预感到这次分别意味着什么。因而,他们显得那样的悲伤。卡列宁的脚步声传来了,保姆把帽子递给安娜,儿子伤心得倒床掩面呜咽,这时,尽管卡列宁已来到门口,安娜还是拉开儿子的手,吻他那泪水濡湿的脸。母子俩是何等地依依不舍,难分难解,真是"相见亦难别亦难"。

当安娜和卡列宁擦身而过,迅速出来,回去后她才发觉自己给儿子精心挑选的玩具"原封不动地带回来了"。这么一句话,和前面的给儿子买玩具相呼应。专门为儿子的生日所精心挑选的玩具,结果却原封不动地带了回来,按常理这是不可能的,但是,就是通过这么一件有悖常理的事,写出了人类最伟大的感情以及安娜探子的实况。安娜从听到儿子的呵欠声开始,已忘记了除儿子以外的一切,她的整个身心都集中到儿

---

① 《列夫·托尔斯泰文集》第十卷,人民文学出版社 2000 年版,第 694—695 页。
② 同上书,第 695 页。

子身上。对她来讲,还能有什么比多看几眼儿子,多吻几下儿子,多和儿子说几句话更为重要呢!玩具,是可以用钱买到的,而母子之情,这人类最崇高的感情,是什么宝贵的东西也换不来的。这是一种天然的感情,只有不正常的人才会缺乏这种感情。安娜忘了给儿子玩具,儿子也从未想到要母亲给他带点什么。在他,母亲就是一切,母亲胜过了世界上一切美好的东西。在母亲——离开了他这么久而日夜思念的母亲面前,他再也没有多余的精力去想其他的了。他难道会像《简·爱》中的阿戴利一见到罗契司特尔就问:"先生,给我带礼物来了吗?"绝对不会的。

在这一节里,还有这么一句话,也足以说明安娜对儿子的感情。这就是关于她儿子的事,哪怕弗龙斯基对此"露出冷淡的口气,她就会恨起他来"。安娜对弗龙斯基的爱是那样的深,为了他可以抛弃一切,唯独在儿子这件事上,任何人都不能占据她的感情。作家在此用安娜最爱的弗龙斯基和她对儿子的感情相比,更突出了她对儿子的爱的深度,这种爱是弗龙斯基无法理解也不可代替的。

安娜探子一节,笔者认为是全书最精彩的篇章,托尔斯泰以惊人的艺术表现力,写下了这感人肺腑的场面;以催人泪下的语言,展示了安娜痛苦的程度以及她对儿子感情的深度。同时也写出了失去母亲抚养的孩子谢廖沙对母亲诚挚的感情和悲伤。这里特别鲜明地表现了安娜精神面貌、动人魅力和她心灵的纯美。如果说我们在看此节以前对安娜还带着谴责心情的话,那么看了此节后,我们的心情已由谴责变成了同情,甚至赞叹。所以,笔者又认为,这一节是作者对安娜态度转变的关键的一章。如果托尔斯泰在作品中抽去这个不大的篇幅,安娜的形象就会黯然失色,安娜本人也绝不会引起读者那么大的兴趣和同情,而整个作品也会因此而削弱魅力和社会批判的力量。

安娜与列文会见的场面

安娜与列文会见一节,文字不多,但在整部小说中却起着关键性的作用。从结构上讲,它使两条似乎完全不相干的情节线索得以交汇,把作品连成了一个统一的整体;从内容上讲,它把安娜对家庭问题的探索和列文对社会问题的探索有机联系在一起,突出了两个主人公的精神气质,显示了作品丰富而深广的内涵。

一

　　《安娜·卡列宁娜》突出的特色之一就是作品的结构。托尔斯泰打破了传统的第一主人公与第二主人公命运休戚相关、情节连贯发展的传统模式,创造了两条几乎不相干的情节各自发展,而靠各种思想的交错及其矛盾统一、人物的亲属朋友关系而形成"内在联系"。从表面上看,作品的第一主人公安娜和第二主人公列文的命运没有必然的联系;安娜—卡列宁—弗龙斯基的情节线索的发展与列文—基蒂的情节线索不相干。正因为如此,小说出版后,莫斯科大学教授谢·拉钦斯基曾责备小说家说:《安娜·卡列宁娜》中"没有建筑学"。对此,托尔斯泰毫无客气地回答:"你对《安娜·卡列尼娜》的看法我觉得是不正确的。我恰巧正就是为建筑学感到自豪——圆拱衔接得使人觉察不出什么地方是拱顶。而这正就是我所致力以求的东西。这所建筑物的联接不靠情节和人物之间的关系(交往),而是靠一种内在的联系。"① 而实际上,作家在作品里注重的是家庭的思想。1877年3月3日,托尔斯泰对妻子索菲亚说:"要使作品写好,就必需爱它里面的那个主要的、基本的思想,就像我在《安娜·卡列尼娜》中爱家庭的思想……"② 其"家庭的思想"作为外在线索把作品连为一个整体,两个主人公的追求和探索就是作品"内在的联系"。为此,作品采取了对照原则,第一主人公和第二主人公及他们的家庭的对照几乎贯穿作品始终。小说第七部基蒂与弗龙斯基的会见和安娜与列文的会见是这种"内在联系"的外化。尤其是安娜和列文的会见,有形无形地把两条线索连接成了自然而严整的拱形结构。

二

　　列文由于其一贯的传统的家庭思想及其妻子基蒂的缘故,对安娜一直有成见,曾一度强烈地谴责过她。但他为什么愿意去见安娜呢?原因很简单,那就是他大学的同学,也是他的挚友奥布隆斯基是安娜的亲哥

---

①　贝奇科夫:《托尔斯泰评传》,吴均燮译,人民文学出版社1959年版,第358页。
②　同上书,第307页。

哥。一次在弹子房里，奥布隆斯基消除了列文和弗龙斯基之间的隔阂。他紧紧挽住列文的胳膊对弗龙斯基说："这是我的真诚的、简直是最知心的朋友哩，而你也是我的越来越亲密越知己的人；因此我希望你们，而且知道你们彼此一定会很亲睦，和好相处，因为你们都是好人。"① 在列文和弗龙斯基的手紧紧握在一起时，奥布隆斯基对弗龙斯基说："你知道吗，他并不认识安娜，我很想带他去看看她。"弗龙斯基说："真的吗？她会高兴得很哩。我很想立刻就回家去，不过我不放心亚什温，想留在这里等他赌完了再走。"② 列文"很高兴他和弗龙斯基之间的敌对情绪已经告终了，而那种心平气静、温文尔雅和欢畅的印象一直萦绕在他心头③。"此时，奥布隆斯基迫不及待地对列文说："那么我们去看安娜吧。马上去……我早就答应过她带你去哩。"④ 对此，列文一度犹豫，"开始考虑他的行动，自问他去看安娜究竟妥不妥当。尤其是妻子'基蒂会怎么看法？'"但奥布隆斯基却极力消除他的疑虑，对他说："你会认识她……多莉老早就这么希望了。利沃夫也拜望过她，有时去她家里。虽然她是我的妹妹，我也可以不避嫌疑地说她是个了不起的女人。……她的处境非常痛苦，特别是目前……除了多莉任何女人也不见，因为，你明白的，她不愿意人家像发慈悲似地去看望她……她有多么沉静和高贵！"⑤ 奥布隆斯基还告诉列文安娜写了"一部非常精彩的作品"、"收养了一个英国小姑娘"、照料"无人照管"弗龙斯基的驯马师一家人，"可是她并不是以恩人自居，只破费点钱就算了；她亲自为那些男孩子投考中学补习俄语，并且把那个小姑娘收养到家里"。⑥ 以上这些话有三层意思：其一，多莉希望他去看安娜。多莉是奥布隆斯基的妻子，更是列文的挚友，当年差点就成了列文的妻子。列文非常信任她，对她提出的要求从不拒绝。既然多莉有这种希望，他是不能使其失望的。其二，利沃夫是外交家，更是多莉的妹夫，也是基蒂的姐姐纳塔利亚的丈夫，既然利沃夫都去看

---

① 《列夫·托尔斯泰文集》第十卷，人民文学出版社 2000 年版，第 898 页。
② 同上。
③ 同上书，第 899 页。
④ 同上。
⑤ 同上书，第 900 页。
⑥ 同上书，第 901 页。

了，列文不去是说不过去的。其三，安娜是一个"了不起的女人"，有才华有爱心，只是目前处境痛苦，正需要人安慰，尤其像列文这样地位特殊的人。这些理由，使得列文无法拒绝好友的邀请。其实，在列文内心深处，也有想亲自见识一下这个在上流社会闹得沸沸扬扬的安娜究竟是怎样一个人的愿望。

三

列文并不是一开始就见到安娜本人的。他首先看到的是安娜的画像。作品里是这样写的："……一幅女人的全身大画像，引得列文不由自主地注目起来。这是安娜的画像，是在意大利时米哈伊罗夫画的。……列文定睛凝视着那幅画像，它在灿烂的光辉下好像要从画框中跃跃欲出，他怎样也舍不得离开。他甚至忘记他在哪里，也没有听见在谈论些什么，只是目不转睛地凝视着这幅美妙得惊人的画像。这不是画像，而是一个活生生的、妩媚动人的女人，她长着乌黑鬈发，袒肩露臂，长着柔软汗毛的嘴角上含着沉思得出了神的似笑非笑的笑意，用一双使他心荡神移的眼睛得意而温柔地凝视着他。她不是活的，仅仅是由于她比活的女人更美。"[①] 他正为画像出神时，"冷不防听到身边有个声音"："我非常高兴哩！""这就是他所叹赏的那幅画像上的女人本人的声音。……列文在书房的朦胧光线中看见画里的女人本身，她穿着闪光的深蓝服装，同画中人姿态不同，表情也两样，但还是像画家表现在画里的那样个绝色美人。实际上她并不那样光彩夺目，但是在这个活人身上带着一种新鲜的迷人的风度，这却是画里所没有的。"[②] 这一段精妙绝伦的描写，让人简直无法说出究竟是画像美还是本人美。这不由得让人想到余光中在《听听那冷雨》中写的"是米氏父子下笔像中国的山水，还是中国的山水上纸像宋画。恐怕是谁都说不清楚了吧？"[③]

接着写他们的相见。安娜"并不掩饰看见他而感到的快乐心情……她那种雍容娴雅的风度……上流社会的妇女的举止，永远是那样安详和

[①]　《列夫·托尔斯泰文集》第十卷，人民文学出版社 2000 年版，第 902 页。
[②]　同上书，第 902—903 页。
[③]　徐中玉：《大学语文》第十版，华东师范大学出版社 2013 年版，第 130 页。

自然"①。这是列文"很熟悉而且很欢喜的"。她重复的"我非常,非常高兴哩"。"这句简单的话在列文听来似乎含着特殊的意义。"这特殊意义就在于列文不仅是安娜哥哥的朋友,更是安娜曾无意伤害过的基蒂的丈夫。这双重的身份,尤其是后者,在安娜孤立无援,整个上流社会都对她冷淡的情况下,曾被自己伤害过的女人的丈夫竟然能来看望自己,这对安娜来说,无疑是最大的安慰。安娜对列文接下来的话也说明这点。"我早就认识您,而且很欢喜您,由于您跟斯季瓦的友谊以及您妻子的缘故……"②列文本来是个拘谨的人,和生人说话脸都要红的,但安娜的直率坦诚,使他"立刻就变得似乎从小就认识她那样随便、自然和愉快了"。但"当安娜感觉到他的眼光逗留在她身上的时候,她的脸上闪烁着一种特别的光辉。列文的脸涨得绯红"③。他们谈了共同的熟人多莉和别的一些事,列文感到"同她谈话是一桩乐事,而倾听她说话更是一桩乐事。安娜不但说得又自然又聪明,而且说得又聪明又随便,她并不认为自己的见解有什么了不起,却非常尊重对方的见解"④。他们谈到法国艺术,当列文说出"法国人比任何人都墨守成规……他们认为不撒谎就是诗哩"这句自己感到"心满意足的机智言语"时,安娜"容光焕发了。她笑了"。并说:"我笑,就像人看见一幅非常逼真的画像笑起来一样!您所说的话完全描绘出现代法国艺术、绘画、甚至文学——左拉,都德——的特色。"⑤可见,安娜和列文这两个探索式的主人公,他们对艺术的见解是完全一致的。

列文试着了解安娜:"是的,是的,这是怎样一个女人!"他思索着,"完全出了神,他目不转睛地凝视着她的陡然间完全变了色的、美丽的、善于变化的面孔",甚至"没有听见她探过身去对她哥哥说了些什么,但是她的表情的变化使他惊讶"。她瞬间还显得"优美端丽"的脸,"突然显出一种异样的好奇、气愤和傲慢的神情"。这瞬间的变化可能是她和哥哥谈到有关她与卡列宁、弗龙斯基的不愉快的事所引起的。后他们的话

---

① 《列夫·托尔斯泰文集》第十卷,人民文学出版社 2000 年版,第 903 页。
② 同上。
③ 同上书,第 904 页。
④ 同上。
⑤ 同上书,第 905 页。

题又转到儿童的教育上。安娜看着列文说:"阿列克谢·基里雷奇伯爵很鼓励我……致力于乡村学校的事业。我去过几次。他们都是些可爱的小孩,但是我怎么也不喜欢这个事业。您提到精力。而精力是以爱为依据的。爱是无从强求,勉强不来的。我爱这个小女孩,我自己都说不出所以然来。""她的笑容和眼色——这一切都向他表示出她的话仅仅是对他讲的,她尊重他的意见,而且事先就知道他们是互相了解的。"① 这与列文对公益事业不热心,反对在农村办学校的思想是不谋而合的。列文曾对他的长兄谢尔盖说:"……至于学校,我也决不会送我的儿女上学校去读书,农民也不见得愿意送他们的儿女上学校去,而且我还不十分相信应该送他们去读书。"② 因此列文说:"这一点我完全明白,人决不可能把心投入这一类学校或机关里去,我想这就是慈善机关所以总收效不大的原因。"③ 安娜证实说:"是的,是的,我永远也办不到。我的心胸不够开阔,没有办法爱整个孤儿院里的讨厌的小姑娘。这我永远办不到。有那么多妇女曾经用这样手段取得社会地位。特别是目前……我非常需要做点什么的时候,我却不能做!"她猛然间愁眉紧锁(列文明白她是因为谈到自己的事而皱起眉头的)。后谈话改变了话题。安娜对列文说:"我听见人家议论过您,说您是一个不好的公民,我还尽力为您辩护过哩。"④ 说列文不是好公民,主要就是指他不关心政治,不热衷官场,不热心公益等这些事。安娜为列文辩护,就更进一步说明安娜和列文以前尽管没有见过面,没有交谈过,但他们心心相印,他们的所思所想完全是一致的。从安娜的谈话和表情中,"列文在他已经非常喜爱的这个女人身上看出另外一种特点。除了智慧、温雅、端丽以外,她还具有一种诚实的品性。她并不想对他掩饰她的处境的辛酸苦辣。她说完长叹了一声,立刻她的脸上呈现出严肃的神情,好像石化了。带着这副表情她的面孔变得比以前更加妩媚动人了;但是这是一种新奇的神色;完全不在画家描绘在那幅画像里的那种闪烁着幸福的光辉和散发着幸福的神情范畴以

---

① 《列夫·托尔斯泰文集》第十卷,人民文学出版社 2000 年版,第 906 页。
② 《列夫·托尔斯泰文集》第九卷,人民文学出版社 2000 年版,第 321 页。
③ 《列夫·托尔斯泰文集》第十卷,人民文学出版社 2000 年版,第 906 页。
④ 同上书,第 907 页。

内"①。安娜的画像是在威尼斯和弗龙斯基度蜜月时请流亡在意大利的俄国画家米哈伊洛夫画的。那时,正是她幸福得"不可饶恕"的时期,她生活的环境是那样的"新鲜和愉快",她几乎没有任何痛苦。而现在,她却是生活在痛苦中,哪里还有幸福呢?"闪烁着幸福的光辉和散发着幸福的神情"表现了安娜不仅要自己幸福,而且也想让所有人都能得到幸福,分享她的幸福的愿望。这一点,正是列文所日思梦想和上下探索的"以人人富裕和满足来代替贫穷;以和谐和利害一致来代替互相敌视"②的贵族不没落,农民不贫困的人人幸福的社会理想。可见,他们的追求是完全一致的。列文不由得"对她产生了一种连他自己都觉得惊讶的一往情深的怜惜心情"③。列文"怜惜"的是什么呢?就是安娜那种自己幸福也想让别人分享幸福的神情没有了,取而代之的是像"化石"般的严肃。她的幸福已成为过去,现在代之的是无限的痛苦。尽管如此,列文还是被安娜完全征服了。在饮茶的时候,"那种妙趣横生的愉快的谈话一直不断。没有一个时候需要找寻话题"。列文觉得"时间太不充裕,说不完心里想说的话"。他从来没有找到一个真正的知音,现在终于遇到了。他要向她倾诉的东西太多了。但他"情愿抑制住自己,好听听别人说些什么"。他"觉得所有说过的言语……由于她的注意和评论都获得了特别的意义"。列文在"谛听着这场有趣的谈话"的同时,一直在欣赏安娜:"她的美貌、聪明、良好的教养,再加上她的单纯和真挚。他一边倾听一边谈论,而始终不断想着她,她的内心生活,极力猜测她的心情。而他,以前曾经那样苛刻地批评过她,现在却以一种奇妙的推理为她辩护,替她难过,而且生怕弗龙斯基不十分了解她。"④列文对安娜那葱茏的内心世界理解太深了,他虽然和安娜见面只有半天的时间,但由于两人心灵的相通,使得他很容易了解她,知道她的追求。列文"生怕弗龙斯基不十分了解她"的担心也是建立在他对两人的了解上。对于弗龙斯基,他尽管是上流社会花花公子中的优秀人物,但他绝不可能脱离那些人物身

---

① 《列夫·托尔斯泰文集》第十卷,人民文学出版社2000年版,第907—908页。
② 《列夫·托尔斯泰文集》第九卷,人民文学出版社2000年版,第447页。
③ 《列夫·托尔斯泰文集》第十卷,人民文学出版社2000年版,第908页。
④ 同上。

上与生俱来的俗气。弗龙斯基自以为要发现安娜"最可爱的心灵的表情，就得了解她而且爱她，像我爱她一样[1]。"尽管他那段时间几乎天天和安娜在一起，但他的本质决定了他不可能具有安娜那样高尚的内心和崇高的追求，当然也就无法理解安娜。事实证明列文的担忧是正确的。弗龙斯基在上流社会的压力下终于冷淡了安娜，而上流社会就是利用他身上的弱点给了安娜最后一击，把安娜推到火车轮下。

将近十一点钟，他们要走的时候，"列文觉得仿佛他刚刚才来似的。"他依依不舍地站起身来，安娜"握住他的手，用一种迷人心魄的眼光凝视着他说：'再见，我很高兴，坚冰打破了……请转告您的妻子，我还像以往一样爱她，如果她不能饶恕我的境遇，我就希望她永远也不饶恕我。要饶恕，就得经历我所经历的一切才行，但愿上帝保佑她不受这种苦难！'"列文的"脸涨得绯红"，他给安娜肯定的回答："一定的，是的，我一定转告她……"[2] 离开安娜家后，列文对奥布隆斯基说："一个多么出色、可爱、逗人怜惜的女人！……一个非同寻常的女人！不但聪明，而且那么真挚……我真替她难过哩。"[3] 在和奥布隆斯基分手后，他心里还"不住地想着安娜和他们交谈过的一切，甚至最简单的话语，回想她脸上的一切细微的表情，越来越体谅她的处境，越来越替她难过，就这样回到家里"。不难看出，安娜和列文的会见，是完全的心灵的交融。

安娜与列文会见的这个情节在《安娜·卡列宁娜》中篇幅并不是很长，但却有着特殊的意义，从结构上讲，它使两条似乎完全不相干的线索得以交汇，把作品连成了一个统一的整体；从内容上讲，它把安娜对家庭问题的探索和列文对社会问题的探索有机联系在一起，突出了两个主人公的精神气质，显示了作品丰富而深广的内涵。

安娜自杀的场面

安娜自杀一节是《安娜·卡列宁娜》的高潮，托尔斯泰以高超的艺

---

[1] 《列夫·托尔斯泰文集》第十卷，人民文学出版社 2000 年版，第 620 页。
[2] 同上书，第 909 页。
[3] 同上。

术手法，展示了安娜自杀前的心理活动，从深层次揭示了安娜自杀的根本原因，为我们准确地理解安娜的悲剧提供了有力的依据。本书紧扣文本联系托尔斯泰的思想及创作就此进行分析。

一

像安娜这样一个洋溢着"过剩的生命力"的充满生之欲望的贵妇为什么会吹熄自己的生命之灯？对此，好多人想不通。1928年，英国作家高尔斯华绥在《安娜·卡列宁娜》的序中就对此有异议："这部卓越的作品开头几部分写得最有力，因为在后面部分作者不能使我们相信安娜在她被描写的那种情况下竟以自杀来结束生命。在小说开始时，托尔斯泰把她描写成这样生气勃勃的、充满生的乐趣的女人，所以简直不能相信，结尾时如果不是作者随意簸弄，她竟会去自杀的。实际上安娜是一个热情洋溢、精力充沛，生命力非常旺盛的人，是不会就像她那样结束自己的生命的，小说的结局在我们看来是出乎意料的，故意制造的。在这里，作者似乎要在结局中否定自己所塑造的人物。"[①] 并认为这种前后的变化是由作家思想的激变导致说教者的托尔斯泰压倒了艺术家的托尔斯泰所引起的。其实，高尔斯华绥的这种说法是站不住脚的。女主人公的自杀完全是其自身性格使然，是现实生活发展的必然结果。对安娜的自杀，当时有很多人是想不通的。托尔斯泰的老朋友加·安·鲁萨诺夫就曾向他表示过这样一种看法：说他把安娜置于火车轮下太残忍了。托尔斯泰听后笑了笑，讲起普希金的一件事："有一次他对自己的一位朋友说：'想想看，我那位塔姬雅娜跟我开了个多大的玩笑！她竟然嫁人了！我简直怎么也没有想到她会这样做。'关于安娜·卡列尼娜我也可以说同样的话。根本讲来，我那些男女主人公有时就常常闹出一些违反我本意的把戏来：他们做了在实际生活中常有的和应该做的事，而不是做了我所希望他们做的事。"[②]

这告诉我们，安娜的自杀不是"因为作家思想的激变导致说教者的托尔斯泰压倒了艺术家的托尔斯泰所引起的"，不是托尔斯泰有意安排和

[①] 《欧美作家论列夫·托尔斯泰》，杜运燮译，中国社会科学出版社1983年版，第184页。
[②] 贝奇科夫：《托尔斯泰评传》，吴均燮译，人民文学出版社1981年版，第344—345页。

所希望的，而是"做了在实际生活中常有的和应该做的事"，是现实生活的必然。

《安娜·卡列宁娜》最初的构思里，女主人公就是以自杀告终。托尔斯泰在手稿里写巴拉绍夫（未来的弗龙斯基）和达吉雅娜（未来的安娜）最后一次谈话：巴拉绍夫由于"谎话，虚伪"和难于忍受的处境而恼怒起来。达吉雅娜最后一句话是："好，等一等吧，你不会长期受折磨的。""她走了。过了一天，在涅瓦河里找到了她的尸体"。后来修改为："在铁轨边找到了她的尸体。"① 这个结局一直保持到定稿。

第一个草案里，安娜产生死的念头是在阅读一部长篇小说的时候。她回想自己的一生及不幸，当她"读到有个青年人得知他的未婚妻背叛了他，就来找她。一瞬间，安娜内心的声音突然回答了这个问题：谁死？小说里的未婚夫和未婚妻以及她所依傍的窗户，所有这一切都消失了，被噼啪声，随后是安静和黑暗代替了。蜡烛快要完了，噼噼啪啪作响，忽然就熄灭了。安娜躺在黑暗中睁大眼睛明白了内心的声音给她做出的答案。'是的，亚历克赛·亚历山特罗维奇和谢辽沙的耻辱与羞愧，我的不幸，他的痛苦，是的，所有这一切，全都会由于我的死而解脱。我应当死，我这支蜡烛就要熄灭了。是的，那时一切全都会明朗了，大家全都会感到很好。但是，死，熄灭自己这只蜡烛。不，——她因肉体上对死的恐惧而颤抖，——不，只要活着，不能死，要知道我爱他（渥伦斯奇），要知道，他也爱我。死是轻而易举的事'，泪水顺着她的两颊、嘴唇和脖子流了下来。她迅速地穿上长衫就去找他"② 可以看出，安娜产生死的念头的动机主要是解脱，而对弗龙斯基的不满是次要的。

二

一个正常的人要结束自己的生命，一定要到了万念俱灰、对一切都极度失望的地步。安娜经过产后病危的忏悔后，本应和丈夫平静的生活。但病愈后不久，她对丈夫的反感又回到了与弗龙斯基热恋的初期，看到

---

① 日丹诺夫：《安娜·卡列尼娜的创作过程》，雷成德译，内蒙古人民出版社1980年版，第5页。

② 同上书，第156—157页。

丈夫就会产生"生理上的憎恶感"。一次，卡列宁把因孩子奶水不够请医生的事告诉她，她就认为这是丈夫责备她，于是对丈夫说："是的，您在责备我！我的上帝！我为什么不死掉！"①

她向哥哥奥布隆斯基承认和比自己大20岁的卡列宁结婚是"一个可怕的错误！"并说自己"什么也不希望……除了希望一切都完结"②。这里的"完结"就是生命的完结，也就是死。当奥布隆斯基告诉她卡列宁"一切都同意"时，她非但高兴不起来，反而说："我为什么不死呢！那样倒好了！"③

安娜又一次产生自杀的念头是在破天荒第一次和弗龙斯基"闹过一整天的别扭"，确认弗龙斯基对她冷淡后。她回忆起害产褥热时她的话："我为什么不死呢？"和当时的心情。"于是她恍然大悟盘踞在她心头的是什么了。是的，这就是唯一可以解决一切的想法。是的，死！……"她认为自己的死会使丈夫和儿子从羞惭和耻辱中解脱。会使弗龙斯基"懊悔莫及，会可怜我，会爱我，会为了我痛苦的！"④ 她要以自己的死来惩罚弗龙斯基。这里可以清楚地看出，安娜产生死的念头是出于对弗龙斯基的惩罚，和初稿中出于解脱是不同的。死是生命的极致，既然想到死，那其他的一切都无足轻重了。因此，"离不离婚"，在她"都无关紧要了……她一心只要惩罚他"⑤。但"当她倒出平常服用的一剂鸦片，想到要寻死只要把一瓶药水一饮而尽就行了"的时候，"她心上感到那样的恐怖"，打消了死的念头："不，怎么都行，只要活着！要知道，我爱他！他也爱我！这都是过去的事，会过去的。"⑥ 并因"庆幸复活"而流下"快乐的眼泪"。为了摆脱恐怖，她急忙跑到弗龙斯基的书房去。凝视着沉入梦乡的弗龙斯基，她感到"她爱他，一见他就忍不住流下柔情的眼泪"；但她害怕"醒过来他就会用那种冷酷的、自以为是的眼光望着她"，因此没有惊动他就回到自己的寝室，并"服了第二剂鸦片……沉入一种

---

① 《列夫·托尔斯泰文集》第九卷，人民文学出版社2000年版，第552页。
② 同上书，第556页。
③ 同上书，第566页。
④ 《列夫·托尔斯泰文集》第十卷，人民文学出版社2000年版，第965页。
⑤ 同上书，第974页。
⑥ 同上。

难过的、梦魇纷扰的睡梦中,始终没有失掉自我的意识"①。早晨,在她和弗龙斯基结合前就曾出现多次的噩梦:"一个胡须蓬乱的老头,正弯着腰俯在一种铁器上,在做什么,一边用法语毫无意义地嘟囔着……她感觉得那个农民并不注意她……却用这种铁器在她身上干什么可怕的事。"②她吓出了一身冷汗,惊醒了。去找弗龙斯基,弗龙斯基下楼去了。她从窗口看到一个戴着淡紫色帽子的少女递给弗龙斯基一包东西。弗龙斯基笑着对她说了句什么,"又迅速地跑上楼来"。看到这一幕,"遮住她心灵里的一切云雾突然消散了。昨日的千思万绪又以新的剧痛刺伤了她痛楚的心。她现在怎么也不明白她怎么能够这样低三下四,居然在他的房子里跟他一起过了一整天"③。她要到弗龙斯基的书房去"说明她的决心"。弗龙斯基告诉她:"是索罗金公爵夫人和她的女儿路过这里,她们从妈妈那里给我带来了钱和证件。"④并问她:"你的头痛怎么样,好些了吗?"但弗龙斯基"不愿意看,也不愿意理解她脸上那种阴沉忧郁的神色"。她走到门口的时候,弗龙斯基不经意地问了一句:"我们明天一定走,是吗?"安娜回答:"您走,我可不走",并重复了一次。弗龙斯基生气地说:"这简直受不了啦!"安娜说:"您……您会后悔的!"弗龙斯基尽管"被她说这句话的那种绝望神情吓坏了",但"这种在他看来是不像话的、用意不明的威胁,使他大为激怒了"。他想"只剩下置之不理这个法子了"⑤,于是准备进城去,再到母亲那里请她在委托书上签字。弗龙斯基什么也没有跟安娜说就坐马车走了。安娜绝望地自言自语:"走了!全完了!""她的蜡烛熄灭了的时候那种黑暗和那场噩梦所遗留下的印象,混合成一片,使她的心里充满了寒彻骨髓的恐怖。"⑥当得知弗龙斯基去母亲那里时,安娜要去找他。"主要的是走出这幢房子。"她匆匆忙忙走出去,坐上马车,告诉马车夫彼得:"到兹纳缅卡街,奥布隆斯基家去。"晴朗的天气,光彩夺目地"在五月的阳光中闪耀着"的一切,使她"对

---

① 《列夫·托尔斯泰文集》第十卷,人民文学出版社 2000 年版,第 975 页。
② 同上。
③ 同上书,第 975—976 页。
④ 同上书,第 976 页。
⑤ 同上。
⑥ 同上书,第 977 页。

她的境遇的看法跟在家里完全不相同了。现在死的念头不再那么可怕和那么鲜明了，死似乎也并非不可避免的了"①。她回想起自己十七岁的时候和姑母坐马车去朝拜三一修道院的情况。"难道那个长着两只红红的手的姑娘，真是我吗？那时有多少在我看来是高不可攀的，以后却变得微不足道了，而那时有过的东西现在却永远得不到手了！那时我能想得到我会落到这样屈辱的地步吗？"② 少女时代以为高不可攀的东西安娜似乎都得到了。因姑妈的安排，安娜嫁给了高官，轻易就成了上流社会既羡慕又忌妒的贵妇人，并有了一个可爱的孩子谢廖沙；后来遇到弗龙斯基，一度得到了"不可饶恕"的幸福。这些，对于一个缺乏至亲的少女来说，确实是高不可攀的。但安娜却因姑妈的缘故轻易就得到了。到手的东西似乎就不值钱了，显得微不足道了。因此安娜得到这些后，并不懂得珍惜。她因弗龙斯基而抛夫弃子，从而被上流社会拒之门外，由一个受人尊敬的上流社会的贵妇变成了生活在屈辱之中的孤家寡人；后又因弗龙斯基的冷淡而绝望，生活在地狱的煎熬中。少女时代所拥有的一切再也找不回来了。在马车里，她胡思乱想：弗龙斯基接到她的信"会多么得意和高兴啊！但是我会给他点颜色看看的……多莉会认为我要抛弃第二个丈夫了……"看到两个微笑的姑娘。她把自己的阴影投放到她们身上："大概是爱情！她们还不知道这是多么难受、多么卑下的事哩……"看到三个男孩子奔跑着，玩赛马的游戏，她又想到了儿子："谢廖沙！我失去了一切，我找不回他来了。是的，如果他不回来，我就会失去一切了。"她又想到弗龙斯基："他也许误了火车，已经回来了。又要让你自己低三下四了！"③ 但她还是决定到多莉家去，坦白地对她说："我不幸，我罪有应得，全是我的过错，不过我仍然是不幸的，帮帮我的忙吧……"多莉告诉她，基蒂在她家。并说奥布隆斯基来信讲卡列宁并没有拒绝离婚的事，他"觉得满有希望哩"。但安娜说："而我却灰心失望，甚至并不抱什么希望哩。"安娜对基蒂没有出来见她想入非非："这是什么意思？基蒂认为会见我就降低了身份吗？"她对自己来找多莉感到后悔，"我为什

---

① 《列夫·托尔斯泰文集》第十卷，人民文学出版社 2000 年版，第 980 页。
② 同上书，第 981 页。
③ 同上书，第 981—982 页。

么到这里来呢？我更不愉快，更难过了！"① 她读了哥哥的信后对嫂嫂说："我全知道了，这丝毫也引不起我的兴趣哩。"她红着脸问多莉："基蒂为什么躲着我呢？"多莉告诉她："她在给婴儿喂奶，她总也搞不好，我正在教她……她很高兴。她立刻就会来的。"正在这时，基蒂出现了。基蒂听到安娜来访，本来不愿意露面的；但是多莉说服了她。基蒂鼓着勇气走进来，脸泛红晕，走到安娜跟前，伸出手来，对安娜说："我很高兴见到您哩"，安娜对她说："如果您不愿意见我，我也不会大惊小怪的。我全都习惯了。……"② "她们谈论基蒂的病、婴儿和斯季瓦；但是分明安娜对什么都不感兴趣。"她说："我是来向你们辞行的"，并立起身来。多莉感到安娜"今天有点异样"。离开哥哥家，安娜的"心情比出门的时候更恶劣。除了她以前的痛苦现在又添上了一种受到侮辱和遭到唾弃的感觉，那是她和基蒂会面的时候清楚地感觉到的"。③ 在回家的路上，她又胡思乱想。看到两个过路的人，就想到"他们怎么像看什么可怕的、不可思议的、奇怪的东西一样看着我呀！"对一向信任的嫂嫂，她也产生了猜忌："一个人能够把自己的感受告诉别人吗？我本来想告诉多莉的，不过幸好没有告诉她。她会多么幸灾乐祸啊！她会掩饰起来的；但是她主要的心情会是高兴我为了她所羡慕的种种快乐而受了惩罚。"对于基蒂，她更是从坏的方面想："基蒂会更高兴了。我可把她看透了！她知道，我在她丈夫眼里显得异常可爱。她嫉妒我，憎恨我，而且还看不起我。在她的眼里我是一个不道德的女人。如果我是不道德的女人，我就可以使她丈夫堕入我的情网了……如果我愿意的话。而我的确很情愿。这个人很自以为了不起哩！"④ 看见一个肥胖红润的绅士乘着车迎面驶来，她想，他把她当成了熟人，摘下他那闪光的秃头上的闪光的礼帽，但是随后发觉他认错了人。"他以为他认识我。但是他和世界上其他的人一样，同我毫不相识哩。连我自己都不认识我！我就知道我的胃口，正像那句法国谚语说的。他们想要吃肮脏的冰激凌；这一点他们一定知道的。"看

---

① 《列夫·托尔斯泰文集》第十卷，人民文学出版社2000年版，第983页。
② 同上。
③ 同上书，第984—985页。
④ 同上书，第985页。

见两个男孩拦住一个冰激凌小贩,他把桶由头顶上放下来,用毛巾揩拭着汗淋淋的面孔时,她想到基蒂:"我们都愿意要甘美可口的东西。如果没有糖果,就要不干净的冰激凌!基蒂也一样,得不到弗龙斯基,就要列文。而她嫉妒我,仇视我。我们都是互相仇视的。基蒂恨我,我恨基蒂!"①

她感到"没有什么有趣的赏心乐事。一切都是可恨的。"听到晚祷钟声响了,看到虔诚地画着十字的商人,认为"这些教堂、这些钟声、这些欺诈……无非是用来掩饰我们彼此之间的仇视……"② "她完全沉溺在这些思想中,甚至忘记了她的处境。"到了家门口,"看见门房出来迎接她的时候,她这才回忆起她发出去的信和电报"③。她读了一封弗龙斯基"十点以前我不能回来"的电报得知送信的人还没有回来后,感到心上起了一股无名的怒火和渴望报复的欲望。她决定亲自去找弗龙斯基,"在和他永别以前,我要把一切都和他讲明。我从来没有像恨他这样恨过任何人!"她想象他现在正平静地同他母亲和索罗金公爵小姐谈着天,因为她的痛苦而感到高兴呢。"是的,我得快点去!……是的,我必须到火车站去,如果找不到他,我就到那里去揭穿他。"④ 她觉得午餐的"一切食物都是令人恶心的",仆人的言行也使她不满。马车载着她走上了死亡之旅。随着车身轻轻摇晃,"不同的印象又一个接着一个交替地涌上"安娜的心头。"秋季金,理发师?"再次出现在她脑海里。她想到了亚什温所说的:"生存竞争和仇恨是把人们联系起来的唯一的因素。"⑤ 她把自己的心思投放到去郊外寻欢作乐的人身上:"带着狗也无济于事!你们摆脱不了自己的"。看到一个被警察带走的"喝得烂醉如泥的工人",认为"这个人倒找到一条捷径","弗龙斯基伯爵和我也没有找到这种乐趣,虽然我们那么期望"。想到此,"安娜第一次一目了然地看清楚了"她和弗龙斯基之间的关系:"他在我身上找寻什么呢?与其说是爱情,还不如说是要满足他的虚荣心。……是的,他心上有一种虚荣心得到满足的胜

---

① 《列夫·托尔斯泰文集》第十卷,人民文学出版社2000年版,第985页。
② 同上书,第986页。
③ 同上。
④ 同上书,第986—987页。
⑤ 同上书,第987页。

利感。……他以我而自豪。……他从我身上取去了可以取去的一切,现在他不需要我了。他厌倦了我,又极力不要对我显得无情无义。……对他来说,我早已没有风韵了。如果我离开他,他会打心眼里高兴呢!……我的爱情越来越热烈,越来越自私,而他的却越来越减退,这就是使我们分离的原因。……在我,一切都以他为中心,我要求他越来越完完全全地献身于我……我们没有结合以前,倒真是很接近的,但是现在我们却不可挽回地疏远起来……我不是嫉妒,而是不满足……难道我不知道他不会欺骗我,他对索罗金小姐并没有什么情意,他也不爱基蒂,而且他也不会对我不忠实吗?……如果,他不爱我,却由于责任感而对我曲意温存,但却没有我所渴望的情感,这比怨恨还要坏千百倍呢!这简直是地狱!……他早就不爱我了。爱情一旦结束,仇恨就开始了。"①从这一段心理活动中,我们不难看出三点:第一,弗龙斯基完全是一个上流社会的花花公子,他与安娜之间的关系不是爱情,而是"满足他的虚荣心",他与《红与黑》中的于连第一次占有德瑞拉市长夫人后一样,感到的不是爱情,而是一种"胜利"。正因为如此,当安娜爱情"越来越热烈"时,他却"越来越减退"。第二,安娜明白弗龙斯基不会对她不忠实的,也不会把爱情转移到其他女人身上,但她还是嫉妒。她嫉妒的是什么呢?就是弗龙斯基对她爱情的减退。第三,安娜已经确认弗龙斯基不再爱她,"爱情一旦结束",取代爱情的就只有仇恨了。这就为安娜要报复弗龙斯基埋下了伏笔。她坐在马车里,周围的一切似乎都模糊了。她认为人与人之间"彼此都是仇视的"。她又想到了离婚:"假定我离了婚,阿列克谢·亚历山德罗维奇把谢廖沙给了我,我和弗龙斯基结了婚!……成了弗龙斯基的妻子。结果又怎么样呢?难道基蒂就不再像今天那样看我了吗?不。难道谢廖沙就不再追问和奇怪我怎么会有两个丈夫了吗?在我和弗龙斯基之间又会出现什么新的感情呢?不要说幸福,就是摆脱痛苦,难道有可能吗?……这是不可能的!生活使我们破裂了,我使他不幸,他也使我不幸,他和我都不能有所改变。一切办法都尝试过了,但是螺丝钉拧坏了。"② 安娜一度把离婚当作挽回她和弗龙斯基爱

---

① 《列夫·托尔斯泰文集》第十卷,人民文学出版社2000年版,第988—989页。
② 同上书,第989—990页。

情的一根救命稻草，甚至主动给丈夫写信，要求离婚。但现在她终于醒悟了：就算离了婚，成了弗龙斯基的妻子，也无法摆脱痛苦，因为她对弗龙斯基太了解了。看到一个抱着婴儿的乞妇，她再次产生人与人之间相互仇恨的想法："我们投身到世界上来，不就是要互相仇恨，因此折磨自己和别人吗？"① 看到一群学生，她想到了儿子谢廖沙，并总结了自己与儿子的关系："我也以为我很爱他，而且因为自己对他的爱而感动。但是没有他我还是活着，抛掉了他来换别人的爱，而且只要另外那个人的爱情能满足我的时候，我并不后悔发生这种变化。"② 这里不难看出，儿子在她心目中的地位是不如情人的。正因为如此，她才会抛弃儿子与情人私奔，甚至在意大利度蜜月时很少想到儿子，只有和情人发生冲突时才会想到儿子。她沉浸在想象中，"完全忘了她要到哪里去，和为什么要去，费了好大的劲她才明白了这个问题"③。当她穿过人群往头等候车室走去的时候，她逐渐回想起她的处境的全部详情和她的犹疑不决的计划。于是希望和绝望，"又轮流在她的旧创伤上刺痛了她那痛苦万状的、可怕地跳动着的心灵的伤处"④。对那些在车站进进出出的人，她都感到是讨厌。对弗龙斯基，"她多么痛苦地爱他，恨他，而且她的心跳动得多么厉害"。看到一个用法语喊姑姑的小女孩，她就产生这样的想法："还是个小孩子，就已经变得怪模怪样，会装腔作势了。"⑤ 她"不看见任何人"，但当她在空车厢对面的窗口坐下时，"一个肮脏的、丑陋的农民，戴着帽子，帽子下面露出一缕缕乱蓬蓬的头发，走过窗口，弯腰俯在车轮上"。安娜回想到她的梦境，吓得浑身发抖。看到一对用法语交谈的夫妇，安娜又感到"他们彼此是多么厌倦，他们彼此又有多么仇视"⑥。坐在火车里，她听到一位太太用法语说了一句"赐予人理智就是使他能够摆脱苦难"的话。这句话仿佛回答了安娜的思想，成了她行动的指南。于是她又继续思索起来："是的，我苦恼万分，赋予我理智就是为了使我

---

① 《列夫·托尔斯泰文集》第十卷，人民文学出版社 2000 年版，第 990 页。
② 同上。
③ 同上。
④ 同上。
⑤ 同上书，第 991 页。
⑥ 同上。

能够摆脱；因此我一定要摆脱。如果再也没有可看的，而且一切看起来都让人生厌的话，那么为什么不把蜡烛熄了呢？"① 这里不难看出，安娜已经有了以死摆脱痛苦的念头。对于周围的一切，她感到"这全是虚伪的，全是谎话，全是欺骗，全是罪恶！……"② 这是安娜对整个社会包括爱情在内的整个人生的彻底绝望和完全否定，也是她自杀的最深层的原因。这一切，不仅指给安娜造成不幸的几个人，更包括置安娜以悲剧的整个上流社会及其虚伪的道德，这几句话实际上是安娜对社会的控诉。下火车时，安娜"好像躲避麻风病患者一样避开"那些乘客。在月台上，车夫米哈伊尔交给她一封弗龙斯基写来的信："很抱歉，那封信没有交到我手里。十点钟我就回来。"她撕开信，还没有看，她的心就绞痛起来。她"含着恶意的微笑自言自语"："果然不出我所料！"吩咐车夫走后，她想："不，我不让你折磨我了。"这"既不是威胁他，也不是威胁她自己，而是威胁什么迫使她受苦的人"。③ 一辆驶近的火车使得月台震撼起来，安娜"突然间回忆起她和弗龙斯基初次相逢那一天被火车轧死的那个人，她醒悟到她该怎么办了。……到那里去……我要惩罚他，摆脱所有的人和我自己！……于是她画了个十字。这种熟悉的画十字的姿势在她心中唤起了一系列少女时代和童年时代的回忆，笼罩着一切的黑暗突然破裂了，转瞬间生命以它过去的全部辉煌的欢乐呈现在她面前。……第二节车厢的车轮，车轮与车轮之间的中心点刚一和她对正了，她就抛掉红皮包，缩着脖子，两手扶着地投到车厢下面，她微微地动了一动，好像准备马上又站起来一样，扑通跪下去了。同一瞬间，一想到她在做什么，她吓得毛骨悚然。'我在哪里？我在做什么？为什么呀？'她想站起身来，把身子仰到后面去，但是有巨大的无情的东西撞在她的头上，从她的背上碾过去了。'上帝，饶恕我的一切！'她说，感觉得无法挣扎……一个正在铁轨上干活的矮小的农民，咕噜了句什么。那枝蜡烛，她曾借着它的烛光浏览过充满了苦难、虚伪、悲哀和罪恶的书籍，比以往更加明亮地闪烁起来，为她照亮了以前笼罩在黑暗中的一切，哗剥响起来，开始

---

① 《列夫·托尔斯泰文集》第十卷，人民文学出版社 2000 年版，第 993 页。
② 同上。
③ 同上书，第 994 页。

昏暗下去，永远熄灭了。"①

三

　　安娜自杀一节，把安娜如何产生自杀的念头，后又因对"死神"的恐惧放弃，最后又是如何走上自杀的整个心路历程令人信服地展示在读者面前。确认弗龙斯基对她冷淡后，安娜产生了以死来惩罚弗龙斯基的想法，后又因恐怖打消了死的念头；凝视着睡熟的弗龙斯基，又感到自己爱他；被噩梦惊醒后主动去找弗龙斯基，看到少女给弗龙斯基东西一幕时，她要向弗龙斯基说明她死的决心；弗龙斯基被她激怒不理她坐马车走后，她感到绝望；她到多莉家去，本想把自己的不幸向嫂嫂倾诉，寻求嫂嫂的同情和帮助，但基蒂的态度使她感到受到侮辱和唾弃，心情更坏；对自己少女时代的回忆再次让她打消死的念头；在马车里，一切外界的事物，如行人、招牌、学生、儿童等在她头脑中引起各种各样的想象、联想和胡思乱想，如看到牙科医生的招牌，想到自己和弗龙斯基的不幸；看到玩赛马的游戏的孩子，想到自己的儿子；看到一个被警察带走的醉的工人，想到弗龙斯基伯爵和她自己没有找到这种乐趣，并第一次一目了然地看清楚了她和弗龙斯基之间的关系；看到一群学生，她想到了儿子，并总结了自己与儿子的关系；她想起她的处境的全部详情和她的犹疑不决的计划时，希望和绝望刺痛了她心灵的伤处；她对一切都看不上眼，认为小孩子变得怪模怪样，会装腔作势，用法语交谈的夫妇彼此厌倦和仇视；看到和梦境里出现的肮脏的、丑陋的农民吓得浑身发抖；"赐予人理智就是使他能够摆脱苦难"的话，又让她产生了以死摆脱痛苦的念头；弗龙斯基的信促使她要摆脱他的折磨；使月台震撼的货车使她想起了她和弗龙斯基初次相逢那天被火车轧死的人，最终她终于在"上帝，饶恕我的一切"的祷告声中卧轨自杀。期间有现实，有梦境，也有幻象。如那个"肮脏的、丑陋的"矮小农民形象分别以不同的形式出现了三次，第一次是梦中，第二次是她在车站目睹，第三次是卧轨时浮现在脑海里；还有她照镜子，竟然老半天不知道镜子里的人是谁，把与弗龙斯基生的小女孩看成谢廖沙等。安娜自杀的整个心路历程，这正

---

① 《列夫·托尔斯泰文集》第十卷，人民文学出版社 2000 年版，第 995 页。

是车尔尼雪夫斯基所总结的"心灵辩证法",即托尔斯泰"最最注意是一些情感和思想怎样发展成别的情感和思想;……由某种环境或印象产生的一种感情怎样依从于记忆的影响和想象所提供的联想能力而转变成为另一种感情,它又重新回到以前的出发点,而且一再循着连串的回忆游移而变化;而由最初的感觉所产生的想法又怎样引起别的一些想法,而且越来越流连忘返,以致把幻想同真实的感觉,把关于未来的冥想和关于现在的反省融合在一起。……托尔斯泰最感兴趣的是心理过程本身,它的形式,它的规律……"[①]

[①] 《俄国作家批评家论列夫·托尔斯泰》,中国社会科学出版社1982年版,第255页。

第五章

《安娜·卡列宁娜》异彩纷呈的艺术

《安娜·卡列宁娜》的眼神描写

一

孟子说："存乎人者，莫良于眸子。眸子不能掩其恶。胸中正，则眸子瞭焉；胸中不正，则眸子眊焉。听其言也，观其眸子，人焉廋、廋哉？"① 这话译成现代汉语，就是说观察一个人，再没有比观察他的眼睛更好的了。因为眼睛不能遮盖一个人的丑恶。心中光明正大，眼睛就明亮；心中不光明正大，眼睛就昏暗不明。所以，听一个人说话的时候，注意观察他的眼睛，这个人的善恶真伪能往哪里隐藏呢？达·芬奇也从绘画的角度提出"眼睛是心灵的窗户"。确实，眼神可以传达出人们内心各式各样的感情，诸如专注、不屑、愤恨、忧郁、冰冷、疑惑、迷茫、担忧、恶毒、机警、阴险、鄙夷、羡慕、深邃、炽热、戒备等。为此，各种形容眼神的词语也举不胜举，诸如含情脉脉的眼神、放荡不羁的眼神、忧郁深邃的眼神、柔情似水的眼神、阴险的眼神、担忧的眼神、清澈的眼神、恶毒的眼神、哀怨的眼神、不甘的眼神、迷茫的眼神、疑惑的眼神、机智的眼神、埋怨的眼神、不屑的眼神、鄙夷的眼神、呆滞的眼神、羡慕的眼神、寂寞的眼神、憎恶的眼神、严肃的眼神、专注的眼神等。世界著名艺术家在塑造人物时，为了更好地突出人物内心，无不注重人物的眼神。看过泰戈尔短篇小说《素芭》的读者，永远也不会忘记哑女素芭那"双缀着长长睫毛的黑黑的大眼睛"，尤其是其中的名句：

---

① 杨伯峻：《孟子译注》，中华书局1960年版，第177页。

"但是她那双黑黑的大眼睛,根本不需要翻译——就能把自己的思想感情表现出来。这双眼睛在表达思想感情的时候,时而睁得大大的,时而闭得严严的,时而炯炯有神,时而悲楚暗淡;有时就像西垂的月亮一样,凝视着前方;有时又像急速的闪电,在四周闪亮。"[①]给我们留下了深刻的印象。再如巴尔扎克《欧也妮·葛朗台》中葛朗台看见黄金时会变色的眼神;雨果《悲惨世界》中沙威那鹰犬般凶神恶煞的眼神;高尔基《母亲》中母亲那善良的接近迟钝,里面像藏着许多苦涩的东西的眼神;肖洛霍夫《静静的顿河》中婀克西妮亚那放荡的眼神;安徒生《海的女儿》中鱼美人那"水泉映月般"的眼神;老舍《断魂枪》中孙老者那"黑得像两口小井,深深地闪着黑光"的眼神;鲁迅《祥林嫂》中祥林嫂那凄然失神的呆滞的眼神等眼神描写,都是神来之笔。这里就不一一列举。本节就列夫·托尔斯泰的代表作《安娜·卡列宁娜》中的眼神描写做一些探索。

二

列夫·托尔斯泰是世界文坛上著名的心理描写大师,而其揭示人物内心深处的秘密及其精神气质时,往往是通过对人物的眼神描写实现的。《安娜·卡列宁娜》中这样的例子比比皆是。如对安娜精神气质的描写就是通过对安娜晶莹明亮的眼睛的淋漓尽致地刻画,当然也通过他人的眼神表现出来的。安娜第一次露面,就给读者留下深刻印象。其精神气质的美是通过弗龙斯基的眼神表现出来的。对此,作品中有这样一段精彩的描写:

> 弗龙斯基跟着乘务员向客车走去,在车厢门口他突然停住脚步,给一位正走下车来的夫人让路。凭着社交界中人的眼力,瞥了一瞥这位夫人的风姿,弗龙斯基就辨别出她是属于上流社会的。他道了声歉,就走进车厢去,但是感到他非得再看她一眼不可;这并不是因为她非常美丽,也不是因为她的整个姿态上所显露出来的优美文雅的风度,而是因为在她走过他身边时她那迷人的脸上的表情带着

[①] 王宁:《泰戈尔中短篇小说集》,吉林摄影出版社2004年版,第326页。

几分特别的柔情蜜意。当他回过头来看的时候,她也掉过头来了。她那双在浓密的睫毛下面显得阴暗了的、闪耀着的灰色眼睛亲切而注意地盯着他的脸,好像她在辨认他一样,随后又立刻转向走过的人群,好像是在寻找什么人似的。在那短促的一瞥中,弗龙斯基已经注意到有一股压抑着的生气流露在她的脸上,在她那亮晶晶的眼睛和把她的朱唇弯曲了的隐隐约约的微笑之间掠过。仿佛有一种过剩的生命力洋溢在她整个的身心,违反她的意志,时而在她的眼睛的闪光里,时而在她的微笑中显现出来。她故意地竭力隐藏住她眼睛里的光辉,但它却违反她的意志在隐约可辨的微笑里闪烁着。①

这是弗龙斯基眼里的安娜。弗龙斯基是俄罗斯上流社会的风云人物,在"奢华而又放荡"的生活中,他阅人无数,尤其是女人,他更是有研究的。因此他既能一眼看出安娜属于上流社会,但也能感到安娜又不是普通的上流社会的女子,这就引起了他的兴趣,感到他非得再看她一眼不可。而其原因却并不是因为她非常美丽,也不是因为她的整个姿态上所显露出来的优美文雅的风度。长得美的女人对于弗龙斯基这个花花公子来说,他见得多了;有着优美和文雅风度的妇女在上流社会也比比皆是。这些引不起他的注意。而究竟是什么使得弗龙斯基非得再看她一眼不可呢?不是别的,正是安娜的眼神。弗龙斯基从安娜的眼神里发现了安娜有一股压抑着的生气。安娜的眼神表明她是一个生命力旺盛的女人,是一个被压抑的女人,是一个不可能安分守己,随时都会释放自我的女人。当然,这从另一个角度讲也表明安娜对生活的渴望,对幸福的家庭、纯真的爱情的渴望。这里安娜眼神的描写,也为后来安娜的出轨及最后的归属做了暗示。

只是当安娜又到车厢里和弗龙斯基的母亲告别时,她才"终于让那股压抑不住的生气流露在她的微笑里"②。安娜到莫斯科的目的是解决兄嫂矛盾。她听了嫂嫂多莉诉说自己的不幸后,对多莉的痛苦感同身受,她说:"多莉,亲爱的!我不愿在你面前替他说情,也不想安慰你,那是

---

① 《列夫·托尔斯泰文集》第九卷,人民文学出版社2000年版,第80—81页。
② 同上书,第82页。

不可能的。但是，亲爱的，我只是从心里替你难过，难过！"并"从她那浓密的睫毛下面的发亮的眼睛里突然涌出了眼泪"。① 这里，托尔斯泰写安娜流泪时特别强调其发亮的眼睛，一方面写出了安娜对嫂嫂真诚的同情，更显出了她的纯真，体现了她的心灵之美。正是由于安娜的真诚与纯善，化解了多莉心中的痛苦，使得兄嫂和解，挽救了这个即将破裂的家庭。多莉从安娜脸上，实际上就是从安娜的眼睛里看到了"纯真的同情和友爱"，因此，她感激地拥抱了安娜。她对安娜说："你的心地是光明磊落的"。安娜离开莫斯科时，多莉说："记住，安娜，你给我的帮助——我永远不会忘记。记住我爱你，而且永远爱你，把你当作我最亲爱的朋友！"② 这几句话也为后文她苦心劝导卡列宁不要抛弃出轨的安娜以及安娜在被上流社会所抛弃，任何上流社会的妇女都不愿接近她而处于极其孤独的境地时，只有她去看望安娜做了铺垫。

三

基蒂对弗龙斯基的爱也是从眼神中流露出来的。基蒂见到弗龙斯基就激动。因此，"单从她那双在无意间变得更加明亮的眼神看来，列文就知道她爱那人，知道得就像她亲口告诉了他一样确切"③。列文被基蒂拒绝后的痛苦和基蒂对他的真诚同情和负疚也是通过眼神描写表露出来的。在列文被基蒂拒绝后不久，在薛尔巴茨基家的客厅里，托尔斯泰写了这么一段话："列文一面站着听她父亲说话，一面瞥着她和弗龙斯基的时候，他那满面愁容，皱着眉，一双善良的眼睛忧郁地朝前望着。"基蒂正是从列文忧郁的目光中看到了他的痛苦。要知道，基蒂是列文心目中的太阳，是他生活中的希望，这样的打击对于一个自尊心很强的男子的伤害是可想而知的。何况当时在场的还有他的情敌弗龙斯基。因此，当基蒂和列文眼光相遇的那一刻，基蒂就看出了他内心的痛苦。基蒂因自己的快乐而造成最尊敬和爱戴的人的痛苦而感到特别难受，她"从心底怜悯他"，请求他原谅自己："要是您能原谅我，就请原谅我吧"，而这些

---

① 《列夫·托尔斯泰文集》第九卷，人民文学出版社 2000 年版，第 89 页。
② 同上书，第 130 页。
③ 同上书，第 65 页。

内心深处的话语都是"她的眼神"说的。基蒂对安娜的感受，同样是从安娜的眼神中看到的。安娜眼神里有一种使基蒂惊异而又倾倒的、非常严肃、有时甚至忧愁的神情，同时又流露出蓬勃的生气。在基蒂的眼中，安娜是一个有着崇高精神境界的女人。她到姐姐家去看安娜，"还没有定下神来，就感到自己不但受到安娜的影响，而且爱慕她，就像一般年轻姑娘往往爱慕年长的已婚妇人一样。安娜不像社交界的贵妇人，也不像有了八岁的孩子的母亲。如果不是她眼神里有一种使基蒂惊异而又倾倒的、非常严肃、有时甚至忧愁的神情，凭着她的举动的灵活，精神的饱满，以及她脸上那种时而在她的微笑里，时而在她的眼神里流露出来的蓬勃的生气，她看上去很像一个二十来岁的女郎。基蒂感觉到安娜十分单纯而毫无隐瞒，但她心中却存在着另一个复杂的、富有诗意的更崇高的境界，那境界是基蒂所望尘莫及的"。[①] 这一切让基蒂既感觉到安娜十分单纯而毫无隐瞒，同时她又有着复杂而富有诗意的更崇高的境界。

　　舞会一节中对安娜、基蒂、弗龙斯基眼神的描写，更是出神入化。这是基蒂最幸福的日子，在她的想象中一直向她献殷勤的弗龙斯基一定会向自己求婚。作为热恋中少女，基蒂是非常注意自己的打扮的，尤其这关键时刻。因此，"她的衣裳没有一处不合身，她的花边披肩没有一点下垂，她的玫瑰花结也没有被揉皱或是扯掉，她的淡红色高跟鞋并不夹脚，而只使她愉快。金色的假髻密密层层地覆在她的小小的头上，宛如是她自己的头发一样。她的长手套上的三颗纽扣通通扣上了，一个都没有松开，那长手套裹住了她的手，却没有改变它的轮廓。她的圆形领饰的黑天鹅绒带特别柔软地缠绕着她的颈项。那天鹅绒带是美丽的；在家里，对镜照着她的脖颈的时候，基蒂感觉得那天鹅绒简直是栩栩如生的。别的东西可能有些美中不足，但那天鹅绒却的确是美丽的。在这舞厅里，当基蒂又在镜子里看到它的时候，她微笑起来了。她赤裸的肩膊和手臂给予了基蒂一种冷澈的大理石的感觉，一种她特别喜欢的感觉。她的眼睛闪耀着，她玫瑰色的嘴唇因为意识到她自己的妩媚而不禁微笑

[①] 《列夫·托尔斯泰文集》第九卷，人民文学出版社2000年版，第94页。

了。"① 她是出类拔萃的，因此，当她还没有跨进舞厅，跳舞界的泰斗，有名的舞蹈指导，标致魁梧的已婚男子叶戈鲁什卡·科尔孙斯基连问都没有问就伸出手臂抱住她的纤细腰肢和她跳华尔兹舞，并把这看作一种休息和享受，对她大加赞美，即使有些气喘，还想和她跳。

作为热恋中的少女，基蒂不仅注意自己的打扮，也注意别人的穿着，尤其是她崇拜的安娜的穿着。她曾为安娜参加舞会穿什么样的衣服做了设计，最后认为安娜穿淡紫色衣服是最好的。但是，

> 安娜并不是穿的淡紫色衣服，如基蒂希望的，而是穿着黑色的、敞胸的天鹅绒衣裳，她那看去好像老象牙雕成的胸部和肩膀，和那长着细嫩小手的圆圈的臂膀全露在外面。衣裳上镶满威尼斯的花边。在她头上，在她那乌黑的头发——全是她自己的，没有搀一点儿假——中间，有一个小小的三色紫罗兰花环，在白色花边之间的黑缎带上也有着同样的花。她的发式并不惹人注目。引人注目的，只是常常披散在颈上和鬓边的她那小小的执拗的发鬈，那增添了她的妩媚。在她那美好的、结实的脖颈上围着一串珍珠。
>
> 基蒂每天看见安娜；她爱慕她，而且常想象她穿淡紫色衣服的模样，但是现在看见她穿着黑色衣裳，她才感觉到她从前并没有看出她的全部魅力。她现在用一种完全新的、使她感到意外的眼光看她。现在她才了解安娜可以不穿淡紫色衣服，她的魅力就在于她的人总是盖过服装，她的衣服在她身上决不会惹人注目。她那镶着华丽花边的黑色衣服在她身上就并不醒目；这不过是一个框架罢了，令人注目的是她本人——单纯、自然、优美、同时又快活又有生气。②

安娜舞会的穿着打扮出乎基蒂的预料，她怎么也没有想到安娜会选择黑色的服饰，因为黑色给人的印象是庄重，显示的是稳重典雅的气质。但是这"黑色"并没有把安娜那被"压抑的生气"及火一般燃烧的激情

---

① 《列夫·托尔斯泰文集》第九卷，人民文学出版社 2000 年版，第 101—102 页。
② 同上书，第 103—104 页。

遮掩住，反使其大放异彩。

这才使基蒂感觉到她从前并没有看出安娜的全部魅力。当基蒂用一种完全新的、使她感到意外的眼光看安娜时，才发现安娜的魅力不在穿着上，穿着打扮对安娜来说只是一个"框架"，而她本人所具有的单纯、自然、优美，同时又快活又有生气才是实质的东西。

基蒂在舞会上最为关注的是两个人，那就是弗龙斯基和安娜。开始基蒂发现安娜对弗龙斯基的邀请"不理睬"。但当"音乐就突然停止"时。基蒂却发现"他那和她挨得那么近的脸，这没有得到他反应的情意绵绵的凝视，在以后好久——好几年以后——还使她为了这场痛苦的羞辱而伤心"①。这件好多年后还使基蒂感到"痛苦的羞辱而伤心"的事就是她发现了安娜对弗龙斯基表面上冷淡，实则是"情意绵绵"。而这又是从安娜和弗龙斯基两人"凝视"的目光中表现出来的。开始她还天真地想安娜"为什么不满意"弗龙斯基？后来她明白了，安娜对弗龙斯基的冷淡只是表面的，是做给人看的，是假的，而两人的"情意绵绵"才是内在的，是真的。

但基蒂当时也没有想那么多，她还"揪着心期待着"弗龙斯基和她跳"玛佐卡舞。她想一切都得在跳玛佐卡舞时决定"。为此她谢绝了五个青年的邀请。"但是当她正在和一个她无法拒绝的讨厌的青年跳最后一场卡德里尔舞的时候，她无意中发现自己正面对弗龙斯基和安娜。……她在她身上看出了她自己那么熟悉的那种由于成功而产生的兴奋神情；她看出安娜因为自己引起别人的倾倒而陶醉。她懂得那种感情，懂得它的迹象，而且在安娜身上看出来了；看出了她眼睛里的颤栗的、闪耀的光辉，不由自主地浮露在她嘴唇上的那种幸福和兴奋的微笑，和她的动作的雍容优雅、准确轻盈。"② 这里通过基蒂的眼睛，写出了安娜在舞会上的成功；同时，又通过安娜的眼神，写出了她在舞会上由于别人，特别是弗龙斯基的崇拜而流露出的幸福与兴奋。

看到安娜那种幸福和兴奋的微笑，基蒂不由得问自己"谁使得她这样的呢？大家呢，还是一个人？……而那一个人是……难道是他吗？"作

---

① 《列夫·托尔斯泰文集》第九卷，人民文学出版社 2000 年版，第 105 页。
② 同上书，第 106 页。

品中一段精彩的描写回答了她的问题:

> 每次他和安娜说话的时候,喜悦的光辉就在她眼睛里闪耀,幸福的微笑就弯曲了她的朱唇。她好像在抑制自己,不露出快乐的痕迹,但是这些痕迹却自然而然地流露在她的脸上。"但是他怎样呢?"基蒂望了望他,心中充满了恐怖。在基蒂看来那么明显地反映在安娜的脸上的东西,她在他的脸上也看到了。他那一向沉着坚定的态度和他脸上那种泰然自若的表情到哪里去了呢?现在每当他朝着她的时候,他就微微低下头,好像要跪在她面前似的,而在他的眼睛里只有顺服和恐惧的神情。"我不愿得罪你,"他的眼光好像不时地说,"但是我又要拯救自己,我不知道怎么办才好呢。"他脸上流露着一种基蒂以前从来不曾见过的神色。①

这里,托尔斯泰对安娜和弗龙斯基的眼神做了精彩的描写。基蒂正是从每次弗龙斯基和安娜说话时安娜那抑制不住闪耀着喜悦幸福光辉的眼神和弗龙斯基那基蒂从来不曾见过的顺从、恐惧的眼神中得到了答案——使安娜流露出兴奋与幸福的光辉的不是大众的崇拜,而是她心目中的白马王子——今晚会向她求婚的弗龙斯基。发现这一点后,她"心中充满了恐惧"。以至于"整个舞会,整个世界,在基蒂心中一切都消失在烟雾里了。……一种失望和恐怖的时刻临到了基蒂身上。……她的心碎了"②。我们不能否认,安娜和弗龙斯基的相遇相识,唤醒了她的受压抑的、处于沉睡状态的爱情。舞会一场,是她被压抑的生气和过剩的生命力的释放。她体验到一种从未有过的感情,她要尽情地宣泄,因此一个晚上跳的舞比在彼得堡整个冬季跳的还多。自此后,她开始义无反顾追求自己的爱情和幸福。

基蒂"越观察他们,她就越是确信她的不幸是确定的了"。她看到,只要安娜一微笑,她的微笑就会传到弗龙斯基脸上。只要安娜变得沉思,而弗龙斯基也就变得严肃。他们似乎心心相印。接着,作品又通过基蒂

---

① 《列夫·托尔斯泰文集》第九卷,人民文学出版社2000年版,第107页。

② 同上。

的眼神写安娜的美：

> 某种超自然的力量把基蒂的眼光引到安娜的脸上。她那穿着朴素的黑衣裳的姿态是迷人的，她那戴着手镯的圆圆的手臂是迷人的，她那挂着一串珍珠的结实的脖颈是迷人的，她的松乱的鬈发是迷人的，她的小脚小手的优雅轻快的动作是迷人的，她那生气勃勃的、美丽的脸蛋是迷人的，但是在她的迷人之中有些可怕和残酷的东西。①

基蒂现在无疑已经把安娜看成自己的情敌，但是她还是无法否认安娜的美，甚至"比以前越来越叹赏她"。她承认安娜"身上是有些异样的、恶魔般的、迷人的地方"。这恶魔般的、迷人的地方足以夺走她的爱情。当然，她也自觉到自己比不上安娜，因此也就"越来越痛苦"，感觉到自己垮了。她的模样大变，以致连弗龙斯基也没有立刻认出她来。

四

安娜对弗龙斯基的爱也是通过安娜的眼神传达的。作品中安娜和弗龙斯基间有这样一段精彩的对话：

> 他望着她，被她脸上的一种新的精神的美打动了。
> "您要我怎样？"他简单而严肃地说。
> "我要您到莫斯科去，求基蒂宽恕，"她说。
> "您不会要我这样吧！"他说。
> 他看出来她这话是勉强说出来的，并非由衷之言。
> "假使您真爱我，像您所说的，"她低语着，"那么就这样做，让我安宁吧。"
> 他喜笑颜开了。
> "难道您不知道您就是我的整个生命吗？可是我不知道安宁，我也不能给您。我整个的人，我的爱情……是的。我不能把您和我自

---

① 《列夫·托尔斯泰文集》第九卷，人民文学出版社 2000 年版，第 109 页。

己分开来想。您和我在我看来是一体。我看出将来无论是我或您都不可能安宁。我倒看到很可能会绝望和不幸……要不然就可能很幸福，怎样的幸福呀！……难道就没有可能吗？"他小声说，但是她听见了。

她竭尽心力想说应当说的话；但是她却只让她的充满了爱的眼睛盯住他，并没有回答。

"终于到来了！"他狂喜地想着。"当我开始感到失望，而且好像不会有结果的时候——终于到来了！她爱我！她自己承认了！"①

弗龙斯基向安娜求爱时，安娜不仅口头上拒绝，还要弗龙斯基到莫斯科去求基蒂宽恕，但弗龙斯基从安娜说话的语气及表情看出这不是她的由衷之言，他就笑逐颜开了。当他向安娜表白强烈的爱情时，安娜虽没有回答，但是"却只让她的充满了爱的眼睛盯住他"。弗龙斯基就是从安娜的眼神里看到自己的胜利而狂喜，他知道了："她爱我！她自己承认了！"安娜口头上并没有向他承诺什么，甚至还要叫他去莫斯科去求基蒂宽恕，但她的眼神却传达了她内心里真实的东西。这恰好印证了雨果所说的："任何女人从出生之日起也都知道！她的嘴应付一个人，她的眼神却回答另一个人。"②

当安娜把自己怀孕的事及处境告诉弗龙斯基，弗龙斯基向她表示："你怎么可以为了我把一切都牺牲了呢？你若是不幸，我就不能饶恕我自己"时，安娜的眼神是"热情洋溢、含情脉脉的"。她的眼睛里燃烧着弗龙斯基"所熟悉的火焰"。安娜那"热情洋溢、含情脉脉的"眼神，表明她听了弗龙斯基的话后的感动。弗龙斯基已经为她牺牲了太多的东西，而且能把他们的幸福与不幸联系在一起，这使她感到温暖、幸福。正如她对弗龙斯基所说的："我好像一个得到了食物的饿汉一样。他也许很冷，穿得很破烂，而且害臊，但他却不是不幸的。我不幸吗？不，这才是我的幸福哩……"③

---

① 《列夫·托尔斯泰文集》第九卷，人民文学出版社 2000 年版，第 184 页。
② http：//read.goodweb.cn/news/news_ view. asp？ newsid＝41809。
③ 《列夫·托尔斯泰文集》第九卷，人民文学出版社 2000 年版，第 250 页。

安娜的眼神对于弗龙斯基是充满爱的。但对卡列宁就不是这样。当丈夫卡列宁警告她在众目睽睽之下和弗龙斯基过分亲热会引起社会上的非议时，她的眼神虽然含笑却变得"神秘莫测"了。这种"神秘莫测"的神色正说明安娜一向对丈夫敞开的心灵现在关闭了。遇到弗龙斯基以前，安娜对丈夫透明得像水晶玻璃，什么都是清清楚楚的。哪怕"每当他比平常迟上床五分钟她就会立刻注意到……知道她每逢有欢喜、快乐和愁苦就立刻向他诉说"①。但现在安娜变了，变得连非常了解她的丈夫卡列宁也感到神秘莫测了。以致"他体验到这样一种心情，就像一个人回家，发觉自家的门上了锁的时候所体验的一样"②。这使他恐惧，但他还是想找到打开门的钥匙。当安娜从丈夫的话里发现"他并不在乎"自己和弗龙斯基怎样，"但是别人注意到这个，这才使他不安了"时，她的眼神里流露的是"嘲弄的光芒"。但当听到卡列宁说"我是你的丈夫，我爱你"时，有感于丈夫口中的"爱"字，她"眼睛里的嘲弄的光芒也消失了"，代之的是反感和愤怒。和卡列宁发生争吵之后，安娜无法入睡，她忘记了躺在床上的丈夫，而想到了弗龙斯基，"她看见他，而且感觉到她一想到他，她的心就洋溢着感情和有罪的喜悦。……她睁着眼睛，一动不动地躺了好久，她几乎感觉到她可以在黑暗中看见她自己眼睛的光芒③。"这种光芒的内涵是多重的，既是幸福的，又是有罪的；既是心灵的，又是肉感的；既是天使的，又是恶魔的……正如罗曼·罗兰所说："《安娜·卡列尼娜》里的爱情具有激烈的、肉感的、专横的性质"，安娜的美丽有一种"恶魔般迷人的魅力"，她脸上闪烁的红光"不是欢乐的红光，而是使人想起黑夜中的大火的可怕的红光"。④

赛马场上，安娜的目光是专注的，专注到除了弗龙斯基"一个人以外，她什么人，什么东西也没有看见"。看到弗龙斯坠马，她在大庭广众下竟然"胸膛起伏的呜咽也抑制不住"地哭起来。这对上流社会的贵妇来说，的确是有失体统。同样，卡列宁的目光虽然不像安娜那样的专注，

---

① 《列夫·托尔斯泰文集》第九卷，人民文学出版社 2000 年版，第 192 页。
② 同上。
③ 同上书，第 195 页。
④ 《欧美作家论列夫·托尔斯泰》，中国社会科学出版社 1983 年版，第 57 页。

第五章 《安娜·卡列宁娜》异彩纷呈的艺术　369

但其更多的是以"冷冷的"目光注视着自己的妻子,而对观众的目光是"心不在焉的"。当他发现妻子有失体统的表现时,"用身子遮住她,给她时间来恢复镇静"。这里,托尔斯泰正是通过安娜那除了"一个人以外""什么东西也没有看见"的眼神,写出了她对弗龙斯基爱到何等程度。而卡列宁对观众"心不在焉的",而对安娜却以"冷冷的"目光注视,是因为他害怕妻子在大庭广众之下又会做出什么有失体统的事来,因为他知道今天观看赛马的大都是上流社会的人,甚至沙皇都来了。而安娜所倾心的弗龙斯基也作为骑手参加了赛马。这说明卡列宁是一个极其重视影响和名誉的人。正是安娜对弗龙斯基这种深挚的爱,促使安娜在回家的路上向丈夫坦白了她与弗龙斯基的关系和对卡列宁的厌恶:"我爱他,我是他的情妇,我忍受不了你,我害怕你,我憎恶你……随便你怎样处置我吧。"① 而她说这话时的眼神既是"从容"的,又是"绝望"的。"从容"表现了安娜已把什么都想清楚了,家庭也罢,丈夫也罢,儿子也罢,地位也罢,名誉也罢,上流社会的非议也罢,这一切都比不上她对弗龙斯基的爱情。而"绝望"表现的是她这样做的后果必将失去作为上流社会贵妇所拥有的一切。这也表明了安娜确实是一个爱情至上的人。

而卡列宁听了她的坦白后,眼里"突然显出死人一般庄严呆板的神色",这"直到他们到了别墅都没有变化"的神色说明什么呢?本来卡列宁还对安娜抱有希望,内心里指望她像以前那样说出否定的话,想不到安娜说出的话却证实了他的怀疑。怀疑未被证实之前,终归是怀疑;但一旦被证实,那种痛苦是可以想象的。卡列宁的痛苦正好说明了他是一个具有感情的人,并不像安娜向弗龙斯基所说的"他不是人,而是一架机器,当他生气的时候简直是一架凶狠的机器"②。

在意大利度蜜月的初期,安娜感到的是"不可饶恕地幸福"。而这种幸福是从米哈伊洛夫给她画的像中的眼神中传达出来的。列文正是从那含着"似笑非笑的笑意"的眼神中看出安娜"闪烁着幸福的光辉和散发着幸福的神情",看出她不仅自己幸福,还要把自己的幸福让所有的人分

---

① 《列夫·托尔斯泰文集》第九卷,人民文学出版社2000年版,第278页。
② 同上书,第249页。

享的情怀。同样，蜜月的开始，弗龙斯基是幸福的，只要看到"魅人的、充满了生命和满心欢喜的伴侣"安娜，他的眼神就充满了"新的爱意"。这眼神是弗龙斯基渴望了那么久的事情已经如愿以偿时的满足感的表现，是感到了他以前从来没有体验过的自由的滋味，以及恋爱自由的滋味的表现。但不久，新鲜感过去后，他就感到这种满足的微不足道——只不过是"幸福之山上的一颗小砂粒罢了"。随着一种苦闷的心情在他心里滋长，他那种充满了"新的爱意"眼神也消失了。这正是一个花花公子猎艳心态的真实写照。

到了他们共同生活的后期，弗龙斯基看安娜的目光既是"冷酷严峻"的，又"是不明确、不可捉摸的"。安娜正是从这种"跟以前太不相同"眼光中看出其"意味深长"，认为"这种眼光表示他开始"对自己"冷淡了"。并"确信"他对自己的冷淡。为了挽回弗龙斯基的热情，安娜只有抓住"离婚"这根救命稻草了。她以前是不愿意提离婚的，尽管她明白这是弗龙斯基的愿望。但现在她却主动向弗龙斯基说："要离婚吗？我给他写信！……但是我要和你一同去莫斯科。"弗龙斯基微笑着说："你好像是在威胁我一样。我再也没有比愿望永不分离更大的愿望了。""但是他说这些柔情蜜语的时候，在他的眼里不仅闪耀着冷淡的神色，而且有一种被逼得无路可走和不顾一切的恶狠的光芒。"[①] 这种不仅"冷淡"而且有一种"被逼得无路可走和不顾一切的恶狠"的光芒让安娜一辈子也忘不了。她明白这种眼神的含义："如果是这样，那就是不幸！"安娜正是在这种目光的监督下给丈夫写要求离婚的信的。这种目光表示弗龙斯基对安娜不仅仅是冷淡，而且厌恨。弗龙斯基早就想离婚，并通过多莉向她转达了这种愿望，但安娜就是置之不理。错过了好多可以顺利离婚的时机，直到现在，在她无路可走，万般无奈的情况下才提离婚，这样做会有什么结果呢！

安娜和弗龙斯基生活的后期，托尔斯泰特别强调了她有了一种"眯缝起眼睛"的新习惯，有时"眯得只看见闭拢到一起的睫毛"。这"眯缝起眼睛"一方面如多莉所凝思的："好像她眯着眼睛不肯正视生活，好不

[①] 《列夫·托尔斯泰文集》第十卷，人民文学出版社2000年版，第866页。

看见一切事实哩。"① 但另一方面也是安娜在自己的经历中看到了太多的虚假，太多的伪装，太多的不真实，太多的"高明的演员"。因此，她现在不能像以前那样太天真了，那样太相信表面的东西。她要把一切看得更清楚些，更明确些。

作品的第二号主人公列文也是从安娜不同的眼神里看出她的幸福与不幸。他和安娜唯一一次见面是随奥布隆斯基去弗龙斯基的庄园拜访安娜。他从安娜在威尼斯的画像中那"似笑非笑的笑意，用一双使他心荡神移的眼睛得意而温柔地凝视着他"的眼神中看到了和弗龙斯基在外国度蜜月时的安娜是幸福的——"闪烁着幸福的光辉和散发着幸福的神情"；而从安娜的长叹和"呈现出严肃的神情，好像石化"般呆滞的眼神中看到了她目前的不幸——处境的辛酸苦辣。并"对她产生了一种连他自己都觉得惊讶的一往情深的怜惜心情"②。

安娜卧轨自杀前，她穿过人群往头等候车室走去的时候，"厌恶地凝视着那些进进出出的人"③。这种"厌恶"的眼神反映了她的绝望，对人世的失望和憎恶。她的处境的全部详情告诉她，一切"全是虚伪的，全是谎话，全是欺骗，全是罪恶！……"既然这世界上没有什么可看的，何不吹熄自己的生命之灯呢？

……

《安娜·卡列宁娜》中的眼神描写是托尔斯泰艺术上炉火纯青的表现，值得研究者深探。

《安娜·卡列宁娜》的心理描写

托尔斯泰特别重视人的心灵世界，把揭示人物的内心活动视为文学艺术的主要任务。他说："艺术的主要目的就在于表现和揭示人的灵魂的真实性，揭露用平凡的语言不能说出的人心的秘密。因此才有艺术。艺术好比显微镜，艺术家拿了它对准自己心灵的秘密并进而把那些人人莫

---

① 《列夫·托尔斯泰文集》第十卷，人民文学出版社2000年版，第815页。
② 同上书，第908页。
③ 同上书，第990页。

不皆然的秘密搬出来示众。"① 这样的美学观决定了心理描写在托尔斯泰的作品中的分量和重要性。

托尔斯泰作为公认的心理描写大师,其创作伊始就显示出这方面的艺术才华。因篇幅关系,这里仅就《安娜·卡列宁娜》中的心理描写作分析。

《安娜·卡列宁娜》是托尔斯泰艺术上成熟时期的杰作,其中的心理描写可以说达到了炉火纯青的境界。首先,作品真实地揭示了人物心理活动的过程,体现了"心灵辩证法"的特点。"心灵辩证法"是车尔尼雪夫斯基对托尔斯泰早期作品中心理描写特点的总结,即"托尔斯泰伯爵才华的特点是他不限于描写心理过程的结果;他所关心的是过程本身,——那种难以捉摸的内心生活现象,彼此异常迅速而又无穷多样地变换着,托尔斯泰伯爵却能巧妙地描写出来"②。如第二部第九节卡列宁在贝特西公爵夫人家发现安娜有失检点的行为后,回到家里,想和安娜谈话一节。卡列宁要与妻子谈话的动机是出于做丈夫的责任。其谈话的要点有四:第一,说明舆论和体面的重要;第二,说明结婚的宗教意义;第三,如果必要,暗示我们的儿子可能遭到的不幸;第四,暗示她自己可能遭到的不幸。③ 安娜原是垂着头走进来的。但看见丈夫时,"好像从梦中醒来一样"。这写出了安娜见到丈夫后才从与弗龙斯基交往的欢乐中清醒过来。她微笑着问丈夫:"你还没有睡?奇怪!该睡觉了……"她明明知道丈夫没有按原来的时间睡觉的原因,还故意说奇怪。当丈夫说:"我有话要和你谈谈"时,她又揣着明白装糊涂:"和我?哦,什么事?谈什么?哦,要是那么必要,我们就谈谈吧。不过还是去睡的好。"④ 正如托尔斯泰所写的:"安娜说这话是随口而出的,她自己听了,都非常惊异自己说谎的本领。她的话多么简单而又自然,她多么像只是要睡啊!她感到自己披上了虚伪的难以打穿的铠甲。"⑤ 当卡列宁说:"安娜,我必须警告你"时,安娜单纯、快活地望着丈夫问:"警告我?什么事?"她

---

① 《列夫·托尔斯泰论创作》,戴启篁译,漓江出版社1983年版,第11页。
② 《俄国作家批评家论列夫·托尔斯泰》,中国社会科学出版社1982年版,第32页。
③ 《列夫·托尔斯泰文集》第九卷,人民文学出版社2000年版,第191页。
④ 同上。
⑤ 同上书,第192页。

说得那么自然。但深深了解她的卡列宁却"从她的声调听出来她并没有为这事情感到羞愧不安",更看到安娜"灵魂深处,一直是向他开放的,现在却对他关闭起来了"。① 卡列宁试图找到打开她心灵之门的钥匙。于是低声说:"我要警告你……你会使自己遭受到社会上的非议。今晚你和弗龙斯基伯爵(他坚决地、从容不迫地说出这个名字)的过分热烈的谈话引起了大家的注意。"② 这时,卡列宁从安娜"那双正以神秘莫测的神色使他惊骇的含笑的眼睛"里"感到他的话是白费口舌"。安娜"故意装出只听懂了他最后一句话的模样"而转守为攻了。她对丈夫说:"你老像那样,有的时候你不喜欢我沉闷,有的时候你又不喜欢我活泼。我不沉闷。这使你生气了吗?"③ 卡列宁的手"颤抖"了,他"关节的哗剥"声让安娜反感,并提出抗议:"哦,请别弄出响声来,我不喜欢这样";并带着"纯真和戏谑的惊异神情"问:"你要我怎样呢?"卡列宁发现自己没有照他所想的"警告他的妻子不要在众目睽睽之下犯了过失"那样做而激动起来,沉吟了一会儿,"冷淡而又镇静"地说:"这就是我打算对你说的,我求你听一听。你也知道我认为嫉妒是一种屈辱的卑劣的感情,我决不会让自己受它支配;但是有些礼法,谁要是违犯了就一定要受到惩罚。今晚注意到这事的倒不是我,但是从在众人心目中引起的印象来判断,每个人都注意到你的举止行动很不得体。"安娜听后得出这样的结论:"他并不在乎,但是别人注意到这个,这才使他不安了。"④ 于是对丈夫更看不起了,她"平静而讥讽"地说:"我简直不明白,你身体不舒服吧。"并"站起身来,要向门口走去"。但卡列宁"向前走了两步,好像要拦住她似的"。看着丈夫"丑陋阴沉"的面孔,安娜停住脚步,把头仰起来,边取发针边说:"哦,我在听,还有些什么,我甚至在热心地听,我倒想知道是怎么回事呢。""她说话的那种确信、平静而又自然的语气和她的措辞用语的得体口吻,使她自己都很惊异。"⑤ 卡列宁试图打开安娜心灵的钥匙没有作用了。这时,卡列宁又换了另一把钥匙——上帝。

---

① 《列夫·托尔斯泰文集》第九卷,人民文学出版社 2000 年版,第 192 页。
② 同上。
③ 同上。
④ 同上书,第 193 页。
⑤ 同上。

他说：".....你的感情是你的良心问题，但是向你指出你的职责所在，却是我对你，对我自己，对上帝的责任。我们的生活，不是凭人，而是凭上帝结合起来的。这种结合只有犯罪才能破坏，而那种性质的犯罪是会受到惩罚的。"① 安娜对于他这种"凭上帝结合起来的"婚姻反感透了，她根本不理会，于是边迅速地摸索头上剩下的发针边说："我一句都不明白。啊呀！我的天，我多么想睡呀！"好像她真的困到了倒下就能睡熟的地步。实际上，她是要用睡觉来敷衍丈夫。卡列宁只好温和地说，"也许我错了，但是相信我，我说这话，不光是为了自己，也是为了你。我是你的丈夫，我爱你。"一听到"爱"这个字眼，就"激起了她的反感"。她的脸"马上就沉下来，眼睛里的嘲弄的光芒也消失了"。她想："爱？他能够爱吗？假使他没有听到过有爱这么一回事，他是永远不会用这个字眼吧。爱是什么，他连知都不知道呢。"于是她要求丈夫："请把你感到的明白说出来吧......"卡列宁还天真地以为安娜想听他倾诉呢。于是说："我爱你......关于这件事，最重要的人是我们的儿子和你自己。......也许这只是出于我的误会。如果是那样，那就请你饶恕我。不过假使你自己意识到还有丝毫的根据，那么我就请你想一想，而且假如你的良心驱使你的话，就把一切都告诉我......"在安娜的反攻面前，卡列宁再也不敢警告安娜了，反不自觉地说了和他原来准备好的完全两样的话。对此，安娜"好容易忍住没有笑出来"。她匆忙地说；"我没有什么可说的。而且实在该睡了。"② 卡列宁像个斗败的公鸡，"叹了口气，没有再说什么，就走进寝室去了"。安娜躺在自己的床上，时刻等待着他再开口和她说话。她害怕他说话，同时却又希望他说话。......她一动也不动地等待了好久，而终于忘掉他了。她想到了另一个......一想到他，她的心就洋溢着感情和有罪的喜悦。她微笑着低声说："迟了，已经迟了。"③ 这段描写，把安娜从最先揣着明白装糊涂、敷衍丈夫、封闭心灵到反守为攻，心灵完全封闭，想到另一个男人时就"洋溢着感情和有罪的喜悦"的心理活动的过程写得真实可信。

---

① 《列夫·托尔斯泰文集》第九卷，人民文学出版社2000年版，第194页。
② 同上。
③ 同上书，第195页。

托尔斯泰还善于捕捉人物内心一刹那的变化写心理过程。如列文第一次向基蒂求婚时基蒂的心理变化。基蒂知道列文故意早来是"趁她独自一人的时候向她求婚。……到这时她才觉察到问题不只是影响她——和谁她才会幸福"。因为这时出现了另一个她爱的人——弗龙斯基。"爱谁——而且那一瞬间她还得伤害一个她所喜欢的男子,而且是残酷地伤害他……这可爱的人爱她,恋着她。但是没有法子。"

"我的天!……难道我能告诉他我不爱他吗?那是谎话……说我爱上别人吗……那是不行的!我要跑开,我要跑开。"但当她听见列文的脚步声的时,已经到了门口。此时,她平静了:"不!这是不诚实的。我有什么好怕的?我并没有做错事。该怎样就怎样吧,就要说真话。而且和他,不会感到不安的。"① 她没有回避列文的"那双紧盯着她的闪耀的眼睛",直视着他的脸,像是在求他饶恕,她把手伸给他。基蒂对列文的好感来自"幼年时代和列文同她亡兄的友情的回忆,给予她和列文的关系一种特殊的诗的魅力。她确信他爱她,这种爱情使她觉得荣幸和欢喜。她想起列文就感到愉快"。② 但弗龙斯基出现后,她感情的天平却偏向弗龙斯基。因此,当列文向她提出"……我特为这事来的……做我的妻子!"时,作为第一次听到别人向自己求婚、倾诉爱情的女性,自然"欢喜欲狂","心里洋溢着幸福"。但她一想到弗龙斯基,刹那间的幸福感消失了。"她抬起清澈的、诚实的眼睛,"望着列文绝望的面孔,迅速地回答:"那不可能……原谅我。"③ 基蒂内心深处是不愿拒绝并残酷地伤害一个爱着她、恋着她,也是她一直非常尊敬的她亡兄的挚友,但因弗龙斯基,她还是这样做了。"她从心底怜悯他,特别是因为他的痛苦都是她造成的。"④ 甚至上床后她难以入眠。"她是这样为他难过,不由得眼泪盈眶了。"但当她想到"牺牲他换来的那个男子。""回想着他那堂堂的、刚毅的面孔,他的高贵而沉着的举止,和他待人接物的温厚。"以及"对于她的爱,于是她的心中又充满了喜悦",又"幸福地微笑"了。这里基蒂从

---

① 《列夫·托尔斯泰文集》第九卷,人民文学出版社 2000 年版,第 63 页。
② 同上书,第 62 页。
③ 同上书,第 64 页。
④ 同上书,第 71 页。

平静到欣喜，从欣喜到内疚痛苦，从内疚痛苦到恢复平静的过程，表现得十分准确。

其次，《安娜·卡列宁娜》中心理描写的深刻和反映社会内容的深刻是紧密结合的。作家特别重视社会生活对人物心理的影响，始终把人物摆在典型的社会环境下，赋予人物心理以浓厚的时代色彩，使作品成为时代的一面镜子。如卡列宁僵化的心理状态，是他所生活的那个刻板、冷酷的官僚社会的产物。卡列宁发现妻子有失检点的言行后，才"第一次在自己心中生动地描绘着她的个人生活、她的思想、她的愿望"。一旦头脑中产生妻子"可能并且一定会有她自己特殊的生活"这样可怕想法时，"他连忙驱除掉这个念头。这是他惧怕窥视的深渊。在思想和感情上替别人设身处地着想是同阿列克谢·亚历山德罗维奇格格不入的一种精神活动"。妻子和他感情上出现了问题，他不是积极想法去解决，想到的仅仅是自己的事业："最糟糕的是……正当我的事业快要完成的时候（他在想他当时提出的计划），当我正需要平静的心境和精力的时候……这种无聊的烦恼落到我的身上。"他认为妻子感情出问题与自己无关，自己开导她只是尽丈夫的责任："她的感情问题是她的良心问题，那和我不相干。我的义务是明确规定好的。作为一家之主，就是有义务指导她的人，因而我要对她负一部分责任；我应当指出我所觉察到的危险，警告她，甚至行使我的权力。我得明白地跟她说说。"连和妻子谈话的措辞形式和顺序他也要像"政府报告一样明了清晰"。① 这不难看出沙皇官僚的僵化和刻板。

同样，列文的追求和悲剧，也是有着深刻的时代印记。列文是托尔斯泰探索式的人物，他看到了农奴制改革后农民与贵族地主矛盾的加深，看到了在资本主义冲击下贵族的没落和农民的贫困。他一方面站在开明贵族地主的立场上，力图改变农民的处境，让他们摆脱贫穷；另一方面要坚持遵循贵族的传统，不放弃土地所有制，使贵族免于没落。这就使得农民与贵族对立始终无法解决，他引以自豪的地主出土地，农民出劳力，合伙经营，共分红利的改革计划因农民不买账而归于失败。同时，面对洪水猛兽般的资本主义经济势力，他无能为力。因此，他尽管建立

---

① 《列夫·托尔斯泰文集》第九卷，人民文学出版社 2000 年版，第 190 页。

了美满的家庭，在"生活最幸福的时候，痛苦的沉思和怀疑开始不断地折磨他"[①]。

对社会问题的困惑使他对人生产生怀疑："不知道我是什么，我为什么在这里，是无法活下去的……"[②] 以至于几次想以自杀来寻求心灵的解脱。最后，只能从宗教教义中寻求出路，接受宗法制农民"为上帝活着"思想，来求取内心的和谐。列文困惑、痛苦的心理，是19世纪70年代俄罗斯的时代所决定的。

安娜矛盾动荡的心理反映着社会的矛盾动荡。安娜作为那个"一切都已颠倒过来，而且刚刚开始形成的"[③] 时代争取个性解放的妇女，身上具有鲜明的时代烙印，身上必然有两个时代、两种思想的印记。安娜读英国小说，受西方资产阶级思想影响，追求个性解放；但她又是一个在俄罗斯妇女传统道德濡染下成长的贵族女子，因而在追求自身幸福的过程中又时时有负罪感。第一次和弗龙斯基发生关系后，"感觉到这样罪孽深重，这样难辞其咎，除了俯首求饶以外，再没有别的办法了"[④]。她喊道："天呀！饶恕我吧！"她临死前的最后一句话同样是："上帝，饶恕我的一切！"她在情人面前把丈夫说得一文不值，但内心深处，却承认丈夫"毕竟是一个好人：忠实，善良，而且在自己的事业方面非常卓越"[⑤]。对丈夫有负罪感。产后病危，她向丈夫忏悔，请求丈夫饶恕。探子临走时，她对儿子说："谢廖沙，我的亲爱的！爱他；他比我好，比我仁慈，我对不起他……"言为心声，她的话正是内心矛盾痛苦的反映。对儿子也是如此，从莫斯科回到家，就连"儿子，也像她丈夫一样，在安娜心中唤起了一种近似幻灭的感觉"[⑥]。在获得"不可饶恕的幸福"时，"就是和她的爱子离开，在最初的日子里，也并没有使她痛苦"[⑦]。但只要与弗龙斯基发生什么不快，儿子的形象就会占据她的脑海。这些矛盾，使她妻

---

① 赫拉普钦科：《艺术家托尔斯泰》，刘逢祺、张捷译，上海译文出版社1987年版，第223页。
② 《列夫·托尔斯泰文集》第十卷，人民文学出版社2000年版，第1025页。
③ 《列夫·托尔斯泰文集》第九卷，人民文学出版社2000年版，第427页。
④ 同上书，第197页。
⑤ 同上书，第146页。
⑥ 同上书，第140页。
⑦ 《列夫·托尔斯泰文集》第十卷，人民文学出版社2000年版，第603页。

子、母亲、情人三个角色一个也无法扮演成功。安娜矛盾动荡的心理，与时代紧密联系着，是那个动荡不安的新旧交替时代各种矛盾的反映，具有深刻的社会内容。

最后，心理描写的手法繁多，富于变化，千姿百态。如通过眼神的变化表现人物的内心。《安娜·卡列宁娜》中，安娜的眼神描写可以说贯穿形象始终。如安娜到莫斯科的目的是解决兄嫂矛盾。她听了嫂嫂多莉诉说自己的不幸后，对多莉的痛苦感同身受，她说："多莉，亲爱的！我不愿在你面前替他说情，也不想安慰你，那是不可能的。但是，亲爱的，我只是从心里替你难过，难过！"并"从她那浓密的睫毛下面的发亮的眼睛里突然涌出了眼泪"[①]。这里，托尔斯泰写安娜流泪时特别强调其发亮的眼睛，一方面写出了安娜对嫂嫂的真诚的同情，更显出了她的纯真，体现了她的心灵之美。正是由于安娜的真诚与纯善，化解了多莉心中的痛苦，使得兄嫂和解，挽救了这个行将破裂的家庭。多莉从安娜脸上，实际上就是从安娜的眼睛里看到了"纯真的同情和友爱"，因此，她感激地拥抱了安娜。她对安娜说："你的心地是光明磊落的。"

基蒂对弗龙斯基的爱也是从眼神中流露出来的。基蒂见到弗龙斯基就激动。因此，"单从她那双在无意间变得更加明亮的眼神看来，列文就知道她爱那人，知道得就像她亲口告诉了他一样确切"[②]。弗龙斯基向安娜求爱时，安娜不仅口头上拒绝，还要弗龙斯基到莫斯科去求基蒂宽恕，但弗龙斯基从安娜说话的语气及表情看出这不是她的由衷之言，他就笑逐颜开了。当他向安娜表白强烈的爱情时，安娜虽没有回答，但是"却只让她的充满了爱的眼睛盯住他"。弗龙斯基就是从安娜的眼神里看到自己的胜利而狂喜，他知道了："她爱我！她自己承认了！"安娜口头上并没有向他承诺什么，甚至还要叫他去莫斯科去求基蒂宽恕，但她的眼神却传达了她内心里真实的东西。这恰好印证了雨果所说的："任何女人从出生之日起也都知道！她的嘴应付一个人，她的眼神却回答另一个人。"[③]

几个人物的心理活动互相影响、互相映衬。这一点，第一部第二十

[①] 《列夫·托尔斯泰文集》第九卷，人民文学出版社2000年版，第89页。

[②] 同上书，第66页。

[③] http://read.goodweb.cn/news/news_view.asp?newsid=41809。

三章舞会一节表现得十分突出。舞会开始，安娜故意"不理睬弗龙斯基在向她鞠躬"，而把手搭在舞界泰斗科尔孙斯基的肩上"急速地"说："今晚既然不能不跳，那么我们就开始吧。"① 基蒂"看出了安娜是存心不向弗龙斯基回礼"，心想："她为什么不满意他呢？"这原因基蒂当然不了解。其实，早在安娜和弗龙斯基第一次见面时，两人就心心相印了。安娜表面上的冷淡其实蕴含着内心对弗龙斯基更深的爱；另一方面也是故意做给基蒂看的。这一点，恐怕只有安娜和弗龙斯基心中有数。这就通过单纯天真的基蒂的心理写出了安娜和弗龙斯基的心理。

在跳最后一场卡德里尔舞时，基蒂发现安娜"那种由于成功而产生的兴奋神情；她看出安娜因为自己引起别人的倾倒而陶醉……"② 不由得警惕地想到："谁使得她这样的呢？……大家呢，还是一个人？"她仔细观察后得出结论："使她陶醉的不是众人的赞赏，而是一个人的崇拜。而那一个人是……难道是他吗？"基蒂发现"每次他和安娜说话的时候，喜悦的光辉就在她眼睛里闪耀，幸福的微笑就弯曲了她的朱唇。她好像在抑制自己，不露出快乐的痕迹，但是这些痕迹却自然而然地流露在她的脸上"。而弗龙斯基呢，"……在基蒂看来那么明显地反映在安娜的脸上的东西，她在他的脸上也看到了……每当他朝着她的时候，他就微微低下头，好像要跪在她面前似的，而在他的眼睛里只有顺服和恐惧的神情……他脸上流露着一种基蒂以前从来不曾见过的神色"。基蒂感到……整个舞会，整个世界，在她"心中一切都消失在烟雾里了……她的心碎了"。③ 这里通过基蒂的观察和恐惧、绝望的心理描写，淋漓尽致地展示了安娜与弗龙斯基欢快幸福的心理。

用比喻的手法进行心理描写。第一部第二十三章舞会一节，基蒂看到自己对面的安娜和弗龙斯基，就不能不观察他们。而"越观察他们，她就越是确信她的不幸是确定的了……在弗龙斯基一向那么坚定沉着的脸上，她看到了一种使她震惊的、惶惑和顺服的神色，好像一条伶俐的

---

① 《列夫·托尔斯泰文集》第九卷，人民文学出版社 2000 年版，第 105 页。
② 同上书，第 106 页。
③ 同上书，第 107 页。

狗做错了事时的表情一样"①。弗龙斯基作为彼得堡花花公子的典型，又是军人，一向张狂自信，坚定沉重，不会在别人面前低三下四，但现在在安娜面前，不仅像伶俐的小狗，而且是做错了事的狗。这就写出了弗龙斯基对安娜无比崇拜、无比温顺的心理。同时，也以基蒂的不幸感受写出了安娜和弗龙斯基的幸福。

第三十一章弗龙斯基从莫斯科追踪安娜到彼得堡，见到前来迎接安娜的卡列宁。这时，作品有这么几句描写："看见阿列克谢·亚历山德罗维奇，看见他那彼得堡式的新刮过的脸和严峻的自信的姿容，头戴圆帽，微微驼背，他才相信了他的存在，而且感到这样一种不快之感，就好像一个渴得要死的人走到泉水边，却发现一条狗、一只羊或是一只猪在饮水，把水搅浑了的时候感到的心情一样。阿列克谢·亚历山德罗维奇那种摆动屁股、步履蹒跚的步态格外使弗龙斯基难受。"②这里，托尔斯泰用形象的比喻，把弗龙斯基那种厌恶、烦恼、嫉妒等复杂心理准确地展示在读者面前。弗龙斯基认为像安娜这样完美的女子，"只有他自己才有爱她的无可置疑的权利"。本来应该属于自己的一朵鲜花，却"插在牛粪中"。那种五味杂陈的复杂心理可想而知。

用内心独白的方式进行心理描写。如安娜自杀前，托尔斯泰写了这么一段内心独白："是的，我苦恼万分，赋予我理智就是为了使我能够摆脱；因此我一定要摆脱。如果再也没有可看的，而且一切看起来都让人生厌的话，那么为什么不把蜡烛熄了呢？但是怎么办呢？为什么这个乘务员顺着栏杆跑过去？为什么下面那辆车厢里的那些年轻人在大声喊叫？为什么他们又说又笑？这全是虚伪的，全是谎话，全是欺骗，全是罪恶！……"③这段独白，写出了安娜自杀的原因，表现了她对一切都绝望的心理。

用解剖的手法描写人物内心。如安娜对儿子感情的剖析："我也以为我很爱他，而且因为自己对他的爱而感动。但是没有他我还是活着，抛掉了他来换别人的爱，而且只要另外那个人的爱情能满足我的时候，我

---

① 《列夫·托尔斯泰文集》第九卷，人民文学出版社2000年版，第108—109页。
② 同上书，第137页。
③ 《列夫·托尔斯泰文集》第十卷，人民文学出版社2000年版，第993页。

并不后悔发生这种变化。"① 这段自我剖析，真实地揭示了儿子与情人在安娜心目中的地位，说明安娜爱的还是她自己。

在景物描写中衬托人物的心理。在从莫斯科回彼得堡的途中，安娜看到了追踪她而来的弗龙斯基，她问弗龙斯基："您为什么去呢？"弗龙斯基回答："您知道，您在哪儿，我就到哪儿去，我没有别的办法呢。"这时候，作品有这么一段精彩的风景描写："在这一瞬间，风好像征服了一切障碍，把积雪从车顶上吹下来，使吹掉了的什么铁片发出铿锵声，火车头的深沉的汽笛在前面凄婉而又忧郁地鸣叫着。暴风雪的一切恐怖景象在她现在看来似乎更显得壮丽了。他说了她心里希望的话，但是她在理智上却很怕听这种话。她没有回答，他在她的脸上看出了内心的冲突。"② 这段风景描写和安娜惶乱的内心相呼应。"风征服了一切障碍物"，这个大自然的风横扫了压抑着安娜的一切，把安娜从阻碍她内心追求的种种羁绊中解放出来。她已经对弗龙斯基动心了。

通过细节描写刻画人物心理。这方面的例子比比皆是，如弗龙斯基对安娜说："我看出你为了一切多么苦恼——为了社会和你的儿子和你的丈夫。"③ 安娜口头上否认为丈夫苦恼，但当弗龙斯基指出："你说的不是真话。我了解你。你为了他也苦恼着"时，安娜突然"脸涨得通红；她的两颊、她的前额、她的脖颈都红了，羞愧的眼泪盈溢在她的眼里"。④ 这里安娜"脸涨得通红；她的两颊、她的前额、她的脖颈都红了，羞愧的眼泪盈溢在她的眼里"这个细节说明安娜内心深处确实没有忘记丈夫，揭示了她苦恼的心理原因。

再如在德国小温泉，当谢尔巴茨基公爵走近坐在轮椅里的施塔尔夫人时，"基蒂立刻又在他的眼睛里觉察出了那使她慌乱的嘲弄的火焰"⑤。为什么公爵的到来会使得平时那么高傲的"施塔尔夫人慌乱呢？"那就是恐怕在小温泉的人，只有公爵最了解她的底细了。"慌乱"这个细节写出了施塔尔夫人害怕公爵揭她老底的恐惧心理。

---

① 《列夫·托尔斯泰文集》第十卷，人民文学出版社 2000 年版，第 990 页。
② 《列夫·托尔斯泰文集》第九卷，人民文学出版社 2000 年版，第 134 页。
③ 同上书，第 247 页。
④ 同上书，第 248 页。
⑤ 同上书，第 301 页。

通过语言行动表现人物的心理。如赛马一节，弗龙斯基跌下马来，"安娜大声惊叫了一声的时候，并没有什么稀奇的地方"。但安娜的脸上却"起了一种实在有失体面的变化。她完全失去主宰了……"卡列宁看到这个样子，迅速走到她面前，把胳臂伸给她，用法语说："我们走吧……我再一次把胳臂伸给你，假使你要走的话"，并"触了触她的手"。但安娜"厌恶地避开他"，看都不看丈夫一眼，回答说："不，不，不要管我，我要留在这里。"听到弗龙斯基"没有受伤，只是马折断了脊背的消息"，"安娜就连忙坐下，用扇子掩住脸。阿列克谢·亚历山德罗维奇看到她在哭泣，她不仅控制不住眼泪，连使她的胸膛起伏的呜咽也抑制不住了。阿列克谢·亚历山德罗维奇用身子遮住她，给她时间来恢复镇静。"① 安娜大声惊叫，"我要留在这里"的话语，无不反映了她对热恋中的弗龙斯基深切关怀的心理；而卡列宁几次把胳臂伸给安娜以及"用身子遮住她"行动，无不写出了卡列宁害怕安娜当众出丑，让自己没有面子的心理。

还有意识流手法揭示人物心理（另文）。这一切使得《安娜·卡列宁娜》成为心理描写的杰作。

《安娜·卡列宁娜》的意识流

一

托尔斯泰强调："艺术的主要目的就在于表现和揭示人的灵魂的真实性，揭露用平凡的语言不能说出的人心的秘密。因此才有艺术。艺术好比显微镜，艺术家拿了它对准自己心灵的秘密并进而把那些人人莫不皆然的秘密搬出来示众。"② 要把人物心灵深处最隐秘的东西很好地揭示出来，单是传统的心理描写手法显然是不够的。为此，托尔斯泰创造了近乎现代派文学中的"意识流"手法进行心理描写。意识流是美国心理学之父威廉·詹姆斯创造的。他在1884年发表的《论内省意识流心理学所忽略的几个问题》一文中指出："意识并不是以四分五裂的状态出现的，类似'链''序列'之类的词并没有适当地描述出它首次出现时的样子，

---

① 《列夫·托尔斯泰文集》第九卷，人民文学出版社2000年版，第275—276页。
② 《列夫·托尔斯泰论创作》，戴启篁译，漓江出版社1983年版，第11页。

它完全不是接合起来的东西，它是流动的，一条'河'或一道'流'是对其进行描述的最好比喻。因此，在此后关于意识的谈论中，我们就将其称作思维流、意识流或是主观生命流。"① 托尔斯泰是一个具有现代意识的心理描写大师，在詹姆斯提出意识流这个概念之前，他就在自己的作品中运用了这一手法。这里，仅就《安娜·卡列宁娜》中的意识流手法运用进行一些分析。

二

《安娜·卡列宁娜》用意识流表现人物的心理是很突出的。如，安娜从莫斯科回彼得堡的车上，读一本英国小说。最初读不下去，后来开始读进去了，"而且理解她所读的了……她读到小说中的女主人公看护病人的时候，她就渴望自己迈着轻轻的步子在病房里走动；她读到国会议员演说时，她就渴望自己也发表那样的演说；她读到玛丽小姐骑着马带着猎犬去打猎，逗恼她的嫂嫂，以她的勇敢使众人惊异的时候，她愿意自己也那样做。……小说的主人公已经开始得到英国式的幸福、男爵的爵位和领地，而安娜希望和他一同到领地去，她突然觉得他应当羞愧，她自己也为此羞愧起来"②。这里，安娜明明是坐在火车里，怎么能够"在病房里走动"、在国会发表演讲、"骑着马带着猎犬去打猎"，更不可能跟随小说中的主人公一同"到他的领地去"。然而，作品中这种潜意识联想，又是和安娜对个性解放的追求一致的，因此是很自然的，合情合理的。当然，后来安娜也曾与弗龙斯基一道去了几乎完全西化了的庄园。

最突出的例子是弗龙斯基不理会安娜"您会后悔的"的警告而走后，安娜"心里充满了寒彻骨髓的恐怖"③。她到育儿室去。育儿室里明明是她与弗龙斯基所生的小女孩，但她脑海里出现的却是谢廖沙："怎么回事，这不是，这不是他！他的蓝眼睛和羞怯而甜蜜的微笑在哪里呢？"④她连自己梳过头发没有也不知道了，于是用手摸摸头。"是的，我的头发

---

① 威廉·詹姆斯：《心理学原理》，周芳编译，北京理工大学出版社有限责任公司2013年版，第208页。
② 《列夫·托尔斯泰文集》第九卷，人民文学出版社2000年版，第131页。
③ 《列夫·托尔斯泰文集》第十卷，人民文学出版社2000年版，第977页。
④ 同上书，第978页。

梳过了，但是我一点也不记得什么时候梳的了。"她甚至都不相信她的手。她去穿衣镜前照照她的头发是否真的梳过，看到镜子里的人。镜子里的人只能是她，但她也不认识了："这是谁？"恍然大悟后，"她猛地感觉到他的亲吻"。弗龙斯基根本不在，谁去吻她？这段几乎完全写的是安娜无意识的举动，表明了在极度惶恐中安娜异常凄苦难耐的、颠倒混乱的内心，把安娜纯属出于幻觉的感觉和盘托出。她的神经完全恍惚了。她到哥哥家去，在马车里，看到"公司和百货商店……牙科医生……"等招牌，想到的却是跟多莉谈弗龙斯基的事；看到"菲利波夫，面包店"的招牌，想到的是"他们把面团送到彼得堡"。进而又从彼得堡想到"莫斯科的水那么好。"由莫斯科的水又想到"米辛基的泉水"。又由面团想到了"薄烤饼"。由泉水和薄烤饼又引发了对"十七岁的时候和她姑母一路朝拜过三一修道院的情景"的回忆，怀疑"那个长着两只红红的手的姑娘，真是我吗？"接着由对少女生活片断的回忆又回到了现实："那时我能想得到我会落到这样屈辱的地步吗？"接下来由难闻的油漆味想到"为什么老是油漆和建筑？"读着"时装店和帽庄"招牌，看到对她行礼的安努什卡的丈夫，想到弗龙斯基曾说过的一句话："我们的寄生虫。"她回想起她和阿列克谢·亚历山德罗维奇的过去，回想起她如何把他从记忆中抹去。接着又想到"多莉会认为我要抛弃第二个丈夫了"。看到两个微笑的姑娘，就认为"大概是爱情！她们还不知道这是多么难受、多么卑下的事哩……"这里，安娜把自己的阴暗心理完全投放到毫无相关的人身上。看到三个男孩子奔跑着，玩赛马的游戏时，她又想到了儿子谢廖沙！到了多莉家，就想到"基蒂！就是同弗龙斯基恋爱过的那个基蒂，她就是他念念不忘的人。他很后悔没有和她结婚。而他一想到我就厌恶，懊悔和我结合起来！"这完全是她的胡思乱想，其实，弗龙斯基就根本没有为此后悔过。这完全是弗龙斯基对她冷淡后她无端的瞎想，然而这种瞎想从安娜的角度看又是合情合理的。安娜来到多莉家没有见到基蒂，心理就出现了"基蒂认为会见我就降低了身份"的想法，进而想到在目前"这种境况中，任何正派的女人都不会接见我的。这一点从我为他牺牲了一切的那一瞬间起我就知道了。而这就是我得到的报酬！"由此又引起了对弗龙斯基的憎恨："我多么恨他！"并后悔到哥哥家来。多莉给她看了奥布隆斯基关于离婚"满有希望"的信后，她说"这丝毫也引不起我的兴趣哩"。见到基蒂,她"用敌视的眼光打量着她"。① 从多莉家出来,她心情更坏,虽然多莉和基蒂对她并没有怎么样,她却感到"一种受到侮辱和遭到唾弃的感觉"。认为基蒂会"幸灾乐祸"。基蒂虽不愿见安娜,但绝没有对安娜存幸灾乐祸的心理,相反,从她和姐姐多莉的对话中可以看出她对安娜还是同情的。因此,这完全是安娜疑神疑鬼的自我感觉。后"看见一个肥胖红润的绅士乘着车迎面驶来",安娜产生了这样的想法:"他以为他认识我。但是他和世界上其他的人一样,同我毫不相识哩。连我自己都不认识我!"她怎么会知道别人"以为""认识她"?这完全是安娜对一切,包括自己都产生怀疑的表现。看到两个男孩拦住一个冰激凌小贩,想到"我们都愿意要甘美可口的东西。如果没有糖果,就要不干净的冰激凌!基蒂也一样,得不到弗龙斯基,就要列文。而她嫉妒我,仇视我。我们都是互相仇视的。基蒂恨我,我恨基蒂!"②冰激凌与基蒂、弗龙斯基及列文毫无关系,但她却把这两件毫无相关的事联在一起,并贬低基蒂和列文。她对基蒂的贬低暗含着这之前认为基蒂对她"幸灾乐祸"分不开。她想到了"秋季金,理发师。我请秋季金给我梳头"。她想着"忽然笑起来"。理发师给她梳头再正常不过了,有什么可笑的?可见,她的神经似乎出现问题了。听到晚祷的钟声,看到商人虔诚地画着十字,认为"这些教堂、这些钟声、这些欺诈,都是用来做什么的呢?无非是用来掩饰我们彼此之间的仇视"。教堂、钟声、十字等让她想到宗教,想到了宗教的虚伪和欺骗性。她和卡列宁离婚的要求正是那个宗教骗子朗德梦呓或假装梦呓的几个字否定的。接着,她脑子里又出现亚什温的话:"他要把我赢得连件衬衣都不剩,我也是如此。"并认为"这倒是事实!"③ 亚什温的话与前面的内容毫无逻辑关系,这句话意味着安娜要彻底地,甚至用生命赌一把。回到家,看到弗龙斯基"十点以前我不能回来"的信。"感到心上起了一股无名的怒火和渴望报复的欲望";"我亲自去找他。在和他永别以前,我要把一切都和他讲明。我从来没有像恨他这样恨过任何人!"她想象弗龙斯基"现在正平静地同

---

① 《列夫·托尔斯泰文集》第十卷,人民文学出版社 2000 年版,第 984 页。
② 同上书,第 985 页。
③ 同上书,第 286 页。

他母亲和索罗金公爵小姐谈着天,因为她的痛苦而感到高兴呢"。这时,她感到"仆人们、四壁、房中的摆设,都在她心中引起一种厌恶和怨恨的情绪,像千钧重担一样压迫着她"。① 她再次把自己恶劣的心情投到一切所见的人和事物身上。她决定永远离开这里。在掠过心头的种种计划中她模糊地决定采用一种:"在火车站或者伯爵夫人家闹过一场以后,她就乘下城铁路的火车到下面第一个城市住下来。"

由于心情不好,就连餐桌上的"一切食物"都令她恶心,连马车夫也令她讨厌。随着马车的走动,不同的印象又一个接着一个交替地涌上她的心头。她极力回想:"我最后想到的那一桩那么美妙的事情是什么?"她想到了秋季金,理发师?接着又是亚什温讲的话:生存竞争和仇恨是把人们联系起来的唯一的因素。亚什温的话与理发师没有任何联系,但却反映了人与人之间的冷酷无情,这是安娜经历了世态炎凉后的社会生活的体验。看到一群与她毫无相干的乘四驾马车的人,竟然说"你们去也是徒劳往返。带着狗也无济于事!你们摆脱不了自己的"②。人家带狗乘马车做什么安娜根本就不知道,但她却得出"徒劳而返"的结论,这完全是安娜和弗龙斯基的爱情不能善始善终的心理反应。看见一个被警察带着的喝得烂醉如泥的工人,却想到"这个人倒找到一条捷径,弗龙斯基伯爵和我也没有找到这种乐趣"。警察带着烂醉如泥的工人与弗龙斯基和她毫无关系,她却由此"第一次一目了然地看清楚了"她和弗龙斯基的一切关系:"他在我身上找寻什么呢?与其说是爱情,还不如说是要满足他的虚荣心……他从我身上取去了可以取去的一切,现在他不需要我了……热情已经消失了!……我的爱情越来越热烈,越来越自私,而他的却越来越减退……我要求他越来越完完全全地献身于我。但是他却越来越想疏远我……如果,他不爱我,却由于责任感而对我曲意温存……这比怨恨还要坏千百倍呢!……爱情一旦结束,仇恨就开始了。……假定我离了婚,成了弗龙斯基的妻子。结果又怎么样呢?难道基蒂就不再像今天那样看我了吗?不。难道谢廖沙就不再追问和奇怪我怎么会有两个丈夫了吗?在我和弗龙斯基之间又会出现什么新的感情呢?

---

① 《列夫·托尔斯泰文集》第十卷,人民文学出版社 2000 年版,第 986 页。
② 同上书,第 987—988 页。

不要说幸福,就是摆脱痛苦,难道有可能吗?不!不!这是不可能的!"①这段解剖式的内心独白表现了她与弗龙斯基爱情的实质。看到一个抱着婴儿的乞妇。她心里出现这样的念头:"她以为人家会可怜她。我们投身到世界上来,不就是要互相仇恨,因此折磨自己和别人吗?"② 看到一群学生,她怀疑是谢廖沙,并总结了自己对谢廖沙的感情:"我也以为我很爱他,而且因为自己对他的爱而感动。但是没有他我还是活着,抛掉了他来换别人的爱,而且只要另外那个人的爱情能满足我的时候,我并不后悔发生这种变化。"③ 这同样是解剖式的独白,写出了儿子在她心目中的地位是低于情人弗龙斯基的。她的下意识不断流动,连自己要到哪里去和为什么要去也是费了好大劲才明白。

她那痛苦万状的、可怕的、跳动着的心灵的伤处被希望和绝望刺痛着。她厌恶地凝视着那些进进出出的人,对弗龙斯基爱与恨的交织使"她的心跳动得多么厉害"。看到一个喊姑姑的小女孩,心里又出现了这样的想法:"还是个小孩子,就已经变得怪模怪样,会装腔作势了"。④ 一个喊姑姑的小女孩是纯洁无瑕的,但在安娜看来也成了装腔作势的人了。这完全是安娜"全是虚伪"的思想的折射。看到一个戴着帽子,帽子下面露出一缕缕乱蓬蓬的头发的肮脏的、丑陋的农民,她回忆起梦境,"吓得浑身发抖"。这是安娜多次重复出现的梦境。心理学家认为:"人反复梦见的梦,是他生命中最重要主题的表现。只要一个人一再重复地依照这种主调而行动,这种重复的梦往往预见这个人生命的未来际遇。"⑤ 这个肮脏的、丑陋的农民是安娜"生命的未来际遇"的真实写照,因此每次梦到这个农民,安娜都会害怕。看到对面的一对夫妇,就认为"他们彼此是多么厌倦,他们彼此又有多么仇视"⑥。安娜怎么能够知道一对偶然遇到的夫妇"彼此是多么厌倦……又有多么仇视"。这是她把自己与弗龙斯

---

① 《列夫·托尔斯泰文集》第十卷,人民文学出版社2000年版,第989—990页。
② 同上书,第990页。
③ 同上。
④ 同上书,第991页。
⑤ 埃里希·弗罗姆:《被遗忘的语言》,郭乙瑶、宋晓萍译,国际文化出版公司2001年版,第90页。
⑥ 《列夫·托尔斯泰文集》第十卷,人民文学出版社2000年版,第992页。

基关系破裂时的那种恶劣心情完全投射到完全不相干的人的身上的表现。她想到"我们生来就是受苦受难的……又有什么办法"①时,听到一个太太用法语讲了"赐予人理智就是使他能够摆脱苦难"。这句话仿佛回答了她的思想。"是的,我苦恼万分,赋予我理智就是为了使我能够摆脱;因此我一定要摆脱。如果再也没有可看的,而且一切看起来都让人生厌的话,那么为什么不把蜡烛熄了呢?……这全是虚伪的,全是谎话,全是欺骗,全是罪恶!……"②接到弗龙斯基"很抱歉,那封信没有交到我手里。十点钟我就回来"的电报,心头产生报复的念头:"不,我不让你折磨我了。"她在月台上走着,却不知道自己到哪里去,觉得自己有坐在火车里。这里,她的神经错乱了。一辆火车驶进,她突然想起"她和弗龙斯基初次相逢那一天被火车轧死的那个人",醒悟到该怎么办了:"到那里去,投到正中间,我要惩罚他,摆脱所有的人和我自己!"③她"熟悉的画十字的姿势在她心中唤起了一系列少女时代和童年时代的回忆,笼罩着一切的黑暗突然破裂了,转瞬间生命以它过去的全部辉煌的欢乐呈现在她面前"④。她扑通跪下去的同一瞬间,吓得毛骨悚然:"我在哪里?我在做什么?为什么呀?"仅仅来得及说一句"上帝,饶恕我的一切!"就在梦中那个在铁轨上干活的矮小的农民的幻象中熄灭了自己的生命之灯。

三

以上分析不难看出,安娜的整个心理活动完全打破了时空限制,从一个念头跳到另一个念头,几乎都是由一些完全不相干的自由联想构成,其中也穿插了不少内心独白。但这些几乎完全不相干的联想和想象并非是像西方意识流作家作品中的自由联想那样显得海阔天空、杂乱无章,让读者感到一脑子雾水。我们只要仔细分析不难看出主人公的联想和想象有着内在的逻辑关系,符合安娜性格发展的逻辑。她的思想和行动,

---

① 《列夫·托尔斯泰文集》第十卷,人民文学出版社2000年版,第992页。
② 同上书,第993页。
③ 同上书,第994—995页。
④ 同上书,第995页。

完全可以从其经历和感受中找到根源。因此这种逻辑就是生活的逻辑；同时，托尔斯泰并不是完全沉浸在那些不相干的幻象中，而是有着深刻的现实内容，与现实密切相关的，与主人公的遭际密切联系着。这是托尔斯泰与西方意识流等现代派作家的最大的区别。

《安娜·卡列宁娜》的梦

一

梦是一直困扰着人类的难以破解的斯芬克斯之谜。《现代汉语词典》对梦的解释是："睡眠时局部大脑皮质还没有完全停止活动而引起的脑中的表象活动。"[①]《汉语大词典》也如是说。这种从生理学的角度对梦的解释非常抽象，难以满足人们对那些千奇百怪的形形色色的梦的好奇心和理解。梦和生老病死一样，对于人类来说是公平的。只要是人，都会做梦。梦已成了人类精神生活不可或缺的一部分。关于梦的含义的争论已有三千多年，至今仍莫衷一是。不同时代、不同文化的人们对梦的性质的看法也是不同的。中国古代有周公圆梦、庄子梦蝶、黄粱梦等，甚至还提出"至人无梦"的说法；古希腊哲学家柏拉图提出"好人做梦，坏人作恶"的观点；穆罕默德把梦分为"清梦""忧梦""心梦"三种……20世纪初，奥地利心理学家弗洛伊德提出了"梦是非理性激情的满足，也是醒着时被压抑的非理性激情的满足"[②]。以后荣格提出了梦是超越个人的潜意识智慧的启示，也就是说梦是更高智慧的启示的观点。还有一种说法认为梦既是理性的，也是非理性的。梦既表现不合理需求，有邪恶的内容；也表达理性与道德，有善良成分。但无论哪种观点都不否认所有的梦都代表着某种信息，有一定的意义，只是我们没有找到破译它的方法而已。文学即人学，梦既然关系到人类的精神生活，也就自然成了文学家笔下热衷描写的对象。笔者仅就列夫·托尔斯泰的巨著《安娜·卡列宁娜》中的梦谈谈自己的看法。

[①] 《现代汉语词典》第五版，商务印书馆2006年版，第937页。
[②] 埃里希·弗罗姆：《被遗忘的语言》，郭乙瑶、宋晓萍译，国际文化出版公司2001年版，第17页。

二

　　纵观《安娜·卡列宁娜》全书，作品主要写了两个重复出现的梦：一个是安娜梦见弗龙斯基和卡列宁两人同时都是她的丈夫；另一个是安娜梦见胡须蓬乱、身材矮小、肮脏的农民。这个梦弗龙斯基也做过。

　　第一部第二十九章，安娜离开莫斯科回彼得堡，在火车上，她一一重温着她在莫斯科的经过。一切都是美好的、愉快的。她回想起弗龙斯基和他那含情脉脉的、顺从的面孔，一会儿感到"羞耻"，一会儿感到"暖和"，甚至"热起来"。她看书，但完全不能领会她所读的内容。"她感到她的神经好像是绕在旋转着的弦轴上越拉越紧的弦"。"瞬息即逝的疑惑不断地涌上她的心头"，"她弄不清火车是前进还是后退，或者停住了。"甚至不明白坐在自己旁边的是什么人，放在椅子扶手上的是"皮大衣还是什么野兽？"连"自己又是什么呢？是我自己呢，还是别的什么女人"也分不清。她"害怕自己陷入这种迷离恍惚的状态"。她站起身来定一定神，"明白了进来的那个瘦瘦的、穿着掉了纽扣的长外套的农民是一个生火炉的，他正在看寒暑表，风雪随着他从门口吹进来；但是随后一切又模糊起来了……那个穿长背心的农民仿佛在啃墙上什么东西，老妇人把腿伸得有车厢那么长，使车厢里布满了黑影；接着是一阵可怕的尖叫和轰隆声，好像有谁被碾碎了；接着耀眼的通红火光在她眼前闪烁，又仿佛有一堵墙耸立起来把一切都遮住了。安娜感觉得好像自己在沉下去。但是这并不可怕，却是愉快的。"[①] 古希腊地理学家阿特米德罗斯（Artemidorus）认为，梦根据其性质可以被分为五种："第一种是梦，第二种是错觉，第三种是神谕，第四种是空想，第五种是幻象。……错觉就是，当一个人看起来确实是醒着的，其实他却熟睡。就像在 Vespatiat 看见医生把 Hero 的牙从他嘴里拔出时的情形一样。"[②] 根据阿特米德罗斯的理论和描述，这段描写应该是属于梦的第二种——错觉。安娜明明看到生火炉的农民正在看寒暑表，但随后又仿佛看到他在啃墙上的什么东

[①] 《列夫·托尔斯泰文集》第九卷，人民文学出版社 2000 年版，第 132 页。
[②] 埃里希·弗罗姆：《被遗忘的语言》，郭乙瑶、宋晓萍译，国际文化出版公司 2001 年版，第 87 页。

西；老妇人的腿伸得有车厢那么长，以至于"使车厢里布满了黑影"；随着可怕的尖叫和轰隆声，好像有谁被碾碎了；她眼前闪烁着"耀眼的通红火光"，"把一切都遮住了"。这里首次出现的农民已在安娜脑海里留下了深刻的印象，是她后来多次梦见的那个矮小、肮脏的农民的先兆。安娜错觉中的这个在看寒暑表，又仿佛在啃墙上东西的农民以及"好像有谁被碾碎"的"可怕的尖叫的轰隆声"等不祥之兆（安娜最终被巨大的火车轮子碾碎）为什么没有引起她的恐惧，相反"却是愉快的"。我们知道，这个梦是安娜在离开莫斯科返回彼得堡的火车里做的。安娜到莫斯科不仅顺利地解决了兄嫂矛盾，而且遇到了风流倜傥的年轻军官弗龙斯基，弗龙斯基唤醒了她压抑已久的爱情，她似乎感到了新生。尽管她用理智克制感情，提前回彼得堡，但莫斯科之行她是满意的："在莫斯科的经过。一切都是良好的、愉快的。"[①] 在这种愉快的心情下，她的梦不会是噩梦，梦里出现的东西当然不会令人害怕，相反倒是"愉快的"。

　　第二部第十一章，和弗龙斯基发生关系后，安娜感到"罪孽深重"，"由于自己精神上的赤裸裸状态而痛切感到的羞耻[②]。"她感到的不是像弗龙斯基所讲的是"幸福"，而是"厌恶"和"恐怖"，她请求上帝："天呀！饶恕我吧！"并抽噎起来。连续几个夜晚她都在做同样一个梦："她梦见两人同时都是她的丈夫，两人都对她滥施爱抚。阿列克谢·亚历山德罗维奇哭泣着，吻着她的手说：'现在多么好呀！'而阿列克谢·弗龙斯基也在那里，他也是她的丈夫。她非常诧异她以前怎么会觉得这是不可能的，而且笑着向他们说明这样真是简单得多了，现在他们两人都快乐和满足。但是这个梦像噩梦似的使她难受，她吓醒了。"[③] 弗洛伊德提出："梦是非理性激情的满足，也是醒着时被压抑的非理性激情的满足。"[④] 安娜爱情人弗龙斯基，并一度在弗龙斯基面前把丈夫说得一无是处，但内心深处还是有丈夫卡列宁的。这一点，她产后病危时对卡列宁讲的一段话足以证明："不要认为我很奇怪吧。我还是跟原先一样……但

[①] 《列夫·托尔斯泰文集》第十卷，人民文学出版社2000年版，第131页。
[②] 同上书，第197页。
[③] 同上书，第198页。
[④] 埃里希·弗罗姆：《被遗忘的语言》，郭乙瑶、宋晓萍译，国际文化出版公司2001年版，第17页。

是在我心中有另一个女人，我害怕她。她爱上了那个男子，我想要憎恶你，却又忘不掉原来的她。那个女人不是我。现在的我是真正的我，是整个的我。"①她请求丈夫饶恕自己，并要弗龙斯基把手给卡列宁。她对弗龙斯基说："露出脸来，望望他！他是一个圣人。"卡列宁饶恕了弗龙斯基，当他把手伸给弗龙斯基时，安娜似乎完成了自己的心愿，可以放心地离开这个世界了。她说："谢谢上帝，谢谢上帝！现在一切都准备好了。……好极了……我的上帝！我的上帝！"②《论语·泰伯》中有这样的话："鸟之将死，其鸣也哀；人之将死，其言也善。"③这段话是安娜自觉快死之前讲的，是其心里话，它真实地反映了安娜内心深处的渴望。这段话中所讲的"心中的另一个女人"，是被弗龙斯基点燃了爱情之火后的安娜。爱情觉醒后的安娜在疯狂地不顾一切地爱上弗龙斯基的同时，憎恶自己的丈夫卡列宁；而这个"真正的我"是原本遵守妇道的贤妻良母的安娜。安娜对丈夫卡列宁的情感连弗龙斯基也看得出来。当安娜把自己怀孕的消息告诉弗龙斯基，弗龙斯基在谈到安娜的处境时说："我看出你为了一切多么苦恼——为了社会和你的儿子和你的丈夫。"尽管安娜否定："就是没有为我的丈夫，他在我看并不存在。"但当弗龙斯基说："你说的不是真话。我了解你。你为了他也苦恼着"时，安娜"的脸涨得通红；她的两颊、她的前额、她的脖颈都红了，羞愧的眼泪盈溢在她的眼里"。④弗龙斯基也感到了两个安娜的存在。因为好几次，他"极力想使她考虑她自己的处境，而每次他都遭到了她现在用来答复他的请求的那种同样肤浅而轻率的判断。好像这里面有什么她不能够或者不愿意正视的东西，好像她一开始说到这个，她，真正的安娜，就隐退到内心深处，而另一个奇怪的不可思议的女人，一个他所不爱、他所惧怕的、处处和他作对的女人就露出面来了⑤。"

安娜探子时，曾对儿子讲过这样的话："爱他；他比我好，比我仁

---

① 《列夫·托尔斯泰文集》第九卷，人民文学出版社2000年版，第537页。
② 同上书，第538—539页。
③ 《中国古代名言隽语大辞典》，商务印书馆2001年版，第226页。
④ 《列夫·托尔斯泰文集》第九卷，人民文学出版社2000年版，第247—248页。
⑤ 同上书，第248页。

慈，我对不起他。"① 这些都不难看出安娜内心深处对丈夫卡列宁是有感情的。

梦所表达的愿望是与潜意识欲望相联系的，表现了人们不允许自我意识到和在清醒状态下不允许被表达出的潜意识动机。安娜作为19世纪70年代俄罗斯优秀的贵族妇女，她既敢于追求爱情、追求生活（"我要爱情，我要生活"），又始终保持着贤妻良母式的传统思想；她渴望婚姻与爱情统一，丈夫与情人一致。她病危时要丈夫把手伸给弗龙斯基也说明这一点。这就是她"被压抑的非理性激情"。这种"被压抑的非理性激情"是当时的社会制度以及人们的思想观念难以突破的，在现实中是不可能实现的，只能在梦中才会得到释放和满足。

三

第四部第二章，写了安娜和弗龙斯基做的同样一个梦。弗龙斯基接到安娜要他去她家见面的信，在前往卡列宁家之前，他"躺在沙发上，五分钟后，他最近几天目击的丑恶场景的回忆和安娜的形象同那个在猎熊时扮演了重要角色的农民的形象混成了一团，弗龙斯基就这样睡着了。他在薄暮时分醒来，恐怖得全身发抖，连忙点燃了一枝蜡烛。'什么事？什么？我梦见了什么可怕的事呢？是的，是的；好像是一个胡须蓬乱、身材矮小、肮脏的农民弯下腰去做什么，突然间他用法语说出一句什么奇怪的话来。是的，除此以外再也没有梦见别的什么了'，他自言自语。'可是为什么那样怕人呢？'他历历在目地回想起那个农民和他说出的不可解的法语，一阵恐怖的寒战掠过他的脊背"②。

弗龙斯基的这个梦，与他入睡前的心理活动分不开。正如亚里士多德所说的："在未入睡以前的心理活动也可能成为梦境的原因。因为当我们在清醒时要做某件事时、或是要参与或已经参与了某个行动时，我们常常发现自己会在梦中生动地谋划这些行动或是实施了这种行动。产生这一结果的原因是因为梦的动态是从白天早已建立的动态中得

---

① 《列夫·托尔斯泰文集》第十卷，人民文学出版社2000年版，第694—695页。
② 《列夫·托尔斯泰文集》第九卷，人民文学出版社2000年版，第464页。

到启示的。"① 小说写了弗龙斯基入睡前5分钟出现在心中的三件事：几天目击的丑恶场景、安娜的形象、猎熊时扮演重要角色的农民。"丑恶场景"写的是弗龙斯基接待外国亲王，"好像一个人照管着一个危险的疯子"。亲王对他的"轻蔑的宽容"，对俄国女人的评论，"不止一次使弗龙斯基愤怒得涨红了脸"。尤其弗龙斯基"情不自禁地在他身上看出了他自己。……只不过是一个极愚蠢、极自满、极健康、极清洁的人罢了"。② 伴一个危险的疯子生活，当然是令人厌恶的。至于安娜的形象，安娜怀孕后，在弗龙斯基眼里已"完全不像他初次看见她的时候那种样子了。在精神上，在肉体上，她都不如以前了。她身子长宽了，而当她说那女演员的时候，她的脸上有一种损坏容颜的怨恨的表情。他望着她，好像一个人望着一朵他采下来的、凋谢了的花，很难看出其中的美"③。尤其是"她最近越来越频繁的嫉妒心理的发作引起他的恐惧"。并感到自己"最美好的幸福已成为过去了"。④ 很明显，他对安娜的热情已经成为过去了。甚至明知安娜的嫉妒是因为对他的爱，但还是为安娜这种因爱而引发的嫉妒心理感到害怕、恐惧。这是因为弗龙斯基内心深处是无法承担安娜这种不顾一切的爱的。猎熊时扮演重要角色的农民，小说中没有具体交代，但那个农民形象在他梦中以"一个胡须蓬乱、身材矮小、肮脏的农民"形象出现了。

　　似乎要印证梦中所感受到的东西一样，安娜写信告诉他卡列宁"七点钟出席会议，要过了十点钟才回来"。但弗龙斯基却在门口碰到提前回来又要出去的卡列宁，这就是一个不祥之兆。

　　至于这个农民和他那句不可解的话，为什么使天不怕地不怕的弗龙斯基感到寒彻脊梁的恐惧呢？这个农民究竟说了什么话，小说中没有写。但我们知道，弗龙斯基这个梦是出现在安娜向他说明丈夫卡列宁的决定后。安娜向丈夫坦白了她和弗龙斯基之间的关系后，处理问题冷静、理智的卡列宁并没有像弗龙斯基所想象的那样用决斗等简单痛快的办法来

---

① 埃里希·弗罗姆：《被遗忘的语言》，郭乙瑶、宋晓萍译，国际文化出版公司2001年版，第85页。
② 《列夫·托尔斯泰文集》第九卷，人民文学出版社2000年版，第463页。
③ 同上书，第467—468页。
④ 同上书，第467页。

第五章 《安娜·卡列宁娜》异彩纷呈的艺术　395

维护自己的名誉，而是做出了对于男人来讲很痛苦的决定：维持现状，只是不能在自己的家里会见情人。这对向来光明正大、厌恶虚伪和欺骗的弗龙斯基来说，是无法忍受的："这算什么处境啊！假如他要决斗，要维护他的名誉，我倒可以有所作为，可以表现出我的热情；但是这种懦弱或是卑怯……他使我处在欺骗者的地位上，我从来不想，而且也决不想这样的。"① 让弗龙斯基成为他自己一向看不起的欺骗者，这是何等的痛苦和难堪。一想到这样的地位，一想到自己本来是个堂堂正正的人，在上流社会有好的声誉，但一下子成了一个虚伪的欺骗者，他感到害怕和恐惧是理所当然的了。

　　第四部第三章，安娜也做了和弗龙斯基相同的一个梦。她对弗龙斯基说："我就要死了。我做了一个梦哩。""我梦见我跑进寝室……在寝室的角落上站着一个什么东西……原来是一个胡须蓬乱、身材矮小、样子可怕的农民。我要逃跑了，但是他弯着腰俯在袋子上，用手在那里面搜索着……""他一边搜索着，一边用法语很快很快地说：'应当打铁，捣碎它，搓捏它……'我在恐怖中极力想要醒来，果然醒来了……但是醒来还是在梦中。于是我开始问自己这是什么意思。科尔涅伊就对我说：'你会因为生产死去，夫人，你会因为生产死去呢……'于是我就醒来了。"② 值得注意的是，这个梦弗龙斯基是第一次也是唯一一次做，而安娜"很早以前"就做过了。安娜和弗龙斯基所做的这个同样的梦，早在《安娜·卡列宁娜》的第二个手稿《懦弱的好汉》中就出现了。作者是这么写的：

　　　　娜娜（后来的安娜）怀着紧张激动的心情，预感到怀孕的不幸结局，叙述了一个可怕的梦。她梦见一个农夫在麻袋上蠕动，嘴里咕哝着模糊不清的法语话。娜娜讲述的梦，使嘎肯（后来的弗龙斯基）很不安。因为他自己也在这一天，做了一个荒谬怪诞，使他万分惊奇的梦，梦里有一个浑身污秽、蓬头乱发的农民，站在房子里，用法语不断地说着一些什么词。嘎肯竭力安慰娜娜。"多么古怪，多么离奇"，嘎肯说。但是，他自己觉得，他的话里没有一点说服力。

---

① 《列夫·托尔斯泰文集》第九卷，人民文学出版社2000年版，第465页。
② 同上书，第471—472页。

"从这以后，嘎肯再也不去做改变实际处境的尝试了，他怀着惶恐不安的心情等候着分娩。"①

从第二稿到最后的定稿，这个梦的基本内容并没有多大改变，只是弗龙斯基听了安娜的话后由"很不安"变成了"充满了……恐怖"。并把"从这以后，嘎肯再也不去做改变实际处境的尝试了，他怀着惶恐不安的心情等候着分娩"这句话删去了。"很不安"和"充满了……恐怖"。两个短语的意思是不一样的，后者要比前者重得多，前者仅仅是心绪不宁，而后者却是满怀恐惧。那托尔斯泰为什么删去那句话呢？笔者认为主要原因是这句话意味着弗龙斯基已不做任何改变现状的努力，而是听天由命，被动地接受将要遭到的厄运。这和后文的有关内容不大一致。因为弗龙斯基还是为改变他和安娜的处境做过一些努力的。

安娜这个很早以前就做的梦并没有到此结束，作品中还多次出现。如第七部第二十六章，安娜和弗龙斯基感情上已经出现裂痕，她一度想到以"死"来惩罚弗龙斯基，但"死神"使她恐惧。她去书房看"睡得很酣畅"的弗龙斯基，"忍不住流下柔情的眼泪；但是她知道，万一他醒过来他就会用那种冷酷的、自以为是的眼光望着她……她回到自己的寝室，服了第二剂鸦片以后，天快黎明的时候她沉入一种难过的、梦魇纷扰的睡梦中，始终没有失掉自我的意识。早晨，那场在她和弗龙斯基结合以前就曾出现过好多次的噩梦又来临了，惊醒了她。一个胡须蓬乱的老头，正弯着腰俯在一种铁器上，在做什么，一边用法语毫无意义地嘟囔着；就像梦里常有的情形一样（这就是它恐怖的地方），她感觉得那个农民并不注意她，但是却用这种铁器在她身上干什么可怕的事。她吓出了一身冷汗，醒过来了"②。

第七部三十一章，安娜和弗龙斯基的感情已完全冷淡，弗龙斯基到母亲那里处理一些事情，安娜"感到心上起了一股无名的怒火和渴望报复的欲望"，她决定亲自去找弗龙斯基。她要"在和他永别以前""要把

---

① 日丹诺夫：《安娜·卡列尼娜的创作过程》，雷成德译，内蒙古人民出版社1980年版，第10页。

② 《列夫·托尔斯泰文集》第十卷，人民文学出版社2000年版，第975页。

一切都和他讲明。我从来没有像恨他这样恨过任何人！"她"忙着往旅行袋里收拾一两天内需用的东西。她知道她再也不会回到这里来了。在掠过心头的种种计划中她模糊地决定采用一种：在火车站或者伯爵夫人家闹过一场以后，她就乘下城铁路的火车到下面第一个城市住下来"。她在空车厢对面的窗口坐下，看到"一个肮脏的、丑陋的农民，戴着帽子，帽子下面露出一缕缕乱蓬蓬的头发，走过窗口，弯腰俯在车轮上。'这个丑陋的农民似乎很眼熟'，她想。回忆起她的梦境，她吓得浑身发抖……"①

在火车站，她"突然间回忆起她和弗龙斯基初次相逢那一天被火车轧死的那个人，她醒悟到她该怎么办了：……'到那里去，投到正中间，我要惩罚他，摆脱所有的人和我自己！'……于是她画了个十字。……扑通跪下去了。同一瞬间，一想到她在做什么，她吓得毛骨悚然。'我在哪里？我在做什么？为什么呀？'她想站起身来，把身子仰到后面去，但是什么巨大的无情的东西撞在她的头上，从她的背上碾过去了"。"上帝，饶恕我的一切！"她说，感觉得无法挣扎……一个正在铁轨上干活的矮小的农民，咕噜了句什么。那支蜡烛，她曾借着它的烛光浏览过充满了苦难、虚伪、悲哀和罪恶的书籍，比以往更加明亮地闪烁起来，为她照亮了以前笼罩在黑暗中的一切，哗剥响起来，开始昏暗下去，永远熄灭了。②

罗曼·罗兰对这个使安娜和弗龙斯基都感到恐惧的梦是这样解释的："那个有预言性的梦则是这样：他（梦中的那个农民）弯着腰附在袋子上，用手搜索着袋子里某样东西的残余，这样东西就是生活，以及生活中的烦恼、背叛和苦痛……"③ 罗曼·罗兰对托尔斯泰的研究是深入的，对这个梦的理解是准确的。他认为这个梦是"预言"性的，农民所搜索的"东西"是生活。遗憾的是没有具体的阐述，农民形象究竟象征什么也没有提及。

有关乡下人的梦在安娜生活中的几个重要阶段重复出现。其最先是

---

① 《列夫·托尔斯泰文集》第十卷，人民文学出版社 2000 年版，第 991 页。
② 同上书，第 994—995 页。
③ 罗曼·罗兰：《名人传》，傅雷译，河南人民出版社 1998 年版，第 57 页。

她在从莫斯科返回彼得堡的火车上错觉中的那个"穿着掉了纽扣的长外套在看寒暑表,又仿佛在啃墙上东西的农民"引发的,但那个梦没有引起安娜的害怕与恐惧,相反是"愉快的"。由此可以推测,在与弗龙斯基结合前这个梦尽管出现过,但安娜并没有感到害怕,因为那时她的心是平静的。和弗龙斯基结合后,这个平静被打破了。如她头一天向丈夫坦白了她和弗龙斯基的关系,但第二天醒来的时候,她就意识对她丈夫所说那些话的可怕,"她现在简直不能设想她怎么会说出那种荒唐粗俗的话来,简直不能想象会有什么样的结果。……她对于以前所从未加以考虑的耻辱感到恐惧"①。她甚至想到自己会被赶出家门,她做的"可耻的事情会传遍全世界"。她仿佛觉得弗龙斯基已不再爱她,"开始厌倦起她来了",她也因此怀恨起他来。她时时浑身发抖,尽在重复着:"我的上帝,我的上帝!"但是感到"上帝"也好,"我的"也好,"对于她都没有什么意义"。②"她对于她所处的这种以前从来不曾体验过的新的精神状态开始感到恐怖。她感觉得好像一切都在她心里成了二重的……她有时差不多自己都不知道她恐惧的是什么,她希望的是什么。她恐惧的或希望的是已经发生了的事呢,还是将要发生的事,以及她渴望的到底是什么,她自己也说不上来。"她又想到儿子,认为儿子是"除了和丈夫或是和弗龙斯基的关系外,还有另外一个支柱"。③尽管她丈夫羞辱她,把她驱逐出去,尽管弗龙斯基对她冷淡,继续过着他独自的生活,她都不能够舍弃她的儿子。但当她凝视着"儿子那又惊又喜的眼睛"时,她怀疑:"难道他会站在他父亲一边来责斥我吗?难道他会毫不同情我吗?"④眼泪已经淌下面颊……"她因为寒冷和内心的恐怖而颤抖了一下,那种恐怖在露天的清新空气里以新的力量袭击她。"就连弗龙斯基也看出来:"她以前是不幸的,但却很自负和平静;而现在她却不能够平静和保持尊严了。"⑤后来她的生活就是一系列的悲剧。后来发生的一切无不证实了她的预见。和弗龙斯基结合后,她不仅失去了上流社会的地位,失去了家

---

① 《列夫·托尔斯泰文集》第九卷,人民文学出版社 2000 年版,第 376 页。
② 同上书,第 377 页。
③ 同上书,第 378 页。
④ 同上书,第 379 页。
⑤ 同上书,第 242 页。

庭，失去了儿子，而且也失去了弗龙斯基的爱情。最终只能在请求上帝的饶恕声中熄灭自己的生命之灯。

这个重复的梦确实预见了安娜"生命的未来际遇"。她自杀前在火车站亲眼看到了梦中的那个农民，自杀时那个农民形象的再次在她脑海出现，正是她"生命的未来际遇"的真实写照。正如当代许多心理学家认为的那样："人反复梦见的梦，是他生命中最重要主题的表现。只要一个人一再重复地依照这种主调而行动，这种重复的梦往往预见这个人生命的未来际遇。"①

《安娜·卡列宁娜》的自然景物描写

普列汉诺夫说："托尔斯泰爱大自然，并以任何人任何时候也不曾达到过的技巧描绘了大自然。大自然不是被写出来的，而是活在我们艺术家身上。有时大自然甚至仿佛是小说中的一个人物。"② 比较一下托尔斯泰的三大代表作《战争与和平》《安娜·卡列宁娜》和《复活》，我们不难发现，《安娜·卡列宁娜》中的景物描写是最少的，在作品中没有多少篇幅，然而，这些不多的景物描写在质量上却占据重要位置。虽然似乎这些景物描写不像《战争与和平》中有的自然景物描写具有独立的价值，但作家利用其中许多细微的素描加强主人公的内心活动，使任何一处的风景描写都有机地融入了小说主题。这里就《安娜·卡列宁娜》中围绕安娜、列文和弗龙斯基三个主人公有关的风景描写就这一特点进行分析。

一

最著名的与安娜有关的自然景物描写出现过两次，一次是安娜坐上从莫斯科开往彼得堡的火车。这天大雪飘飞，她感到很热，想出去透一透气。当她开门时，"猛烈的风雪向她迎面扑来，堵住门口和她争夺车

---

① 埃里希·弗罗姆：《被遗忘的语言》，郭乙瑶、宋晓萍译，国际文化出版公司2001年版，第90页。

② 普列汉诺夫：《托尔斯泰和大自然》，转引自倪蕊琴译《文艺理论研究》1981年第1期，第194页。

门。但是她觉得这很有趣。她开了门，走出去。风好像埋伏着等待着她，欢乐地呼啸着，竭力想擒住她，把她带走，但是她抓牢了冰冷的门柱，按住衣服，走下来，到月台上，离开了车厢。风在踏板上是很猛烈的，但是在月台上，被火车挡住，却处于静息的状态。她快乐地深深吸了一口冰冷的、含雪的空气，站立在火车旁边，环顾着月台和灯火辉煌的车站。暴风雪在火车车轮之间、在柱子周围、在车站转角呼啸着，冲击着。火车、柱子、人们和一切看得出来的东西半边都盖满了雪，而且越盖越厚。风暴平静了片刻，接着又那么猛烈地刮起来，简直好像是不可抵挡的。……"① 正是在这种情况下，她碰到追踪而来的弗龙斯基。她问弗龙斯基："您为什么去呢？"当弗龙斯基回答"我为什么去吗？"当他反问她，并直视着她的眼睛："您知道，您在哪儿，我就到哪儿去，我没有别的办法"时，作家写道："在这一瞬间，风好像征服了一切障碍，把积雪从车顶上吹下来，使吹掉了什么的铁片发出铿锵声，火车头深沉的汽笛在前面凄婉而又忧郁地鸣叫着。暴风雪的一切恐怖景象在她现在看来似乎更显得壮丽了。"② 这在《安娜·卡列宁娜》中可算是较长的一段景物描写。这暴风雪，正是安娜与弗龙斯基相遇后的内心所掀起的暴风雪。安娜在遇见弗龙斯基之前，是一个贤妻良母，尽管她生活压抑，她却是平静的，但是，在莫斯科见到弗龙斯基之后，她的平静被打破了。实际上，安娜对弗龙斯基的感情并不是从舞会才开始的，其实早在安娜去车厢里向弗龙斯基的母亲告别时就开始了。当安娜接着弗龙斯基母亲的话说道："是的，伯爵夫人和我一直在谈着，我谈我儿子，她谈她的……"时安娜的脸上又闪耀着微笑，一丝向他发出的温存的微笑。弗龙斯基马上"敏捷地接住了她投来的卖弄风情的球"说道："我想您一定感到厌烦了吧"，当安娜把手伸给弗龙斯基告别时，弗龙斯基"紧紧握着她伸给他的纤手，她也用富于精力的紧握，大胆有力地握着他的手，那种紧握好像特别使他快乐似的"③。

安娜看到晚上十点钟还借故来奥布隆斯基家的弗龙斯基时，"一种惊

---

① 《列夫·托尔斯泰文集》第九卷，人民文学出版社2000年版，第133页。
② 同上书，第134页。
③ 同上书，第83页。

喜交集的奇异感情使她的心微微一动"①。

在舞会上，安娜长期被压抑的生气通过弗龙斯基得以尽情地释放。她在跳得比"在彼得堡整整一冬天跳的还要多"的谢尔巴茨基家专为基蒂所举行的舞会上，都是拉着弗龙斯基一人旋转，以至于本来应是舞会主角的基蒂受到冷落。安娜自己也无法否认对弗龙斯基的感情，为了逃避，她提前回彼得堡。但在火车上，她的心也是无法平静的。她读英国小说，当书中男主人公"得到英国式的幸福、男爵的爵位和领地"时，"安娜希望和他一同到领地去"。这个念头一出现，她就感到羞愧，但马上她又认为自己没有什么可羞愧的。她回忆在莫斯科这几天的经过。觉得"一切都是良好的、愉快的"。她回想起舞会，回想起弗龙斯基和他那含情脉脉的、顺从的面孔，回想起她和他的一切关系：没有什么可羞耻的。虽然这样，但是就在她回忆的那一瞬间，羞耻的心情加剧了，仿佛有什么内心的声音在她回想弗龙斯基的时候对她说："暖和，暖和得很，简直热起来了呢。"②她竭力否定自己和弗龙斯基之间的感情："难道在我和这个青年军官之间存在着或者能够存在什么超出普通朋友的关系吗？"③但是当她看到还是带着"昨天那么打动了她的那种崇敬的狂喜的表情"的弗龙斯基时。"她在最近几天中不止一次地暗自念叨说，就是刚才她还在说，弗龙斯基对于她不过是无数的、到处可以遇见的、永远是同一类型的青年之一，她决不会让自己去想他的；但是现在和他重逢的最初一刹那，她心上就洋溢着一种喜悦的骄矜心情。"她平静了片刻的心情又翻起了巨浪。弗龙斯基"您在哪儿，我就到哪儿去，我没有别的办法呢"的回答说出了她心里希望的话，但是她在理智上却很怕听这种话。她没有回答，他在她的脸上看出了内心的冲突。④

这段风景描写和安娜惶乱的内心相呼应。"风好像埋伏着等待着她，欢乐地呼啸着，竭力想擒住她，把她带走……"猛烈的风早就在安娜内心深处蛰伏着了，只是有扇"门"在阻止着，只有冲出这扇门，风才能

---

① 《列夫·托尔斯泰文集》第九卷，人民文学出版社2000年版，第99页。
② 同上书，第131—132页。
③ 同上书，第132页。
④ 同上书，第134页。

得到畅通。这个"风"正是安娜潜意识里的对真正的爱情和幸福的追求,也是弗龙斯基第一次见到她在她脸上发现的被压抑着的生气。风被宗教道德的门挡住,只有冲出宗教道德的门,才能释放。而这时风"竭力想擒住她",要冲破那扇阻挡她通向幸福的门,带着她飞到她所向往的地方。"风征服了一切障碍物",这个大自然的风横扫了压抑着安娜的一切,把安娜从阻碍她内心追求的种种羁绊中解放出来,什么贵族妇女的道德,什么妻子的义务,什么母亲的责任,什么贤妻良母的美誉、羞耻心等,都被暴风雪荡涤已尽。她在内心深处所追求的东西,要跟着"得到英国式的幸福、男爵的爵位和领地"的英国小说中的主人公到其领地去的愿望似乎就在眼前,因此,心里出现了一片阳光灿烂的天空。尤其当她听到弗龙斯基说出尽管她在理智上"很怕听"但又是"她心里希望的话"时,就连火车头凄婉、忧郁、深沉的汽笛声似乎也成了悦耳动听的音乐;就连"暴风雪的一切恐怖景象"也成了美观而壮丽的图画。"她本能地领悟到,那片刻的谈话使他们可怕地接近了;她为此感到惊惶,也感到幸福。""她彻夜未眠。但是在这种神经质的紧张中,在充溢在她想象里的幻影中,并没有什么不愉快或阴郁的地方;相反地,却有些幸福的、炽热的、令人激动的快感。"[①] 托尔斯泰真可谓丹青妙手,仅轻轻几笔,就把一场暴风雪变成了美妙的写生画。体现了他所欣赏的屠格涅夫只要"三两笔一勾,大自然景物就发出芬芳的气息"的特色。而这幅美妙的写生画又是和作品主人公的内心那么契合,这也反映了作家对大自然的感受和他对人类心灵深处的透悟。

另一次是在安娜向丈夫坦白了她与弗龙斯基的关系后,安娜想到自己可怕的处境。作品中出现了这样几句描写:"下了几天雷雨以后,寒冷的、晴朗的天气降临了。在透过刚被雨冲洗过的树叶的灿烂阳光里,空气是寒冷的。"[②]

这几句自然景物描写真实地反映了安娜当时内心的恐惧。在赛马场上,弗龙斯基坠马时安娜的失态,引起了观众的注意。丈夫连续三次催促她回家,她才很不情愿地跟丈夫走。就是在这种情绪十分激动的情况

[①] 《列夫·托尔斯泰文集》第九卷,人民文学出版社 2000 年版,第 135 页。
[②] 同上书,第 379 页。

下,她向丈夫坦白了自己与弗龙斯基的关系。尽管这样做她是多么痛苦,但她仍然觉得很高兴:"一切都弄清楚了,至少不会再撒谎欺骗了。"① 我们知道,安娜是真诚的,她与弗龙斯基的关系因不得不说谎和欺骗使她感到羞耻。现在终于不再撒谎欺骗了,她坦荡了。因此心里出现了灿烂的阳光。但是,当第二天早晨她醒来的时候,她才意识到她对她丈夫所说"那些话在她看来是这样可怕,她现在简直不能设想她怎么会说出那种荒唐粗俗的话来,简直不能想象会有什么样的结果"②。"昨天晚上看来是明朗化了的,现在她忽然觉得不但不明朗,而且毫无希望了。她对于以前所从未加以考虑的耻辱感到恐惧。"她甚至"幻想着管家立刻就会把她赶出家门,幻想着她的可耻的事情会传遍全世界"。③ 她仿佛觉得弗龙斯基已不再爱她,"开始厌倦起她来了",她也因此怀恨起他来。她对贝特西夫人邀请她去玩槌球没有一点兴趣。她时时浑身发抖,尽在重复着:"我的上帝,我的上帝!"但是感到"上帝"也好,"我的"也好,"对于她都没有什么意义。……她对于她所处的这种以前从来不曾体验过的新的精神状态开始感到恐怖。她感觉得好像一切都在她心里成了二重的……她有时差不多自己都不知道她恐惧的是什么,她希望的是什么。她恐惧的或希望的是已经发生了的事呢,还是将要发生的事,以及她渴望的到底是什么,她自己也说不上来。"④ 她又想到儿子,认为儿子是"除了和丈夫或是和弗龙斯基的关系之外还有另外一个支柱"⑤。尽管她丈夫羞辱她,把她驱逐出去;尽管弗龙斯基对她冷淡,继续过着他独自的生活,她都不能够舍弃她的儿子。但当她凝视着"儿子那又惊又喜的眼睛"时,她怀疑:"难道他会站在他父亲一边来责斥我吗?难道他会毫不同情我吗?"眼泪已经淌下面颊……"她因为寒冷和内心的恐怖而颤抖了一下,那种恐怖在露天的清新空气里以新的力量袭击她。"⑥

---

① 《列夫·托尔斯泰文集》第九卷,人民文学出版社2000年版,第375页。
② 同上书,第376页。
③ 同上。
④ 同上书,第377页。
⑤ 同上书,第378页。
⑥ 同上书,第379页。

二

围绕列文为线索的自然景物描写最先出现在他去溜冰场见基蒂时的一段："这是一个晴朗而寒冷的日子。马车、雪橇、出租马车和警察排列在入口处。一群穿着漂亮衣服、帽子在太阳光里闪耀着的人，在入口处，在一幢幢俄国式雕花小屋之间打扫得很干净的小路上挤来挤去。园里弯曲的、枝叶纷披的老桦树，所有的树枝都被雪压得往下垂着，看上去好像是穿上崭新的祭祀法衣。"① 这段景物描写既写出了溜冰场的热闹景象，渲染了一种欢快的气氛，烘托了主人公列文"狂喜"而"恐惧"的心情，更反映了列文快要见到自己心爱的姑娘的激动。尤其第一句中的"晴朗而寒冷"5个字值得玩味。这既是当时自然气候写实，又是列文心情的写照。"晴朗"自然是开朗的，愉快的，而"寒冷"里已经预示着列文所担心的问题——求婚失败。这5个字和他在众多溜冰者中认出基蒂时"袭上心头的狂喜和恐惧"的心理是一致的。

有关列文内心平复的一段风景描写可能是作品中最长的一段。作品中写道："春天姗姗来迟。……白天，在阳光下温暖得可以融解冰雪，但是在晚间，却冷到零下七度。雪面上冻结了这么厚一层冰，以致他们可以坐着车在没有路的地方走过。复活节的时候还是遍地白雪。但是突然之间，在复活节第二天刮了一阵暖和的风，乌云笼罩大地，温暖的、猛烈的雨倾泻了三天三夜。到礼拜四，风平息下来了，灰色的浓雾弥漫了大地，好像在掩蔽着自然界变化的奥秘一样。在浓雾里面，水流淌着，冰块坼裂和漂浮着，涸浊的、泡沫翻飞的急流奔驰着；在复活节一周后的第一天，在傍晚时候，云开雾散，乌云分裂成朵朵轻云，天空晴朗了，真正的春天已经来临。早晨，太阳灿烂地升起来，迅速地融解了覆盖在水面上的薄薄冰层，温暖的空气随着从苏生的地面上升起来的蒸汽而颤动着。隔年的草又返青了。鲜嫩的青草伸出细微的叶片；雪球花和红醋栗的枝芽，和桦树的粘性的嫩枝都生机勃勃地萌芽了；一只飞来飞去的蜜蜂正围绕着布满柳树枝头的金色花朵嗡嗡叫着。看不见的云雀在天鹅绒般绿油油的田野和盖满了冰雪的、刈割后的田地上颤巍巍地歌唱着；

---

① 《列夫·托尔斯泰文集》第九卷，人民文学出版社2000年版，第37页。

田凫在积满了黄褐色污水的洼地和沼泽上面哀鸣；仙鹤和鸿雁高高地飞过天空，发出春的叫喊。脱落了的毛还没有全长出来的家畜在牧场上吼叫起来了；弯腿的小羊在它们那掉了毛的、咩咩地叫着的母亲身边欢蹦乱跳；……真正的春天已经来临了。"① 这段景色托尔斯泰在初稿里是这样描写的："春天姗姗来迟…突然刮起一阵暖风，夹着热气的暴风刮得阴云下了三天三夜的大雨，后来飘起云雾，不多久，分裂开来的冰块开始融解在泛起泡花的河流里，忽然天气变得明朗起来，这一天整个颤抖的、温暖的空气里充满了百灵鸟的叫声。"后来他又改成："春天姗姗来迟……后来，在复活节的第二天，刮起了一股暖风，出现了阴云，温暖的暴雨如注地下了三天三夜，接着又下了三天大雾，云雾中渗出水来，冰块拆裂的碎裂声，相互飘动起来，正在变化的鱼卵浮起来，露出水面、浑浊的泛起泡沫的河水流动得更快了。在福米娜的星期一早晨，忽然天气放晴了，整个颤抖的、温暖的空气里充满了各种鸟儿的叫声，云雀在田野上空飞翔，田凫由于生命的活力而发出咕嘟声，在沼泽下游哭泣哀鸣。"② 最终又加工成定稿里的样子。从几次修改中不难看出托尔斯泰对这段景物描写的重视，他增添了许多细节，加强了大自然的因素。并注意了景物描写和主人公列文内心的变化与复苏的一致性。

列文满怀希望地从乡下跑到莫斯科向心仪已久的基蒂求婚，可是所得到的却是"那不可能……原谅我"③。这个回答对列文精神上的打击可想而知。因此，"从莫斯科回来的头几天，每当列文想起他遭到拒绝的耻辱而浑身战栗，满脸通红的时候，他就对自己说：'我从前因为物理考试不及格而留级的时候，我以为自己的一生完了，也是这样发抖和红脸的；我办错了姐姐托我办的事情以后，我照样也以为自己完全不中用了。可是怎样了呢？现在过了几年之后，我回想起这些来，就奇怪当时怎么会使我那样痛苦。这场苦恼结果也会如此的。过些时候，我对于这个也就会释然于心了。'"④ 即使三个月过去，时间也没有减轻他的痛苦，他对于

---

① 《列夫·托尔斯泰文集》第九卷，人民文学出版社2000年版，第200—201页。
② 日丹诺夫：《安娜·卡列尼娜的创作过程》，雷成德译，内蒙古人民出版社1980年版，第172页。
③ 《列夫·托尔斯泰文集》第九卷，人民文学出版社2000年版，第64页。
④ 同上书，第198—199页。

这事还是不能释然。"他想起这事来还是和前些日子一样痛苦。他不能平静。""一回想起他遭到的拒绝和他在这事件中所扮演的角色他就羞愧得痛苦不堪。"① 但是他毕竟回到了乡下，回到了他熟悉的地方，回到了与城市截然不同的大自然的环境里，随着时间的流逝和工作的繁忙，他"悲痛的记忆渐渐地被田园生活中的小事——那在他看来是微不足道的、但实际上是重要的——掩盖住了。他想念基蒂的时候一星期少似一星期了。他在急不可耐地期待着她已经结婚或行将结婚的消息，希望这样的消息会像拔掉一颗病牙一样完全治好他的隐痛"②。明媚而又温和的春天——"一个草木、动物和人类皆大欢喜的少有的春天"的到来，"更鼓舞了列文，加强了他抛弃过去的一切，坚定而独立地安顿他独身生活的决心"。③ 他为成功地说服了哥哥尼古拉到国外疗养而"非常得意"；春天是繁忙的季节，他"除了春天需要特别注意的农事以外，除了读书以外"，"还着手写了一部论述农业的著作"；他还时常和别人"谈论物理学、农业原理、特别是哲学"。因此，"虽然孤独，或者正因为孤独，他的生活是格外充实的"。时间和大自然医好了列文内心的创伤，这个"动物和人类皆大欢喜的少有的春天"使列文更受鼓舞，开始新生活的想法。"春天是计划和设计的时节。"列文去视察农场，在畜栏里和粮仓里看到的一切使他很愉快；他到了田野里，"吸着冰雪和空气的温暖而又新鲜的气息"，"踏着那残留在各处的、印满了正在溶解的足迹的、破碎零落的残雪驰过树"，"看见每棵树皮上新生出青苔的、枝芽怒放的树而感到喜悦"；当他出了树林的时候，"无边无际的原野就展现在他面前，他的草地绵延不绝，宛如绿毯一般，没有不毛地，也没有沼泽，只是在洼地里有些地方还点缀着融化的残雪"④……"一切都很美满，一切都很愉快。"看着这些美丽如画的景物，他沉醉在生机盎然的大自然中，就更加感觉得愉快了。这一切，也无不表明了列文的精神复苏。列文内心的变化进程和大自然的变化进程完全是一致的。托尔斯泰在创作这个片段时

---

① 《列夫·托尔斯泰文集》第九卷，人民文学出版社2000年版，第99页。
② 同上书，第199—200页。
③ 同上书，第200页。
④ 同上书，第206页。

的几经修改的文字不难看出作者力图强化大自然对主人公心理变化所产生的影响。

有关基蒂的一段谈话也是在大自然中进行的。列文和奥布隆斯基一次打猎,成绩甚佳,两人心里当然是高兴的。这时作品中出现了这样一段景物:"天色渐渐暗下来。灿烂的银色金星发出柔和的光辉透过白桦树枝缝隙在西边天空低处闪耀着,而高悬在东方天空中的昏暗的猎户星已经闪烁着红色光芒。列文看见了头上大熊座的星星,旋又不见了。鹬已不再飞了……现在树林里寂静无声,没有一只鸟在动。"[①] 这时,列文突如其来地说:"斯季瓦!你为什么不告诉我你的姨妹结了婚没有,或者要在什么时候结婚?"[②] 列文和奥布隆斯基关于基蒂的谈话就是在这美好的大自然的旋律中进行的。那"旋又不见了"的"大熊座的星星",就好像在列文心中寻找到而又失去了基蒂带给幸福的期望一样。在列文的心目中,基蒂是一个"各方面都那样完美"的、"超凡入圣"的人,他把自己的幸福完全寄托在她的身上,但她却因弗龙斯基而拒绝了他,美好的期望变成了失望,他精神上受到了沉重的打击。列文虽然随着时间的流逝、工作的繁忙及农村美好的自然平复了心里的创伤,但是他对基蒂是不会忘记了,他曾"急不可耐地期待着她已经结婚或行将结婚的消息,希望这样的消息会像拔掉一颗病牙一样完全治好他的隐痛"。因此,他急于了解基蒂的情况。当他认出来他庄园的客人是奥布隆斯基时,他第一个产生的想法便是:"我可以探听确实她结了婚没有,或者她将在什么时候结婚。"因此,在"树林里寂静无声"的那一刻,他向自己的老朋友提出了自己一直牵挂的问题。当奥布隆斯基告诉列文:"她从来没有想到过结婚,现在也不想;只是她病得很重,医生叫她到国外易地疗养去了。大家简直怕她活不长了哩"的时候,列文大叫了一声。"什么!病得很重?她怎么啦?她怎么?……"[③] 托尔斯泰紧接着写道:"但是就在那一瞬间,两人突然听到了尖锐的鸟叫声,那声音简直震耳欲聋,于是两人连忙抓起枪,两道火光一闪,两发枪声在同一瞬间发出。高高飞翔着的水鹬猝

---

① 《列夫·托尔斯泰文集》第九卷,人民文学出版社 2000 年版,第 216—217 页。
② 同上书,第 217 页。
③ 同上。

然合拢翅膀,落在丛林里,压弯了柔弱的嫩枝。"① 这里,主人公列文的感情,使他惊奇的消息仿佛和周围的突然被枪声震惊的大自然融为一体了。

列文内心的平静和复原伴随着和谐安适的农村风景与田野劳动。劳动人民的歌声"完全吸引了他",他完全被感动了。小说写道:"妇人们唱着歌渐渐走近列文,他感到好像一片乌云欢声雷动地临近了。乌云逼近了,笼罩住他,而他躺着的草堆,以及旁的草堆、大车、整个草场和辽远的田野,一切都好像合着那狂野而快乐的,掺杂着呼喊、口哨和拍掌的歌声的节拍颤动起伏着。列文羡慕她们的这种健康的快乐;他渴望参与到这种生活的欢乐的表现中去。"② 他甚至产生了要"娶一个农家女"的想法。他和农民一道刈草和在草场上过夜,他看到了"漫长的整整一天的劳动在他们身上除了欢乐以外没有留下任何痕迹"③。劳动人民身上的那种乐观的天性无疑给他以巨大的感染,他要"抛弃自己过去的生活,抛弃自己的完全无用的学识和教育"④。对他来说,未来明朗了,田野里的这一夜"把列文的命运决定了"。"他仰望着正在他头上天空中央的那片洁白的羊毛般的云朵所变幻出的奇异的珍珠母贝壳状云彩",产生了"多么美呀!在这美妙的夜里,一切都多么美妙啊!那贝壳一下子是怎样形成的呢?刚才我还望着天空,什么都没有,只有白白的两条。是的,我的人生观也是这样不知不觉地改变了"这样的想法。微风吹拂,天空显得灰暗阴沉。他知道这"灰暗阴沉"是"光明完全战胜黑暗的黎明将要来临之前通常总有"的"一个幽暗的顷刻"。⑤ 这个时刻马上就要过去,光明即将出现。这里,我们完全有理由相信,列文复原了。列文的复原是在和劳动农民的劳动生活中实现的。劳动不仅使人与人接近,更使人与自然融为一体。大自然成了平复人们心灵创伤的灵丹妙药。

作品的结尾,列文精神探索完成的最后阶段,出现了这样一段景物描写:"天色完全黑暗了,在他眺望着的南方是晴朗无云的。阴云笼罩着

---

① 《列夫·托尔斯泰文集》第九卷,人民文学出版社2000年版,第217页。
② 同上书,第360页。
③ 同上书,第361页。
④ 同上书,第362页。
⑤ 同上。

对面那个方向。那里电光闪闪，传来遥远的雷鸣声。……每逢闪电一闪，不但银河，连最明亮的星辰也消失了踪影，但是闪电刚一熄灭，它们就又在原来的位置上出现，仿佛是被一只万无一失的手抛上去的。"①

暴雨停止了，雷声远去了，银河、明亮的星辰"又在原来的位置上出现"。这象征性地写出了列文已经找到了生活的意义。他的精神平静了。"预先感到这个疑问的解答早已在他的心中了。"他承认："是的，神力的明确无疑的表现，就是借着启示而向人们显示善的法则，而我感觉到它就存在我的心中。"② 我们知道，列文建立了幸福的家庭后，他自己并不感到幸福。因为有一个问题一直困扰着他，这就是人生的意义。人为什么来到这个世界上，其使命是什么？"不知道我是什么、我为什么在这里，是无法活下去的。"③ 为这个问题，他"虽然是一个幸福的、有了家庭的、身强力壮的人，却好几次濒于自杀的境地，以致于他把绳索藏起来，唯恐他会上吊，而且不敢携带枪支，唯恐他会自杀"④。他陷入极端的悲观失望中。后来，是宗法制农民费奥多尔有关普拉东"记住上帝"，"正直的，按上帝的旨意"，"为灵魂活着"⑤ 的话，使"一些模糊的、但是意义重大的思想就涌上他的心头，好像从封锁着它们的地方挣脱出来一样"。他明白了人生的意义：人"活着不是为了自己的需要，而是为了上帝！"⑥ 这里，"又在原来的位置"上出现的银河、星辰，写的是光明又回到了他的心中，上帝又回到了他的心中，因此，他感到了自己的"整个生活，不管什么事情临到我的身上，随时随刻，不但再也不会像从前那样没有意义，而且具有一种不可争辩的善的意义，而我是有权力把这种意义贯注到我的生活中去！"⑦

三

与弗龙斯基有关的自然景物描写不多。只是在赛马前，他乘车去看

---

① 《列夫·托尔斯泰文集》第十卷，人民文学出版社 2000 年版，第 1059 页。
② 同上。
③ 同上书，第 1025 页。
④ 同上书，第 1026 页。
⑤ 同上书，第 1032 页。
⑥ 同上书，第 1033 页。
⑦ 同上书，第 1061 页。

安娜，书中有这样几句描写："他还没有走多远，从早上起大有风雨欲来之势的乌云密布了，一阵倾盆大雨降下来。"①

这里的"乌云密布"实际上是他与安娜的关系可能引起的对他的不利影响。弗龙斯基是上流社会的一个优秀人物，受到同事的敬重，联队的士官们因他而自豪，他的母亲向来以他为骄傲，他的哥哥不用说是爱他并尊重他的，因他曾把属于自己应得的遗产给了哥哥。对于弗龙斯基这么一个爱面子的人来说，他"不能不保持这种名誉"②。因此，他没有和他的同僚透露过他与安娜的恋爱，但"他的恋爱还是传遍了全城"。现在，哥哥带着母亲所写的谴责他的信终于来了。密布的乌云终于变成倾盆大雨降下来了。当担心的事情终于发生的时候，似乎密云不雨的大自然的紧张气氛也缓和了。

当弗龙斯基驶近目的地时，书中出现了这么一段自然景物描写："太阳又露出来，别墅的屋顶和大街两旁庭院里的古老菩提树水淋淋的闪耀着光辉，水珠轻快地从树枝上滴下，水从屋顶上滔滔地流下来。"③ 这段景物描写实际上是弗龙斯基已经做出决定："抛弃一切，她和我，带着我们的爱情隐藏到什么地方去吧"后愉快心情的写照。弗龙斯基看了"母亲的信和他哥哥的字条"后，对他们干涉自己的私事感到愤恨。"关他们什么事呢？……就是因为他们看出这是一件他们所不能理解的事情。假使这是普通的、庸俗的、社交场里的风流韵事，他们就不会干涉我了。……这不是儿戏，这个女人对于我比生命还要宝贵。……不管我们的命运怎样或是将要成为怎样，我们自作自受，毫无怨尤。"他想到安娜，感到他自己和她的处境是痛苦的。他特别清晰地回想起他不止一次在安娜脸上看出她由于不能不说谎和欺骗而感到羞耻的神情。他为安娜而难过："是的，她以前是不幸的，但却很自负和平静；而现在她却不能够平静和保持尊严了。"④ 他下了决心。脑际第一次明确地起了这样的念头：这种虚伪的处境必须了结，而且越快越好。最终做出来为了安娜而

---

① 《列夫·托尔斯泰文集》第九卷，人民文学出版社 2000 年版，第 241 页。
② 同上书，第 228 页。
③ 同上书，第 242 页。
④ 同上。

抛弃一切的决定。他要把这个决定告诉安娜,他甚至感到"高兴——多亏这场雨——他准会赶上她一个人在家"时看她,告诉她自己的决定。有关弗龙斯基的自然景物描写重点既表现了他厌恶虚伪的性格,更是从另一个角度加强安娜的内心感受。

  托尔斯泰最善于观察人物的心理,能洞察人物内心深处最隐蔽的部分,被其妻戏称为"毒眼"。创作伊始,他就显示了这方面特殊的才能,得到车尔尼雪夫斯基的高度评价。他心理描写的手法多种多样,而借助自然景物描写表现人物的内心活动,是托尔斯泰自然景物描写的一大特色。《安娜·卡列宁娜》中的自然景物描写不多,但很精致,绝不是可有可无的。正如茅盾先生所说的:"作品中的景物描写,不论是社会环境和自然环境,都不是可有可无的装饰品,而是密切地联系着人物的思想和活动,为文章中心服务。"① 《安娜·卡列宁娜》中的自然景物描写有机地和主人公的内心活动融为一体,有力地突出了作品精神探索的主题。

《安娜·卡列宁娜》的结构

一

  托尔斯泰在《安娜·卡列宁娜》中安排了两条平行的线索,一条线索是安娜—卡列宁—弗龙斯基的线索。这条线主要描写了彼得堡上流社会的生活,重点展示了彼得堡的三个社交集团及青年贵族军官的生活场景;另一条线索是列文—基蒂的线索。这条线索主要描写了俄国宗法制农村的生活图画,展示了乡村地主、农民的生活习俗和精神状态。表面上看,这似乎是两条线索、两个题材的展开和结束。笔者最初阅读这部作品时,也有这样的感受,总认为小说第一主人公和第二主人公的活动应该是紧密联系在一起的,而《安娜·卡列宁娜》中,安娜和列文这两个最主要的人物的活动没有多大关联。小说刚发表的时候,持这种看法的读者不少,其中不乏一些有影响的文学批评家,早在这部作品问世之

---

① 转引自 [初高中语文 123 资源网]: http://www.yuwen123.com/Article/201204/52633.html。

初，俄国评论界如拉钦斯基等就认为小说表现的是"平行发展"的两个主题，缺乏"建筑学"，后来在西方评论界对此说法也有回应，如美国作家亨利·詹姆斯、德国批评家查别尔、法国作家布尔热等。国内不乏对《安娜·卡列宁娜》的结构诟病的评论者，如有的教科书中写道："将安娜这条情节线写到一定时候，又换上列文这条情节线，这种频繁交替的结果会往往造成某一情节线的经常中断，并不是很可取的。"① 托尔斯泰本人在1878年致拉钦斯基的一封信中毫无客气地写道："你对《安娜·卡列尼娜》的看法我觉得是不正确的。我恰巧正就是为建筑学而感到自豪——圆拱衔接得使人觉察不出什么地方是拱顶。而这正就是我所致力以求的东西。这所建筑物的联接不靠情节和人物之间的关系（交往），而是靠一种内在的联系。"② 拉钦斯基当然不理解托尔斯泰艺术上的创新，他在回信中承认说他所指的乃是外表的建筑学，并强调是"由于自己在艺术问题上一向所持的老观点"③ 而特别感到珍视的。显然，拉钦斯基实际上连外表的建筑学也没有看到。

二

《安娜·卡列宁娜》具有史诗般的规模，正如赫拉普钦科所说："《安娜·卡列尼娜》不仅只是一部描写家庭的小说，而且是一部社会小说、心理小说，在这部作品中，家庭关系同复杂的社会过程的描写紧密地结合在一起，而人物命运的描写则同他们内心世界的揭示密不可分。托尔斯泰由于说明了时代的运动，描写了新的社会秩序的形成以及社会各个不同阶层的生活方式和心理，使得他的这部小说具有史诗的特点。"④ 作品通过安娜追求个性解放的悲剧和列文对社会问题的探索，形象、精确而深刻地反映了俄国19世纪70年代俄国社会的急剧变动和错综复杂的矛盾，揭露批判了整个贵族上流社会。这样丰富复杂的社会生活，传统的单一情节模式是难以表现的。因此，托尔斯泰突破了传统的模式，在

---

① 《外国文学》，山西人民出版社1986年版，第435页。
② 贝奇科夫：《托尔斯泰评传》，吴均燮译，人民文学出版社1959年版，第358页。
③ 同上。
④ 赫拉普钦科：《艺术家托尔斯泰》，上海译文出版社1987年版，第234页。

《安娜·卡列宁娜》中安排了两条平行的情节线索,其中"大量人物的彼此衔接不是靠着传统的浪漫主义情节链条,而是靠着'内在的联系',也就是说,靠着各种思想线索的复杂交错,靠着各种思想的相互联系以及它们之间的矛盾和统一,通过它们来反映各种生活现象和过程之间的辩证统一"①。"花开两朵,各表一枝。"尽管两朵花是分别开在两个枝条上,但它们总是和主干连成一个整体的,其中有着内在的关系。托尔斯泰强调《安娜·卡列宁娜》的"内在的联系",正是这种"内在的联系"把两条表面上看来似乎没有多大关系的线索及彼此对立的生活方式和道德原则连成了一个有机的整体,使作品社会的、宗教的、伦理道德等方面的内容相互沟通,共同表现作品严肃而深刻的主题。因而,《安娜·卡列宁娜》绝不是两条线索、两个题材的展开和结束,而是一个完整统一的题材的展开和结束。

小说的两条线索的发展,犹如两个人从奥布隆斯基家出发,分别在路的两边向自己的目标进发,而奥布隆斯基在两人中不断地游走,通过他的穿针引线,最终把两人引向弗龙斯基的庄园。从情节的角度看,两条线索有两个结合点,有的文章把这两个结合点说成是拱形结构的拱顶。而托尔斯泰本人对此是否定的。他强调"圆拱衔接得使人觉察不出什么地方是拱顶。而这正就是我所致力以求的东西。这所建筑物的联接不靠情节和人物之间的关系(交往),而是靠一种内在的联系"。那么托尔斯泰"所致力以求的"让人"觉察不出"的拱顶究竟在什么地方?托尔斯泰明确告诉我们"这所建筑物的联接不靠情节和人物之间的关系(交往),而是靠一种内在的联系"。前面所说的把奥布隆斯基家及两个主人公的会见说成是作品的拱顶,正是从情节和人物之间的关系上分析所得出的。托尔斯泰所强调的"内在的联系",笔者认为是两个主人公的追求和探索。正是两个主人公的追求和探索把两条似乎不相干的线索连成了一个有机的整体。其中安娜对个人幸福的追求和探索是列文对社会问题探索的一个组成部分。因此,列文这个形象从某种意义上说,其社会意义并不亚于安娜。英国作家托马斯·曼就指出:"列文确实就是托尔斯

---

① 贝奇科夫:《托尔斯泰评传》,吴均燮译,人民文学出版社1959年版,第358页。

泰,这部小说的真正的主人公"。① 在列文和安娜唯一的会见里,两人相处的时间不长,但却让对安娜有成见,以前曾经苛刻地批评过她的列文一个下午完全改变了对她的看法,并"以一种奇妙的推理为她辩护"。在列文眼里,安娜是"一个多么出色、可爱、逗人怜惜的女人!"是"一个非同寻常的女人!不但聪明,而且那么真挚"。②列文感到"同她谈话是一桩乐事,而倾听她说话更是一桩乐事"③。安娜脸上"那种闪烁幸福的光辉和散发着幸福的神情",反映了安娜的内心追求:自己幸福,同时也希望别人幸福。而这,也正是列文所探索的"以人人富裕和满足来代替贫穷;以和谐和利害一致来代替互相敌视"④ 的贵族不没落,农民不贫困的人人幸福的社会理想。可见,他们的追求是完全一致的。还有一个细节,在他们交谈中安娜对列文说:"我听见人家议论过您,说您是一个不好的公民,我还尽力为您辩护过哩。"⑤ 说列文不是好公民,主要就是指他不关心政治,不热衷官场,不热心公益等这些事。安娜为列文辩护,就更进一步说明安娜和列文以前尽管没有见过面,没有交谈过,但他们心心相印,他们的所思所想是完全一致的。但是,这么一个美丽、聪慧、诚挚、善良,和自己有着共同追求的非同寻常的妇女,为什么会在青春似火的大好年华吹熄自己的生命之灯呢?这不能不是善于思考问题的列文所探索的一个重要课题,当然也是托尔斯泰本人所要探索的一个重大问题。

这个追求和探索的"内在的联系",从作品的第八章也可以看出来。按照小说的构想,小说的标题是以女主人公的名字来命名的,说明作家心目中的重点自然是安娜·卡列宁娜。如果按这样的思路,随着安娜结束自己的生命,小说也就应该结束。但托尔斯泰并没有这样做,而是又写了第八章。这个第八章绝不是多余的,它不仅交代了作品中其他人对安娜之死的反映以及与她相关的人,尤其是直接置她于死地的弗龙斯基的命运,更重要的是列文由对社会问题的探索更多的转入了对个人幸福

---

① 《欧美作家论列夫·托尔斯泰》,中国社会科学出版社1983年版,第402页。
② 《列夫·托尔斯泰文集》第十卷,人民文学出版社2000年版,第909页。
③ 同上书,第904页。
④ 《列夫·托尔斯泰文集》第九卷,人民文学出版社2000年版,第447页。
⑤ 《列夫·托尔斯泰文集》第十卷,人民文学出版社2000年版,第907页。

和生命意义的探索。这在深层次上和安娜追求个人幸福与自杀是有联系的。安娜对个人幸福的追求和探索的结果是在对一切都感到绝望的情况下熄灭自己的生命之灯。而列文有了幸福的家庭后苦苦探索，找不到答案，也几乎自杀。对此，赫拉普钦科写道："在许多事情上到处碰壁的列文，被描写成一个非常幸福的丈夫和父亲。对他的家庭幸福的描写没有丝毫感伤的情调；这种严格要求的幸福因此也是真正的、巨大的幸福。但是这种幸福并不是列文的一切愿望的完满实现。……在列文生活最幸福的时候，痛苦的沉思和怀疑开始不断地折磨他。"① 他不知生从哪儿来，为了什么目的，如何来的，它究竟是什么。他自言自语："不知道我是什么，我为什么在这里，是无法活下去的……"② 他虽然有了幸福的家庭并且身强力壮，"却好几次濒于自杀的境地，以至于他把绳索藏起来，唯恐他会上吊，而且不敢携带枪支，唯恐他会自杀"③。后虽因宗法制农民费奥多尔的话使他没有走上绝路，但作品开放式的结尾预示着列文痛苦的探索并没有结束。这方面，还有一个典型的例证：安娜卧轨前，有一段内心独白："赋予我理智就是为了使我能够摆脱；因此我一定要摆脱。如果再也没有可看的，而且一切看起来都让人生厌的话，那么为什么不把蜡烛熄了呢？……这全是虚伪的，全是谎话，全是欺骗，全是罪恶！"④ 列文也有过这样的思想："这是对于一种邪恶势力——一种人不可能向它屈服的、凶恶的、而且使人厌弃的力量——的残酷的嘲弄。必须摆脱这种力量。而逃避的方法就掌握在每个人的手中。必须停止对这种邪恶力量的依赖。而这只有一个方法——就是死！"⑤ 这说明在否定罪恶的社会方面，两个主人公是有共识的；在对现实绝望这一点上，两个主人公是完全一致的。可见，追求和探索这个"内在的联系"把两个主人公的命运紧密地联系一起，也把两条线索连成了有着共同主题和题材的完整艺术品。也许在这个意义上，作家完成了拱形结构的拱顶。

---

① 赫拉普钦科：《艺术家托尔斯泰》，上海译文出版社1987年版，第223页。
② 《列夫·托尔斯泰文集》第十卷，人民文学出版社2000年版，第1025页。
③ 同上书，第1026页。
④ 同上书，第993页。
⑤ 同上书，第1025—1026页。

三

拱形结构决定了小说结构上的另一个特点——对照原则，这个原则决定了情节的同时性和并列性。男女主人公列文和安娜的对照几乎贯穿作品的始终。如：

安娜从彼得堡到莫斯科解决兄嫂矛盾遇到弗龙斯基产生爱情，提前回彼得堡；列文从乡下到莫斯科向基蒂求婚失败又回到乡下。

安娜在彼得堡生活的典型场面是去看赛马；列文在乡村生活的典型场面是和农民一起刈草。

安娜和弗龙斯基结合后到外国度蜜月；列文和基蒂举行婚礼后到乡下生活。

安娜和弗龙斯基结合的初期获得了不可饶恕的幸福；列文和基蒂婚后的最初一段时间很不适应。

安娜和弗龙斯基同居的后期经常发生矛盾；列文和基蒂的婚后生活越来越融洽。

安娜在被上流社会所抛弃，被情人所冷淡的情况下绝望自杀；列文几次濒临自杀却在宗法制农民费奥多尔的话的启发下生存下来。

整个作品共八部239章，有关安娜的情节106章，有关列文的情节109章。通过两个主人公及其相关情节的对照不难看出，无论是安娜追求个性解放的悲剧还是列文对社会问题的探索，无不反映了两个主人公都在追求和探索一种有意义的真正的人的生活，这是他们一致的地方。这一致的地方也决定了两个主人公的精神气质是非常接近的。难怪他们唯一一次见面就那么融洽，能相互欣赏。但两个主人公的追求和探索又是不同的：安娜的追求和探索仅限于爱情，是当时俄罗斯社会兴起的妇女争取个性解放思想的反映；列文探索的是社会问题，追求的是人生意义，这是当时俄罗斯具有进步思想的人士要求变革现实的表现。不同的追求和探索决定了两个主人公不同的方式和结局。安娜的追求和探索显得激烈、激情，但最后的结局是在被上流社会所抛弃，被弗龙斯基所冷淡的情况下看破了整个社会，整个世界"全是虚伪""全是罪恶"而绝望地熄灭自己的生命之灯。而列文的追求和探索显得理智、严肃，超出了个人范围，是一种更高尚的对人生意义的探索。其结局是尽管绝望到几次要自杀的地步，但他没有结束生命，而是在宗法制农民费奥多尔的启发下活了下来，并在上帝的光耀下向着人生更高远的目标继续探索。安娜的结局标志着她的追求和探索的彻底失败。她为了个人幸福而抛夫弃子是违背妇女的天职的，是上帝所不容的，更是作家所否定的，不仅不能达到目的，还付出惨痛的生命代价。这是因为安娜的所作所为违背了上帝的信条，必然受到上帝的惩罚。因此，安娜的结局和托尔斯泰本书的卷首题词——"伸冤在我，我必报应"是呼应的。而列文的追求和探索显得要高尚一些，他主要不是为了个人。这里费奥尔多的话："……有一种人只为了自己的需要而活着……人跟人不同啊！譬如拿您说吧，您也不会伤害什么人的……"① 是值得注意的，尤其是"您也不会伤害什么人的"这句来自农民对列文的评价是对列文最大的安慰。列文是托尔斯泰探索式的主人公，托尔斯泰是列文的原型，作为宗法制农民代言人的托尔斯泰向来看重农民对自己的看法。这句朴实而简单的评价足以让列文从惶惶不可终日的苦恼绝望中走出来，发现自己生活的意义。当然这句话和安娜为了个人幸福不惜伤害别人，甚至亲生儿子的利己主义形成了鲜明对照，因为安娜也属于费奥尔多所说的"只为了自己的需要而活着"的人。

英国作家高尔斯华绥对《安娜·卡列宁娜》的结构大加赞赏，说托尔斯泰"能巧妙地同时应付两大题材，仿佛一个技艺高超的马戏团骑手竟能同时骑两匹马一样，他不顾一切，终于骑回马厩，而且安然无恙。他的成功秘诀就在于他对所写的每一页都倾注了自己的才华和创作热情，所以能扣人心弦，引人入胜"②。除了安娜和列文的对照外，作品的其他一些人物也形成鲜明的对比，如：

卡列宁冷静理智和弗龙斯基热烈激情对比鲜明。这与他们不同的生活环境有关：卡列宁的冷静理智是长期的官场生涯养成的；而弗龙斯基的热烈激情是在年轻军官阶层那种疯狂糜烂的生活中形成的。

列文严肃认真的生活态度和奥布隆斯基把一切变成享乐的生活态度形成鲜明对比。这当然也与他们的生活环境有关：列文生活在农村，接

---

① 《列夫·托尔斯泰文集》第十卷，人民文学出版社2000年版，第1032页。
② 《欧美作家论列夫·托尔斯泰》，中国社会科学出版社1983年版，第183页。

近的是农民和大自然；奥布隆斯基生活在城市，接近的是三教九流的人物。

安娜和多莉对比鲜明。安娜为了幸福不履行妇女的天职而不惜抛夫弃子；而多莉为了家庭和孩子尽妻子和母亲的职责宁可放弃了个人的幸福。

此外，作品的许多次要方面也形成鲜明对照。如：

基蒂因弗龙斯基的出现拒绝了列文；弗龙斯基因安娜的出现冷落了基蒂。

基蒂的母亲被弗龙斯基的表面现象所惑，喜欢弗龙斯基而不喜欢列文；基蒂的父亲却喜欢实实在在的列文而不喜欢华而不实的弗龙斯基。

多莉在弗龙斯基庄园看到的是虚伪，那里的生活是一群高明的演员在演戏；而在列文庄园看到的是真正的生活。

花花公子韦斯洛夫斯基在弗龙斯基庄园如鱼得水；在列文的庄园却处处不自在，甚至被赶出来。

安娜对与弗龙斯基所生的小女孩冷淡；而对谢廖沙却几乎倾注了全部感情。

以会见安娜为界，列文对安娜的看法存在对照：会见前对安娜有成见，曾苛刻地批评过她；会见后却大肆褒扬安娜，并"以一种奇妙的推理为她辩护"。

两个主人公的生活环境形成对比。安娜所生活的弗龙斯基的庄园豪华而洋气；列文所生活的自己的庄园朴实而充满俄罗斯气息。

安娜和基蒂的爱情生活形成对比。安娜得到爱情时基蒂失去爱情；而基蒂得到爱情时安娜却失去爱情。

几个家庭也形成对比。安娜和卡列宁组合的家庭是合法不合情的，和弗龙斯基组合的家庭是合情不合法的；多莉和奥布隆斯基的家庭是合法不合情的；基蒂和列文的家庭既合情又合法。

总之，《安娜·卡列宁娜》中的对照俯拾皆是。

四

其实，《安娜·卡列宁娜》除了安娜和列文两条并列平行的主线外，还有第三条线索。这就是以奥布隆斯基及其妻子多莉的线索，这条线索由于人物的关系使两条主线得以连成一个有机的整体，在整个拱形结构中起着不可忽视的特殊作用。奥布隆斯基是俄国历史上著名的留里克皇室的后裔，在彼得堡和莫斯科的上流社会中，有着盘根错节的关系网："官场中三分之一的人，比较年老的，是他父亲的朋友……另外的三分之一是他的密友，剩下的三分之一是他的知交。"[①] 他的妻子多莉是莫斯科世袭贵族谢尔巴茨基公爵的长女，他的妹妹安娜是彼得堡高官卡列宁的妻子，他大学的同学，也是最好的朋友列文是庄园贵族，后成为他的连襟。为还债变卖妻子陪嫁大片森林的他和新兴资产阶级里亚比宁打交道，结果吃了大亏还自以为得了便宜；为获得一个美差解决经济困境他又求助于犹太富商博尔加里诺夫，结果坐了两个小时的冷板凳受尽屈辱。加之他风流成性又与各式各样的女性交往，真可谓是莎士比亚笔下的福斯塔夫式的人物。他几乎和社会上方方面面的人物都有联系，这就扩大了作品所展示的社会生活面。他在安娜与列文两条主线中来回穿梭，最后又因他邀请列文会见了安娜，使得作品的结构更为严谨完整。

---

① 《列夫·托尔斯泰文集》第九卷，人民文学出版社 2000 年版，第 20 页。

第六章

《安娜·卡列宁娜》比较研究

安娜与潘金莲比较

随着对《水浒传》研究的深入和世俗观念的改变，人们对潘金莲这个人物看法也有了很大改变，总的趋向是同情她的某些遭遇，对她有所理解。有的文章甚至把她和安娜等西方先进妇女相提并论。如《论潘金莲》一文中作者这样写道："我想起了福楼拜笔下的包法利夫人，想起了托尔斯泰笔下的卡列宁夫人和霍桑笔下的白兰太太。这几个也曾因'堕落'而遭人白眼的女人，在当今世界上（至少在西方）已不那么容易惹人非议了；尽管人们的看法仍旧褒贬不一。但毕竟是咒骂的声音小，而理解的沉默多了。可是，和那三位外国女性如孪生姐妹一般的潘金莲（就同一因果条件下的产物而言），在我们东方却依然不能为人理解，依然陌生得叫人不屑一顾。"[①]

这里，包法利夫人和白兰太太暂且不说，我们有必要把卡列宁夫人安娜和潘金莲这两个都有争议性的形象进行比较分析，以得出一个较有说服力的结论。

我们知道，潘金莲和安娜都是不幸婚姻的受害者，两人都长得很漂亮，潘金莲的不幸婚姻是她的主子出于报复恶意造成的；而安娜的不幸婚姻是她的姑母出于好意造成的。两个人都曾争取过幸福的婚姻爱情生活，但两人最终的结局都是为此付出了年轻的生命。

---

① 刘焕君：《论潘金莲》，《明清小说研究》第三辑，中国文联出版社1986年版，第105页。

潘金莲是我国著名古典小说《水浒传》中的人物，小说中写她的篇幅虽然不算太长，但是给人留下的印象却是十分深刻的，并且她由于毒死自己丈夫长期以来背了个千古骂名。她被作为淫毒女人的代名词而流传民间。《水浒传》所描写的是中国北宋年间以晁盖、宋江为首的农民起义的事情，但成书是明代，因此，书中所描写的市都生活等具有明代中国社会的时代气息。明朝中叶，中国社会发生了很大变化，其主要的标志就是出现了资本主义的萌芽，同时，中国和西方的交流也开始了。社会的巨变对人们的思想产生了影响，而这些影响反映在与传统的道德、意识等方面的冲击和斗争中。作为生活在这样一个时代里的优秀的现实主义作家，其作品中肯定要反映这种真实的现实生活。而潘金莲的形象，就是在这样一个社会大变革的时代中出现的。

安娜是俄国著名批判现实主义作家列夫·托尔斯泰的杰作《安娜·卡列宁娜》中的人物，并且是贯穿全书的中心人物，托尔斯泰创作这部作品时，正值俄国农奴制度废除后不久。沙皇自上而下地宣布废除农奴制，尽管这种改革是不彻底的，但毕竟为资本主义的发展扫除了最大的"拦路虎"。农奴制改革后，资本主义的东西在不断扩大市场，托尔斯泰在深入探究都市家庭生活被破坏的原因时，也清楚地看到了一种新的东西对传统的道德观念的冲击，只不过他说不出这种新的东西为何物。因此，他在概括当时俄国时代特点时，借用了作品另一主人公列文的一句话："现在，在我们这里，当一切都已颠倒过来，而且刚刚开始形成的时候"[①]说明俄国正处于翻天覆地的变动时期。尽管俄国当时资本主义迅速发展，但旧的封建宗法性的东西还有很大势力，尤其在思想领域里。作为生活在新旧交替时代的现实主义作品中的典型人物安娜，其身上必然会具有两个时代、两种思想的印记。

潘金莲出身于贫苦的底层社会。《水浒传》中有这么一段叙述："那清河县里有一个大户人家，有个使女，小名叫做潘金莲；年方二十余岁，颇有些颜色；因为那个大户要缠她，这使女只是去告主人婆，意下不肯依从。那个大户以此怀恨在心，却倒赔些房奁，不要武大一文钱，白白

[①]《列夫·托尔斯泰文集》，人民文学出版社2000年版，第427页。

地嫁与他。……这婆娘倒诸般行……"①

从这段叙述可看出四点：第一，作者虽然没有介绍潘金莲家庭的情况，但我们知道她肯定出身贫苦，不然怎么会给大户人家当使女。第二，她长得漂亮，并且具有一定的反抗精神，她虽为使女，但她不愿做大户的玩物，她还是自爱的。第三，她嫁给武大郎是被迫的，是大户出于报复对她的惩罚，根本不是同情之类的原因，更不是出于爱情。当然，在中国封建社会，又有几对夫妻出于爱情结婚的，无非是媒妁之言，父母之命罢了。第四，她心灵手巧，聪明伶俐，具有劳动妇女的许多优秀品质。看了这一段，人们不能不对潘金莲产生同情。这么一个天生丽质、聪明能干的姑娘，只因家境贫苦，当了使女；而做使女只因反抗主人的无礼，就被主人惩罚，下嫁给一个"面目丑陋，头脑可笑"的"三寸丁谷树皮"武大郎。潘金莲和武大郎之间别说爱情，就是过正常的夫妻生活也不可能，中国妇女的命运可谓悲也。

安娜出身上层，托尔斯泰没交代她家庭的具体情况，她是由有钱的姑母抚养大的。她虽出身高贵，但作为贵族妇女，她的命运是可悲的。如从小寄人篱下，当她不知道爱情为何物时，就由姑母做主，把她嫁给一个比她大二十岁的省长卡列宁。年龄的差异，加之卡列宁整天忙于公务，他们之间不能很好地沟通，因此，夫妻间是没有多少爱情可言的。

潘金莲嫁给武大郎以后，真是"好一块羊肉，倒落在狗口里！"她看到自己的丈夫是那么一个"身材短矮，人物猥琐"的三寸丁，又"不会风流"，当然不满，当然要反抗。她要争取过人的正常生活。书中讲她"为头的爱偷汉子"。她偷汉子是可以理解的。这是对主人惩罚的反抗，也是对当时不合理婚姻制度的反抗。从社会发展的观点看，是反封建的表现；从她自身情况看，她正值青春年少，情欲炽烈的年代，她需要真正的男子汉来陪伴，而她的丈夫无论从生理或气质上讲绝对算不上男子汉，因此她才偷汉子。"若遇风流清子弟，等闲云雨便偷期"正是她偷汉子的写照。

安娜婚后八年虽然过的是没有爱情的生活，但贵族的教育使她没有

---

① 施耐庵、罗贯中：《水浒全传》，上海人民出版社1975年版，文中所引文字均见此书24—26章。

想过还会有什么更好的生活，贤妻良母式的道德规范使她一直安于那种生活，因此，在遇到弗龙斯基之前，他们的家庭一直是上流社会家庭的楷模。

潘金莲所需要的是男子汉，更是性欲的满足。因此，她在楼上看到武松这表人物，就心里寻思道："……我嫁得这等一个，也不枉了为人一世！你看我那三寸丁谷树皮，三分象人，七分象鬼，我直地晦气！据着武松，大虫也吃他打倒了，他必然好气力。说他又未曾婚娶，何不叫他搬来我家里住？不想这段姻缘，却在这里！"美人爱英雄，这是非常正常的。武松和武大郎虽一母所生，但两人外表形成鲜明的对比。她爱武松一表人才，爱武松的"好气力"，一见面就想使之成为自己的"汉子"。这里值得注意的是，如果她爱的武松不是武大郎的弟弟的话，这也是说得过去的。但是，作为嫂嫂在自己的丈夫还活着的时候就对小叔子存非分之想，这是不符合中国传统道德观念的。它暴露了潘金莲道德的低下和追求的只是性爱。至于后来潘金莲与西门庆的作为，这里面她虽不是主动的一方，但她是积极配合的一方，也只是为了性欲的满足而已，谈不上什么爱情之类高尚的东西。

安娜所需要的是爱情而不是性欲的满足。她是省长夫人，和卡列宁结婚八年以来，出席过不少上流社会的盛大舞会和各种集会，见过不少年轻英俊的上流社会男人，不少人也向她献过殷勤，如卡列宁的一个部下就主动向她表示过爱情，但她不动心，只是当风流倜傥、年轻帅气的宫廷侍卫武官弗龙斯基出现后，才唤醒她沉睡的爱情。

潘金莲为了满足自己的肉欲，对男人的追求是不择手段的。见到武松，也不管他是自己丈夫的弟弟，脑子里马上就出现了"这段因缘，却在这里"的想法。为了和武松经常接触，她以"亲兄弟难比外人"的光明正大理由，叫武松搬来一起住，武松提出要"县里拨一个士兵来使唤"时，她以"这厮上锅上灶地不干净，奴眼里也看不得这等人"为理由拒绝了。武松住到她家的一个多月来，潘金莲"常把些言语来撩拨"武松；一个月后的一个大雪天，潘金莲实在按捺不住了，她置酒菜于武松房中，不停地劝武松喝酒，故意无中生有说些话来激武松并用手捏武松的肩胛，最后，看武松不说话，就筛一盏酒，自呷了一口，剩了大半盏，看着武松道："你若有心，吃我这半盏儿残酒。"武松一下发作起来。她勾引武松不成，反被武松抢白了一场，武大回来后，她反咬武松一口，并把一肚子气发到老实巴交的武大身上。武松搬行李走后，她还喃喃讷讷地骂："却也好！人只道一个亲兄弟做都头，怎地养活了哥嫂，却不知反来嚼咬人！正是'花木瓜，空好看'。你搬了去，谢天谢地，且得冤家离眼前。"她似乎把武松恨得要死，但心里面还是爱着武松，所以当武松出差前来向哥嫂告别时，她心里又出现了"莫不这厮思我了，却又回来"的想法，并"上楼去，重匀粉面，再整云鬟，换些艳色衣服穿了，来到门前迎接武松"，讲了许多思念之类的话，但当武松对她讲："嫂嫂是个精细的人……篱牢犬不入"时，她脸红到耳朵根，指着武松大骂起来。她斥责武松的一段话，一方面写出了她的伶牙俐齿，同时，也把她这个没有受过什么教育的人的泼辣劲表现得淋漓尽致。

　　至于潘金莲和西门庆的事，潘金莲开头虽不是以主动者的身份出现，但她是非常乐意的参与者。她手中的叉竿打着西门庆的头巾，纯属偶然。西门庆看到潘金莲这么一个"妖娆妇人"，自己先酥了半边，后通过王婆，两人得以"恩情似漆，心意如胶"地"瞒着武大"幽会。武大捉奸，西门庆不知如何办时，是潘金莲"教西门庆打武大"。武大被踢中心窝，口里吐血，潘金莲照样与西门庆"做一处，只希望武大自死"。武大病倒在床上，不能动弹，"要汤不见，要水不见"，潘金莲照样"浓妆艳抹"而去，面颜红色而归，全不把武大放在心上。武大在"气得发昏"的情况下，把老婆叫到眼前，告诉她如武松回来知道此事，决不会善罢甘休，同时对她说："你若可怜我，早早伏待我好了，他归来时，我却不提，你若不看觑我时，待他回来，却和你们说活。"潘金莲听了这话，当然害怕，就连"使得些好拳棒……专在县里管些公事，与人放刁把滥，说事过钱，排陷官吏"的西门庆听了这话，"却似提在冰窖子里"，连声叫苦。就是在这种情况下，王婆献上了让他们"长做夫妻"的毒计，害死武大郎，潘金莲早已恨死了丈夫，现又和西门庆如胶似漆，因此，她不仅不反对，而且积极参与，成了杀害丈夫的直接凶手，且手段十分残忍，她不仅亲自把砒霜下在药里，灌在丈夫的口中，并把被子"没头没脸只顾蒙在丈夫身上"，而且害怕丈夫挣扎，"便跳上床，骑在武大身上，把手紧紧地按住被角，哪里肯放松宽"，直至武大"肠胃迸断，呜呼哀哉"。武大这么一个老实巴交的人，就这样惨死在自己老婆手中，成为她性欲的牺牲品。即使武大死后,潘金莲也不戴孝,每日只是浓妆艳抹,和西门庆取乐,直到武松回来。这里,潘金莲为了满足自己的肉欲,不惜亲手毒死丈夫,她的双手已沾满了丈夫的鲜血。她的这种行为,狠毒已极,不仅当时的法律不容忍,就是在今天,妻子杀死无罪的丈夫也是要偿命的。何况,被潘金莲毒死的武大郎,是一个比潘金莲还要弱小的人。因此,潘金莲最终的结局——成了武松的刀下鬼是咎由自取。有人把潘金莲害死武大郎的主要原因之一说成是"当武大捉奸被打后,其生命的延续已经对潘金莲的延续生命构成严重威胁。因此可以说是对死的恐惧和生的渴望酿成了一场你死我活的凶案。……试想,当初潘金莲仅动'邪念',武松便已耿耿于怀,现在罪名已成事实,而且又伤了武大,武松能饶过她么?"[①] 这似乎是潘金莲害死武大的一条光明正大的理由。生存斗争,既然你的存在已对我的生命构成威胁,为保住自己,只好杀死对方。其实,我们细读作品不难发现,武大被西门庆当胸一脚踢伤,躺在床上动弹不得时,只是求潘金莲好好照顾自己,并向她表示:"你若可怜我,早早伏待我好了,他(武松)归来时,我却不提。"试想,武大这么一个懦弱老实的人,他还会说假话欺骗潘金莲吗?就是武松成了打虎英雄任了县里的都头时,武大也从来没有因此在潘金莲面前趾高气扬,欺负潘金莲。他在家照样处于被妻子支配的地位,每天照样早起晚睡地做炊饼卖。我们完全相信,如果潘金莲能够好好照顾他,武松回来后,他只会说潘金莲的好话,决不会加害于潘金莲的。这怎么能说武大"生命的延续已经对潘金莲继续生存构成严重的威胁"呢?这一条理由显然是站不住脚的。

安娜追求的是爱情。弗龙斯基唤醒她沉睡的爱情后,她开始曾一度用理智来压制这种感情,提前回彼得堡。但一想到弗龙斯基,心里就感到"暖和,暖和得很,简直热起来了呢"[②]。见不到弗龙斯基,心理就会感到怅然若失。尤其是弗龙斯基追踪她来以后,对弗龙斯基的追求成了她生活的全部乐趣。安娜对弗龙斯基爱情的追求,是疯狂的,不顾一切的,正如她自己说的:"我就像一个饥饿的人,突然面前摆了一席丰富的

[①] 刘焕君:《论潘金莲》,《明清小说研究》第三辑,中国文联出版社1986年版,第114页。
[②] 《列夫·托尔斯泰文集》第九卷,人民文学出版社2000年版,第131—132页。

午餐……"① 她把自己的一切都系在弗龙斯基身上,除弗龙斯基外没有别的人。因此,赛马场上,她不顾上流社会那么多的人在场,在弗龙斯基坠马时惊叫,显得多么失态;她向丈夫坦白了和弗龙斯基的关系后,又不愿接受丈夫"维持现状"的决定,公然在自己家里会见情人;她甚至不顾家庭、丈夫和她一度看得很重的儿子,和情人一道去国外度蜜月。她生活的唯一目标就是弗龙斯基。为了弗龙斯基的爱情,她甚至牺牲了自己最美的品德——真诚。正如罗曼·罗兰所说:"无法抑制的情欲逐步蛀蚀着这个高傲的女子的整个精神大厦。她身上优秀的东西,如勇敢的真诚的心灵瓦解了,毁灭了;她没有力量去对抗上流社会的虚荣心;她的生命除取悦她的情人再没有别的目标;……嫉妒折磨着她,征服了的肉欲迫使她的举止、声音、眼神中处处弄虚作假;她堕落到要使任何男子都为之着迷的女人之列。"② 她生活的唯一目标,就是弗龙斯基,正因如此,弗龙斯基一旦对她冷淡,她就受不了,和弗龙斯基的爱情一旦破灭她就只有死路一条。由于受俄国旧的宗法制传统习俗的影响,安娜在对爱情的追求中,又是始终伴随着矛盾和痛苦的。这一点在她产后病危时对丈夫卡列宁讲的话,就是最好的说明:"不要认为我很奇怪吧。我还是跟原先一样……但是在我心中有另一个女人,我害怕她。她爱上了那个男子,我想要憎恶你,却又忘不掉原来的她。那个女人不是我。现在的我是真正的我,是整个的我。我现在快要死了……我只希望一件事:饶恕我,完全饶恕我!……"③ 正是这种无法克服的内心矛盾,才使她在个性解放的追求中,有种负罪感,她原来平静的内心和自尊心保持不住了。上流社会、丈夫、儿子都使她感到痛苦。她探子时对儿子所讲的话:"谢廖沙,我的亲爱的!爱他;他比我好,比我仁慈,我对不起他……"④ 表现了她对儿子和丈夫的负罪感。正因为如此,所以她爱谢廖沙(她与卡列宁之子)胜过爱她与弗龙斯基的小孩百倍,后来甚至发展到爱收养的英国小女孩,也胜过爱她与弗龙斯基所生的孩子。她一方面勇敢地追

---

① 《列夫·托尔斯泰文集》第十卷,人民文学出版社 2000 年版,第 803 页。
② 《欧美作家论列夫·托尔斯泰》,中国社会科学出版社 1983 年版,第 57—58 页。
③ 《列夫·托尔斯泰文集》第九卷,人民文学出版社 2000 年版,第 537 页。
④ 《列夫·托尔斯泰文集》第十卷,人民文学出版社 2000 年版,第 694—695 页。

求真正的爱情，一方面承认自己的追求是有罪的。因此，和弗龙斯基第一次发生关系后，她哭着请求上帝饶恕。即使在生命的最后一刻，在向轨道扑去的时候，她喊着的仍是："上帝，饶恕我的一切！"① 安娜的死具有震撼人心的悲剧力量，她的死有对当时那种虚伪的罪恶社会的控诉成分，但更重要的是她无可解脱的内心矛盾和只关心自己的必然结果，是爱情破灭后无可奈何的选择。因为她最终是为弗龙斯基而死的（无论是对弗龙斯基的失望还是出于"惩罚"他的动机），为个人幸福而死的。

综上分析比较我们不难看出，潘金莲作为在中国封建社会资本主义萌芽时出身底层的女性，有反封建、追求个性解放的思想和行动，她的追求是正当的，值得同情的。她在追求中没有什么顾忌，更没有内心的矛盾和痛苦，哪怕是毒死丈夫后仍无什么悔恨之心。她的所作所为正是由于她不是出身名门的闺秀，过早脱离父母教育，身上缺少"三从四德"等封建思想束缚的表现，因此，这个形象有反封建的进步意义；但是，她的追求是低层次的，是性欲的满足，因此，见武松爱武松，见西门庆爱西门庆。"若遇风流清子弟，等闲云雨便偷期。"她为了满足肉欲，不惜杀死一个比她更弱小，平时对她百依百顺的忠厚、善良、老实巴交的丈夫武大郎。这种行为是不道德的，应该受到谴责的，她完全是为了性欲而死的。安娜作为俄国社会处于资本主义制度刚刚在建立，旧的农奴制度正在解体时代的一个上流社会的贵族阶级的叛逆者，她未能完全摆脱贵族教育给她造成的偏见以及宗教对她的影响，她既敢于大胆的追求爱情幸福，但在追求中又经常伴随着犯罪感。她是贵族中的先进妇女，天资聪慧，加之良好的教育，因此，她的追求是高层次的，是精神上的。如爱情专一，除弗龙斯基外没有别的人，不像潘金莲那样只要能满足自己的肉欲谁都可以爱。安娜在追求自己的幸福时并没把弱小者作为牺牲对象。她的死固然是内心矛盾和只关心自己的必然结果，是爱情破灭后无可奈何的选择，但其中也有对当时罪恶的社会的反抗成分。对安娜和潘金莲这两个形象，我们从社会学、伦理学等方面进行分析后，不难发现她们之间的差异性还是很大的，因此，对她们不能相提并论，等量齐观。

---

① 《列夫·托尔斯泰文集》第十卷，人民文学出版社2000年版，第995页。

安娜和埃玛比较

　　2007年年初，来自英国、美国和澳大利亚的125位著名作家应会议主席团的邀请，写出对自己影响最大的10部作品，其结果在获提名的544部作品中，列夫·托尔斯泰的《安娜·卡列宁娜》和《战争与和平》高居榜首，分别名列第一和第三，排名第二的是法国文坛巨匠古斯塔夫·福楼拜的《包法利夫人》。[①] 从这个排名中，我们可以看到托尔斯泰和福楼拜这两位作家的深远影响，更可以看到《安娜·卡列宁娜》和《包法利夫人》这两部作品永久的艺术魅力。这两部作品的标题都是以女主人公命名（虽然《包法利夫人》没有像《安娜·卡列宁娜》那样写成《埃玛·包法利》），这就可以清楚地看出作家所要表现的重点。而看过这两部作品的读者都不难得出这么一个结论，就是两个女主人公都是为激情所毁，她们的悲剧有某些相同的地方。但她们毕竟是出于不同作家笔下的两个不同的个体，因此，这两个形象之间在实质上有着较大的差异。苏联评论家赫拉普钦科对她们之间的不同曾作过这样的比较："如果说，显贵们在爱玛·包法利的心目中是一切最完善、最美好的东西的化身，如果对她来说这个世界是浪漫主义的、理想的世界的话，那么对于安娜·卡列尼娜来说，上流社会则是真实的和残酷的现实；她看到在文雅和表面的高尚背后隐藏着欺骗和道德败坏。'上等'社会象磁石一样吸引着爱玛·包法利，而安娜·卡列尼娜却在心里抛弃了这个社会里认为'合乎理想'的东西。""爱玛的炽热情感使她眼花缭乱，她生活在幻想之中。她不由自主地竭力美化自己相当庸俗的爱情关系，并在她自己的想象中给这种爱情加上了浪漫主义的光环。她往往把故弄玄虚的庸俗当作是不同凡响的表现。这个女主人公的幻想同她要掩饰自己的感情时经常求助的谎言混杂在一起。安娜·卡列尼娜与爱玛·包法利不同，她的强烈的感情使她认清了人们的真正品质和生活；安娜的爱情更合乎人道，同福楼拜笔下的女主人公相比，她的天性在精神上更为开阔，也更为丰富。由于珍视真实和纯洁的东西，安娜不能容忍谎言和伪善，同时她也

[①] 见2007年3月9日《文汇读书周报》第4版。

不愿用幻想安慰自己。"①

下面，我们从安娜和埃玛的出身、婚姻、追求和所处的时代等方面对这两个形象作比较分析。

一

安娜出身于贵族上流社会，是留里克王族的后裔。托尔斯泰虽然没有交代她家庭的具体情况，但我们从她哥哥奥布隆斯基的情况看，她家已失去了昔日的辉煌。她是由有钱的姑妈抚养长大的。她虽出身高贵，有钱的姑妈也会让她受到典型的贵族教育，但其命运从某个角度来讲还是可悲的。从小寄人篱下，当她还不知道爱情为何物时，就由姑妈做主，把她嫁给了一个比她大 20 岁的省长卡列宁。婚前他们没有爱情的基础。加之年龄的悬殊、性格的迥异和卡列宁整天忙于公务，使得他们婚后不能很好地沟通，缺乏相互的理解，这就难以在本来就没有爱情的婚姻中培育出爱情的新苗来。

埃玛出身于外省的一个富裕的农民家庭，又是家中的独子，父亲给她当时最好的教育，13 岁时把她送进了修道院。在修道院，神甫"讲道中常提到的比喻，如未婚夫、丈夫、天上的情人和永恒的婚姻等，在她灵魂深处往往激起意想不到的柔情"。《基督教的真谛》等"浪漫主义的忧伤，回应四面八方，日久天长，时时发出凄厉的哀诉，她开始几回听了，多么神往"。②"她既狂热，又讲求实际，她爱教堂是为了它的花卉，爱音乐是为了歌的词句，爱文学是为了文学的热情刺激，这种精神与宗教信仰的神秘背道而驰……"③ 出修道院不久，父亲把她嫁给了一个医好了自己腿的丧偶的医生包法利。尽管她对爱情抱有浪漫的想象，但她还是没有任何反对意见地接受了这桩婚事。包法利平庸低能，感情贫乏，这与她想象中的婚姻差距太大了。她和包法利之间同样是没有什么爱情可言的。

---

① 赫拉普钦科：《艺术家托尔斯泰》，刘逢祺、张捷译，上海译文出版社 1987 年版，第 201—202 页。
② 福楼拜：《包法利夫人》，罗仁携译，海南国际新闻出版中心 1997 年版，第 31 页。
③ 同上书，第 35 页。

二

安娜所追求的是爱情而不是情欲。这是她高于她同时代的其他贵族妇女的地方。婚后8年尽管过着没有爱情的生活，但旧的贵族教育等使她没有想过还会有什么更好的生活，贤妻良母式的道德规范使她安于那样的生活。因此，在遇到弗龙斯基之前，他们的家庭一直是上流社会家庭的楷模，安娜也成了上流社会那些欺骗丈夫的淫荡贵妇人们嫉恨的对象。尽管安娜作为上流社会的贵妇、达官贵人的夫人，有数不清的应酬和社会活动，也不乏追求她的人。但她并没有因生活的单调乏味而想入非非，她把自己放在相夫教子的贤妻良母的位置上。只是当风流倜傥、年轻漂亮的宫廷侍卫武官弗龙斯基出现后，才唤醒她沉睡的爱情。

而埃玛在很大程度上所追求的是情欲的满足，当然也不乏爱情。埃玛是一个想入非非的人，正如福楼拜在书中所写的：

> 她有时候想，她一生中最美好的日子也就是人们所说的度蜜月了。要领略蜜月的温馨，想必就该去那些闻名遐迩的地方，在那儿新婚夫妻拥有最美妙的休闲。人坐在驿车里，头顶蓝丝绸车篷，山路崎岖陡峭，漫步往上攀登，车夫的歌声在山中回荡，山羊铃铛声此起彼伏，沉闷的瀑布碎玉飞花，交织成一首奇妙的交响乐。夕阳西下，人在海滨呼吸着柠檬树的芳香，夜幕降临，两人手挽手，十指交错，伫立别墅平台，遥望天空繁星，憧憬着未来的幸福生活。在她看来，好象世界上某些地方才会产生幸福，好比一棵因地制宜生长的植物一样，换一个地方就长不好了。为什么她就不能在瑞士山间别墅的阳台上凭栏远眺，或者把她的忧伤关进一座苏格兰村舍小屋？她多么期望丈夫穿一件青绒燕尾服，脚踏软皮靴，头戴尖帽，手戴长筒手套呵！①

当她发现自己的丈夫不是想象中的"无所不晓，无所不能，能启发

---

① 福楼拜：《包法利夫人》，罗仁携译，海南国际新闻出版中心1997年版，第35—36页。

你领会激情的力量、生命的美妙及人世的奥秘"的人,而是一个"不学无术,一问三不知,更谈不上远大抱负了"的平庸之辈时,她陷入深深的失望之中。她羡慕上流社会的豪华,厌恶小镇的平淡,更看不起丈夫的平庸。尤其是她和丈夫一道参加了一次侯爵家的舞会,"从此,对舞会的怀念和回忆占据了埃玛整个心房。……"① 甚至在看书时,脑子里出现的都是和她跳过舞的子爵的影子。后来她遇到了她生命中两个重要的人物,这就是罗多夫和莱翁。她对两人都是同样的付出,而她与这两个情人所过的生活基本上是"肉"的生活,他们很少"心灵"的东西。她在精神气质上根本无法和安娜相比;而罗多夫和莱翁在这方面比起弗龙斯基来也有天壤之别。因此,他们的追求有着实质上的区别。

安娜由于追求的是爱情,因此,她的激情只集中在弗龙斯基一个人身上。在莫斯科火车站及谢尔巴茨基公爵家举行的盛大舞会上,弗龙斯基唤醒了安娜潜意识中的爱情,最初,传统的道德观念在安娜的头脑中还是起作用的。她一度用理智来压制感情,提前回彼得堡。但当她坐在火车里,回想起舞会和弗龙斯基时,既感到羞耻,又感到温暖,也感到害怕,感到迷迷糊糊又感到很清醒。火车中途靠站,她看到追踪而来的弗龙斯基,"心上就洋溢着一种喜悦的骄矜心情",压抑不住的欢喜和生气在她脸上闪耀。刚回到彼得堡,不仅丈夫卡列宁的面孔,尤其他的耳朵引起她的反感,就连她最爱的儿子谢廖沙在她心中所唤起的也是"一种近似失望的感觉。"她没有把弗龙斯基向她求爱的事像上次丈夫部下向她求爱的事一样告诉卡列宁。为了经常见到弗龙斯基,她尽量少去以前她经常接触的与丈夫借以发迹的利季娅伯爵夫人为首的那个集团,而与第三个集团——真正的社交界——"这个集团中的人自以为鄙视娼妓,虽然她们的趣味不仅相似,而且实际上是一样的"② ——打得火热。因为这个集团的中心人物贝特西公爵夫人既是她的表嫂,又是弗龙斯基的堂姐。这就为她和弗龙斯基见面创造了条件。开始时,尽管弗龙斯基对她倾诉爱情时,她没有给他鼓励,但每次见到他的时候,"她心里就涌起她

---

① 福楼拜:《包法利夫人》,罗仁携译,海南国际新闻出版中心1997年版,第35—36页。
② 《列夫·托尔斯泰文集》第九卷,人民文学出版社2000年版,第168页。

在火车中第一次与他相逢时候所产生的那种生气勃勃的感觉。……只要一看到他,她的喜欢就在她的眼睛里闪烁,她的嘴唇挂上了微笑,她抑制不住这种喜欢的表情"①。

安娜对爱情有着特殊的理解,她禁止弗龙斯基说"爱情"这个词。她对弗龙斯基说:"爱,我所以不喜欢那个字眼就因为它对于我有太多的意义,远非你能了解的……"安娜心目中的"爱情"其含义太丰富了。对安娜来讲,那就是包括生命在内的一切。安娜把自己的一切都系在弗龙斯基身上,除了弗龙斯基她心中没有别的人。在和弗龙斯基第一次发生关系后,她对弗龙斯基说:"一切都完了,除了你我什么都没有了。请记住这个吧。"② 在沙皇都出席的赛马场上,她的眼里只有弗龙斯基一个骑手,当弗龙斯基由于骑术上的错误坠马时,她不顾那么多上流社会的人在场而失态惊叫。直到丈夫说"我第三次把胳臂伸给你"时才不情愿地离开。在回程的马车里,安娜从容地对丈夫卡列宁坦白了她和弗龙斯基的关系:"……我爱他,我是他的情妇,我忍受不了你,我害怕你,我憎恶你……随便你怎样处置我吧。"③ 她看到丈夫要她过虚伪的二重生活而"维持现状"的信后,怒不可遏:"他是对的,他是对的!自然,他总是对的;他是基督徒,他宽大得很!是的,卑鄙龌龊的东西!除了我谁也不了解这点,而且谁也不会了解,而我又不能明说出来。他们说他是一个宗教信仰非常虔诚、道德高尚、正直、聪明的人;但是他们没有看见我所看到的东西。他们不知道八年来他怎样摧残了我身体内的一切生命力——他甚至一次都没有想过我是一个需要爱情的、活的女人。……我不是尽力,竭尽全力去寻找生活的意义吗?我不是努力爱他,当我实在不能爱丈夫的时候就努力爱我的儿子吗?但是时候到了,我知道我不能再自欺欺人了,我是活人,罪不在我,上帝生就我这个人,我要爱情,我要生活。"④ 这里,我们可以看到安娜被压抑多年的情感火山般地喷发。她把信拿给弗龙斯基,要是弗龙斯基得知这个消息就"坚决地、

---

① 《列夫·托尔斯泰文集》第九卷,人民文学出版社 2000 年版,第 168 页。
② 同上书,第 197 页。
③ 同上书,第 278 页。
④ 同上书,第 381—382 页。

热情地、没有片刻踌躇地"对她说:"抛弃一切,跟我一道走吧!"她是会丢弃包括她的儿子在内的一切,和他一道走的。但弗龙斯基看信的表情使安娜知道她最后的一线希望落了空。尽管这样,安娜还是说:"在我只有一件东西……那就是你的爱!有了它,我就感到自己这样高尚,这样坚强,什么事对我都不会是屈辱的。"① 不仅如此,她还当着情人的面,把自己的丈夫卡列宁贬得一无是处:"他不是男子,不是人,他是木偶。谁也不了解他;只有我了解。啊,假如我处在他的地位,像我这样的妻子,我早就把她杀死,撕成碎块了,我决不会说:'安娜,亲爱的!'他不是人,他是一架官僚机器。"② 这种对丈夫的贬斥就连弗龙斯基也感到不公平,连说:"你说得不对,说得不对呢。"就是在安娜和弗龙斯基出国度蜜月回到彼得堡、上流社会已经对安娜关闭了所有门后,她心里所想的仍然是弗龙斯基的爱情,其他一切她都不在乎。如她要去看歌剧,弗龙斯基提醒她说:"您知道您是决不能去的!"但安娜勇敢地表示:"但是我不想知道!……我后悔我所做的事吗?不,不,不!假使一切再从头来,也还是会一样的……对我和您,只有一件事要紧,那就是我们彼此相爱还是不相爱……我爱你,其他的一切我都不管……"③ 到了她和弗龙斯基生活的后期,他们之间已经有了隔阂,安娜变得好嫉妒。但是,她嫉妒的并非某一个女人,而是"嫉妒他对她感情的减退"。为了维持两人的爱情,安娜刻意修饰打扮自己,并且处处讨弗龙斯基的好,凡是弗龙斯基喜欢的,她都表现出极大的兴趣,如弗龙斯基爱马,她就找一些有关马的书来看;她故意和别的男子调情,以此来刺激弗龙斯基。她这么做的目的就是讨弗龙斯基的欢心,维系弗龙斯基对她的爱情。因为这时,她需要的就是弗龙斯基的爱情。为此,她甚至牺牲了自己的最可贵的品质——真诚,而陷入她最讨厌的虚伪之中。罗曼·罗兰说得好:"这本书中的爱情有着一种尖刻的、肉欲的、专横的特点。主宰着这部小说的宿命论……是爱的疯狂,是'整个维纳斯……'当安娜和沃伦斯基不知不觉中互相热爱时,是这个维纳斯在这无邪的、美丽的、富有思想的、

---

① 《列夫·托尔斯泰文集》第九卷,人民文学出版社2000年版,第412页。
② 同上书,第470页。
③ 《列夫·托尔斯泰文集》第十卷,人民文学出版社2000年版,第702页。

穿着黑丝绒服的安娜身上,加上'一种恶魔的诱惑。'当沃伦斯基刚刚倾诉爱情时,是她使安娜脸上光亮闪闪的——'但并不是欢乐的光辉:而是漆黑之夜的一场火灾的那可怕的火光。'是她使这个正直而理性的女人,这个情爱至深的年轻母亲的血管里,流动着一种肉欲的力量,而她还驻足于这个女人的心间,直到把这颗心摧毁之后才离去。……那纠缠不放的激情在一点一点地啃噬掉这个高傲的人的整个道德堡垒。她身上所有优秀的东西——她那勇敢、真诚的心灵——瓦解了,堕落了:她不再有勇气牺牲她的世俗的虚荣;她的生命除取悦她的情人外,已别无目的;她胆怯地,羞愧地不让自己生儿育女;嫉妒心在折磨着她;奴役着她的那性欲力量迫使她在动作中、声音上、眼睛里装假作态;她堕落成那种见到任何一个男子都要回眸一笑的女人了。"①苏联《简明文学百科全书》上也这样写着:"安娜身上有一种不可捉摸而又难于驾驭的情欲力量,这种力量她本人无法控制,结果导致自杀。"②当然,安娜的爱情是专一的,她绝不会真的向弗龙斯基以外的其他任何男子付出真情,如果她真像上流社会那些虚伪的贵妇一样,她要找几个男子是没有问题的,上流社会的花花公子多的是。因为她临卧轨前到嫂嫂多莉家去,基蒂看到"她还和从前一样,还像以往那样妩媚动人。真迷人哩!"但安娜不是个花心的女人,她一生中只有弗龙斯基一个情人,她的爱情只能集中到弗龙斯基一个人身上。她最终也是为弗龙斯基而死的,弗龙斯基也明白这一点,因此她的死才使得他受到那样大的震撼——安娜死了,弗龙斯基实际上也"死"了。

而埃玛由于追求的是情欲,因此她的激情不可能集中到一个人身上,而是倾注到罗多夫和莱翁两个男子的身上。

她首先见到的是"举止得体""才智过人"的见习生莱翁,当时莱翁在广场上。她穿着晨衣,莱翁仰头向她致意。这个"向来腼腆、持重,半是害羞,半是掩饰"的初出茅庐的见习生对年轻漂亮的少妇埃玛有一种"跃跃欲试"的愿望,可一来到埃玛面前,他的决心立刻"烟消云散"。而埃玛尽管并不想知道她是否爱他,因为在她看来,"爱

---

① 罗曼·罗兰:《名人传》,陈筱卿译,北京燕山出版社2002年版,第270—271页。
② 转引自杨正先《文化史论断想》,三秦出版社1998年版,第241页。

情应是蓦然降临，电闪雷鸣——犹如云霄的飓风，席卷人世，震撼生命，如同风扫落叶，把人的意志连根拔起，将整个心神引往深渊"①。但她和莱翁有了交往，并请莱翁和她一道去奶妈家看女儿，以至镇长夫人当着女仆的面说"包法利太太不知羞耻"。在她和丈夫、药剂师及莱翁去参观建设中的麻纺厂时，她挽住莱翁的胳膊，微靠他的肩膀。"严寒使他的面孔变得苍白，似乎显得更加落落寡欢，招人怜爱。……他的湛蓝大眼睛仰望白云时，埃玛觉得比那些倒映白云蓝天的山间湖泊还要清澈动人。"② 这时，她和莱翁两人正处于暧昧阶段。在莱翁看来，"她显得如此圣洁，不可亲近，因此连最渺茫的一线希望也抛到九霄云外去了"。"可望而不可即，"他把她升到了超凡的境界。他既然无法得到她的肉体，所以在他心里，她总是扶摇直上，远离人世，成了神的化身……后来莱翁对毫无结果的恋爱感到厌倦，终于到向他招手的巴黎去了。莱翁走后，她才意识到他是她幸福有可能实现的唯一希望！"幸福来到眼前，她怎么不抓住？幸福即将消失时，为什么不双膝跪下，紧紧拉住？她诅咒自己不敢向莱翁表白爱情，她渴望吻他的嘴唇。她恨不得去追上他，投入他的怀抱，对他说：'是我呀，我是你的！'……因为懊悔，她的欲望反而越来越强烈了。"③ 从此，对莱翁的回忆成了她烦恼的中心。

"肉体的欲念，对金钱的贪婪和激情的伤感，混在一起，变成了一种痛苦"；"家庭生活的平庸使她向往奢华，夫妻之间恩爱却使她追求婚外恋"。她甚至希望丈夫"揍她一顿，她才好理直气壮地诅咒他，报复他"。她讨厌自欺欺人，讨厌经常要装出幸福的样子，让别人信以为真，她也曾有心和莱翁一道私奔，"尝试新的命运"。这一切都折磨着这个充满激情的少妇，她已"精疲力竭，气喘吁吁，毫无生气……"④ 她魂不守舍，变得易冲动，别人三言两语一激，就会做出荒唐事来。她经常昏倒，甚至吐血。丈夫急得哭，但她却说"这有什么了不起？"实际

---

① 福楼拜：《包法利夫人》，罗仁携译，海南国际新闻出版中心1997年版，第91页。
② 同上书，第92页。
③ 同上书，第114页。
④ 同上书，第99页。

上，无法克制的情欲已使埃玛变态了。就是在这种情况下，她遇到了情场老手罗多夫。

罗多夫据说是"一年起码有一万五千法郎的收入"的单身汉，此人34岁，"性情暴躁，眼光敏锐，和女人交往频繁，是风月场上的老手"。在找包法利医生为自己的仆人放血时见到了埃玛。他看上了埃玛，"正在打她的主意，也思考她的丈夫。"① 他在想把她弄到手的同时，又考虑事成之后"怎样摆脱她？"可见罗多夫完全是一个玩弄妇女的坏蛋，他对女性有的只是猎取，并不付出真情。

在素具盛名的农展会上，罗多夫终于找到机会和埃玛坐在一起。他用语言挑逗埃玛："就说我们俩吧，我们为什么会萍水相逢？机会为什么如此凑巧？好比两条河，流经千山万水，汇合在一起，各自的爱好把我们连在一起了。"说完，就抓住埃玛的手。埃玛没有把手抽回去。罗多夫说："谢谢！你没有拒绝我！你真好！你明白我是属于你的。……""他们互相注视着，两人欲火中烧，嘴唇发干，直打哆嗦。他们的手指软绵绵的、毫不费力，就捏在一起了。"② 罗多夫这个情场老手知道，"要是她第一天就爱上我，那她越是急于见到我，就会更加爱我。还是让她等下去吧"③。他一直吊埃玛的胃口，直到6个星期过去了，他才出现。他向埃玛表白："我无时无刻不在想念你！……一想起你，我就悲痛欲绝啊！对不起！……我还是离开你吧……我要去很远的地方……远到你再也听不到有人谈起我！……可是……今天……我也不清楚是什么力量把我又推到你面前！因为人斗不过天，谁也无法拒绝天使的微笑！我身不由己，就被美丽、迷人、敬爱的人儿吸引过来了！"生平第一次听到这种情话的埃玛身上的傲气"顿时烟消云散，恍若一个人伸展四肢，软绵绵地泡在蒸汽浴室里，她整个身心沐浴在温馨、甜蜜的话语之中"④。这时，她原来心目中幸福的偶像莱翁也不存在了。两人正在缠绵之时，传来了木头套鞋的响声，包法利进来了。罗多夫称他"博士"，在他受宠若惊之际，

---

① 福楼拜：《包法利夫人》，罗仁携译，海南国际新闻出版中心1997年版，第120页。
② 同上书，第139页。
③ 同上书，第143页。
④ 同上书，第145页。

借骑马对埃玛身体有好处向包法利提出建议。正处于飘飘然中的包法利哪有不同意之理。这样,在一个10月上旬,罗多夫和埃玛骑马进入森林,他如愿以偿得到了埃玛。而埃玛一想到"我有一个情人"就心花怒放,仿佛又回到了美妙的青春年代。"她进入了一个神奇的境界,那儿只有激情,狂喜,如痴如醉,周围是万里无云的蓝天,情感的山峰在她心扉里光芒万丈,而日常生活只在远方,在山坳峡谷的阴影中时隐时现。""长期受到压抑的爱情,好象翻腾沸滚的山火,突然一下爆发出来。她要尽情享受爱情,毫不反悔,毫不担心,毫不心绪不宁。"① 她迫不及待地要和情人厮守在一起。她甚至在别人还在睡觉的时候,欲火中烧地头也不回地直奔情人的住处,以至罗多夫不得不一本正经地警告她,她这样偷偷来看他,太冒失了,会给她自己带来麻烦的。尽管如此,她还是禁不住要往情人家去。在路上碰到熟人时不惜撒谎。她成了罗多夫可以随心所欲地摆弄的情妇。"现在爱情已成了她生活中不可缺少的部分,她生怕失去一星半点,甚至不愿受到意外干扰。"② 她有时甚至大白天动不动就给情人写信。并对情人提出"到别的地方过日子……哪儿都行……""她越委身于情夫,就越憎恨自己的丈夫……她表面上装出一副贤妻良母的样子,可内心却欲火中烧,想念那个情夫。"③ 她精心打扮自己以取悦情人。她不顾钱财的有限,购置衣物,而丈夫不敢说她半句。这时,商人勒合主动接近埃玛,乘机发财。她和情人规定了幽会的暗号。而她的情人罗多夫尽管信誓旦旦,却保持着一个旁观者的清醒。"他对她为所欲为……要把她驯服得既惟命是从,又放荡堕落。"而"她对他一片痴情,崇拜得五体投地……她的灵魂沉湎其中,如痴如醉,越陷越深,无力自拔……"这时,包法利夫人已"淫荡成性……她的目光变得大胆放肆,谈吐越来越无所顾忌。她甚至厚着脸皮,公开和罗多夫先生一块儿散步,口叼香烟,仿佛藐视众人。"④ 他们已在买旅行袋,准备行装。可是,正当埃玛沉醉在"四匹快马疾驰……把她带往新的国土"的美梦中时,已

---

① 福楼拜:《包法利夫人》,罗仁携译,海南国际新闻出版中心1997年版,第151页。
② 同上书,第153页。
③ 同上书,第173页。
④ 同上书,第177—179页。

约好第二天就一起私奔的罗多夫给她的一封信，上面写着："当你读到这封断肠信时，我已经远走高飞"令她"头昏脑涨"，"巴不得天崩地裂"，她想到了死："一死了之，死了拉倒！"她丈夫的呼喊使她停住了脚步。回到家，从车灯的闪光中看到坐着罗多夫的"蓝色轻便双轮马车从广场疾驰而过。她惊叫一声，往后一仰，直挺挺地倒在地上"①。整整43天，她才勉强复原。

照理说，经过了这么一番折腾的埃玛应该吸取教训，好好和丈夫一道过日子。表面上，埃玛确实有了很大的变化，如对宗教的虔诚甚至"使神甫惊叹不已"；"她乐善好施起来"。为"穷人缝补衣服，给产妇送去木柴……她决定凡事委曲求全，宽以待人。无论谈什么事，她的话语间都充满了理想色调。"甚至连一直对她不满的"包法利老太太对她也无可挑剔……"② 这样平静地过了一段时间后，一次埃玛和丈夫一道去鲁昂看歌剧，遇到了见习生莱翁。这时的莱翁，已经不是3年前的那个羞涩的少年。"常与纨绔子弟厮混，羞涩之心早已消磨殆尽"。一别三年，今日重逢，旧情止不住死灰复燃。他决心要把埃玛骗到手。第二天下午5点左右，他找到了埃玛下榻的红十字旅馆。因3年前他们就心心相印，因此，他们的谈话很快就直奔主题。莱翁说："……因为我深深爱着你！"埃玛回答道："我早就料到了。"莱翁提出"再从头开始"，埃玛说"不行……我年纪太大……你太年轻……把我忘了吧！会有人爱上你的……你也会爱她们。"莱翁嚷道："绝不会像爱你一样！"他们在马车里幽会。当晚，她回到荣镇。当她接触到丈夫的嘴唇时，"立刻想起了另一个男人"。为了花销方便，她在高利贷者勒合的鼓动下搞代理权，经营和管理丈夫的事务，并借口要为此事到鲁昂找莱翁先生请教。

她在鲁昂，一待就是三天。"这三天过得充实、美妙、灿烂，这才是真正的蜜月。"③ 他们白天待在房里，黄昏乘船到一个小岛吃晚饭，夜里才动身回来。他们还在月光中假装风雅，吟诗作词，她甚至吟唱起来：

---

① 福楼拜：《包法利夫人》，罗仁携译，海南国际新闻出版中心1997年版，第192页。
② 同上书，第199页。
③ 同上书，第239页。

"你可曾记得？那个夜晚，我们划着双桨……"① 莱翁也常偷偷地离开事务所，到荣镇和埃玛幽会；她借口学钢琴，到鲁昂和莱翁偷情。"她性格变化无常，时而神秘，时而高兴，时而喋喋不休，时而沉默不语，时而暴躁如雷，时而漫不经心，但不管怎样，她都会激发起他的无穷欲望，唤起他的本能或者回忆。"② 每逢和情人幽会的第二天，她都觉得日子"格外难熬"，因为埃玛迫不及待地想重温她的幸福，形影不离的情景重新涌上心头，激起她欲火中烧，好不容易熬到第 7 天，一投入莱翁的怀抱，激情便无拘无束地爆发出来。……埃玛全神贯注却又谨慎小心地享受这种爱情，"她用万般柔情来维持这种感情"，③ 生怕这种爱情会失去。为了这种爱情，她甚至对丈夫也比以前好多了，她使他"觉得自己是世界上最幸运的人"，对她所做的一切都不怀疑。如有一天，丈夫告诉她自己见到她的钢琴教师朗珀勒小姐，但朗珀勒却说不认识埃玛。这对埃玛真是"晴天霹雳"，但她却装出若无其事的样子说，"她大概把我的名字忘了！"并把收费的收据故意放在丈夫的靴子里。从此，她的生活成了"谎言的汇集"。对埃玛来说，"撒谎成了一种需要，一种怪癖，一种趣事。达到这种程度，假如她说昨天上街是靠右边行走的话，那你就得相信她实际上是靠左边行走的"④。她利用丈夫对自己的爱来对付精明的婆婆。有时甚至故意装疯卖傻。"她变得容易生气，贪吃美食，更轻佻淫荡"；无法克制的情欲已使她变得不知羞耻和不顾一切。她同莱翁在街上漫步，"高抬着头。她自称她不怕别人说三道四"⑤ 只要想见莱翁，她就随便找个借口就走；莱翁没有在旅馆等她，她干脆就到事务所去找他。为了莱翁，她已经达到了无所顾忌的地步。

但是，再火热的情感也有降温的时候，"他们终于达到了这个程度，交谈的话题越来越和爱情无关……她并没有灰心……她更满怀激情，更如饥似渴地回到他身边。她……一点不害臊……把衣服干净利索脱得精光……莱翁似乎感到有一种陷于绝境、凄凉悲伤、不可言状的东西，神

---

① 福楼拜：《包法利夫人》，罗仁携译，海南国际新闻出版中心 1997 年版，第 240 页。
② 同上书，第 247 页。
③ 同上书，第 251 页。
④ 同上书，第 253 页。
⑤ 同上书，第 258 页。

不知鬼不觉地横隔在他们之间，想把他们活活拆散"①。真是越怕失去的东西，抓得越紧。为此，她对莱翁可以说是关怀备至，过问他的一切，为他的健康操心，教他如何为人处世。为了牢牢抓住他的心，她向基督祈祷，并在他脖子上挂一个圣母像；甚至想监视他的行动。她既是情人又是贤妻良母。"她回想起幽会的乐趣，欲火中烧……她恨不得舍弃一切，来换取哪怕一次称心如意的幽会……幽会的那天成了她盛大的节日。她要过得灿烂辉煌！当他一个人无力承担这么庞大的开销时，她就毫不吝惜地补足了差额。"② 即使到了靠当东西来维持也在所不惜。由于勒合搞鬼，她收到了一张拒付通知单，她不知就里，去找勒合，勒合乘机又向她兜"畅销货"，一步步把她逼到山穷水尽的地步。这时，莱翁由于母亲的干预而"发誓再不与埃玛往来了"，他"深感厌烦的是埃玛突然一下紧挨他的胸膛，呜咽抽泣……一听就无动于衷，昏昏欲睡了"。埃玛自己也"觉得偷情也和结婚一样平淡无奇了。……她抱怨莱翁让她的希望成为泡影，好象是他背叛了她，她甚至希望一场大祸降临，把他们两人拆散，因为她下不了决心和他分手。……她现在时时刻刻感到全身酸痛，心力交瘁。她经常收到传讯和帖印花的公文"③，但对这一切，她已麻木了，根本不屑一顾。她想到了死，"真想死了拉倒，或者长眠不醒"。现在，她对一切都感到无法容忍，包括她自己。她恨不得腋下生出双翅，离开这个苍蝇竟血的肮脏地，"飞向远方一个洁白无瑕的境界，使自己青春重焕④。"正是在这个时候，她收到了一封判决书，上面写着"限于二十四小时内，不得延误，付清全部欠款八千法郎。逾期不付，当即通过法律程序执行，扣押房产家具"。她以为是勒合吓唬她，去找勒合。这时勒合露出了本来面目，明白地告诉她："可爱的太太，你以为我一辈子给你送货上门，借钱到户，都是白尽义务，不要报酬的吗？放出去的债，也该讨回来了，这难道不是合情合理吗？……我呀！像黑奴一样拼死拼

---

① 福楼拜：《包法利夫人》，罗仁携译，海南国际新闻出版中心1997年版，第264—265页。
② 同上书，第271页。
③ 同上书，第272—273页。
④ 同上书，第274页。

活地干,而你却花天酒地,寻欢作乐!"① 第二天,执达官哈朗带两个证人来到她家登记要扣押的物品。第三天,她去鲁昂找人借钱,但谁也不肯借她。她去找莱翁,莱翁只是应付着她。她孤独无援,所有人都将她抛弃了。回到荣镇,女仆费莉西泰把一张"拍卖她的全部动产"的告示递给她,并建议她去找公证人吉伊奥曼先生。公证人趁机向她求爱。这使得埃玛非常愤怒,"脸上立刻泛起了红晕,她气愤得直往后退,大声喊道:'先生,你乘人之危,真卑鄙!我是来求你帮助,但并不是出卖肉体!''多么卑鄙!多么可耻!……多么下流!'"② 她没有借到钱,反受窝囊气,这就更使她怒火冲天。她埋怨上帝与她过不去,但她不肯屈服,要争这口气。"她从来没有这样看重自己,也从来没有这样藐视别人。……她恨不得要揍男人们一顿,往他们脸上吐唾沫,把他们压得粉碎。"③ 这也许是埃玛这个形象最具光辉的地方,她即使到了最绝望的时刻,也不愿意出卖自己,她要保持自己身上唯一有价值的东西——这就是自己的人格尊严。她又去找把她抛弃的旧情人罗多夫。两人叙过旧情后,她失声痛哭起来,罗多夫还以为这是她爱得太深的缘故,并把她的不说话当作是她难为情,于是大声表白:"你是我唯一的心上人。……我爱你,我永远爱你!……你怎么了?你说呀!"④ 但是当埃玛提出向他借三千法郎时,他的"脸色唰地变得惨白,心里想:'她就是为钱才来的!'"最后,他冷静地说:"我没有钱,亲爱的夫人。"埃玛感到又一次受到羞辱。从罗多夫家里出来后,她感到她的困境好比无底的深渊,"她透不过气来,胸膛像要炸裂开似的。她突然闪过了英勇献身的念头,这使她激动不已,几乎喜不自胜……"⑤ 她来到药房,找伙计朱斯坦要了钥匙,直奔第三个药架,从蓝色的短颈大口瓶里抓了满满一把白粉,立刻塞进嘴里,吞了下去。她的激情终于随着破产和吞下的白粉永远消失了。她解脱了,"她心中万事皆空,不在乎人世间的一切烦恼了,对爱情的不忠,无耻的勾当,折磨她的贪欲与她再不相干了。现在她不恨任何人,

---

① 福楼拜:《包法利夫人》,罗仁携译,海南国际新闻出版中心 1997 年版,第 275 页。
② 同上书,第 286 页。
③ 同上书,第 257 页。
④ 同上书,第 396 页。
⑤ 同上书,第 296 页。

她的情绪好象暮色一样扑朔迷离……好象交响乐进入最后乐章引起的回荡,渐渐远去"①。她死了,她给丈夫留下的除悲伤和巨大的债务外没有别的。"人人都想来敲竹杠。"他不清楚妻子究竟欠了多少债,每付完一笔,他都以为这是最后一笔。"谁知旧债刚刚清新债又来,总是没完没了。"后来,他发现了莱翁的情书和罗多夫的画像,得知了妻子和他们的关系。这才让他真正"灰心丧气"。不久包法利就随埃玛而去了,他的全部家产被变卖后,只剩下 12 法郎 75 生丁。他们的女儿最后只能进纱厂当一名童工。而她的两个情人罗多夫和莱翁没有在良心上受到半点谴责,他们照样过花天酒地的生活。这和安娜的死给弗龙斯基打击形成了鲜明的对比。这也从另一个角度说明了安娜的追求和埃玛的追求本质的不同。

安娜由于追求的是真正的爱情,因此,她显得是那样的真诚、执着。她珍视真实和纯洁的东西,不能容忍谎言和伪善,也不愿用幻想安慰自己。她不想对自己丈夫隐瞒什么,正是这样,在她和弗龙斯基发生关系不久,就把自己和弗龙斯基的事向丈夫卡列宁作了坦白。

埃玛由于追求的基本上是情欲,因此,她显得是那样的虚伪,她生活在幻想中。一直在欺骗丈夫,直到死她也没有把自己和两个情人的事告诉丈夫。包法利是在她自杀后清理遗物时才发现她与罗多夫和莱翁偷情的信件,这才使他感到真正的悲伤。

三

安娜和埃玛是属于不同时代的两个艺术典型,尽管两部小说发表的时间相距只有 20 年(《安娜·卡列宁娜》发表于 1877 年,《包法利夫人》发表于 1857 年)。但安娜所生活的时代是俄国旧的农奴制废除不久,新的资本主义生产关系正在确立的动荡的社会交替时期;而埃玛所生活 19 世纪中叶,却是法国资本主义生产关系已经确立的大资产阶级掌权的时代。这是一个金钱主宰一切,社会风气日益败坏的时代。这也决定了安娜和埃玛在对爱情和情欲追求中的不同表现。

安娜生活在新旧交替的时代,她身上有着两个时代、两种思想的印

---

① 福楼拜:《包法利夫人》,罗仁携译,海南国际新闻出版中心 1997 年版,第 301 页。

记。因此，她既追求个性解放，又始终伴随着犯罪感。如她第一次和弗龙斯基发生关系后，她感到的并不是幸福，而是羞愧和恐惧，她无法镇静，抽抽噎噎地说："天呀！饶恕我吧！"①她感到自己现在除了弗龙斯基"一切都完了"。产后病危时，她把丈夫召到面前，向丈夫忏悔："不要认为我很奇怪吧。我还是跟原先一样……但是我心中有另一个女人，我害怕她。她爱上了那个男子，我想要憎恨你，却又忘不掉原来的她。那个女人不是我。现在的我是真正的我，是整个的我。……我知道我会死掉……我只希望一件事：饶恕我，完全饶恕我！我坏透了……你太好了！"②在弗龙斯基得知她怀孕，向她提出"离开你的丈夫，把我们的生活结合起来"时，安娜"恶狠狠"地说："做你的情妇，把一切都毁掉。"在这"一切"中，她首先"想到了儿子，想到他以后将怎样对待她这个抛弃父亲的母亲时，她对自己的行为感到十分害怕"。弗龙斯基每次试图引她谈她处境的问题，她的回答总是"不着边际"，仿佛一谈到此事，真正的安娜就隐藏起来，出现一个弗龙斯基所"陌生的女人"，处处和他作对。安娜探子的过程中，也曾怀着愧疚的心情对儿子说："谢廖沙，我的亲爱的！爱他（指卡列宁）；他比我好，比我仁慈，我对不起他。你大了的时候就会明白了。"③安娜自杀时的最后一句话："上帝，饶恕我的一切！"实际上就是对自己为追求个人幸福而抛夫弃子的行为作最终的忏悔。

埃玛生活在法国资本主义生产关系已经确立的大资产阶级掌权的 19 世纪中期，这是一个金钱主宰一切，社会风气日益败坏的时代。资产阶级革命对旧的封建道德是一个巨大的冲击，加之资产阶级本身就是一个在生活上讲究享乐的阶级。这种阶级本性决定了他们在两性关系上的开放态度。因此，埃玛的出轨决不会像安娜出轨那样受到社会上的谴责。而生活在这样一个时代的埃玛也不会像生活在社会转型期的安娜那样受到道德的重压和良心的不安。尽管如此，埃玛对丈夫也有过内心的忏悔，但这短暂的忏悔很快就被意外的事情改变了。因为就在这个时

---

① 《列夫·托尔斯泰文集》第九卷，人民文学出版社 2000 年版，第 197 页。
② 同上书，第 537—538 页。
③ 《列夫·托尔斯泰文集》第十卷，人民文学出版社 2000 年版，第 694—695 页。

候,药剂师鼓励包法利做的一个畸形足矫正手术失败了,这使她对丈夫彻底失望了,"她感到羞耻的是,她当初怎么会对这样一个蠢货抱有幻想,还指望他能有所作为,好象看了二十回,她还没有看透他是一个庸碌无能之辈!……于是她心里还残留的一点妇德,在她傲慢的猛烈冲击下,最后也彻底崩溃了。……情人的形象又返回她的心头……一股新的激情将她推向这个形象。她觉得夏尔仿佛从此永远离开了她的生活……"①

四

　　安娜和埃玛这两个形象都是作家根据生活的原型塑造的。安娜的原型主要是托尔斯泰朋友的姐姐季西科娃。她婚后非常不幸,她命运中的某些关键时刻被作家"接入"安娜的命运之中。当然,安娜的外貌是取自普希金的女儿玛丽亚·阿克桑德洛夫娜。安娜的自杀又是受安娜·司捷潘诺夫娜自杀的启发。安娜·司捷潘诺夫娜居住在雅斯纳雅·波良纳附近的雅先基村,她因嫉妒比比科夫同家庭女教师的关系,一时醋性大发,卧轨自杀。托尔斯泰赶到了出事地点,为自己目睹的悲惨景象激动不已。他了解事情的全过程。

　　埃玛的原型是苔尔芬。她是福楼拜父亲的学生德拉马尔的妻子。德拉马尔在芮镇开业行医,娶苔尔芬为妻,已有了一个女儿。苔尔芬先与近邻相好,后来又结交了一个小书记,生活日趋糜烂,挥霍浪费,终因债台高筑,服毒自杀。这和作品的基本情节是一致的。

　　两位作家对自己主人公的态度都是双重的。托尔斯泰对安娜的态度主要是赞扬、肯定和同情。他赞扬安娜的真诚,并以她的真诚和上流社会的虚伪做对照,以此批判上流社会。他肯定安娜的追求,借安娜的口说:"我是活人,罪不在我,上帝生就我这么个人,我要爱情,我要生活。"② 以此说明安娜追求人的生活是正当的。他同情安娜的悲惨结局。在第7部末尾,紧接安娜的自杀,他写道:"那枝蜡烛,她曾借着它的烛

---

　　① 福楼拜:《包法利夫人》,罗仁携译,海南国际新闻出版中心1997年版,第170—170页。

　　② 《列夫·托尔斯泰文集》第九卷,人民文学出版社2000年版,第382页。

光浏览过充满了苦难、虚伪、悲哀和罪恶的书籍,比以往更加明亮地闪烁起来,为她照亮了以前笼罩在黑暗中的一切,哗剥响起来,开始昏暗下去,永远熄灭了。"① 但从宗法制的道德出发,托尔斯泰对安娜为了个人幸福而抛夫弃子的做法又是否定的,他自己虽然不愿对安娜说三道四,却在作品的扉页上引用了《新约全书·罗马人书》中的8个字:"伸冤在我,我必报应"作为全书的题词。当别人向他请教题词的含义时,他作了这样的说明:"我选这句题词,正如我解释过的,只是为了表达那个思想:人犯了罪,其结果是受苦,而所有这些苦并不是人的,而是上帝的惩罚。安娜·卡列宁娜对此也有切身的体会。是的,我记得,我想表达的就是这个意思。"② 托尔斯泰在这里表达的意思是很清楚的。安娜违背了上帝的信条,就要受到上帝的惩罚。

　　福楼拜对自己的主人公既同情又谴责。他对埃玛的同情主要表现在作家把她堕落的责任归到不健康的宗教、文化和单调乏味沉闷的外省环境及腐化淫靡的社会风气上。作家认为不道德的不是埃玛,而是以金钱为轴心的资产阶级社会。借埃玛的堕落和毁灭对掩盖资本主义社会现实的腐朽的资产阶级道德进行讽刺。埃玛不仅没有追求到自己的幸福,反而成了别人的玩物,成了高利贷者发财的工具。眼看她就要身败名裂的时候,代表资本主义法律的律师不仅不帮她,反而想乘人之危得到实惠。因此,埃玛的堕落是资本主义社会造成的,她是被那个虚伪的社会逼死的。她只是那个冷酷无情的金钱社会中的一个受摧残的妇女代表。因此,福楼拜以巨大的同情写道:"就在此刻,同时在二十个村庄中,我的可怜的包法利夫人正在那里忍受苦难,伤心饮泣。"③ 甚至在写到埃玛自杀时,作家感到了砒霜的味道。但埃玛毕竟是一个自我情欲的牺牲品。她满脑子充斥着不切实际的幻想,既不了解法国的现实,更不懂得高利贷者的阴险残忍,而完全沉醉在中世纪的幻梦中,为了个人的情欲而不顾丈夫有限的收入,最后弄得债台高筑、身败名裂而自杀。因此,在谈到作品的主题时,福楼拜感慨道:"我的主角的俗鄙有时简直叫我作呕,同时遥

---

① 《列夫·托尔斯泰文集》第十卷,人民文学出版社2000年版,第995页。
② 《同时代人回忆托尔斯泰》,周敏显等译,上海译文出版社1984年版,第439—440页。
③ 柳鸣九主:《法国文学史》中,人民文学出版社1981年版,第548页。

望着那些庸俗事物，全都要好好地写出来，想起这些困难，我都心惊。"[1]这说明作家对自己主人公的一些行为又是谴责的。

安娜与阿克西妮亚比较

安娜是俄国作家列夫·托尔斯泰《安娜·卡列宁娜》中的女一号，阿克西妮亚是苏联作家肖洛霍夫《静静的顿河》中的女一号。她们都是作家精心刻画的悲剧人物，都是俄国文学史上耀眼的明珠。阿克西妮亚被称为哥萨克的安娜·卡列宁娜，她身上确实有不少与安娜相似的地方，如不幸的婚姻，大胆追求爱情，为爱而和情人私奔，为爱而付出生命的代价等。但是由于所处的时代不同，出身不同，所受的教育不同，所处的环境不同，她们对爱情的追求和悲剧的实质也不相同。

一

安娜和阿克西妮亚都是不幸婚姻的牺牲者。安娜在自己根本不懂得什么是爱情的时候，就由姑妈做主，嫁给了 37 岁的年轻的省长卡列宁，那时她才 17 岁。卡列宁尽管非常爱她，但 20 岁的年龄差异，再加之卡列宁是省长，整天忙于公务，没有多少时间和年轻的妻子沟通；且性格内向，不善于表达自己的感情。虽然他们结婚后不久就有了孩子，但在表面的幸福平静下，安娜并不幸福。正如她的哥哥奥布隆斯基所说的："你和一个比你大二十岁的男子结了婚。你没有爱情，也不懂爱情就和他结了婚。让我们承认，这是一个错误。"安娜自己也承认是"一个可怕的错误！"[2] 她认为结婚 8 年来丈夫摧残了她的生命，摧残了她"身体内的一切生命力——他甚至一次都没有想过我是一个需要爱情的、活的女人"[3]。她倍感压抑。

---

[1] 刘国屏、于心文主编：《世界文学名著导读》上，百花洲文艺出版社 1997 年版，第 324 页。
[2] 《列夫·托尔斯泰文集》第九卷，人民文学出版社 2000 年版，第 556 页。
[3] 同上书，第 381 页。

阿克西妮亚是贫穷的"顿河对岸、沙漠地区"①的人，16岁被自己的生父强奸，17岁被当作劳动力嫁到较富裕的阿司塔霍夫家给斯捷潘做妻子。她除了繁杂的家务以外，还要像男人一样到地里干沉重的体力活。由于她不是处女，斯捷潘认为自己蒙受耻辱，结婚的第二天就把她毒打了一顿，以后经常夜不归宿，与其他女人鬼混。而她则被关在仓房或内室。在丈夫身上，除了冷漠和拳打脚踢外没有别的。在这种奴隶般的处境里，阿克西妮亚一点温暖也感觉不到，更谈不上爱情。

她们都遇到了自己的真爱，虽然开始有过片刻犹豫，但最终还是投入了情人的怀抱。安娜在到莫斯科调解兄嫂的矛盾中，遇到了彼得堡上流社会的花花公子弗龙斯基，被弗龙斯基的风度、外表所吸引。在舞会上，她忘情地和弗龙斯基旋转，完全不顾正在热恋着弗龙斯基的基蒂的感受。后她虽然意识到这样下去的后果是不堪的，提前回彼得堡，但当弗龙斯基追踪而来的时候，她"感到惊惶，也感到幸福"②。在弗龙斯基的疯狂追逐下，她献身于弗龙斯基。

阿克西妮亚在去顿河挑水时遇到年轻英俊的19岁的哥萨克小伙子葛利高里。开始时，面对葛利高里的追求，她也和安娜一样感到恐惧，有过犹豫，"理智上不愿意跟他亲热"。但很快她就在行动上表现出对葛利高里的爱。她"细心打扮起来……故意在他面前出现。每当葛利什卡疯狂而爱抚地凝视她的时候，她就觉得既温暖又愉快"③。终于在和麦列霍夫家一道割草、露宿草地的夜间，她主动投入葛利高里的怀抱。

她们都大胆追求自己的爱情，勇敢地冲出了婚姻的围城，和情人一道出走，表现了对传统道德挑战的勇气。

安娜爱上弗龙斯基后，心中除了弗龙斯基没有其他的人，甚至连儿子也失去了光彩。不顾一切地爱上了弗龙斯基。这种疯狂的爱情，正如罗曼·罗兰所说："《安娜·卡列尼娜》里的爱情具有激烈的、肉感的、专横的性质。"安娜的美丽有一种"恶魔般迷人的魅力"。她脸上闪烁的

---

① 肖洛霍夫：《静静的顿河》，李志刚、张苏敏、王丽美译，中国致公出版社2003年版，第17页。
② 《列夫·托尔斯泰文集》第九卷，人民文学出版社2000年版，第135页。
③ 肖洛霍夫：《静静的顿河》，李志刚、张苏敏、王丽美译，中国致公出版社2003年版，第19页。

红光"不是欢乐的红光,而是使人想起黑夜中的大火的可怕的红光"①。安娜如果和当时那些上流社会的贵妇那样一方面维持着家庭的面子,一方面又和情人偷情幽会,那她不仅不会受到指责,还能享受家庭的荣光和贵夫人的地位,她的丈夫也会默认。但是她不愿像贝特西公爵夫人之流过虚伪的二重生活,她勇敢地向丈夫坦白了她和弗龙斯基的关系,并不顾丈夫的规定,公开在自己家里会见情人。后虽然因产后病危有过忏悔,但身体复原后她还是抛弃了丈夫、孩子、名誉、地位和令人羡慕的上层贵妇的生活,离家出走,和弗龙斯基一道出国,公开和情人生活在一起。尽管没有离婚,但他们俨然是一对夫妻。她无视上流社会的轻蔑,盛装到剧院听歌剧,表现了对传统的贵族道德的挑战。

阿克西妮亚爱上葛利高里后,长期被压抑的感情爆发了,她"彻底变了一个人"。面对婆娘们"狡黠"地笑、"轻蔑"地摇头和姑娘们的"羡慕",她"趾高气扬地、高高地仰着幸福的但是耻辱的脑袋"。② 面对潘苔莱"从今起不许你踏进我院子一步!等斯捷潘回来……"③ 的威胁,她"大胆地扭摆了一下裙子……扭着身子,龇着牙,挺起胸脯朝他走去"。大声嚷道:"……你这个四肢不全的瘸鬼……滚,从哪儿来的,还滚回哪儿去!至于你的葛利什卡——只要我喜欢,就把他连骨头都吃了……我爱葛利什卡。你要打我吗……向我的男人告状吗?……你就是向皇上封的阿塔曼告状,葛利什卡也属于我的!我的!我的!现在是我的,将来也是!……你们把我置于死地也罢!葛利什卡属于我的!我的!"④ 此后,她更是"忘情地陶醉在自己迟到的苦恋中"。本来哥萨克人对两性关系是较为开放的,如果他们收敛一些,逢场作戏地亲热几次,甚至长期偷情,别人也不会在意,但"他们的风流账是那么超乎一般、明目张胆,他们俩又都是那么疯狂地不害臊地专一地投身于爱情的烈火中,既不害怕别人,也毫不隐瞒"。他们"毫无廉耻地同栖双飞……因此

---

① 罗曼·罗兰:《托尔斯泰传》,黄艳春、杨易、黄丽春译,团结出版社 2003 年版,第 144 页。
② 肖洛霍夫:《静静的顿河》,李志刚、张苏敏、王丽美译,中国致公出版社 2003 年版,第 28 页。
③ 同上书,第 30 页。
④ 同上。

村子里的人就觉得，这是违法的，不合情理的①。"为了情人，他们放弃了富裕的小康生活，离开自己的家庭，到利斯特尼茨基庄园做长工、公开生活在一起，尽情地畅饮爱情。

她们都为爱情献出了年轻而宝贵的生命。安娜是卧轨自尽的，自杀时不满30岁；阿克西妮亚是被征粮队的子弹打死的，死时也只有30岁出头。尽管她们的死一个是主动的，一个是被动的，但她们的死都与情人有关，与爱情有关。安娜是在自己"爱情越来越热烈，越来越自私"②的情况下被弗龙斯基所冷淡，为了惩罚弗龙斯基而自杀的。她自杀前讲过这样的话："如果我死了，他也会懊悔莫及，会可怜我，会爱我，会为了我痛苦的！""我要惩罚他。"③ 她是抱着唤起弗龙斯基对她的爱情而带着惩罚弗龙斯基的心理卧轨自杀的。

阿克西妮亚本想到南方过隐姓埋名的自由生活而随害怕被捕的情人葛利高里一道离开鞑靼村，在逃跑的路上被粮食征集队员打死。她的死尽管是被动的，但也和安娜一样，是为了爱情献出了自己年轻而宝贵的生命。

二

安娜是俄罗斯历史上著名的留里克王室的后裔，有显赫的家世和高贵的血统。她有着良好的素质，加之从小受典型的贵族教育，具有俄罗斯贵族妇女传统的美德。她气质高雅、善良、真诚、富有激情、生命力旺盛。17岁时，嫁给了俄罗斯的大官——一个比她大20岁的省长卡列宁，并很快有了孩子。她的丈夫是个虔诚的基督徒，外界对他的评价是"品德高尚，聪明正直"。他对爱情忠贞专一。他不是利用自己的权力得到安娜的，相反，当安娜的姑妈，一个富裕的贵妇人把自己的侄女介绍给他时，他"踌躇了很久……但是安娜的姑母通过一个熟人示意他，他既已影响了那姑娘的名誉……"④ 他是出于怕不向安娜求婚就会影响到姑

---

① 肖洛霍夫：《静静的顿河》，李志刚、张苏敏、王丽美译，中国致公出版社2003年版，第34—35页。
② 《列夫·托尔斯泰文集》第十卷，人民文学出版社2000年版，第998页。
③ 同上书，第996页。
④ 同上书，第656—657页。

娘的名誉，出于责任感才求婚的。一旦求了婚，他就把"全部感情通通倾注在他当时的未婚妻和后来的妻子身上"。甚至"他对安娜的迷恋在他心中排除了和别人相好的任何需要"。① 从个人品格看，卡列宁是无可挑剔的。婚后8年，安娜安于这种生活，他们的家庭一度成为彼得堡上流社会的楷模，安娜也成为那些不忠于丈夫的淫荡女人嫉恨的对象。尽管如此，安娜还是感到压抑。

阿克西妮亚出生于贫困地区的穷苦人家，整天除了家务就是和田地打交道，根本谈不上什么教育。她除了具有哥萨克妇女传统的勤劳、善良、诚实、热情等传统美德外，还是一个野性十足的叛逆者。她所处的环境对女性来讲可以说十分险恶。16岁被自己的流氓父亲强奸；17岁被当作劳动力嫁到阿司塔霍夫家，婚后的第二天就承担了全部繁重的家务和沉重的地里活计。丈夫斯捷潘和她年龄相差不大，但他是个没有教养的粗鲁的哥萨克人，婚后不尽丈夫的职责，经常夜不归宿，和其他女人鬼混，把情欲炽烈的妻子关在仓房或内室。不仅如此，还经常对妻子拳脚相加。阿克西妮亚无疑是生活在水深火热之中。

安娜和阿克西妮亚不仅她们的丈夫是完全不同的两类人，而她们的情人也可以说是完全不同的两类人。安娜的情人弗龙斯基是彼得堡上流社会花花公子中的一个优秀的人物，具有当时一般贵族青年身上所没有的一些优秀品质。"优雅，英俊，慷慨，勇敢，乐观……"② 他是皇室的侍卫武官，是伯爵，不仅人长得漂亮，而且非常有钱。他爱安娜，为了安娜而放弃了正在热恋中的基蒂，甚至放弃了锦绣的前程。认为"这个女人对于我比生命还要宝贵"。安娜对爱情的严肃、真诚、执着提升了他，他在和安娜相爱以后再也没有和其他女人调情，更没有像安娜猜想的那样爱上其他女人。但他毕竟不能脱离上流社会花花公子的俗气，更不可能像安娜一样为爱情牺牲一切。他说过这样的话："我可以为她牺牲一切，但决不放弃我作为男子汉的独立自主。"③ 他在和安娜生活的后期，不仅不能设身处地为安娜着想，反而以欣赏的态度看待安娜对自己的

---

① 《列夫·托尔斯泰文集》第十卷，人民文学出版社2000年版，第657页。
② 《列夫·托尔斯泰文集》第九卷，人民文学出版社2000年版，第149页。
③ 《列夫·托尔斯泰文集》第十卷，人民文学出版社2000年版，第836页。

"曲意奉承"，甚至到哪儿也不和安娜说个明白，根本不把安娜放在眼里。正是他的冷淡使安娜失去了最后的精神寄托，只有在请求上帝的饶恕声中扑向铁轨，吹灭自己的生命之灯。

阿克西妮亚的情人葛利高里出生于一个富裕的哥萨克家庭，他没有受过多少教育。他具有哥萨克传统的以效忠沙皇为天职的观念和尚武精神及粗野好斗的性格；有勤劳纯朴、热爱生活、热爱乡土和为追求自由而不怕牺牲的精神。他爱阿克西妮亚胜过爱任何一个女人。为了阿克西妮亚，他不惜和家里人吵翻，离开富裕的家庭，带着阿克西妮亚到利斯特尼茨基庄园去做长工。尽管阿克西妮亚和利斯特尼茨基少爷发生关系后他打了她一顿，离开她回家去和妻子生活。但他内心深处还是不能忘记阿克西妮亚。他当了叛军师长，心情不好回家，在即将回部队那天早上去顿河饮马时一见到阿克西妮亚，就决定不走了，并在当晚又把阿克西妮亚搂在自己怀里。他伤寒痊愈后归队，不顾心腹传令兵普罗霍尔的反对，坚持带阿克西妮亚一起走。他认为"生活中唯一留下的东西……就只有阿克西妮亚的热爱了"[①]。他为逃避被捕带阿克西妮亚准备逃往南方。阿克西妮亚不幸被打死，他在埋葬阿克西妮亚后，"抬起头，做梦一样，看着头顶上黑的天空和一轮闪着淡色光芒的骄阳"。他感到"周围变得漆黑一片。他最珍爱的东西已没有了，残酷的死神毁了他的一切，毁灭了一切……"[②] 这不难看出阿克西妮亚在他心中的重要地位。但葛利高里并没有像弗龙斯基那样有了心上人就能收敛自己，他还是和别的女人乱来，尤其是在部队里。这方面，他绝对无法和弗龙斯基相比。弗龙斯基哪怕对安娜冷淡了也没有这样做。

三

安娜和阿克西妮亚同是追求个性解放的妇女。但她们的追求有实质上的差异。作为俄罗斯19世纪70年代受资产阶级思想影响，因爱情觉醒而争取个性解放的俄罗斯先进贵族妇女，安娜对爱情的追求是女性意识

[①] 肖洛霍夫：《静静的顿河》，李志刚、张苏敏、王丽美译，中国致公出版社2003年版，第1035页。

[②] 同上书，第1086页。

的觉醒。在安娜生活的年代,随着资本主义萌芽,资产阶级个性解放的思想正暗潮涌动,受压抑的妇女开始追求自由、独立、平等等权利。安娜无疑受到这种先进思想的熏陶。但她的出身地位决定了她不可能会像当时的先进人物那样自觉地走到妇女解放的行列中去,她的先进思想只能通过其爱情来含蓄地体现出来。她8年来表面平静的贵妇人生活是压抑的。只是由于她所受到贵族教育和宗教教义的影响使她成了一个被上流社会称赞的典型贵族妇女。但她毕竟是一个有着丰富的感情的活生生的人。弗龙斯基只是"短促的一瞥",就发现"有一股压抑着的生气流露在她的脸上。"① 弗龙斯基唤醒了安娜潜意识中的爱情后,她才发现自己令人羡慕的生活其实是不幸的。她的丈夫虽有名誉地位,但却不懂感情,只是一架做官的机器。她爱上了英俊潇洒、感情丰富的弗龙斯基,而且爱得真诚、纯洁。然而这就犯了上流社会的大忌。上流社会能容忍虚情假意、逢场作戏的夫妻与情人的生活,就是不能容忍真诚纯洁的爱情。如果安娜和弗龙斯基爱恋只是一般的婚外情,她就不会遭到任何伤害,甚至还会为其添色。但安娜不愿过虚伪的二重生活。她公开自己的爱情,没有离婚就与情人私奔出国,这就触怒了上流社会,尤其是那些虚伪和淫乱的贵族妇女,她们把早就准备好的石块砸向她。这一切,孤军奋战的安娜承受住了,甚至表现出向上流社会挑战的勇气,但她的情人却在上流社会的压力下低头了,安娜视为比生命还重要的爱情破灭了,她扑向铁轨,结束了自己年轻的生命。安娜的悲剧主要是社会悲剧。安娜是时代的牺牲品,她不自觉地充当了个性解放的先驱,她的追求体现了女性意识的觉醒。

由于时代和所受教育等原因,安娜对爱情的追求尽管可以说是义无反顾的,但她在追求的过程中并不是心安理得的,而是时时伴随着痛苦和犯罪感。产后病危,她对丈夫说:"不要认为我很奇怪吧。我还是跟原先一样……但是在我心中有另一个女人,我害怕她。她爱上了那个男子,我想要憎恶你,却又忘不掉原来的她。那个女人不是我。现在的我是真正的我,是整个的我。……我只希望一件事:饶恕我,完全饶恕我!我

---

① 《列夫·托尔斯泰文集》第九卷,人民文学出版社2000年版,第81页。

坏透了……"① 她多次请求上帝饶恕,扑向铁轨后说的最后一句话:"上帝,饶恕我的一切!"她自身的这种无法克服的矛盾也是她悲剧的一个重要因素。

阿克西妮亚对爱情的追求只能是一种为摆脱痛苦生活的本能。她正在编织花季少女未来生活的美梦时,就被禽兽般的父亲强暴,17岁时,她嫁给了哥萨克青年斯捷潘。婚后的第二天,丈夫凶狠地把她痛打了一顿,这不仅因为她不是处女,更主要的是斯捷潘要树立丈夫的权威。从此,丈夫的羞辱毒打,婆婆刁难虐待,田地里农活的沉重,繁重的家务劳动统统压到了阿克西妮亚一人的身上。丈夫经常在外和其他女人鬼混。在这个家里,她没有温暖,更谈不上感情生活。她分明是一个奴隶。人是有感情的生物,在令人窒息的环境里,阿克西妮亚那颗伤痕累累的心是需要抚慰的。正是这个时候,葛利高里出现了。年轻英俊的哥萨克青年的火一般的爱情,终于把她干枯的心灵燃成了熊熊的烈焰。和葛利高里的爱情构成了她人生的全部意义和价值。正如她说的:"为了我从前受的那些罪,我要爱个够……就算将来你们把我置于死地也罢!"② 阿克西妮亚把和葛利高里的爱情看成自己人生中唯一的欢乐。为了爱情,她不惧怕村里人的说三道四,勇敢地面对潘苔莱的责骂,倔强地忍受丈夫的毒打。她一切听从葛利高里,从不违背葛利高里的意志。当葛利高里被潘苔莱赶出家门问她"咱们该怎么办"时,她回答:"你想怎么办我就怎么办"。"就是当牛做马,我也跟着你,葛利沙……只要能与你在一块儿就行……"③ 当葛利高里提出要带她去库班时,她毫不犹豫地表示:"我不能自己留下。我走……就是没马,我也要走,即使跟着你爬,我也不愿意一个人留在这儿啦!没有你,我无法活下去……你扔下我还不如杀死我呢!"④ 阿克西妮亚把葛利高里看成自己心目中的太阳,生活中的上帝,一切以葛利高里的意志为转移,在追随葛利高里的历程中,她从来没有犹豫彷徨过,更没有退缩过;她也从未产生过愧疚,更没有犯罪感。

---

① 《列夫·托尔斯泰文集》第九卷,人民文学出版社2000年版,第537页。
② 肖洛霍夫:《静静的顿河》,李志刚、张苏敏、王丽美译,中国致公出版社2003年版,第30页。
③ 同上书,第154页。
④ 同上书,第477—478页。

她谈不上什么教养，从不瞻前顾后，完全是凭自己的感受直觉去做。即使面对葛利高里的妻子娜塔莉亚，她也认为自己的追求光明正大，理所当然。她在残忍地羞辱找上门来的娜塔莉亚时对她说："你这个阴险恶毒的女人！……是你先从我手里夺走了葛利什卡！是你，不是我……你既然清楚他曾跟我同居过，干吗还嫁给他？我只是重新得到了自己失去的人，他本来就是我的。我有跟他生的孩子，可是你……你不是他的妻子。你打算把孩子的父亲夺走吗？"① 阿克西妮亚生活于1912—1922年间，这是俄国社会发生疾风暴雨式的变革时代。两次战争和两次革命的动荡现实，对她的生活肯定要产生影响的，因此她的悲剧从大的方面讲也是社会悲剧。但更主要的是她把自己的命运完全寄托在卷入历史事件强大旋涡中的悲剧人物葛利高里身上，其"爱情完全被笼罩在葛利高里的悲剧命运的气氛里，成为葛利高里悲剧的内容"② 的一部分，葛利高里悲剧的社会内涵越深刻，她的悲剧性越大。

奥布隆斯基和福斯塔夫比较

列夫·托尔斯泰《安娜·卡列宁娜》中的奥布隆斯基和莎士比亚历史剧《亨利四世》中的福斯塔夫两个形象都是作者精心塑造的极为成功的形象，他们都成了文学作品中不可多得的传世典型。尽管时代不同，所处的社会背景不同，作家不同，但仔细分析不难发现这两个形象有着许多惊人的相似之处，当然也有很大的差异。

一

首先，托尔斯泰和莎士比亚都通过两个形象广泛深入地反映了当时的社会生活。

奥布隆斯基是俄国历史上著名的留里克王朝的后裔。当时"官场中三分之一的人，比较年老的，是他父亲的朋友……另外的三分之一是他

---

① 肖洛霍夫：《静静的顿河》，李志刚、张苏敏、王丽美译，中国致公出版社2003年版，第338页。

② 郑克鲁：《外国文学史》（下），高等教育出版社1999年版，第99页。

的密友，剩下的三分之一是他的知交①。"这样的关系网，决定了奥布隆斯基和上层的交往是非常广泛的。

此外，他的大学同学，也是他的挚友，后来成为他连襟的列文常年生活在乡村，通过他和列文的交往他也接触到了俄罗斯农村的生活，对农民有一定的了解。加之他自由派的平等思想和好性格，使得他和什么人都能交往，人人都喜欢他。尤其是他好色，见到年轻漂亮的女人就爱，也不管她们的高低贵贱。这也决定了他交往的人中也有不少底层人物。如一次他和花花公子韦斯洛夫斯基到乡下列文的庄园游玩，他们去打猎，晚上就在乡间的仓房里休息。他们听到村姑们"唱歌的声音"，于是就坐不住了，先是韦斯洛夫斯基借口"散步"离开，后又转回来用法语说："先生们，快来！真美！这是我的大发现！真美！一个十全十美甘泪卿（歌德《浮士德》中的美女）型的人物，我已经和她结识了，真的，美极了！"听到这样的话，奥布隆斯基在"列文假装睡着了"的时候"就由仓库里走出去了"②。后列文在睡意蒙眬中听到了韦斯洛夫斯基、奥布隆斯基兴高采烈的谈话声。奥布隆斯基"在讲少女的鲜艳娇嫩，把她譬喻作新剥出壳的鲜核桃……"③

作品尤其通过奥布隆斯基卖森林和求职两件事反映了当时俄国资本主义的发展情况。奥布隆斯基为了还债，不得不出卖妻子的陪嫁，一个叫里亚比宁的商人，仅用了三万八千卢布就买走了他家大片茂密的森林，而且还是分期付款。对此，他还自以为卖了好价钱。在列文面前夸耀："价钱真了不起哩，三万八千。八千现款，其余的六年内付清。我为这事奔走够了。谁也不肯出更大的价钱。"④ 列文听后忧郁地说"这样你简直等于把你的树林白白送掉了"。通过他卖森林我们不仅看到了俄罗斯贵族已没落到没有管理和经营自己家产的本领；同时也看到了贵族阶级必然被新兴资产阶级所取代的趋势。

奥布隆斯基为了求得南方铁路银行信贷联合办事处委员会的委员职

---

① 《列夫·托尔斯泰文集》第九卷，人民文学出版社 2000 年版，第 20 页。
② 《列夫·托尔斯泰文集》第十卷，人民文学出版社 2000 年版，第 766 页。
③ 同上书，第 767 页。
④ 《列夫·托尔斯泰文集》第九卷，人民文学出版社 2000 年版，第 218 页。

位，除动用了大量人事关系外，还被犹太人博尔加里诺夫"故意让他和别的申请人们在接待室里等了两个钟头"。"一个留里克王朝的后裔，居然会在一个犹太人的接待室里等待了两个钟头。"① 使贵族阶级的昔日威风扫地，颜面尽失。仅仅为了一份工作，有着皇室血统的世袭贵族竟然在一个原先他们最看不起的犹太佬面前摇尾乞讨，不难看出贵族阶级没落到何等地步；从这件事中我们还看到了俄罗斯的经济命脉，甚至政治命脉已经被新型的资产阶级所操纵。

托尔斯泰通过奥布隆斯基这个形象，反映了"一切都翻了个身，一切都刚刚开始安排"的19世纪70年代的俄国，由于资本主义的侵入和资产阶级自由、平等的民主思想的影响，部分贵族已觉得自己并没有什么了不起，他们的经济地位每况愈下，他们的尊严已为拮据的生活所替代。骄横傲慢的本钱没有了，因此，再也不能摆出一副道貌岸然的臭架子了。在严酷的现实中，只能随随和和，四面讨好，不得罪任何人。

福斯塔夫按出身也是贵族中的一员。他是骑士，属于底层贵族。贵族的身世决定了他和上等社会有交往。福斯塔夫和朝廷有一定关系，尤其和太子亨利·威尔士亲王关系密切。《亨利四世》中有太子的地方几乎都有福斯塔夫，两人可谓臭味相投。如第二场一开场就是太子和福斯塔夫的一场对话：

福斯塔夫："哈尔，现在是什么时候啦，孩子？"

亲王："你只知道喝好酒，吃饱了晚餐把纽扣松开，一过中午就躺在长椅子上打鼾；你让油脂蒙住了心，所以才会忘记什么是你应该问的问题。见什么鬼你要问起时候来？除非每一点钟是一杯白葡萄酒，每一分钟是一只阉鸡，时钟是鸨妇们的舌头，日晷是妓院前的招牌，那光明的太阳自己是一个穿着火焰色软缎的风流热情的姑娘，我不知道为什么你会这样多事，问起现在是什么时候来。"

福斯塔夫："真的，你说中我的心病啦，哈尔；因为我们这种靠着偷盗过日子的人，总是在月亮和七星之下出现，从来不会在福波斯，那漂亮的游行骑士的威光之下露脸。乖乖好孩子，等你做了国

---

① 《列夫·托尔斯泰文集》第十卷，人民文学出版社2000年版，第935页。

王以后——上帝保佑你殿下——不，我应当说陛下才是——其实犯不上为你祈祷——……等你做了国王以后，不要让我们这些夜间的绅士们被人称为掠夺白昼的佳丽的窃贼；让我们成为狄安娜的猎户，月亮的嬖宠；让人家说，我们都是很有节制的人，因为正像海水一般，我们受着我们高贵纯洁的女王月亮的节制，我们是在她的许可之下偷盗的。"

亲王："……星期一晚上出了死力抢下来的一袋金钱，星期二早上便会把它胡乱花去……喊了几回'酒来'就花得一文不剩。有时潦倒不堪，可是也许有一天时来运转，两脚腾空，高升绞架。"

福斯塔夫："……你说得有理，孩子，咱们那位酒店里的老板娘不是一个最甜蜜的女人吗？"①

从以上对话中，读者不难想象太子和福斯塔夫的关系深到何等地步。太子对福斯塔夫了如指掌，而福斯塔夫连最见不得人的事都可以向太子坦诚。福斯塔夫到酒店吃东西不给钱，常常是太子替他还账，并用自己亲王的名誉替他担保。可见，他俩的关系非同一般。尤其后来太子为了让福斯塔夫得到奖赏，竟然把自己的功劳记在他的身上一事更能说明两人的关系密切到何等程度。

福斯塔夫是个最底层的贵族，这就决定了他和民众有联系。不仅如此，他又是一个破落的骑士。在野猪头酒店福斯塔夫有一段自我表白："我本来是一个规规矩矩的绅士：难得赌几次咒；一星期顶多也不过掷七回骰子；一年之中，也不过逛三四——百回窑子；借了人家的钱，十次中间有三四次是还清的。那时候我过着很有规律的生活现在却糟成这个样子，简直不成话了。"② 这段表白说明还没有破落前他就已经失去了封建社会最起码的骑士精神和骑士道德。由于破落，他由贵族社会跌到平民社会，加之他的品行，他接触的尽是一些强盗、小偷、流氓、妓女；通过征兵活动他又和各式各样的中下层人物接触。这些人物生活的酒店、妓院、荒郊、野林、战场就是他活动的场所。而这一切正是恩格斯指出

---

① 《莎士比亚历史剧选》，朱生豪译，人民文学出版社2001年版，第95—96页。
② 同上书，第151页。

的封建社会解体时期贵族与贵族斗争的后面所存在着农民和市民的活动，以及由这个活动构成的平民社会五光十色的背景。

莎士比亚在《亨利四世》中通过福斯塔夫的活动，把当时社会的上层和下层联系起来，为塑造人物和展开戏剧冲突展示了广阔、生动、丰富的社会画卷，提供了上至宫廷下至酒店、妓院等广阔的社会背景。1895年5月18日，恩格斯在批评拉斐尔的历史剧《济金根》中第一次提出了"福斯塔夫式的背景"这个概念："我认为，我们不应该为了观念的东西而忘掉现实主义的东西，为了席勒而忘掉莎士比亚，根据我对戏剧的这种看法，介绍那时的五光十色的平民社会，会提供完全不同的材料使剧本生动起来，会给在前台表演的贵族的国民运动提供一幅十分宝贵的背景，只有在这种情况下，才会使这个运动本身显出本来的面目。在这个封建关系解体的时期，我们从那些流浪的叫花子般的国王、无衣无食的雇佣兵和形形色色的冒险家身上，什么惊人的独特的形象不能发现呢！这幅福斯泰夫式的背景在这种类型的历史剧中必然会比在莎士比亚那里有更大的效果。"[①]

二

奥布隆斯基和福斯塔夫都是没落贵族的典型。

奥布隆斯基的没落主要表现在四个方面。一是政治上的没落。奥布隆斯基作为俄国历史上著名的留里克王朝的后裔，堂堂的公爵，已经丧失了贵族对国家的责任、义务，他政治上稀里糊涂，成了一个几乎没有任何政治观点的庸人。正如书中写的：奥布隆斯基"并没有选择他的政治主张和见解；这些政治主张和见解是自动溜进他心里的"[②]。他选择自由派是因为"他认为自由主义更合理，而是由于它更适合他的生活方式"[③]。他从不积极主动地参与任何有关政治的活动。

二是事业上的没落。他不求进取，事业上马马虎虎，依靠关系，尤其是其当高官的妹夫卡列宁的活动，他弄到了一个体面的官职，成了俄

[①] 杨柄编：《马克思恩格斯论文艺和美学》，文化艺术出版社1982年版，第417页。
[②] 《列夫·托尔斯泰文集》第九卷，人民文学出版社2000年版，第10页。
[③] 同上。

国官僚集团的一员。但他对事业没有崇敬心，只是应付，不求有功，但求无过。因此"他对他所从事的职务漠不关心，因此他从来没有热心过，也从来没有犯过错误①。"

三是经济上的没落。堂堂公爵，经济上捉襟见肘，不仅常缺钱用，而且还负债累累，后竟然到了靠出卖妻子陪嫁的森林过活的地步。为了增加收入，多弄点钱不惜拜倒在自己一向看不起的犹太佬脚下。他羞愧异常，因为他不仅"破天荒头一次违反了他祖先所树立的只为政府效劳的先例"，自己另寻出路，而且竟然被一个平时被他们这些贵族老爷所看不起的犹太佬所轻蔑，只是为了几个钱。

四是生活上的没落。这主要表现在三个方面：第一，奥布隆斯基已没有管理自己家产的本领。为了还债，他不得不出卖妻子的陪嫁，一个叫里亚比宁的商人，只用了三万八千卢布就买走了他家的大片茂密的森林，还是分期付款。对此，列文听后忧郁地说"这样你简直等于把你的树林白白送掉了……因为那座树林每俄亩至少要值五百卢布……你数过树了吗……实际上你奉送给他三万卢布。……你没有数，但是里亚比宁却数过了。里亚比宁的儿女会有生活费和教育费，而你的也许会没有！"②

第二，道德上的堕落。奥布隆斯基已经是5个孩子的父亲了，但生活上还不检点，与家庭教师发生暧昧关系，由此搞得家里一团糟。他帅气多情，忘不了女人，爱研究女人，他认为女人好比螺旋桨，把人弄得团团转。有一次，列文问他有什么新情况时，他所答非所问："……你知道奥西安型的女人……就像在梦里见过的那样的女人……哦，在现实中也有这种女人……这种女人是可怕的。你知道女人这个东西不论你怎样研究她，她始终还是一个崭新的题目。"当列文说："那就不如不研究的好"时，奥布隆斯基竟然说："不。有位数学家说过快乐是在寻求真理，而不在发现真理。"③他不管身份高低，只要见了年轻美貌的女子就爱，下乡打猎也不忘抓住机会和村姑乱来；和上流社会的风流贵妇调情更是

---

① 《列夫·托尔斯泰文集》第九卷，人民文学出版社2000年版，第21页。
② 同上书，第224—225页。
③ 同上书，第213—214页。

家常便饭，他和贝特西夫人之间"老早就存在一种很奇怪的关系"①。难怪后来列文看到他与妻子缠绵亲热时，曾感慨地说："他这张嘴昨天吻过谁呢？"②

第三，把生活中的一切变成享乐。奥布隆斯基奉行的是享乐主义，因此，把一切变为享乐，是他的人生哲学。尽管他政治上稀里糊涂，不关心俄国社会的急激变化；事业上马马虎虎，"对他所从事的职务漠不关心，因此他从来没有热心过，也从来没有犯过错误"。可是在生活上他既不糊涂也不马虎，在吃喝玩乐方面，他是极为讲究的。奥布隆斯基是个美食家。他自己喜欢吃喝，更喜欢请客。一进饭店，他的"脸孔和整个的姿态上有一种特殊的表情，也可以说是一种被压抑住的光辉"③。他认为吃"是人生的一桩乐事"。哪怕欠账也要满足自己的口福，不惜把宝贵的时间和大把的金钱花在吃上。请列文吃饭，几乎把午餐变成一种按部就班的宗教仪式。即使到了靠卖妻子的陪嫁过日子的地步，也绝不放弃豪华的生活。他认为文明的目的就是享乐。

福斯塔夫的没落主要表现在封建骑士精神和道德在他身上荡然无存。

骑士虽属于封建贵族的最下层，但随着十字军的东征，骑士地位不断增高，王子必须是骑士才能继承王位。中世纪欧洲骑士具有荣誉、英勇、牺牲、谦卑、怜悯、诚实、公正、优雅等美德。作为战场上的武士，他们英勇，为荣誉而战，勇于冒险，富于牺牲精神；作为基督教的信徒，他们谦恭、忠于基督教；作为男子汉，他们纯善、忠于女主人、忠于爱情（主要是精神上的）；作为贵族，他们举止优雅、言行得体、处事公正，富有同情心。骑士已成了令人羡慕和向往的荣誉称号，就是封建领主也以成为骑士为荣。但是，在福斯塔夫身上，这些属于骑士应该具有的品德不仅一点都没有，反而处处表现出的是与这些美德相对立的丑恶的东西。我们仅从以下两个方面分析就足以看出。

首先，贪生怕死，置骑士最起码的作战勇敢，不怕牺牲的信条于脑外。贪生怕死可以说是福斯塔夫的本质特征，哪怕是去抢劫，一听说对

---

① 《列夫·托尔斯泰文集》第十卷，人民文学出版社2000年版，第946页。
② 同上书，第739页。
③ 《列夫·托尔斯泰文集》第九卷，人民文学出版社2000年版，第44页。

方的人数多，马上就怂了。如他们计划去抢劫商客，一听说"大概有八个或十个"人，福斯塔夫就害怕了，说："咱们不会反倒给他们抢了吗？"①最典型的事例是在和叛军作战时他的表现。战场，是骑士建功立业、赢得荣誉的地方，可是福斯塔夫是如何对待荣誉的：在第五幕第一场的自白里，他认为："是荣誉鼓励着我上前的。嗯，可是假如当我上前的时候，荣誉把我报销了呢？那便怎么样？荣誉能够替我重装一条腿吗？不。重装一条手臂吗？不。解除一个伤口的痛楚吗？不。那么荣誉一点不懂得外科的医术吗？不懂。什么是荣誉？两个字。那两个字荣誉又是什么？一阵空气……谁得到荣誉？星期三死去的人。他感觉到荣誉没有？不。他听见荣誉没有？不。那么荣誉是不能感觉的吗？嗯，对于死人是不能感觉的。可是它不会和活着的人生存在一起吗？不。……这样说来，我不要什么荣誉；荣誉不过是一块铭旌……"② 正是这样的荣誉观，决定了他贪生怕死，在战场上一遇到叛军将领道格拉斯，就"倒地佯死"。亲王看到他的"尸体"，还以为他是战死的，因此说"可怜的杰克……死了一个比你更好的人，也不会像死了你一样使我老大不忍……你的死对于我将是怎样重大的损失！"敌人走后，福斯塔夫还说什么"活人扮死人却不算是假扮，因为他的的确确是生命的真实而完全的形体。智虑是勇敢的最大要素，凭着它我才保全了我的生命"③。因自己装死，所以看到躺在自己身边的被亲王杀死的叛将潘西，怀疑他也是假死，感到害怕，就用剑刺潘西的尸体，后还恬不知耻地"发誓说他是被我杀死的"。后他见到亲王，将潘西的尸体掷下，要亲王给自己封爵位："我希望我这一回不是晋封伯爵，就是晋封公爵。"亲王说："潘西是我自己杀死的，我也亲眼看见你死了。"而福斯塔夫却说："我到死都要说，他这大腿上的伤口是我给他的；要是他活了过来否认这一句话……我一定叫他把我的剑吃下去。"④当着亲手杀死潘西的亲王的面，还发誓赌咒把自己说成杀死潘西的英雄，不难看出福斯塔夫厚颜无耻到何等地步。

----

① 《莎士比亚历史剧选》，朱生豪译，人民文学出版社2001年版，第115页。
② 同上书，第173页。
③ 同上书，第182页。
④ 同上书，第183—184页。

其次，他没有任何道德准则。福斯塔夫已堕落到靠抢劫、欺骗过日子的地步，还恬不知耻，当面撒谎，永不承认自己是失败者。如一次他们要去抢劫商客。太子也许要考验他一下。故意没有和他同去。但正当福斯塔夫带人把旅客的钱财掠夺，并把他们捆起来时，亲王和波因斯戴着面具出现在正在分赃的众贼面前，盗贼逃走，福斯塔夫稍一交手就遗弃赃银逃走。在酒店，福斯塔夫一见到亲王和波因斯，就骂他们是懦夫，没有和他们一道去抢劫。亲王问他："这是怎么一回事？"他说今天早上他们四个人抢到一千英镑，后来"又给人家抢去了；一百个人把我们四人团团围住（明明只有亲王和波因斯两人）。我一个人跟他们十二个人短兵相接，足足战了两个时辰……他们的刀剑八次穿透我的紧身衣，四次穿透我的裤子；我的盾牌上全是洞，我的剑口砍得像一柄手锯一样……"他们中间有两个身受重伤；"我相信有两个人已经在我手里送了性命，两个穿麻衣服的恶汉。……我……挺着我的剑，四个穿麻衣的恶汉向我冲了上来……向我全力进攻。我不费吹灰之力，把我的盾牌这么一挡，他们七个剑头便一齐钉住在盾牌上了……这九个穿麻衣的人……的剑头已经折断，开始向后退却；可是我紧紧跟着他们，拳脚交加，一下子这十一个人中间就有七个倒在地上……可是偏偏魔鬼跟我捣蛋，三个穿草绿色衣服的杂种从我的背后跑过来，向我举刀猛刺；那时候天是这样的黑……简直瞧不见你自己的手。"[①] 亲王愤怒地说："这些荒唐怪诞的谎话……谁也骗不了的……既然天色黑得瞧不见你自己的手，你怎么知道这些人穿的衣服是草绿色的？"面对亲王的质问，福斯塔夫一点也不难为情，反而耍起赖来，用一系列的比喻骂亲王："你这饿鬼，你这小妖精的皮……你这干瘪的腌鱼！……你这裁缝的码尺，你这刀鞘，你这弓袋，你这倒插的锈剑——"当亲王把他和波因斯两人化装袭击他们的事说出后，福斯塔夫却恬不知耻地说："我一眼就认出来你们……我是什么人，胆敢杀死当今的亲王……你知道我是赫剌克勒斯一般勇敢的；可是本能可以摧毁一个人的勇气；狮子无论怎样凶狠，也不敢碰伤一个堂堂的亲王。"后亲王问福斯塔夫手下的人："福斯塔夫的剑怎么会有这许多缺口？"手下人皮多告诉亲王："他用他的刀子把它砍成这个样儿；他说他

[①] 《莎士比亚历史剧选》，朱生豪译，人民文学出版社2001年版，第126—128页。

要发漫天的大誓，把真理撺出英国，非得让您相信它是在激战中砍坏了的不可；他还劝我们学他的样子哩。"另一个手下巴道夫说："他又叫我们用尖叶把我们的鼻子擦出血来，涂在我们的衣服上，发誓说那是勇士的热血。……"这就是福斯塔夫，从两个假想敌开始，一下子几何数字地变成了十一个。前面说的话一刹那就忘了。他没有过去，更没有未来，只活在当前。不仅自己把剑弄缺，假装奋勇杀敌，还要手下人仿效。后来，也许他也觉得这件事太过分了，因此，当太子说"就把你的逃走作为主题"时，他赶快说："……要是你爱我的话，别提起那件事了。"①

他不仅偷盗成性，而且贼胆包天。听到亲王"什么事情我都可以办到"的话后，马上说："我要你做的第一件事情，就是去抢劫国库，而且要明目张胆地干，别怕弄脏你自己的手。"②

他借征兵发财。他征来"一百五十个衣服破烂无家可归的浪子"，而那些有身家的人几乎一个也没有征得。因为那些有钱人大都贪生怕死，而他就尽找这些人让他们出钱，自己借机发财。正如他自己说的："我一味拣这些吃惯牛油涂面包的家伙……他们为了避免兵役的缘故，一个个拿出钱来给我。现在我的队伍里净是些军曹、伍长、副官、小队长之流，衣衫褴褛得活像那些被狗舐着疮口的叫花子……他们开步走的时候……仿佛戴着脚镣一般，因为说句老实话，他们中间倒有一半是从监牢里访寻得来的。"太子看到这些"兵"后非常失望地说："我从来没有看见过这样可怜的流氓。"而福斯塔夫却恬不知耻地说："像这样的人也就行了；都是些炮灰……叫他们填填地坑，倒是再好没有的……人都是要死的。"③

他厚颜无耻。欠酒店老板娘桂嫂的钱，还故意找茬跟桂嫂吵架。桂嫂说："您欠了我的钱……现在您又来寻事吵架，想要借此赖账。""您欠着这儿的账……饭钱、酒钱、连借给您的钱，一共二十四镑。"他不懂感恩，当桂嫂说："我曾经给您买过一打衬衫"时，他却说："谁要穿这种肮脏的粗麻布？我早已把它们送给烘面包的女人，让她们拿去筛粉用了。"他明明只有一枚铜戒指，却说是祖父的图章戒指，值四十马克。还

---

① 《莎士比亚历史剧选》，朱生豪译，人民文学出版社2001年版，第129—130页。
② 同上书，第156页。
③ 同上书，第162—164页。

背地骂揭穿此事的亲王是个坏家伙鬼东西，要像打一条狗似的把他打个半死。刚好亲王来到，桂嫂要说话，被福斯塔夫阻拦，福斯塔夫恶人先告状，向亲王告状说："前天晚上我在这儿帷幕后面睡着了，不料被人把我的口袋掏了一个空。这一家酒店已经变成窑子啦，他们都是扒手。"亲王问他"不见了什么东西？"他说："三四张钱票，每张票面都是四十镑，还有一颗我祖父的图章戒指。"亲王说"一件小小的玩意儿，八便士就可以买到。"①桂嫂趁机把刚才福斯塔夫因此事骂亲王的话告诉亲王。福斯塔夫竭力否认，用十分恶毒的话骂桂嫂。尤其否定要把亲王打个半死的话。当亲王问福斯塔夫："现在你有胆量实行你所说的话吗"时，福斯塔夫说："假如你不过是一个平常的人，我当然有这样的胆量；可是因为你是一位王子，我怕你就像怕一头乳狮的叫吼一般。"桂嫂把福斯塔夫讲的亲王"欠他一千镑钱"的事告诉亲王，福斯塔夫为自己狡辩："一千镑……一百万镑；你的友谊是值一百万镑的；你欠我你的友谊哩。"亲王揭露福斯塔夫："在你的胸膛里面，是没有信义、忠诚和正直的地位的；它只是塞满了一腔的脏腑和横膜。冤枉一个老实女人掏你的衣袋！嘿，你这下流无耻、痴肥臃肿的恶棍！你的衣袋里除了一些酒店的账单、妓院的条子以及一小块给你润喉用的值一便士的糖以外，要是还有什么别的东西……你不害臊吗？"福斯塔夫却抓住亲王的话问："这样说来，你承认是你掏了我的衣袋吗？"亲王承认。福斯塔夫马上转话题："让我们听听宫廷里的消息；关于那件盗案……是怎样解决的？"亲王告诉他："那笔钱已经归还失主了。"②后桂嫂当着福斯塔夫的面向大法官告状："钱倒是小事……我的一份家业都给他吃光啦。他把我的全部家私一起装进他那胖肚子里去……"③福斯塔夫矢口否认。

福斯塔夫生活腐化，除了贪吃，还到处和女人乱来，染上了梅毒。如桃儿所揭露的："……谁叫你们自己贪嘴，又不知打哪儿染上了一身恶病，弄成这么一副又胖又肿的怪样子……"面对桃儿的揭露，他倒打一耙，说："我的馋嘴是给厨子害的，我的病是给你害的，桃儿；这病是你

---

① 《莎士比亚历史剧选》，朱生豪译，人民文学出版社2001年版，第152—154页。
② 同上书，第153—156页。
③ 同上书，第212页。

传的……"他不但占有桃儿的身体,而且还把桃儿的"链子首饰"全骗走。桃儿骂他是"肮脏的老滑头",说他"肚子里的波尔多酒可以装满一艘商船"。①

福斯塔夫也有强烈的虚荣心。他虽然毫无骑士道德,但"一有机会,就向每一个人卖弄他这一个头衔"——"骑士约翰·福斯塔夫"②。他以和上层交往来显示自己的体面,不仅能直接和亨利王说话,尤其交了亲王这样一个有地位和前途的人做朋友。他相信亲王也许能圆他的骑士梦,因为太子是储君。当亲王为他圆谎说:"约翰兄弟,来吧!把你那件东西勇敢地负在你的背上吧;拿我自己来说,要是一句谎话可以使你得到荣誉,我是很愿意用最巧妙的字句替你装点门面的"时,福斯塔夫要恢复昔日骑士的荣耀的旧梦被唤醒了,他也说过这样的话:"……给我重赏的人,愿上帝也重赏他!要是我做起大人物来,我一定要把身体长得瘦一点儿;因为我要痛改前非,不再喝酒,像一个贵人一般过着清清白白的生活。"③ 这句话足以说明他还是想回归光环熠熠的真正的骑士生活中去。但福斯塔夫也明白自己的角色,他自嘲:"各式各样的人都把嘲笑我当做一件得意的事情;这一个愚蠢的泥块——人类——虽然长着一颗脑袋,除了我所制造的笑料和在我身上制造的笑料以外,却再也想不出什么别的笑话来;我不但自己聪明,并且还把我的聪明借给别人。"④ 亲王也清楚像福斯塔这样五毒俱全的人是社会的渣滓,只会给社会带来灾难,是社会的不安因素,因此,亲王继位成了亨利五世后,重用了当年因和福斯塔夫在一起胡闹被侮辱甚至要把自己送进监狱的大法官,并让大法官把满怀希望能得到爵位的福斯塔夫关进弗利特监狱,同时把福斯塔夫的同伙全部抓起来。

三

奥布隆斯基和福斯塔夫这两个成功的角色尽管活动的范围广阔,尽

---

① 《莎士比亚历史剧选》,朱生豪译,人民文学出版社2001年版,第224—225页。
② 同上书,第219页。
③ 同上书,第184页。
④ 同上书,第199页。

管都是没落贵族的典型,尽管他们也都是社会转型时期的人物,但由于时代不同,具体的社会背景不同,作家不同,这两个人物也存在很大差异。

首先,两个形象所反映的社会生活不同。《安娜·卡列宁娜》描写的是俄罗斯19世纪70年代的社会生活。当时俄国社会正处于"一切都已颠倒过来,而且刚刚开始形成"①的急剧变动时期。"一切都已颠倒过来"指的是农奴制改革后俄国社会翻天覆地的变化。与农奴制以及与之相适应的整个旧秩序完全变了。而"刚刚开始形成"的东西就是新出现的资本主义。也就是说,俄国正处于封建主义和资本主义交替的时期。封建贵族日薄西山,而新型的资产阶级却旭日东升。奥布隆斯基公爵的没落与封建贵族的日薄西山是相适应的,他的没落反映了整个贵族阶级的没落。加之奥布隆斯基属于上层贵族,因此他所反映的社会生活偏重于贵族上层社会,且由于其社会关系的广泛使其所反映的社会生活也更广泛、深入。

《亨利四世》出现在伊丽莎白女王统治的盛年,是英国历史上的黄金时代。1588年英国海军打败了西班牙的"无敌舰队",取得了海上的霸权,这使得民族情绪高涨,同时为资本主义发展打开海外市场,促使商品流通、贸易发展;伊丽莎白执政时,为了提高生产力,促进国内工农业的发展,取消了旧贵族的特权,把很大一部分土地从教会手中夺过来分给农民,促进了英国农业的发展。历史上的亨利四世在位的14年(1399—1413)可以说是一个乱世,谋反与叛乱始终没有停止过;作为储君的亲王不务正业,整天混迹于下层贱民之中,胡作非为,危害社会。这两件事无疑是亨利四世最为忧心忡忡的事。而历史剧《亨利四世》所提出的问题为当时的英国急需解决的问题提供了历史的借鉴。剧本一方面通过描写亨利王平定北方贵族的叛乱来表现和平统一的思想;另一方面描写太子同福斯塔夫从密切交往到终于断绝关系的过程,从而反映了一个英明君主的成长过程。福斯塔夫就是这样一个处于资本原始积累时期的破落贵族形象。福斯塔夫是下层贵族,尽管他也和上层贵族有接触,但作为一个破落的下层骑士,他接触最多的是社会的底层,也就是恩格

---

① 《列夫·托尔斯泰文集》第九卷,人民文学出版社2000年版,第427页。

斯所说的"五光十色的平民社会"。至于上流社会各个阶层的生活，则反映得不多。

奥布隆斯基和福斯塔夫是两种不同层次的贵族，他们有着本质的区别。奥布隆斯基毕竟是留里克王朝皇室的后裔，他从小所接触的人物都是贵族上层社会的人物，他耳闻目染的是上层贵族生活的方方面面，他受过高等教育，并且这种教育是典型的贵族教育。他和福斯塔夫可以说是两类完全不同的贵族。因此，尽管他们都是没落的，但他绝不可能像福斯塔夫那样堕落成一个没有任何道德和贵族的荣誉感的五毒俱全的社会渣滓。奥布隆斯基身上不仅找不到福斯塔夫那种恶魔式的东西，相反还具有不少美德，如富有同情心，有一定的正义感，有时也能一针见血地指出问题的实质，不"自欺欺人""善良开朗""无可怀疑的诚实""对别人极度宽容""对一切人都平等看待"等。

福斯塔夫是一个破落的下层贵族——骑士，正如他到处显耀的——"骑士约翰·福斯塔夫"。因此，在他身上带有浓厚的封建寄生虫的生活特点：好吃懒做，贪杯好色，为了满足生理上的快感，不惜吹牛、撒谎、欺骗，甚至偷盗、抢劫。他是军人，却缺少一个封建骑士起码的荣誉观念和牺牲精神，在战场上躺下装死。另一方面，他是生活在从封建社会向近代市民社会过渡的时期的人物，但不仅没有当时那些新兴市民阶级的进取心和冒险精神，反而染上了他们自私自利、纵情享乐，不顾任何道德的恶习。他除了给人增添笑料以外没有什么可取的东西。加之他生活在一个战争不断的乱世，没有接受过多少教育，也没有得到多少贵族精神气质的熏陶。且整天和社会上的地痞流氓及黑社会的人混迹在一起，活动的场所又是下等酒店、贼窟和荒郊野岭，这一切都使得福斯塔夫只能成为一个没有任何道德底线和贵族荣誉感的、自私自利的、五毒俱全的坏蛋。至于奥布隆斯基身上那些好的品质，在福斯塔夫身上是打着灯笼也找不到的。

不仅如此，就连外表上，奥布隆斯基与福斯塔夫也形成了鲜明的对比。奥布隆斯基有着"漂亮的开朗的容貌""闪耀的眼睛，乌黑的头发和眉毛""又红又白的面孔"，这些使得"遇见他的人们"就会产生"亲切和愉快的生理的效果"。而福斯塔夫却"痴肥臃肿"、满身"脂油"、又有梅毒，肮脏、下流、龌龊得令人一见就要发呕。

尽管如此，福斯塔夫这个形象却成了人们非常喜爱的角色。他喜剧性格所形成的感染力不可抵挡。这个形象不仅征服了当时的观众：据流传下来有关的记载说："只消福斯塔夫一出场，整个剧场就挤满了人，再没有你容身的地方。"① 福斯塔夫甚至成了当时人们日常谈话的一个热点；同时也征服了后世的观众。美国莎士比亚研究家说："在多数读者的眼里，福斯塔夫的幽默感补偿了他的一切过错。他是一个笑哈哈的哲学家，也是一个最好的例子，说明一个至心灵的丑角怎样能达到诗意的境界。"②人们往往用审美判断代替了道德判断。

两个形象的不同与作家的创作个性分不开。列夫·托尔斯泰本身是伯爵，和上层社会有联系密切，但他又长期生活在农村，这就使得他有机会接触广大俄罗斯的下层，加之他喜欢探索，这使他对整个社会有深入的了解。他不仅是最清醒的现实主义作家，更是一个十分严肃的现实主义的作家，了解社会上各式各样的人。他笔下的人物来源于生活，他塑造的人物形象都有现实生活中真实的人的影子，达到惊人的真实。正如英国作家高尔斯华绥所评价的："托尔斯泰从来没有塑造过比斯捷潘·阿尔卡季耶维奇的形象更真实、更光彩夺目的形象了，这是当时俄国上流社会人物的完备的典型，本书序言作者很熟悉这一类人物。"③ 列夫·托尔斯泰与莎士比亚不同的是他绝不会为了迎合读者的欣赏口味而违背现实生活的原则。因此他塑造的奥布隆斯基成了"当时俄国上流社会人物的完备的典型"，成了人们非常熟悉的一类人。

莎士比亚当然也是现实主义作家，他创作的一个很突出的特点，就是他的剧作中都有喜剧色彩，哪怕是悲剧中也不乏喜剧的东西。这是与当时人们的欣赏习惯和审美要求相符合的。尤其是他创作历史剧的时代，正是英国伊丽莎白女王统治的全盛时期，被认为是英国历史上的黄金时代。莎士比亚在这样的形势下创作，看不到潜伏着的社会矛盾，所看到的是高涨的民族情绪，因此，他的历史剧中充满了人文主义理想，其乐观、明朗的基调，和当时新兴资产阶级愉快乐观的审美情趣是合拍的。

---

① 《莎士比亚历史剧选》，朱生豪译，人民文学出版社 2001 年版，第 4 页。
② 同上书，第 5 页。
③ 《欧美作家论列夫·托尔斯泰》，中国社会科学出版社 1983 年版，第 184 页。

福斯塔夫这个喜剧形象也迎合了当时人们的审美需求。莎士比亚本人出身于下层，他是通过自己不断地打拼和努力才登上英国剧坛的。他经常和三教九流的各色人物打交道，尤其是社会底层的人。加之莎士比亚创作的题材多是从历史或传说中获取，尤其是历史剧，以现实生活为题材的东西几乎没有。这就决定了他所塑造的人物在现实性方面不如列夫·托尔斯泰笔下的人物。托尔斯泰对莎士比亚的否定与此不无关系。

第七章

《安娜·卡列宁娜》评论综述

一 俄国评论界对《安娜·卡列宁娜》的研究评论

《安娜·卡列尼娜》最后的完稿时间是1877年，然而，当作品1875年1月首次在《俄罗斯通报》上出现时，就引发了强烈的反响和争议。宫廷女官——托尔斯泰的堂姑母亚·安·托尔斯泰娅曾写道："《安娜·卡列尼娜》的每个篇章都轰动了整个社会，引起了没完没了的争论，毁誉参半，褒贬不一。似乎议论的是他们的切身问题一样。"[①] 人们关注小说情节的进展就如当年巴黎人关注《巴黎的秘密》的情节进展一样。最典型的例子是莫斯科有的夫人为此派仆人寻找该小说印刷厂的排字工人来打听书中人物的命运。甚至有的人竟然以安娜为自己的楷模，如总检察长波斯别多斯采夫的夫人不仅坦率表示自己爱慕安娜，而且在行动上也模仿安娜。她说："我为自己缝制了与安娜·卡列尼娜一样的连衣裙……穿上黑色袒胸露背的礼服，也在胸前别一束三色堇，驱车来到剧院，进入包厢。在场的人发现我酷似安娜·卡列尼娜。这使我感到十分得意……我还订制了小说中所描述的其他各种衣服……很可能因此而流传出一种说法，说托尔斯泰是以我为原型，塑造了安娜·卡列尼娜的形象，以我的丈夫为原型塑造了卡列宁。虽然我们之间没有任何共同之处。"[②] 人们在各种场合，甚至通信中也在议论这部作品。作家本人一时也成了不少妇女们的精神导师，她们来信求他心灵上的帮助，如一位妇女的信中写道："我代表那些处境与我相同的妇女，请求您帮助我。如果

[①] 《〈安娜·卡列尼娜〉130年的沧桑》，《世界文化》2006年第1期，第10页。
[②] 同上。

丈夫另有所爱，寻花问柳，那么做妻子的该怎么办？有没有道义上的权利带着孩子离开丈夫？抑或为了孩子就该忍辱负重，逆来顺受？难道孩子的社会地位和物质福利必须以做母亲的个人屈辱为代价？伯爵大人，请赐教，我的丈夫地位显赫，可是这样的生活我无法再过下去。"① 人们已不把女主人公安娜看作一个文学作品中的虚构人物，而是当时俄罗斯社会中一个真实的上流社会贵族妇女。

与此同时，在小说连载的两年半的时间里，《安娜·卡列宁娜》也成了当时俄罗斯的报刊上的热门话题。不少评论家从作品中感受到了托尔斯泰独特的艺术魅力，认为这部小说的艺术描写超过了作家以前的作品。其中特别是人物形象的塑造、结构及作家的观点等方面。但对小说的思想倾向和艺术性的理解方面存在很大分歧。小说出版后，分歧更明显。下面就俄罗斯有影响的评论家的相关评论简介如下：

弗谢沃洛夫·索洛维约夫认为安娜是令人讨厌的，但托尔斯泰却肯定了安娜。他说："安娜是有点可怜和令人生厌、极不好的妇女，因此，以后的场面更令人惊奇，作家在其中想美化同一个安娜的堕落，所有的安娜·卡列尼娜都将为这个漂亮的场面感谢作家。"②

彼·尼·特卡乔夫对作品和作家持否定态度。他把小说看作"最新的贵族风流韵事史诗"，认为"这类作品的出现实际上是道德堕落的标志，因此写这类作品的托尔斯泰无疑就堕落到"恰恰属于为降低社会道德水准推波助澜的作家之列③。"

瓦·格·阿夫谢延科是一个保守阵营的作家，他认为《安娜·卡列宁娜》是反对妇女解放的。因为他本人就曾利用长篇小说"攻击一切拥护妇女解放的人"。

П. Д. 波勃雷金在概括《安娜·卡列宁娜》的社会影响时说："这部小说的内容和基调不受当时读者的先进阶层的喜欢。"④

屠格涅夫开始对《安娜·卡列宁娜》是持否定态度的，他 1875 年 3

---

① 《〈安娜·卡列尼娜〉130 年的沧桑》，《世界文化》2006 年第 1 期，第 10 页。
② 古谢夫：《列夫·尼古拉耶维奇·托尔斯泰 1870—1881 年传记材料》俄文版，1963 年，第 375 页。
③ 同上书，第 382 页。
④ 《俄国托尔斯泰研究简论》，《托尔斯泰研究论文集》，上海译文出版社 1983 年版。

月 13 日给 Я. 波隆斯基的信中写道:"我不喜欢《安娜·卡列尼娜》,尽管偶尔有几页确实出色(赛马,刈草,打猎)。但是这一切都是酸溜溜的,散发着一股莫斯科、敬畏神祇、老处女、斯拉夫主义、贵族主义等等的气味。"① 但 1877 年他读完整部小说后却给作品予以极高的评价:"托尔斯泰伯爵不仅是当今俄罗斯而且也是全世界首屈一指的作家。它的某些篇章,譬如安娜·卡列尼娜与儿子见面的场景写得太好了! 一个问题总困扰着我:怎么会写得这样好?"②

涅克拉索夫认为小说对安娜的觉醒、她与弗龙斯基的婚外恋及为了个人的爱情幸福而不顾儿子等是否定的。

E. Л. 马尔科夫认为《安娜·卡列宁娜》的总体倾向是讽刺一切。他写道:"安娜本身——这是对自由和真诚的爱情的讽刺;列文——是对经济的和社会的理想的讽刺;卡列宁,丈夫——是对国家机关任务的讽刺;柯兹内雪夫和其他次要人物——是对学问的讽刺。在托尔斯泰伯爵的长篇小说里有些章节是用来讽刺地方机构,讽刺大学生,讽刺慈善团体的。"③

陀斯妥耶夫斯基认为托尔斯泰既把安娜定为罪人,但作家"不会不人道地把一个不幸的堕落的罪犯定罪,说她蔑视了甚至有意识地抗拒了那早就指明了的结局"。"甚至没有最终裁判者,然而有一个人,他在说:'伸冤在我,我必报应'。只有他一个人知道这个世界的一切秘密和人的最终命运。"应该说,陀氏的解释大体上和托尔斯泰的本意相符。作家在《安娜·卡列宁娜》发表后给作品予以高度评价,称《安娜·卡列宁娜》"是一部尽善尽美的艺术杰作",他写道:在这部长篇小说里,"所有我们俄国现有的一切政治的和社会的问题都集中在一个焦点上了"。"当代欧洲文学中没有一部可以与之媲美的作品。"④

以上不难看出,在《安娜·卡列宁娜》连载期间,多数评论家都认

---

① 古谢夫:《列夫·尼古拉耶维奇·托尔斯泰 1870—1881 年传记材料》俄文版,1963 年,第 404 页。

② 《〈安娜·卡列尼娜〉130 年的沧桑》,《世界文化》2006 年第 1 期,第 10 页。

③ 古谢夫:《列夫·尼古拉耶维奇·托尔斯泰 1870—1881 年传记材料》俄文版,1963 年,第 404—405 页。

④ 《俄国作家、批评家论列夫·托尔斯泰》,中国社会科学出版社 1982 年版,第 5 页。

为作品所表现的妇女观是保守的，托尔斯泰对安娜的爱情追求是否定的。

1877年小说第一版一经发表，就引起了"一场真正的社会大爆炸"，引起了社会的"跷足"关注及没完没了的"议论、推崇、非难和争吵，仿佛事情关涉到每个人最切身的问题"。评论家们从小说的最后一部，即第八部中找到了理解作品思想性钥匙。有了这把钥匙，就能从具体的艺术描写中看到作品所体现的作家的思想倾向。这时的评论家们对作品，包括对安娜形象的评论大多是肯定的。下面介绍几个著名的评论家的评论：

斯特拉霍夫是托尔斯泰的好友，他的评论有特殊意义，这是因为他不仅妇女观和托尔斯泰基本相同，而且在《安娜·卡列宁娜》的创作中保持着和托尔斯泰的密切联系。当他看完小说的底稿后，写信给托尔斯泰："……对我说来，激情的内心历史是主要问题并说明一切。安娜怀着自私的念头杀死了自己，一切都是为了自己的那个激情；这是不可避免的结局，是那个从一开始就确定的趋势的合乎逻辑的结论。"①

1875年1月1日，在小说正式发表之前，他给托尔斯泰的信中写道："卡列尼娜的心灵是这样的敏感和美好，等待着她的命运的最初暴露、第一批征兆研究不是她所能改变得了的。她全身心沉溺在一个愿望之中——她向恶魔屈服了，她走上了绝路。您笔下的激情的这种展现具有无限的独创性。您既不把它理想化，也不贬低它。您是唯一公正的人，所以您的安娜·卡列尼娜会赢得对她无限的怜香惜玉之情，但是任何人都将很明白，她犯了错误。"②

1877年5月7日，看完安娜自杀的几章后，他又写信给托尔斯泰："……您剥夺了三年前我在您书房里体验到的和现在期待着的感动。您毫无恻隐之心；在安娜死的那时刻里您也不宽恕她，在最后一瞬间之前，她的残忍和凶狠在增长，我觉得您删去了一些表明她心肠变软和可怜自己的地方。因此我没有大哭一场，而是陷入沉思之中。是啊，这比我想象的更正确，这非常正确，——同时又更可怕！"③ 1877年9月8日，看

---

① 艾亨巴乌姆：《列夫·托尔斯泰七十年代》1956年，俄文版，1974年，第157页。
② 同上书，第156—157页。
③ 古谢夫：《列夫·尼古拉耶维奇·托尔斯泰1870—1881年传记材料》，1963年，第321页。

完小说单行本的校样后，他再次写信给托尔斯泰谈安娜之死的问题："所有的人都觉察到，您不想停留在卡列尼娜之死上。您对我说过，您讨厌同那些在这里会引起的怜香惜玉之情纠缠。我至今尚不理解支配着您的那种感情。或许我会领悟过来，但请你帮助我吧。这死的场面的最后一稿冷酷得可怕。"① 托尔斯泰对他的意见很重视，他在给斯特拉霍夫的信中写道："您对我小说的评论是对的，但不是全部……在您说这个的时候，我知道，这是可能说的一个真理。如果我想用语言来说出我指望用小说表达的一切，那么，我一定得从头写部已写过的那样一部小说。"② 但托尔斯泰并未改变安娜之死的文字。

费特对《安娜·卡列宁娜》的看法和斯特拉霍夫大体上是一致的。他在一篇论文的开头写道："安娜美丽、聪敏、有教养、迷人和丰满。既然谁都可以把帽子扔过磨坊（通奸）而不受惩罚，毫无疑问，她也亦然。但是在这种情况下，托尔斯泰伯爵在摆出一切有利条件的同时，既不故意也不近视地回避任何一个对已婚妇女非常不利的条件。卡列尼娜有一个儿子，这就足以把她的妇女解放引向荒谬。安娜是这样的聪敏、真诚和完整，以至于了解她的行为给她带来的全部虚伪，全部心灵不可逆转地谴责自己整个不可能的生活。无论回到过去的生活上去，无论是继续这样生活下去——都不可能。"③

格罗梅卡是托尔斯泰的朋友，他在评长篇小说《安娜·卡列宁娜》第二章中写道："不错，渴望幸福并善于在别人身上激起这种渴望的特点是安娜性格的基础。活跃的和优美高尚的激情是她的主要特征。不是责任，不是思想，不是崇高感情的复杂趣味、不是孜孜不息的智慧和不安的冲动，这些都不是构成安娜道德品格的基础。安娜具有古典人体雕塑那样完美匀称的迷人的外表，整个儿是激情的化身……她表面上属于上流社会，她娴雅大方，仪态优美，绰约自如……但上流社会的空虚对于她是格格不入的。不过以美的感受为基础的性格的热情，比之仪态优美、

---

① 古谢夫：《列夫·尼古拉耶维奇·托尔斯泰 1870—1881 年传记材料》，1963 年，第 329 页。
② 《托尔斯泰全集》（百年纪念版）第 62 卷，第 268 页。
③ 古谢夫：《列夫·尼古拉耶维奇·托尔斯泰 1870—1881 年传记材料》，1963 年，第 408 页。

同情心，真诚和天性的娴雅等复杂而又迷人的一切特色仍然占有主要地位……安娜无非是一个充满激情的妇女，她仅仅为爱情而生，不惜为它牺牲家庭、社会地位、甚至于生命本身。她始终如一，坚贞不移……但她性格的激情同时也是她的弱点，她生命脆弱的根源。她是自己激情的牺牲品，因为它不自觉地破坏了人类共同生活和道德的无可争议的准则。"[①] 他把安娜和多莉进行的对比："解决家庭幸福和痛苦问题的小说女主人公，不是光彩照人的安娜，不是娇媚的吉提，而是外表平常、对大多数人毫无魅力的道丽。她与丈夫一起生活是不幸的，但她是对的，她的正确使她以另一种的、最好的幸福而幸福。"[②] 格罗梅卡有较高的文学修养，加之他和托尔斯泰思想有相通之处，因此他的评论较为准确，得到托尔斯泰的高度评价。

从 19 世纪 90 年代到苏联解体前，《安娜·卡列宁娜》的研究从更深更广的方面发展。各种各样的评论家都加入了对托尔斯泰及其作品的研究评论队伍。现就比较重要的评论家及其主要观点介绍如下：

谢·米·斯捷普尼亚克·克拉夫钦斯基是个革命家，他能较为准确地把握小说的对比结构，并指出"整部长篇小说都是说教"。他说："这部长篇小说'带有思想'，而道德却表现为两个方面：否定方面——伏伦斯基和安娜之间的不合法关系，故事以女方的自杀和她的不幸的同谋者的出走而告终，肯定方面——列文夫妇的故事。……吉提是一位出色的家庭主妇和保姆。可是列文既没有得到满足，也没有得到安宁……解决的办法仿佛就是把傲然孤立的个体消溶到人民中间……同这对模范夫妻相平行，又给我们介绍了另外几对，这些人不但不力求领悟崇高的道德真理，反而破坏公认的道德准则——或者像安娜同渥伦斯基那样堂而皇之——或者像奥布浪斯基和别的许多人那样偷偷摸摸。他们的反面例子应该阐明列文及其妻子的正面所体现的同一个道德。整部长篇小说都是

[①] 《俄国作家批评家论列夫·托尔斯泰》，中国社会科学出版社 1982 年版，第 121—122 页。

[②] 格罗梅卡：《论列·尼·托尔斯泰评长篇小说〈安娜·卡列尼娜〉》俄文版，1893 年，第 57 页。

说教。"①

　　魏列萨耶夫是作家、评论家，其思想倾向民主主义。他有关《安娜·卡列宁娜》的卷首题词，说过这样的话："看来，托尔斯泰也想以自己的小说为安娜制造这样的一辆囚车。安娜背叛了自己的丈夫，抛弃了儿子，成为一个'堕落的女人'。无论是新的爱情，还是离婚，都无法抹掉她身上不干净的印记。"②魏列萨耶夫曾把自己对题词的解读讲给托尔斯泰的大女婿苏霍金听，并希望得到托尔斯泰本人对题词的看法。结果，托尔斯泰否定了魏列萨耶夫的看法。这段话是在引述格里戈罗维奇回忆年轻的托尔斯泰在别人对乔治·桑的新小说都称赞时"宣布自己非常不喜欢她，并且说，她小说中的女主人公，如果现实生活中真的存在的话，那么为了教育大家，应该把她们绑在囚车上，在彼得堡游街示众"③后接着讲的。

　　卢那察尔斯基是很有艺术修养的马克思主义评论家，他能清楚地看出安娜这个形象的客观效果和托尔斯泰主观意图之间的矛盾。他在题为《托尔斯泰与我们现代》的文章中写道："托尔斯泰在《安娜·卡列尼娜》第一页上写着'伸冤在我，我必报应。'这证明托尔斯泰是把安娜·卡列尼娜当作罪犯看待的。这正是全篇故事的宗旨。"接着他又指出"……吉提·谢尔巴茨卡娅也爱羡安娜·卡列尼娜，而且小说的全体读者都常常爱羡她，因为女性的生命力以及她对爱情、自由和幸福的冲动如此强大，它们抓住我们的心，使我们折服了。托尔斯泰说，这是罪过。……假如你是妻子，你就应该干你那份乏味的工作；假如你有子女，你就必须尽你为母者的责任，你没有权利改变自己的命运，要求改变是自私和罪过"。他认为托尔斯泰之所以这么做的原因是因为"七十年代写《安娜·卡列尼娜》的时候，他把贵族描绘成一个瓦解中的阶级。贵族已不再兴旺了。他们心中充满着各种欲念。这已经不是以前存在的那朵香花，而是惶恐、罪过，而是部分地放弃本阶级的阵地"④。

----

①《俄国作家批评家论列夫·托尔斯泰》，中国社会科学出版社1982年版，第166—167页。
② 同上书，第237页。
③ 同上。
④ 同上书，第327—328页。

古德济是苏联通讯院士,他20世纪40年代末发表的专著《托尔斯泰评传》中,也认为托尔斯泰对安娜的追求是持否定态度的。

50年代后,苏联出现了一系列研究《安娜·卡列宁娜》的专著,如布尔索夫的《长篇小说〈安娜·卡列尼娜〉》(1955)、日丹诺夫的《〈安娜·卡列尼娜〉创作过程》(1956)、库普列雅诺娃的《长篇小说〈安娜·卡列尼娜〉》(1960)、古谢夫的《长篇小说〈安娜·卡列尼娜〉》(1963)等。

日丹诺夫指出:在小说创作过程中,"安娜·卡列尼娜的形象经过复杂而相反的变化,从一个破坏社会法规的罪人,变成高出于具体社会环境的妇女"。他认为托尔斯泰对安娜的追求是既同情又否定的。他写道:"托尔斯泰怀着特殊的热情写了一个破坏道德法则的妇女的精神痛苦,在托尔斯泰的叙述里不仅流露出怜悯的情调,而且也震响着愤怒的声音。"在写到安娜在与多莉私下谈话中表示不愿再生孩子这个细节时,日丹诺夫写道:"对于长篇小说的作者说来,这是妇女的重大天职之一,违背妇女的天职,托尔斯泰在任何情况下都不能认为是正确的。安娜的坦白预示了对她的判决。……一个妇女,拒绝了自己的天职,必然投身到原非她的天性所固有的活动中去,为她所不熟悉的人们所包围。这样的题旨,几经修改,从第一章草稿一直贯穿到第七部定稿。"[1]

日丹诺夫指出列文是托尔斯泰自传性的人物。他写道:"列文形象里,渗入托尔斯泰许多日夜思虑的想法。列文的生活道路反映了托尔斯泰本人的探索。在尾声里,极其准确地写出在列文身上开始出现的危机,小说有关的几页,可以作为《忏悔录》的第一个草案来研究。尽管小说终局没有这样突出强调宗教教义。"[2]

艾亨巴乌姆对安娜和弗龙斯基是否定的。他说:"他们两人所过的不是真正的生活,因为所遵循的只是被狭隘理解的'意志'——愿望,不像列文那样思考生活的意义。从这个意义上说,他们不是真正的人,而

---

[1] 日丹诺夫:《安娜·卡列尼娜的创作过程》,内蒙古人民出版社1980年版,第90—91页。

[2] 同上书,第125页。

是自己的激情、自己的利己主义的奴隶。"①

库普列雅诺娃也认为托尔斯泰对安娜是持否定态度的。她指出，画家米哈伊洛夫在为安娜画的那副肖像画中所体现的"肉体生活"和"精神生活"之间的对照是"与托尔斯泰长篇小说的思想哲学中心相吻合"的。"安娜·卡列尼娜和康斯坦丁·列文在托尔斯泰笔下根本不是真理探索的两种不同处理，而是一对对立物。列文意识到自己的、完全舒适的、周围的生活的毫无意义而寻求生活的含义。安娜也看到满足于追求自己个人的、说到底是'肉欲的'幸福的坎坷生活的全部含义，并成为被它'欺骗'的牺牲品。"她得出结论："安娜不是理想的和否定的形象，而是深刻的悲剧形象。"②

古谢夫曾给托尔斯泰当过两年秘书，无疑受托尔斯泰影响很大，因此他的研究有特殊意义。他以托尔斯泰的传记材料为基础，写了《长篇小说〈安娜·卡列尼娜〉创作史的基本方面》。他认为安娜的形象是托尔斯泰家庭思想的"反面体现"。③

皮林斯基从家族的角度对安娜进行分析，颇有新意。他在论文《安娜·卡列尼娜》中指出："安娜不但是斯蒂瓦的妹妹，而且属于同一个'种'和'血统'。因此，在许多地方几乎是命中注定安娜达不到高尚的道德'真理'。"④ 斯蒂瓦是一个到处拈花惹草的花花公子，安娜是他的妹妹，当然和他有着同样的基因。

乌斯宾斯基在《论〈安娜·卡列尼娜〉》中，列举了安娜种种优点后得出结论："《安娜·卡列尼娜》和莎士比亚、巴尔扎克、歌德等的创作一同成为爱情伟大力量之不朽的歌颂。"⑤ 他把许多托尔斯泰所否定的东西当作作家肯定的东西，实在是对作品极大的误解。

叶尔米洛夫一方面不同意乌斯宾斯基把安娜抬得太高，但有的地方他自己却比乌斯宾斯基有过之而无不及。如他认为，"在与卡列宁决裂之

---

① 《列夫·托尔斯泰比较研究》，华东师大出版社1989年版，第329页。
② 同上书，第329—330页。
③ 古谢夫：《列夫·尼古拉耶维奇·托尔斯泰1870—1881年传记材料》，1963年，第322页。
④ 皮林斯基：《论列·尼·托尔斯泰的创作》，俄文版，1959年，第309页。
⑤ 《列夫·托尔斯泰比较研究》，华东师大出版社1989年版，第332页。

后，安娜不是沉睡了，而是为生活、为幸福、为爱一切人、爱整个世界而觉醒了"；"在安娜形象中，在整个人身上，最主要的是同娜塔莎·罗斯托娃一样，对安娜说来，她以看到一切人幸福而幸福"；"她想以自己的爱拥抱全世界"。为了抬高安娜形象，他甚至认为托尔斯泰在作品中贬低多莉。他写道："在小说中，安娜的诗意般境界对于吉提是不可企及的而在小说的别的文稿中开门见山地说：'见到安娜，吉提（基蒂）渺小'，'道丽（多莉）也渺小'。"① 这些当然是与作品不符，更与托尔斯泰的创作意图背道而驰的。安娜的母爱，无疑是作品最感人的地方。安娜探子一节，是小说的精华，但叶尔米洛夫却没有理解这节艺术描写的真实含义。事实上，托尔斯泰越是渲染安娜的母爱，就越否定她母爱以外的一切感情。实际上，连安娜自己也否定其爱谢廖沙超过爱其他一切。如从莫斯科回来看到欢喜若狂地奔向她的儿子，"儿子也像丈夫一样，在安娜心里引起了一种近乎扫兴的感觉……"② 本来见到和她生活了 8 年而又从来没有分别过那么久的儿子她也应该像儿子那样欢喜若狂，但安娜却没有那样。儿子在安娜心目中地位已被只见过几面的弗龙斯基取代了。安娜和弗龙斯基在意大利度蜜月，一度感到"不可饶恕地幸福"。"就是和她的爱子离开，在最初的日子里，也并没有使她痛苦。小女孩——他的孩子——是这么可爱，而且因为这是留给她的唯一的孩子，所以安娜是那样疼爱她，以致她很少想她的儿子。"③ 只是她和弗龙斯基发生矛盾，尤其是感情的问题时，儿子的形象才会出现在她脑海里。这一点，安娜自己也是承认的。她自杀前去火车站的路上是这样总结自己对儿子的感情的："我也以为我很爱他，而且因为自己对他的爱而感动。但是没有他我还是活着，抛掉了他来换别人的爱，而且只要另外那个人的爱情能满足我的时候，我并不后悔发生这种变化。"④

贝奇科夫的《托尔斯泰评传》对我国 20 世纪 60—70 年代的读者影响较大，他主要从阶级和社会学的角度对作品进行了较为全面的分析。

---

① 《列夫·托尔斯泰比较研究》，华东师大出版社 1989 年版，第 332—333 页。
② 《列夫·托尔斯泰文集》第九卷，人民文学出版社 2000 年版，第 140 页。
③ 《列夫·托尔斯泰文集》第十卷，人民文学出版社 2000 年版，第 604 页。
④ 同上书，第 990 页。

他写道：托尔斯泰"一反他原来想要惩罚安娜，把她刻画成一个破坏家庭的妇女的思想，他最后反而为她辩护，表明有罪的乃是那种剥夺妇女的人类权利、使她精神上遭受奴役的制度本身①。"这很明显是说托尔斯泰在为安娜的行为辩护，当然不符合托尔斯泰的本意。但他又写道："当然，托尔斯泰这样做的时候，他的笔下还同时混进了许多他自己的、纯粹托尔斯泰式的东西……安娜的形象和她悲惨的命运深深地激动着苏联读者，他们愈是同情她追求巨大的人类幸福的冲动，就愈是强烈憎恨摧残真正的人性的资产阶级私有制社会。"②

贝奇科夫还在专著中介绍了有关《安娜·卡列宁娜》结构方面的分歧。

还有个叫阿尔坚斯的评论家，他理论上承认"托尔斯泰本人对待家庭和婚姻的思想是严格的和苛刻的"，但在具体的评论中却又认为"托尔斯泰喜爱、珍视并理解自己的女主人公。无论是《战争与和平》中的娜塔莎·罗斯托娃，无论是小说中的安娜·卡列尼娜——都是她喜爱的人物"。他认为"有些论安娜的文学评论和教科书对《安娜·卡列尼娜》的评价，它们断言，托尔斯泰（最伟大的人道主义者！）'惩罚'自己的女主人公的'背叛'，破坏他所蔑视的'社会'的生活和道德法则的规范……他扮演着某个报复者的角色而把她'投入'货车轮子底下"。这是对"托尔斯泰的整部小说骇人听闻的歪曲"。③

赫拉普钦科是苏联著名的文艺理论家，他对《安娜·卡列宁娜》的评论有自己独到的见解。他在专著《艺术家托尔斯泰》中对《安娜·卡列尼娜》从创作过程到艺术特色等方面做了较为全面的分析。他认为："安娜不但心灵高尚，而且还有着敏锐的智慧，崇高的精神需要。同时安娜的丰富的感情使他看到了生活及其真正的本质。正是这种感情使她看清楚了许多人的本来面目。"④他认为安娜的悲剧主要是因为儿子。他说："强烈的情感的力量，对丈夫的极端的仇恨，使得安娜有时低估了构成她

---

① 贝奇科夫：《托尔斯泰评传》，人民文学出版社1959年版，第345页。
② 同上。
③ 阿尔坚斯：《列·尼·托尔斯泰的创作》俄文版，1962年，第347—354页。
④ 赫拉普钦科：《艺术家托尔斯泰》，上海译文出版社1987年版，第190页。

处境的真正悲剧的东西的意义。这个悲剧就是她所热爱的儿子的命运。虽然有时安娜为了爱伏伦斯基愿意牺牲一切,但她在心灵深处知道,尽管她的感情非常强烈,她不能,也无法抛弃儿子。她在不安地沉思时,经常想起儿子。安娜承认:'……没有儿子,即使同我所爱的那个人在一起,我也不能生活……'这种确信在女主人公遭到命运的严峻考验时,变得更加坚定。"①

关于小说的题词,赫拉普钦科认为:"这个题词常常被解释为托尔斯泰对女主人公和她对人们的态度所作的否定的评价的直接证明……这个题词是在小说写作的初期阶段出现的……毁灭的女主人公又是一切不幸的罪魁祸首时,这个题词无疑首先是针对她的。托尔斯泰认为她破坏了善的永恒规律,破坏了人和神的法则,而她得到的报应是内心空虚,走投无路和意识到自己必遭毁灭。小说内容发生根本改变以后,不但题词的一般意义变了,而且它与故事的联系也变了……这个题词已不能'安到'小说的主要人物的形象上了……"②

最后他指出:"小说里对于道德观念的具体化与现实生活的复杂过程的揭示并不是对立的……但这并不排除在主人公生活命运的描写与小说题词中独特地反映出来的某些道德观念之间存在着一定的矛盾。"③

古德济是托尔斯泰的研究专家,他认为安娜悲剧的根源在于她不可遏制的情欲。他在1949年出版的《托尔斯泰评传》中写道:"蹂躏一切并使一切化为灰烬的情欲,既不能给自己找到一条造福广大人群的出路,又不能在家庭关系的感情中感到满足,因而在自身之内隐藏着不幸的结局。它的主题在托尔斯泰的创作和观点中都占有一个重要的地位。情欲的爱是被封锁在自身之中的,它转变成了一种'悲惨的决斗',在托尔斯泰看来,也就是这样情欲的爱把安娜·卡列尼娜引到了毁灭的地步。"④

另一个托尔斯泰研究家谢毕列娃和古德济持不同的观点,她在自己的专著《列夫·尼古拉耶维奇·托尔斯泰》中写道:"对安娜说来,爱情

---

① 赫拉普钦科:《艺术家托尔斯泰》,上海译文出版社1987年版,第194—195页。
② 同上书,第202—203页。
③ 同上书,第204页。
④ 古德济:《托尔斯泰评传》,朱笄译,时代出版社1953年版,第105页。

意味着巨大的、真正的人类幸福的欲望。对于自己的幸福，不愧为人的生活，摆脱欺骗、作假、上流社会的虚伪礼教的权利的意识，随着安娜对弗龙斯基的爱情一起觉醒和成长。在这爱情中她找到了摆脱玷辱和窒息她真诚、正直天性的上流社会生活的压抑状态的出路。"她认为："这就是读者所认为的安娜·卡列尼娜的客观意义。"这显然是否定了情欲说，拔高了安娜的形象。她还指出"托尔斯泰对安娜的态度直到最后在一定程度上都是双重的和矛盾的"；在创作过程中，托尔斯泰对女主人公的态度"逐渐改变了：作家由谴责转向热情地为她辩护和在道德上提高了她"。① 这些说法有矛盾的地方，当然也有违托尔斯泰的创作意图。

二 欧美作家评论家对《安娜·卡列宁娜》的评论

《安娜·卡列宁娜》问世不久，就传入了欧美，受到各国读者热烈的欢迎。与此同时，对作品的各种评论也相继出现，并从未间断。现就有影响的研究家及他们的评论做一些简介。

法国评论家德·沃盖公认是欧美最早评论托尔斯泰的评论家，他曾在俄罗斯担任过7年的外交官，结识过许多俄国文学家，对俄罗斯文学很熟悉。他在《虚无主义和神秘主义——托尔斯泰》（1886）一文中，说《安娜·卡列尼娜》中的"列文是个富有幻想的人"②。他认为列文的哥哥去世的那段描写很精彩："把这一章当做一国文学足以引以为荣的最完美的艺术品之一。请把它与我国现实主义作家以无可争辩的、天才处理过的类似段落比较一下，我们的小说家把死亡的激动归结为一种肉体的恐惧……在托尔斯泰的叙述里……无论是要死的人还是他的弟弟似乎都没有把这些看得很重要，不，更恰当地说，它产生于一种庄严的疑虑。"③

莫泊桑是19世纪末20世纪初世界三大短篇小说巨匠之一，他充分肯定《安娜·卡列尼娜》的艺术成就，他写道："我今天读完了《安娜·卡列尼娜》，这是当今世界上任何人也写不出来的。"④

---

① 谢毕列娃：《列夫·尼古拉耶维奇·托尔斯泰》俄文版，1960年，第148—175页。
② 《欧美作家论列夫·托尔斯泰》，中国社会科学出版社1983年版，第6页。
③ 同上书，第17—18页。
④ 《〈安娜·卡列尼娜〉130年的沧桑》，《世界文化》2006年第1期，第11页。

罗曼·罗兰是1915年诺贝尔文学奖获得者,他年轻时和托尔斯泰通过信,受到托尔斯泰的教诲,他写过托尔斯泰的传记。他对安娜基本上是否定的,认为她是情欲的牺牲品。在《托尔斯泰传》中他写道:"无法消退的激情在一点一点地耗损这个高傲女人的精神结构。她的一切都是最好的:她的真诚,她的勇敢气概,她的崩溃和失败;她再也没有力气丢弃她世俗的虚荣心,她活着只为取悦她的情人;在羞愧和恐惧中,她拒绝生孩子;嫉妒折磨着她,狂热的肉欲奴役着她、强迫她以手势、声音和眼睛说谎;她沦落到了一心只想追求那种能使每个男人都来看护她的权力的女人。"① 罗曼·罗兰的评论是中肯的,令人信服的。

对于作品中的爱情,罗曼·罗兰写道:"《安娜·卡列尼娜》里的爱情具有激烈的、肉感的、专横的性质。"安娜的美丽有一种"恶魔般迷人的魅力。"她脸上闪烁的红光"不是欢乐的红光,而是使人想起黑夜中的大火的可怕的红光。"②

对于男主人公列文,罗曼·罗兰认为他是"托尔斯泰的化身,其所以在结尾部分得到净化,是因为死的问题也曾触动过他。在这以前,'他不可能信仰也不可能完全怀疑'。自从他看到自己的兄弟怎样死去,他便为自己的无知感到恐惧"。③

阿纳托尔·法朗士是法国著名作家,1921年诺贝尔文学奖获得者。他十分推崇《安娜·卡列尼娜》,他认为"从作品之完美与才气横溢来说,不仅仅是属于托尔斯泰的,而且更是属于全人类的"④。

普鲁斯特是法国现代派作家,他在《托尔斯泰》(1908—1910)一文中把巴尔扎克和托尔斯泰做了对比:"巴尔扎克给人伟人的印象;托尔斯泰身上一切自然而然地更加伟大,就像大象的排泄物比山羊的多得多一样。《安娜·卡列尼娜》中那些收获、狩猎、溜冰的巨大的场面,如同有意隔断其余部分的大片空地,给人一种更加辽阔的印象。"⑤

---

① 罗曼·罗兰:《托尔斯泰传》,黄艳春、杨易、黄丽春译,团结出版社2003年版,第144—145页。
② 同上书,第144页。
③ 《欧美作家论列夫·托尔斯泰》,中国社会科学出版社1983年版,第60页。
④ 《〈安娜·卡列尼娜〉130年的沧桑》,《世界文化》2006年第1期,第11页。
⑤ 《欧美作家论列夫·托尔斯泰》,中国社会科学出版社1983年版,第104页。

安德烈·莫洛亚是法国著名传记作家，他对托尔斯泰的艺术也是推崇备至，他写道："从来没有见到有像《战争与和平》和《安娜·卡列尼娜》这样优秀、富有人性、读者迫切需要的作品。"他还断言意识流大师、法国著名作家马赛尔·普鲁斯特（1871—1922）的许多艺术创新在《安娜·卡列尼娜》的作者笔下早已屡见不鲜。①

马修·安诺德是维多利亚时期英国一位重量级的文学批评家。他的论文《列夫·托尔斯泰伯爵》（1887）重点就是评论《安娜·卡列尼娜》的。他认为《安娜·卡列尼娜》是"最能代表托尔斯泰伯爵的小说"。"我们本不该把《安娜·卡列尼娜》当作一件艺术品；我们应该把它看作是生活的片段。……作者并没有虚构编制这种种事情，而是目睹了它们。这一切都在他心目之中发生……"② 这里，马修强调的是托尔斯泰的真实性。以后，作者列举了作品中大量事实证明自己的观点。

高尔斯华绥是英国现实主义作家，1932年诺贝尔文学奖获得者。他在《安娜·卡列尼娜》序（1928）中对安娜的自杀质疑。他写道："这部卓越的作品的开头几部分写得最有力，因为在后面部分作者不能使我相信安娜在她被描写成为这样生气勃勃的、充满生的乐趣的女人，所以简直不能相信，结尾如果不是作者对她随意簸弄，她竟会去自杀的。实际上安娜是一个热情洋溢、精力充沛、生命力非常旺盛的人，是不会像她那样结束自己的生命的。小说的结局在我们看来是出乎意料的，故意制造的，在这里作者似乎要在结局中否定自己所塑造的人物。"③ 后他在给翻译家康斯坦丁·加尼特的信中写道："我坚持我的看法，安娜是一个始终如一的人物。但我承认，你作为一个女人，一定会比我更清楚地知道，她是不是真实的。她的困难处境的关键在谢辽沙；如果撇开他，那么安娜心中就不会感到犹豫，不会感到罪过了。不过，我怀疑这样一来会不会影响到悲剧效果……"④

海明威是美国著名作家，1954年诺贝尔文学奖获得者。他说过"我

---

① 《〈安娜·卡列尼娜〉130年的沧桑》，《世界文化》2006年第1期，第11页。
② 《欧美作家论列夫·托尔斯泰》，中国社会科学出版社1983年版，第131页。
③ 同上书，第184页。
④ 同上书，第188页。

宁愿再有一次初读《安娜·卡列尼娜》的那种感受，而不去挣那唾手可得的百万美元"①。

托马斯·曼是1929年诺贝尔文学奖获得者，德国著名作家；也是托尔斯泰的崇拜者。他给《安娜·卡列尼娜》以极高的评价。在1939年写的论文《安娜·卡列宁娜》中，他写道："史诗具有波澜壮阔的广度，一种蕴蓄生命起始和根源的广度，阔大雄伟的旋律，消磨万物的单调——它多么像海洋，海洋又多么像它！我指的是那种荷马的素质，故事绵延不绝，艺术与自然合二为一，纯真、宏伟、实在、客观、永生不死的现实主义！所有这些，在托尔斯泰的作品中比在现代史诗的任何作家笔下都要强烈……"②

汉斯·迈耶尔是德国著名文学史家、批评家，他给《安娜·卡列宁娜》极高的评价，他在《托尔斯泰小说集》跋（1940）中写道："人们有充分的理由为《安娜·卡列尼娜》那样登峰造极、生动地刻画一个社会的无数名演员的卓越才能而赞叹不已。也许只有巴尔扎克的最伟大的创作能够与之匹敌。"③

安娜·西格斯是德国无产阶级女作家，她对托尔斯泰有较深的研究，对其作品中的女主人公安娜充满同情，对造成安娜悲剧的虚伪的社会进行鞭挞。她在《托尔斯泰》（1953）一文中写道："每一个读者都理解唤醒安娜·卡列尼娜身上爱情的是什么。每一个读者都感到她是那样富有人性，生命力充沛，美貌无双和才华出众。读者同她一道感到了无法摆脱的社会樊笼，并蔑视那个使她遭到毁灭的男人。读者为她感到痛苦，因为她无法把自己所希冀的生活变成现实。这样读者就能在所描述的事情之外，感到虚伪的社会秩序的桎梏。"④她还认为铁路在这部长篇小说中从头到尾起着巨大的作用。她写道："在《安娜·卡列尼娜》里铁路联系起最重要的情节，它成了这对恋人的初次邂逅和悲惨收场的背景。在渥伦斯基和安娜类似的梦中那个手持铁器的精灵似的小农民所起的作用，

---

① 《〈安娜·卡列尼娜〉130年的沧桑》，《世界文化》2006年第1期，第11页。
② 《欧美作家论列夫·托尔斯泰》，中国社会科学出版社1983年版，第395页。
③ 同上书，第424页。
④ 同上书，第448页。

如同厄·台·阿·霍夫曼小说中的那个恶魔一样……"① 这就提出了至今研究者们较少接触的两个领域。

卢卡契是匈牙利文艺理论家，长期生活在苏联。他在1936年发表的《托尔斯泰和现实主义的发展》中，有关安娜写过这样的话："只要托尔斯泰发现有可能创造这类极端场面，他总是以旧的现实主义作家的方式来进行创作。行为极端的主人只不过是始终一贯地顺着别人所踌躇不决地、冷淡地或者虚伪地走着的那条道路走到底罢了。安娜·卡列尼娜的性格和命运便是托尔斯泰这类创作的例子。"② 卢卡契指出："安娜·卡列尼娜这个人物和她的命运中超脱平凡的东西并不是个人激情某种孤立的病态的夸张，而是资产阶级的爱情和婚姻中固有的社会矛盾的明确表现。当安娜·卡列尼娜突破平庸的范围的时候，她只是以一种悲剧性的明确的强化方法把潜藏在每一个资产阶级爱情和婚姻中的矛盾（尽管尖锐性已经缓和）提到表面上来罢了。"③ 关于卡列宁，他写道："尽管他对安娜有真正的——虽然本质上是一种因袭的——爱情，安娜对他的疏淡和她跟渥伦斯基的私通，使卡列宁甚至变得更冷酷，甚至变成更完整的一部官僚机器。直到他站在安娜的病床边，她的极度的痛苦使他在肉体上直接受到感染的时候，他的个性中冷酷的、机械的、无意识地发生作用的那些因素，这才有点儿松弛；在他的深深埋葬了的人性核心里，像是真实生命的什么东西这才开始活跃起来。但是，因为这种活跃的力量过于薄弱……他晚年的'人性'特征是纯粹的虚伪，是这种心如铁石的官僚脸上戴着的纯粹宗教的假面具。"④ 卢卡契对其列文等人物也有评说。

三 中国作家批评家对《安娜·卡列宁娜》的评论

《安娜·卡列宁娜》最早的中译本出现在1916年前后，译名为《婀娜小史》，陈大橙、陈家麟、董哲香译，后由中华书局印行。据统计，仅

---

① 《欧美作家论列夫·托尔斯泰》，中国社会科学出版社1983年版，第449页。
② 《卢卡契文学论文集》，中国社会科学出版社1980年版，第308页。
③ 《欧美作家论列夫·托尔斯泰》，中国社会科学出版社1983年版，第600页。
④ 同上书，第615页。

1956—2013年，我国出现的各种不同的译本就有16个之多，可见这部作品对中国读者的影响。随着小说的大量发行，人们对小说的各种解读也出现了。下面就简单地介绍《安娜·卡列宁娜》在中国的研究评论概况。

早在延安时期，《安娜·卡列宁娜》就被鲁迅艺术学院作为文艺理论课的例证加以引用分析。由于当时的形势，研究者们一般都是从社会学的角度对形象进行分析。

作家周立波就是其中的代表。他把《安娜·卡列宁娜》说成是"人生的大辞典"，"安娜，反抗社会的伟大典型之一。美丽，眼睛里的战栗的闪烁的光辉。穿着黑衣裳，黑头发，可以迷倒任何一个男子，连不赞成偷面包卷的列文，也在内。'除了机智，优雅，和美丽以外，她还有真实'。她不说谎。勇敢……'这是一个可以幸福，也可以不幸，但决不会感到厌倦的女人，'……高贵，好象无限崇高。热情……是一个有一颗心的女人，高雅，却同情不幸者。'天下也有象我这么不幸的女人吗？''她会永远不会尝到恋爱的自由。'暴烈，肉感，专横的性格。'……她的丈夫……'虚伪世界的奇特产物'……配不上安娜，'除了他的财产之外，他是没有什么可以值得骄傲的。'然而他没有做错，他也毁了。另一个不幸的女人杜丽，善良与饶恕的典型……可以信赖的人，温柔，忠厚，忍耐，然而也有隐秘。斯梯瓦，'可爱的自私主义者，'……涂了杏仁油样的抚慰的柔和的微笑，愉快，温情，凡是和他一道喝过香槟酒的人都是他的亲密的朋友，而随便什么人都可以和他一道喝香槟……一切都不得不如此，安娜不得不死。问题一：'这些平行的历史，可惜衔接得太迅骤，太做作，没有达到《战争与和平》的交响乐一般的统一性。'问题二：'圣彼得堡的贵族和他们的有闲的谈话，是枉费的。'渥，安之梦，都梦见一个须发蓬乱矮小、样子可怕的农民。一切都归结于宿命，无可奈何的不可知，由社会的原因移到生理的原因。作者不再是爱抚着自己的创造物的上帝，而是悲悯着的上帝，和永恒的神的法律比起来，人多么渺小，以认识结尾。为了'他的思想的要素，使现实的要素'变得萎缩一些。为了他的永久的宗教真理，他要创造永久的人性。然而永久的人性是没有的，延安的女孩们，少妇们，没有安娜的悲剧。"①

周立波还对《安娜·卡列宁娜》几章的情节作了简介。

周立波的分析不乏细致，有些地方也是中肯的，但由于受当时那种革命情绪和阶级意识的影响，使得他不可能很好地把握托尔斯泰的创作意图和作品的思想倾向。但毕竟为后来者的研究奠定了最初的基石。

1949年至改革开放前，由于各种政治运动等原因，国内《安娜·卡列宁娜》的研究没有多大进展，还是停留在社会学研究的层面。

这里值得一提的是廖世健的论文《试论安娜·卡列尼娜的形象》，文章从时代、安娜的精神气质及矛盾、卡列宁的虚伪和僵化、上流社会的残酷与无情及爱情的幻灭等方面分析了安娜悲剧的原因，在赞美安娜的同时又否定了安娜，指出她所追求的是物质上和精神上的享受。这是典型的贵族、资产阶级的恋爱观。文章认为：在"我们今天社会主义时代，它只能是我们无产阶级批判的对象"②。文章明显带有20世纪60年代初期阶级斗争的印记。

"文化大革命"中对安娜的形象基本上是否定的。

改革开放以来，我国对《安娜·卡列宁娜》的研究无论深度和广度都超过以往任何一个时期。

新时期的评论和20世纪60年代以来的评论一个显著的不同是评论者们对安娜的形象基本持肯定态度。如分别发表在《外国文学研究》1979年第3期和1980年第1期上的李明滨教授和杜宗义先生的两篇文章：《安娜是"爱情至上主义"者吗？——兼论外国文学教学和评论中的一种不良倾向》和《要历史地全面地看问题——关于安娜的"爱情至上主义"局限和我国文学评论中的不良倾向》，虽然观点针锋相对，但总的倾向是肯定安娜的追求，强调这个形象的典型意义。

1980年，在上海举行了一次大型的全国托尔斯泰学术研讨会，这是中国在"文化大革命"后举办的第一个外国作家学术研讨会，可以说盛况空前。包括戈宝权、叶水夫在内的全国托尔斯泰研究专家基本到会。

---

① 周立波：《安娜·卡列尼娜》，在鲁艺的《名著选读》讲授提纲（二），《外国文学研究》1982年第3期，第91—94页。

② 廖世健：《试论安娜·卡列尼娜的形象》，《中山大学学报》1962年第1期，第54页。

笔者当时在华东师大进修，有幸参加了这次盛会。分组讨论中，有关安娜和卡列宁形象争论的激烈场景至今犹在眼前。这次盛会在一定程度上推动了我国《安娜·卡列宁娜》的研究。

80年代发表的许多文章总体上是从社会学的角度出发的，多数研究者都认为安娜是一个受资产阶级思想影响追求个性解放的贵族妇女，并对她的追求报以同情的态度。把她悲剧根源归咎于当时的社会和虚伪的道德。她的悲剧是社会悲剧，她的自杀是对当时罪恶社会的控诉和抗争。认为安娜的形象有社会价值。

1988年，杨正先发表在《曲靖师专学报》（后收入《托尔斯泰散论》）上的一篇题为《对安娜形象的再认识》的文章，对安娜的形象及其悲剧的原因的分析有所突破。该文重点从安娜自身的矛盾对其形象进行解读，认为安娜产后病危时对丈夫卡列宁讲的一段话："你别以为我怪，我还是同原来一样……可另一个女人附我身上，我怕她，因为她爱上了那个男人，所以我憎恨你，可是我忘不了原来的那个女人。那个女人不是我，现在的我才是真正的我，才完完全全的是我"[1] 是分析安娜形象的钥匙。"安娜的死是她内心矛盾和只关心自己的必然结果，是她爱情破灭后无可奈何的选择，安娜临死前的呼喊和卷首题词是呼应的。"[2] 该文被人民大学报刊复印资料外国文学卷全文转载。杨正先的观点是与作品相符合的，也是和托尔斯泰的创作意图相吻合的。针对安娜的自私，托尔斯泰在作品中也写过这样的话："她关心的主要还是她自己——关心到能够博得弗龙斯基的爱情和补偿他为她而牺牲的一切的地步。"[3]

李恒方在《并非变奏的疏忽——浅谈卡列宁性格的复杂性》中虽然揭示了卡列宁性格的复杂性，但对卡列宁是持否定态度的。他写道："卡列宁是个步步高升、时刻不忘追逐功名利禄的沙俄官僚。他对给了他地位、荣誉的沙皇政府可谓尽心竭力了。他像一架官僚机器不停地运转……安娜从他那里总也感受不到爱情的幸福。这是因为卡列宁原本少得可怜的人的

---

[1] 《安娜·卡列尼娜》，草婴译，上海译文出版社1982年版，第395页。
[2] 杨正先：《托尔斯泰散论》，光明日报出版社2010年版，第140页。
[3] 《列夫·托尔斯泰文集》第十卷，人民文学出版社2000年版，第834页。

正常感情早已在他这架官僚机器的不停运转中耗尽了。"① 他指出："无论如何，卡列宁性格中出现的一束亮色决不是卡列宁性格的'善良'，而是作者为使卡列宁的性格呈多层次发展所做的努力。那种表面上惑人的'善良'、'宽恕'——，恰是卡列宁本质的'虚伪'、是作者'向精神呼吁'所造成的幻影。"②

90年代以后，随着中西方文化，尤其的文学理论交流的扩大与深化，很多研究者突破了80年代社会学的评论模式，得到了全方位、深层次的推进，尤其是对安娜形象从不同视角进行阐释和解读，使得《安娜·卡列宁娜》的研究出现了一个全新的局面。

90年代在《安娜·卡列宁娜》的研究中，有两个译本序言有着特殊的意义。一个是陈燊先生1994年4月为周扬、谢素台翻译的《安娜·卡列宁娜》写的前言；另一个是草婴先生1988年9月给自己直接从俄文翻译的《安娜·卡列尼娜》所写的译本序。

陈燊是我国著名的托尔斯泰研究专家、博士生导师。他在"前言"中对《安娜·卡列宁娜》进行较为全面的分析，尤其是其中的男女主人公。他指出："安娜不仅天生丽质，光艳夺人，而且纯真、诚实、端庄、聪慧，还有一个'复杂而有诗意的内心世界'。"③ 弗龙斯基唤醒她的爱情后，她不愿像那些淫荡无耻的贵妇那样欺骗丈夫，而是"毅然把暧昧的关系公开。这不啻向上流社会挑战，从而不见容于上流社会，同时也受到卡列宁的残酷报复：既不答应她离婚，又不让她亲近爱子。她徒然挣扎，曾为爱情而牺牲母爱，可这爱情又成了镜花水月。她终于越来越深地陷入悲剧的命运。"

对于安娜的悲剧，陈燊指出："虽说造成她的悲剧的是包括卡列宁、弗龙斯基在内的上流社会，安娜作为悲剧人物，本身也不是没有'过错'……她也没有真正学会爱。同弗龙斯基的一见钟情……并不基于共同的思想感情。这种爱情是盲目的，实际上几乎全是情欲……安娜把爱

---

① 李恒方：《并非变奏的疏忽——浅谈卡列宁性格的复杂性》，《开封教育学院学报》1986年第2期，第37页。

② 同上书，第40页。

③ 《安娜·卡列宁娜》，周扬、谢素台译，人民文学出版社1989年第三版（2005年印刷），第1页。

情当做整个生活，沉溺其中，要弗龙斯基与她朝夕厮守在一起，甚至甘为他的'无条件的奴隶'……最后，她的爱越来越自私，以致在'不满足'时变成了恨。……她身上集中了时代的各种矛盾。她的自杀，从主观上说是寻求解脱，也是对弗龙斯基的报复及对上流社会的抗议；客观上则是由于集中了各种时代的矛盾而无法克服，从而无可避免地成为这个转折时期祭坛的牺牲。这种必然性表明了安娜悲剧的深度。"[1] 陈先生对安娜形象的分析是非常到位的。

对于男主人公列文，陈先生认为他"也是深刻矛盾的人物。他鄙视彼得堡的宫廷贵族，却以出身世袭贵族而自豪；他不满于上流社会的荒淫和虚伪，却认为奢侈是贵族的本分；他反对以农奴制的'棍子'压制农民，却又向往于贵族的古风旧习；他厌恶资本主义并否定资本主义在俄国发展的必然性，但他自己的农业经营显然是资本主义方式；他断言资产阶级所得的是'不义之财'，而自己却和劳动者进行'残酷的'斗争。这些正是这位'有心灵'、有道德感情的贵族在历史转折时期面对历史发展所必然产生的思想矛盾。……列文可以说是获得了真正的爱情和家庭的幸福。然而，良心的痛苦在折磨着他，在自己富裕同人民贫困对比下，他深深抱有负罪感……甚至要以自杀来解脱，最后从宗法制农民那里得到启示：要'为灵魂而活着'。他的不安的心灵似乎得到了归宿，但这归宿纯然是空想……不过是心灵悲剧的麻醉剂罢了。清醒的现实主义使作者在这里把小说煞住。如果情节再朝前进展，人物会从麻醉中苏醒过来，心灵的悲剧必定照旧在他面前展开。"[2]

对作品的艺术特色，陈先生主要从结构和心理描写两个方面解读。结构方面，陈先生指出：《安娜·卡列宁娜》"融合无间、互相呼应的两条线索的结构，继《战争与和平》之后，又一次成为'背离欧洲形式'、找到'新的框架'的不世之作。……小说的每一场面、每一插曲、每一画面，一般不只是'背景'或偶然的'布景'，而是整体的有机部分，这

---

[1] 《安娜·卡列宁娜》，周扬、谢素台译，人民文学出版社1989年第三版（2005年印刷），第2页。

[2] 同上书，第2—3页。

也显示出结构的严密性和完整性。"① 心理描写方面，陈先生指出："《安娜·卡列宁娜》是完全意义上的心理小说。不仅人物的内心生活描写充分，就是人物间的冲突也大都是心理上的，或是通过心理来表现的，因此全书心理描写的密度很大。"②并注意从描写人物心理过程和意识流手法的运用等方面进行分析。

草婴是我国著名翻译家，他翻译了托尔斯泰的全部文学作品。在1988年所写的译本序中，他指出"托尔斯泰对安娜的态度是矛盾的：既有谴责，又有同情。"认为安娜"是一个敢于反抗封建势力的勇敢女性，为了争取爱情和自由敢于正视险恶的环境；但她也有软弱的一面，伦理道德和宗教观念像一具无形的枷锁束缚着她的思想，使她在冲破婚姻关系时内心矛盾重重。她梦见自己有两个丈夫，一个是伏伦斯基，一个是卡列宁，就是这种苦闷心情的反映。她产后发高烧，说吃语，竟把平时恨之入骨的卡列宁说成好人，甚至圣人，还要自己心爱的情人伏伦斯基同他握手言和，这种行为也反映出安娜内心极其矛盾，无法克服恐惧和内疚。"③ 对于安娜的悲剧，草婴认为，"安娜的悲剧进一步表现在她对伏伦斯基的爱情上……安娜离家出走后，她在舆论的压力和世俗的目光下，精神上已极其压抑，再加上长期离开心爱的儿子，母性的痛苦又经常折磨着她，而成为她唯一感情支柱的伏伦斯基的爱情又渐渐淡化，使她内心感到一片空虚，无可奈何地走上自我毁灭之路。"安娜临死前的几句话："一切都是虚假，一切都是谎言，一切都是欺骗，一切都是罪恶"是安娜"对所生活的社会的控诉，其中不乏自我谴责的成分。这几句话可以说是托尔斯泰对当时俄国社会入木三分的鞭笞，也表现他对安娜·卡列尼娜主要一个女性的无限同情。"④ 草婴先生对安娜形象的把握非常符合作品的实际和托尔斯泰本人的创作意图。

草婴先生对卡列宁是否定的。他在序言中写道："卡列宁从外表到内心可以说毫无可取之处，他是个彻头彻尾的伪君子，是个官气十足的大

---

① 《安娜·卡列宁娜》，周扬、谢素台译，人民文学出版社1989年第三版（2005年印刷），第3—4页。

② 同上书，第4页。

③ 《安娜·卡列尼娜》，草婴译，现代出版社2012年版，第6页。

④ 同上书，第7页。

官僚，又是个道貌岸然的封建家长。他同安娜正好相互对照，凡是安娜具有的优点他都没有，而他身上的一切缺点正是安娜所深恶痛疾的。"草婴先生进一步指出："托尔斯泰有意拿两人作对照，来显示人性的真善美与假恶丑。"① 笔者认为这种观点过于偏激，也不符合作品的实际和托尔斯泰的创作意图。

下面基本按时间顺序介绍几个研究者及其观点：

杨思聪把弗洛伊德学说中有关"本我""自我""超我"和意识、潜意识等伦理用于安娜的悲剧的分析，这无疑是具有新意的。他在《安娜·卡列尼娜爱情悲剧新论》中指出："为了保持上流社会的地位和贞洁妻子的名声，安娜竭力压抑着内心躁动的爱欲……每当爱的欲求一闪现……她的理智便汇集知觉意识中的心理能量，把爱欲堵回潜意识中去……防范着爱欲闯入。同时，安娜的'自我'又在引导潜在的爱欲，使之迂回曲折地渲泄。"② 但"爱情幸福是安娜渴望的最高生活境界，她青春勃发的胸中滚动着强烈的爱欲。环境和现实生活逼使安娜的爱欲蛰伏在潜意识中……逐渐形成强大的爱欲'情结'，越来越猛烈地撞击着意识的闸门。……她意识中遏止爱欲的心理能量不断减少，爱欲的洪水撞开'自我'的禁闭，成为左右她行动的精神力量已成必然之势"。对于安娜的悲剧，杨思聪认为："纵使渥伦斯基忠诚不渝地爱安娜，安娜的爱情追求会有完美的结局吗？……"这一问题却常常盘桓在安娜的脑际。在临死之前，她找到了答案："假定我离了婚，成了握伦斯基的妻子，结果又怎样呢？……不要说幸福，就是免于痛苦，难道有可能吗？不！不！""生活使我们破裂了，我使他不幸，他也使我不幸，他和我都不能有所改变。"她最终明白了她和渥伦斯基这两个带着因袭重负的贵族男女无力在他们生活其间的社会中找到真正的幸福，这是安娜爱情悲剧最深刻的原因。③

杨正先在论文《论卡列宁》中，针对众多研究者对卡列宁的否定和

---

① 《安娜·卡列尼娜》，草婴译，现代出版社2012年版，第5页。
② 杨思聪：《安娜·卡列尼娜爱情悲剧新论》，《西南师范大学学报》（哲学社会科学版）1990年第2期，第77页。
③ 同上书，第78—79页。

严厉的批判态度,给卡列宁形象进行了彻底的平反。作者开门见山指出:"卡列宁不是坏人。就是安娜对他极为反感时也不得不承认:'他是一个不多见的正派人,我抵不上他的一个小指头……'避开政治因素不谈,单就个人品质而言,卡列宁可以说是一个有着高尚道德情操的人。他不是安娜悲剧的制造者,相反,安娜给他造成的伤害却是巨大的。在一定程度上,他也是一个值得人们同情的悲剧人物。"[①] 作者以作品中的大量事实为依据,从众多的细节中挖掘例据以佐证自己的观点。如他对爱情忠贞专一。他求婚虽有点被迫——安娜的姑妈主动把安娜介绍给他,他是因别人向他暗示,如拒绝将"影响姑娘的名誉"时他才求婚。一旦求了婚,"他就把可能倾注的感情都倾注到未婚妻身上,后来的妻子身上"。并且"他对安娜的迷恋彻底消除了她同别人亲密交往的需要"。他并非是一个没有感情的木头,"只不过像他那种年龄和地位的人,善于用理智来克制罢了……他忠于家庭,忠于丈夫的责任。只是由于公务的繁忙,他抽不出更多的时间来和年轻的妻子温存。加之他性格的内向,他丰富的感情只是深深地埋在心底,不易被人理解"[②]。背叛他的妻子安娜自杀后,他不仅参加了她的葬礼,还带走了安娜和弗龙斯基所生的小女孩等。

杨正先这篇论文对后来的研究者是有影响的。如阚平在论文《对卡列宁善美人性的认识与解读》中就指出:"卡列宁并非只拥有纯粹的丑恶人性,在他身上也有着勤政务实、重情重义、善良博爱等美善品行。"[③] 作者认为卡列宁是"勤政务实、体恤民众的政府高官"、"忠贞专一、有情有义的丈夫"、"心地善良、博爱虔诚的基督教徒",并联系作品进行了充分地论证。

郑波光的《被推到火车轮下的安娜——重读〈安娜·卡列宁娜〉》一文开始就指出:"安娜精神境界的自私,使她产生了偏狭和庸俗,爱情没有在精神上提升了她,反而降低了她,使她的性格光彩、雍容华贵,变成了完全是浮层的、表面的一层空壳……这种以'我'为中心的人生观,

---

[①] 杨正先:《论卡列宁》,《云南师范大学学报》(哲学社会科学版)1990年第6期,第67页。
[②] 同上书,第68页。
[③] 阚平:《大舞台》综合论坛2015—6—2,第236页。

完全限制了她的眼界,使她完全丧失了清醒和自我反省的能力。"① 作者还认为,在该形象的塑造中,作家"给安娜身上负载着过多的批判上流社会的使命,过多的对叔本华意义上的'生命意志'的肯定。因此,从艺术直接效果看,安娜获得了读者过多的同情,而对她身上的自私和极端倾向,则常常被忽略不计了②。"

有关安娜的自私的观点,和前文提到的杨正先的论文《对安娜形象的再认识》中的看法是一致的。但有关叔本华"生命意志"的观点,确实是一种新的解读。

李措吉在《试论安娜·卡列尼娜形象的悲剧意义》中以别林斯基话:"只要悲剧主人公顺从自己心中的自然欲望,那他在自己眼里也是一个罪人,他是自己良心的牺牲品,因为在他的心灵的土壤上道德法则已深深地扎下根"为理论根据,指出"安娜不管是与卡列宁的冲突还是与伏伦斯基的决裂,都不是爱情悲剧,而是充满在她心中的激情和独立人格的要求与控制着她的残忍虚伪的社会道德间的冲突,是安娜内在的生命意志、生命态度与外在的社会逆境间发生的剧烈撞击,这种浸骨浃髓的撞击声,既带有深刻的旧世界的痕迹,又闪耀着新时代希望的光华,并以撼动人心的真实性和富有启发意义的历史深度,使我们在沉郁悲怆的主体情绪中深刻地体味和领悟到了生命的真谛③。"

徐稚芳以祸福相依的中国道家观点解读安娜的悲剧,颇具新意。她在专著《俄罗斯文学中的女性》中指出:一开始"安娜和伏伦斯基不顾社会伦理道德的约束,狂热地追求爱情",但当他们终于满足自己的欲求,"仿佛他们是天下最幸福的人;然而正在这时,安娜感到羞愧难当,感到屈辱。她求上帝饶恕"。这以后,安娜就生活在噩梦中,饱受心灵的折磨,痛苦不堪。"祸福相依,伴随幸福而来的是痛苦……当初安娜和伏伦斯基不顾一切地追求的爱情幸福本身,就包含了日后导致安娜悲惨下

---

① 郑波光:《被推到火车轮下的安娜——重读〈安娜·卡列宁娜〉》,《名作欣赏》1991年第5期,第67页。
② 同上书,第68页。
③ 李措吉:《试论安娜·卡列尼娜形象的悲剧意义》,《青海社会科学》1994年第1期,第74页。

场的祸根。"①

马林贤从西欧与俄罗斯两种不同文化交融的角度来探究安娜悲剧，指出安娜的悲剧是两种不同性质的文化猛烈碰撞的悲剧。他在《从西欧文化与俄罗斯文化的交融看安娜·卡列尼娜的悲剧》一文中指出："俄罗斯传统文化还没有得到健康发展的时候，西欧文化就大量地涌入俄国，两种文化不断地碰撞、对话，融合和交流，促进了民族文化的繁荣。安娜接受了西方文化中个人主义的价值观，又深受传统文化中群体主义行为规范的影响，最后在两种不可调和的东西方文化矛盾中，投身到火车轮下。安娜的悲剧，体现了托尔斯泰在东西方文化选择上的困惑，表明他试图对两种文化进行融合和再创造。"② 该文角度新颖，富有启发性。

吴舜立和李红在《生命"恶之花"——安娜悲剧的性爱心理学和精神分析学透析》中指出："'恶魔般的'、'被压抑的生气'是安娜的精神本质，其中蕴涵着安娜强烈的性欲渴念和激烈的精神矛盾两大核心。正是这两大核心强化了安娜的情感张力，充盈了安娜的生命意识，提升了安娜的生命境界，使安娜成为了一朵光彩照人的生命'恶之花'。"③ 该文一反伏伦斯基唤醒了安娜沉睡的爱情的传统说法，从性爱心理学的角度，提出是"安娜备受压抑的爱欲使她不自觉地用自己的魅力去挑动了伏伦斯基对她的追求"④。与杨思聪"不可抗御的原始生命力促使安娜用自己的魅力去挑动了渥伦斯基对她的追求"⑤ 确有新意。

马强认为安娜的悲剧在于男女两性对爱情的不同心态。他在《难以逃脱的藩篱——对安娜悲剧的再思考》中以拜伦的名言："男人的爱情是男人生命的一部分，女人的爱情是女人生命整个的存在"为依据，指出"男女两性对爱情的不同心态……是所有真正相爱而又结局不幸的爱情婚姻悲剧的关键。安娜……把自己的全部感情和整个生命都奉行给了爱情，

---

① 徐稚芳：《俄罗斯文学中的女性》，北京大学出版社1995年版，第126—127页。
② 马林贤：《从西欧文化与俄罗斯文化的交融看安娜·卡列尼娜的悲剧》，《西南民族大学学报》（哲学社会科学版）1998年第5期，第72页。
③ 吴舜立、李红：《生命"恶之花"——安娜悲剧的性爱心理学和精神分析学透析》，《国外文学》2005年第3期，第96页。
④ 同上书，第98页。
⑤ 杨思聪：《安娜·卡列尼娜爱情悲剧新论》，《西南师范大学学报》（哲学社会科学版）1990年第2期，第78页。

把她的爱情看作是她'生命整个的存在';而渥伦斯基则把他的爱情作为他'生命的一部分'"。① "她把自己的一生孤注于爱情的追求上,不自觉地做了男权文化的牺牲品、殉道者。"② 这又是一种新的角度。

郑汉生在《一朵光彩照人的"恶之花"——安娜·卡列尼娜形象新探》一文中认为,安娜除具有女性代表形象光彩照人的一面,其内心还隐含"自私"的人性弱点,而这正是"导致她灵肉双重死亡的决定性因素"③。郑汉生的观点和杨正先《对安娜形象的再认识》中的观点相类似。

进入 21 世纪以来,我国学界对《安娜·卡列宁娜》研究热情不减,发表了大量相关的论文,内容涉及作品的方方面面。现做简单介绍:

吴泽霖谈到安娜悲剧时认为,应该从上帝对安娜的惩罚来寻找其毁灭的原因。他在自己的专著《托尔斯泰和中国古典文化思想》中指出:"这个上帝不是别的,就是托尔斯泰心目中一种类似天道的冥冥之中永存的法规。人们一旦背离,就会误入迷津,走投无路。"④ "安娜就是在这冥冥之中的天道运行中,一步步走向灭亡,卷入天道运行的轮下……安娜的悲剧是人与天相悖离的都市文明的悲剧。而这种悲剧是受到西方文明感染、充满社会危机的'都市文明'所不可避免的:在都市文明的背景下不可能有真纯的生活;在不能摆脱都市生活的条件下,一切努力都是违反天道的,因此也是徒然的"。⑤ 安娜之所以以悲剧告终,就是因为她抛夫弃子,未曾尽到为人妻为人母的责任,触犯了托尔斯泰"爱的宗教",于是作家借上帝惩罚了安娜。作者见解新颖、独到,为人们认识安娜的悲剧另辟蹊径。

赵光慧从文化身份的角度,对安娜的悲剧进行解读。他在论文《叙事作品人物文化身份的多重性探析——从安娜·卡列尼娜的性格与文化身份的关系谈起》中以托尔斯泰的话:"人不是一个确定的常数,而是某

---

① 马强:《难以逃脱的藩篱——对安娜悲剧的再思考》,《外国文学研究》1998 年第 2 期,第 64 页。
② 同上书,第 66 页。
③ 郑汉生:《一朵光彩照人的"恶之花"——安娜·卡列尼娜形象新探》,《广州师院学报》1999 年第 1 期,第 48 页。
④ 吴泽霖:《托尔斯泰和中国古典文化思想》,北京师范大学出版社 2000 年版,第 169 页。
⑤ 同上书,第 170 页。

种变化着的，有时堕落，有时向上的东西"为依据，认为："多重身份在故事发展的不同阶段展现出的冲突使得人物的形象真实、丰满。……安娜在对爱情怀疑、失望后内心充满疑虑、后悔和痛楚。她怀疑爱情，后悔为了爱情付出的一切代价，甚至牺牲了对儿子的爱。然而，她又憧憬爱情重新来临。她痛恨上流社会对她的排斥，又期待社会对她的接纳。她看着大街上的一切，不禁怀疑起生存的意义。此时，在她的头脑中，所有的价值体系都已崩溃，所有的角色对她而言都失去了意义。悔恨、痛苦及对世界的蔑视与绝望的复杂心态让她不堪重负……她……无论是'坚守'自己的爱情追求，还是回到自己原来的丈夫家去，都是走投无路的悲剧。"[1] 论文从妻子、母亲、情人身份变换对安娜形象进行分析，认为不同身份的对立导致了女主人公的悲剧。

杨丽试图从自然的角度对安娜的形象进行解读，是一种新的研究角度，她在《试从自然观分析〈安娜·卡列尼娜〉中安娜的形象》一文中指出："安娜追求爱情就是追求个人的尊严，安娜执著地追求个人价值是合乎自然人性的，但也让安娜带着犯罪的痛苦走向了死亡。'伸冤在我，我必报应'，'我'就是作者一贯探求的那个永恒的道德准则，维护人类生存和发展的善与人道。安娜的追求尽管有合乎善和人道的一面，但与善和人道的最高形式——爱他人，为他人而活着还有相当距离，究其原因是因为安娜远离了自然，脱离了自然。"[2] 既然脱离了自然，其悲剧也自然难免。

张秀华认为"无意识中的死亡情结是导致其悲剧命运的不容忽视的因素，并认为作者本人的死亡无意识对安娜命运有重要影响"[3]。其论文《安娜悲剧的现代心理学阐释》联系托尔斯泰的死亡意识，从现代心理学的视角去探讨安娜的悲剧命运。作者以心理学家的理论为依据指出："伴随着爱欲情结的产生，诞生了另一种生命力更强的隐含的心理内驱力，即死亡情结。""爱欲占据着她整个意识，她感到'自己是不可饶恕地幸

---

[1] 赵光慧：《叙事作品人物文化身份的多重性探析——从安娜·卡列尼娜的性格与文化身份的关系谈起》，《外国文学研究》2005年第3期，第124页。

[2] 杨丽：《试从自然观分析〈安娜·卡列尼娜〉中安娜的形象》，《河北软件职业技术学院学报》2010年第3期，第64页。

[3] 张秀华：《安娜悲剧的现代心理学阐释》，《丽水学院学报》2006年第6期，第46页。

福',‘充满了生的喜悦'之际,安娜依然经常噩梦缠身。此时死亡的冲动虽被压抑在无意识中……上流社会开始排斥并围攻安娜,使她丧失社会地位和名誉的时候……本来就建立在不平衡的脆弱基础上的爱欲遭到严重打击,爱欲心理能量大大受损……是死亡情结又蠢蠢欲动、越来越强烈,并表现为热烈的趋死欲望,此即死欲。"① 车站铁路工人的死激活了安娜的死亡情结。"不断出现的噩梦最能解释安娜无意识中死的恐惧……这个梦显然是在邂逅弗龙斯基时火车轧死人的事故在安娜无意识中留下的深刻印记所引起的。这于无形之中早已预示出了她趋向于死亡心理的悲剧结局。"②

金柳亚的《安娜·卡列尼娜的人格探源》是一篇长达22页的论文。论文指出"安娜是一个集多种俄罗斯人优秀品格和道德修养于一身的闪光女性,她外在的美自不必多说……更为珍贵的内在心灵美和精神美"③。接着从"晶莹剔透的真诚和坦白""义无反顾的爱""无尽的羞耻感""深重的良心谴责""不可辱的人格和尊严"等方面对其心灵美和精神美做了全面分析。后引用符·纳博科夫的话:"小说的真正道德结论:爱情不能只是肉体的,因为那样它就是自私的,而自私的爱情不能创造,只能破坏。也就是说,它是有罪的。"指出安娜渴望的爱情生活必然幻灭,其悲剧不可避免。该论文的价值在于把安娜身上的优秀品质及人格美和"俄罗斯人文精神传统中最珍贵、最神圣的民族特质"联系起来。

赵淑梅在《〈安娜·卡列尼娜〉中"乡下人"的象征意蕴》中对作品中多次出现的那个使安娜感到恐惧的矮个子"乡下人"形象进行了解读,深入到人们不大愿意研究的领域。她指出"乡下人"的象征意蕴,认为"隐藏在'乡下人'形象中的'铁匠'在作品结构和主题思想的发展方面起着极为重要的作用,并且极大地增强了作品的艺术感染力。由于'铁匠',神话模式存在于欧洲民族文化的深层结构之中,带有深厚的民族文化内涵,所以这个'乡下人'形象……是揭示作品思想的一个极

---

① 张秀华:《安娜悲剧的现代心理学阐释》,《丽水学院学报》2006年第6期,第47页。
② 同上书,第48页。
③ 金柳亚:《安娜·卡列尼娜的人格探源》,《俄罗斯文化评论》,2006—12—15,第226页。

具欧洲文化特色的象征意象。它极其隐蔽地诠释着托尔斯泰'申冤在我，我必报应'的宗教道德人生观，具有深厚的宗教哲理内涵，是文学大师的匠心独运之处。"①

金亚娜的论文《"伸冤在我，我必报应"的重新解读》对《安娜·卡列尼娜》卷首题词"伸冤在我，我必报应"做了新的解读，指出这个题词是"作家赋予女主人公一种圣徒式的死亡，是要通过死亡赎回她自身的清白，而正是死亡能够显现出生命的全部意义和价值。而对'伸冤在我，我必报应'的另有所指的运用，体现了托尔斯泰所代表的传统俄罗斯民族文化品格。"② 金亚娜认为，一个美丽而又充满活力的年轻生命就这样带着心灵的伤痛了无声息地消逝了。作者对此不能不抱有无限的惋惜和悲怜……但他又一向以为，正是死亡能够显现出生命的全部意义和价值……真诚地坦露自己的安娜以生命的代价赎回了实际上并非罪过的罪过，而真正有罪的那些残酷虚伪、假仁假义的伪君子们却依旧自在、快乐地享受着生命！天理何在？托尔斯泰用小说的题词告诉我们：全知全能的上帝明察一切，他会做出最公正的裁决："伸冤在我，我必报应"。……如同人们没有权力审判和惩罚安娜一样，人们也没有权力审判和惩罚任何人，只有上帝才能行使这个权力。这也正符合民间流传的一种正义审判的观念——"善有善报，恶有恶报"。③

张璐的论文《"自由"的悖论——安娜·卡列尼娜的人生悲剧》中指出："真正的自由是被理性、道德约束的自由，是精神同时也是物质的自由，唯有如此，才能避免悲剧的发生，实现自我身心的和谐，获得人生的自由与幸福。"④ 论文以马克思关于人的束缚来自自然界、人类社会和人自身三个方面为依据，指出"安娜的悲剧在很大程度上应该归结为性格悲剧。安娜为追求所谓'自由'的爱情向现存的伦理秩序挑战，蔑视

---

① 赵淑梅：《〈安娜·卡列尼娜〉中"乡下人"的象征意蕴》，《语文学刊》（高教外文版）2007年第6期，第49页。

② 金柳娜：《"伸冤在我，我必报应"的重新解读》，《外国文学评论》2008年第3期，第27页。

③ 同上书，第34页。

④ 张璐：《"自由"的悖论——安娜·卡列尼娜的人生悲剧》，《文学自由谈》2011年第10期，第112页。

公认的道德准则,放弃自己的道德责任,最终酿成了悲剧性的命运。我们对安娜抱以同情,也不能超越历史进入道德的乌托邦而给安娜设置另外一种道德环境和道德标准。"① 安娜的悲剧鲜明地体现了马克思的论断。

苗慧认为安娜身上所表现出来的那种活跃的生命力是"酒神精神追求酣畅淋漓的生命体验的内涵在安娜身上的表现"。她在《论安娜·卡列尼娜与酒神精神》中写道:"与这种激情和活力相伴的正是不顾一切的勇气,这是酒神精神在安娜身上的最好诠释。她不屑于用那些令人羡慕的条件掩饰内心的真实感受。沃伦斯基从马上摔下来,安娜失声大叫,当'奸情'败露,她平静而理智地说道:'我爱他,我是他的情妇……随你高兴怎么样把我处置吧。'这是用勇气撕开夫妻间虚伪关系面纱的开始。……安娜忍受着上流社会对她的非议谩骂和排斥,毅然决然地选择跟这些势力进行决裂……义无反顾地追求自己的爱情和爱人。不料想,安娜的真情换来的却是沃伦斯基的犹豫、厌烦甚至是逃离,她所有的信仰和追求顷刻间崩塌。于是,在她选择卧轨以结束自己生命的时候,酒神精神追求酣畅淋漓的生命体验的内涵在安娜身上表现得淋漓尽致。"②

谭珍珍把《安娜·卡列宁娜》定位为伦理道德小说。她在《论〈安娜·卡列尼娜〉与俄国家庭小说》中指出:《安娜·卡列尼娜》是在奥陀耶夫斯基、普希金、赫尔岑及后来的一系列作家家庭小说的影响下产生的,是他早期的中篇小说"《家庭的幸福》的延续和发展"。小说的"核心主题是家庭和家庭伦理"③。

郑娜从"安娜的心理真实入手,运用精神分析的观点解读安娜的欲望以及欲望所带来的后果,探索人性深处不为人知的隐秘。"④ 她在论文《欲望决定命运——用精神分析法解读〈安娜·卡列宁娜〉的人物形象》中以弗洛伊德的理论为依据,分析了安娜人性深处的秘密,在结语中指

---

① 张璐:《"自由"的悖论——安娜·卡列尼娜的人生悲剧》,《文学自由谈》2011 年第 10 期,第 113 页。

② 苗慧:《论安娜·卡列尼娜与酒神精神》,《沂州师范学院学报》2014 年第 1 期,第 48 页。

③ 谭珍珍:《论〈安娜·卡列尼娜〉与俄国家庭小说》,《安徽文学》2015 年第 5 期,第 50 页。

④ 郑娜:《欲望决定命运——用精神分析法解读〈安娜·卡列宁娜〉的人物形象》,《陕西学前师范学院学报》2015 年第 4 期,第 28 页。

出:"托尔斯泰想要通过《安娜·卡列宁娜》一书对人的七情六欲和生活进行探求,揭示社会的相互联系。这个所谓'人自身的矛盾'具体来说,不是在安娜和列文身上,而是在托尔斯泰身上——他一方面希望妨碍人的个性发展的枷锁被打碎、束缚人的道德和制度瓦解,实现农奴解放;另一方面他在写作过程中却偏离自己意识层面的愿望,把不合道德规范的安娜送入了铁轨之下。这在某种程度上也体现了命运对于人的意义,正如托尔斯泰在作品卷首所引的题词:'伸冤在我,我必报应'。"[1]

还有不少有价值的论文和大量(约160篇)的比较分析的文章,由于篇幅就不介绍了。

纵观《安娜·卡列宁娜》的研究,成绩是巨大的,但也存在不足,其中比较明显的是主要人物研究的多,但一些在作品中很能体现托尔斯泰创作思想的次要人物就涉猎不够。从论文的数量和质量来看,都有待提高。

---

[1] 郑娜:《欲望决定命运——用精神分析法解读〈安娜·卡列宁娜〉的人物形象》,《陕西学前师范学院学报》2015年第4期,第31页。

主要参考书目

《列夫·托尔斯泰文集》（17卷集），人民文学出版社2000年版。

莫德：《托尔斯泰传》，宋蜀碧、徐迟译，北京十月文艺出版社2001年版。

陈燊编选：《欧美作家论列夫·托尔斯泰》，中国社会科学出版社1983年版。

倪蕊琴编选：《俄国作家批评家论列夫·托尔斯泰》，中国社会科学出版社1982年版。

《同时代人回忆托尔斯泰》（上），冯连驸等译，上海译文出版社1984年版。

《同时代人回忆托尔斯泰》（下），周敏显等译，上海译文出版社1984年版。

日丹诺夫：《安娜·卡列尼娜的创作过程》，雷成德译，内蒙古人民出版社1980年版。

亚·托尔斯泰娅：《父亲》，启簧、贾民、锷权译，湖南人民出版社1985年版。

康·洛穆诺夫：《托尔斯泰传》，李桅译，天津人民出版社1981年版。

贝奇柯夫：《托尔斯泰评传》，吴钧燮译，人民文学出版社1959年版。

罗曼·罗兰：《名人传》，傅雷译，河南人民出版社1998年版。

赫拉普钦科：《艺术家托尔斯泰》，刘逢祺、张捷译，上海译文出版社1987年版。

《托尔斯泰夫人日记》（上），张会森、晨曦译，中国社会科学出版社1983年版。

《托尔斯泰夫人日记》（下），蔡时济、晨曦译，中国社会科学出版社1984年版。

瓦·布尔加科夫：《列·托尔斯泰一生的最后一年》，王庚年、张金长、苏明义译，上海译文出版社1994年版。

瓦·费·布尔加科夫：《垂暮之年》，陈伉译，内蒙古人民出版社1984年版。

《托尔斯泰文学书简》，章其译，湖南人民出版社1984年版。

《托尔斯泰研究论文集》，上海译文出版社1983年版。

王景生：《洞烛心灵》，中央编译出版社1996年版。

《列宁和俄国文学问题》，中国社会科学出版社1982年版。

威廉·詹姆斯：《心理学原理》，周芳编译，北京理工大学出版社有限责任公司2013年版。

埃里希·弗罗姆：《被遗忘的语言》，郭乙瑶、宋晓萍译，国际文化出版公司2001年版。

梅列日科夫斯基：《托尔斯泰与陀斯妥耶夫斯基》，杨德友译，辽宁教育出版社2000年版。

布宁：《托尔斯泰的解脱》，陈馥译，辽宁教育出版社2000年版。

《列·托尔斯泰小说故事全集》，上海文艺出版社1998年版。

杨正先：《文化史论断想》，三秦出版社1998年版。

杨正先：《列夫·托尔斯泰专题学习网站》，http：//210.38.208.201。

杨正先：《托尔斯泰研究》，中国社会科学出版社2008年版。

杨正先：《托尔斯泰散论》，光明日报出版社2010年版。

后　　记

《〈安娜·卡列宁娜〉研究》算是完稿了，尽管还有许多未尽之处。早在21世纪初，我就产生了对《安娜·卡列宁娜》进行较为系统研究的想法。2007年3月9日，在《文汇读书周报》第4版上，我看到一则报道：来自英国、美国和澳大利亚的125位著名作家应会议主席团的邀请，写出对自己影响最大的10部作品，其结果在获提名的544部作品中，列夫·托尔斯泰的《安娜·卡列宁娜》和《战争与和平》高居榜首，分别名列第一和第三。这更坚定了我的想法。我把自己想法告诉了著名的托尔斯泰研究专家、华东师大教授王智量先生，得到他的支持和鼓舞，先生还把他20世纪50年代初读大学时买的陪伴了他半个多世纪的俄文本的《安娜·卡列宁娜》邮寄给我，这无疑是对我的极大鞭策。

2003年，本人有幸主持广东省"151"工程——"托尔斯泰学习网站"的建立，在对有关资料进行搜集整理的同时，也促进自己对托尔斯泰的全面学习和研究，2006年网站通过验收。2008年5月，我的第一部托尔斯泰的专著——《托尔斯泰研究》获华夏基金资助，由中国社会科学出版社出版。2010年第二部托尔斯泰的专著《托尔斯泰散论》获广东培正学院出版基金资助，由光明日报出版社出版。在前两部专著中，虽有些内容已涉及《安娜·卡列宁娜》，但没有把《安娜·卡列宁娜》作为重点来研究。第二部托尔斯泰的专著出版后，我就把研究的重点集中到《安娜·卡列宁娜》上，十分遗憾的是，2012年暑假和妻子探望亲戚的过程中，行旅箱遗失，其中装有10万余字的研究资料。这对我来说，无疑是一个很大的打击，甚至一度产生了放弃的想法。后来在同仁和导师的安慰鼓励下，加之自己挥之不去的《安娜·卡列宁娜》情结，又重新进行这项工作，今年终于得以完稿。

  在拙著即将出版时，我首先要感谢资助本书出版的广东培正学院；其次感谢在本书撰写过程中给了我不少鼓励和帮助的师长、同仁，尤其要感谢王智量先生，他不仅给了我很大的支持，还带病为本书作序；我还要感谢为本书出版做了大量工作的责任编辑；最后，感谢家人为本书出版所给予的支持。

杨正先
2016 年 11 月 11 日